塞万提斯全集

全集

·5·

警世典范小说集

张云义　译

人民文学出版社

译　者　序

　　《警世典范小说集》是塞万提斯继《堂吉诃德》后又一传世佳作。

　　《警世典范小说集》写成并出版于一六一三年。当时欧洲正从中世纪跨向一个新的世纪，封建制度的基础已经开始土崩瓦解，文艺复兴运动正在欧洲大陆上如火如荼地展开。恩格斯曾经指出，这个时代经历了"人类直到这时才目睹的最伟大、最进步的巨大变革"，"新的文学被创造了，这就是最初的现代文学。"《堂吉诃德》以及《警世典范小说集》，均是这个时代的产儿。

　　《警世典范小说集》问世后，立即受到世人的宠爱。多少年来，评述文章不断。这里仅举两例说明。

　　一九五三年西班牙马德里阿吉拉尔出版社出版的《文学辞典评述》第二卷《西班牙及西班牙语美洲作家》一文的作者费德里科·卡洛斯·萨因斯·德·罗夫莱斯，在文中列举了《警世典范小说集》对欧美诸多作家的种种影响后，这样写道："塞万提斯，这部不同凡响的《警世典范小说集》的作者，即使未曾写下《堂吉诃德》，仍将是世界上最伟大的小说家之一。"

　　一九六○年，胡利奥·托里在《经济文化基础》杂志上评述西班牙文学时指出："《堂吉诃德》和《警世典范小说集》在西班牙文学中，是最经得起时间考验的作品，是它的光荣与骄傲，是最出色的杰作。"

从《警世典范小说集》，我们可以看到在发现新大陆后，欧洲人，包括西班牙人的冒险精神和探求真理，向往及追求荣誉，和一往直前的精神。在那个时期，各国、各民族间进行的各种战争（侵略的、掠夺的战争和自卫的战争）屡有发生。战胜方侵吞、掠夺战败方的财富；战败方家破人亡，妻离子散，甚至沦为奴隶、战俘的情形也极为常见。所有这些，在小说中也有充分的反映。

塞万提斯的《警世典范小说集》共有十二篇，另外还收有一篇《假姑妈》作为附录（因为专家们对这篇小说是否由塞万提斯所作，尚有存疑）。这里每篇作品都灌注了作者的心血。

《警世典范小说集》从内容看，大致可分为以下几个方面：

一、爱情故事。其中有通过描写吉卜赛姑娘的爱情故事，介绍了西班牙吉卜赛人的风俗习惯、活动特点的《吉卜赛姑娘》；有描写历尽艰辛、饱尝当俘虏的非人待遇并被多次转卖后，终于获得美满幸福爱情的《慷慨的情人》；也有描写一个把妻子当作私人财产，藏在与世隔绝的深宅大院，末了事与愿违、人财两空的《妒忌成性的埃斯特雷马杜拉人》。

二、流浪汉故事。《林孔内特和科尔塔迪略》是其中之一。它描写两个流浪汉一心追求自由和不受约束的生活而进入一个社会集团，却发现这个集团是与警察勾结一起，狼狈为奸，扰乱治安，祸害百姓的一伙人，于是他们离它而去，另觅光明。

三、爱情故事与流浪生活糅合在一起。如颇受读者喜爱的《鼎鼎大名的洗盘子姑娘》。故事中有两条线索，一条是讲洗盘女的爱情故事；另一条是写富家子弟迭戈·德·卡里亚索的流浪生活中的冒险故事，其中的流浪生活不同于《小癞子》一类的性质，是一种有教养的人自己去寻找的生活。塞万提斯将这种流浪汉文体糅合在爱情故事里面,读起来有一种新奇的感觉。

四、哲理性故事。如写一个空有学问但无从施展、无以为生的《玻璃硕士》,他在一次中毒后精神失常,认为自己是个玻璃人,怕被人碰伤,因而不让人接近、触碰;但他的真知灼见不但令人赞叹,而且切中时弊。可是,到了他的病被治好以后,他才发现这个社会是个不容他正常生活的社会。还有借狗之口道出作者所见所闻的一些令人深思问题的《双狗对话录》,作者用犀利的笔触深刻讽刺了那些监守自盗、贼喊捉贼的"牧羊人"一类的蠹虫,对因捍卫集体财富而蒙冤受屈的"牧羊狗",则充满了同情。

《警世典范小说集》大致具有以下几方面的特点:

一、时代气息浓郁。在《慷慨的情人》《英国的西班牙女人》等故事中,可以看到欧洲一些国家如何靠战争、掠夺等手段,进行其资本的原始积累。由此可见资本主义的发展,特别是它的早期发展是多么残酷、多么无情。

二、爱憎分明。作者创造的各个人物,涉及西班牙社会的各个阶层。这些人物有美有丑,千姿百态。从道德品质及为人处世等方面来看,作者笔下的正面人物绝非完美无缺,而是有其明显的局限性。不过作者在塑造这些人物的过程中,往往灌注了自己的爱与憎。作者对高尚的品德,忠贞的爱情,骑士般的侠义作风,和临危不惧的大无畏精神是加以肯定和歌颂的;对于受压迫的奴隶,处于社会底层的小人物,以及被摧残的灵魂,总是寄予同情;而对于那些丑恶的人和事,则毫不留情地予以讽刺与鞭挞。同时作者通过对正派人物的肯定来批判、谴责不合理的社会。如在《玻璃硕士》中,作者向人们提出这样一个尖锐问题:为什么现实社会不允许一个有知识、有抱负并能主持公道的人得到出路。作者通过玻璃硕士之口大声疾呼:"啊,法院(应读成"社会"),你增长了胆大妄为之徒的希望,却减少了有道德但胆小怕事的人的希望;你养活一大帮无耻的骗子手,却饿死那些羞怯的聪明人。"作者对社会中那些监守自盗、损害公众利益的现象,也是深恶痛绝的。如在《双狗对话录》中这么说道:"谁能制止这种卑劣行径呢? 谁又能知道监守自盗的行径,谁能知道哨兵在睡大觉,受信任的却在盗窃,守卫你的人正是杀你的人呢?"这些充分说明作者的是非标准和高尚情操,以及对不合理社会及社会中不良现象与时弊作斗争的不妥协精神。

三、酷爱自由。作者对俘虏的遭遇描写得真实细致,寄予深切的同情。因为这是作者亲身经历过的,也是作者所处时代的重要特征。当时一些欧洲强国西班牙、葡萄牙和英国,以及地跨欧亚非的新崛起的土耳其(历史上称为奥斯曼帝国)之间的斗争异常激烈。他们除了相互开战,开拓殖民地并予以掠夺外,还通过海盗方式劫掠海上船只,掳掠其中的人和物来增加自己的国库收入。与此同时,那些被俘的人,有钱的还有被赎身的希望,否则只能终身充当牛马,服苦役,最后死于异地他乡。塞万提斯本人就当过多年俘虏,经历过非人的生活。所以这方面的作品读起来特别真实,有身临其境之感。然而作者写的远不止是他本人,而是写的一个时代,通过他的描写,我们不但对俘虏生活有所了解,就是对资本主义发展初期原始资本积累的过程,也会增加一些感性知识。

四、情节曲折,有时近乎离奇,但又合乎生活真实。这是塞万提斯的作品所以引人入胜的一个重要因素。无论是脍炙人口的《堂吉诃德》,还是这部小说集都是这样。其情节之曲折迂回,使人难以预测。有时明明前面道路平坦,却会异峰突起,骤起波澜;有时眼看已入绝境,作者笔锋一转,前面就呈现出康庄大道。但是他的曲折的情节,决非故弄玄虚,无中生有,而是生活本身规律的产物,是作者丰富的想象力和对事物的深刻的洞察力的产物,所以极富感染力,读起来引人入胜。

五、语言朴实、风趣,生活气息浓郁。塞万提斯是运用西班牙语的语言巨匠,他的语言朴实无华,有些直接来自人民,所以生动有趣,有生活气息,作者又善于讽刺揶揄,读起来就更觉妙趣横生,余味无穷了。

以上简述了《警世典范小说集》产生的时代与社会背景、作品内容和思想意义及艺术特点等。衷心希望读者能通过这部作品,对这位伟大的作家及西班牙文学有进一步了解。

本译文根据马德里一九四四年出版的《西班牙作者文库》卷一《塞万提斯作品集》译出,并参照其《全集》版加以核校。其中段落的分法则参考了其他一些版本。

译者翻译本书时,得到南京大学孙家孟教授及其他朋友多方面的支持和帮助,在此一并表示感谢。

由于译者的水平有限,译文难免有错误或不妥之处,欢迎方家和读者批评指正。

译　者

一九九四年十二月

目　次

题　献

　　献给莱莫斯、安德拉德和比利亚尔瓦伯爵，萨
利亚侯爵，国王陛下的侍臣，那不勒斯王国的总督
和将军，阿尔坎特拉骑七团的萨尔萨封地领主，堂
佩德罗·费尔南德斯·德·卡斯特罗

　　向某个亲王奉献其作品的那些人，几乎都犯两类错误。第一
类，在称作题献的那封信中，本应言简意赅，却特意连篇累牍地在
真话中掺杂阿谀谄媚之词，不仅将亲王的双亲和祖父母，而且将他
所有的亲朋好友以及恩人的英雄业绩都一一缕述，以表缅怀之情。
第二类，是在题献中声明将作品置于某亲王荫庇之下，使谁都不敢
对其作品有丝毫诋毁之词。

　　我则避开上述两类不妥之处，谨在此悄悄地略掉您大人古老
王族的显赫地位与尊号，以及您那生而具有及后天获得的无限美
德，而让新时代的菲狄亚斯和利西波斯①去寻找雕铸这些美德的
大理石和古铜，以使之与时间争个短长吧。

　　我也不恳求您大人荫庇此书，因为我深知，倘若此书不好，那

————————

　　①　古希腊的两位雕刻家。

么，就算您将书置于阿斯托尔佛①的半鹰半马的怪鸟的羽翼下，和置于赫拉克勒斯②的狼牙棒的保护下，佐伊洛们③、犬儒学派的信徒们④、阿雷蒂诺们⑤和贝尔尼们⑥也不会停止对它的尖锐批评。我仅恳求您大人关注一下现今奉上的十二篇故事⑦，尽管您未置一词，但我自信都是经过刻意描述的精心之作。

诚如上述，我将万分高兴，因为我对应为您大人——我真正的主人和恩公效劳，已略表微忱。

耶稣保佑。

您大人的仆从

米格尔·德·塞万提斯·萨阿维德拉

一六一三年十月十四日于马德里

---

① 英国古代传说中的王子。
② 希腊神话中的大力神。
③ 佐伊洛，对荷马怀有嫉妒的批评者。
④ 犬儒学派，希腊哲学学派之一。该派信徒力图破坏社会常规，并提倡不顾羞耻、直言不讳和朴素刻苦。
⑤ 阿雷蒂诺（1492—1556），意大利诗人、散文家、剧作家。因敢于用文字攻击权贵而受到全欧洲的赞扬。
⑥ 贝尔尼（1497—1535），意大利诗人、翻译家。他的讽刺诗具有独特风格。
⑦ 本译本共十三篇，最后一篇《假姑妈》因有争议，列为附录。

自 序

亲爱的读者，如果可能，我本想不写这篇序言，因为它不如《堂吉诃德》的序言写得出色，所以我并不愿意将本序言附在这里。我现在这样做，是一位与其说是仰慕我的天才，不如说是钦佩我的为人而与我结交的朋友——我一生中结交的众多朋友中的一个——促成的。按照惯例，那位朋友完全可以将我的画像刻印在本书的第一页上，既然那位著名的堂胡安·德·豪雷吉①也有可能将我的画像给他。如果这样，不仅我自己能称心满意，其他一些人也将如愿以偿；因为那些人也许想知道，是个何等模样、什么身材的人胆敢将那么多凭空编造出来的东西在众目睽睽之下公之于世。而在画像下将写上："诸位在这里见到的人，有瘦长的脸，褐色的头发，平展开阔的前额，欢悦的眼睛，弯弯的长得比例适中的鼻子；银白色胡子，不到二十年前它还是金黄色的；浓密的唇髭；小小的嘴巴，不小但为数不多的几颗牙齿，因为只有六颗，况且情况不佳，排列得更差，相互间各不相干；中等个子，不高也不矮；脸色健康，白里透黑；背有点驼；腿脚不大灵便。我说，这就是下列作品的作者的画像：《伽拉苔亚》《堂吉诃德》和模仿恺撒·卡波拉

---

① 胡安·德·豪雷吉(1583—1641)，西班牙诗人、画家，几乎与所有同时代的诗人不睦。

利·佩鲁西诺①写的《帕尔纳索斯之旅》，以及另一些已经散佚的、发表时也许连作者署名都没有的作品。这个人平常名叫米格尔·德·塞万提斯·萨阿维德拉。他曾当兵多年，还当过五年半俘虏，在逆境中养成了忍耐精神。他参加勒班陀海战，身中火枪，失去左臂。受伤后，断臂看来丑陋，他却认为很美，认为是过去以至未来多少世纪所能获得的最崇高、最值得纪念的事。因为他是作为值得他幸福回忆的卡洛斯五世②这个经历战火洗礼的人的胜利旗帜下的一员。"而那位我所抱怨的朋友，除了说我几句好话以外，没有再说什么。对此我为自己列举出许多证据，并且悄悄地告诉了他，从而传开了我的名字，使人相信了我的才能。然而，那种以为这样的赞扬确切地道出了真情的说法，却由于既不准确，又褒贬不明，只是一派胡言而已。

总之，既然这一切已属过去，我也就变成没有一张肖像陪衬的人。我不得不使用我这张嘴来唠叨几句，尽管说起来结结巴巴，但是说起真话来就不结巴，再加上打手势，话就好了解了。亲爱的读者，我再一次告诉你，我奉献给你的这些小说，决不能因其无头无脚，无五脏又无外形而将它们当作大杂烩。我是说，你在某些章节将碰到的绵绵情话是如此真诚，如此合情合理和合乎基督教义。当你阅读这些小说时，无论是粗略浏览还是仔细过目，都不会引起不健康的念头。

我把书名叫做《警世典范小说集》，你若好好看一遍，那么，无

---

① 意大利作家。他于一五八二年写的《巴拿索游记》是塞万提斯诗作的文学范本。

② 世称查理五世，即神圣罗马帝国皇帝（1519—1556）。领有西班牙、南意大利、西西里、德意志、尼德兰以及西班牙在美洲的殖民地。曾镇压西班牙城市公社起义。一五五六年退位，领土分别传给斐迪南及其子腓力二世。

论从哪一篇小说,你都能找出一些有用的鉴戒范例。若不是为了不过多地议论这个题目,也许我会从全书或书中的每一篇故事中摘出一颗美味可口的诚实之果供你品尝。

我写这些小说就像在我们这个社会的广场上摆下一个台球台子。每一个玩球者都可以从中得到乐趣,而不为球棒所伤,就是说,对你的心灵与躯体都无损伤,因为诚实而愉快的游戏会使你得益而不受伤害。

是的,人不是总在神殿里,不是总守着教堂,不是总在从事崇高的事业。人也要有娱乐的时间,使忧愁的心情得到安宁。

为了达到这一目的,人们种上白杨,去寻找泉水,去平整陡坡,在花园里精心栽培花草树木。我斗胆地告诉你一件事:如果这些作品中的教训通过某种方式会引起读者的某种邪念歹意,那就宁可砍掉那只写书之手,也不要出版这些作品。我的年龄已不是嘲弄另一种生命①的时候了。我已经在五十五个年头以后又多活了九年。

我已贡献出自己的才智,这也是我的癖好。此外,我还明白,自己是第一个用西班牙语写小说的人②。现在印出来的许多西班牙语小说都是从外语翻译过来的,而这些作品却是我自己创作的,既非模仿,也非剽窃。我的才智孕育出这些小说,我的生花妙笔写下了这些作品,而经验与高度素养帮助这些作品成长。在这些作品之后,如果我还活着,并能如愿以偿的话,我将把《贝雪莱斯历

---

① 指人死后的永恒的生命。
② 作者这里指的"小说"的含义比起现代我们所指的"小说"要窄得多。因此,在今天看来是小说的骑士小说或像《小癞子》《卢卡诺尔伯爵》等著作,当时均不算是小说。

险记》①奉献给你。它堪与赫利奥多罗斯②的书匹敌。首先你将看到堂吉诃德和聪明俏皮的桑丘·潘沙的众多英雄业绩,接着,你将看到《花园中的几星期》这本书。

我力量如此微薄,却作出了为数不少的诺言,然而,有谁曾向愿望低过头呢?我仅希望你考虑这点:既然我已大胆地将这些作品呈献给伟大的莱莫斯伯爵,那么冥冥中的神秘之物必会抬高那些作品的身价。

就此搁笔,愿上帝保佑你。保佑我耐心地听取对我的吹毛求疵和过分之词。再见。

---

① 即《贝雪莱斯和西吉斯蒙达历险记》,是作者最后的一部作品,于一六一七年出版。
② 希腊传奇作家,生于叙利亚埃美萨,是塞万提斯文学创作的楷模。

吉卜赛姑娘

吉卜赛人不论男女,似乎生到世上就是为了做贼,生养他们的父母是贼,和他们一起厮混长大的是贼,他们学的也是做贼,到末了儿理所当然就成为惯贼。偷窃欲望与偷窃行为成了与他们形影不离的现象,到死都改不掉。话说有个吉卜赛老太婆,本也擅长卡科①之术,现因年老身衰,就收养了一个姑娘作孙女,给她取名叫普雷西奥莎②,还把吉卜赛人的言谈行为和一套偷骗的歪门邪道都传授给她。普雷西奥莎成了吉卜赛人中最出色的舞蹈家,不仅在吉卜赛人中间,就是在所有以美貌、端庄闻名的姑娘中间,也是最美丽、最端庄的姑娘。吉卜赛人要比别的人承受更多的日晒、风吹和寒暑激变,但是这些都不能减损她的容光,也不能使她的双手变黑。还有,她所受的粗野教育不仅没在她身上显露出来,还产生了大大超乎一个吉卜赛姑娘所具有的高尚品质,这是因为她十分有礼貌,而且极讲道理。尽管她活泼爽朗,却不带一点轻浮。她言词锋利,但为人正直,因此,无论老少,没有一个吉卜赛女人敢在她面前唱淫歌艳曲,说不正经的话。老祖母终于在孙女身上发现了可贵之处,这只老鹰就决心带领小雏振翅翱翔,教她靠自己的小爪

---

① 卡科是罗马神话中火神伏尔甘之子,一次因偷大力神赫丘利的牛而被杀。现在西班牙语中"卡科"一词意为"小偷"。

② 意为珍贵、美丽、聪明的女子。

谋生。

普雷西奥莎会唱许多民间圣歌、民谣、塞基迪亚小曲和萨拉班达小曲①，她还会唱其他诗歌，尤其擅唱抒情歌谣，唱起来特别优美动听。由于她那狡黠的祖母看出她孙女的这些能耐，再加上年轻貌美，十拿九稳会产生为她招财进宝的诱人魅力，于是，她尽可能通过各种途径收集诗歌，事实上也不乏愿意为她写作诗歌的诗人。有些诗人应吉卜赛人的要求，把自己的作品卖给他们，就像有的人替瞎子做的那样，还把自己作的诗吹得天花乱坠，以便从他们的收入中分到好处。世上什么事都有，饥饿也许会使天才投身到罕见的事情中去。

普雷西奥莎是在卡斯蒂利亚各地流浪中长大的。十五岁那年，她的义祖母带她回到京城②，回到在圣巴巴拉郊区的旧居，这是吉卜赛人最常见的那种简陋小屋。她想在一切都出售、一切都买得到的京城出脱她的货物。普雷西奥莎首次进马德里是在该城保护神圣安娜的节日③那天。八名吉卜赛女人——四个老太婆和四个姑娘跳着舞，由一个吉卜赛男舞蹈能手在前头领舞。尽管所有跳舞的女人都收拾得干干净净，打扮得花枝招展，可是普雷西奥莎却打扮得使见到她的人都渐渐地喜爱上她。在小鼓声、响板声和舞蹈的节奏声中，可以听到对这个吉卜赛姑娘的美丽和优雅的低低赞扬声。小伙子跑来看她，成年男人也来瞧她。他们听到她的歌声（她是边歌边舞的）时，对这位吉卜赛姑娘更是啧啧赞美。节日里评选委员们一致同意，当场授予她最佳舞蹈的奖金和首饰。

---

① 塞基迪亚小曲和萨拉班达小曲，均为西班牙民间谣曲。

② 指王宫周围的地区。

③ 在七月二十六日，该节日由教皇儒利奥二世于一五一〇年确定。圣安娜不仅是马德里的保护神，也是马德里郊区吉卜赛人的保护神。

接着大家簇拥她来到圣玛利亚教堂的圣安娜像前。在全体妇女跳过舞以后，普雷西奥莎手拿铃鼓，在铃鼓声中极其轻盈地转了几个大圆圈，并唱起抒情歌谣：

树木无论多么珍贵，
如果迟迟不开花结果
年复一年的时光
会使它蒙受哀伤；

情人的心愿
尽管纯洁真挚，
命运也难注定
违愿的事情仍然会不期而至；

只因耽搁拖延，
出自神圣殿堂的
那种苦恼忧伤，
向男子汉袭来；

土地贫瘠，但仍不失神圣，
终于以她的
大量收成
养育着大地苍生；

造币工场
要制造钢模
先赋予上帝

人类的形象；

女儿的母亲
历经人世沧桑
要求女儿
体现上帝那样的伟大与端庄。

对于她，对于你
安娜呵，你护卫着我们
纵然命运乖蹇
遇到你也能化险为夷。

毋庸置疑
你那怜悯和正义的光辉
及时地
普照着子孙后裔。

千万亲人
与你一起，
奔赴
极乐的圣地。

女儿啊！孙儿啊！
女婿啊！此时此地
要满怀豪情
歌颂正义。

可是,你,谦卑的人儿
到书斋中去吧,
女儿在那里
恭顺地将课程研习。

而今在你身边
上帝最为贴近,
你能如此享受他崇高的福音
是我料想不及。

　　凡是听到普雷西奥莎歌声的人没有不赞赏的。有的说:
"上帝保佑你,姑娘!"另外的人说:"可惜这姑娘是吉卜赛人!
她确实配得上做大领主的闺女。"另外一些较粗鲁的人说:"这
小妞儿再长大一点,一定是满不错的!可以肯定,到时候她准
是一块勾魂的好材料。"另一个较通人情,但更粗俗、更笨拙的
人,看到她舞步如此轻盈,就对她说:"孩子,这样跳,步子要小
一点,跳得更快一些。"她一边跳一边回答说:"我就跳得更快
一些。"

　　圣安娜的节日和晚会结束以后,普雷西奥莎稍感劳累。但是
在整个京城,人们三五成群地在谈论她,赞扬她的美丽、机智和端
庄,谈论着她这个舞蹈能手。

　　十五天后,他们又回到马德里,她和另外三个姑娘一边拿着铃
鼓,一边跳着新编的舞蹈,并且准备了抒情歌谣和欢乐的小调,不
过都是健康正派的曲调。普雷西奥莎不同意伙伴唱下流歌曲,她
本人也从来不唱,这一点得到大家的称赞和看重。

那个吉卜赛老太婆与她寸步不离,充当阿耳戈斯①的角色,她深怕会有人把她孙女偷走。她把普雷西奥莎叫作孙女儿,普雷西奥莎也把她当祖母看待。

她们在托莱多大街的树荫下跳舞,不大一会儿,那些跟来观看的人就围成一个大圆圈。她们在里面跳,老奶奶就向大家讨钱,只见铜币雨点似的落在地上,看来美色也有唤醒沉睡的慈悲心肠的力量。

舞蹈结束时,普雷西奥莎说道:

"假如诸位给我四夸尔托②,我就给诸位独唱一支非常优美的抒情歌谣,讲的是我们王后陛下玛加丽塔夫人来到巴利亚多利德,之后又到圣洛伦特做分娩弥撒的事。我奉告诸位,这可是一首名曲,作者是一位鹤立鸡群的诗人。"

她刚一说完,几乎所有围观的人都喊了起来:

"唱一个吧,普雷西奥莎,你看,这是我的四夸尔托。"

于是铜币就像下雹子似的向她飞来,老奶奶的手都来不及捡。普雷西奥莎毫不迟疑地将钱捡起,一边响起铃鼓,用轻快的声调唱道:

> 欧洲至上的女王
> 幸临分娩弥撒,
> 她雄才大略,声名显赫,
> 她是令人叹绝的珍宝。
>
> 她秀目流盼

---

① 即希腊神话中的百眼巨人,比喻警觉性很高的人。
② 西班牙铜币名,八夸尔托等于一银雷阿尔。

勾摄人们的魂魄，
她虔诚华贵
引得人们瞠目结舌。

为显示她乃降临大地的
天之骄子，
她一手掌定哈布斯堡家族的太阳①
一手携着娇柔的司晨女神②。

她的背后紧紧跟着
出非其时的金星③，
天地为之哭泣
白昼变成黑夜。

如果说空中的繁星
组成光彩夺目的彩车，
女王上空的彩车
则又饰有灿烂的星光。

这里是年迈的萨图尔努斯④，
他返老还童，胡须乌光，

① 喻指西班牙国王费利佩三世(1578—1621)。
② 喻指堂娜安娜公主，费利佩三世之女，一六〇一年生于巴利亚多利德城。
③ 喻指费利佩三世之子堂费利佩亲王，于一六〇五年生于巴利亚多利德城，其时适逢乱世。
④ 罗马神话的司农之神。自被儿子朱庇特推下大地后就匿居路西奥，教人务农。

动作虽迟钝,步履却轻巧,
人逢喜事精神爽。

多嘴的神祇
用的是逢迎调情的温柔软语,
而朱庇特需要的礼物
不是嘴巴而是珠宝。

那儿是盛怒的战神,
他扮成好学不倦
风度翩翩的少年,
这副尊容即使他本人见到亦感惊诧。

主神朱庇特
君临太阳神邸,说明
世上无难事,
只需得恩宠。

人间仙女的张张脸庞
都映有月神的风采,
天堂仙子的千娇百媚
却集中在纯洁的维纳斯身上。

小小的伽倪墨得斯①

———————————

① 希腊神话中的特洛伊王子。

在这布满奇妙天体的
狭长地带，
穿梭而行，来往奔波。

令人惊诧不已的是，
挥金如土者
总是走向
倾家荡产。

米兰的华丽多彩的布匹，
西印度群岛的钻石，
阿拉伯的香料，
吸引着好奇者的来访。

居心叵测起因于
诽谤别人的妒忌心理，
慈悲心肠孕育在
西班牙忠贞的胸膛。

愁眉苦脸换成了
皆大欢喜，
人们不拘礼节、如痴似狂地
奔向街道和广场。

千百人打破沉寂
开始默默地祝祷，

年轻人重复着
成年人起唱的曲调。

那个人说:"富饶的葡萄蔓,
生长、爬攀、拥抱和抚摩
为你造福的榆树,
它千年万载为你提供乘凉遮荫的地方。

祝你荣光,
祝愿西班牙幸福荣耀,
祝你获得教会的庇护,
祝你领受穆罕默德的赞赏。"

这个人祈祷说:
"哦,白色小鸽子,祝我长寿吧!
养育的恩情想必不会忘却
带有双冠的雄鹰!

善掠猎物的猛禽,
如欲破空而逸,
拍击起双翅,
来掩盖你胆怯的内心。"

另一个更机智庄重、
敏锐又罕见的人,
说起话来满面春风,

喜形于色：

"你赠我们的这颗明珠，
是哈布斯堡家族独一无二的珍珠，
它能毁掉机器，
打破计谋，

产生希望，
也能使愿望落空，
使恐惧增添，
使孕妇流产！"

这时候，圣徒劳伦梭
由费尼克斯来到了神庙，
虽被焚于罗马，
但他永垂不朽，无上荣光。

点点繁星落在
生命的画像，
圣母的画像，
和那卑微者的画像上。

玛加丽塔①屈膝跪倒在
圣母、贞女的面前，跪倒在

————————

① 喻指费利佩三世之妻。

上帝爱女及娇妻的面前，
这样说道：

"我今奉还你所赐我的一切，
你那永远慷慨的手；
哪里你的恩惠达不到，
苦难必定产生。

我将自己最初的成果
献给你，美丽的圣母，
这样的果实，敬请你过目、
接受、保护和改良。

我将其父托你庇护，
仁慈的阿特兰特①屈着身躯，
是因肩负王土
和那穷乡僻壤的恶劣气候所造成。

我知道君王心地善或恶，
取决于上帝，
只要你慈悲为怀，
你就将与上帝同在。"

---

① 又名阿特拉斯，顶天的巨神。一说他看到了蛇发女怪美杜莎之后变成了大
山。世人称他为受上帝惩罚而双肩顶天的巨神。人们常将他喻作负担过重
者。

> 这一次祈祷结束，
> 另一次类似的祷词将被诵唱，
> 赞美诗的诵唱声显示
> 光荣的上帝已临降大地。

> 祈祷完毕，
> 王家的礼仪告一段落，
> 灿灿群星
> 重新返回原来的地方。

普雷西奥莎一唱完，那些高贵有身份的听众也异口同声说道："再唱一个，普雷西奥莎，钱像黄土那样有的是。"

观看吉卜赛姑娘舞蹈，听她们唱歌的人数达二百多，歌的曲调打动了一位路过那里的市议员。他看到那么多人聚集在那里，就问怎么回事儿；他得到的回答是，他们在听一位美丽的吉卜赛姑娘唱歌。他好奇地走过去听了一会儿，但为了不失身份，没听完那首抒情歌谣就走了。然而他对吉卜赛姑娘的印象极好，就派一名随从告诉吉卜赛老妇人，要她晚上带那些吉卜赛姑娘上他家，因为他夫人堂娜克拉拉想听她们唱歌。随从一说，老妇人就满口答应前往。

歌舞结束后，他们就转移场地，这时候，一个穿着讲究的随从走到普雷西奥莎跟前，一边递给她一张叠好的纸，一边对她说道：

"唱唱这首歌谣吧，普雷西奥莎，这首歌谣非常动听，以后我还要时常给你别的歌谣，这些歌谣会使你取得世界最佳歌手的美名。"

"我太愿意学了，"普雷西奥莎答道，"先生，请你别忘记把你说的那种抒情歌谣给我，不过那些歌谣得是正派的；如果你要我们付钱;那么咱们说好论打计算,满十二支歌,付十二支歌的钱;想要我预付,那可没门儿。"

"你就是不给我钱,普雷西奥莎小姐,"那个随从说,"我也会很高兴的;再说,要是歌谣不好,又不正派,你就不给算数嘛。"

"这个我自己会挑选的。"普雷西奥莎答道。

说着他们沿街往前走,只见有几位骑士从一个窗栏里招呼那些吉卜赛姑娘。

那个窗栏很低,普雷西奥莎探头到那里,看见许多骑士在一个装饰华丽、色彩鲜艳的大厅里消遣,有的在踱步,有的在玩各种赌博游戏。

"先生们,你们愿意给我头钱吗?"普雷西奥莎说,由于是吉卜赛姑娘,"S"音与"θ"音混淆不清,所以在说"先生"这个词时不自然,有点造作。

一听到普雷西奥莎的声音,一看到她的容貌,赌博的停了赌博,踱步的停下了步子,他们纷纷来到窗栏跟前看她,因为她的情况他们已有所闻,他们说道:

"进来,吉卜赛姑娘们进来吧,在这里我们一定给你们头钱。"

"你们如果欺侮我们,"普雷西奥莎答道,"那就便宜不了你们。"

"不会的,相信骑士的保证吧。"一个骑士答道,"你放心进来好了,姑娘,谁也不会碰你一根毫毛;凭我胸口这枚骑士团勋章担保,不会碰你的。"

说完,他将手放在一枚卡拉特拉瓦骑士团勋章上。

"如果你想进去,普雷西奥莎,"和她一起的三个姑娘中的一个说道,"你就快进去吧;有那么多男人的地方我可不想进去。"

普雷西奥莎答道:"克里斯蒂娜,你瞧,只有单独一个男人你就得提防,那么多男人在一起,你就不用提防;因为在许多人跟前用不着担心给人欺侮。克里斯蒂娜,有一件事倒是千真万确的:女人只要决心做个正派人,就是在一队士兵中间,也能保住名节的。当然有些场合最好避开;但那是指秘密场合,而不是指公开场合。"

"咱们进去吧,普雷西奥莎,"克里斯蒂娜说,"你比学者还懂得多。"

吉卜赛老奶奶一怂恿,她们就进去了;普雷西奥莎刚一进去,那个身佩骑士团勋章的骑士看见她胸口掖着一张纸片,就上前去拿,普雷西奥莎说:

"哟,别拿走,先生,这是人家刚刚给我的一首抒情歌谣,我还没有看过呢!"

"你会看吗,姑娘?"一个说。

"她还会写呢!"老奶奶答道,"我的孙女,我就像抚养有学问人家的孩子那样抚养她呢。"

那位骑士打开纸片,看见里面有一枚金币,就说:

"真的,普雷西奥莎,信里还夹着钱呢,请拿好这枚夹在抒情歌谣里的金币吧。"

"行了,"普雷西奥莎道,"那位诗人把我当穷人了。诗人给我金币这件事确实比我得到金币更加不可思议。要是他送来抒情歌谣时都要外加这玩意儿的话,他倒可以把《西班牙歌谣集》全部抄来,而且要一篇一篇地送给我,我要用手摸一摸,如果里面是硬的呢,我就柔情地将它收下。"

听到吉卜赛姑娘这番妙论,大家都十分赞赏,佩服她说得机智而俏皮。

"念吧,先生,"她说,"大声地念,我们看看那位诗人是否既慷慨又机智。"

那个骑士念道：

> 可爱的吉卜赛姑娘，
>
> 对你的美丽，世人只能祝贺赞赏，
>
> 只因你那颗宝石般心肠
>
> 人们才称你普雷西奥莎。
>
> 事实使我确信，
>
> 在你身上更得到证明，
>
> 冷酷与美丽
>
> 总是形影不离。
>
> 如果你的骄傲
>
> 随着身价与日俱增，
>
> 那么对你出生的时代
>
> 难以带来美妙的前景。
>
> 你是一个蛇怪①，
>
> 目光能置人于死地，
>
> 你的统治虽然仁慈，
>
> 我们却觉得与暴君无异。
>
> 穷苦的吉卜赛人
>
> 怎能养育这样的丽质，
>
> 卑微的曼萨纳雷斯河②啊，
>
> 怎能产生这般秀丽的艺术珍品。
>
> 你将因此

---

① 相传蛇怪一瞪眼或一叫就会死人。

② 说这条河卑微，因为实际它的河床上几乎没有河水。

与金色的塔霍河齐名，
因为普雷西奥莎
比滔滔的恒河更为贵重。

　　你预言幸福，
却让人终生受穷；
你表里不一，
内心想的西，嘴里却说东。

　　谁要朝你一瞥，
就会大祸临门，
你甜言蜜语为自身开脱，
你的美貌却致人以死命。

　　传说吉卜赛女人，
个个都精通妖术，
而你身上孕有的巫术，
更是货真价实，魔法无边。

　　谁要一见到你，
就神魂颠倒不能自已，
啊，姑娘，你的魔力
就在于你那对秀丽的眼睛。

　　你那迷人的舞姿令人惊叹，
更具无穷无尽的魅力，
你的眼神勾人魂魄，
你的歌声令人心醉。

　　你千娇百媚令人销魂，
无论你说话或沉默，唱歌还是睨视，
亲近还是躲闪，

都能点燃起人们的恋火。

最开阔的心灵，

都归你统治支配，

我的心灵就是明证，

它愿永远受你统治，让你满意称心。

爱的珍宝，普雷西奥莎，

诗文虽然显得如此苍白无力，

却出自愿为你出生入死的情人的拙笔，

他尽管贫困，愿终生做你卑微的爱慕者。

"这首诗用'贫困'两字来收尾，"这时候普雷西奥莎说，"是不祥的预兆，情人永远不应该说贫困，因为在我看来，贫困一开始就是爱情的大敌。"

"谁教你这个的，姑娘？"有人问她。

"为什么非要有人教我呢？"普雷西奥莎回答说，"我没有心灵吗？我不是已经十五岁了吗？我又不缺胳膊少腿，也不比别人懂得少。吉卜赛妇女的智慧和别人就是不一样，按她们的年龄来说，她们总是更聪明些。吉卜赛人不论男女，没有一个笨蛋；为了谋生，他们靠的是聪明伶俐、狡黠和撒谎，而且时时刻刻都在磨练自己的机智，决不让头脑发霉生锈。你们看见这几个姑娘了吗？她们是我的同伴，她们沉默不语，看起来像傻子，是不是？那么，请将你们的手指放进她们的嘴①，去摸摸她们的智齿看看，你们就会明白一切了。没有一个十二岁的姑娘不知道一个二十五岁的姑娘才知道的事，因为她们是拜魔鬼为师，是以实践为师，而这两位老师

---

① 这句话的潜台词是：将手指放进她们的嘴，看看会不会咬你，会咬的是聪明人，不会咬的是傻子。

能在一小时内就教会她们需要一年才能学到的东西。"

那帮人听了吉卜赛姑娘这番议论都大吃一惊,于是那些赌钱的,甚至那些没赌钱的,都给了她头钱。老奶奶的钱罐里足足装了三十雷阿尔①,她赚足了,高兴得赛过过复活节。她带着她的温顺的姑娘们去议员家,并答应以后再带这些温顺的姑娘回来让那些慷慨解囊的老爷们高兴高兴。

议员老爷的夫人堂娜克拉拉太太已经听说有一帮吉卜赛姑娘要来她家。她和侍女、女管家以及一些邻居太太聚在一起,像盼五月的雨水那样盼她们光临,都想看看普雷西奥莎。

吉卜赛姑娘们一走进屋子,普雷西奥莎在她们中间显得十分出众,犹似无数微弱灯光中的一把火炬。于是,她们纷纷向她跑过去,有的拥抱她,有的端详她;这些人祝福她,那些人赞美她。

堂娜克拉拉说:

"这才叫金发呢!这才是碧眼呢!"

邻居太太把她浑身上下细细地看个够,连四肢、关节等部分都看遍了。接着又称赞起普雷西奥莎下巴上的一个小圆窝,她说:

"哟,多美的圆窝!这个圆窝谁看上一眼都准会神魂颠倒。"

堂娜克拉拉太太身边的一名随从,一个长着大胡子的老年人听到这句话就说道:

"太太,您管这个叫圆窝吗?圆窝我知道的不多,这可不叫圆窝,这得叫埋葬强烈欲念的坟墓。老天爷!这个吉卜赛姑娘长得那么标致,比用白银或者粉团做的还要好看!小姑娘,你会算命吗?"

"会三四种方法算命。"普雷西奥莎答道。

---

① 西班牙小银币。

"算命你也会?"堂娜克拉拉说道,"请看在议员老爷分上,你一定得替我算算命,我的金姑娘,银姑娘,珍珠姑娘,红宝石姑娘,天仙姑娘,我可叫不出别的什么名字来了。"

"请把您的手掌给姑娘看看,好让她在上面画十字,"吉卜赛老太婆说,"你们就会知道她要说些什么,她比看病的医生懂的还多呢。"

议员太太将手伸进腰袋,发现自己一个子儿都没有,就向她的女仆要一夸尔托,可是她们谁都没有,连那位邻居太太也没有。

普雷西奥莎看见后就说:

"本来画十字,用什么都可以,不过用银币或金币最好,如果用铜币画十字,你们也知道,这是会影响你们运气的,至少我算起命来是这样的,所以我喜欢一开始用一枚金埃斯库多①,或者一枚当八的银雷阿尔,至少是一枚当四的银雷阿尔②在手心画十字,因为我就像教堂司事一样,祭品好的时候就高兴。"

"看得出来,姑娘,你真灵。"邻居太太说道。随即转身吩咐随从:

"孔特雷拉斯先生,你手头有当四的雷阿尔吗?替我给她一个,等我做医生的丈夫一回来,我就还你。"

"有,我有,"孔特雷拉斯答道,"不过昨晚上我在吃饭时已经把它典当了二十二个马拉维迪③,我马上去把它赎回来。"

"我们大家连一夸尔托都拿不出,"堂娜克拉拉说,"而你倒要二十二个马拉维迪。去你的,孔特雷拉斯,你说话总是那么不合

---

① 西班牙古币名。
② 一个银雷阿尔等于三十四文小钱,当八的大银雷阿尔等于一两银子,值八个银雷阿尔,当四的银雷阿尔值四个银雷阿尔。
③ 西班牙古辅币名。

时宜。"

在场的一名侍女,看到一家人都分文不名,就对普雷西奥莎说:

"姑娘,用银顶针画十字可以吗?"

"不但可以,"普雷西奥莎答道,"而且,如用许多银顶针画的话,画出来的会是世界上最好的十字。"

"那么,我有一只,"侍女答道,"如果这已经够了的话,就请收下,不过你也要给我算一下命。"

"一个顶针要算那么多命?"吉卜赛老太婆说道,"孩子,快快结束算了,天已经黑了。"

普雷西奥莎接过顶针,一边拿着议员太太的手,一边说道:

> 美丽的太太,美丽的太太,
> 你的双手洁白如银,
> 你丈夫爱你胜过
> 阿尔普哈拉斯山谷的君王①。

> 你是一只性情温和的鸽子,
> 有时也会野性勃发,
> 像一头奥兰②的母狮,
> 或奥卡尼亚③的猛虎。

> 然而转瞬间,

---

①　反对天主教统治的摩尔贵族,他的爱情故事广为流传。

②　北非阿尔及利亚的一个地区。

③　应为依尔卡尼亚的猛虎,这是缺少文化之人的口误。

你的怒火就烟消云散，
像一头驯顺的羔羊，
变得那么纤弱斯文。

当妒心发作时，
你就斗嘴争吵，饮食不进，
议员喜爱拈花惹草，
他不惜诉诸武力，棍棒加诸你身。

当你还是二八佳丽的时候，
一个翩翩少年爱你如狂，
偏偏说媒的从中作梗，
致使有情人眷属难成。

往年你若是当上修女，
今天的修道院就受你管辖，
因为你天生具有
做修道院长的才能。

我本不愿对你讲，
可是说出来也无妨，
你将成为寡妇，
还要一而再，再而三地改嫁。

别哭泣，我的太太，
我的太太，莫悲伤，

我们吉卜赛女人
说的不总是如意吉祥。

失去伴侣固然伤心，
要是你死于议员的前头，
那就一了百了，不再有任何悲哀，
也不用再做别人的遗孀。

你将立即继承
一笔可观的遗产，
你还将有个儿子去当教士，
但看不出属于哪个教派。

不会是托莱多教派，那不可能。
你有一个女儿，皮肤雪白，头发金黄，
要是她当上修女，
长大后也可能成为修道院院长。

如果四星期后，
你的丈夫幸免一死，
他将成为布尔戈斯
或者萨拉曼卡的官长。

你这颗痣长得多美，
啊，耶稣，它就像
照亮尽头处黑暗山谷的

皎洁的月亮和明媚的太阳!

不少盲人想要看一眼,
付出了多少块银币,
现在你在微笑,
要总是这样妖媚优雅该有多好!

要提防失足摔跤,
千万别仰天摔倒地上,
对高贵的命妇们来说,
这往往是危险的征兆。

还有几件事要奉告,
星期五你若在此等候,
就将听到使人高兴,
并掺有令人不快的消息。

普雷西奥莎算完命,在场的人都迫切想知道自己的命运,要她给自己算一算;然而,她说到下星期五再来,等她们准备好画十字的银雷阿尔以后再给她们算命。

这时候,议员老爷回来了,大家纷纷向他讲述吉卜赛姑娘了不起的地方。议员让她们跳了一会儿舞,才真正相信大家对普雷西奥莎的赞扬是有道理的。他把手伸进口袋,想给她点什么;但在口袋里仔细掏了一会儿,最后抽出来的还是一只空手,他说:

"老天爷,一分钱也没有!堂娜克拉拉,你给普雷西奥莎一雷阿尔,我过一会儿还你。"

"太好了,确实太好了,老爷!来,给你一个空头雷阿尔!我们这些人连画十字的一夸尔托都没有,你倒向我们要一雷阿尔!"

"那么你就给她一点值钱的小玩意儿表表心意,等下次普雷西奥莎来见我们时,我们再赠她点好东西。"

堂娜克拉拉听了回答说:

"那么,为了使她下次再来,现在我可什么也不想给普雷西奥莎。"

"要是你们现在什么都不给我,"普雷西奥莎说道,"我再也不上这儿来了。要是哪天回来了,我还是要为如此尊贵的老爷太太们效劳的。不过,你们不必破费给我什么了,我也没这份耐心等着。议员老爷,你要进行贿赂,才能发财,不必采取新办法,否则会饿死的。你瞧,老爷,我听说——尽管我年纪还轻,可我明白说的不是好话——当官的时候就是要捞钱,以备将来支付罚金①,同时还可以用来谋求别的职位。"

"心术不正的人才这样说这样干呢。"议员接口道,"然而,政绩好的官员用不着支付什么罚金,办事尽职就足以使他再次谋得职位。"

"您说话的口气像个圣徒,议员老爷,"普雷西奥莎回答道,"再这样下去,我们就要从您的破旧衣服上剪点儿下来做圣物了。"

"你懂得很多,普雷西奥莎。"议员说,"不讲了,我来安排国王和王后陛下接见你,因为看来你是'王族的成员'②。"

"别人要我骗人,"普雷西奥莎答道,"可是我学不会,而且骗

---

① 从前西班牙有一种习俗,文官离职时,必须在当地逗留一个时期,如有人对其劣迹提出控告,就要受罚。

② 这句原是赞扬别人或某事的话,但这个短语同时也可作骗子手讲,故普雷西奥莎以为对方在奚落她而答道:"别人要我骗人……"

人的东西总要完蛋的;如果有人想让我变聪明点,那还可以试一试,然而在某些宫殿里,骗子手要比行为端正的人更走运。我觉得做一个穷吉卜赛姑娘很好,她可以到老天爷安排的任何地方去碰碰运气。"

"唉,孩子,"吉卜赛老奶奶说,"别再说了,你已经说得够多了,你懂的比我教过你的东西还要多。别太露锋芒炫耀自己了。讲一些与你年龄相称的话吧,别蹦得太高,蹦得太高没有不摔跟头的。"

"这些吉卜赛女人身上有魔鬼附身。"这时候议员这样说。

吉卜赛人向主人告别了,但当她们要走的时候,给顶针的那名侍女说:

"普雷西奥莎,给我算个命,否则把顶针还我;没有顶针,我就没法做活了。"

"小姐,"普雷西奥莎答道,"请考虑一下我对你说过的话吧,你就想办法另买一只顶针,要不,你就等下星期五我来时再做花饰抽结的活儿,到时候,我会给你讲讲你的命运,再给你讲比骑士小说中写的还要多的惊险故事。"

她们出门后,就同那些在圣玛利亚节日由马德里回村的村妇在一起,她们人数众多,所以吉卜赛妇女总是和她们搭伴而行,这样走起来安全些,因为老奶奶一直担心会有人拦路抢劫普雷西奥莎。

一天早晨,她们和其余吉卜赛妇女一起回马德里行窃,在离村子还有五百步远近的小山谷里,看见一个英俊的小伙子,他一身出门人装束,穿得很是华丽。他佩有宝剑和匕首各一把,就像人们常说的那样:金光闪闪。帽上配有华丽的饰带,并饰有各色羽毛。吉卜赛妇女一见到他,就停了下来,开始慢慢地对他端详起来。她们奇怪，在这种时刻一个如此漂亮的小伙子怎么独自在这种地方步行。

小伙子走到她们跟前，和吉卜赛老妇人说：

"朋友，看在你最喜欢的东西分上，请你和普雷西奥莎两人单独听我说句话，这一定会给你们带来好处的。"

"我们没有走多少冤枉路，也没耽误多少时间，所以你来得正是时候。"吉卜赛老人回答说。

她招呼了一下普雷西奥莎，两人走到离别人约二十步的地方，就停了下来。小伙子说道：

"普雷西奥莎的端庄与美貌征服了我，所以我不得不来这里。我费尽力气要使自己不陷入这一步，但是做不到，也不可能做到，反而越陷越深。太太，小姐——如果我的奢望得到老天爷的支持，我将永远这样称呼你们——我是一个骑士，这一点你们从这枚骑士团勋章就可以一目了然（他把外套掀开，胸前露出西班牙最有声望的一种勋章），我是某人——为尊重起见，这里暂不披露他的姓名——之子，并在他的监护之下；我是个独生子，按理是可望获得他的继承权的。我父亲正设法在宫廷谋职，现在只等国王的最后任命下达，这个职位几乎完全有希望得到。然而，尽管有了我向你们提到的和几乎已经表明的贵族身份和地位，我却愿意成为这样一个巨人，就是将普雷西奥莎的低微地位提高到同我的高贵身份相一致，也就是说，我要她成为同我一样的人，成为我的妻子。我并非想嘲弄她，而在真诚的爱情中间也不可能掺杂丝毫嘲弄之情。我仅仅想以她最喜欢的方式为她效劳。她的意愿就是我的意愿。和她在一起，我那生命的蜡烛上面才能铭记下她所喜欢的一切，而且这不仅是刻在蜡上面，而是刻在大理石上面，其硬度可以与永恒的时间相媲美。如果你相信我的真心实意，就千万别令我的希望落空。但是,你若不信我的话,那么,你显露出来的任何怀疑都将使我心惊胆战。我的名字叫某某(随即他就告诉了她们),我父亲的名字前面已经说过。我家就住在某某街道,上面有如此这般的标记,你可以向邻居甚至非邻居打听。我父亲和我本人的名字与地位就是在王宫大院,甚至在朝廷里也不是太默默无闻的。今天,我带来一百金埃斯库多,给你留作聘礼和信物,想必你不至于拒绝这颗心灵深处献给你的财物!"

在这位骑士说话之际,普雷西奥莎一直注视着他,无疑,他的谈吐和身材应该说不错,于是她转身对老太婆说:

"奶奶,请原谅我,并允许我来回答这位如此多情的先生。"

"你想怎么回答,你就自己说吧,孩子,"老奶奶回答说,"我知道你会机智地处理这件事的。"

普雷西奥莎说:

"骑士先生,尽管我是个吉卜赛姑娘,贫穷,出身微贱,但是我却有一颗富于想象力的心灵,里面装有许多崇高的东西。我不会为诺言与馈赠所动,恭顺不能使我改变意志,甜言蜜语也并不使我吃惊。我虽然只有十五岁——据我祖母说,到圣米格尔节 ①,我才满十五——可是我的思想已经成熟,已经超出我年龄所允许的范围,这一点,与其说是我的经验积累所致,不如说是自然形成的。但是不管是由于这样或那样的原因,我却知道初恋者的爱情,是由于意志越出常规而引起的不慎重的冲动所造成。这种不妥当的草率从事、随心所欲以及为了饱眼福而求一时之快的做法,是会落入痛苦的深渊的。一旦满足了欲望,人的愿望就会因已经占有了所向往的东西而减弱,这时候,他也许睁开了理智的眼睛,看到从前

---

① 圣米格尔,率领天兵之神。圣米格尔节为九月二十九日。

所崇拜的正是现在极其厌恶的。这种忧虑使我产生了谨慎之心，并且达到如此的程度，那就是，我不相信任何花言巧语，我还怀疑许多话语。我只有一件珍宝，我把它看得比生命还要重，那就是我的清白贞操，我决不会凭几句诺言和一些赠物而出卖自己的珍宝，因为说到头，这是一种卖身。如果贞操能够买到，那就很不值得珍重了；要是想用骗术或其他伎俩获得它，我宁可带着清白的身子进坟墓——也许是进天国，也不愿让贞操被幻想的怪物夺走或玩弄。关键在于贞操，只要有一点可能，哪怕是想象中的可能，就不应该遭到玷污。玫瑰树上摘下的玫瑰，凋谢起来有多快，有多么容易啊！这个碰碰它，那个闻闻它，另一个摘下它的花瓣，最后，它就在那些粗暴的手中被摧残了。先生，如果你就是为这种珍宝而来，那么你只有通过婚姻这条纽带才行。而贞操的换得也必须通过这个神圣仪式①，那时候就不是失去贞操，而是用自己的贞操去换来对方许诺给她的幸福。你如果想做我的丈夫，我可以做你的妻子，但是必须答应许多先决条件，我们还要先对你进行一番调查。首先，我必须知道你是否就是你自己所说的那样的人；这件事证实以后，你还必须离开你双亲，住在我们的营寨，穿上吉卜赛人服装，在我们的学校里学习两年，在此期间，我与你彼此都要能使对方满意。两年以后，如果你满意我，我也满意你，我就将成为你的妻子。但是在这以前，咱们在相处过程中，我只是你的姐妹和为你效劳的奴仆。你必须考虑的是，在这段时间内，你很有可能不像现在这样失去视力，或者至少说看不清楚；而是恢复了视力，看到还不如赶紧离开你现在如此热切追求的一切更为合适。为了恢复你已失去的自由，你只要认真忏悔一下自己的过失，就能得到宽恕。如果你同

---

①　在塞万提斯作品中，是指按宗教仪式举行的婚礼。

意我所提的那些条件,成为我们队伍中的一员,你就有可能得到一切;若是有一条没履行,你就别想碰我一个手指头。"

小伙子被普雷西奥莎的一席话弄得惊喜过头,他听得入了迷,眼睛看着地,像是在思考应该怎样回答这些问题。

看到这一情景,普雷西奥莎对他说:

"这样的大事不要求在这么短的时间内回答,现在这么一点时间不可能也不应该做出决定。先生,你先回家,慢慢地考虑,看看怎样做对你更合适。然后,你可以在你去马德里或从那里回来时,在这同一地方,将你的决定告诉我。"

骑士听后回答道:

"既然上苍让我爱上你,我的普雷西奥莎,凡是你向我提出的要求,我一定坚决办到。尽管我从未想过你会向我提出刚才的那些要求,但是,既然这是你的愿望,那么你的意志就是我的意志。从现在起,你就把我算作吉卜赛人吧。请你考验我吧!我现在这样说,我将永远这样去做。你看,你让我什么时候换这身衣服,我想现在马上回去一下,骗我父母说我要去佛兰德①,然后稍微拿点钱出来以备以后使用,估计八天以后我就可以动身,对于跟随我的人,我是会随机应变,骗过他们的。如果我敢于向你恳求什么的话,我只要求你,今天就别去打听我和我父母亲的身份,你也不要再去马德里了,因为我不希望在那里出现某种尴尬场面,这样会使我已经付出的那么多代价得到的好运成为泡影。"

"这办不到,漂亮的先生,"普雷西奥莎答道,"你要知道,与我相处,必须无拘无束,自由自在,切莫让因妒忌而生的烦恼所淹没。

---

① 指的是当时进行的佛兰德战役,当时军队在招兵买马,各连队指挥官都希望能招到更多士兵。

你要明白我是不会把捕风捉影所造成的烦恼放在心上的。对于我来说,端庄与自由活泼是不矛盾的。所以最最要紧的是,你必须要信任我,要知道,那些成天追逐于妒忌之中的情人不是太浅薄,就是过分轻信。"

"你肚子里有了撒旦了,姑娘,"这时候,吉卜赛老妇人说话了,"你瞧你说的那些话,连萨拉曼卡学院的学生都讲不出来。你知道爱情,知道妒忌,你还知道信任,这究竟是怎么回事?你都把我听糊涂了,我就好像听一个妖魔缠身的人在说连他自己都不懂的拉丁话。"

"别说了,奶奶,"普雷西奥莎答道,"你知道我说的这一切无非是对确实存在于自己心口的那些事出出气、略加嘲弄罢了。"

普雷西奥莎说的一番话,以及她说话时表现出来的全部智慧,等于在多情的骑士胸中早已燃烧的熊熊烈火上面再添一把干柴。最后,他们约定八天后还在老地方见面,到时候他就把事情的结果告诉她。她们这方面也将有时间去打听核实他说过的事实。

小伙子拿出一只锦缎口袋,他说里面装有一百金埃斯库多,说完就把口袋交给了老奶奶。可是,普雷西奥莎却说什么也不让她拿。老奶奶就对她说:

"别说了,孩子,这位先生交出了投降的武器,最好不过地说明了他已被你征服,是他倾心于你的象征。不管怎么说,他赠你东西总是慷慨为怀的标志。你大概还记得谚语说得好:'要祈求上帝,但也靠自己动手。'再说,我可不愿意吉卜赛女人因为我而丢失千百年来获得的贪心、自私的名声。这一百纯金埃斯库多你不想要,你可以把它们编织在价值不到两雷阿尔的裙子褶边里,但要知道谁要有了它,就等于在埃斯特雷马杜拉荒草地里得到一笔抚恤金。如果我们有儿子、孙子或亲人不幸落入法网,还有什么比这金埃斯库多更好的东西——如果将它装入法官和书记官的口袋——更能打动他们的心呢？我曾经历过三次犯罪事件，每次情况不一。我落在那帮蠢驴手里，差一点没挨打。第一次是靠一罐银子放了我，另一次是一串珍珠救了我，第三次是用四十个当八的大银雷阿尔才脱了险；这笔钱因为是用夸尔托换来的，这一换又多花掉我二十银雷阿尔。你瞧，孩子，我们从事的这一行是很危险的，随时都会发生意外。我们想迅速帮助和营救自己，除了依靠伟大的菲利波这支无敌的武器就没有别的自卫手段了。用一枚印有两个人头的多乌隆①可以使检察官和法官的愁眉苦脸变成笑脸，而上面那些官老爷是我们穷人的克星，他们对我们的掠夺和伤害胜过拦路贼；然而，尽管我们衣衫褴褛，却没有人把我们看成穷人；人们说，我们像贝尔蒙特的法国佬，衣服破烂，沾满油腻，身上却装满金币。"

"奶奶，看在你自己的份上就别再说了，为了留下这些钱，你倒出那么多道理来为自己辩护，把王法都给引完了。你就留下这些钱吧，好好使用它，去求求上帝，把这些钱埋在坟墓里，最好使它永远不见天日，也不必再见到它。不过要拿出一些给我们的那些姑娘，她们等我们已经很久了，都该生气了。"

"她们会得到钱的，"老奶奶说，"就像人们现在看见土耳其人那样。烦劳这位善良的先生看一看身上是否还有银币或者夸尔托，帮她们均分一下，她们只要分到一点就会高高兴兴的了。"

"有，有。"美少年说。

说完就从口袋里掏出三个当八的银雷阿尔，分给三个吉卜赛姑娘，为此她们也很高兴和满意。常常有这样的喜剧作家，在与别

---

① 古金币名，等于二十比塞塔。

人竞争时，往往以在墙角落里写上"胜利，胜利"的字样为满足。而这三位姑娘现在的心情比起那样的剧作家来更要欣喜得多。

诚如上文所说，他们商定八天后再见面，到时候少年将成为吉卜赛人，她们也将称他为安德烈斯·卡瓦列罗，因为吉卜赛人里面也有这个姓。

此后我们将称之为安德烈斯的人，不敢拥抱普雷西奥莎，只是用传递心灵的眼神目送她到看不见时为止——如果可以这样说的话。然后，他就进了马德里城；她们那边，也是一样高高兴兴地看着他离去。普雷西奥莎与其说产生了爱情，不如说怀着同情怜悯的心情，对安德烈斯的优雅风度颇有好感，她想打听一下他是否就是像他自己说过的那样的人。于是，她就去马德里，可是，还没走几条街，就遇上那位给她金埃斯库多的随从打扮的民歌诗人，他一见到她，就迎上前去对她说道：

"你来得正是时候，普雷西奥莎，你读过那天我给你的那些诗歌吗？"

普雷西奥莎听后答道：

"在我答复你以前，请以你最喜爱的东西起誓，一定对我说真话。"

"我发誓，"随从答道，"就是说出来会丢掉性命，我也决不说假话。"

"那么，我要你告诉我，"普雷西奥莎说道，"你是否真是诗人？"

"如果是的话，"随从接口道，"也不过是偶尔为之。但是你必须知道，普雷西奥莎，诗人这个称号很少有人配得上，所以我不是诗人，只不过是个诗歌爱好者，在需要时，用不着去寻别人作诗而已。我给你的那首诗是我自己写的，今天我要给你的也是，但并不因此我就成了诗人,就是上帝也不这样希望。"

"成为诗人就这么坏吗?"普雷西奥莎反问道。

"不是的,"随从说,"然而单单成为诗人,我倒觉得不太好。诗人必须很好地使用自己的诗,把它当作一颗珍贵的珠宝,诗的主人不能每天带着它,也不能每走一步就向所有的人显示一番,而是要在适当的时候,在言之成理的时候才拿出来。诗是个最美最美的少女,它纯洁、忠实、端庄、尖锐、深邃,它具有最高的机智。它是孤独之友,泉水为它解闷,牧草使它宽慰,树木使它息怒,花儿使它欢快;最后,读了诗以后,它能给人以教育,并令人心旷神怡。"

"尽管如此,"普雷西奥莎回答道,"我听说诗人都穷得要命,有点像穷要饭的。"

"恰恰相反,"随从说,"没有诗人不是富有的,而且,他们都满足于自己的处境,其中的道理很少有人知道。可是,普雷西奥莎,你怎么会提出这样的问题?"

"因为,"普雷西奥莎回答道,"我把所有的或者大多数的诗人都当作穷人,然而我奇怪的是,你竟把一枚金币包在诗里送我。现在我明白,你并不是诗人,只不过是诗的爱好者,可能很有钱,尽管我怀疑这一点,因为你一作诗,就会把你所有财产都挥霍尽的。据说,没有一个诗人懂得守住自己的财产,也不会去挣钱。"

"我可不是这样的人,"随从接口道,"我作诗,但是我不穷也不富;我既不为此感到遗憾,也不会不高兴,就像热那亚人办酒宴那样,我喜欢谁,就可以给他一两枚金币。我的珍珠,请你收下这第二张纸和纸里包的第二枚金币吧,别去想我是不是诗人了。我只希望你想着并且相信,给你东西的人想把弥达斯①的全部财产

---

① 希腊神话中的国王,爱金如命。

都送给你。"

说着，他把那张纸递给了普雷西奥莎，她发现里面有金币，就说：

"这张纸一定会活许多年，因为它有两个灵魂，一个是金币的，另一个则是永远充满心灵和心意的诗的灵魂。但是随从先生，你要知道，我不喜欢有这么多灵魂跟着我，如果你不把第一个灵魂收回，我是无论如何也不会收下这第二个灵魂的。我喜欢你，因为你是诗人，但不是因为你慷慨大方，这样我们的友谊才能维持长久。因为不管金币有多硬，比起创作的诗文来，更容易消失。"

"我明白你的意思，"随从接着说，"普雷西奥莎，尽管我不得已是个穷人，但切莫不理会我在纸上寄给你的心意，你可以把钱还给我，因为你已经用手摸过它了，我要把它永远留在身边做个纪念。"

普雷西奥莎从纸里面把钱拿出来，把那张纸留下来，她不愿意当街读它。

随从心满意足地告辞走了，听到普雷西奥莎对他说话那么亲切，满以为她已经被他俘虏了。

因为急于想找到安德烈斯父母的家，她不想在任何地方停下来跳舞。走了一会儿，就来到她很熟悉的那条街上。她往前走了半条街，抬头看见在有铁栏杆的金黄色阳台上，有人在向她打手势。一位年约五十来岁的骑士站在那里，胸前挂着十字勋章，闪闪发光，态度严肃、沉着，令人尊敬。他一见到吉卜赛姑娘就说：

"姑娘们，上来吧，这儿会给你们报酬的。"

这时候，又有三位骑士步出阳台，其中的一位就是多情的安德烈斯。他一看见普雷西奥莎，脸色倏变，几乎都要晕倒下去，因为这对他来说实在太突然了。

吉卜赛姑娘们都走上楼去,只有老奶奶留在下面向仆人打听安德烈斯的真实情况。

吉卜赛姑娘们走进大厅时,那位年老的骑士正在对其余的人说:

"这个一定是传遍马德里的美丽的吉卜赛姑娘。"

"就是她,"安德烈斯接口道,"毫无疑问,她是世间最美的人儿。"

"别人都这样说,"普雷西奥莎说(他说的话,她进来的时候都听见了),"但是实际上只说对了一半。漂亮,我自己也这么认为;但我并不认为有人们说的那么美。"

"凭我儿子堂胡安尼科①的生命起誓,"老人说道,"漂亮的吉卜赛姑娘,你比人们说的还要美。"

"你儿子堂胡安是谁?"普雷西奥莎问道。

"就是站在你旁边的年轻人。"骑士答道。

"说真的,"普雷西奥莎说,"我还以为你是凭一个两岁小孩儿的名义起誓呢。你们看,他是个什么样的堂胡安啊,多俊啊!真的,我看起来,他可能早已结婚,可是据他额头上的纹路来看,要是他还没结婚的话,三年内包他成亲,并且称心如意,然而先决条件是,出门以后不要迷途,发生意外,或者改变路线。"

"行了。"在场的一个人说,"吉卜赛姑娘,关于头纹,你都知道些什么?"

这时候,与普雷西奥莎同来的三个吉卜赛姑娘都拥到房间的一个角落那里,七嘴八舌地讲了起来,她们靠得很近,不让别人听清她们讲些什么。

① 胡安尼科是胡安的爱称。

克里斯蒂娜说：

"姑娘们，这个就是今天早晨给我们三个当八的银雷阿尔的骑士。"

"是的，"她们回答，"如果他不向我们提到那件事，我们就不对他提那件事，也不和他说什么话；但是我们又怎能知道他想不想说呢？"

她们三人正在这样议论的时候，普雷西奥莎回答那个谈到头纹的人：

"我是用眼睛看的，掐着手指算的，就是不看堂胡安尼科先生头上的纹路，我也了解他有点痴情，好冲动，性子急，对眼看不可能办到的事爱许宏愿：祈祷上帝保佑他不要撒谎，因为撒谎是最糟糕的。他眼下必须进行的旅行是长途跋涉，而他想的是一回事，结果往往是另一回事。谋事在人，成事在天；你或许以为是到了奥涅兹这边，结果却去了甘博亚那边①。"

胡安听了答道：

"吉卜赛姑娘，你真是说中了我的许多情况；但是，你说我撒谎骗人，却没有事实根据。为此，我想讲一下全部情况。关于出远门这件事让你说中了，毫无疑问，这是上帝的安排，过四五天，我要动身去佛兰德，尽管你危言耸听地说我一定会改变路线，我希望的是路上不要发生什么意外。"

"别说了，少爷，"普雷西奥莎回答道，"你把自己交给上帝，事事都会顺利。你要知道，其实我并不知道自己所说的一切，我讲了那么多事情，有什么事让我说中也并不奇怪，我现在想奉劝你最好

---

① 比斯开的两个派别，长期对立不和，到国王堂恩里克四世时，出于需要，才下令派堂佩德罗·费尔南德斯·德·维拉斯科进行调停，使之和解。

不要动身,要安下心来,和你父母在一起,以让他们过好晚年生活。就是我来往于佛兰德都不太适应,何况像你那样娇嫩的哥儿呢。留下来吧,等长大一点就可以到军队里服役了,再说像你们家这样门第的人,有的是战争让你参加,有的是惊心动魄的战场任你驰骋。烦躁不安的人,安下心来,你要知道,你首先要做的事是结婚,看在上帝和你自己分上,给我们一点施舍吧。真的,我认为你出身高贵,如果这一点再加上为人诚实的话,那么等到上面我给你讲的那些事情实现的时候,我就穿着盛装来歌唱以表示庆贺。”

“刚才我告诉过你,姑娘,”早已决心要成为安德烈斯·卡瓦列罗的那位堂胡安答道,“什么都让你说中了,只不过担心我不一定为人诚实这一点却说得不准,这无疑是你自己弄错了。我在乡间许下的诺言,一定会在城里履行;不管我到哪里,我都决不食言,因为如果骑士沾染上撒谎的恶习,就不可能受人尊敬。为了上帝和我,我父亲是会给你钱的。说真的,今天早晨我把身上所有的钱都给了几位姑娘①,因为她们说话动听,人又长得美丽,其中有一个尤其是这样,所以我现在是一个子儿都没有了。”

克里斯蒂娜听了以后,又轻声地对另外几个吉卜赛姑娘说:

“喂,姑娘们,要是说话的不是今天早晨给过我们三枚当八的银雷阿尔的人,你们砍我的脑袋。”

“不是,”另一个说,“因为他说的是贵妇人,我们可不是,如果他像他自己说的那么诚实,他决不会撒这个谎。”

“这也不是什么要紧的谎话。”克里斯蒂娜回答道,“他说的谎话于人无损,却能取得人的信任,所以对说谎的人是有利的。不

---

① 此处姑娘,可作情人、贵妇人、命妇讲,本文两处是双关语,言者指“姑娘”,听者则理解为“贵妇人”,故下文有“我们可不是”云云。

过,看来是不会给我们什么钱,也不会要我们跳舞了。"

这时候,吉卜赛老太婆走了上来,她说:"孩子,行了,天晚了,还有许多事情要做,还有许多话要谈呢!"

"奶奶,生个什么?"普雷西奥莎问道,"是男的还是女的?"

"男孩子,长得很俊。"老奶奶回答道,"过来,普雷西奥莎,你准会听到真正的奇迹。"

"祈祷上帝别让他夭折!"普雷西奥莎说。

"一切看来都不错。"老奶奶接口道,"况且,到现在为止一切都顺顺当当,婴儿也是漂漂亮亮的。"

"是哪位太太分娩了吗?"安德烈斯·卡瓦列罗的父亲问。

"是的,老爷,"吉卜赛老妇人答道,"但是这次分娩十分秘密,除了普雷西奥莎和我,只有另外一个人知道。因此,我们不能说出是谁。"

"我们这些人也不想知道。"在场的一个人说道,"但是,那个靠你们的舌头保密,并且靠你们的帮助保全名声的太太才倒霉呢。"

"我们不全是坏人。"普雷西奥莎答道,"也许我们这群姑娘里,有人比大厅里衣着最华丽讲究的人更懂得保密,更能真正提供帮助呢。走吧,奶奶,这里人家瞧不起我们。不过,说真的,我们不是小偷,也不求人!"

"别生气,普雷西奥莎。"安德烈斯的父亲说,"至少,从你们身上,我不能认为你们有什么不对的地方,你们自己的容貌也为你们做了说明,成为你们行为端正的见证。普雷西奥莎,请你和同伴一起跳个舞吧,我这里有一枚有两个人头的金多乌隆,尽管是两个国王的人头,但哪一个和你们已有的都不相同。"

老奶奶一听见这句话就说:

"嗳,孩子们,穿起裙子,让这些老爷们高兴高兴。"

普雷西奥莎拿起铃鼓,大家就转起圈来,她们时而聚拢,时而散开,动作敏捷轻盈,那些看她们跳舞的人,眼睛紧盯着她们脚步,尤其是安德烈斯的双目,更是一直跟着普雷西奥莎的脚步转,好像那里面就是他的天堂。然而,平地起波澜,命运又把他带到地狱。普雷西奥莎在飞舞之际,偏偏将随从送她的诗文掉在地上,纸片一落地,一个对吉卜赛姑娘没有好感的骑士就捡了起来,立即把纸片打开,同时说道:

"哟! 原来是十四行诗! 先别跳舞,请听听写些什么吧;从第一首来看,诗写得还真不错。"

普雷西奥莎有点懊恼,因为她不知道里面写些什么,所以她要求别念,把纸片还给她,由于她表现得如此急切,反而使安德烈斯更想听一听。那位骑士终于大声朗读起来,诗的内容如下:

> 普雷西奥莎一打起手鼓,
> 悦耳的声音就在空中回荡,
> 珍珠般的鼓声由她双手抛撒,
> 花朵似的歌声从她口里轻吐。

> 颤抖着的心灵控制不住理智,
> 优美的舞姿超凡脱俗,
> 使她纯洁、无邪、忠贞的美名,
> 响彻九天云外。

> 她的丝丝金发,
> 系着千百人的心灵,

她以不同质的神箭射向不同人的心①。

　　　　美如丽日的眸子耀人眼花，
　　　　爱情种子在这目光沐浴下成长，
　　　　她内心蕴藏着的品质更加高尚。

　　"老天爷，"朗诵者说，"诗人写得多么美妙啊！"

　　"他不是诗人，老爷，只不过是个潇洒的随从，一个好人。"普雷西奥莎说道。

　　（普雷西奥莎，瞧你说了些什么，你还想说什么啊。这些话不是对随从的赞扬，而是刺穿正在听你说话的安德烈斯的心的长矛。你想看一下这颗心吗，姑娘？那么，你回过头去，就会看见他已经晕倒在椅子上，满脸冷汗淋漓。姑娘，你不要认为安德烈斯爱你是虚情假意，你稍一大意就会刺伤他，就会使他心惊肉跳。你快到他身边去吧，在他耳边讲几句直抒胸臆的话，把他从昏迷中唤醒吧。这怎么行；要是你每天带来一首赞美你的十四行诗，你就会看到别人会怎么看待你了！）

　　一切就像上面所说的那样发生了：安德烈斯一听到这首十四行诗，万千妒忌的念头就向他袭来。他并未昏过去，但是脸无血色，他父亲见他这样，就对他说：

　　"你怎么啦？堂胡安，你的脸色那么难看，都以为你要昏过去了。"

　　"请等一下，"这时候普雷西奥莎说道，"让我到他耳边对他说几句，你们就会看到我是怎么治好他的。"

---

① 爱神丘比特的箭有两枝：一枝是金箭，用来射心爱的人；另一枝是铅箭，用来表示拒绝对方的爱情。

说完,她走过去,就对他说了起来——说话时嘴唇几乎一点儿也没动:

"吉卜赛人的优美灵魂啊!安德烈斯,难道你都不能包容下这张纸里说的那些话,你又怎能经受酷刑折磨呢?"

接着她在胸口画上半打十字,就走开了。这时候安德烈斯舒了一口气,他已经明白了普雷西奥莎的话的含义。

最后,他们给普雷西奥莎一枚两个人头的多乌隆,她就慷慨地告诉女伴,等把钱兑开后她们一起均分。安德烈斯的父亲请她把对堂胡安说的话都写下来,他想知道都是些什么话。普雷西奥莎说她很乐意这样做,好让他们知道,事情看来虽然有点可笑,但对防止心脏病及头晕病却具有特效,话是这样的:

> 傻脑瓜啊傻脑瓜,
> 自己当心别滑倒。
> 虔诚,耐心,
> 两个要点要记牢。
> 还有信任
> 与美好。
> 邪恶的念头不可要。
> 切莫让自己的理智失掉,
> 有上帝在面前,
> 有巨人圣克里斯托瓦尔和你在一起,
> 奇迹就不会逃跑。

"这些话讲到一半时,要在头晕病患者胸前画六次十字,"普雷西奥莎说,"这样患病的人就会好了。"

吉卜赛老太婆听到这一套咒语和谎话时,简直大吃一惊,安德烈斯尤其如此,他看出这一切都是她敏捷才智的产物。

十四行诗就留在那里,普雷西奥莎不想要它了,她不想再对安德烈斯开过分的玩笑,因为她已经无师自通地知道,那些已被爱情俘虏的人经不住担惊受怕和猜疑的冲击。

吉卜赛人告辞了,临行前,普雷西奥莎对堂胡安说:

"先生,你瞧,本星期哪一天出门都大吉大利,没有一天不适宜;出发要及早准备,对于未来的生活,你如果愿意俯就的话,那么等待你的将是一个天地宽广、自由自在和极其愉快的生活。"

"在我看来,士兵的生活并不那么自由,"堂胡安回答,"那里服从多于自由。不过,就算这样,我也一定照你说的办。"

"你要三思而后行。"普雷西奥莎回答道,"上帝会把你带到你该去的地方的。"

安德烈斯很满意这最后几句话,吉卜赛姑娘们也就高高兴兴地走了。

她们将多乌隆兑开,大家均分,尽管老保管拿的比她们的总数还要多一半,但这是由于她年事最高,同时也由于她像穿线的针那样率领大家跳舞,插科打诨,甚至说谎。

终于,在一天早晨,安德烈斯·卡瓦列罗出现在他头次露面的地方。他骑着一头租来的骡子,没带任何仆人。他在那里与普雷西奥莎及其祖母相遇,她们认出是他,就非常高兴地迎接了他。他要求她们在天大亮前把他带到宿营地,因为要是有人来找他,会因为他衣着与众不同而发现他的。她们俩就机敏地把他带了回去,过不多久,就到了住宿的简陋小屋。

安德烈斯走进宿营地中最大的一个屋子。接着有十几个吉卜赛人跑来看望他。他们都是年纪很轻,精神抖擞,落落大方的小伙子,因为老奶奶早就把要来的新伙伴的情况告诉了他们,无须再提醒他们保密之事,他们就会像以前说过的那样,机灵而万无一失地把他保护起来。

后来,他们发现了那头骡子,其中一个就说:

"这头骡子我们可以在星期四到托莱多把它卖掉。"

"这不行,"安德烈斯说,"来往西班牙各地的骡贩子对出租的骡子都认得出来。"

"老天爷,我的安德烈斯先生,"一个吉卜赛人道,"这头骡子身上的标记哪怕比人死后在功过簿上记的账还多,经过我们这里一改装,就连它的亲生母亲和养它的主人都认不出来了。"

"就算这样,"安德烈斯答道,"这次务必请按我的意见办。这头骡子得宰了,埋起来,连骨头也别露出来。"

"罪过啊。"另一个吉卜赛人道,"一定要杀掉这头无辜的牲口吗?善良的安德烈斯,可别这么说,你就做一件事:好好地看看它,记住它身上所有的记号,然后让我牵走,两小时后,你要能认出来,你就把我当作逃跑的黑奴一样活活烧死。"

"说什么我也不同意。"安德烈斯说,"只要骡子不死,没有把它埋在地下,那么,尽管你向我担保你能改变它的模样,我还是担心会有人发现。如果为了卖掉后能得利,那么,我也不是光身来这儿的,我可以付四头骡子的价钱作为我的进门礼。"

"既然安德烈斯·卡瓦列罗先生愿意这样,"另一个吉卜赛人说道,"只好把这头无辜的牲口宰了。上帝知道,宰掉这么头小牲口我是很不好受的,因为它连牙都还没出齐呢(这在出租的骡子中是少有的事),一定是因为它善于走道,所以侧肚上没有疮疤,也没有马刺踢的伤口。"

他们要拖到晚上才会把这头骡子宰掉,这一天的其余时间大家都在为安德烈斯的入门仪式奔忙。他们在村落里腾出一间最好的房子,用树枝和茅草点缀一番,让安德烈斯坐在一个软木树墩上,在他手上放了一把锤子和一把钳子,在两个吉卜赛人弹奏的吉他琴声伴奏下,让他翻两个筋斗,让他露出一条胳膊,缚上一条新缎带,里面穿一根小棍子,轻轻地将棍子转了两圈。

普雷西奥莎和别的妇女,老老少少都在场,有的人赞赏不已,有的人则爱慕地看着他。安德烈斯长得那么文雅而有风度,就连吉卜赛男人都十分喜欢他了。

仪式完毕后,一位吉卜赛老人拉着普雷西奥莎的手,走到安德烈斯面前说道:

"这个姑娘,就我们所知,是西班牙现有的漂亮吉卜赛姑娘中的精华,现在我们将她交给你,或作你的妻子,或作你的情妇,这一点可以由你自己决定,因为我们自由广阔的生活不受繁文缛节的束缚。你要好好看看她,看看你是否喜欢她。如果你在她身上看到什么不如意的地方,你可以从在场的少女中挑选一个更称心的人,你选中后,我们就将她交给你。但是你必须知道,你一旦选中,就不能见异思迁,也不能跟任何人,不论是已婚的还是未婚的人胡搞。我们有神圣不可侵犯的保护友谊的法律:谁也不能硬要别人心爱的人,我们生活自由自在,摆脱了妒忌这一瘟疫的痛苦。我们之间,虽然很多都是近亲通婚,但是没有一个是私通的。如果自己的子女与人私通,或者情妇与人乱搞,我们不到法庭去告状。我们自己就是法官,也是自己妻子和情妇的刽子手。我们可以轻而易举地杀掉她们并将她们埋葬在荒山野地里,就像埋葬害人的野兽一样。没有亲人会为她们报仇,就是亲生父母也不会替她们求情,由于害怕这一点,她们总是努力守住贞节,而我们,就像前面告诉过你那样,生活得很安全。除了妻子和情妇,我们极少有东西不归大家共有,我们希望每个妇女都能得到命运给予她的一份,我们只有到了老年和死后才能离婚：男的要是年纪还轻，如果他愿意，可以不要年老的妻子，另选一个年龄相当的人。我们保留了这样和那样的法规、章程，我们过着愉快的生活，我们是乡村和耕地，密林和山岳，泉水和河流的主人。山岭免费供我们木柴，树林供我们水果，葡萄园供我们葡萄，菜园提供蔬菜，泉眼提供清水，河流提供食鱼，禁猎区提供我们飞禽走兽，岩石供我们遮荫，缝隙为我们送来空气，洞穴为我们提供住房。对于我们，酷寒权当和风吹，飞雪犹作清凉剂；雨水用来冲澡，雷鸣充当音乐，闪电用做板斧。对于我们，坚硬的土地就是柔软的鸭绒床垫；我们自己身上鞣制过的皮肤充当防御的不可穿透的盔甲。由于我们敏捷轻快，障碍物阻挡不了我们前进。深渊峭壁无法使我们止步，厚墙也不能阻止我们前进，索绳不能改变我们的意志，被悬挂在滑轮①上不能稍减我们的勇气，头巾吊不死我们，捆马架制服不了我们。当我们意见一致的时候——无论是肯定或否定的意见——我们决不各行其是，我们尊敬殉道者，而不尊敬忏悔者；我们住在乡间时饲养驮东西的牲口，到了城里就去割衣袋。鹰或者其他猛禽扑向猎物的速度，也决不比我们扑向感兴趣的目的物时那么迅速。总之，我们能力很强，所以我们总能如愿以偿，达到目的。我们在监狱里歌唱，拷问时则沉默，白天进行劳动，夜晚去行窃，或者说得更确切些，我们告诉大家都要留神注意旁人放财物的地方。我们懒得去担心会失去尊严，也不操心会滋长野心，我们不支持派别活动，用不着早起做祈祷，也用不着去陪伴大富豪，更不用去恳求恩赐。我们不稀罕黄金的屋顶，华丽的宫殿。我们推崇这些茅屋和流动的棚舍。这就是大自然——我们每移动一步就呈现在我们面前的这些矗立的岩石

---

① 把人双手绑住挂在滑轮上，并在他背上及腿上负以重荷的酷刑。

与积雪的洞穴，开阔的草原和浓密的树林——为我们在佛兰德提供的栖息场所。我们是粗俗的星相家，因为我们几乎总是露宿，无论是白天还是黑夜我们都知道是什么时辰；我们看见曙光怎样把星星逼到天空的一隅，并把它们扫荡无遗，又怎样同黎明一起升起，使空气欢悦，使水变冷，使土地发潮，然后，太阳跟在它后面——如某诗人说的那样——把山峰镀上金色，使层峦叠嶂显出皱褶。当太阳光照耀我们的时候，我们不担心会因为太阳下山而冻僵，当然也不害怕因阳光直晒而被烤焦。我们对阳光与寒冷，歉收与丰收，都一视同仁。总之，我们是这样的人：靠自己的本事和机智过活，不管那句古老谚语所说的'教堂、大海或王室'。我们想要的都有了，因为我们满足我们已有的一切，慷慨的小伙子，我所以对你说这一切，是为了让你了解你将要面临的生活和你必须遵守的规矩，这些规矩，我已经向你做了粗略的描述，还有许多数不清的事情，随着时间的进展你也会知道，而它们的重要性比起你现在听到的那些事情则有过之而无不及。"

雄辩的吉卜赛老人一讲完，那位新手就说，他为知道如此值得称道的规章感到非常高兴，他一定要遵守如此公平合理规定的待人处世的章程。唯一使他感到惋惜的是不能更快地熟悉如此愉快的生活，他说他放弃骑士生涯，抛弃高贵血统的虚荣心，愿受它的约束，或者说，遵守他们生活中制定的法律，因为对他来说，能实现为他们服务的愿望，并与神圣的普雷西奥莎结婚，就是最高的奖赏，因为为了她，他宁可放弃王冠与帝国，而他的愿望就是为她效劳。

普雷西奥莎听后这样回答：

"纵使这些立法者根据他们的法律认为我是你的人，然而要使我成为你的妻子，我却有自己意志的法律——这是比任何法律都更为有力的法律,我认为只有按照我们之间过去商定的条件办事,我才可能是你的,也就是说:你必须先和我们共同生活两年,然后才能与我共同生活,这样你就不至于因轻率而后悔,我也不至于因匆忙而受骗。我们的条件冲破了他们定的法律。我向你提出过的条件你是知道的。如果你愿意遵守,我就有可能成为你的人,你也可能成为我的。要是你不愿意,那头骡子还没宰,你的服装也完整无缺,你的钱一个子儿也没少,你离家的时间还不到一天,关于你不在家的这一天发生的事情,你可以考虑一下怎样解释最合适。这些先生完全可以将我的身体交给你,但决不是我的心灵,我的心灵是自由的,它的自由与生俱来,只要我愿意,它就应该是自由的。你如果留下来,我将十分尊敬你;你要是回去,我对你也不会稍减尊敬之意。因为我认为,匆匆而来的爱情,一旦恢复了理智和苏醒过来的时候,去得也快。我不希望你是作为猎手和我在一起,猎手一旦追上并擒获他所追踪的野兔,就会把它扔在一边,去追捕另一只在逃的猎物。第一眼见到的东西有时会骗人的,你会把箔纸当作金子,等到过一段时间以后,你就会清楚地辨认出它们的不同之处,认出它们有真伪之分。我的容貌,你说很美,认为比太阳和黄金还要珍贵,但是,倘若你再走近看一看,发觉这只不过是个幻影,要是摸一摸,却发现这只不过是炼金术士的把戏,我不知道你会有什么想法,我现在给你两年的时间,你可以深思熟虑一下:你挑选的人是合适的呢,还是放弃更为妥当?一旦谁买了珍物,就不能丢弃它,直到死时为止。好在有的是时间,你可以反复地看它,看看珍物上面有些什么瑕疵与美德。此外我不依从我的这些长辈订下的可以抛弃女人或因一时心血来潮对她们进行惩罚的野蛮无礼的规定,这是因为我不认为自己会做出他们可以施加惩罚的事;我不愿意要一个可以随心所欲将我抛弃的伴侣。”

"啊，普雷西奥莎，你说得对。"这时候安德烈斯说道，"因此，倘若你希望我对你所担心的事做出保证，以减少你的疑虑的话，我可以发誓，我决不超越你对我所做的规定，决不越雷池一步，你看还要我发什么样的誓，还需要向你做什么保证，只要你提出，我都可以依你。"

"俘虏为了获得自由而发的誓言与许下的诺言，能兑现的极少。"普雷西奥莎说，"在我看来，情人的誓言是这样的：要在墨丘利①的翅膀和朱庇特的闪电面前许愿才行——就像某个诗人曾向我许愿时那样，他是凭着斯提克斯河②的名义起的誓。我不需要誓言，安德烈斯先生，我也不要许诺，我只要求在举行这次订婚仪式时把要说的说清楚；此外，如果你敢于欺侮我的话，我就要进行自卫。"

"就这么办。"安德烈斯答道，"我对这些先生和同伴只有一个要求，一个月以内请不要强迫我去偷窃任何东西，因为我认为若是事先不上许多课的话，我是做不好窃贼的。"

"孩子，不用说了。"吉卜赛老人说道，"我们这儿会把你教成这方面的雄鹰；你一旦掌握此道，一定会喜欢上它，因为你要靠它挣饭吃。早上出门时两手空空，夜晚回来时却满载而归，那才够意思呢！"

"我曾经看到有几个回来时两手空空，并且挨了鞭子。"安德烈斯说。

"不湿袜子是逮不着鱼的。"老人接着说道，"过这种生活得冒种种风险，偷窃行为就得冒被罚苦役、鞭笞和上绞架的危险；然而，

---

① 罗马神话中众神的使者，亡灵的接引神，掌管商业、交通、畜牧、竞技、演说以及欺诈、盗窃。

② 围绕冥府的冥河之一。

不会因为一艘海船遇风浪或者沉没,其他船只就停止航行。战争要死伤人马,要是根本没有作战的士兵该有多好!还有,如果我们被判处鞭笞,那么穿上一件厚厚的护背的东西看来要比穿上一件护胸衣更为妥善。对于初犯者,对于风华正茂的青年人,最要紧的是不要中断偷窃生涯,对于鞭笞之刑要像对待行船时击浪拍水那样等闲视之。安德烈斯孩子,你现在羽翼未丰,到适当的时候,我们会让你去闯天下,见世面的,你现在不用着急去干。上述一切归结为一句话:每次偷窃后必须上交你的一份定额。"

安德烈斯说道:

"为了弥补这段时间我尚未开始偷窃东西所造成的损失,我愿意把这二百金埃斯库多都分给大家。"

他刚说完这句话,吉卜赛人都向他扑过去,伸胳膊把他举了起来,扛在肩上,一边高呼"胜利胜利,伟大的安德烈斯!"有的还加呼"他的心上人普雷西奥莎万岁,万万岁!"

吉卜赛姑娘对普雷西奥莎也这样做,使得在场的克里斯蒂娜及另一些姑娘不免心生妒忌。克里斯蒂娜妒忌她,觉得她虽身居蛮人营地和牧人茅屋,却像住在王宫里一般,她想:"看来我的邻居走了运,不过在我看来她并不比我强,没什么了不起,真讨厌。"

这件事结束后,大家美美地吃了一顿,并且公平合理地分掉了那笔钱;接着又重新夸奖起安德烈斯来了,并且把普雷西奥莎的美丽捧上了天。

晚上,他们宰了那头骡子,把它埋到安德烈斯确信不会被发现的地方,同时根据印第安人用珍宝殉葬的习俗,把骡子身上配用的贵重物品,如坐垫、肚带、缰绳等等也都埋了起来。

安德烈斯对于自己的所见所闻,对于吉卜赛人的聪明才智大为钦佩,他想追随和学会这一套本领,但对他们吩咐要干的不正当行为,则采取一种不干预他们习俗的办法,出点钱达到合法地避开这一切的做法,至少是尽量地避开这种事。

一天,安德烈斯请求他们迁移住地,到远离马德里的地方去,因为他担心留在原地会被人认出来。他们说已经决定上托莱多山地,并由那里出发盗遍附近的山区。

于是,他们拆掉简陋住屋,给安德烈斯一匹小驴驹当坐骑,但是他不要。他要步行,替骑在另一匹小毛驴上的普雷西奥莎充当仆役。她满意地看到自己是如何战胜这位风度翩翩的随从,而这时候他也正好看着自己身旁那个心目中的女主人。

噢!那个被称为带苦味的甜蜜之神——这是我们闲来无事在漫不经心的情况下想起来的名字——的力量多么强大啊!你是如此实实在在地统治着我们,又是如此随意地对待我们啊!安德烈斯是个骑士,是个天资聪颖的小伙子,几乎一直是在宫廷里抚养大的;他家庭富有,生活舒适,然而从昨天起却产生这么大的变化,他瞒过了仆人和朋友,辜负了他双亲对他的期望,放弃了去佛兰德(他理该到那里去训练自己做人的勇气,增添血统赋予他的尊荣),却来这里拜倒在一个姑娘的脚下,充当她的仆从。就算她是个绝代佳人,到头来,也不过是个吉卜赛人。然而,美色使人倾倒,并且使他不顾一切地拜倒在她的石榴裙下。

四天后,他们来到了距托莱多两里格①路的一个村庄。他们在那里安营扎寨,并且预先交给村长一些银首饰作为他们不在村里和他所管辖的地区偷窃任何东西的保证。

然后,全部吉卜赛人,不论男女老幼,都分散开来,到离他们宿营地至少四五里格的地方去。安德烈斯与吉卜赛男人在一起,接

---

① 一里格约等于六公里。

受有关偷窃术的第一课。可是尽管别人给他上了好几课，他什么也记不住；相反，可能与他本身高贵的血统有关，每次老师行窃，他心里就深感不安。看到失主因被他的同伙偷窃而伤心落泪的时候，他说不定就会被打动，用自己的钱折还被偷的东西。吉卜赛人对此深感失望，他们说这是违背他们章程规矩的；他们认为，他不该有恻隐之心，一旦有了，就不可能做贼，这种做法，无论如何都是不行的。

于是，安德烈斯对他们说，他愿意单独行窃，不要任何人做伴，因为他会敏捷地躲开危险，而且干起来也绝不缺乏胆量，这样，无论他偷窃后得到的是奖还是罚，他都愿意单独承当。

吉卜赛人力图劝阻他打消这个念头，他们说，有些时候帮手是必不可少的，因为他们既可帮他进攻，也可帮他自卫，而单独一个人是钓不到大鱼的。

但是，不管别人把嘴磨破，安德烈斯还是宁肯单干。他想离这帮人远一点，用自己的钱去买东西回来，说成是自己偷来的，这样就能大大减轻他良心所受的谴责。

于是，他就用这种办法进行活动。在不到一个月的时间里，他带回的东西比他们中间最出色的窃贼带回的还要多；普雷西奥莎看到自己的心上人对偷窃一道居然如此擅长，干得又是如此干净利索，心里也是美滋滋的。不过，她对这一切也有点担心，怕发生什么意外；安德烈斯为她做的种种好事以及赠她的礼品，使她内心产生了好感，因此，她不愿意看到他因那些威尼斯珍宝而蒙受耻辱。

他们在托莱多地区待了一个多月了，在那儿，他们达到了八月成熟九月收的目的，收获不小。接着他们又从托莱多进入埃斯特雷马杜拉这块富饶的炎热土地。

普雷西奥莎经过和安德烈斯多次诚恳、慎重和情深意长的对话以后,渐渐地爱上了他的机智和端正的品行;安德烈斯也是一样。如果说爱情也会增长的话,那么他对她的爱情就是在增长,在他眼里,普雷西奥莎是如此忠贞、端庄而美丽。安德烈斯跟着大家,不管走到哪里,他总是受到尊敬,赢得胜利,走在别人前面。他擅长玩九柱游戏①和打球;他投棒有力,手法娴熟。总之,在很短时间内,他在整个埃斯特雷马杜拉都享有声誉,到处都在谈论那个吉卜赛安德烈斯·卡瓦列罗的不凡仪表与出众的才能,谈论他的彬彬有礼,足智多谋;而与此并行不悖的是到处传颂着那位吉卜赛姑娘的美貌。各个地方,各个村庄都来请他们去为各自许愿举行的节庆活动或别的特殊集会助兴。于是,他们的宿营地富裕兴旺起来了,充满了欢乐,而那对欢乐的情人却只能眉目传情。

一天晚上,时近午夜,在远离道路的橡树林宿营地里,只听见犬吠之声一阵紧似一阵,情况异常。几个吉卜赛人,其中包括安德烈斯,走出来看看狗为什么那么吠叫,只见一个身穿白衣裳的人在挣扎抵抗,因为两条狗咬住了那个人的腿,他们一到就把狗赶开,其中一个吉卜赛人说道:

"伙计,是什么魔鬼在这种时候把你引到这个离大道这么远的地方来的?你是来偷东西吗?的确,你来的正是地方。"

"我不是来偷东西的。"挨狗咬的答道,"尽管我现在已经明白自己是迷了路,但我并不知道是否已经离开了大道。不过,先生们,请告诉我,这里有没有小客栈或什么地方可以让我过夜,并治疗一下被你们的狗咬伤的伤口?"

"我们无法告诉你哪里有客栈或住宿的地方,"安德烈斯回答

---

　　① 竖立九柱,用滚球撞柱的游戏。

道,"不过,你要治伤口,住一宿的话,我们的茅屋就可以,跟我们来吧,虽然我们是吉卜赛人,这样的好事我们是乐于做的。"

"愿上帝施恩于你们。"那个人回答,"你们随便把我带到哪里都行,这条腿可是痛得受不了。"

安德烈斯和另一个好心的吉卜赛人(在魔鬼中间也有坏和更坏的差别,在坏人中间也常有好人)走过去扶着他回去。那晚月色皎洁,可以看清楚这个人是个年轻小伙子,长得很英俊,身材匀称。他穿一身白色亚麻布衣服,上身齐胸围着一个像衬衫又像亚麻口袋的东西。他们走进安德烈斯的简陋屋子以后,点起了灯火,接着,普雷西奥莎的祖母就过来替他治伤,因为别人已经将他的情况告诉了她。她拿了几根狗毛放在油里炸了一下,把他左脚的两处伤口用酒洗一洗以后,就把油炸过的狗毛敷在上面,盖上一点嚼烂的青迷迭香,再用一块干净布包扎妥当,对着伤口画了个十字,念了几句祷词,然后对他说道:

"伙计,去睡吧,有上帝保佑,就会好的。"

在别人替病人治伤口的时候,普雷西奥莎一直站在他面前,死盯着他看,对方也一样地盯着她。安德烈斯觉察到那个人在盯着普雷西奥莎看,不过他以为这是被她的美貌所吸引。最后,治疗完毕以后,他们就让他单独躺在干草铺上,因为这个时候,大家也不想问他路上的情况和其他事情了。

大家一离开,普雷西奥莎就把安德烈斯叫到一边,对他说道:

"安德烈斯,你还记不记得,我和同伴一起在你们家跳舞时掉下过一张纸?我想你还为此经历过一段痛苦的时刻。"

"我记得,"安德烈斯回答道,"是一首赞颂你的十四行诗,写得还不坏。"

"那么,安德烈斯,你一定知道,"普雷西奥莎接口道,"写这首诗的人就是我们留在茅屋过夜,被狗咬伤的那个青年。我是决不会看错的,因为他在马德里和我说过两三次话,给过我一篇挺不错的抒情歌谣。在那儿的时候,我看他像一个随从,但不是普通人的,而是某个亲王的随从。安德烈斯,说实在的,他是个稳重明智,极为老实的人。我不知道,也想象不出他会穿着这身衣服到这里来。"

"你还能怎么想呢,普雷西奥莎?"安德烈斯回答道,"只能是与我想做吉卜赛人相同的力量才使他改扮成磨坊工人跑来找你的。普雷西奥莎啊普雷西奥莎,怎么会料到你竟然是个爱情不专一的人!要是这样,就请先把我杀死,然后再杀掉另一个,切莫让我们俩一起在你谎言的欺骗下牺牲,而不要说是为你的美色而死。"

"我的上帝,"普雷西奥莎回答道,"安德烈斯,你的肚量为何那么小,难道你的希望和我的信任仅仅系在那么纤细的一根头发丝上的吗?妒忌的利剑怎么如此容易地刺入你的心灵!告诉我,安德烈斯,如果这里面有什么花招或者想骗你的话,我不会干脆默不作声,把他的身份隐瞒起来吗?难道我就蠢到这种程度,提供机会让你怀疑我的好心和行为吗?你别说了,安德烈斯,明天你要设法弄清他的来龙去脉,以消除你的疑虑。你是被猜疑迷了眼睛,而我决不会是这样的人。但为了让你进一步解除疑虑——这也是我的要求——不管这个青年是怎么来的,有什么企图,你马上请他离开此地,让他上路。我们的人将按你的意见办事,绝不会有人违背你的意志去把他接到他们的住地。在你办完这一切以前,我向你保证,我决不迈出自己的房间一步,不让他看我一眼,也不让你不愿意的任何人看我一眼。"

接着她又说:

"安德烈斯,看到你有妒忌心我倒并不伤心难受,可是当看到你处事不慎时,我确实非常难过。"

"你真该把我当作疯子看待才好,"安德烈斯回答道,"什么话都不足以或不能够说清楚妒忌引起的猜疑是多么痛苦和折磨人,它又会把人引向何方,带来怎样的烦恼!但是,尽管如此,我还将照你的吩咐去做,如有可能,我就会弄清这位随从诗人先生想要干什么,上哪里去,他想寻求什么;也许通过某根不小心而暴露出来的线索,能理清楚用来迷惑我的这团线的头绪。"

"在我看来,"普雷西奥莎说道,"有了妒忌心就会使你丧失正确判断事物真相的理智。妒忌心重的人看问题总带着放大镜,它会使小事变大,将侏儒看成巨人,将猜疑变成事实。为了你也为了我,安德烈斯,你在处理这件事以及处理一切涉及我们两人的事时要深思熟虑,要理智,以谨慎行事为好。你要是这样做了,我知道你一定会成为我的最忠实、最谦逊和最真诚的丈夫。"

说完后,她告别了安德烈斯。安德烈斯当时心乱如麻,头脑里泛出成千个内容互相矛盾的假设,准备天亮后去询问受伤者。他只能认为,是普雷西奥莎的美色把那个随从吸引到这里来的,因为小偷想事情总是一厢情愿。另一方面,他对普雷西奥莎说的那一席话感到极其满意,这些话使他增添了巨大的力量,生活得更加踏实,并更愿把自己的命运交托给心地善良的普雷西奥莎。

天亮了(在他看来,似乎比前些天亮得稍晚一点),他就去探望被狗咬伤的人,问他姓甚名谁,到哪方去,为何趁黑赶道,为何远离大道,尽管在这以前首先问了他感觉怎样,咬伤的地方还痛不痛,等等。

小伙子回答说,他觉得好多了,一点也不痛了,已经能够走路了,关于他的姓名,到哪里去的问题,他只说名字叫阿隆索·乌尔塔多,要去拉佩尼阿德法兰西圣母山①做买卖,为了及早到达,就摸黑赶路,结果迷了路,碰巧到了他们的营地,而那些狗就把他围起来,这方面的情况他也已经看见了。

安德烈斯觉得他说的情况不真实,一阵疑窦又涌上心头,于是他说:

"兄弟,倘若我是个法官,你因为犯罪而受我审判,我就对你提出我刚才提出的那些问题,然而你的答复却使我不得不收紧绳索。我并不想知道你是什么人,姓甚名谁,要到哪里去。不过我要提醒你,倘若你以为你胡编的那套有关旅行的谎话顶用,就该编得更逼真一些。你说你去拉佩尼阿德法兰西山,可是你不走右边那条路,却走到距离那边有三十里格的地方来,你走夜路是为了赶路,可你却离开大道走进橡树林里,而这里连小路都没有一条,更何况大道。朋友,你要撒谎,就要学学怎样干才行。不过,既然我给了你忠告,你是不是能够对我讲一句真话呢? 看来,你是会讲真话的,因为你还没有学会撒谎。告诉我,你是否就是我在京城多次见过的又像随从又像骑士的那个人? 你是否是个有名的大诗人,曾向一位前些日子在马德里的、长得美貌绝顶的吉卜赛姑娘献过抒情歌谣和十四行诗? 请告诉我实情,我凭吉卜赛骑士的信誉起誓,只要你认为有必要,我就为你保密。你要明白,假如你拒讲真话,否认你是我说的那个人,那你就别想上路了,因为我在这里见到的这张脸,就是我在马德里见过的。毫无疑问,你的才智素负盛名,我一直把你看作少有的出色人物,记住了你的长相,尽管你已经乔装改扮,我一眼就认出你来了。你不要惊慌;你要高兴起来,

---

①　位于萨拉曼卡与罗德里戈市之间的一座山。一四九〇年在此发现一幅令人肃然起敬的圣母像,故得此名。

不要以为到了一个贼村,不,你是到了收容所,这里可以把你收留下来,大家会把你保护起来。你瞧,我在猜一件事,要是我猜着了,那么你幸亏是碰到了我。我猜你是在爱着普雷西奥莎,就是那个你为她写诗的美丽的吉卜赛姑娘,你是来找她的,要是这样,我也决不会看不起你,相反,我会更器重你。我虽然是吉卜赛人,但是经验已经向我显示爱情的威力多么强大,在它的支配下,一个人会起多大的变化。如果真是这样——我相信就是这样,那么,那个姑娘就在这里。"

"对,她在这里,昨晚我见到她了。"被狗咬伤的人说。

曾使安德烈斯晕死过去的原因,看来终于由猜疑而得到确认。

"昨晚我见到她了。"小伙子重复道,"但是我不敢告诉她我是谁,因为这对我不合适。"

"这么说,"安德烈斯说,"你就是我提到的那位诗人喽。"

"是,我就是。"小伙子说,"我不能也不想否认这点。如果说,密林中有忠诚,山地里有好客的人,那么,在我现在处于困境的时候,也许有人会为我指点迷津。"

"嗯,这毫无疑问,"安德烈斯答道,"我们吉卜赛人是世上最严守秘密的。先生,你可以信赖地向我畅所欲言,你将会看到我是一个没有半点虚假的人。那个吉卜赛姑娘是我的亲属,她完全按我的意志行事,如果你想要她当妻子,我和她的全体家属都会很高兴;如果你想要她做你的情妇,那么我们不用转弯抹角,你只要带钱来就行,因为我们这儿,钱是不会嫌多的。"

"钱我带来了,"小伙子答道,"在那条我缠在身上的衬衫的袖子里,有四百金埃斯库多。"

这又使安德烈斯吓得要死,因为他看到对方只是为了征服和收买他的心上人,就带来那么多钱。他说话时,舌头已经不听使唤了：

"这笔钱真不少啊，只要你说出心里话，保管没问题；姑娘又不傻，她会看到做你的妻子有多好！"

"唉，朋友！"这时候小伙子说道，"我想告诉你，我乔装打扮来这里，并不像你所说的是由于爱情的力量，也不是想要普雷西奥莎。马德里有的是美女，她们比最漂亮的吉卜赛姑娘更能够和更善于勾你的魂，征服你的心。即使我也承认你的亲属确实比我见过的姑娘更美丽，使我穿上这身服装步行到这里并且挨狗咬的原因，却不是爱情，而是我的不幸。"

他在讲这番话的时候，安德烈斯慢慢地收回了已经出窍的灵魂，他发现事情与他想象的相差太远，为了想摆脱这种困惑状态，他就让对方安心，鼓励他把事情原委说个一清二楚。

于是小伙子继续说道：

"我在马德里一位爵爷府里侍候他，但不是像侍候老爷那样，而是像侍候亲戚那样。爵爷有个儿子，是他的唯一继承人。因为是亲戚，又因为我们两人同岁，性格相同，所以他待我十分亲切友好。这位骑士爱上了一位出色的少女。如果不是受孝子要听从父母意志之类的观念束缚的话，他是非常愿意挑选她做妻子的。然而，他父母却希望他娶个出身更高贵的人。尽管如此，他还是避过众人的耳目向她献殷勤，并且向她表露了自己的心愿。只有我看出了他的真正意图。一个合该倒霉的夜晚，发生了我就要告诉你的这件事：我们两人走过那位小姐居住的街道和大门时，看见两个身材魁梧的男人靠门站着。我的亲戚想认一认他们，可是，还没来得及走过去，他们已经敏捷地一手拿着剑，另一手举起盾牌，朝我们走过来。我们照着他们的办法，用同样的武器同他们交了锋。这场厮杀没有持续多久，因为对手的生命也没持续多久。我的亲戚是因为妒火中烧,而我呢,是出于自卫,结果飕飕两剑就把他们打发了,这种情况又奇怪又少见。我们胜利了,却非我们所愿。我们到家里,把能拿到的钱都带上,偷偷逃到圣赫罗尼莫修道院,等候人们发现这件事和追捕凶手的日子。我们知道并未留下任何痕迹,所以,谨慎的教士劝我们回家,不要因为我们不在家而引起任何对我们不利的猜疑。我们都已经决定照他说的话办了,却有人告诉我们,京城的市长老爷已经逮捕了那位少女的父母及少女本人,在审讯仆人时,那位小姐的一名贴身女仆供出,我的亲戚曾经白天黑夜地在她小姐家门前散步。他们凭这点线索,就去找寻我们,但由于我们不在,反而找出我们出逃的种种迹象。于是确认京城里杀死两名骑士的就是我们,他们确是骑士,而且都很有名。最后,听从我亲戚伯爵及教士的意见,我们在修道院躲了十五天,然后,我的朋友就穿上教士的服装,与另一个修道士一起绕道阿拉贡,想从那里去意大利,然后再上佛兰德,一直待到该案了结为止。我希望分开走,各自去碰碰运气,免得同归于尽。我没同他走一条道,我穿的是教士仆役的衣服,与一位修道士步行出来,他在塔拉韦拉和我分了手。从此,我就一个人赶路,不敢走大道,一直到昨天晚上走到这里的橡树林时为止,而在这里发生的一切你都见到了。至于我问去拉佩尼阿德法兰西山的道路,那是我用来回答别人问话的。说真的,我并不知道拉佩尼阿德法兰西山在哪里,尽管我知道它是在萨拉曼卡的上方。"

"这倒是真的。"安德烈斯答道,"你已经走到萨拉曼卡左边差不多二十里格①的地方来了,不过,如果你要去那里,倒有一条道

---

① 安德烈斯的地理概念很不准确,所以上文说是三十里格,这里又说是二十里格。

路可以直达那里。"

小伙子说道：

"我只想去塞维利亚，那里有个热那亚①骑士，是我那位亲戚伯爵的要好朋友，他常常往热那亚寄去大笔的银钱，我相信他会让我跟着那些送银钱的人一起去，这样我就可以安全通过卡塔赫纳，并由那里抵达意大利，因为不久就有两艘运银钱的船要到。好朋友，这就是我的经历。你看我是否可以说天生是个十足的倒霉蛋，而不是什么乏味的恋人。但是，如果你们这些吉卜赛先生愿意带着我一起去塞维利亚，而且你们也是去那里的话，我愿意付你们一大笔钱，因为我知道，和你们在一起走路更保险，我也就用不着害怕了。"

"行，他们会带你一起走的。"安德烈斯答道，"如果不与我们这个营地的人一起走——因为至今我还不知道我们是否去安达卢西亚，你也可以与另一营地的人一起去，我相信，两三天里我们就会碰头。你要是把带来的东西给他们一点，你跟他们相处就容易得多，而且什么不可能的事情，也就能够办到了。"

安德烈斯离开小伙子，就把小伙子说的话以及他的打算告诉了其余的吉卜赛人，并说小伙子愿出一大笔钱作为代价。大家都乐意把他留下。只有普雷西奥莎不同意，老奶奶也说她不能去塞维利亚，就连塞维利亚的周围地区她也不能去，原因是前几年她曾在塞维利亚愚弄过一个当地非常出名的制帽人特里吉约斯，她让制帽人光着身子钻进齐脖子深的一个大水缸里，脑袋上戴着一顶柏树枝做的冠冕，为了等到半夜过后，从水缸里钻出来，去挖一大笔财物。老太婆使他相信这笔财宝就在他家的某个地方。据说，

---

①　意大利北部一城市名。

那个可爱的制帽人一听到晨祷钟响，为了不错过良机，就急急忙忙地爬出水缸，结果连人带缸都倒翻在地，这一撞地，不但身体被碎缸片划伤，而且泼得满地是水，他全身泡在水中，一边口中喊要淹死了。这时候他老婆和邻居拿着灯赶来，只见他身子在地上乱爬，手脚并用地拼命划水，一边大声疾呼："救命啊，先生们，我要淹死了。"由于过度惊怕，他真以为是要淹死了。大家把他抱了起来，使他脱离了危险。他清醒过来以后，就把吉卜赛女人的恶作剧告诉了大家，尽管如此，他还是不顾吉卜赛老太婆的谎话，在她指给他的几处挖起洞来；若不是他的一位邻居予以阻止，他早已挖到房基了，要是由着他挖下去的话，他一定会被压在房子底下。这段故事传遍全城，就连小孩子也用手指戳着他，数落他的轻信和吉卜赛老太婆的恶作剧。

　　老妇人讲了这段故事，以此解释她不能去塞维利亚的原因，而那些吉卜赛人已经从安德烈斯那里知道那个小伙子带来一大笔钱，他们就毫不犹豫地同意他同行，并答应保护他，只要他愿意，他们可以永远地把他藏起来。他们还决定改变路线，从左边进入拉曼查和穆尔西亚领地。他们把他叫了来，把他们的打算一一告诉了他。小伙子感谢大家的安排，拿出一百金埃斯库多分给大家。他们得了这笔赠款，变得比貂鼠更温顺。只有普雷西奥莎不乐意留下堂桑乔——这是小伙子自报的名字。吉卜赛人给他改名叫克莱门特，从此大家就这么叫他。安德烈斯也有点不乐意，他不满意将克莱门特留下来，因为他不认为有什么必要放弃他们原来的计划。但是，克莱门特似乎看出了他的想法，他在讲了别的事情以后，对安德烈斯说，他很高兴去穆尔西亚领地，因为它靠近卡塔赫纳，如果有船到那里——他认为一定会有船到那里，他就可以毫不费事地搭船去意大利。最后，安德烈斯为了更易于监视他，观察他的行动，了解他的想法，表示愿意和他做伴，克莱门特则把这一友好的表示看作对他的莫大恩惠。他们俩形影不离，促膝长谈，挥金如土；他们在赛跑、跳远、跳舞、击棒等方面胜过任何一个吉卜赛人，吉卜赛姑娘们都特别喜欢他们，吉卜赛小伙子们也都极为尊敬他们。

于是，他们离开了埃斯特雷马杜拉，进入拉曼查地区，渐渐走向穆尔西亚领地。在他们经过的各个村落，他们举行了球类、击剑、赛跑、跳远、击棒以及其他各项角力、技巧、灵敏等类比赛，但是获胜者总是安德烈斯和克莱门特，就像过去提到的总是安德烈斯那样，在这一个半月时间里，克莱门特一直没有机会，也不想找机会与普雷西奥莎讲话，直到有一天安德烈斯同她在一起，因为他们叫他，他才过来同他们攀谈。普雷西奥莎对他说道：

"克莱门特，你一来我们宿营地，我就认出你来了，使我想起你在马德里给我的那些诗；但是，因为不知道你来我们这里打的什么主意，我不想说什么；后来听到了你的不幸遭遇，我心里很难过，同时也放心了。我本来感到很惊奇，因为想到人间已经有堂胡安改名叫安德烈斯，也就会有堂桑丘改别的名字。我这么说，是因为安德烈斯告诉过我，他已经发觉你是谁，为什么要来当吉卜赛人（事实确是这样，安德烈斯为了能使克莱门特把想法告诉他，先把自己的情况都告诉了克莱门特）。你别以为认出你来对你毫无好处，由于我的缘故，又由于我替你说了话，大家才顺利地同意接受你和我们在一起，恳求上帝保佑你诸事顺利，称心如意，希望在你报答我这个良好愿望的时候，不要责备安德烈斯对你的误解，也不要因为他在这方面坚持意见而把他想得那么坏，因为，虽然我认为他是按我的意志才这样做的，但是只要看到他哪怕有一点点悔恨的表示，我都会感到难过的。"

克莱门特听后回答道：

"世上无双的普雷西奥莎，你不要以为是堂胡安机敏过人才发现我是谁的。不，是我首先认出他，是他的眼睛首先向我泄露了天机；是我首先告诉他我是谁，是我首先猜到，如你刚才指出的那样，他在按你的意志行事。我看得出来，由于他信任我，他才把我的秘密当作他自己的秘密，因此，是否祝贺他的决定和在爱情方面的抉择，我是最好的证人。哦，普雷西奥莎，我还不是个笨到连美色的威力有多大都不知道的人，而你的容貌却大大超越了美的最大限度，因此，大部分人在不可避免的情况下做了一些错事——如果这也算有错的话，是可以原谅的。感谢你对我的信任，我想用对你的祝愿作为报答，祝愿这一错综复杂的爱情开出幸福之花，在征得你们父母的同意以后，愿你们俩永远相亲相爱；由于人世间一对如此英俊美貌的人的结合，我们必将看到善良的大自然会让你们抽出最娇美的新枝。普雷西奥莎，这就是我的愿望，我也要永远这样对安德烈斯说。值得高兴的事是他具有美好崇高的思想情操。"

克莱门特这些话是如此动情，倒使安德烈斯怀疑他说话究竟是由于多情还是出于礼貌。该死的妒忌病敏感到这等地步，就像太阳上的原子，一碰上合适的物质就结合起来一样，情人一沾上妒忌病就只好整天烦恼，感到失望。但是，这一次他的妒意并不太厉害，他相信普雷西奥莎的善良胜过相信自己的命运。情人往往在自己愿望达不到的时候就认为是不幸。这一点他也算明白了。最后，安德烈斯与克莱门特终于成为莫逆之交，他对克莱门特的好心，对普雷西奥莎的细心谨慎和洞察一切的能力有了充分的了解，他再也不为她去吃醋了。

克莱门特像他赠予普雷西奥莎的那些诗句中显示出的那样，

有点诗人的气质,对此安德烈斯稍感不安,但两人都很喜爱音乐。有一次营地安顿在离穆尔西亚四里格的一个山谷里,到了晚上,两人坐在一起,安德烈斯坐在一棵软木树下,克莱门特则坐在橡树下,各人手拿一把吉他,在宁静的夜色里,安德烈斯与克莱门特两人应答着唱起下面一首诗歌。

安德烈斯

> 克莱门特,看那缀满繁星的天幕,
> 寒夜拿它
> 与白昼竞争,
> 在穹空悬起盏盏华灯;
> 如果你才华出众,
> 就会从这样的星空
> 联想到那张脸庞,
> 凝驻着秀色绝世无双。

克莱门特

> 凝驻着秀色绝世无双,
> 还有普雷西奥莎的
> 美好端庄,
> 善良而纯洁,
> 像这样天仙般的美人,
> 人世间还缺乏天才
> 能用神圣、高尚、
> 罕见、深沉而奇妙的诗句加以礼赞。

安德烈斯

> 用罕见、深沉而奇妙的诗句加以礼赞，
>
> 这种前所未有的风格，
>
> 上达高邈的天国，
>
> 啊，吉卜赛姑娘，你名扬天下，
>
> 你开拓的道路无比美好，
>
> 你使人惊讶和赞赏，
>
> 愿那声誉之神，
>
> 将你的芳名远传九霄。

克莱门特

> 将你的芳名远传九霄，
>
> 既适宜又相称，
>
> 当你的芳名闻达于天庭，
>
> 天堂也将增添欢欣；
>
> 你的芳名传人间，
>
> 普天下都引起反响，
>
> 像欢快的乐声在耳际萦绕，
>
> 使心灵静谧，又叫人欣喜若狂。

安德烈斯

> 使心灵静谧，又叫人欣喜若狂，
>
> 你的歌声传四方，
>
> 姿色像美人鱼一般迷人，
>
> 连最警觉的人也难免魂不附身；
>
> 啊，普雷西奥莎，

我的绝代佳人。

你是我的幸福,

优美的王冠和威武的尊荣。

克莱门特

优美的王冠和威武的尊荣,

美丽的吉卜赛姑娘,你是

清爽的早晨,

炎夏的和风,

盲目爱神射出的,使胸膛

由寒如坚冰化作一团烈火的光芒,

由此而产生的力量,

使爱你的人在温柔中满足和死亡。

如果不是他们身后传来了普雷西奥莎的歌声,这首无拘无束的迷人的应答诗就不会这么快结束。他们听到她的声音都吃了一惊,凝然不动,不知不觉都聚精会神听她的歌声。她(我不知道她是即兴而作,还是在唱别人以前为她写的诗歌)以极其优美的歌喉唱出了下面的词句,像是在回答他们的诗。

面临得到爱情的时刻

体验到

最大的幸福在于

贞洁和美貌。

最最卑贱的杂草

如任其往上疯长

靠了浩荡天恩与造化的赞助，
也会长到天庭，直达云霄。

我这低值的铜币，
清白无污才是它的光彩，
金银财物我不稀罕，
美好的愿望是我需要的礼单。

没有爱情和地位，
我不感到丝毫痛苦，
我要创造自己的命运，
和自己的幸福。

我要我行我素，
走上自己的康庄大道，
我要创造自己的天堂，
确定自己的爱憎和愿望。

我倒想了解，
美色是否真有这样的权力
把我变得无比崇高，
使我登上最高的苍穹。

倘若人的灵魂一律平等，
最低微的庄稼汉
也能与煊赫的帝王

同样价值连城。

我感觉自己的灵魂
被抬到最高的等级，
但千万记牢
权位与爱情可不能相提并论。

普雷西奥莎一唱完，安德烈斯与克莱门特都站起来迎上前去。他们三人交谈了一会儿，谈话中充满了机智。普雷西奥莎的谈吐显得既机智、正派又俏皮。克莱门特已经理解了安德烈斯的心愿，在这以前，他是不理解的，以为安德烈斯的心愿不过是由于年轻，而不是出于真心。

一天早晨，营地迁到穆尔西亚管辖区的一个地方，离城有三里格，安德烈斯在那里碰上一件倒霉事，差一点送了命。事情是这样的：他们到了那里，依例交了一些银器作保证。普雷西奥莎同祖母、克里斯蒂娜和另外两个吉卜赛姑娘，还有克莱门特和安德烈斯，都在一位富孀开的小客栈里安顿下来。那个富孀有个女儿，年方十七八岁，与其说她漂亮，不如说她轻佻；说得更详细些，她的名字叫胡安娜·卡尔杜恰。她观看了吉卜赛人舞蹈之后，鬼迷心窍，竟强烈地爱上了安德烈斯，打算告诉安德烈斯，只要她愿意，即使她的亲友全反对，她也要嫁给他。这样，她找机会向他提这件事，于是在安德烈斯到牲口栏去照料两头小驴驹的时候就碰到了她。为了不让别人看见，她快步走到他跟前，对他说道：

"安德烈斯（她已经知道他的名字），我是个有钱人家的姑娘；我妈只生我一个孩子，这家客店就是她开的，此外，她还有葡萄园和几座房子。我很中意你，如果你想娶我做妻子，只要说句话就行。请你马上回答我，如果你是个聪明人，就留下来，你会看到我们将过什么样的生活。"

安德烈斯听到卡尔杜恰的决定,大吃一惊,由于她要求立即答复,他就答道:

"小姐,我已经订了婚,我们吉卜赛男人只和吉卜赛女人结婚;对于你想赐我的恩惠,愿上帝报答你,我可是无福享受。"

卡尔杜恰听到安德烈斯冷冰冰的回答,差一点昏了过去,若不是看见几个吉卜赛姑娘走进牲口栏,她一定会回敬几句。她慌里慌张地跑了出去,一心要找机会报复。安德烈斯出于慎重的考虑,决定离开那里,避开魔鬼为他提供的这种机会。他从卡尔杜恰的眼神清楚地看出,如果不和这个愿将全部身心都交给他的人成亲,她是不会善罢甘休的。他不想在这种场合与她单独见面,就要求所有吉卜赛人当天晚上离开那里。吉卜赛人总是依从他,就马上行动起来,准备当天下午收回保证金后立即动身。

卡尔杜恰看到安德烈斯要走,就像失魂落魄似的,她已经来不及去恳求实现自己的愿望;她认为既然软的不行,就决定用硬的方法迫使安德烈斯留下。于是,在邪恶的念头支使下,她熟练、机智、偷偷地在她认出是安德烈斯的东西堆里放进一些贵重的珊瑚串珠,两只银胸饰,还有一些小宝石。吉卜赛人一走出客店,她就高喊那些吉卜赛人偷了她的首饰。司法当局和镇上的人都给她的叫喊声招引来了。

吉卜赛人停下来,都发誓说他们的东西没有一件是偷来的,他们营地里一应包裹杂物都一清二楚。吉卜赛人老奶奶对这件事十分担心,她怕这样搜查起来会发现普雷西奥莎的饰物和安德烈斯的服装,这些都是她万分小心收藏起来的东西。然而卡尔杜恰马上让她躲过这一难关,因为他们检查第二只包裹时,她就问那个极善舞蹈的吉卜赛人的包裹里是些什么东西,还说她曾两次见到他进入她的房间，因此东西可能是他拿走的。

安德烈斯经过这样一说就明白她是冲着他说的，于是笑笑说道：

"小姐，这是我的行李，这是我的小驴驹；如果你在我的行李里找到丢失的东西，我除了接受给予窃贼应有的制裁外，甘当重罚。"

官员们立即把驴背上的东西卸下来，没翻几下就翻出了赃物，这可把安德烈斯惊呆了，就像一尊不会说话的石像。

"我没有怀疑错吧？"这时候卡尔杜恰说话了，"你们瞧，他模样儿怪不错的，却原来是个不要脸的贼。"

当时在场的镇长开始对安德烈斯及所有的吉卜赛人百般辱骂，说他们是人所周知的小偷和拦劫的强盗。安德烈斯一声不吭，只是呆呆地思索着，没想到这是卡尔杜恰的卑鄙勾当。这时候，一个勇武的士兵——镇长的侄子——走到安德烈斯跟前说道：

"你们没有看见偷东西的吉卜赛人在装什么熊样吗？我敢打赌，尽管已经当场捉住了，他还是要装腔作态的，并且否认偷了东西；真该把你们都送去服划船苦役。你们看看，把这个坏蛋送去服划船苦役，让他为我王陛下效劳，是不是更好？免得他到处跳舞，也免得他从商店偷到山地。作为士兵，我要赏他一记耳光，让他倒在我的脚下。"

说着就蛮不讲理地挥手给了他一巴掌，这一下打得那么重，反而使他从惊魂不定的状态中清醒了过来，使他记起来他不是什么安德烈斯·德·卡瓦列罗而是骑士堂胡安。于是，他拔剑出鞘，以迅雷不及掩耳之势，满腔愤怒地扑向士兵，将剑插入他的身子，一下子就把他刺死在地。

这一来，整个镇子都嚷嚷起来，那个当镇长的叔叔勃然大怒，普雷西奥莎昏了过去,安德烈斯见她昏过去,也慌了神。所有的人都拿起武器冲向杀人犯。那里越来越混乱,叫喊声也越来越高,安德烈斯为了去看昏倒在地的普雷西奥莎,没顾上自卫,命运使克莱门特没有遇上这件不幸的事,因为他带着几件行李早已走出镇去了。最后,那么多人冲向安德烈斯,把他抓了起来,给他戴上一对大镣铐。要是安德烈斯落在镇长手里,非把安德烈斯立即绞死不可;然而他必须把安德烈斯解往穆尔西亚,因为这里归它管辖。不过他拖到第二天才把犯人送走,在这段时间里,这个愤怒的镇长、他手下那帮官员及当地居民趁机对安德烈斯横加凌辱,百般谩骂。镇长还尽可能把其他吉卜赛人都抓了起来,当然他抓不住所有的人,因为大部分人都跑掉了,其中就有克莱门特,他生怕让人抓到并且暴露了身份。

最后,镇长和他手下的官员准备好起诉书,带上一大帮武装人员押着一大群吉卜赛人走进穆尔西亚,在那些吉卜赛人中间有普雷西奥莎和戴着手铐脚镣的安德烈斯。穆尔西亚全城居民都跑出来看犯人,他们已经得知士兵被刺死的消息。然而,那天普雷西奥莎显得如此美丽,见到她的人没有一个不在为她祝福。她的美貌的消息也传到市长夫人的耳朵里,夫人出于好奇心想见见她,就让市长——她的丈夫——吩咐不要把那个吉卜赛姑娘送进牢房,但是其他人都要进监狱,安德烈斯则被关在一个窄小的地牢里,里面一片黑暗,加上他又见不到普雷西奥莎这盏明灯,所以他真不想再出牢房,宁愿一死了事。

他们将普雷西奥莎及其祖母带去见市长夫人,她一见姑娘就说:

"难怪别人称赞她长得美。"

她把姑娘拉到自己身边,亲热地拥抱她,久久地看着她,并问她祖母,姑娘有多大年纪。

"十五岁,"吉卜赛老太婆答道,"差两个月左右。"

"我不幸的康丝坦莎要是在的话,也有这么大了。朋友们!这个孩子使我又想起了自己的不幸遭遇!"市长夫人说道。

这时候,普雷西奥莎握住市长夫人的手吻了又吻,泪水扑簌簌地滴在夫人手上,同时对她说:

"我的太太,关押起来的那个吉卜赛人是无辜的,因为他被人激怒了:别人污蔑他是贼,可是他并不是贼;别人打了他耳光,从他脸上就能看出来他的心地多么善良。看在上帝分上,也看在您自己分上,太太,请您给他伸张正义,请市长老爷不要急于对他施行法律制裁。如果我的美貌已经使您感到愉快,那么,就请您延期处理这个犯人来延续我的美貌吧,因为他的生命一结束,我的生命也就完了。他本该是我的丈夫,但是,一些纯洁忠贞的障碍使我们两人至今尚未定亲。如果需要用钱才能使他得到宽恕,那么我们营寨的全部东西都可拿来拍卖,就是再多交一点钱也行。我的太太啊,如果您知道什么是爱情(您过去一定爱过,现在您还在爱着您的丈夫),就请您可怜可怜我吧,我深深地、忠实地爱着我的丈夫!"

她在诉说的时候,一直没有放开夫人的手,眼睛紧紧地盯着夫人,泪如雨下,显得万分痛苦,令人同情。市长夫人同样抓住她的双手,关切地看着她,并陪她流了不少眼泪。这时候,正好市长进来,看到自己的太太和普雷西奥莎哭得那么伤心,感到十分惊讶,他不但对普雷西奥莎的啜泣,而且对她的美丽都感到惊讶。他问为什么这样伤心,普雷西奥莎回答时,放开市长太太的手,抱住市长的双脚,向他诉说道:

"老爷,发发慈悲吧!要是我丈夫死了,我也活不成啦!他没有罪;假若他有罪的话,那就来惩罚我吧,如果不能这么办,至少请您推迟审理一段时间,以便尽量设法找到救他的办法;对于没有干过坏事的人,老天爷总会让他得救的!"

市长听到吉卜赛姑娘这番机智的话,又吃了一惊,若不是为了不露出自己的脆弱,他准会陪着流眼泪的。这时,吉卜赛老太婆却在考虑一件大事,她考虑了许多方面,最后她说:

"我的老爷、太太,请你们等我一会儿,我一定要使你们的哭声变成笑声,尽管这么做有可能送掉我的老命。"

说完,她就快步走了出去,她的话使在场的人迷惑不解。在她回来之前,普雷西奥莎一直在哭泣,并且一直在恳求推迟对她丈夫的审理,打算通知安德烈斯的父亲来过问一下这件案子。老太婆夹着一只小盒回来了。她请市长及其太太跟她到另一个房间,说她有要事密告,市长还以为她要拿吉卜赛人偷来的赃物贿赂他,以便在审理犯人的时候行个方便,等到他偕夫人跟这老妇人退到更衣室时,只见吉卜赛老太婆一下子跪倒在他们面前,对他们说道:

"老爷、太太,如果我即将告诉你们的好消息还不够称为礼物,并使你们宽恕我所犯下的重大罪孽的话,我已经做好准备来接受你们给我的惩罚;但是在向你们供认之前,老爷、太太,希望你们先告诉我,你们是否认得这些首饰。"

说完,她就拿出一只盒子,里面装着普雷西奥莎的首饰。她把盒子放到市长手上,后者打开盒子,见到里面有几件小孩的饰物,不明白这些东西表示什么意思。市长夫人看了一眼,也不明白其中的含义,只不过说:

"是某个婴儿的饰物。"

"是这么回事。"老太婆说,"至于它们是哪个孩子的东西,这张折叠的纸上写得清清楚楚。"

市长急忙打开那张纸，念了起来：

"该女孩名叫堂娜康丝坦莎·德·阿塞韦多·德·梅内塞斯。其母为堂娜吉奥玛尔·德·梅内塞斯，其父为堂费尔南多·德·阿塞韦多，卡拉特拉瓦骑士团骑士。孩子于一五九五年基督升天节的清晨八时失踪。该女孩随身佩带的小饰物均保存于此盒。"

市长夫人刚听完纸上写的话，就认出这些小饰物来了，她拿起这些小饰物放到嘴边吻了又吻，吻着吻着人就昏倒在地。市长急忙走到她身边，没顾上向吉卜赛老太婆询问自己女儿的事。市长夫人一醒过来就说道：

"好人，你不是吉卜赛人，是天使。这些饰物的主人，就是那个女孩，现在在哪里？"

"太太，她在哪里吗？"吉卜赛人答道，"就在您家，那个使您眼睛流泪的吉卜赛姑娘就是这些东西的主人，她就是您的女儿，用不着怀疑。我就是在那张纸上写的那个日子和时辰，从你们马德里的家里把她偷走的。"

心乱如麻的夫人一听见这些话，顾不上穿鞋，就急急忙忙跑到大厅普雷西奥莎那里去；她在那里看到被她的使女和女仆团团围住的普雷西奥莎还在哭泣。市长夫人奔到普雷西奥莎跟前，话也不说，异常迅速地解开她胸口的衣服扣子，看看在她左乳下方是否有颗天生的小白痣。她发现，随着时光的流逝，痣也长大了一点。紧接着，她又用同样快的速度脱下普雷西奥莎的鞋子，露出一只像旋床加工过的大理石般雪白的脚，夫人在那只脚上看到了她要找的东西：左脚最后两趾之间有一块肉连在一起。在普雷西奥莎的孩提时代，做父母的因为怕女儿痛，说什么也不肯给她切开。胸口，脚趾，小饰物，被偷的日期，吉卜赛老太婆的供词，父母亲见到她时感受到的惊讶和愉快,这一切都使得市长夫人的心里百分之百地确认普雷西奥莎就是她的女儿。于是夫人搂着她,同她一起回到市长和吉卜赛老太婆待的地方。

普雷西奥莎感到惶惑不解,她不知道这一连串动作会有什么结果,然而,尤使她大感不解的是,自己被市长夫人搂抱住并且被她吻了上百次。最后,堂娜吉奥玛尔就带着这件稀世珍宝走到她丈夫面前,把她从自己的胳膊转到她丈夫的胳膊上,对他说:

"老爷,请你接住你的女儿康丝坦莎吧,这是无可怀疑的事,老爷在任何情况下都不要怀疑这一点。她的脚趾和胸口上的标记我都已经看过,再加上,从我的眼睛见到她时开始,我的心灵就告诉了我这一切。"

"我并不怀疑,"市长搂着普雷西奥莎回答道,"我的感受与你一模一样,再加上那么多特征凑在一起,若不是奇迹的话,这一切怎么可能发生呢?"

全家人都感到不解,互相在询问这是怎么回事,可是猜的都不着边际,她们中间,有谁能料到那个吉卜赛姑娘就是老爷、太太的亲骨肉呢?

市长对他太太、女儿和吉卜赛老太婆说,这件事在他公开宣布以前,一定要严守秘密,同时他也向吉卜赛老太婆表示,他原谅了她的犯法行为,她曾偷走他的半个心,但是她还给他的礼物则是更有价值的赠品,唯一使他难受的是他的女儿已经与一个吉卜赛人订了婚,并且还是一个贼,一个杀人犯。

"啊!"普雷西奥莎听了以后说道,"我的老爷,他不是吉卜赛人,也不是贼,尽管他杀了人,那是别人伤害了他的尊严,他不得不向对方表明自己是什么样的人,才将对方杀死的。"

"怎么? 他不是吉卜赛人,我的孩子?"堂娜吉奥玛尔问道。

于是吉卜赛老太婆把安德烈斯·卡瓦列罗的来历简略地讲了一下,说他是堂弗朗西斯科·德·卡卡莫——圣地亚哥骑士团骑士的儿子,名叫堂胡安·德·卡卡莫,也是该骑士团成员;当他换上吉卜赛服装时,他原来的服装就放在她那里。她也讲了一下普雷西奥莎与堂胡安之间达成一个要等两年才确定是否正式成亲的协议,她将他们两人的忠贞不贰和正直行为,以及堂胡安的令人满意的品质恰如其分地做了介绍。

市长和夫人听了这件事,同找到他们的女儿一样惊奇。市长让老太婆去把堂胡安的衣服拿来。她领命而去,不久同另一个替她拿着那身衣服的吉卜赛人一起回来。

在老太婆往来取衣的时候,普雷西奥莎的双亲问了她无数问题,她答得又机智又得体,两位老人都觉得即便她不是自己的女儿,他们也会喜欢她的。他们问她是否喜欢堂胡安,她回答说,单凭他当时宁愿为了她屈尊当吉卜赛人,她也得感激他;不过这种对于安德烈斯的感激之情决不会使她违背双亲的意志。

"别说了,孩子,"她父亲道,"为了纪念你的失而复得,普雷西奥莎这个名字你就不要改了。作为你的父亲,我有责任让你恢复你应有的身份与地位。"

普雷西奥莎听到这句话,就叹了一口气,她那机敏的母亲明白女儿的叹气是爱恋堂胡安的表示,就对丈夫说:

"老爷,既然堂胡安·德·卡卡莫出身那么高贵,爱我们的女儿又爱得那么深,我看女儿嫁给他也不辱没我们了。"

他答道:

"我们今天才找到她,你就想把她丢掉吗? 先让咱们享一段时间的天伦之乐吧,一旦把她嫁出去,她就不是我们的,而是她丈夫的了。"

"你说得对,老爷。"她回答道,"不过,还是下令把堂胡安带出来吧,他一定关在地牢里。可以想象他在监牢里一定受尽了折磨,那里又潮湿又有令人不得安宁的小虫子,在押的犯人总是盼望早日出狱,摆脱受尽迫害和受凶恶的邻犯困扰的境地。"

"肯定是这样的。"普雷西奥莎说道,"对于小偷、杀人犯,尤其是对于吉卜赛人,他们决不会把他放到好地方去的。"

"我要去看他一下,听听他的口供。"市长回答道,"我再关照你一下,夫人,不能让任何人知道这段历史,直到我决定这样做时为止。"

他拥抱了普雷西奥莎,马上就去监狱,但是,他不要任何人陪同走进关押堂胡安的地牢。他看见堂胡安脚上戴着脚镣,手上戴着手铐,甚至连脚枷也没有去掉。那个地方一片漆黑;他让人打开天窗,这才射进来一缕光亮,虽然极为微弱。等他看见了犯人,就对他说:

"怎么样,奸诈的家伙?为了有朝一日将吉卜赛人消灭干净,我真想抓尽西班牙所有的吉卜赛人,就像过去尼禄①一举毁掉罗马一样。死要面子的贼,要知道,我就是本市市长,我想由我本人来了解一下,和你们一起来的人里,有个吉卜赛姑娘,她是否就是你的妻子。"

安德烈斯一听到这句话,就以为市长爱上了普雷西奥莎;妒忌心是一种微妙的物体,能够不知不觉地、丝毫不露痕迹地潜入人的肌体。尽管如此,他还是回答道:

"如果她说了我是她的丈夫,那就是千真万确的;如果她说我不是,她说的也是真话。因为普雷西奥莎是不可能撒谎的。"

---

① 古罗马暴君,公元五十四至六十八年在位。

"那么千真万确吗?"市长回答道,"对于一个吉卜赛姑娘,这样说她就算不错了。好吧,小伙子,她说是你的妻子,但是从来没有跟你成过亲。她现在知道,根据你犯的罪,你是必死无疑的,所以她要求在你死前由我主持你俩的婚礼,因为她以做你这样一个大强盗的寡妇为荣。"

"那么,市长老爷,就请您照她要求办吧。要是我与她成了亲,那么,我会因为成了她丈夫而高兴地死去。"

"你一定非常爱她喽!"市长说。

"太爱她了,"犯人答道,"都无法用言语来形容。市长老爷,实际上我的事业已经完成了;我杀了那个想伤害我的尊严的人。我崇拜这位吉卜赛姑娘,只要我死时能得到她的爱,我就死而无怨,而且由于我们双方都守身如玉,严格履行各自立下的誓愿,我想我们也就不一定再需要上帝的恩典了。"

"那么,今晚我派人来接你,"市长说道,"你将在我家与普雷西奥莎成亲,明天中午上绞架;这件事是法律要求我这样执行的,也是按照你们双方的意愿办的。"

安德烈斯对市长表示感激,市长回到家里,把与堂胡安见面时的情形一一告诉了他夫人,还讲了他打算怎么做。

市长不在家的那段时间,普雷西奥莎向她母亲讲述了她过去的生活经历,以及她如何尽管认为自己是吉卜赛人,那个老妇人是她的祖母,却总是非常懂得自尊自爱,并且大大超过吉卜赛姑娘所能期待的程度。

她母亲要她说实话,问她是否真的很爱堂胡安·德·卡卡莫。她羞怯地望着地下,对她母亲说,她本以为自己是个吉卜赛姑娘,和一个像堂胡安·德·卡卡莫这样高贵的骑士团骑士结婚,可以改善自己的命运,而经过一段时间了解,看到了他善良忠实的品德,有时候就以深情的眼光看他;不过,最后她说,她已表示过,父母的意志就是她的意志。

夜晚十点钟光景,有人把安德烈斯从监狱里带了出来,他的脚镣手铐去掉了,但是浑身上下系着一根很粗的链条。他来的时候,除了带路的那个人以外,没有让别人看见。到了市长家以后,他们小心悄悄地把他带进一间房间,让他一个人留在那里。过了一会儿,进来一个神父,让他做忏悔,因为他第二天就要就刑了。安德烈斯听了以后回答道:

“我将很乐意忏悔,可是为什么不先举行婚礼呢?当然,如果举行了婚礼,等待我的不会是新婚之床而是绞架。”

堂娜吉奥玛尔知道了这一切,就对她丈夫说,让堂胡安如此担惊受怕有点太过分了。她劝丈夫适可而止,否则真会要他的命。市长认为太太说得有理,就进去把听忏悔的教区神父叫了出来,告诉他先给这个吉卜赛人和普雷西奥莎主持婚礼,婚礼后再做忏悔,好让他一心一意求上帝保佑,因为上帝往往会在你最绝望的时刻给予怜悯。

于是,安德烈斯走到一间只有堂娜吉奥玛尔、市长、普雷西奥莎和两个家仆在场的房间。可是当普雷西奥莎见到堂胡安身上系着一根那么粗的铁链,脸色苍白,眼睛好像刚刚哭过,禁不住一阵心酸就倒在身旁母亲的怀里,她母亲一边抱住她,一边说:

“孩子,醒一醒,你眼前的一切一定都会化作欢乐和幸福。”

她不理解那些话的意思,也就无法宽心,吉卜赛老太婆①也感到惶惑不解,在场众人都想知道事情如何结局。

市长说道:

---

① 从上文看,老太婆并不在场,此系原文之误。

"神父先生,这个吉卜赛人和那个吉卜赛姑娘的婚礼烦劳尊驾主持一下。"

"要是不先办理好在这种情况下所必须具备的手续,我是不能为他们主持婚礼的。他们的教堂结婚预告①是在哪里做的?我上司发下的婚礼许可证在哪里?"

"这可是我的疏忽,"市长回答道,"不过,我会让主教发给你的。"

"那么我就等见到许可证时再说。"教区神父回答,"请先生太太们见谅。"

他没有再多说什么,免得发生任何不名誉的事,就离开了这所房子,使余下的那些人都不知所措。

"神父做得很对,"这时候市长说道,"也许这是天意使安德烈斯的死刑延期。因为关键就在于他必须与普雷西奥莎成亲,他就必须先办好教堂结婚预告,这就要花费时日,结果许多恼人的磨难往往会得到甜蜜的结局;尽管如此,我还想了解,如果命运没有安排得如此波澜起伏,惊心动魄,而让安德烈斯平平静静地做了普雷西奥莎的丈夫,那么他是认为做安德烈斯·卡瓦列罗幸福?还是做堂胡安·德·卡卡莫幸福?"

安德烈斯一听到别人叫他真名,马上就说:

"既然普雷西奥莎不愿意保持沉默,说出了我的身份,就算她这一说能使我成为人间君王,我还是要按自己的意愿做到底,我还是要娶她,我要按天意办事,不敢有其他非分之念。"

"由于你所表现出来的美好的心灵,堂胡安·卡卡莫先生,我

---

① 在做弥撒时,公布一下行将结婚的人的名字,如有人认为此项婚配不合教会规定,可向教会提出。

将在适当时机使普雷西奥莎成为你的合法伴侣;现在我愿将我家的、我生命的、我灵魂中的最珍贵的宝贝交给你,请你珍重你自己说过的话,因为我要给你的宝物,是堂娜康丝坦莎·德·阿塞韦多·德·梅内塞斯,我的独生女儿,她在爱情上与你一样坚贞,在血统上也与你不相上下。"

安德烈斯得知他们所指的爱女就是普雷西奥莎时,惊得目瞪口呆,于是,堂娜吉奥玛尔就扼要地把他们女儿怎么失踪,以及根据将她偷走的吉卜赛老太婆提供的确凿无误的证据使他们重逢的事讲了一遍。堂胡安听完这些话,又惊又喜,他拥抱了他的岳父母,叫他们父亲、母亲,称他们是他的主人,他又亲吻普雷西奥莎的双手,对方也一边流泪,一边吻着他的双手。

秘密揭开了,消息通过在场的仆人传了出去。死者的叔父(也就是那位镇长)听到这个消息以后,看出为侄子复仇的路已给堵死了,因为法庭再严厉,也不会对市长的女婿执刑。

堂胡安穿上吉卜赛老太婆给他拿来的服装,出了监狱,恢复了自由,铁链子换作金链子;被捕的吉卜赛人的悲哀变为欢乐,因为第二天他们就被交保释放了。死者的叔父收回了起诉书,宽恕了堂胡安,得到两千杜卡多了事。堂胡安没有忘记自己的同伴克莱门特,他让人去寻找,但是找不到,也没有人知道他的去向,四天以后,才得到确切消息说,他已经搭乘停泊在卡塔赫纳港的一条热那亚桨帆船走了。

市长告诉堂胡安说,据确实消息,他父亲堂弗朗西斯科·德·卡卡莫已被任命为他那个城市的市长,所以婚礼最好等他来到并经他同意后再举行。

堂胡安的回答是一切听从他的吩咐,但是必须先和普雷西奥莎订婚。

　　大主教发给他许可证，让他先在教堂做一次结婚预告。由于市长在当地极受爱戴，订婚那天全城像过节一般，灯火辉煌，并有斗牛、歌唱等助兴节目，吉卜赛老太婆不愿与其孙女分离，便留在他们家里。

　　这个案子及吉卜赛姑娘的婚事传到宫廷，堂弗朗西斯科·卡卡莫因此也知道了那个吉卜赛人就是他的儿子，而他见过的那个吉卜赛姑娘就是普雷西奥莎。原来，当他知道他儿子并未去佛兰德时，还以为他已经失踪。现在他找到了儿子；而普雷西奥莎的美貌也使他原谅了自己儿子的轻率行为；再加上他看到他的儿子是和如此崇高的骑士，如此富有的堂费尔南多·德·阿塞韦多之女结婚，更是十分高兴，于是他就急忙动身，以期早日见到自己的儿子和儿媳妇。二十天后，他到了穆尔西亚。他的到来又有一番欢欣景象：举行结婚典礼。到处谈论着他们的美满生活；城里的诗人——有些还是很不错的——把他们的这个传奇故事写成赞诗，同时也赞颂了举世无双的吉卜赛姑娘；最后，那位著名的硕士波索，用自己的诗句，使普雷西奥莎的美名万世传扬。

　　我忘了交代一下小客栈的那位多情女人，她已向法庭坦白，她说，吉卜赛人安德烈斯偷她东西的事情并非真事，并承认了她自己对他的爱情和犯下的罪行。然而人们并没有加罪于她，因为大家都沉浸在亲人重逢、举行婚礼等等的喜悦之中，根本就不提那些复仇的事情，从而使宽厚仁慈之道得到了恢复。

慷慨的情人

"啊！不幸的尼科西亚①那令人伤心的废墟，你那些勇敢而时运不佳的保卫者抛洒的鲜血还没干！你如果不像现在这样没有感觉，那么，在这荒凉的地方，我们就能为我们共同的不幸而悲泣，也许会因为遇到了同病相怜的伴侣而减轻我们的痛苦。你那些不幸被彻底摧毁的塔楼，有朝一日还有希望能够重建起来，尽管不像当初被摧毁时那样是为了进行正义的防御。然而，对我这个苦命人来说，就算旧景再现，又能对我目前的悲惨遭遇带来什么指望？我的命是这么苦，在自由的时候就没有幸福，如今当了俘虏，更没有也不敢指望得到幸福了。"

说这番话的人是一个被俘的基督徒，他从一个斜坡上望着早已被毁的尼科西亚的那些断垣残壁，并与它攀谈起来；他把自身的悲惨遭遇与城墙进行比较，仿佛它们听得懂他的话似的。历尽苦难的人由于本身的境况，往往受自己胡思乱想的影响，做出并说出不合事理的事情来。

那片原野上张着四个营帐，这时从其中一个营帐里走出一位仪表堂堂、气度不凡的土耳其青年。他走到那个基督徒身边说道：

① 尼科西亚为塞浦路斯首都。一五七一年落入土耳其人之手。

"我敢打赌,里卡多朋友,是你的连续不断的遐想,才把你带到这种地方来的。"

里卡多——这就是那个俘虏的名字——回答道:

"是的。不过,要是我无论上哪里,都无法停止思念之情,到这儿来又有什么用呢? 相反,自从发现这些废墟以来,更增添了我的思念。"

土耳其人说:"你说是尼科西亚废墟引起的吗?"

里卡多又说道:"那么,要是除开眼前所见的东西之外,别的什么也见不到的话,你想,又能是什么东西引起我说这些话的呢?"

土耳其人说道:"你看了这些废墟,很应该痛哭一场;因为大约两年前,这个既出名又富饶的塞浦路斯岛恬静而安宁,它的居民享受着人类社会所能提供给人们的一切幸福。现在看到他们不是给赶出去,就是被俘虏的悲惨境遇,怎能不令人为他们的灾难和不幸难过呢? 但是,我们别谈这些无法补救的事,还是谈谈你的事吧,我想看看对你有什么补救办法。因此我请求你,看在我对你表示良好愿望的份上,看在我们俩是同胞的分上,看在我们从小一块长大的分上,告诉我,是什么原因使你如此过度悲伤? 虽说单单遭到这种俘虏的命运已经足以使世界上最愉快的人发愁,但我仍然觉得这以前必定还有什么原因给你带来了目前的不幸,因为像你这样胸襟开阔的人是不会屈服于一般的不幸遭遇,也决不至于表现出如此出人意料的悲伤的。我相信这一点,我知道,你决不至于穷到缺钱付你的赎金,你又不是作为重要的俘虏而关在黑海的塔楼里,需要晚些,甚至永远不能获得向往的自由。因此,厄运并没有夺去你恢复自由的希望。尽管如此,看到你表现出来的情绪仍然是屈服于你的不幸遭遇,认为你的痛苦除了由于失去自由还有旁的原因，就不算过分了，这就要请你告诉我，究竟原因何在。我将尽力为你提供一切帮助，也许就是为了能为你效劳，命运才转弯抹角地让我穿上这身我所厌恶的服装。你已经知道，里卡多，我主人是本城的卡地①，相当于主教。你也十分了解他有多大权势，以及我对他能有多大影响。此外，你不是不知道，我多么强烈地希望不要在表面上信仰这种宗教的状况下死去。因此，到了我无可奈何的时候，我一定要承认并且公开宣告我信仰基督教，我是在年幼还不太懂事的时候离开耶稣基督的，尽管我知道这样的承认必然得以生命作代价，但是，只要死后灵魂不灭，那么，就是死也死得值。我说这一切，是希望你考虑，并且相信，我的友谊或许能助你一臂之力；另外，我想知道，是否有办法补救或者减轻你的不幸，你必须像病人对医生那样，把事情原委都告诉我，这方面，我保证严守秘密。"

在他讲话时一直保持沉默的里卡多，觉得现在有必要予以答复，于是他说：

"马哈默德朋友（那个土耳其人就叫这个名字），就算你猜中了你所想象的我的不幸，你的办法能够奏效，对我失去的自由又有所裨益，你能想象出来的最大幸福也还是不能改变我的不幸。我自己明白，即使大家可能都知道我的不幸的起因，也没有人能帮我找出补救办法，就连帮我减轻一点痛苦的人都不会有。为了让你了解事实真相，我想尽量简短地跟你讲一讲。不过，在讲述我的那些头绪纷繁的不幸遭遇之前，想请你告诉我，我的主人哈桑帕夏②，是被派来当总督（也就是土耳其人所谓的帕夏）的，他在进入

---

① 土耳其负责宗教、司法的长官。
② 帕夏，古代土耳其高级官员职称。

尼科西亚以前扎营在这片原野上的原因何在?"

马哈默德答道:

"我可以简单告诉你。你必须知道,这是土耳其人的惯例。那些赴任的某省总督要等前任离开,自己能够方便行事时才进入该城,在新任帕夏上任的同时,卸任帕夏就在营地等待移交的结果,这样卸任的就不能通过贿赂和交情进行干预——如果他一开始没有来得及干预的话。移交完毕后,新任的把一份密封加印公文交给卸任总督,后者带上这份公文到皇宫去,也就是去晋谒由首席帕夏和另外四名地位稍低的帕夏(如同我们所说的王室执政院首席长官和其他官员)共同掌事的土耳其枢密院,根据他在任时的政绩进行奖惩,如有过错,可用钱来赎罪,从而免罚。如果像通常那样,没有过错也没有受到奖赏,那么通过馈赠礼品就可获得一个比他想望的还要好的职位,因为在那里,官职并非取决于功绩大小,而是取决于钱。什么都可以买卖。卖官者掠夺买官者,买到官职者能发一笔财,再买一个更有油水的官职。一切都像我讲的那样,整个帝国就是暴力,这是不可能持久的象征。但是,我认为,事实也是这样,我们的罪愆——我的意思是说,就像我现在所犯下的罪愆那样——该由他们去承担。那些人恬不知耻、肆无忌惮地亵渎上帝的罪愆,该由他们承担。这一点上帝会同意我的,因为他是上帝。根据我对你说过的那些理由,你的主人哈桑帕夏已经在这营帐里待了四天。要是在尼科西亚的那位总督现在还不出来,事情准是非常糟糕,不过现在已经有了转机,今明两天他肯定得出来的,到时候他必须暂住到坐落在这斜坡背后,你尚未见过的营帐中去,而你的主人将进入城里,这就是你问我的,也是你应该了解的那件事。"

里卡多说:

"那么,现在你听我讲吧。不过,我不知道是否能做到我刚才说的那样,用简练的话语叙述自己不幸的遭遇,说来话长,三言两语是说不完的。尽管如此,只要时间许可,我一定尽力而为。我先问你,你是否知道,咱们家乡特拉帕纳①有位少女,她的美貌在整个西西里都有名气,我是说,所有能说会道的人,所有见地独到的人,在谈到她时都肯定她是个绝代佳人。诗人歌颂她,说她满头金发,双目犹似灿烂的太阳,面如绛红的玫瑰花,牙似珍珠,唇如红宝石,颈像雪花石膏,全身各部分与她整个人奇妙地协调一致,浑然一体,宛如一幅展出的静物画,色调极其自然、完美、柔和和优雅。更令人羡慕的是,从她身上休想找出半点瑕疵,怎么?马哈默德,难道你还不能告诉我她是谁,叫什么名字吗?我确信无疑,若不是你没有听见我所讲的话,那就是你在特拉帕纳的时候是个缺乏知觉的人。"

马哈默德答道:"说真的,里卡多,如果你着意描述的绝色美人不是鲁道夫·弗洛伦西奥的女儿莱奥尼莎的话,我就不知道是谁了,当时只有她享有你说的那种声誉。"

里卡多答道:"啊,马哈默德,就是她,朋友,她就是我的全部幸福和一切不幸的主要根由。就是为了她,而不是为了失去的自由,我的眼睛过去、现在和将来都在流淌着无尽的泪水;为了她,我的长吁短叹都能使远近的空气发烫;为了她,我讲的话已经使听我诉说的上帝生厌,使他的耳朵生茧;就是因为她,你才以为我如痴似狂,或者至少以为我缺乏勇气和胆量。这个对我来说是母狮,而对他人来说却是温顺羔羊的莱奥尼莎②,就是使我陷于这一悲惨

---

① 位于西西里岛西端,古代贸易通道上的一个重要港口。
② "母狮"与"莱奥尼莎"同出于词根"雄狮"。

境地的女人。因为，谅必你也知道，从我幼年时起，或者至少说从我懂事时起，我就不仅爱上她，而且崇拜她，如此热切地向她献殷勤，似乎天上人间再也没有别的神明更令我崇拜，并愿为之献身的了。她的亲戚和双亲都知道我的心愿，他们从未流露过丝毫反对之意，都认为我的愿望是真诚、纯洁的。我也多次听说，他们劝莱奥尼莎考虑接受我做她的丈夫。然而，她却看上了阿斯卡纽·罗图洛的儿子科尔内里奥。你是相当了解的，他是个翩翩美男子，衣着考究，双手柔软，头发鬈曲，嗓音甜润，讲起话来甜言蜜语，最后还有满身绸缎绫罗，珠光宝气。她不中意我的相貌，因为不及科尔内里奥漂亮，对于我接二连三的献殷勤不但不感谢，反而用轻蔑和厌恶来报答我，我爱她到了无以复加的地步，只要她不把真诚爱科尔内里奥的心事公开说出来，我都会把她的轻蔑和忘恩当作自己的幸福。你瞧，轻蔑和厌恶使我痛苦万分，妒忌又使我极度愤懑，这两种难熬的烦恼在我心中斗争得多么激烈！莱奥尼莎的父母亲佯装不知道她爱科尔内里奥，他们认为——他们满有理由这么认为——那个小伙子受她无与伦比的美色的吸引，将选择她做妻子，这样，他们就会得到一个比我更富有的乘龙快婿。这件事完全有可能就是如此。但是，我可以毫不夸口地说，他们也许会得到的这个女婿并不比我更高贵，既没有我这么高尚的思想，也没有我的人所共知的勇敢。就在我追求她的这段时间里，在去年五月的某一天，距离今天正好一年零三天又五小时，我听说莱奥尼莎偕其父母亲，还有科尔内里奥及其父母，带上所有的亲属和仆从到阿斯卡尼奥家的花园去消遣，那座花园位于海滨，靠近盐场大道的地方。"

马哈默德说："我很熟悉那个地方。里卡多，请说下去。由于上帝的意志，我曾在那里美美地待过四天。"

里卡多说道："我一听到这个消息，心里又气又恼，妒火中烧，恼怒得丧失了理智，就干了你马上会听到的那件事。我跑到据别人说他们所在的那个花园。在那里，除了看见有人在消遣以外，我还见到科尔内里奥和莱奥尼莎坐在一棵核桃树下，尽管分开一点点。我记不清他们当时见到我的时候是什么样子，我只知道我一见到他们那个样子，就觉得眼前一黑，什么都看不见了。我就像一尊雕像，一声不响，一动不动地站在那里。但是，过不多久，我又清醒过来，心里怒火直冒，热血沸腾，手与舌头直发抖。看起来是由于那张漂亮的面孔在我面前，我的双手才像被绑住了一样。虽然如此，我的舌头还是打破了沉默，说出了下面这些话：'弄得我心神不宁的死对头啊，你该高兴了吧！你这么心安理得地瞧着的这个人，将成为我终生痛苦与哭泣的根源。挨近点儿吧，残酷的人，挨得更近点儿吧，用你的藤把这棵寻找你的毫无用处的树干缠住吧；替那个含情脉脉地向你求爱的又一个伽倪墨得斯梳理一下或者卷一下头发吧！你已经将你炽烈狂热的年华给了那位你宠爱的青年。由于我失去了接近你的希望，就请你结束这个我所厌恶的生命吧。骄傲而忘恩负义的女人，你以为在这种情况下，天下共同遵守的法则和惯例，会因你一个人而受到破坏和违背吗？这个毫无经验的乳臭未干的小子因为家里有钱而目空一切，因为相貌出众、出身高贵，就自以为了不起，你以为他就永远不变心吗？难道他会珍惜那些无价之宝吗？难道他会懂得只有成年的和有丰富经验的人才懂得的东西吗？千万别这样想，世上只有一样东西才是可贵的，那就是行动始终如一。这样，除非自己愚昧无知，决不会受人欺骗。年纪太轻的人免不了三心二意；有钱人容易狂妄不逊；妄自尊大的人难免目中无人；长相俊美的容易小瞧他人；这些特点都具备的人就是个蠢货，这样的人必是各种灾祸的根源。而你，乳臭未干的小子，要不是由于我生性善良，凭你现在这副懒散的样子,休想平安无事地过着美滋滋的日子。你为什么不从躺卧的花坛中挺身而起,来取我的如此憎恨你的性命呢?我这样说不是因为你的所作所为触犯了我,而是因为你不知道怎样去珍爱命运为你提供的幸福。很显然,你并不看重她,你都不愿意挺身出来保护她,因为你不愿意为此冒一点点风险,连损坏你所穿的那件华丽的服装都害怕。如果阿基琉斯①有你这样持重的性格,可以肯定,尤利西斯②就逃不出他的手掌,哪怕对方向他亮出闪闪发光的武器和钢刀。去吧,去吧,到你妈妈的使女堆里玩去吧!到了那里,你要照顾好自己的头发与双手,你这双手只是用来纺织柔软的丝织品,而不是用来握拿利剑的。'

"虽然我说了这些话,科尔内里奥还是坐在原地一直没有站起来;相反,他很平静,像被迷住似的一动不动地看着我。由于我放大嗓门说了上面告诉过你的话,使那些在花园里散步的人都走了过来,于是听到了我对科尔内里奥说的更加不妥当的话。这些人都是或者说大部分是他的亲人、亲属或仆人,他见他们走来就鼓起勇气,想站起来;但是,还没等他站稳,我就手握宝剑向他刺去,不仅如此,而且刺向所有在场的人。莱奥尼莎一见我亮出宝剑,一下子就急晕了过去,这使我进退维谷,不知所从。我不知道怎样对你说才好,是由于袭击我的那些人考虑的只是自卫,就像受到一个狂怒的疯子袭击时进行自卫那样,还是由于我的矫捷身手和好运气,或者是由于上帝想把我留下以待此后经受更大的灾难,反正,事实上我打伤了七八个与我交手的人,而科尔内里奥也全仗他起身时动作敏捷,跑得快,才从我手中跑掉。当时我被敌人包围,形

---

① 希腊神话中的英雄。
② 希腊神话中的英雄,曾在特洛伊战役中识破阿基琉斯的伪装。

势显然很危险,他们则由于受到侮辱,一心只想报仇。不料就在这时,发生了一件万万没有想到的事救了我的命,然而这可是比死了还更坏,因为这样倒使我每时每刻受尽折磨。

"突然,比塞尔塔①的两船人数众多的土耳其海盗出现在花园内,他们是在附近的海湾渔场上的岸,而海边塔楼的岗哨,海岸上的巡逻兵及把关的人都未发觉他们,我的那些对手看到那帮人以后,就扔下我一个人,飞快地跑到安全场所躲了起来。土耳其人从花园里的众多人中间只抓到三个人,而莱奥尼莎当时还处于昏迷状态。我因身负四处重伤而被抓,被抓前,我已经亲手杀死、杀伤各四个。土耳其人进行这类袭击,一向非常神速,他们对这次结果不十分满意。他们上船后,马上开船出海,不久就抵达法维亚纳②。他们检点了一下队伍,看看缺了谁,发现死的四个乃是他们称作水兵的人,也就是他们认为最优秀、最骁勇善战的那些人,于是,就想拿我报仇。船长下令降下帆桁后绞死我。

"莱奥尼莎那时已经苏醒过来,这一切她都看在眼里;当她发觉自己落在海盗手中,哭得像个泪人儿一般,搓着纤手,一声不响,全神贯注地听着,想听懂土耳其人说的话。但是,一个划桨的基督徒一边用意大利语告诉她船长下命令要绞死那个基督徒,一边用手指着我,因为我在自卫时杀死了船上最优秀的四个士兵。这些话莱奥尼莎都听懂了,她第一次对我动了恻隐之心,她对那个俘虏说,让他叫土耳其人不要绞死我,因为这样他们会失去一大笔赎金,她要求他们返回特拉帕纳,那儿的人会马上来赎我。我说,这是莱奥尼莎第一次也许是最后一次怜悯我,而这一切却使我更加

---

①　突尼斯北岸港口。
②　是靠近西西里岛西海岸的埃加德群岛中最大的一个岛屿。

糟糕。土耳其人听了意大利俘虏对他们说的话就相信了,有利可图使他们平息了怒火。第二天早晨,他们挂起讲和的白旗重返特拉帕纳。当天夜里,我在痛苦中度过,这是可想而知的。我的痛苦不是由伤口引起,而是想到我的那个冤家还落在那帮野蛮人手里的危险所致。

"如我所述,我们抵达那座城市时,一艘船进港,而另一艘则停泊在港外。整个港口和岸边马上挤满了基督徒,而科尔内里奥这个纨绔公子却远远地瞧着船上发生的一切。接着,我的管家前来洽谈赎我的事,我告诉他,如果不同时洽谈恢复莱奥尼莎的自由,就别谈我的自由问题,并告诉他,为了她,将我们的全部财产都拿出来;我还叫他回去告诉莱奥尼莎的父母,要他们由我的管家来洽谈他们女儿的自由的事,他们自己就不必管这件事了。做完这件事后,主船船长,名叫依苏夫的,他是个希腊叛教徒,他对莱奥尼莎索价六千埃斯库多,对我索价四千埃斯库多,他还补充说,两个人要一起成交。据我事后了解,他索价那么高,是因为他看上了莱奥尼莎,不愿意她被赎走,不过他要与另一艘船的船长平分抢到的东西,他想把我(作价四千埃斯库多)和一千埃斯库多(合五千埃斯库多)交给对方,他自己留下莱奥尼莎算是另外五千埃斯库多。这就是他把我们两人定价一万埃斯库多的原因。莱奥尼莎的父母听从我通过管家向他们做的许诺,没有出一分钱;而科尔内里奥从自己的利益出发,则一声不吭。就这样,经过多次讨价还价,我的管家只肯为莱奥尼莎付五千,为我付三千。依苏夫在他同伙及全体士兵的劝说下,勉强接受了这个条件。可是我的管家一下子凑不齐那么多钱,要求宽限三天,让他筹措这笔款子,他准备将我的庄园贱价变卖来付赎金,依苏夫听了很高兴,他希望在这段时间里能找到机会使协议无法兑现,于是他就返回法维亚纳岛,说三天后再来取钱。

"可是,不断折磨我的该死的命运却做了这样的安排:派在海岛制高点放哨的土耳其哨兵发现远处有六艘张着斜挂大三角帆的船只,并且以为那些船只不是马耳他舰队,就是西西里舰队。哨兵飞奔下来报告消息,在岸上的土耳其人有的正在做饭,有的正在洗衣服,顷刻之间上了船,立即起锚下桨,扬帆朝着柏柏尔①方向驶去,不到两个小时,两艘船就驶得无影无踪。在海岛与即将降临的夜色的掩护下,他们才从恐惧中恢复过来,感到安全。

"马哈默德朋友,凭你的极好的思考力,请你想一想,在那次与我的愿望截然相反的旅行中,我会是什么心情!第二天这艘船抵达潘塔纳莱阿岛南部时,土耳其人就像他们所说的那样,上岸补充给养;我还看见那两个船长上岸瓜分抢到的东西;这些使我更加难过。他们的这些行动,每一项都是会置我于死地的慢性折磨。后来,他们要分我和莱奥尼莎了,依苏夫为了自己能留下莱奥尼莎,将六个基督徒(其中四个划桨手、两个科西嘉岛的漂亮小伙子)再加上我,给了费塔拉——这就是另一条船船长的名字。费塔拉对此很满意。尽管当时我在场,我也知道他们在做什么,但是他们说些什么我可一点也不懂。要不是费塔拉走到我跟前用意大利语对我说出下面一番话,我当时也不会明白他们是怎么分的。他说:'基督徒,你已经归我所有;他们将你作价两千金埃斯库多给了我,你如果想自由,得给我四千埃斯库多;不然你就得死在此地。'我问他,那个女基督徒是否也归他,他说不归他,依苏夫把她留下,因为他想让她成为摩尔人,并且同她结婚。这是千真万确的事,因为一个通晓土耳其语的划桨俘虏告诉我,他听到了依苏夫和

---

① 古时北非摩洛哥、阿尔及利亚、突尼斯、的黎波里等地的总称。

费塔拉说的话。于是我告诉主人，如果他能将女基督徒留下，我将付一万纯金埃斯库多做她的赎金。他回答说不可能办到，但他可以让依苏夫知道，有人肯出这样的高价来赎这个女基督徒，兴许他会动心，改变主意，同意赎走她。他去说了以后，就吩咐他船上的全体人员立即上船，因为他想去自己的故乡巴巴利海岸的的黎波里①。依苏夫也决定去比塞尔塔。于是，就像往常发现他们所害怕的战船，或者他们要抢劫的船只时那样，他们急急忙忙上了船。他们行动匆忙，是因为他们觉得天气要变，风暴即将来临。莱奥尼莎在岸上，不过没在我看得见的地方，临到上船的时候，我们一起到岸边来了。她的新主人和新情人挽着她的手，她在走上从岸上搭到船上的梯子时，回过头来看我；我一直盯着她的眼睛，又痛苦又温存地望着她，不知不觉地眼前一阵发黑，什么也看不见，一下子就晕倒在地。事后，别人告诉我，莱奥尼莎也是这样，因为有人看见她从船梯上摔到海里，依苏夫就跟着跳下去，把她抱了起来。这一切，都是别人在我主人船上告诉我的，在我失去知觉时，他们把我抬到船上；当我苏醒过来，发觉自己已在船上，而另一条船已与我们分手，驶向另一个方向，把我的半个心，或者不如说，把我的整个心都带走。这时候，我的心重新蒙上一层阴云，我又诅咒起自己的命运来了。有的时候，我呼叫着要寻死，我的情绪是如此激动，我的主人听见后很生气，操起一根粗木棍威吓我说，要是我再不安静，他就要教训我一顿。我只得忍气吞声，以为用这办法就会一口气接不上来，灵魂也就不再支撑那可怜的躯体了。然而，命运还不满足于把我置于当时那样极度困难的境地，这次使我一切都落空了，它夺走了我采取补救办法的所有希望。霎时间，人们惧怕

---

① 古非洲城名。

的风暴来临,南方刮来的风,迎着船头扑来,风势猛烈,迫使我们掉转船头,听任船只随风疾驶。

"船长打算绕过小岛,到岛的北岸避风,然而事与愿违,由于风势十分凶猛,我们两天走过的路,在十四小时内又退回到距离我们出发点六七海里的地方,而且正在无可挽回地冲向小岛,不过不是冲向海滩,而是眼看着要撞到几块高耸的礁石上,不可避免的死亡正在威胁着我们。

"这时,我们看到,在我们内侧,有一艘船做了我们的缓冲,莱奥尼莎就在那艘船上,船上全体土耳其人和划桨俘虏都在使劲划桨,不让船撞向礁石。我们船上的人也是这样,看来用的力气比他们更大。那条船上的人看来过于疲劳,经受不起暴风雨一个劲儿的袭击,划桨的手便松了劲,我们眼看着那艘船失去控制,朝礁石猛撞过去,登时撞成碎片。

"天色完全黑下来了,沉船上的人们的叫喊声,和我们船上害怕沉船的惊叫声汇成一片,声音大得连我们船长下的命令,大家既听不见也没法照办,只是一心一意不停地划桨,想方设法使船头顶着风,还抛下两个锚,希望拖延一下看来必然降临的死亡时刻。尽管大家都怕死,我却恰恰相反,想入非非地希望在另一个世界能看到刚刚离开这个世界的她。这条船每推迟一刻沉没海底或撞上礁石,对我来说都是多挨了比死亡更痛苦的一个世纪。从船顶和我头上打过去的狂涛骇浪,使我得以留神看看它是否带来了不幸的莱奥尼莎的尸体。啊,马哈默德,为了不违背我要简短地向你讲述我那不幸遭遇的本意,现在我不愿意详细讲述在那痛苦的漫漫长夜里我曾经历过的惊愕、恐惧、渴望和思念。现在只消跟你讲一下,当时如果死神来临,要我死于非命大概用不着费多大劲。看来要遭受最大折磨的那一天来到了,我发现船已经拐了一个大弯,离开礁石很远，来到岛屿的一个岬角，并且快要绕过它了，土耳其人和基督徒们怀着新的希望和力量，经过六小时终于绕过去了；我们还发现大海也比较温和，比较平静了，我们划起桨来也更顺当了，土耳其人想在岛屿的掩护下跳上岸，去看一下是否有昨天夜晚触礁的那条船的残骸。我希望亲自抱起莱奥尼莎的躯体，哪怕她已经死去，甚至已经粉身碎骨，若能见到也是一件幸事，但是老天却不让我得到这种安慰。我要跟她同归于尽的良好愿望，看来难以实现。但我还是抱着一线希望，请一个想登岸的叛教徒去找一找，看看大海是否已把她的躯体冲上了岸，然而，就像刚才告诉过你那样，老天对这些事不肯帮忙，因为，就在这个时候，风又怒吼起来了，岛屿已经起不了掩护作用。费塔拉看到这种情景，不想对如此捉弄他的命运做什么抵抗，就下令将前桅帆拴在桅杆上，稍为张起一点风帆，将船头转向大海，船尾迎着风。他亲自掌舵，让船在浩茫的大海里漂荡，深信不会有什么障碍物挡道。船的两侧，桨一般多，全体人员分坐在长凳和箭门上，整条船上除了划桨手的监工外，看不见别的人，为了更安全起见，船长把自己结结实实地绑在船尾的一根柱子上。船快得像在飞行，三天三夜就驶过了特拉帕纳、米拉索和巴勒莫等地，并于米西纳灯塔处进港，无论是其他船上的人还是岸上看见他们的人，都啧啧称奇，惊叹不已。

"总之，为了不让苦难经历显得那么没完没了，我就不絮絮叨叨地多谈了，我只说一下，经过那么长时间划桨（几乎绕行了整个西西里岛），我们已经又累又饿了。这时候我们来到了巴巴利海岸的黎波里，在那里，我的主人还没来得及同他的士兵一起清理好掳获的财物，发给他们应得的部分，并按惯例将五分之一掳获的财物向国王纳贡，突然患了心脏病，不到三天就一命呜呼了。的黎波里总督立即接管了他的全部财产，而土耳其皇帝派在当地负责殡葬事务的官员就把死者自己留下的那份都收走了，这个你是知道的。这两个人拿走了我的主人费塔拉的全部财产。我就归当时的的黎波里总督所有。十五天后，他接到委任他为塞浦路斯总督的诏书，我无意赎身，就跟随他来到这里，尽管他多次叫我赎身，因为费塔拉的士兵告诉他，我是个重要人物，但是我从来不去想这件事，我反而告诉他，别人夸大了我的重要地位，是欺骗他。马哈默德，如果你要我把我的想法全都告诉你，那么你就该知道，能使我得到安慰的地方，我都不想回去。抚今追昔，我的脑际始终萦绕着莱奥尼莎的死，这使我永远得不到丝毫乐趣，我希望俘虏生活能同这种心境合拍。终日悲痛必然会致死或者说会使悲痛的人送命，如果真能如此，那么我的悲痛也不能不起到这样的作用，因为我一心想在几天里就了结我这条完全违背自己意愿而维持下来的不幸生命。马哈默德兄弟啊！这就是我的不幸遭遇，这就是我悲叹流泪的原因。现在请你看看并且请你想想，我内心的悲痛是这么深沉，这么可怜，怎么能不长吁短叹、痛哭流泪呢？莱奥尼莎死了，我的希望随着她一起熄灭了。纵然她活着，我也只有一线希望，而且，而且……"

说到"而且"这个词，他的舌头就僵住，再也说不下去了，止不住地流下泪来，就像常言说的那样，泪如雨下，连地板都给弄湿了。马哈默德陪着他流泪；等到因为追忆悲痛往事而引起的那阵感情冲动过去后，马哈默德想用大道理劝慰他一番，可是里卡多打断他的话头说：

"朋友，你应该指点我，怎么办才能使我的主人以及所有同我打交道的人嫌我，使我的主人及那帮人因为憎恶我而折磨我、迫害我，从而一点一滴地增添我的痛苦和烦恼，尽快实现我要求结束生命的愿望。"

马哈默德说：

"俗话说感触得深，就表达得好，现在我才发现这是一句实话，虽然有时候过分激动会使人说不出话来。但是，里卡多，不管是你的悲痛使你的话语分外动人，还是你的话使你的悲痛更加感人，我永远是你的真正的朋友，随时都愿意帮助你，替你出主意。尽管我年纪不大，愚蠢又使我穿上这身衣服，似乎在告诉你说，不管我怎么帮助你，给你出什么主意，都是不能相信，不能指望的；我还是要尽力告诉你，别把这种怀疑当真，也不要认为这种见解正确。尽管你不愿听从劝告，不愿接受帮助，我还是要做有利于你的事，就像人们对病人常做的那样，不给病人想要的东西，而给病人适宜的东西。全城没有人比我主人卡地更有权势，就是你的那位到任的总督也没有这么大的权势；事实就是这样，因此，我可以说，我是本城最能左右一切的人，因为我能够使我的主人言听计从。我这样说，是因为只要我略施小计，就可让你成为他的人，和我做伴，这样，我们就有充分的时间来商量，在你愿意或者可能获得安慰的情况下，该怎样来安慰你；对于我，就是商量如何摆脱这种处境，获得更美好的生活，至少可以到一个生活得更安全的地方去。"

里卡多回答说：

"马哈默德，感谢你对我表示的友情，尽管我确信，无论你做多少事，都不一定能够对我有什么好处。不过，我们现在不谈这个，我们先回营帐去吧，因为我看到许多人从城里出来，无疑是那位前任总督出城到营地来住，好让我的主人进城上任。"

马哈默德说："是这么回事。来吧，里卡多，你准能看到他们的会见仪式；我知道你是喜欢看一下的。"

里卡多说："我们来得正是时候，说不定我还需要你帮一下忙，万一我主人的俘虏看守人已经发觉我不在的话；这个家伙是科西嘉的叛教徒，对人缺乏同情心。"

谈到这里，他们没再继续下去；他们来到营帐的时候，原任帕夏正好到达，新任帕夏在营帐门口迎接。阿利帕夏——卸任总督的名字——在全体五百名近卫兵护送下来到这里。在土耳其人征服尼科西亚以后，这些近卫兵通常在该城驻防。他们排列成两行，也就是排成两列纵队前进，一行手持火枪，一行手持出鞘的大刀。他们来到新任帕夏哈桑的营门口，把营门围了起来，阿利帕夏弯下身子向哈桑敬礼，对方稍为欠了欠身子还礼。然后阿利进入哈桑的营帐，土耳其人帮哈桑骑上一匹装饰华丽的骏马，带着他在营帐周围及营地大片地方转了一圈，用他们的语言高呼："苏莱曼苏丹万岁，万万岁！代表苏丹的哈桑帕夏万岁！"

他们一遍又一遍地高呼，喊声越来越高。然后，他们带他回到营帐，阿利帕夏已经在里面恭候。阿利和卡地、哈桑单独关在里面有一个小时。

马哈默德告诉里卡多，他们关起来商谈如何恰当地处理阿利在该城已经开了个头但尚未了结的那些事。过了一会儿，卡地走出营门口，用土耳其语、阿拉伯语和希腊语大声宣布，凡要告状，或要在其他事上告发阿利帕夏的，都可以自由入内，帐内是皇帝陛下派来塞浦路斯任总督的哈桑帕夏，他将据理按法保护子民。

宣布以后，近卫兵撤离营门，让要进去的人入内。马哈默德叫里卡多随他进去，后者因为是哈桑的奴隶，进门时没有受到阻拦。进去告状的有信奉基督教的希腊人和几个土耳其人，告的都是些小事。卡地办理起来既不要起诉，也不要判决；既不需讯问，也不需答辩；一应案件——如果不是婚姻案——都处理得又迅速又及时，处理时更多是凭聪明人的判断，而不是依据什么法律。在那些野蛮人当中——如果他们就是野蛮人的话——这位卡地算是处理一切案件的权威法官。他对案子掐头去尾，一阵风似的就处理完毕，他的判决是不得向其他法庭上诉的。

这时候走进来一名差役，就像现在叫法警这样的人，他报告说营帐门口来了一个犹太人，要出售一个绝顶美丽的女基督徒。卡地吩咐让她进来，差役出去后马上又走了进来，后面跟着一个令人敬重的犹太人，手挽着一位身穿柏柏尔服装的女人，其打扮之讲究，衣饰之华丽，就是非洲或者摩洛哥最富有的摩尔女人也不能与之相比。她的一身打扮压过非洲群芳，就连佩戴珠宝的阿尔及尔妇女也望尘莫及。进来时，她的脸上蒙着一块大红绸巾，脚腕裸露，戴着两只脚镯一样的东西（阿拉伯语叫镯子），看来是用纯金打成的，手臂上戴着镶珍珠的金手镯，在薄薄的丝绸衬衫里闪闪发光。总而言之，服装富丽堂皇，装饰优美得体。

卡地和两位帕夏一见就赞叹不已，他们顾不上说话，也顾不上提问，就让犹太人把女基督徒的面罩揭掉。面罩一揭开，露出一张使在场的人眼花缭乱、心花怒放的脸蛋，就像云遮雾罩的太阳，过了很久才透过黑暗，突然出现在盼望它的人们的眼前。这个女基督徒俘虏长得十分俊美，风度优雅、神采飘逸。但是她照射出来的奇妙的光芒，在可怜的里卡多身上产生了更大的效果，因为他比谁都更了解她，原来这个女人就是又狠心又叫人疼爱的莱奥尼莎。他本以为她已经死去，并为她哭泣过多少次，流过多少眼泪啊。阿利一见到这位绝代佳人，心像是给爱神的箭射穿了，连魂儿也给摄走了，哈桑的心也同样给射伤了，卡地所受的爱情折磨也不轻，使大家更为吃惊的是，他的两只眼睛一个劲儿地盯着莱奥尼莎的两只秀美的眼睛。为了称颂爱情的强大威力，就必须知道，那三个人的心里同时产生一种要占有她、得到她的强烈欲望。因此，他们没有兴趣去打听这个姑娘是怎样、在哪里并且在什么时候落到犹太人手里的,光顾着问他要多少身价。

贪婪的犹太人要价四千多乌拉,也就是两千埃斯库多。他刚一开出价钱,阿利帕夏就说他愿出这个价钱买她,说着马上就有人到他的营帐去点钱。可是,看来哈桑帕夏也不想放弃她,哪怕要拼老命也在所不惜。他说:

"我也要按犹太人要的价,出四千多乌拉买她。要不是只有阿利自己才说得明白的理由迫使我这样做,我也不会出这笔钱,更不会与他唱对台戏;但是这个窈窕女奴不属于我们中间的任何一个,她仅属于我皇陛下,因此我是以他的名义买她的,现在倒要看看有谁胆敢从我手中将她夺走。"

"我就敢,"阿利反驳道,"因为我买她也是为了同样的目的,我正好顺便将她带到君士坦丁堡,亲自把这个礼物献给皇帝陛下,以博得陛下的欢心。哈桑,你都看到了,我现在已经卸任,不得不想些办法来谋取一官半职,而你肯定可以当上三年官,因为从今天起,你就要在塞浦路斯这块极为富庶的国土上发号施令,进行统治了。按照道理,再加上我是第一个答应为这个女奴付这笔身价的人,因此,哈桑,你理所当然地应当把她让给我。"

哈桑回答道:"应当归我才对,是我想出来要把她献给陛下的,我这么做并不是为了我的利益;至于带她走的方法,我只要准备一艘船,让我的苦役犯人和奴隶划船,就可以把她带走。"

阿利被这些话所激怒,腾地站了起来,手执钢刀,说道:

"哈桑,既然我们都打算把这个女基督徒献给皇帝陛下,而且我是第一个买主,理该将她留给我;如果你有二话,那么,我手上的宝刀定要维护我的权利,严惩你的放肆。"

卡地一直在注意这一切,急切的心情绝不下于他们两人,他深恐自己弄不到手，盘算怎样才能把这场已经燃起来的大火扑灭，使自己既能把女奴弄到手，又做得不露马脚。于是，他站起来挡在两人中间，说道：

"别激动，哈桑，还有你，阿利，也要冷静；有我在这里呢！我知道也能弥合你们两人的分歧，使你们都能达到自己的目的，你们也能如愿为皇帝陛下效劳。"

两人立即依从了卡地的这番话；而且，即使卡地吩咐他们去做其他更难办到的事，他们也会照办的，这是出于那个邪恶教派的教徒对长老的崇敬。于是，卡地继续道：

"阿利，你说你是想把这个女基督徒献给皇帝陛下，哈桑也是这么说的；你争辩说，你是第一个答应出这个价钱的人，因此女奴该归你；哈桑反对你的意见，尽管他不知道怎样为自己的理由辩护，但我发现他的理由同你的一样，也就是说，他的这个主意无疑与你的想法同时产生，并为了同一目的要买下这个女奴。你唯一占上风的是你先说出来，这一点也不应该成为使他的良好愿望完全落空的理由。因此，我认为你们最好以这样的方式和解：奴隶归你们双方共有，使用她却必须由皇帝陛下的意志来决定，你们是为他买的，当然要由他来支配。因此，哈桑，你付两千多乌拉，另外两千由阿利来付，女奴由我来看管，我将以你们两人的名义把她送往君士坦丁堡。由于我也参与此事，总不会一点赏赐也得不到吧。这样吧！由我出钱送她去，护送将安排得又威风又排场，我还要把这里发生的一切以及两位要为皇上效劳的愿望奏明皇上。"

这两个多情的土耳其人不能够，不愿意也不知道如何反对他的意见，尽管他们明白，如果照此办理，他们都达不到目的。但是，他们又不得不同意卡地的意见。他们尽管没有把握，但各自心里都希望最终能达到目的，满足他们炽烈的欲望。留下来当塞浦路斯总督的哈桑,想用赠厚礼的方法使卡地就范,并且不得不将女奴交给他;阿利则想方设法要十拿九稳地如愿以偿。他们各自都觉得自己的打算确有把握,就顺水推舟地附和卡地的主意,同意并且心甘情愿地把女奴交给卡地,每人还各付给犹太人两千多乌拉。犹太人说,这个女奴他可没有连衣服一起卖,因为衣服也要值两千多乌拉。这倒是实情,因为无论是披在她身后的还是扎成辫子留在前额的头发上,都戴着一串串珠子,与头发相配,显得格外优美。她的手镯和脚镯也嵌满巨珠。她穿的是一件翠绸绣花长袍,上面缀满金线穗子。总之,他们都认为犹太人对这身服饰的要价不算高,卡地为了显示他在慷慨大方方面不亚于两位帕夏,就说这笔钱由他来付,以便女基督徒可以穿着这身服饰觐见皇帝陛下。两个情敌都觉得这样不错,认为女奴连同服饰准都会归自己所有。

现在要说一说里卡多看到拍卖他的心上人时的心情。他当时百感交集,看到自己遇到心上人的结果只是再次失去她,顿时感到心慌意乱。他不知道自己是在梦里还是醒着,也无法相信亲眼目睹的一切,因为他本以为再也见不到的人,现在却如此意外地站在那些人面前,觉得有点不可思议。这时候,他走到他的朋友马哈默德那里,对他说:

"你不认识她吗?朋友!"

马哈默德说:"我不认识。"

里卡多接口道:"你应该知道,她就是莱奥尼莎。"

马哈默德说:"你说什么,里卡多?"

里卡多说:"她就是莱奥尼莎。"

马哈默德说:"那就别出声,也别把她的身份说出来。命运将会做出安排,让你称心如意地得到她,因为她就要落到我的主人手里了。"

里卡多说:"我要是站到她能见到的地方,你看是不是更好?"

马哈默德说:"可别这样,免得吓住她,也免得你自己受惊,你认识她以及见到过她的底儿可不能露,这会不利于我的计划。"

里卡多回答道:"我一定照你的意见办。"

于是他避开了,免得自己的眼睛与莱奥尼莎的目光相遇。这其间,莱奥尼莎双眼紧盯地上,珠泪涟涟。

卡地走到她跟前,握住她的手,把她交给马哈默德,吩咐把她带到城里交给夫人哈利玛,并关照夫人要像对待皇帝陛下的女奴那样款待她。马哈默德照办去了,里卡多独自留在那里,他的双目紧随着她,一直到尼科西亚城墙的阴影将她遮没为止。

里卡多走到犹太人跟前,问他是从什么地方怎么把这个女基督徒买到手的。

犹太人回答说,是在潘塔纳莱阿岛上从几个船只遇难的土耳其人手里买来的。犹太人正想继续往下说,却被两位帕夏派来叫他的人打断了,因为他们想问一问里卡多刚才要了解的事。于是犹太人告别了他。

在营地到城里的那段路上,马哈默德用意大利语问莱奥尼莎是哪里人。她回答说是特拉帕纳城人。马哈默德又问她是否认识该市的一位名叫里卡多的又富有又高贵的骑士。莱奥尼莎听到这些话,长叹了一声说道:

"是的,我认识他,我认识他是我的不幸。"

马哈默德说:"为什么是你的不幸?"

莱奥尼莎答道:"因为他认识我,既是他的也是我的不幸。"

马哈默德问道:"也许你认识同城另一位风度潇洒的骑士,名叫科尔内里奥的人?他生在富贵人家,本人又十分英勇、慷慨和机智。"

莱奥尼莎答道："我也认识他。也可以说，我的不幸是由于认识他，而不是由于认识了里卡多。可是，先生，你认识他们俩，又向我问起他们，你是什么人呢？一定是老天爷同情我迄今为止所遭遇的无穷折磨与不幸，找来了能安慰我的人了。"

马哈默德说："我是巴勒莫人，经历了种种变故之后，才穿上了这身跟我过去惯常穿的不同的服装。我认识他们，是因为不久前，他们两人都在我手下。柏柏尔的的黎波里城的摩尔人俘虏了科尔内里奥，把他卖给一个土耳其人；那个土耳其人是罗达斯的商人，来这个岛上做生意，就把他带来了，还把全部财产都托给科尔内里奥照料。"

莱奥尼莎说："他会替主人保管好财产的，因为他很会保管自己的财产。可是请告诉我，先生，里卡多是怎么来的，是和谁一起来这个岛上的？"

马哈默德答道："他是随一艘海盗船一起来的。那些海盗在特拉帕纳的海滨花园俘虏了他。他说和他一起被俘的还有一位姑娘，可是他一直不肯告诉我她的名字。他和他主人到这里以后，过了几天，他主人就动身去阿尔梅迪纳城朝拜穆罕默德陵墓，临行前，里卡多病倒了，病得很重，因为我跟他是同乡，他主人就把他留在我这里，让我替他请医生治病，并托我照料到他主人回来；他主人还说，万一他不回这里来，等他回到君士坦丁堡之后，再通知我把里卡多送去。可是老天却为他做了另外的安排，这个不幸的里卡多没过几天就无缘无故地死了，死前一个劲地叫唤莱奥尼莎这个名字。他对我说过，他爱她超过爱自己的生命与灵魂。他告诉过我，那个莱奥尼莎乘的船撞上潘塔纳莱阿岛沉没了。他为她的死一直哀叹哭泣，因此终于送了命。我看他的死不是身体有病，而是由于心灵上的痛苦。"

莱奥尼莎说道："先生，请告诉我，您说的那个青年既是您的同乡，一定同您交谈过多次；他提起莱奥尼莎这个名字时，有没有偶尔讲过她和里卡多被俘虏的情景？"

马哈默德说："对，他提起过。他还问过我，这个岛上是不是来过一个叫这个名字的女基督徒，她的模样如此这般。他很想找到她，替她赎身，要是她的主人已经明白她并不像他想的那么有钱，而且可能主人已经占有她而看轻她，那就好了。如果要价不超过四百埃斯库多的话，他乐意为她付这笔钱，因为他一度非常喜爱她。"

莱奥尼莎说："不超过四百埃斯库多，恐怕是太少了；里卡多慷慨多了，也勇敢、谦恭多了。求上帝宽恕那个使他死去的人吧，这个人就是我，我就是他以为已经死去而为之哭泣的那个没福气的人。上帝有灵，为了能报答他对我的不幸所表露的感情和他因此而遭遇的不幸，我是多么愿意他活着啊！先生，我刚才告诉过你，科尔内里奥爱我并不深，里卡多却为我哭得极为悲痛，并且几经周折落到现在这样悲惨的境地。尽管境遇险恶，我总是因为上帝的恩典，保住了自己的贞操，因此，我虽然身处逆境，却很满足。现在我不知道自己身在何处，主人是谁，也不知道哪里是我那背时命运的归宿。先生，至少你身上有基督徒的血液，因此，我求你对我的苦难提供一点忠告；我经历的许多苦难使我懂得了一点道理，可是还有那么多那么大的苦难随时随地都会突然降临，我真不知道该怎样应付才好。"

马哈默德听后回答说，他一定尽可能为她效劳，还要尽心尽力给她帮助，替她出主意。他告诉她，两个帕夏因她而发生争吵，他主人卡地又怎样把她留下来，以便将她带到君士坦丁堡去献给大土耳其塞林苏丹①。不过,在这一切实现以前,他把希望寄托在他信仰的真正的上帝身上,尽管他是个不好的基督徒,还是相信上帝定会另做安排。他劝她要和他主人的老婆哈利玛处好关系,因为她在被送到君士坦丁堡以前,都在她看管之下。他对她谈了哈利玛的情况,还对她谈了有利于她的其他一些事情。最后,他把她带到主人家里,将她交给了哈利玛,并转述了主人的嘱咐。

那个摩尔女人见到她打扮得那么像样,人又长得那么美丽,十分热情地接待了她。

马哈默德转回营地,要把他和莱奥尼莎经历过的事告诉里卡多。他一找到里卡多,就一五一十地把情况对他讲了一遍。讲到莱奥尼莎从他那里听到里卡多死讯时所表示出来的感情,里卡多又几乎流下眼泪。他告诉里卡多,他是怎样编造科尔内里奥被俘的故事来刺探她的反应,并提醒他注意,她在听他讲到科尔内里奥时所表示出的冷淡与厌恶之情。上面这番话对里卡多那颗受折磨的心来说,就像吃了一帖止痛药,他对马哈默德说:

"马哈默德朋友,我想起我父亲讲给我听的一则故事,你马上就知道是多么少见的。你一定听说过国王卡洛斯五世使他获得了多少荣誉,在战争中总是让他担任光荣的职务。他告诉我说,当皇上进兵突尼斯时,他以一船的兵力攻克了它。一天,他待在自己营地的营帐里,有人把一个绝色的摩尔女人当作稀罕东西带来给他看,就在这时,几道阳光从营帐的几个地方射进来,正好照在那个摩尔女人的头发上,金色的阳光与金色的头发争辉,这发生在摩尔人身上确是一件新鲜事,因为她们的头发通常总是黑的。我父亲

---

① 即塞利姆二世、苏莱曼一世之子,其父去世(1566)以后,他于一五七一年征服了塞浦路斯。勒班陀海战爆发时,他正在位。

讲,当时在营帐里的许多骑士之中,有两个西班牙骑士:一个是安达卢西亚人,另一个是加泰罗尼亚人,两个都很聪明,又都是诗人。那个安达卢西亚人一见到摩尔女人,就赞美地吟诵起他们称作歌谣的诗句,这种诗的句尾要押上难押的韵脚。他吟了五行就停了,那首诗和那个句子都没完成,因为他一下子想不出需要的韵脚来收尾。这时,在他旁边的另一位骑士听了他吟诵的诗句,见他吟不下去,就用同样的韵脚续完,好像对方是剽窃他的诗似的。这使皇帝龙心大悦。这件事使我回忆起在帕夏营帐里见到美丽动人的莱奥尼莎时的情景,当时不仅使射在她身上的阳光,而且使布满星辰的整个天空都黯淡无光。"

马哈默德说:"行了,别再说了;就说到这里吧,里卡多朋友,每走一步,我都担心你会过分赞美你那美丽的莱奥尼莎,因而不像一个基督徒,倒像个异教徒了。要是你愿意的话,请念一下那些诗句,或者歌谣,或者你爱称呼的什么名堂,等我听完后,咱们再来谈谈其他更感兴趣的事,也许是更为有用的事。"

里卡多说:"正好,我来给你念一下第一个人做的五行诗和第二个人续的五行诗,这些都是即兴之作:

> 低低的山上
> 升起初生的太阳,
> 它那耀眼的光芒
> 突然降临我们的身上
> 却令人伸展舒畅。

> 绛红色宝石光,
> 永不变质发黄,
> 你那美丽焕发的容光

犹如锋利的箭，从弦上

直射我胸膛。"

马哈默德说："这些诗句听起来很悦耳，你念起来我觉得格外动听，我觉得你天生是个朗诵者，里卡多，因为朗诵或者作诗都需要有平静无波的心灵。"

里卡多答道："挽诗往往要朗诵得如泣如诉，颂诗则往往要放声歌颂，这都是朗诵诗。不过，还是言归正传，请告诉我，我们的事情你想怎么办？虽然我不清楚帕夏他们在营帐里商量些什么，不过，在你带走莱奥尼莎的时候，我主人手下的一个叛教徒已经告诉我了。他当时在场，他是一个威尼斯人，完全听得懂土耳其话。首先必须设法不让莱奥尼莎落到皇帝的手中。"

马哈默德接着说："首先要做的事是把你弄到我主人手下。然后，我们再进一步商量怎样做对我们更为有利。"

这个时候，哈桑手下的基督徒俘虏看守人走来，把里卡多带走了。卡地和哈桑一起回到城里。不多几天，哈桑就写好了阿利的成绩报告，把它封好，加盖印章，以便让阿利动身到君士坦丁堡去。

接着，阿利离任而去，一切均拜托给卡地，请他速速送走女奴，并请他在奏明皇帝陛下时多多替他美言一番。卡地满口答应，却心怀鬼胎，因为他本身爱女奴就爱到心如火燎的程度。阿利抱着虚妄的希望走了，留下来的哈桑脑子里也无非是这类希望。马哈默德已经设法把里卡多弄到他主人手下。日子一天天过去，要见到莱奥尼莎的心愿，使里卡多心焦如焚。里卡多改名叫马里奥，因为他不愿意在见到莱奥尼莎之前，让自己的真名传到她的耳朵里。然而，要见到她却是困难重重，因为摩尔人忌妒心极重，尽管他们的女人就是让基督徒见到也不见得会做出给他们丢脸的事，但是男人们还是将她们的脸蒙起来，这也许是由于他们认为俘虏本身就不是好人的缘故。有一天,哈利玛太太看见了奴隶马里奥,她看得那么入神,那么仔细,在她心坎上留下了不可磨灭的印象。也许出于对她丈夫年迈无力的拥抱的不满意,一种非分的念头油然而生,她很快将这个念头告诉了莱奥尼莎,因为她十分喜欢莱奥尼莎令人愉悦的性格和端庄的举止,同时由于她是皇上的贵人而十分尊敬她。她告诉莱奥尼莎,卡地带回一个基督徒俘虏,长得那么温文尔雅,那么英俊,在她看来,她这一生还没有见过这样的美男子,她还说他是一个"奇利比",意思说是一位骑士,是她手下的叛教徒马哈默德的同乡,但是她不知道该怎样使对方既了解她的想法,又不至于因向他披露这一想法而被轻视。莱奥尼莎问她这个俘虏叫什么名字。哈利玛告诉她名叫马里奥。莱奥尼莎就说:

"如果他是位骑士,又是你们说的那个地方的人,我也许认识他;不过,在特拉帕纳没有一个人叫马里奥这个名字。但是,夫人,只要你让我见一见他,和他谈一谈,我就可以告诉你他究竟是谁,以及从他那里能期待什么了。"

哈利玛说:"就这么办。星期五,卡地要去清真寺做礼拜,我让他来这里,你可以和他单独谈谈。如果你觉得可以把我的想法暗示他,你就尽可能用最妥善的办法做去吧。"

哈利玛对莱奥尼莎说了这番话后不到两个小时,卡地就把马哈默德和马里奥叫去。老色鬼以不亚于哈利玛向莱奥尼莎推心置腹的劲头,向他的两个奴隶吐露了他的心事,要他们帮忙出点子,使他既能把那个女基督徒弄到手,又能向皇帝交差,因为她已经是皇帝的人了。他对他们两人说,他宁肯自己死上千百次,也不情愿将她献给皇帝。这个虔诚的摩尔人说到自己的迷恋之情是那么情真意切,弄得他的两个奴隶也动了心,不过,他们想的与他想的正好相反。他们商定由她的同乡马里奥——虽然他说过不认识她——负责同她谈,把卡地的心意告诉她,如果这个办法达不到目的,就采用武力,反正她是捏在他掌心里。一旦达到目的,就说她已经死亡,也就用不着送她去君士坦丁堡了。卡地很满意这两个奴隶的主意,怀着虚幻的喜悦心情,马上给马哈默德以自由,并答应到他死后,分一半财产给他。他也答应马里奥,如果他能如愿以偿,就给他自由和钱,让他高高兴兴、体体面面地回家乡去过富足的日子。如果说他的许诺慷慨大方,那么,他的俘虏的回答也不吝啬。他们提出,只要他能提供他们和莱奥尼莎谈话的方便,不要说莱奥尼莎,就是天上的月亮,他们也能摘到手。

"这一点我答应马里奥可以见机行事,"卡地答道,"因此我要设法让哈利玛回娘家几天,她父母是希腊基督徒,等她一出门,我就吩咐看门人放马里奥进去,并且随便他要进去多少次都可以。我也要告诉莱奥尼莎,她可以随意和她的老乡谈话。"

这样,他们的主人被蒙在鼓里,而里卡多开始时来运转,处处顺利。三人中头一个要对付的对象是哈利玛,作为一个女人,她本性温顺随和,但对一切喜欢的东西都当仁不让。当天,卡地就对哈利玛说,她要是愿意,可以回娘家高高兴兴地玩上一些日子。然而,莱奥尼莎对她说的充满希望的一番话弄得她兴头十足,她不但不想回娘家,就是穆罕默德设想的天堂也不愿意去。她这么回答他,说她不想去,等她想去的时候会告诉他。而且,她要去,一定要带着那个基督徒女奴一起去。

"这不行,"卡地说道,"皇上的贵人是不宜让旁人看见的,而且也不许她和其他基督徒谈话。你可知道,等她到了皇上手里,不管她愿意不愿意,都要把她关在后宫,把她变成土耳其妇女。"

哈利玛说道:"她既然和我在一起,她住在我父母家以及同我父母说话,都没什么关系;我也和他们说过话,可我仍然是个好土耳其女人。再说,我在娘家最多只想住上四五天,因为我对你的爱也不允许我离开你那么久。"

卡地不想回驳她,因为生怕她对他的意图产生任何怀疑。到了星期五那天,卡地去清真寺,他在那里差不多要待上四个小时。哈利玛一见他迈出家门,就差人去叫马里奥。若不是哈利玛告诉门房让他进去的话,那个在院门口看门的科西嘉基督徒是不会让他进去的。因此,马里奥进去的时候,感到忐忑不安,战战兢兢,如临大敌。

莱奥尼莎穿着进帕夏营帐时穿的那身衣服,戴着原来戴的那些饰物,坐在通上面走廊的大理石阶梯脚上。她的头斜托在右掌上,手臂搁在膝盖上,眼睛盯着与马里奥进来的那扇门相对的一边,因此,尽管马里奥已经走到她坐的地方,她还没有看见他。里卡多进来时扫视了一下整个房子,也没发现她,只觉得静悄悄的没有声息,直到最后才看到莱奥尼莎坐的地方。

刹那间,多情的里卡多思绪万千,又惊又喜。他边走边想,觉得他的幸福近在眼前,大约只距他二十步路,或者更多一些的地方。他又想到自己是个俘虏,自己的命运还掌握在别人手中。他心里翻腾着这些事情,又惊又怕,又喜又忧,又胆怯又勇敢,慢慢地向他心爱的人坐着的地方走去。这时莱奥尼莎正好回过头来,看见了里卡多正凝视她的那双眼睛。但是两人的目光相遇时,在各自心灵里引起的反应是不同的。

里卡多停了下来,再也迈不开步子,莱奥尼莎由于马哈默德和她讲过那件事情,一直以为里卡多已经不在人世,所以当如此出乎意料地看到他还活着的时候,恐惧万分,眼睛依然盯着他,却又不敢转身,只是身子往后退了四五级阶梯,从胸口拿出一只小小的十字架,吻了好几次,一边不停地画十字,好像她看见的是阴间来的

幽灵或者别的什么东西。里卡多从陶醉状态清醒过来,他看出莱奥尼莎害怕他的真正原因,就对她说:

"美丽的莱奥尼莎,马哈默德告诉你关于我死亡的消息并不是真的,这一点倒使我很痛苦难受,因为要是我真的死了,就不用害怕我现在必定要思考的那个问题,那就是,完美无缺的你,是否还像过去那样继续对我那么严厉呢?小姐,请放心下来吧,要是你敢于做你从没做过的事,也就是敢于走到我跟前来,你就会看到我并不是幽灵;我是里卡多,莱奥尼莎;我是里卡多,一个你希望他有多少幸福他就会有多少幸福的人。"

这时候,莱奥尼莎把手指放到嘴边,里卡多明白这个手势是叫他别出声,就是说话,也要小声。于是他再鼓起那么一点点勇气,向她走了过去,一直走到能够听得见她讲下面几句话时为止。她说:

"轻声点儿讲话,马里奥,我想这是你现在叫的名字。我和你谈什么,你就谈什么,不要谈其他事情。请你注意,如果让别人听见了我们说的话,我们就可能再也见不到面了。我相信我们的女主人哈利玛在听我们讲话,她告诉我说,她爱你,让我做她的说合人,将她的心事转告你。如果你愿意满足她的愿望,那么你的肉体会比灵魂得到更大的好处;如果你不愿意,你也要勉强装出愿意的样子,尽管这是因为我要求你这样做,也是由于一个女人吐露自己的心曲值得你这样做。"

里卡多听了这些话后答道:

"美丽的莱奥尼莎,我从来也没有想过,也不能够想象,你要我办的事会办不到。然而,你现在要我做的事,倒使我明白过来了。难道一个人的意志可以那么轻易改变,要他怎么变就怎么变吗?让一个真诚忠实的男子汉大丈夫对这样重大的事情进行伪装好受吗？不过，要是你认为这件事应该或者可以这样做，那就照你高兴的办吧，因为你就是我的意志的主宰。不过，我知道，你在这件事情上也在欺骗我，因为你从来不认识她，你也不知道你该为她做些什么。但是如果必须做到这一点，才有可能看到你，那么，为了不至于让你说，我连你吩咐做的头一件事都不服从，我就不坚持我本应有的权利，而遵从你的意愿，并假装遵从哈利玛的意愿。至于你愿意怎样去答复，就随你高兴去编好了。从现在起，我就把自己的意志伪装起来。我为你做了这件事——在这件事上，我认为已经尽了最大的可能，尽管我还是像过去多次那样，又一次将自己的心灵交给了你——只求你简短地告诉我，你是怎么从海盗手里逃出来，又是怎么落到出卖你的犹太人手里的。"

莱奥尼莎回答道：

"我的不幸遭遇以后再讲吧；不过，现在我可以先满足你一点要求。我们分开后的第二天，依苏夫的船还是被强风吹到了那个潘塔纳莱阿岛，在那里，我们也见到了你们的船。但是，我们的船因触了礁而无法修补。我的主人眼看自己就要完蛋，就异常敏捷地倒空两只盛满水的大桶，将桶盖盖好后靠在一起，用绳子扎好，把我放在两桶中间，他自己脱光衣服，两手抱住另外一只桶，用绳子将自己捆好，绳子的另一头系在我的两只桶上，然后鼓足勇气，跳入大海，带着我向前游去，我当时可没有勇气下海，另一个土耳其人推了我一把，才使我跟着依苏夫下水，我一摔下去就失去了知觉，等我醒来时，发现自己躺在两个土耳其人的胳臂上，他们把我背朝上，嘴朝下，让我吐出大量灌在肚子里的水，我终于睁开了眼睛，惊恐地看到依苏夫躺在我身旁，脑袋已经碎了。事后我才知道，他在靠岸前撞到岩石上丧了命。土耳其人还告诉我，他们拉着绳子，把已经快淹死的我拉上岸。这次不幸的沉船事件，仅有八人幸免于难。我们在岛上待了八天,土耳其人看护我,关心我,就像关心他们自己的姐妹一样,甚至有过之而无不及。我们躲在一个岩洞里,因为岛上有一个基督徒的据点,土耳其人不敢出去,害怕会被俘虏。他们到夜里才出去捡原来船上的那些被海水冲上岸来的湿面包,以此维持生命。命运之神为我安排了更大的不幸。土耳其人从一个离开据点去海边捡贝壳而被俘的年轻士兵那里获悉,据点里已经没有队长(想必是最近才死的),他们一共只有二十名士兵。到第八天,有一艘摩尔人商船抵达该海岸。土耳其人见到这艘船后,从他们藏身的地方出来,向正在靠近岸边的商船发出信号,因为船离岸很近,所以船上人认出他们是土耳其人。土耳其人向对方讲了一下他们遇难的情况,摩尔人就将他们接到船上。船上有个犹太人,是个豪富巨商,整船或者船上大部分货物都是他的。都是些衣料、椅披、桌围和土耳其人长袍,还有一些通常是犹太人经营的从巴巴利海岸运往莱万特出售的其他物品。土耳其人就乘这艘船去的黎波里。途中,他们将我以两千多乌拉的高价卖给犹太人,要不是犹太人在我身上打主意的话,他是不会那样慷慨解囊的。

"于是他们将土耳其人送到的黎波里,船就掉过头来继续航行。那个犹太人竟然恬不知耻地向我求爱,我对他的无耻欲望,报以一记响亮的耳光。他看到难以如愿,决定一有机会就把我卖掉。他打听到阿利和哈桑两位帕夏在本岛,他可以在这里像在希奥一样高价出售他的货物,便想把我卖给随便哪一个帕夏,因此,他让我穿上你现在见到的这身服装,以便取悦于我的买主。我已经知道,这个卡地买下我来是为了献给皇帝,这使我非常害怕。在这里,我听到了你已经亡故的假消息。如果你相信的话,我倒想告诉你,当时我听到这个消息后,心里非常难过,并且对你的羡慕多于怜悯,这倒不是我希望你死(虽然我的心已如槁木,但还不至于忘恩负义),而是羡慕你已经结束了悲惨的一生。"

里卡多回答道:

"小姐,你说得一点不错,但愿死亡不妨碍我得到这份重新见到你的幸福,这使我确信自己——不管在死的时候还是活的时候——总能够有一次,虽然不是永久地,实现自己愿望的机会,尽管如此,我还是更加珍惜现在这个能与你见面的令人高兴而满意的时刻。我在到我现在的主人卡地这里以前经历的种种遭遇,也不比你的少。他派我和你说话,和哈利玛派你和我谈话的目的是相同的;他让我传话,把他的想法转告你。我接受这个任务,不是为了讨好他,而是为了获得与你说话的便利条件,因为,莱奥尼莎,你看到,我们的不幸遭遇已经把我们带到了这样的结局:要求你在一件你明知不可能要求我做到的事情中充当说合人;要求我在一件我认为更难做到的事情中做传话人,而这件事我就是拼命也不会让它实现的。我现在十分珍惜这个能见到你的极为难得的机会。"

莱奥尼莎接着说道:

"里卡多,我不知道对你说什么好,也不知道现在提供给我们的这一短暂见面的机会,怎样才能使我们在迷宫中找到出路。我只知道必须利用在我们这样的境况下不能期望多得的东西,那就是要伪装,要制造假象,因此我要你对哈利玛说一些不令她失望,而让她宽心的话。关于我,你可以对卡地说一些你认为合适的既能保护我的贞操,又能骗取他的信任的话。这样,我让自己的贞操掌握在你的手里,这一点你完全可以相信,我是守身如玉的,尽管有人会因为我走过那么长路程,遭遇那么曲折而有所怀疑。我们交谈是容易办到的,对此我也很乐意,但前提是,你绝对不要对我说那些表白你心意的话,一旦你这样做,我就再也不见你的面了,因为我不愿意你小看我具有的价值——当俘虏的时候必须具有比自由时候更难能可贵的价值。感谢老天,我就像黄金一样,越炼越纯。你应该为我说过的那番话而高兴,即我不会像以往那样讨厌见到你。因为我要告诉你,里卡多,过去我总是认为你粗暴、高傲,并且多少有点过分自负。我也承认,这是我的错。现在,我的经历,以及摆在我面前的事实使我醒悟了,我要做个更富有人情味、更忠贞的人。上帝保护你,我真担心,哈利玛在听我们讲话,因为她懂一点我们的话,至少懂一点我们大家通用,大家都懂的混杂的话。"

里卡多回答道:

"小姐,你说得太好了,我万分感激你对我的开导。你允许我来看你,这个恩典我十分珍惜。如你所说,你的经历也许使你明白,我的条件——尤其作为敬慕你这样的人来说——是多么平淡无奇,多么微不足道。而你对我的品行却并不加以否定,诚然,这方面你也确实再找不到对你如此真诚的人了。至于卡地,请你放心好了,我一定会使他满意,请你对哈利玛也这样做。小姐,你知道,我自从见到你以后,心中已经产生这样的希望,并使我确信,我们一定会很快得到渴望已久的自由。因此愿上帝和你在一起,下一次,我将向你讲一下我与你分手以后——或者不如说,别人把我与你分开以后——命运之神把我弄到这般地步的曲折情景。"

说完,两人就道了别。莱奥尼莎对里卡多的坦荡胸襟感到高兴和满意;里卡多则因听到莱奥尼莎说出这些并不严厉的话而欣喜万分。

哈利玛关在自己屋里,祈求穆罕默德保佑莱奥尼莎办妥她委托的事情。卡地与他夫人一样,也在清真寺祈祷,同时提心吊胆地等着那个受他委托去和莱奥尼莎谈话的奴隶带来回音,而为了使里卡多能做到这一点,即使有哈利玛在家,他还是让马哈默德为里卡多提供方便。莱奥尼莎给哈利玛以美好的希望,似乎马里奥将尽可能按她的意志办事,这使哈利玛欲火中烧,春心难抑。但是莱奥尼莎又说,要先过两个月才能考虑此事,虽然里卡多比她还要急切;她还说,他要求这个期限,是因为要向上帝祈祷,赐他自由。

哈利玛很满意这一解释,也很满意与她心爱的马里奥的关系,由于他依从了她,她将提前赋予他自由。于是她请莱奥尼莎要求里卡多在时间上通融,别拖那么长久,无论卡地要他多少赎金,她都可以给他。

里卡多在回复主人以前,先和马哈默德商量如何措辞;两人商定给他一个使他失望的答复,再劝他尽快把她送到君士坦丁堡去,在半路上用文的或武的办法来达到他的欲望;至于为了要献给皇帝陛下,这样做有所不宜的话,那就最好另买一个女奴,假装莱奥尼莎在旅途得病,在某个夜晚将这个买来的女基督徒抛入大海,谎说陛下的这名女奴莱奥尼莎已经去世。这件事可以做到,而且可以做得人不知,鬼不觉。这样,卡地他既不会得罪皇帝陛下,又能实现他的愿望。为了能使他继续保持这高兴的情绪,将来还要想一些更妥帖、更好的主意。那个老色鬼卡地完全昏了头,就是再给他乱七八糟地胡编一遍,他都深信不疑,况且他觉得这些都是实现他愿望的康庄大道,必定会结出灿烂的果实。如果那两个顾问的目的不是要坐船出去,并且因他的疯狂念头而要结果他性命的话,上面的主意倒是真管用。他们还向卡地提出了他们认为在办理这件事情时可能出现的另一个较大的困难,那就是,他们认为,如果卡地不带上他的妻子哈利玛,她就不一定会让他去君士坦丁堡。但是,这个困难轻而易举地被解决了。卡地说,为了让别人替莱奥尼莎去死，就必须购买一个女基督徒做替身，现在可用哈利玛来顶替，虽然他原来只是想摆脱她，而不是要她死。他轻率地想到这个主意，马哈默德和里卡多也轻率地同意了这个主意，事情就这样决定了。当天，卡地将他想带女基督徒到君士坦丁堡去献给皇帝的事告诉了哈利玛，以期陛下能慷慨地任命他当开罗或者君士坦丁堡的大卡地。

哈利玛以为马里奥会被留在家里，就对他说，她认为这个决定很好，可是当卡地确切告诉她，他要把马里奥带走，并且连马哈默德也带走的时候，她就改变主意，劝阻他改变她原先劝他做的事，举出欲望本身教给她的那些最具说服力的理由。最后，她断言，要是卡地不带上她，她无论如何也不让他走。

卡地满足了她的要求，因为他想快一点从自己的脖子上甩掉这个对他来说是如此沉重的负担。与此同时，哈桑帕夏也没有忘记恳求卡地把女奴交给他，他答应给卡地山一样多的黄金，再加上已经免费将里卡多送给了他，而他的赎金要值两千埃斯库多。他还向卡地提出他自己的一个设想，即在皇帝派人来接女奴时，假报女奴已经死亡。所有这一切馈赠和允诺，都促使卡地更加坚定尽快动身的意志。于是，出于他自己的欲念，加上哈桑的要求，还有将希望建筑在空中楼阁上的哈利玛的要求，二十天后，就修造起一艘有十五个船工座位的双桅帆船，配上精良的救生用品，带上一些摩尔人和几个希腊基督徒。他把全部财产都装上船，哈利玛也将重要东西统统带走，一概不留，她请求丈夫让她把父母一起接走，让他们一起去看看君士坦丁堡。哈利玛这个主意就是马哈默德的主意，是她与马哈默德及里卡多共同商定的，以便可以带着东西和船只逃走；不过，她内心的想法，即她希望去基督徒住的土地，还她本来的面目，并想与里卡多结婚的愿望，一直到开船的时候才向他们吐露。因为她深信,自己带着这么多财物,又重新当基督徒,对方是不会拒绝娶她做妻子的。这时,里卡多又和莱奥尼莎谈了一次话,向她讲了自己的主意,而她也将与哈利玛交谈后知道的对方的打算告诉了他。两人都叮嘱要严守秘密,并求上帝保佑,一边等候着动身的日子。

动身的日子到了。哈桑带着自己的士兵陪送他们到海边,一直到他们扬帆起航时才与他们分手,眼睛还死盯着这艘船,直到它不见影子为止。看来这个多情的摩尔人叹息时呼出的气息,强有力地推动了离他而去并带走他的灵魂的帆船。但是那些日子以来一直令他不能平静的爱情,使他想到了为了不至于相思而死必须做的事情,于是,经过长时间思考,他果断地决定立即采取行动。他派了五十名士兵——都是他的亲朋熟人——登上停泊在另一港口的一艘有十七个船工座的船只。他答应给他们大量馈赠,许下许多诺言,命令他们出发去攻打卡地的船只并掠夺其财物,除莱奥尼莎女奴一人外,船上其余的人均格杀勿论。他只想抢得她一人,船上装载的众多财物他都不放在眼里。他还命令要将船击沉,不让留下这艘船消失的丝毫痕迹。抢劫的欲念使这些人脚下长了翅膀,心中增添了力量,由于那艘双桅帆船上的人没有带武器,也不会料到会有抢劫的事,他们都很清楚是不会遭遇什么抵抗的。

双桅帆船已经航行了两天,但对卡地来说,好像已经过了两个世纪,因此,他想马上按自己的决定采取行动;但是,他的两个奴隶规劝他,还是先安排莱奥尼莎病倒为宜,以便能为她的死亡找一点根据,这就需要几天的卧病时间才行。对卡地来说,他只希望对人说女奴已经暴病而亡,快快了结这件事,打发掉自己的老婆,平息一下不断折磨他的欲火。然而,事实上,他又不得不听从两个奴隶的意见。

在这段时间里,哈利玛已经向马哈默德和里卡多吐露了自己的打算,他们认为要过了亚历山大交叉口①,或者进入纳托利亚②要塞时再采取行动为好。然而卡地催他们催得那么紧,因此他们同意一遇到有利的时机就行动。一天,也就是航行六天以后的那一天,在卡地看来,莱奥尼莎装病时间已经够长了,就硬要他的那两个奴隶在第二天了结哈利玛,即把她缠上裹尸布扔进大海,对人就说是皇帝的女奴。

天亮了,根据马哈默德和里卡多的计划,应该是实现他们愿望的日子,要不然,就是他们的末日。正好这个当口,他们发现一艘船又扬帆又划桨地追上来。他们担心是基督徒的海盗船,碰到这种海盗,不管是谁都别想有好结果,因为,若是海盗船,那些摩尔人恐怕要当俘虏,基督徒虽然会有自由,但也免不了给剥光衣服,劫掠一空;然而马哈默德和里卡多两人,都为自己和莱奥尼莎可以获得自由而高兴。尽管他们这么想,但是也害怕海盗横蛮无理,因为干这种勾当的人,不管信什么宗教,也不管是什么民族的,从来都心毒手狠。他们准备自卫,没有放下手中的船桨,并且做好了可能做到的一切。几个钟头以后,对方就发起进攻,并且至少向他们射了两炮。看到这种情况,他们就收下船帆,撒开桨,拿起武器,严阵以待,尽管卡地叫他们不要害怕,因为那是一条土耳其船只,不会对他们有什么损害。

卡地看到那些人已经利欲熏心,丧失了理智,猛烈袭击这艘没有什么抵抗力的双桅船,就命令马上在船尾帆杆上挂起一面求和的白旗。这时候,马哈默德回头看见西边也来了一艘船,他估计有

---

① 这里的亚历山大是通达达尼亚海峡的城市,不是埃及的同名城市。

② 纳托利亚在莱依罗岛,距君士坦丁堡运河口莱万特二十五英里处。

二十个船工座,于是就把情况告诉了卡地,有几个要去划桨的基督徒说,那艘船是基督徒的。这使他们更加恐惧和混乱,吓得呆若木鸡,不知所措。他们心惊胆战地等待着上帝要给予他们什么结局。

在我看来,卡地当时如此狼狈,一定十分情愿自己留在尼科西亚;尽管如此,由于第一艘船采取了行动,使得卡地很快就从惶恐中惊醒过来,这帮人并不理睬他挂出的求和白旗,也不尊重他们理应尊重的宗教,他们十分猛烈地冲撞他的船,差一点把它撞沉海底。卡地马上认出了袭击他的人。在看到他们是尼科西亚的士兵,并猜出他们可能是谁的时候,他觉得自己完了,死期到了。的确,若不是那帮士兵只顾着抢东西,顾不着杀人的话,那么谁也难逃一死。正当他们全神贯注于抢劫财物之际,只听见一个土耳其人喊道:

"弟兄们,拿起武器,有一条基督徒的船只向我们冲过来了。"

这倒是真的,因为那条船上挂着基督徒的标记和旗帜,他们一发现卡地的双桅帆船,就全速向哈桑的那条船冲去,但在到达之前,船头上有一个人用土耳其语问他们是什么船。回答说是塞浦路斯总督哈桑帕夏的船。

土耳其人反驳道:"那么,既然你们是穆斯林,怎么进攻和抢劫起这艘据我们所知里面乘载着尼科西亚卡地的船只呢?"

对此,他们的回答是,他们只知道是帕夏命令他们这样做的,作为士兵,他们只懂得服从命令。

打着基督徒旗号的第二条船船长听到了他想知道的事情,很为满意,就放弃对哈桑船只的进攻,转向卡地的船只。一阵枪响,就打死了十几个土耳其人,接着,他迅猛地登上该船,但是他们刚一登船,卡地就认出那个袭击他的人不是什么基督徒,而是阿利帕夏,那个迷上莱奥尼莎的人和哈桑目的相同,一直在等候着他的到来,为了不被别人认出来,他就让手下的士兵穿上基督徒的服装,以便使他的拦劫勾当干得更为隐蔽。

卡地识破了背信弃义的情敌们的意图,就大声呵斥他们的恶行,他说道:

"这是怎么回事?背叛我主的阿利帕夏?既然你是穆斯林,也就是说,是土耳其人,怎么又像袭击基督徒那样袭击我呢?而你们,哈桑手下的叛兵,什么魔鬼驱使你们干这样的罪行?为了满足把你们派来的那个人的色欲,你们竟然反对起你们的自然之主①吗?"

士兵们听了这番话以后,都停下手来,你看我,我看你,彼此都认得,因为都曾是在同一面旗帜下,由同一个将帅指挥的人。卡地的那番话,使得那些人极为狼狈,他们的刀口变钝了,他们的勇气消失殆尽。只有阿利对这些话充耳不闻,扑向卡地,对准他的脑袋,砍了那么一刀,若不是包在头上一百巴拉②的头巾保护他的话,毫无疑问,他的脑袋准被一劈为二。尽管这样,卡地还是被砍倒在划桨座位中间,他倒地的时候,说道:

"啊,残忍的叛徒,我那神圣先知的仇敌啊!难道就没有人惩罚你的残暴行径和大逆不道吗?该诅咒的,你竟敢把你的手和武器加在你的教长身上,加在穆罕默德的使者身上?"

这几句话大大加强了开头那番话的分量,哈桑士兵中听到这番话的人,出于害怕阿利的士兵会抢夺他们已经到手的东西,就决定冒险干一下。于是一个人带头,其余的人都一哄而上,他们英勇、愤怒,迅猛异常地扑向阿利的士兵,不用多久,就把原来人数大

---

① 指伊斯兰教教长。
② 西班牙度量单位,约合零点八米,这里是作者的夸张之词。

大超过他们的阿利的士兵杀得所剩无几，但是剩下的那些人清醒过来以后，又替自己的同伴报仇，杀得哈桑手下活着的人不超过四个，而且，这四个人也身受重伤。

里卡多和马哈默德，不时从船尾舱门探出头来，看看这场声势浩大的火并的结局怎样。看到土耳其人几乎都已死光，就是活着的也身受重伤，已经到了能够轻而易举把他们全部消灭的时刻，里卡多就把马哈默德和哈利玛带来的两个侄子——她要他们来帮忙操纵船只的——叫来，带着他们和哈利玛的父亲，手上拿着死者的刀剑，跳到甲板中间通道上大声宣告"自由啦，自由啦"，凭着他们的运气，希腊基督徒顺利地毫发不伤地割下了土耳其人的首级，借助救生设备，他们还来到已经毫无抵抗力量的阿利的船上，降服了这条船，战胜了所有前来迎战的人。在第二次遭遇战中最先被杀死的人中有阿利帕夏，那是一个土耳其人为了替卡地报仇，用刀子把他杀死的。

然后，大家根据里卡多的意见，把他们船上和哈桑船上的所有值钱的东西，都搬到阿利的船上，这是一艘较大的适宜于货运和长途航行的船只。划桨的都是基督徒，他们获得了自由，又得到里卡多分给的许多东西，都很高兴，提出要把他送到特拉帕纳，如果他愿意，就是送他到世界尽头，他们也乐意。马哈默德和里卡多为这一圆满的结局而高兴，他们走到摩尔女人哈利玛那里，问她是否愿意回塞浦路斯，他们可以分一半财物给她，并在她原来的船上为她装备良好的救生设备，但是，她虽然经历了这么一场大灾大难，仍然不忘情于里卡多，她说她愿意跟他们去基督徒的土地，这样，她的父母亲会特别高兴。

卡地醒过来了，他们根据当时允许的条件对他进行了治疗，还告诉他，有两条道路任他选一条：或者跟他们到基督徒的地方去，或者就乘上他自己的船回尼科西亚。

他回答说，既然命运已经将他弄到这般地步，他感谢他们给予他的自由，他说他想去君士坦丁堡向皇帝面诉哈桑与阿利对他的伤害。可是当他得知哈利玛抛弃了他，想重新做基督徒时，差点儿疯了。最后，他们为他准备好船只，并给了他旅途的一切必需品，又还给他一些本来是他的金币。他下决心与大家分手回尼科西亚，在扬帆起航前，要求莱奥尼莎拥抱他一下，他说，这种恩典足以使他忘却全部的不幸遭遇。

所有的人都恳求莱奥尼莎将这种恩典赐给这个曾经如此喜爱过她的人，因为她这样做无损于她那贞洁的好名声。莱奥尼莎按大家的要求做了，卡地还求她用手摸摸他的头，这样，他觉得自己的伤口就有治愈的希望，这些莱奥尼莎都满足了他。事毕，他们凿沉哈桑的船，就乘着东风张满帆开船而去，没过几个钟头就看不见卡地的那艘双桅帆船了。卡地眼看着这股东风把他的财物、欢乐、妻子和心都带走了，不禁老泪横流。

在航行路上，里卡多和马哈默德的心情与卡地的截然不同；他们没有在任何地方靠岸，一路上不用划桨落帆，就驶过了遥遥在望的亚历山大港湾，来到了科尔夫要塞岛屿，他们在这里加了水，就毫不耽搁地继续航行，又驶过了险象万千、礁石众多的阿科洛塞劳诺斯山①。第二天，他们从远处望见了极为富庶的蒂纳克里亚的帕基诺海角，航行依然神速，这个地方和著名的马耳他岛飞快地在眼前掠过。

总而言之，船驶过该岛四天之后，他们就看见了兰帕多萨岛，接着看见了他们在那里失去自由的岛屿，莱奥尼莎一看见它，就浑

---

① 希腊山名。

身战栗,这个岛屿使她回忆起亲眼目睹的那些危险。又过一天,他们看到向往已久的可爱的祖国就在眼前,重又乐得心花怒放,新的欢乐使他们心潮起伏,经历长时间奴隶生涯后能平安无恙地重回祖国,是这一生中所能得到的最大快乐。只有打败敌人取得胜利后的喜悦,才能与这种欢乐相比。

他们在船上找到一只箱子,里面装满各色绸制彩旗。里卡多叫大家用这些五彩缤纷的彩旗把船装饰起来。天亮后不久,到他们距离城市不到一里格路时,开始轮流划桨,时不时发出阵阵欢呼声,船只徐徐进入港口,顷刻间港口上出现了无数人群,由于看到这样一艘五彩缤纷,行驶如此缓慢的船只靠岸,人们倾城而出,来到海边。

这个时候,里卡多恳请莱奥尼莎穿上她走进两个帕夏营帐时穿的那身衣服,并照原样梳妆打扮起来,因为他想对他的父母开一次俏皮的玩笑。她照样做了。只见饰物、珠宝层层叠叠,美上加美,真是锦上添花。她穿上这身服装,又引来一片叫绝赞叹之声。里卡多自己也穿上土耳其服装,马哈默德也和他一样,那些划船的基督徒也都穿上死去的土耳其人的服装。他们于早晨八时许抵达港口,这时,天气晴朗,万里无云,似乎老天也在全神贯注地看着他们高高兴兴进港时的情景。进港前,里卡多让他们鸣放礼炮,他们就用船上一门大炮和两门长炮来鸣放。岸上也鸣放礼炮作为答礼。

岸上人都怀着迷惑不解的心情等待着这艘五彩缤纷的船只到达。可是当船只驶近,他们见到是土耳其人的时候——因为依稀辨认出那些好像是摩尔人穿戴的白头巾——他们就害怕了起来,怀疑其中有诈,军人们都拿起武器跑向港口,骑马的分散到整个海岸。那些渐渐靠近码头的船上人对此十分高兴,他们抛锚,靠岸,放下搭板,整齐划一地停止了划船,所有的人都像举行宗教游行一样,一个接一个地下船上岸。他们含着喜悦的眼泪一次又一次地接吻,明显地表示他们是乘坐该船归来的基督徒。走在后面的是哈利玛的父母亲和她的两个侄儿,刚才已经说过,他们穿着土耳其人的服装。走在最后的是美丽的莱奥尼莎,脸上蒙着一块胭脂红的绸巾,走在里卡多与马哈默德之间。这个场面吸引住来看他们的千百双眼睛。上岸以后,他们也像别人一样,跪在地上吻她。这时候,该城总督兼城防司令走到他们跟前,他一眼就看出他们是所有那些人中的首要人物,但是,他刚刚走到他们跟前,就认出了里卡多,他张开双臂,跑上前来,极其高兴地拥抱了他。和总督一起来的有科尔内里奥及其父亲,莱奥尼莎的父母亲,她的亲属和里卡多的父母亲。他们都是该城的显贵。里卡多拥抱了总督,并感谢了大家对他的祝贺。

他拉住科尔内里奥的手(后者认出是他,又见到自己的手被他拉住,霎时脸无血色,害怕得几乎颤抖起来),同时又拉住莱奥尼莎的手,说道:

"先生们,出于礼貌,我请求你们,在我们入城,并到教堂感谢我主在我们遇难时所赐给的巨大恩典之前,请先听我讲几句话。"

总督听后回答说,请他随便讲,并说大家都会荣幸地洗耳恭听他的讲话。接着,所有的显要人物就将他团团围住,他呢,稍为提高一点嗓门说道:

"先生们,诸位大概都还记得,几个月前在盐场大道附近的花园中,我和莱奥尼莎所遭遇的事。你们也不会淡忘我为了她能获得自由而做的一切努力,那时,我忘掉自身的自由,为要赎取她,献出了全部家财。这一点,尽管看起来慷慨大方,但不能够,也不应该得出要赞扬我的结论,原因是我是为了赎取我的心才献出这笔财产的。后来我们两人遭遇的事情，需要以后有机会另花时间让别的不像我这样笨嘴拙舌的人来讲。我现在只向诸位讲一点就行了。我们经历了各种各样稀奇古怪的事情，并千百次想为我们的不幸遭遇找出补救办法，但这一切都失败了，是慈悲为怀的上帝在我们并没有立下任何丰功伟绩的情况下，让我们兴高采烈地带着满载的财富，重返日夜想念的祖国。我感到无比高兴，不是因为满载而归，也不是因为获得了自由，而是因为我认为这位曾使我神往的冤家对头已经和我言归于好，是因为她获得了自由，并且看到了她的真正的心灵。我还为那些和我共患难过的伙伴所获得的喜悦而高兴，尽管那些不幸的悲惨遭遇常常会改变人的性格，磨掉人的勇气，但是他们没有辜负我的良好愿望。可以毫不夸张地说，正由于有了那种更为坚毅、勇敢的气概，才使大家度过了由于我的炽热而真诚的过分要求所引起的种种不幸和灾难。这些证明天道会变，已经定下的习俗不变，按这样的习俗办事的人不变。从上面我说的这番话，我想说明的是，为了赎她，我曾向她奉献过自己的财产，同时默默地将这颗心也给了她；为了她的自由，为了她，我曾多方设法，甘愿冒生命的危险，在这点上，超过了为我自身而冒险的程度。但是，所有这一切，对于其他施恩图报的人来说，在某个时候会成为一种义务、责任，我可不愿意别人承担这种责任，我只想把这份责任交给你。"

他说完这句话，就举起手，真诚而有礼貌地揭开莱奥尼莎脸上的面纱，就像揭开一片可能遮住过灿烂的太阳的乌云一样，一边继续说道：

"啊，科尔内里奥，你见到了吧，我把这件珍宝交还给你，你珍惜她的程度要超过一切值得你珍惜的东西。美丽的莱奥尼莎，你也看见了，我把你一直在思念的人给了你。我这个慷慨举动倒希望为人所称道,因为与这件事相比,什么生命、财产和尊荣就算不了什么了。啊,幸运的小伙子,请接受她吧!如果你能够真正认识到她的高贵的价值所在,你就会认为自己是世界上最幸福的人了。我还要把老天赐予大家的财物中归我的那一份交给你,我相信大概超过三万埃斯库多,你可以自由自在地随意支配这些东西,祈祷上帝保佑你幸福长寿。我这个没福气的人,由于没有了莱奥尼莎,我将安于贫困,对于失去莱奥尼莎的人来说,生命也就变成多余的了。”

说完这句话,他就不说了,好像舌头与嘴巴粘在一起。可是,过了一会儿,在别人还没有来得及开口以前,他又接着说道:

“我的上帝啊!艰难困苦真把人给弄糊涂了!先生们,我虽有做好事的愿望,却没想想自己说了些什么,因为任何人都不能慷他人之慨,我有什么权力将莱奥尼莎送给别人?换言之,我怎么能把根本不属于我的东西赠给他人呢?莱奥尼莎是她自己的,完全是她自己的。她父母需要她,我祝他们生活幸福,诸事如意。如果他们出于慎重,觉得对我承担什么义务的话,那么,我就在此把它勾销,宣布作废,我什么都不要。因此,我收回我刚才所说的话,我什么也不给科尔内里奥,因为我不能够;我仅仅确认一点,那就是将我的财产交给莱奥尼莎,不要任何报偿,只要她相信我的真心诚意就行。请相信,我对此决无反顾,别无他求,但愿她无比忠贞,永远保持她那连城的价值和无限的美丽。”

说完这些,里卡多就默不作声了。

莱奥尼莎听了以后,回答道:

“里卡多,如果你觉得在你追求我,并且心怀妒忌的时候,我曾经爱过科尔内里奥,那么你要想到,当时之所以是真诚的,是由于我顺从了父母的意志和命令,他们一心一意想让他娶我为妻,并且默许了他。要是你满意这番说明，那么，你对我在患难时所表示出来的端庄稳重，也就会感到满意了。里卡多，我说这番话是要你明白，我一直属于我自己，属于我父母亲，对他们两位，我现在谦恭地恳请他们，允许我自由地对你为我做的种种勇敢而慷慨无私的事情做出抉择。"

她的父母同意给她这个自由，因为他们相信她的非凡机智与慎重，会给她带来尊荣和好处。

稳重的莱奥尼莎继续说道：

"有了这个许可，我希望不要由于我毫不隐讳自己的感恩之心，似乎表现出了不知羞耻而把我视作不端之人。啊，英勇的里卡多！我在这里是毫不掩饰、毫不犹疑、如此坚定地向你吐露爱情，因为我要通过自己对你甚至还够不上称作感恩戴德的表示，让男人们知道，不是所有的女人都是忘恩负义的。要是没有更好的相知使你动摇，拒绝答应做我的丈夫，那么，我就是你的，里卡多一直到死我都是属于你的。"

里卡多听到这一番话，疑是在梦中，他不敢相信这是真的，他不知道也无法回答莱奥尼莎，只知道屈膝跪在她面前，吻她的手，多次用力握住她的手，用他温柔、情爱的泪水沐浴着它。科尔内里奥则流着悔恨的眼泪。莱奥尼莎的父母流着欢喜的眼泪，周围的人一边赞叹，一边高兴得流出眼泪。当时在场的该城主教，或者是大主教，祝福他们，并答应把他们带进教堂，同时，为他们主持了婚礼。城里到处洋溢着欢乐，当晚，全城灯火辉煌。里卡多和莱奥尼莎两家亲属安排了好几天五光十色的竞技、文娱等余兴节目。马哈默德与哈利玛在教堂结了婚，这是因为哈利玛不可能实现自己的愿望，成为里卡多的妻子，也就满足于做马哈默德的妻子。慷慨的里卡多从得来的财物中，分一部分给哈利玛的父母和她的侄子，足供他们今后的生活之用。最后做到了皆大欢喜，人人心情舒畅，个个心满意足。里卡多的美名，越出了西西里的界线，传遍了整个意大利及其他许多地方，人人称他"慷慨的情人"。莱奥尼莎的后代子孙一直繁衍到今天，而莱奥尼莎本人则是罕见的机智、忠贞、慎重与美丽的典范。

林孔内特和科尔塔迪略

坐落在著名的阿尔库迪亚田园尽头的莫利尼略客栈,是我们由卡斯蒂利亚到安达卢西亚的必经之地。

盛夏的一天,赤日炎炎,两名少年邂逅于此。他们年约十四五岁,两人中谁也不会超过十七岁。两人均长得俊秀,却又极为不修边幅,甚至于衣衫褴褛。他们没有披风,裤子是粗布的,脚上没穿袜子,老实说,那些鞋子还算差强人意,因为一个穿的是编织的细麻鞋,尽管穿着不大跟脚;另一个穿的是网眼鞋,却短缺鞋底,与其说是鞋,不如说是用来拴脚的东西。一个头戴翠绿色猎人帽;另一位则戴一顶无饰带的有檐帽,样子像只酒杯,帽檐像裙边般向下耷拉。一个胸前系带,背着一只内装衣服、可以两面开启的小提袋,上面露出一件淡黄色衬衣;另一个则轻便简单,不带褡裢,尽管胸前似乎有只鼓包,事后才知道,那是一种用树胶粉浆过的瓦隆①人所叫的大翻领,由于破损得厉害,看起来像一堆破布上的线头,他随身带着印有椭圆形人像的扑克牌,由于经常使用,并且使用日久,牌边以及牌的棱角已经磨损和断裂,牌形也有所变化。两人在烈日下烤晒着,长长的指甲,手也不太干净;一位佩有一把短剑;另一个却带了一把通常被人们称之为牛刀的黄柄刀。

---

① 指比利时南部地区。

这两个人走出来,到客栈的檐廊下相对而坐,算是午间小憩。看上去年长一点的那位对年轻一点的说:

"绅士先生,您是哪里人?要到哪里去?"

"骑士先生,"被问的答道,"我不知道自己是哪里人,也不知道往哪里去。"

"说实话,"年长的说,"看来您不像来自天国,因为那里可不是阁下定居的地方,所以您不得不往前走。"

"说得对,"中等身材的答道,"但是我已经照实说了。因为我的家乡不属于我,在那儿我除了一个不把我当儿子的老子,和一个不把我当亲儿的后娘外,一无所有,我现在出来是想碰碰运气,也许在哪里会碰到什么人能给我结束这种悲惨生活所必需的东西。"

"那么阁下会干些什么呢?"年长的问。

年轻的回答说:

"我除了跑得像只兔子,跳得像头鹿,非常精巧地用剪子剪东西外一无所长。"

"这些都很好,十分有用,很有好处,"年长的说,"教堂司事会因为您在濯足节①替陵墓剪过纸花而把万圣节上的供品赏给您。"

"我剪的不是那种图案,"年轻的答道,"承老天爷的慈悲,是我父亲——一个裁缝和织袜工——教会我裁剪护腿,正如您清楚了解的,这是一种盖脚面的袜子,其专有名词常被人称为裹腿的。我裁剪得如此出色,确实够得上大师的等级,只是我那乖蹇的命运把我扔在一边罢了。"

"好人都这样,"年长的接着说,"我常听说能人吃大亏;不过

---

① 复活节前的星期四。

您还年轻,还有时来运转之时。可是要是我没弄错,眼睛也没看错的话,阁下还有话留在肚里不想讲出来。"

"是的,我有。"年轻的答道,"正如您说的,不过我不想讲出来。"

对此,年长的说:

"那么,我可以对您说,我是您在遇到的人中间最善于保密的人了。为了让阁下敞开胸怀,把您的心里话告诉我,我愿意把自己的心里话先向您披露。因为,我感到冥冥中有种力量把我们的命运连结在一起了,这件事本身不无奥妙。我认为我们俩从今往后直到生命终结,都会是真正的朋友。我是贵族后裔,老家在富恩弗里达——一个高贵游客经常光临的名胜之地。我名叫佩德罗·德尔·林孔,家父的地位显赫,因为他是圣十字军的使者,也就是平民百姓所称的宣谕使。有几次我陪他去办公,我才明白宣示圣谕、散发免罪书①并不像猜想的那样有什么好处。然而,有一天,我却更喜欢因持免罪书获得的这笔钱,而不是免罪书本身了。当时我抓起一只钱袋,跑到通常能提供便利的马德里,没过几天就花光了口袋里的钱款,将钱袋折叠成结婚用的手帕形状一扔了事。可是负责钱款的人追上我,把我抓了起来。我处境不利,尽管那些先生见我年纪不大,他们还是心满意足地将我拴在门环上,在我背上鞭打一阵,还把我撵出京城整整四年。我耐心十足,耸耸肩,在挨了一顿鞭打以后,离开京城去执行流放。由于走得仓促,没来得及找到坐骑。我尽可能带了些自认为必需的贵重物品,其中还带了副扑克牌(说到这里,他从大翻领里拿出扑克牌),用这些牌,我跟人

---

① 给予参加圣战者的一种护身证书,持证者可以免去一些罪,还可获得一些钱,作为经济上的补贴。

玩二十一点,赢得了从马德里到此地一路住客栈的费用。尽管您看见的这些牌又脏又破,然而在行的人施展绝技做到自己底牌绝不会没"爱司"。如果您也是赌道行家,就会明白一个知道发给自己第一张牌肯定是"爱司"的人有多大好处,这张"爱司"既可充一点,又可充十一点用,有了这点好处,就可追加赌注,赌一个二十一点,这样,钱也就成为囊中之物了。因此,我还曾向某大使的一位厨师学习'摸四张',还有人们叫做'抽对子'的招数。正像您在裁剪裹腿方面经得起考验一样,我在玩扑克这一门学问上也堪称大师。因此,我肯定不会饿死街头,因为即使我走到农村,也会有人要打牌消遣的。所以,我们俩必须马上操演一番:我们要设置一张网,看看客栈这帮脚夫中有哪只笨鸟会掉进网里。我的意思是,我们俩就像真的那样来玩二十一点,如果有人想成为第三个牌手,那么他肯定是第一个输钱人。"

另一位说:

"听阁下一席有关您生平的话,受益匪浅,也太及时了,使我也不能向你隐瞒什么。简单地讲,我的情况是这样的:我生于萨拉曼卡与梅迪纳德尔坎波之间的一个虔诚的地方①。家父是个裁缝,他把他的裁剪手艺传授给我。我这个人心灵手巧,很快就学会剪开各种袋子。我对小村的狭隘生活及继母的冷淡对待感到恼怒,就离开家乡,来到托莱多干我这门手艺,我干得还真不赖。因为无论是存放头巾的装饰匣,还是深藏在妇女腰间的荷包都是我灵巧的手指和锋利的剪子光顾之处。连百眼巨人阿戈斯都看不住。我在托莱多待了四个月,从未让人抓到什么差错,也没受过法警的惊吓和为之逃奔,也没有人告我的密,可能是八天前,有个两

① 据罗德里格斯·马林考证,该地是萨拉曼卡主教所在地莫略里多。

面讨好之徒把我的才能告诉了市长,这点可是千真万确,该市长对我的事情深感兴趣,有意想见我一面,而我,出于自卑,不想和大人物打交道,就想方设法不与他见面。于是我匆忙出城,来不及准备坐骑,既没带钱,也没坐上回程马车,连敞篷车也搭不上。"

"过去的让它过去吧!"林孔说,"既然我们相识,就没必要摆什么阔气,也没必要骄傲;让我们坦率地承认我们没有钱,甚至连一双鞋都没有。"

"是这样。"迭戈·科尔塔多——这就是那个年轻人的姓名——答道,"我们的友谊,一定会像您林孔先生说过的那样永久长存,让我们用进圣餐的仪式来开始我们的友谊吧。"

迭戈·科尔塔多站起身来,亲切地紧紧拥抱林孔,林孔也同样拥抱了他。随后两人就用前面提到的那副牌玩起了二十一点,学起来毫不费力,玩时不耍花招,不做手脚,没玩几盘,科尔塔多就可以像他的老师林孔那样,可以随意地把"爱司"发在底牌的位子上。

这时候,一个脚夫走出来到门廊乘凉,要求加入玩牌,他们当然很乐意他参加,玩了不到半个小时就赢了他十二个雷阿尔和二十二个马拉维迪,这等于在他身上戳上十二枪,心里遭受两万二千次打击一般,脚夫以为这两个年轻人无力反抗,想从他们手中抢回这笔钱,可是他们俩,一个手执利剑,另一个则握住黄柄刀,将他整得够呛,若不是他的同伴出来解围,肯定他会倒大霉。

此时,在大道上来了一群骑马的人,他们准备到前面半里格处的阿尔卡尔德客栈午休。他们看到脚夫在和两名少年打架,就上前劝架并对两人说,如果他们上塞维利亚,可以同路而行。

"我们去那里,"林孔说,"一切听凭你们安排。"

于是,他们不再耽搁,跳上跟前的骡子,随那帮人扬长而去,留下那脚夫在一边生气,还有那个在旁边未被注意却听到他们说话的女店主,对这两个受过良好教养的流浪汉赞叹不已。当她告诉脚夫,她听到他们说起他们带来的扑克牌中有假时,脚夫气得直揪自己的胡子,要随他们去客栈讨回自己的钱,因为他说,他这样一个大个子却让两个年轻人给骗了,是一件极大的侮辱、丢面子的事。他的同伴阻止他,劝他别去,至少是为了不让自己的无能和老实可欺弄得人人皆知,最后,听了别人讲的那些理由之后,尽管他心情尚不平静,也只好无奈地留了下来。

与此同时,科尔塔多和林孔把那些一路上供养他们的赶路人侍奉得舒舒服服;尽管他们也有机会接触这些临时主人的钱箱物件,却不敢心存非分之念,因为他们不愿失掉去塞维利亚的良好机会,他们还怀着莫大的希望到那里去见世面。

就这样,在城门口过关卡时,乘别人忙于祈祷、登记和付税之机,科尔塔多情不自禁地想割开一个法国同伴的放在马后的箱子。于是他用刀将箱子划了一道又长又深的口子,箱中物品清清楚楚地露了出来,他小心翼翼地从里面抽出两件衬衫、一只日晷和一本记事簿,见到这些东西后他们心里不太高兴,原以为法国人放在马后箱子里放的是珠宝首饰,而不是那些无足轻重之物。他们还真想再来一下,但没有做,因为认为现在这样比较安全,别人不会发现短缺什么。

他们没再偷窃一直供养他们的人的东西,就不辞而别。过了一天,他们在阿雷纳尔门外的廉价市场上卖掉了衬衫,得了二十雷阿尔。事毕,他们去城里观光,对它的宏伟壮观的大教堂和往来河上的巨大人流大为惊奇,当时正是船队纷纷到来之时,其中有六艘大船,船的外观令他们赞叹不已,还夹杂着几分恐惧,害怕有朝一日由于自己的过失而让人押上船去,在那里度过终生。他们发觉有许多年轻人,拿着小篮筐在那里走动,就问其中一个这是干什么,干起来是否费力,有什么赚头。

被他们询问的阿斯图里亚斯小伙子答称,干这种工作很轻松,不用上税,做几天可以赚五六雷阿尔,有了钱就可以有吃有喝赛国王,可以随意寻找他所信赖的、在他需要时又能供他吃饭的主人。而这样的主人,在全城哪怕最小的酒馆里随时都能找到。

这两个朋友觉得和这个阿斯图里亚斯小伙子交往不错,对这种工作也没有不满,他们觉得合适,是因为他们肯定可以利用这种关系作掩护,安全地干自己的事,也因为这种工作为他们进入各家各户提供方便。于是,他们决定购置使用的必要工具,以便到时候不用检查就能派上用处。他们问阿斯图里亚斯人他们该买些什么,他的回答是,每人一个新的干净小袋子,每人三个棕榈叶做的篮筐,两大一小,里面分别摆上肉、鱼和水果,袋子里放面包;他将他们带到售货点,他们则用从法国人那里偷来之物变卖的钱买了这一切。根据示范的情况看来,他们用不到两个钟头就能在这新工作中毕业。他们的摊位领班则告诉他们该上那里工作;早晨,该去肉店和圣萨尔瓦多广场;鱼市日要去科斯塔尼利亚,下午去河那边;星期四去集市。

他们将这些课程牢记心头,第二天一大早,他们来到圣萨尔瓦多广场。他们一到,干这行的其他小伙子就把他们团团围住,因为他们所用的袋子和篮筐全是新的,在这广场上很显眼,大家问了上千个问题,他们的回答既机警又有分寸。这时候,来了一个中等身材的学生和一名士兵,他们为新来者干净的篮筐所吸引,那个像学生的和科尔塔多打招呼,而士兵则和林孔打招呼。

"看在上帝分上。"两人说道。

"开张大吉,"林孔道,"先生,您是第一位顾客。"

对此，士兵答道：

"当第一个顾客不坏啊，我是来采购的，我正在恋爱，今天我要设宴款待一下女友的朋友。"

"那就请随意挑选，我可以提着篮子帮您在市场上挑选，如有必要还可以帮您准备，这一切我都十分乐意做。"

士兵对林孔献的殷勤极感满意，对林孔说，如果林孔愿意，他可以帮他跳出这个卑微低下的行当。对此林孔回答说，他是头一天干这活，还不想那么快就跳槽，至少要看看行情好坏再说，等到感到不满意的时候，他答应一定去为他效力而不是为牧师效力。

士兵莞尔一笑，他买了不少东西，还把女友的住处指给林孔看，以便今后有事时让林孔来陪她。林孔答应说，一定做得又好又可靠。士兵给了他三夸尔托，他为了争取时间，不坐失良机，就飞快跑回广场，阿斯图里亚斯人就曾提醒他要勤快，并说，如果篮子要装小鱼，最好装一点鲌鱼、沙丁鱼或鲽鱼，以供人品尝，至少可供当日消费。然而，这一点一定要机灵、清醒，切莫失信，这可是这方面最重要的事。

林孔很快走回去，在原来的地方找到了科尔塔多。后者过来问他情况如何，林孔展开手掌给他看那三枚夸尔托，科尔塔多则将手伸进胸口，掏出一只钱袋，一只过去曾装香袋的袋子，扬扬得意地说：

"那个读书相公给了我这个钱袋和两枚夸尔托，林孔，为了以防万一，由你来拿着这只钱袋。"

他正悄悄地将钱袋交给林孔，只见那个学生神色慌张，浑身冒汗，拼命地跑回来，见到科尔塔多就问是否见过一只如此这般的袋子，里面放有十五个金埃斯库多和三枚当二的银雷阿尔和许多当四和当八的马拉维迪。现在弄丢了，所以想问一下当时与他在一

起,边走边买东西时是否拿了口袋,对此,科尔塔多面不改色若无其事地掩饰道:

"我只能说,要不是您没有收藏好,这只袋子是不该丢的。"

"说得是,这全怪我。"学生答道,"准是我放得不小心才让人偷走的!"

"我也这么认为,"科尔塔多道,"不过事情只要不到绝地,总还是有办法补救的。您现在首要应做的是耐心,要知道希望在人间,昨天办不到的事,明天就有可能办到,从哪里拿走的会在哪里还您,随着时间的推延,说不定那个拿走钱袋的人会来向您忏悔,并且加利奉还您的钱袋。"

"要是这样,倒可以原谅他。"学生说。

科尔塔多接着说道:

"何况,还有革除教籍令①呢,而勤奋是幸运之母;事实上,我才不想当这个拿钱袋的人,因为要是您带有什么圣令的话,在我看来,岂不是已犯有对圣母大不敬的亵渎罪了。"

"怎么会犯了亵渎神明罪呢!"学生难过地说,"我又不是教士,只不过是几个修女的圣器看管人,钱袋里的钱是活动基金的三分之一,是我的一位教士朋友让我收集的,是一笔神圣的钱。"

"各人自扫门前雪,"这时候林孔插进来说,"是不会有好结果的。报应的日子总会来到,到时候一切都会水落石出的,那时候就知道该和谁打交道,谁是那个胆大妄为敢拿走、敢偷窃和敢危及教堂三分之一活动基金的人。请您告诉我,圣器看管人,一年的年金是多少。"

"什么婊子养的年金! 我现在是来谈年金的吗?"圣器看管人

---

① 古代主教或宗教法庭对犯有盗窃行为的人的一种处罚。

极度愤怒道,"兄弟,你要是知道什么,就告诉我,要是不知道,你就和上帝待在一起吧,我还要为钱袋发追查通告呢!"

"我认为这个办法不错。"科尔塔多道,"不过您要注意,别忘记说明钱袋的特征,也别忘记袋内的确切钱数,要是弄错一分钱,那就永无发现的日子了,我把这个看作天意。"

"这倒不怕,"圣器看管人答道,"我记得清清楚楚,一丁点儿也不会错。"

这时,他从腰袋里抽出一块镶边手帕,擦拭从脸上犹似从蒸馏器上流下来的汗水,科尔塔多一见手帕,就马上想把它攫为己有,于是当圣器看管人走开时,他就跟着他一直走到拉斯格拉达斯,在那里,把他叫到一边,说了那么一大堆胡言乱语,也就是被称为"模棱两可"的话,讲的是偷窃和寻找钱袋的事,在话里给了他一些美好的希望;话一说开,就滔滔不绝,没完没了,搞得可怜的圣器看管人晕头转向。由于他不大明白他说的什么,就恳求他重讲了两三遍。

科尔塔多眼睛死盯着对方的脸看,圣器看管人也同样地盯着他看,而不说一句话。这种如痴似醉的入迷情景使科尔塔多得以施展其最后绝招,轻轻地从他腰袋里抽出那块手帕,接着就向他告别说,下午设法到老地方去看他,因为对方的眼神告诉他,有一个与他职业相同,身材相仿的小偷,偷了他的钱袋,所以他有必要打听到这个人,时间多少倒不限。

这样,圣器看管人才稍感宽慰,与科尔塔多道了别;后者走到在一旁注视着他一举一动的林孔那里,他旁边还站着一个小伙子,身边摆着一只篮筐,小伙子看到了事情的全过程,也看到科尔塔多如何把那块手帕交给林孔的情景,于是就走过来对他们说:

"哥们儿,请告诉我,你们是否拜过山门?"

"小伙子,我们不明白您说什么。"林孔答道。

"你们不明白吗？穆尔西亚人。"另一个问。

"我们不是底比斯人,也不是穆尔西亚人。"科尔塔多道,"您有什么事请说,要是没有,请走人。"

"你们还不明白？"小伙子说,"我来让你们明白,并教会你们用银刀喝酒,我是说,先生们,你们是不是窃贼。不过我不知道为何还要问你们这个问题,因为我已经知道你们是窃贼,不过,请告诉我,你们为什么没先登莫尼波迪奥先生的山门？"

"在本地偷窃要交份子钱吗?"林孔说。

"如果没交钱,"小伙子答道,"你们至少要到莫尼波迪奥先生处打个招呼,他是你们的家长、靠山、师父和保护人。所以我奉劝你们跟我去投他门下,受他指挥,没有他的同意,你们可不能偷东西,否则将付出极大的代价。"

科尔塔多说道:"我还以为偷窃是项自由职业,可以免税,不上交东西,即使要交,也是通过保人堂而皇之从前门进去或者悄悄从后门进去总的交一次。不过,既然如此,每个地方有自己的规矩,我们就入乡随俗;因为世界上最要紧的事就是要做得面面俱到,恰到好处。现在请阁下把我们带到您说的那位先生那里,根据我听到的情况来看,我已经具备了条件,我是那么精熟,在这方面干得是那么灵巧和出类拔萃。"

"怎么？您已经熟练、灵巧和万无一失了！"小伙子说道,"要是这样,四年后,您将成为我们的老大和家长了,也就不会再有四个人被罚枷刑,三十人遭鞭刑,六十二人上船做苦工了。"

"确实,先生,"林孔道,"我们很快就会听懂行话了。"

"我们走吧,路上我要把另外一些有用的行话教给你们,你们知道,以后就会如鱼得水。"

这样,在他们交谈中,顺便就把常用的黑话教会了他们,路途不短,谈得也不少,途中林孔问向导:

"兴许您也是小偷吧?"

"是的,"他答道,"为了给上帝和好人效劳;虽然我还没学到家,只是个新手。"

对此科尔塔多答道:

"在世上,做小偷是为了给上帝和好人效劳,这种说法倒是挺新鲜。"

"先生,我不谈自己不懂的事,我所知道的是,每个人在本行工作中都可以赞美上帝,再说,这也是莫尼波迪奥对全体属下成员下的命令。"

"毫无疑问,"林孔道,"让窃贼给上帝效劳谅必是件神圣好事。"

"是件非常神圣的好事,"小伙子答道,"我不知道我们的这门技术还能怎么改进。他吩咐从我们偷窃来的财物中捐出一点来,为本城人极崇敬的圣像点灯上油。事实上,我们从中也看到极大的好处;因为,他们过去会对曾偷过两头驴的贼施以酷刑,把他们折磨得骨瘦如柴,染上四日疟恶症,他们就这样地受尽折磨连忏悔都不给做。所以我们要靠虔诚的祈祷来完善我们的偷窃术,因为单靠个人的力量还抗不住掌刑人的第一轮鞭打。我知道你们一定会对我说过的某些词提出疑问,我愿意防患于未然,在你们提问前把这些词先给你们解释一番。你们知道,cuatrero 就是盗牲口贼,ansia 是酷刑,rosnos 是驴(讲时要讲声"原谅"),primer desconcier-to 是掌刑人的第一轮鞭打。我们还规定:一星期的各天都要做念珠祈祷,许多人星期五不盗窃,星期六不能同叫玛利亚的女人谈话。"

"我将把这一切看做珍宝,"科尔塔多说,"不过请告诉我,除此之外是否还要归还窃物和做忏悔呢?"

"归还的事不应该说,"小伙子说道,"因为这不可能,大部分偷窃来的物品都被分掉,从神职人员和新婚夫妇身上偷的东西各异,所以,也就无法归还,何况也没有人吩咐我们这样做,我们也从不忏悔;倘若人家发出开除教籍令,我们决不会知道,因为我们从不到教堂去看告示,当然,碰到教堂大赦日,那里人群拥挤,为我们提供挣钱的机会则另当别论。"

科尔塔多说:"这些先生凭所做的这一点微末小事,就能说他们的生活是神圣和美好的吗?"

"这有什么不可以?"小伙子反驳道,"当异教徒,变节者,弑父母者,鸡肝犯,不是比他们更糟吗?"

"您是想说鸡奸犯吧!"林孔道。

"我说的就是它。"小伙子道。

"这些都不是好人。"科尔塔多说,"不过既然我们命中注定要加入这个帮会,就请您走得快一点,我现在真正急着想见到这位具有那么多美德的莫尼波迪奥先生。"

"您很快就会如愿以偿,"小伙子说,"从这里已然看得见他的房子。请在门口等着,我进去看看他是否有空,因为现在是他通常会客的时候。"

"但愿来得正是时候。"林孔说。

于是小伙子往前走几步,一个人走进一幢外表看来不太像样,甚至可说很不像样的房子,另两人则在门口等候。不久,小伙子出来让他们进去,并把他们带到一个铺砖的小院里稍候。小院子被擦洗得干干净净,看上去像在地上泼上一层最细的洋红染料。院子的一边放有一只三脚凳,另一边是一只豁口的坛子,上面还搁着一只豁口更大的单耳罐;院子的另一处铺着一张草席;院中央放着一个瓦盆——在塞维利亚这种盆子叫作花盆——罗勒草。

两个年轻人正专心致志地观看周围的一切时,只见莫尼波迪奥先生走下楼来。见时间还来得及,林孔乘隙走进院子里的两个小厅中的一个底厅,见到里面有两把剑和两个软木盾牌挂在四根长钉上,一张没有套套子,也没有什么遮盖物的大弓,还有三张席子铺在地上。正面墙上贴着一张圣母像,人物画得属于蹩脚的一种;下方,挂着一只棕榈叶编的耳筐,壁上嵌放着一只白色碗钵。林孔推测这种小筐是用来放施舍物的容器,碗钵用来装圣水,事实证明了他的推想。

这时,进来两个年约二十岁,身穿学生装的年轻人,过不多久,又进来两个手拿小篮筐的人和一个盲人。大家默不作声地在院子里踱步。不久,进来两位身穿薄呢衣服的老人,戴着眼镜,使他们显得庄严,令人肃然起敬。老人手上拿着念珠,数念起来窸窣作响。他们之后进来一个老妪,穿一件肥大的裙子,一声不吭地走向客厅,喝了口圣水,极其虔诚地跪在圣像前,良久,再吻了一下大地,举起双臂,抬眼望天一阵,才慢慢地站起身来,把她行乞得来的钱投进小篮筐,然后,和其他人一起走到院子里去。总之,院子里不久就聚集起十四个服饰各异、职业不同的人。最后又到来两个威武的小伙子,他们长着八字胡,戴宽檐帽,衣服有大翻领,穿彩色长袜,缠着一大堆带子,他们还佩带违禁的宝剑,每人在原来别匕首的地方别了一把手枪,腰上挂着小木盾。这两人,一进来就斜眼看林孔和科尔塔多,脸上露出奇怪和不认识他们的表情。两人过来问他们是否帮会里人,林孔答是,还表示愿为他们效劳。

这时候,一眼就知是那个卓有成效的帮会的成员如此盼望的莫尼波迪奥先生走了下来。看上去他年约四十五六岁,身材魁梧,脸色黝黑，眉头紧锁，长着一把浓密的黑胡子和一双深邃的眼睛。身穿一件衬衫，敞开的胸口露出一片浓毛，多得犹如一座密林。他穿的一件薄呢斗篷几乎长达脚面，脚上趿拉一双平底便鞋，腿上套一条肥大的长达脚踝的灯笼裤，头戴一顶二流子戴的钟形礼帽，一根皮带从右肩斜挂身子左侧，上佩一把宽宽的短剑，像那种"小狗子剑"①；他的手很短，有毛，手指粗壮，弯弯的指甲有点女性化。两腿与其人不甚相称，而双脚却出奇宽大，拇指骨向外突出。实际上，他是世上最粗俗、丑陋的野蛮人的代表。和他一起下来的是他俩的向导，后者拉住他们的手，向莫尼波迪奥介绍他俩道：

"这两位就是我跟您说过的好小伙子，莫尼波迪奥先生。请把他们留下来谈谈，看是否够格进我们的组织。"

"这个我很乐意做。"莫尼波迪奥回答。

我刚才忘了说一下，当莫尼波迪奥下来，走到全体人员等候他的地方时，除他们两个不懂事的人外，其余的人都向他脱帽致意，这在他们内部叫做"例行公事"，然后再继续他们的庭院踱步。在院子的另一边，莫尼波迪奥在边走边问新来者的家乡、父母亲及职业等情况。

对此，林孔答道：

"干什么事已经说过，我们来此就是听您的吩咐，至于籍贯，我觉得说不说不太重要，父母的事我想也是如此，因为不像为获得荣誉骑士团称号那样必须上报材料。"

对此莫尼波迪奥答道：

"孩子，说得对，这种事隐瞒要比说出来更好；一旦时运不佳，

---

① 据传一个绰号叫"小狗子"的摩尔人所铸的剑，当时遐迩闻名，故名"小狗子剑"。

那么在书记员签字下面或在入会书中留有如下的文字也不太合适：'某人，系某某人之子，原籍某地，某日被判处绞刑或鞭刑'等等，至少听起来难听。所以我重申：登记时最好不写原籍和父母的姓名，连自己的真名最好也改掉，尽管我们之间毫无必要做什么隐瞒。只是现在，我想知道两位的尊姓大名。"

于是林孔讲了自己的姓名，科尔塔多也讲了。

"那么从今以后，"莫尼波迪奥道，"我想，我也希望，你林孔就改名叫林孔内特，你科尔塔多呢，就叫科尔塔迪略。这两个名字既与你们的年龄相当，也符合我们的帮规。按照帮规，有必要知道我们成员的父母的姓名，因为通常我们每年要为我们过世的成员及恩人的亡灵做弥撒，并从偷盗来的钱财中取出一部分救济他们的父母，而这种弥撒和救济，据说就是通过代祷的途径利用亡灵进行的。我们的恩人包括：为我们辩护的检察官，给我们通风报信的警官，同情我们的掌刑人，还有当我们中有人在街上奔逃，后面又有人喊叫'抓贼，抓贼''抓住他，抓住他'时，那个突然冒出来一边插进并挡住追踪的人流一边说'让这个可怜人走吧！他也够倒霉的啦！'或'你上那边可以找到他，去惩罚他的罪孽吧'等话的人。我们的恩人还有用汗水救援过我们的人，还有在监狱里和在船上服苦役时曾向我们伸出援助之手的人，恩人也包括我们的亲生父母，还有书记员，他如果处事谨慎，将是个身无瑕疵、无懈可击的人。由于上述那些人的帮助，我们每年的盛典才能办得如此隆重，富有气派。"

林孔内特（现在已改用此名）说：

"的确，据我们所知，这只有像阁下这样有高深学问与才智的人才想得出。不过我们的父母还健在，如果我们将来能活着见到他们，定将这里的保护我们幸福生活的兄弟般的情谊告诉他们，还要把您讲话中提及的通常为亡灵代祷,祈求免灾而举行的,即使不是格外隆重和气派也是相当隆重和有气派的盛典禀告他们知晓。"

"是这样的,否则我们将无法生存立足。"莫尼波迪奥答道。

这时他把那个向导叫来,对他说:

"过来,甘丘埃洛,布哨了没有?"

"布哨了。"名叫甘丘埃洛的向导说,"有三个岗哨在那儿警戒,不用害怕遭到突然袭击。"

莫尼波迪奥说:

"那么我们回过头来讲一讲我们的打算。孩子,我想了解一下你们会些什么,以便根据你们的兴趣和能力分配你们任务。"

林孔内特答道:

"我会一点扑克牌花招,懂得各种各样牌戏,有的驾轻就熟,有的玩得很精,有的单独打,有的要连档码子从中配合,用什么窥探术、连档暗示指路术、瞒天过海术等招数。"

"基本可以,"莫尼波迪奥道,"不过这些都是大家早已知道的招数,是一些老套式,连初学者都知道的,只能骗那些头脑特别简单、半夜里会让人宰掉的人。不过只要过些时日,就会改观的。在这个基础上我再给你们上五六次课,指望上帝把你们培养成出色的能手,没准还会造就成为大师呢。"

"我们将用这一切为您效劳,为我们帮内的大爷们效劳。"林孔内特答道。

莫尼波迪奥问:"你呢,科尔塔迪略,你会些什么?"

科尔塔迪略答道:"我会那种'伸手指进口袋掏钱'的招数,会准确熟练地掏别人的腰包。"

"还会别的什么?"莫尼波迪奥道。

"不会了,我真无能。"科尔塔迪略回答。

"别难过,孩子。"莫尼波迪奥说,"你们到了这里,到了这个学校,就不要烦恼,而要好好发挥你们的特长,取得满意的结果。孩子们,你们有胆量没有?"

林孔内特答道:"没说的,有胆量,我们有的是胆量,为了提高我们的技能,我们什么都敢干。"

"很好。"莫尼波迪奥道,"不过我想,必要时,你们也要忍耐,不能想说什么就说什么,要学会守口如瓶。"

"在这里,我们知道'忍耐'是什么意思,"科尔塔迪略道,"有了胆量,就可以对付一切,因为我们不是无知到不知道什么叫祸从口出的程度,苍天赐给敢作敢为的人的恩泽如海般深,所以无论他在生前或死后都不能给人留下任何话柄,否则他就是个孬种。"

"行了,不需要多讲了!"这时莫尼波迪奥说道,"就你这句话就使我相信,硬是说服了我,从此以后,你们俩就是我手下的弟子,一年后师满出道。"

"我也这么认为。"一个壮汉说。

在场的人都众口一词地附和,足以证明大家都一直在倾听他们的谈话,他们要求莫尼波迪奥立即同意并允许他俩享有会员豁免权,因为他们讨人喜欢的仪态风度及出色的谈吐完全配得上这一切。

莫尼波迪奥的答复是,既然大家都满意,他也同意,但必须提醒他们,大家都很看重他俩,这样,他们所得的第一批窃物就不用付一半年费,在整整一年时间里不用干小杂活。所以最好能知道,不可将捐赠者给他们会员兄弟的字据带到监狱或家里;不可喝醉酒;不必得到头儿的许可,可以在他们愿意的时间、方式和地点举行宴会;作为一名成员,他们理所当然可以去师兄们的地盘;还可得到其他一些被他们视作特殊恩惠的东西。其余的人以谦恭有礼的口气向他俩致意。

正在这时候,一个小伙子气急败坏地跑进来说:

"巡逻警官正向我们这里走来,不过身边没带法警。"

"谁都不要乱动,"莫尼波迪奥道,"他是朋友从来不找麻烦,要镇定,我出去和他谈谈。"

大家都镇定了下来,尽管还有点害怕,莫尼波迪奥走出门口,正好与警官相遇,就和他谈了一小会儿,然后,他重又进来问道:

"今天谁在圣萨尔瓦多广场?"

"我。"那个当向导的说。

"那么,"莫尼波迪奥说,"今儿早晨在那儿有人丢失一只琥珀钱袋,袋里装有十五个金埃斯库多和三枚当二银雷阿尔,还有记不清楚几枚当四和当八的马拉维迪。你怎么没跟我说过?"

"的确,"向导说,"今天那儿有人丢了钱袋,可是我没拿过,也想不出是谁拿走的。"

"别和我耍花枪!"莫尼波迪奥道,"钱袋一定要找到,因为警官已经来要,他是我们的朋友,他一年为我们做过上千桩好事!"

小伙子再次赌咒说他不知此事,惹得莫尼波迪奥先生开始动气,只见他两眼喷射着怒火,他说:

"谁也别想破坏我们的哪怕最小的一点规矩,否则就要以生命作代价!你把钱袋交出来,如果你是为了不上交份钱而藏匿不报,我可以替你补足这笔钱,哪怕倾我所有也在所不惜,因为无论如何我一定得让警官满意。"

小伙子再次发誓赌咒,甚至开口咒骂,一边声明他没拿过这样一只钱袋,连看都没看见过,而这对莫尼波迪奥不啻火上加油,帮内成员们看到帮规会章遭到破坏,也喧嚷开来。

　　林孔内特看到大家如此喧闹不安，争执不休，觉得最好还是能让火冒三丈的头儿平静并高兴起来，于是在征得科尔塔迪略同意以后，代表他们俩，将圣器看管人的那只钱袋取出来说道：

　　"先生们，别吵了，钱袋在这里，警官所说的钱数一个子儿也不少；这是今天我的伙伴科尔塔迪略弄到手的东西，此外，还从失主那里搞到一块手帕。"

　　科尔塔迪略随即拿出那方手帕，让头儿过目。莫尼波迪奥见到后说：

　　"好样的科尔塔迪略——从今往后，这就是你的雅号了，手帕你留着吧，你这样做，我已经十分满意了。警官一定要拿回这只钱袋，因为他是失主的亲戚；这正如谚语说的：'从别人给你的母鸡身上掰下一只鸡腿送人不算多。'因为这个好心的警官会在某一天我们万一失手时，对我们的行动假装不见。"

　　大家交口称赞两位新来者的绅士风度，同意他们头儿的意见和决定，科尔塔迪略已被认可外加雅号"好样的"，就好像他就是那个从塔里法墙头扔出刀子，让人杀死自己独生子的"好样的"堂阿隆索·佩雷斯·德·古斯曼①。他们的头儿这时已经出去将钱袋还给警官。

　　莫尼波迪奥回来时，同他一起进来了两个姑娘，她们打扮得花枝招展，猩红的嘴唇，粉白的前胸，披一件双面斜纹布做的半长斗篷，一副坦然自若、不带半点羞涩的神态，这是这种地方的人的明显标志。林孔内特和科尔塔迪略一见，就知道她们是烟花女子。

────────────

①　西班牙古代贵族，防守塔里法要塞时，敌人把他九岁的独生子绑上双手，拉到要塞前要他投降，否则将他儿子处死。他对敌人说："你们如果没有匕首去执行这种罪恶行径，把我的匕首拿去。"他在墙头目睹了野蛮的处决。敌人遭受重大失败后，不得不撤围。

这是绝对不会有错的。她们一进门，就张开手臂，一个扑向奇基斯纳克，另一个扑向"铁手"——这是两位壮汉的名字。"铁手"就因为他带有一只铁手，来替换那只因犯法而被砍掉的真手。他们极其兴奋地抱住她们，问她们是否带来能润口的饮料。

"怎么，怕没有酒喝吗？我的大剑客。"那个叫加南西奥莎的回答，"你的仆人西尔瓦蒂略①马上就到，带着为上帝效劳的一筐漂白剂。"

真是这样，因为没过多久就进来一个年轻人，带着一筐用布盖住的漂白剂。

西尔瓦托一进来，大家都兴高采烈，同时，莫尼波迪奥吩咐从屋里拿一张草席出来，铺在院子中央，他让大家围着席子坐好。他现在火气已经消退，所以将事情处理得格外妥帖。这时候那个向神像做完祷告的老妪说：

"莫尼波迪奥孩子，我不是来参加庆典的，因为这两天我脑袋昏昏沉沉，弄得我几乎快疯了；再说我在中午前得做完祈祷，得在降水圣母和圣阿古斯丁教堂的耶稣受难像前点上蜡烛，暴风雪一来，这些就做不成了。然而，我来这里是因为昨晚'莽汉'和'赤蜈蚣'将一筐漂白剂扛到我家，那只筐比这一只略大些，里面装满了白衣服，我敢起誓，白衣服上都带有碱水渍，可怜的人是不可能去掉那些污渍的。他俩来时汗流浃背，看到他们进来时气喘吁吁，天使般的脸上汗如雨淋的情景，不由得产生一丝同情之心。他们告诉我，他们在跟踪一个在肉市卖肉的牧主，看看是否有可能从他携带的大钱袋里捞到点什么。出于对我的完全信任，他们既没从筐中取出衣服，也没有点数就交给了我。多亏上帝保佑，我们诸事如

---

① 西尔瓦蒂略即后面提到的西尔瓦托，西尔瓦蒂略是爱称。

意,而又不触犯法律。至于那只筐子,迄今我一直没碰过,依然保持着原来的样子。"

"大家都相信您,大妈,"莫尼波迪奥道,"筐子要是还在那里,到傍晚时我过去看看,里面究竟装些什么,然后,按照惯例,保证每人都能得到一份应得的东西。"

"听从你的安排,孩子。"老妪说,"时候不早,我该走了,要有的话,请给我喝一口,慰劳一下我的胃,因为连续奔走它快要饿昏了。"

"您就喝吧,大妈!"这时候加南西奥莎的同伴埃斯卡兰塔说。

她把篮筐打开,篮筐里有一个内装两阿罗瓦①酒的皮酒囊和一只装一阿孙勃雷②酒还绰绰有余的小软木桶。埃斯卡兰塔在小桶里倒满酒,送到十分虔诚的老妪手中,她接过小桶,一边吹开一点泡沫,一边说:

"倒的真不少啊,埃斯卡兰塔孩子。这酒喝了以后上帝就会给你力量。"

于是她把小酒桶放到唇边,一口气就把桶里的酒全部倒进胃里,喝毕她说:

"是瓜达尔卡纳尔酒,先生,虽然还带有一点石膏味。上帝会安慰你的,孩子,就像你已经给了我安慰那样。怕只怕我会不舒服,因为我还没吃早饭呢。"

"不会不舒服的,大妈,"莫尼波迪奥道,"因为这是三年陈酒。"

"这样,我盼望到圣母那里还能吃到它。"老妪答道。接着她

---

① 重量单位,合二十五磅。
② 容量单位,约合二升。

又说：

"孩子，你们看看带没带钱，我想买点祈祷时用的香烛，因为我匆忙出来告诉你们那只篮筐的消息，把钱包忘在家里了。"

"我有，皮波塔太太（这就是这位善良老妪的名字），"加南西奥莎答道，"您拿着，这里我给您两个当四的银雷阿尔，其中一个，请您代我买香烛，把它献给圣米格尔先生；如果够买两份，则将另一份献给圣勃拉斯先生①，他们两位是我的守护神。我还想给光明圣母献上一份香烛，因为我也曾为自己的眼睛许过愿，不过现在我没带零钱，改天这些愿我一定要还的。"

"你这样做太好了，孩子，你要不受苦难就切切注意：离开尘世前要由你本人而不是等自己的继承人或遗嘱执行人在你面前点上香烛，这是至关紧要的。"

"您说得对，皮波塔大妈。"埃斯卡兰塔说。

她说着将手伸进钱袋，又给了老人一个当四的银雷阿尔，托她向另几位她认为最管用和她最感激的圣徒点两支蜡烛。接着，皮波塔边走边向大家说：

"孩子们，尽情玩吧，趁现在你们有时间；但是人总有老的一天，到时候你们也会像我现在这样哭泣，为你们自己徒然失去青春而哭泣。请你们在祈祷时让上帝保佑我，我要求求上帝在保佑我的时候也保佑你们，因为是他使我逢凶化吉，免受法庭的干扰。"

说完，她就走了。

老妪走后，大家围席而坐。加南西奥莎把桌布当罩布铺在席上，从筐里首先拿出的是一大堆萝卜，十几只橙子和柠檬，然后是

---

① 作者在这里安插的两位圣徒是有其用意的。圣米格尔以其践踏魔鬼的无上胆略著称，圣勃拉斯则是咽喉疾病的克星。这里是祈祷圣徒他们以勇气，同时保佑他们免受绞刑之罪。

一只大砂锅,里面盛满炸鳕鱼片。之后,又拿出半块佛兰德奶酪,一锅有名的油橄榄,一盆虾和螃蟹,用辣椒泡制过的令人口干舌焦的刺山柑果,甘杜尔的精白面包,这些足够供十四人吃一顿午餐。他们中间谁也没拿出黄柄小刀使唤,只有林孔内特抽出那把短剑。两个穿薄呢服的老人和那个向导就着蜂窝状软木桶喝酒。正当他们开始向橙子进攻时,突然听到敲门声。莫尼波迪奥叫大家镇定,他自己走进矮客厅,摘下一块盾牌,一手持剑走近门边,用骇人的声音问道:

"是谁?"

"是我,不是外人,莫尼波迪奥先生,我是塔加雷特,今天早晨放哨的。现在我是来报告,胡利安娜·拉·卡里哈尔塔在这里,她蓬头散发,哭得很伤心,好像遭到什么不幸似的。"

这时,刚刚提及的那个女人已经走到门口,仍啜泣不止,莫尼波迪奥听到是她,就把门打开,吩咐塔加雷特回去放哨,发现动静及时报告。他说一定照办。卡里哈尔塔走了进来,她是操这类生涯的众多女性中的一个。只见她披头散发,脸上青一块紫一块,一走到院子就突然晕倒在地。加南西奥莎和埃斯卡兰塔急忙过去搀扶她,解开她的胸口一看,发现到处乌青,像是打伤的。有人用水浇她的脸,她一醒过来就大声说道:

"上帝和国王的审判会降临到那个不要脸的贼身上,降临到那个胆小如鼠的扒手和长满虮子的无赖身上。我曾多少次在枷锁上为他修胡子,我真倒霉! 你们看,我在为谁虚抛青春和如花年华,就是在为这么一个没良心的、一再作案、无可救药的无赖在虚抛光阴啊!"

"定定神,卡里哈尔塔,"莫尼波迪奥这时说,"今天我在这里,就要为你主持公道。吐出你的委屈,要知道本人的诉说比报仇本身更重要。告诉我,你是否与老板①有点那个,如果是这样,你又想报仇,只要你说句话就行。"

"什么老板?"胡利安娜答道,"我感到自己就像在地狱里。如果说他像绵羊群里的一头狮子,我就像是男人堆里的一只羔羊。跟狮子在一起,我还能吃上安逸饭,睡上安稳觉吗?你们先看看,我一身的肉都像是被胡狼啃过的。"

说完,她把裙子揭起直到膝盖处,甚至更高的部位,只见满是紫斑乌痕。

她接着说道:"那个没良心的雷波利多把我打成这样,要知道他欠我的比欠生他的母亲的还要多,请问对他的所作所为,你们是怎么想的?去他的,还说他这么做都是我的不是,给了他机会!不是的,当然不是。只因那天他赌输了钱,派他的女仆卡夫里利亚斯来向我要三十雷阿尔,我给了他不到二十四雷阿尔,这可是我赚来的辛苦钱,我恳求苍天能减轻一点我的罪孽。他却认为我隐藏了他脑子里认为我可能赚得的钱,为了报答我的这份礼物,今晨他把我带到御果园后的田野里,走到几棵橄榄树中间,把我的衣服剥光,拿起他的皮腰带,连上面的铁头也不除掉(这个我看得很清楚),就狠狠地抽我一顿,打得我死去活来,你们看到的青紫块就是铁证。"

说到这里,她又提高嗓门,要求主持公道,莫尼波迪奥和在场的其他彪形汉子于是再次答应一定主持公道。

加南西奥莎握住她的手,边安慰她边告诉她,要送她一件最好的首饰,因为她的情人给过她不少这样的首饰。她说道:

"因为,要是你现在还不知道,我希望你知道,卡里哈尔塔姐

① 指妓院老板。

妹,彼此相爱的人也会相互折磨;这些无赖揍我们,鞭打我们,脚踢我们的时候,也正是爱我们的表示,如果不是,请你发个誓,坦白告诉我,在雷波利多揍你并把你整垮以后,难道就没对你来一点儿爱抚温存吗?"

"何止一点?"泪人儿答道,"他给了我千千万万的温存,非常想和我一起走进他的住所,甚至我还觉得,经过对我一番折磨后,他的眼泪都快夺眶而出了。"

"这是毫无疑问的,"加南西奥莎接着道,"当他看到你被打成这个样子时,他是会痛苦得哭起来的。这种男人,在这种事情上,只要他懊悔了就不会再犯。大姐,你会看到,我们还没来得及离开此地,他就会来找你,求你宽恕他的过去,会像一头羔羊似的向你屈服。"

"确实,"莫尼波迪奥道,"假如那个向你表示亲热的懦夫,对自己所做的错事都不肯先表示悔过,他就不能迈进这扇大门。对一个为人诚实,赚钱收益上堪与站在面前的加南西奥莎媲美的卡里哈尔塔,他居然敢用手揍她的身子,而且揍她的脸,看我不好好教训他!"

"哎,"这时胡利安娜说,"莫尼波迪奥先生,对那个该诅咒的,你也别说得那么坏,再说,不论他有多坏,我还是打心眼里喜欢他。刚才我的朋友加南西奥莎的一席劝说已经使我回心转意。我还真想就去找他了。"

"听我说,你先别去,"加南西奥莎答道,"你要去了,他反而会装腔作势,摆架子,拿你当孩子耍。要镇静,大姐,不用多久,你就能看到他会像我所料的那样向你忏悔。要是他不来,我们就写一首使他难堪、痛苦的打油诗送他。"

"对,"卡里哈尔塔道,"我就有上千件事好写。"

"如有必要的话,我来执笔。"莫尼波迪奥说,"尽管我还不是什么诗人,只要咬咬牙,我还是有胆量马上动笔,而且能轻而易举地涂上两千首诗的。一旦写出来的诗不尽人意,我还有个理发师朋友,是个大诗人,随时可以为我们填诗。不过,现在我们该做的事是尽快结束我们的午餐,然后,去做其他事情。"

胡利安娜欣然听从头儿的话,大家都进去用餐。不多久,便吃得篮筐见底,酒袋朝天。老人们喝个没完,年轻人是酒足饭饱,妇女们也喝得尽兴。老人要先走一步,莫尼波迪奥表示同意,当即托他们,如果有能为大家招财进宝的好消息,要及时告知。他们答称一定好好留神,说完就走了出去。

出于好奇心,在先请求原谅并得到允许的情况下,林孔内特问莫尼波迪奥,在这个帮会里,那两个神情严肃、仪表堂堂的白发老人起什么作用。对此,莫尼波迪奥回答说,在他们的黑话中,那两人叫作"眼线",他们的作用是:白天到处游走,在全城察看晚上可以去哪一家试探;跟踪那些在做买卖时或从造币厂出来时露财的人,打听他们究竟把钱带到哪里,甚至存在哪里;知道以后,就去刺探那座房子的墙的厚度,标出打壁洞最合适的地方,以便别人能顺利进入。最后,他说,在这个帮会里,这样的人用处极大。由于他们的努力,他们可以从别人窃得的东西中分取五分之一,就像国王陛下可以从见到的珍宝中抽取一定的份额一样。总而言之,这是一些真诚可靠的人,他们富有生活经验,享有盛誉,他们敬畏上帝和自己的良心。每天他们还特别虔诚地望弥撒。

"像他们那样谦恭的人,我们还有很多。但在他们中间,尤其是刚从这里走开的那两位,虽然他们抽取的份额钱远比我们所得的少,但他们很知足。还有两个弟兄,他们的用处在于利用帮人家搬家之际,打听到全城所有各家的出入门户,知道其中哪些可以利用,哪些不可利用。"

"在我看来,这一切都极珍贵,"林孔内特说,"我愿意成为一个对这个著名组织的有用的人。"

"老天爷总是帮助良好的愿望。"莫尼波迪奥道。

正讲到这里,听见有人敲门。莫尼波迪奥出去看看是谁敲门。问完他就听见对方回答说:

"莫尼波迪奥先生,请开门,我是雷波利多。"

一听到这声音,卡里哈尔塔嗓门震天地叫道:"别开门,莫尼波迪奥先生,别对塔尔佩亚的水手和奥卡尼亚①的猛虎开门。"

莫尼波迪奥还是给雷波利多开了门。卡里哈尔塔一见门打开,站起来就跑,跑进放盾牌的大厅,随身又把门关好,从里面大声说:

"快叫这个人走开,我决不见他这死样的,这个头脑简单的刽子手,这个惊吓温顺家鸽的凶手。"

"铁手"和奇基斯纳克挡住了雷波利多,后者想方设法想走进卡里哈尔塔待的地方,但由于没让进去,只好在门外说道:

"别再这样了,我的怒美人,为你自己好,平平气吧,这样,我们就结婚。"

"我结婚? 恶魔,"卡里哈尔塔回答,"你想得美! 你想和我结婚,可我呢,我宁可和一具尸体一起,也不嫁你。"

"哎,傻瓜,"雷波利多回答说,"一切都过去了,尽管晚了一点,你瞧我讲话时多么低声下气,来这里又那么委曲求全,你就别再拿架子了。见它的鬼! 要是弄得火气再上来,会更加不可收拾。还是互相迁就点吧,我们都做些让步,别让魔鬼从中取利。"

---

① 应为依尔卡尼亚的猛虎,这是没文化的卡里哈尔塔的口误。

"我还要请魔鬼来吃晚饭呢,"卡里哈尔塔道,"好让他将你带到我永远见不到的地方。"

"我难道说得还不清楚吗?"雷波利多道,"看在上帝的分上,我的受惊的小鸽子,别再闹了,因为我的火气一上来,会不计后果地毁掉一切的。"

莫尼波迪奥接着说:

"有我在这里,你就少说几句吧。卡里哈尔塔会出来的,但不是迫于威胁,而是看在我的爱心的分上,一切都会顺利解决:彼此相爱的两个人之间的口角一旦和解会产生更大的愉快。啊,胡利安娜,孩子,我的卡里哈尔塔,看在我的分上出来吧,我一定让雷波利多跪着向你求饶。"

"要是他真这样做,"埃斯卡兰塔说,"我们都会站在他一边,代他请胡利安娜出来。"

"如果必须通过屈膝求饶损害人的尊严来达到这个目的,"雷波利多道,"我声明我可不向你们这帮流浪汉屈膝;如果这是为了取悦于卡里哈尔塔,我可以屈膝下跪,不过,在向她磕头时我的脑门上说不定会让钉子扎着。"

奇基斯纳克和"铁手"听了哈哈大笑,这可大大地激怒了雷波利多,以为他们在嘲笑他,便十分愤怒地说道:

"对于卡里哈尔塔与我之间的相骂打架,谁想取笑的话,那么,我们过去、将来和现在都可以告诉你们,你们的想法和做法完全错了。"

奇基斯纳克和"铁手"两人面色大变,互相看了一眼,这提醒了莫尼波迪奥,要是他不设法阻止,后果将极为严重,于是,他立即走到他们中间说:

"先生们,不要再说过分的话,要紧的是到此为止,让它消失在牙缝里,千万别往肚里装,这样谁也不会计较对方说的话了。"

"我们坚决保证,"奇基斯纳克道,"无论是过去和未来都不再讲这类的话。应该想一想这样一句老话:手鼓要由会演奏的人来敲打。"

"我们现在已有了手鼓,奇基斯纳克先生,"雷波利多答道,"如有必要,我们还会敲打铃铛。我已说过,谁要幸灾乐祸就想错了,谁想玩别的,请随我来,凭一把剑我就把他修理得服服帖帖。"

话完,就出门而去。

卡里哈尔塔一直在听他说话,到他怒冲冲离去时,就出来说道:

"把他拦住,别走,他会乱来的。你们没看见他走时怒气冲冲的样子吗?他是个精于剑道的斗士。你回来!我心目中的至高勇士!"

她向他扑去,使劲拉住他的外套,莫尼波迪奥也过去把他拦住。不知所措的奇基斯纳克和"铁手"站在那里,等着雷波利多的反应。看到卡里哈尔塔和莫尼波迪奥的求情,雷波利多就回转身来说道:

"是朋友就永不惹朋友生气,也不嘲笑朋友,特别当他们看到朋友正在生气的时候。"

"铁手"答道:"这里没有人想惹朋友生气,也没有人嘲弄朋友的朋友;既然我们都是朋友,就让我们握手言和吧。"

对此莫尼波迪奥说:

"你们说的话都够朋友,那就像朋友那样握手言和吧。"

他们彼此握了手,接着,埃斯卡兰塔脱下一只软木厚底鞋,开始像敲铃铛那样在鞋上敲击起来;加南西奥莎随手拿起一把用新棕榈叶做成的笤帚,乱弹一通,发出一种尽管沙哑刺耳,却也和击鞋声协调一致的声音。莫尼波迪奥将一只盘子打碎，做成两片陶响板，夹在手指间轻快地敲打起来，与鞋子和笤帚合奏。

林孔内特与科尔塔迪略对笤帚的新用法感到惊异，因为这是他们从未见过的事。"铁手"注意到这一点，就告诉他们：

"对这把笤帚感到惊奇吗？这可真是杰作，世上还从未发明过一种乐器比这更简易、更轻便、更便宜的了。真的，有一天，我听见一个大学生说，无论是从冥府救出欧律狄刻①的俄耳甫斯②；还是骑海豚犹似骑着租来的骡子的骑士般由海中腾空而起的阿里翁③；或是建设了一个具有数以百计的大小城门的城市的另一位伟大的音乐家④，他们都没有发明过比这更好乐器的，如此易学，用这种方式演奏，根本不需要弦枕、弦轴和琴弦，并且一点也不用调音。他妈的，据说这种笤帚乐器是本城一个潇洒男子发明的，他自诩是音乐界的赫克托尔⑤。"

"对此我完全相信。"林孔内特答道，"不过，让我欣赏一下我们歌手的节目吧，看来加南西奥莎已经发出要唱一曲的信号。"

这倒是事实，因为莫尼波迪奥已经要求她唱一首他们常唱的塞基迪亚小曲。可是第一个唱的却是埃斯卡兰塔，她用细腻善感的嗓音唱了如下歌曲：

　　　为一个留着瓦隆式鬈发的塞维利亚人，

---

① 希腊神话中俄耳甫斯之妻。
② 希腊神名，传说他奏的音乐可感动鸟兽木石。
③ 公元七世纪著名希腊诗人和音乐家，传说有一次几只被其琴声迷住的海豚将其从死亡中救出。
④ 这里指的是古希腊底比斯亲王安费翁。他是在里拉琴伴奏下建筑起底比斯城墙的，故安费翁的名字是里拉琴无穷魅力的象征。
⑤ 古代特洛伊的头号英雄。

灼伤了我整个的心。

加南西奥莎接着唱道：

为一个年轻英俊的美男子，

哪个热情女郎不神魂颠倒？

莫尼波迪奥急速打起响板，接着唱道：

情人间争吵，迟早会重归于好，

越是吵得凶，越是其乐无穷。

卡里哈尔塔不甘心把欢乐闷在心中，便拿起另一只鞋，翩然起舞，和着别人的节拍，唱道：

住手吧，爱发火的人，别再鞭打我身，

要是仔细思量，你定会抽打自身。

"唱就只管唱，"这时雷波利多说，"别提那些陈年老账，这没啥用，过去的就是过去了，要另走新路，就这样。"

要不是听到有人急促的敲门声，刚刚开始的诗歌联唱决不会匆匆结束。莫尼波迪奥和她一起出去看是谁敲门，放哨的告诉他，在街道的那头有个警官在走动，在他前面还有托地略和塞尼卡洛两名法警。里面的人一听到就乱作一团，弄得卡里哈尔塔和埃斯卡兰塔把自己的软木厚底鞋都穿倒了；加南西奥莎则丢下笤帚，莫尼波迪奥扔掉响板，乐器都静静地凌乱不堪地扔在那里；奇基斯纳克一声不吭，雷波利多吓得目瞪口呆，"铁手"则呆若木鸡。人群有的从这儿，有的从那儿分散走开，走上平台和屋顶，准备由那里跑到另一条街上去。无论是枪弹走火，还是不及掩耳的轰雷都从未使这群毫无思想准备的鸽子如此惊恐不安，而警官的再次光临却使这个隐蔽的帮伙乱作一团，惊慌不已。林孔内特和科尔塔迪略这两名新手不知该做些什么,只是静静地站在那里,想看看这场突如其来的大风暴会如何收场。可是结局却很简单,放哨的回来报告说,警官已经打这里走过,根本没有表示丝毫的怀疑。

在放哨的向莫尼波迪奥报告此事时,门口来了一位年轻的绅士,正像人们常说的那样,他是一身城里人打扮。莫尼波迪奥亲自把他领进来,吩咐把奇基斯纳克、"铁手"和雷波利多叫来,其余人都留在原地。由于林孔内特和科尔塔迪略已经在院子里,因此他们能听到莫尼波迪奥与新来绅士的全部讲话。后者质问莫尼波迪奥,为什么把委托他办的事办得如此糟糕。莫尼波迪奥答道,他还不了解事情的经过,不过,负责此事的人就在那里,会对他自己所做的事有个交代。

这时奇基斯纳克走了过来,莫尼波迪奥问他是否完成了委派他捅一刀的事。

"哪件事?"奇基斯纳克答道,"你是说十字路口那个商人的事吗?"

"就是那件。"绅士说。

"事情是这样的,"奇基斯纳克回答说,"昨天晚上,我上他家门口等候,他在祈祷前就来了。我迎上前去,可是在动手前仔细地看了他的脸,发现他的脸极小,无法容纳一条要使他缝上十四针的刀伤。我感到无能为力,也无法按要求去执行……"

绅士说:"你的意思是,你没执行给你的指示。"

"就是这个意思。"奇基斯纳克回答,"我是说,见到他那张瘦削的脸上无法容纳下原计划要捅的那么长的伤痕,所以,我为了不虚此行,就捅了他的仆人,我敢肯定,那一刀捅的窟窿还真够大的。"

绅士说道:"我宁愿你给那个主人捅一条要缝七针的刀伤,而不是去捅那个仆人,尽管要缝十四针。总之,这总不能算是已经完成任务了,不过,这没关系,我扔掉三十杜卡多的定金不算什么。让我吻一下你的手吧。"

说完话,就摘了摘帽子,放回宝剑,准备离去,可是莫尼波迪奥抓住他穿的斗篷,对他说道:

"先请留步,请遵守诺言,我们办事非常体面,出色地完成了自己的诺言,您还欠付二十杜卡多,如果不付清钱款或者相应的抵押物,您就别走。"

绅士反驳说:"你们把该捅主人的刀子捅了仆人,这也叫遵守诺言吗?"

"这笔账您算得真不赖!先生。"奇基斯纳克道,"看来您已经记不清'谁真喜欢贝尔特兰,也会喜欢他所豢养的狗'这句谚语了吧!"

"可是这句谚语用在这里又怎么讲呢?"绅士反驳道。

奇基斯纳克继续说:"要是说'谁讨厌贝尔特兰,也会讨厌他养的狗'有什么不一样? 所以,贝尔特兰就是那个商人,你讨厌他,他仆人就是他豢养的一条狗,我们捅了他的狗就等于捅了贝尔特兰,债务到此结清,任务圆满完成。因此根本不要我们再提醒,你就得立即将欠款付清。"

"我敢发誓,"莫尼波迪奥补充说,"奇基斯纳克朋友,你所讲的一席话,把我想说的都说了。而您,漂亮的朋友,也别再为刀是捅在仆人身上还是主人身上这个问题纠缠不休了,还是听我忠告,马上付清劳务费。如果您还想要捅那个主人一刀,您就得为他的脸上(他的脸您只能权当已经伤后痊愈)挂彩再交付一笔钱。"

"要是能办到,"年轻人答道,"我将十分乐意付清这两次的全部费用。"

"您可以怀疑他是否是基督徒，"莫尼波迪奥道，"却不能怀疑这一点：莫尼波迪奥精心策划的这一刀会包您满意。"

"有您这句话做保证，行，"绅士答道，"请收下这根金链，权当我晚交的二十杜卡多及我答应支付的另外一刀的四十杜卡多的押金。这根链子值上千雷阿尔，不过说不定钱还不够呢，因为说不定还需捅开几个要缝十四针那么大的口子呢！"

说完，他从脖子上摘下一根细金链，交给莫尼波迪奥，从颜色及重量看来，不像是假货。莫尼波迪奥极为高兴，显得很有教养地、彬彬有礼地收下金链子。他把任务交给奇基斯纳克负责，期限是必须当晚完成。绅士走时十分满意，莫尼波迪奥随即将不在场的和那些惊慌不安的人都叫了来。他们下来后，莫尼波迪奥在人群中间一站，从斗篷的风帽里取出一本备忘录，交给林孔内特，叫他读一下，因为他本人不识字。林孔内特打开本子，看见第一页上写着：

> 有关本周应该捅刀子的备忘：
>
> 第一件：十字路口商人，价钱为五十埃斯库多①，预付三十。执行人奇基斯纳克。

"孩子，就这一笔了，"莫尼波迪奥道，"往前念，要注意写有'棍击备忘'的地方。"

林孔内特往前翻过一页，看见上面写着"棍击备忘"字样，下面写有：

> 棍子重击阿尔法尔德广场上的饭店主十二下，每一下收费一埃斯库多，预付八埃斯库多，限期六天，执行人"铁手"。

----

① 前面提到是杜卡多，这里疑为作者笔误。

"这一项完全可以抹掉,""铁手"说,"因为今晚我就去了结这事。"

"还有没有,孩子?"莫尼波迪奥问。

"有,还有一项。"林孔内特答道,"上面这样写着:根据丢失项链的女士要求,棍子重击绰号叫朱顶雀的驼背裁缝十二下,执行人'修理者'。"

"我很奇怪,"莫尼波迪奥道,"怎么这件事还没干完,毫无疑问是'修理者'没安排好,因为已经过期两天了,这件事还没有进展。"

"昨天我碰到他,""铁手"说,"他告诉我,他还没有完成这件事是因为驼背病了,没在那里。"

"这个我完全相信。"莫尼波迪奥说,"因为我是把'修理者'当作完成任务的好手才让他去干的。他要不是有这一层障碍,再大一点的任务也一定能完成。还有吗,孩子?"

"没有了,先生。"林孔内特回答。

"那么接着往下看,"莫尼波迪奥道,"注意写有'普通凌辱备忘'的地方。"

林孔内特往前翻阅,见到有一页上写道:

> "普通凌辱备忘"。须知:用细口玻璃瓶砸人;抹松脂油;对罪名榜上人物、通奸者及新学生进行敲诈;还有恐吓、骚乱、佯装捅刀子、出版诽谤文章等等。

"下面还写了什么?"莫尼波迪奥问道。

林孔内特说:"还写有,在家里抹松脂油……"

"不能读成在'家里',我已经知道是指哪里了。"莫尼波迪奥道,"我是这类琐碎事的不可推卸的执行人。这类事该预付四埃斯库多,重要项目预付八埃斯库多。"

"完全正确,"林孔内特道,"这些都写在上面了,下面还写有

'张扬通奸事'。"

"这也不用念了。"莫尼波迪奥道,"也不必找上门去。羞辱他们一下就够了,不必对外张扬,免得他们遭到良心上的沉重谴责。我宁可按别人出的价钱去敲诈一下数以百计的通奸者,以及那些为数很多的教堂罪名榜上有名的人,也不愿向外人——即使这个外人是我的生身母亲——张扬这种事。"

"这件事的执行人是'小鼻子'。"林孔内特道。

"这件事已经完成了,钱也付了。"莫尼波迪奥道,"看看还有没有别的,如果我没记错,这里应该还有件恐吓的事,出价二十埃斯库多,已经预付一半定金,执行人是全体成员;期限为本月一整月,事情要不折不扣地完成,不能差一分一毫。这也许是本城这个地方多少日子以来最好做的事了。孩子,把记事本给我,我知道没有别的项目了,我们的买卖不太景气。不过,过了这段时间,会有好转,到时候,一定会做出超过我们想象的程度。要知道,无风不起浪,在人们互相用武力进行复仇时,我们可以做些推波助澜的事。不然的话,那些在家里也算是勇武的人,不会出钱雇人去干他本人就能做到的事了。"

"这就对了。"雷波利多插言道,"但是请注意,莫尼波迪奥先生,你命令和吩咐我们做的事,要趁热打铁,否则就晚了。"

"现在要做的事是,"莫尼波迪奥答道,"各人先回到各自的岗位,星期天以前谁都不准擅自离开。然后,我们要在这里重新集合,在不损害任何人的情况下,我们将分配一切到手的东西。从城外金塔河到妇女可以手捧鲜花侧身骑马通过的阿尔卡萨尔城门为止的那一段,在星期天以前,就让'好样的'林孔内特[1]和科尔塔迪

---

[1] 这里是作者的笔误,根据前文,"好样的"应为科尔塔迪略。

略他俩在那儿活动。我见过一些能力比你们差的人,他们每天出去时,除了一点银币和二十铜雷阿尔外,就带一副不多于四张牌的纸牌。这个地段回头我让甘乔索领你们去看一下;尽管你们管的地段还可以伸展到圣塞巴斯蒂安和圣特尔莫,但这不要紧,因为'谁也不得侵入他人领地'的说法本身是否合理也是很难说清的。"

两人对他所给的恩惠表示感谢,在吻了他的手以后,一再表示要以勤奋谨慎的态度,忠心耿耿地出色完成自己的任务。

于是,莫尼波迪奥从斗篷的风帽里抽出一张写有帮会成员名单的折叠纸。他叫林孔内特把科尔塔迪略和他的名字填上,可是当时没有墨水,就让他把纸带走,在他们第一次交份额钱时填好,要写上这样的内容:"林孔内特和科尔塔迪略,新会员。林孔内特,会做牌;科尔塔迪略,会扒窃。"后面再写上年月日,双亲及籍贯从略。

正在此时,进来一个黑道老手,他说道:

"我来这里向您报告,就是刚才,我在格拉达斯碰到来自马拉加的洛维,他告诉我,他的玩牌手艺已经炉火纯青,可以用一副毫不掺假的扑克牌从撒旦手里赢钱,他怕挨骂,因为他没有立刻来报告,也没像惯常那样听话,不过他说,星期日准到不误。"

"我记得他总是这样,"莫尼波迪奥说,"这个洛维略是此道的第一能人,因为他长着一双别人难以想望的最适宜干这一行的巧手。为了能成为他这一行的大能人,既需要有做手脚时用的赌具,也需要有学到技能的才智。"

老人说:"在廷托雷斯街的一家旅店里,我还碰到穿一身教士服的胡迪奥,他住在那家旅店是因为有消息说,有两个从秘鲁发财回来的阔佬也住进这家旅店,想看看是不是有机会和他们赌一场,

合时宜的差劲话（特别是她说到赚到二十四银雷阿尔后交给老天爷,等到老天爷接受这份奉献时可以减轻她的罪孽时,他心中不免暗暗窃笑）。尤其是他们一方面在赞赏自己充满信心,认为只要不间断祈祷即可万无一失地进入天国,一方面却在不断地行窃,冒犯上帝。林孔内特还笑话那个善良的皮波塔老妪,藏起偷来的盛漂白剂的篮筐,却走到神像跟前点上蜡烛,自以为这样就可以衣冠楚楚、鞋履整齐地步入天国。他也十分吃惊地看到大家对莫尼波迪奥是如此俯首帖耳,尊敬备至,因为这个人实在是个野蛮、粗鄙和残忍的家伙。他仔细思考了自己在书本上学到的和在实际上所为的一切以后,终于多少有点夸张地得出结论:塞维利亚这座名城的法律已被践踏殆尽,它一览无遗地让人看到,在那里还住有一群违背天道的害人虫。于是他决定劝说自己的同伴别再依恋这里堕落低级的生活。然而,尽管如此,由于他们少不更事,缺乏经验,他们还是在那里过了好几个月,在这些日子里发生的事,要是写下来尚需费一番笔墨。这样,有关他们后来的生活和奇迹,他们师傅莫尼波迪奥和那个声名狼藉的帮会的成员们的事,这些事尽管重要,又可用来给读者作借鉴和忠告之用,但也只能留待以后有机会时再来讲述了。

英国的西班牙女人

　　海军某舰队司令、英国骑士克洛塔尔多,在英国人从加的斯城①带走所掠物资的同时,将一名年约七岁的女孩子带到了伦敦。这件事是违反坚毅明智的莱斯特伯爵本意的。伯爵尽了极大的努力来寻找小女孩,以便归还给她的双亲,因为他们曾因痛失爱女在他面前诉过苦,并求他说,既然他们喜欢的是财产,就请把人放回,不要使已经变穷的人再失去亲生女儿而变得过分不幸,因为女儿是他们的掌上明珠,是全城最美丽的小女孩。于是,伯爵向整个部队颁布了命令:凡藏有该小女孩者务必归还,否则严惩不贷。然而严惩也好,恐吓也好,均不足以使克洛塔尔多服从这项命令。尽管他笃信基督,但是他还是把女孩子藏在自己的军舰里,因为他喜欢这个美丽无比的伊莎贝拉——这就是小女孩的名字。结果,孩子的父母失去了她,忧愁而悲伤;克洛塔尔多却是喜气洋洋地回到了伦敦,将小女孩及掠得的大宗财物都交给了自己的妻子。

　　幸运的是,克洛塔尔多全家都是秘密的天主教徒②,尽管对外

---

① 英国人在艾赛克斯伯爵及舰队司令霍华德率领下,于一五九六年劫夺加的斯城,其主要目的是为了虏获一批西班牙船只,结果把城市烧毁,使许多人家破人亡,在世界上声名狼藉,并遭到公众的一致谴责。

② 本书内指的基督教、天主教均指天主教,即以罗马教皇为教会最高统治者的基督教派。

说来，他们追随的是女王的意志。克洛塔尔多有个儿子，名叫里卡多，今年十二岁。在父母的熏陶下，他笃信天主真谛，对上帝又敬又畏。

克洛塔尔多的妻子卡塔琳娜为人谨慎，是个出身贵族的基督徒。她非常喜欢伊莎贝拉，把她当作亲生女儿那样抚爱与教养。女孩子生来聪颖非常，轻而易举地就学会所教的一切。随着时光的流逝，她在舒适的生活中渐渐忘却了自己亲生父母赋予她的一切，不过还不至于把什么都忘记。有好几次，她都不由自主地想念起他们来。她在学英语，却一直没丢掉西班牙语，因为克洛塔尔多悄悄地把一些西班牙人带到家里和她对话，这样，像刚才说过的那样，她就没有忘掉自己的语言，而她讲起英语来就和生在伦敦的人一样。在把一个出身高贵的少女能够而且应该知道的女红都教给她以后，他们还教会她高于一般水平的文化知识。而她在弹奏乐器方面的造诣特别突出，她精通乐律，再配上天生一副好嗓子，唱起来真叫动听迷人。

她的天生丽质，加上娇美妩媚，渐渐使里卡多心旌摇曳，而伊莎贝拉爱护和服侍他，只因为他是主人的儿子。里卡多起初也是把她当作自己的妹妹那样爱她，只是表现出愿意和喜欢见到伊莎贝拉的绝世美貌，思念她的无限美德和妩媚，并未超过纯洁无邪的界限。但是随着伊莎贝拉长大成人，里卡多十二岁时心里就开始燃烧起来的初恋之情，以及以见到她而感到满足与喜悦的心情，现在已经变成想要得到她、拥有她的强烈愿望。他渴望得到这些，但除了成为她的丈夫以外，别无其他办法，因为伊莎贝拉——他们都这样称呼她——的无比端庄使人不可能有其他企盼，即使能够，他也不愿意。因为他的高贵身份地位以及他对伊莎贝拉的尊重，不能容忍任何邪念在他心灵中生根发芽。

他曾经上千次下决心要向他双亲吐露自己的心愿,却同样有上千次推翻自己的决定,因为他知道他父母亲要他娶一位十分富有、十分高贵的苏格兰少女为妻,与他们一样,她也是秘密的基督徒。很显然,诚如上述,他们已经商量好聘娶一位千金小姐,自然不会想去聘娶一个女奴——如果可以这样称呼伊莎贝拉的话。他惶惑不安,冥思苦想,不知道该走哪条道路才能称心如意。他度日如年,几乎想结束自己的生命了事。可是,他又觉得不设法消除自己的痛苦,却去轻生,乃是极其要不得的懦夫行为。于是他鼓起勇气,决定向伊莎贝拉倾吐自己的心曲。

全家都为里卡多的忧郁症感到担忧和不安。大家都喜爱他,特别是他的父母,因为他是独生子,再加上他具有的高尚品德,有胆有识,因而待他更是无微不至。医生们诊断不出他的病情,他自己不敢也不愿意说出病因。

终于,他为冲破他想象中的困难做好准备,有一天,在伊莎贝拉进来服侍他的时候,他见到旁无他人,就吞吞吐吐、有气无力地对她说道:

"美丽的伊莎贝拉,你的高贵、你那众多的美德和你出众的美貌,使我病成现在这个样子,如果你不愿意我的生命陷入可能想象的最大的悲痛之中,就请答应我的善良要求,那就是:背着双亲,接受你做我的妻子。我担心他们由于不能如我那样认识到你的价值,一定会拒绝给我这个幸福,然而这对我来说却是至关紧要的。如果你答应做我的妻子,我作为真诚的天主教徒,当然也将向你表示,我是属于你的,纵然我还不能得到你,因为这要等到获得教堂及我的父母的祝福以后才行,然而,那种我觉得你已经确实是我的妻子的信念,就足以治愈我的病体,恢复健康,使我愉快和高兴。并使我最终得到所盼望的幸福。"

里卡多讲话的时候，伊莎贝拉一直低下眼睛，倾听着，显得端庄而美丽，稳重而羞怯。

看到里卡多讲完了，端庄、美丽又稳重的伊莎贝拉这样回答他道：

"里卡多先生，在上帝出于严厉或仁慈——我不知道应归因于哪一方面——而将我从亲生父母那里夺走，并把我交给你的父母以来，对于他们赐予的无穷恩典我感激不尽，我早就决定，我自己的意志决不超越他们的意志，因此，没有他们的同意，你要施予我的无量恩典，决不会带来幸福，只会带来灾难。如果我有幸值得具有你这样智慧的人所爱，从现在起，我可以奉献给你的，可以让你宽心的是，我将凭他们的意志行事，在他们做出决定以前，我的心将永远、纯真地祝愿老天赐你幸福。"

这边伊莎贝拉讲完这番真诚、稳重的话以后，就沉默不语了；那边里卡多的身体开始恢复健康。他生病时他父母亲已经熄灭了的希望，这时也开始恢复了。

两人彬彬有礼地道了别，男的眼里饱含泪水，女的则赞赏地看到里卡多是多么深沉地倾心于自己所爱的人。

里卡多痊愈起床了，这对他的父母来说不啻是个奇迹。他不愿意再对他们隐瞒自己的心事。于是，有一天，他向母亲讲了他的想法，他讲了很多，但归结到一点：要是他们拒绝他与伊莎贝拉结婚，就等于要他去死。

看到里卡多对伊莎贝拉的美德赞扬备至，使得他母亲觉得她儿子反而配不上伊莎贝拉了。于是，她宽慰她儿子，让他听从父亲的安排，她说，他父亲也会像她一样乐于同意他的。她走了。接着，她把儿子对她说的话对丈夫又说了一遍，顺顺当当就使丈夫改变初衷，按她儿子的愿望办事，编出一些借口终止了与苏格兰少女那边几乎已经商定的婚姻。

当时，伊莎贝拉年方十四，里卡多刚满二十，虽然他们年纪轻轻，但由于过分的谨慎与腼腆，使他们显得少年老成。

离里卡多的父母希望他儿子举行神圣婚礼——即将颈脖套在神圣的婚姻枷锁中——的日子还有四天。他们谨慎而幸福地选择了他们的俘虏做儿媳妇，因为她的诸多美德比起苏格兰姑娘提供给他们的巨大财富来，是更有价值的妆奁。婚礼吉服准备齐全，并已经邀请了亲朋好友，万事俱备，就欠将此项婚约奏明明察世事的女王，因为华胄贵族的婚约，如没有女王的恩准，是无效的。他们对恩准一事毫不怀疑，所以至今迟迟没有向女王提出此项要求。

然而，在万事俱备，再过四天就要举办婚礼的日子，那天下午，女王的一位大臣的到来搅乱了他们的喜庆气氛，大臣给克洛塔尔多带来女王陛下的旨意，要他次日早晨带上他从加的斯俘虏来的西班牙女孩前去晋见。

克洛塔尔多答称，他十分愿意遵从陛下的旨意。

大臣走了，留下的人心里一片混乱、恐慌和害怕。卡塔琳娜太太说道：

"啊，要是女王知道我是按天主教的方式教养了这个女孩，她就会得出结论说我们全家都是基督徒！如果女王问她在她当女奴的八年时间里，学了些什么时，不幸的孩子该怎样谨慎小心地进行回答而不至于连累我们呢？"

伊莎贝拉听到这些话以后，对她说道：

"我的太太，您不要为这种令人担心的事难过。我相信上帝出于神圣的慈悲心肠，到时候一定会告诉我该怎样应答，做到不但不连累你们，还会给你们带来好处。"

里卡多心里直打鼓，他几乎预感到会有什么灾祸临头。克洛塔尔多在寻找办法，想为自己的十分恐惧的心鼓气，结果还是一筹莫展,只好把希望寄托在对上帝的信仰和对伊莎贝拉的智慧的信赖上。他对她讲了许多办法来免除因是天主教徒而可能受到的惩罚。尽管他们在精神上很乐于做殉教者,但是他们有罪的肉体却拒绝这场痛苦的劫难。

伊莎贝拉多次向他们保证,让他们相信,决不会因她而发生他们所疑惧、害怕的事情。尽管现在她还不知道该怎样回答在那种场合向她提出的种种问题,她却满怀信心,认为她的答复一定会像她说过的那样,为他们带来好处。

当天晚上,他们考虑了很多事情,特别是想到,如果女王知道他们是天主教徒,就不会传来如此温和的旨意,由此他们能够得出结论,女王只是想见一见伊莎贝拉,因为她的无双美貌与智慧已经传遍全城,女王也已有所耳闻。现在他们想不出还有什么可被怪罪的地方,因为他们是有话可以辩解并开脱罪责的,他们可以说,从女孩子一到他们家,就已经被选作他们儿子里卡多的妻子了。但是在这一点上,他们也在责怪自己,因为他们在未获得女王恩准前,擅自操办婚礼,尽管他们看来这个罪过还不至于会受到重罚。

他们就这样互相安慰,并同意伊莎贝拉朝见时不穿女奴打扮的下等服装,而要作为他们儿子——如此尊贵的丈夫——的妻子那样进行穿戴。做了这样的决定以后,第二天,他们把伊莎贝拉打扮成西班牙人模样:身穿一条开衩翠绿绸制拖地长裙,绣金绸布衬里,开衩处镶有珠链,整条裙子上饰有极贵重的珍珠,佩带钻石项链和腰带,手拿西班牙贵妇人使用的扇子,天生金黄色的浓密长发上别满珠宝钻石做的头饰。她那天佩带上如此贵重的装饰,加上她的典雅风度,惊人的美貌,坐一辆华丽的大马车,在伦敦一露面,就使得那些见到她的人都神魂颠倒起来。和她一起坐在车上的有克洛塔尔多、他的夫人和里卡多,另外还有许多高贵的亲属骑马同行。克洛塔尔多将这一切尊荣加于自己的女奴,希望借此迫使女王把她当作他的儿媳看待。

他们到达了王宫,走到女王所在的宫殿,伊莎贝拉在步入宝殿时,呈现出超乎人类想象的美姿。这是一个宽敞的大厅,走了两步之后其余陪同都停了下来,只剩下伊莎贝拉一个人继续前进,她就像一颗明星或者静夜里迸发出来的火星,或者像从两山间喷薄而出的阳光。

除此以外,她还像一颗预言将在在场的人心灵中燃起熊熊火焰的彗星,爱神在用伊莎贝拉的美丽的光芒烧灼他们的灵魂。伊莎贝拉谦恭有礼地走上前去,跪在女王阶下,用英语说道:

"望陛下加福于这个女奴吧,从今以后,陛下就是她的女主,她因得见天颜而深感荣幸。"

女王凝视着她,久久没有开口,事后她对女侍从说,她觉得眼前出现一个星光闪耀的苍穹,上面的星星就是伊莎贝拉佩带的许多珍珠钻石,她那美丽的容貌和眼睛就是太阳和月亮,她整个的人就是一件美的奇迹。

陪伴女王的贵妇人都想多长几双眼睛,仔细看看伊莎贝拉。为此,她们都聚精会神地注视着她。她们夸赞她那灵秀的双目,鲜艳的容颜,优美的身段和轻柔的谈吐,有的用纯粹出于嫉妒的口吻说道:

"这个西班牙姑娘好是好,不过我可不喜欢她的服装。"

女王惊讶一阵后,叫伊莎贝拉站起来,说道:

"姑娘,请用西班牙语跟我讲话,我完全听得懂,我也很喜欢听。"①

---

① 据当时西班牙驻英王朝的一位大使于一五六四年写的一封信函得知,英国女王会讲几种语言,但不会讲西班牙语。

接着,回过头来对克洛塔尔多道:

"克洛塔尔多,多年来你私自藏匿这颗明珠,这冒犯了我。这件稀世珍宝必将令你滋生贪婪之心,你必须将它还给我,这是我的权利。"

克洛塔尔多答道:

"陛下之言千真万确,微臣有罪,万望陛下念臣珍藏这件珍宝的良苦用心,乃使其完美无缺,得以献呈陛下过目,现在已经完成。臣原想待其更完美时带来,并叩求陛下恩准伊莎贝拉与犬子里卡多完婚。为了他们两人,臣愿把一切奉献陛下。"

女王答道:

"连她的名字我都很喜欢,她只需叫'西班牙姑娘伊莎贝拉'就行,这样她就更完美无缺了。但是,克洛塔尔多,你要注意,听说你未经我恩准就答应把她许配给你的儿子。"

克洛塔尔多答道:

"是这样,陛下。但想到臣及先辈为朝廷立下许多赫赫功绩,即使更难办的事,深信也能获得陛下恩准,况且,臣的犬子至今还没有订婚。"

女王说道:

"那么,在他本人配得上伊莎贝拉之前,先不订婚了。我的意思是:我不愿意你们借用自己及祖先对王室的贡献来操办这件事,他必须对本王做出自己的贡献,自己配得上这件珍宝才行,我现在就把她看作自己的女儿。"

伊莎贝拉一听到这最后一句话,就转身跪在女王面前,用西班牙语说道:

"无上尊贵的女王,他应该把陛下对他的要求所带来的磨难看作幸运而不是不幸,因为现在陛下认我做女儿,有了这一恩宠,我还惧怕什么不幸？还有什么幸福我不能盼望呢？"

伊莎贝拉讲话时优雅而机敏，使女王爱她到了极点，吩咐她留在身边侍候自己，并把她交给一位贵妇人——女王的侍从长，教给她生活礼节。

里卡多看到伊莎贝拉被夺走，就像自己的生命被夺走一般，几乎到了丧失理智的地步。于是，他战战兢兢，猛地跪倒在女王面前，哀求说：

"臣父母及祖上曾因效劳于列代国王而获得过诸多奖赏，窃以为这就足以激励小臣为陛下效劳；不过，既然陛下对小臣另有差遣，臣想知道该用什么方式，做出什么建树才算完成陛下的旨意？"

女王答道：

"两艘劫掠船①将出发，我已任命兰萨克男爵为两船将领，现任命你担任其中一艘的船长，因为你身上流的血液使我确信，它一定会弥补你年龄之不足。要注意我赐予你的恩典，因为我按你的身份给你这个机会，让你在为女王效劳时，显出你的天才与人品所包含的勇气，得到我认为是你自己盼望的最高奖赏。我亲自替你看护伊莎贝拉，尽管她已经表现出她的端庄品行，就是她自己的最好保护人。愿上帝保佑你，你这个多情的人（我的猜测是这样），我指望你做出丰功伟绩来。一位在他军队中有万名正在恋爱的士兵的统帅会是幸福的，这些士兵盼望获得一枚能够赢得自己爱人欢心的胜利奖章。起来吧，里卡多，看看你有什么想要对伊莎贝拉说的，因为你明天务必出发。"

---

① 由政府派遣或授权进行巡逻、追拿海盗船或敌船的船只，但在历史上，这类船的行为有时与海盗船所差无几。

里卡多吻了女王的手,非常珍惜所赐予的恩典,然后,他走到伊莎贝拉跟前,跪了下来,想说些什么,但却说不出来,因为喉咙被什么哽住了,舌头动弹不得,眼泪盈眶欲出,他又拼命想法忍住,不让流出。这一切均逃不过女王的眼睛,于是她说:

"不必为流泪而羞愧,也不要因为即将与敌人搏斗,与自己相爱的人告别之际所表现出来的柔肠百结而看轻自己。伊莎贝拉,拥抱一下里卡多,祝福他吧,他的依依衷情是完全配得上你祝福的。"

看到自己心爱的未婚夫里卡多那种惹人心疼的表情,伊莎贝拉心里十分难受,不知如何是好,她没弄明白女王叫她做什么,而是不由自主地、深沉地、纹丝不动地站在那里流泪,就像一尊在哭泣的石膏像。这一对热恋中的情人表现出的愁肠百结之情,使在场的许多人为之挥泪。里卡多没有再说一句话,也没再向伊莎贝拉说些什么。克洛塔尔多及其同来的人向女王鞠躬致意以后,含着泪水,怀着惆怅的心情走出大厅。

伊莎贝拉就像刚刚埋葬好自己父母的孤儿,怀着畏惧的心情看待新的主人要改变原主人所教给她的那些习惯。总之,她留了下来。

两天后,里卡多开船起航,心中不停地进行着两种思想的争斗:一种思想认为,最好能创造出英雄业绩,使自己配得上伊莎贝拉;另一种思想认为,他不可能做出什么英雄业绩,假如一定要与天主教的旨意一致的话。因为这会妨碍他拔出宝剑去对付天主教徒,但如果不这样做,必定会被发现自己是基督徒,或者被认为是胆小鬼。这一切后果严重,既有生命之虞,又会妨碍他得到追求的东西。最后,他决定首先当好情人,其次再考虑当好天主教徒,但在心中祈求上帝赐予机会,使他既像一个基督徒,能英勇地完成任务,令女王满意,又无愧于伊莎贝拉。

两艘战船沿特塞拉群岛——那儿从不缺少东印度群岛的葡萄

牙战船或西印度群岛的被战败的船只——的航向顺风行驶了六天。六天后，斜刺里吹来一阵强风，这种风在大洋另有名称，而在地中海则叫正午风。这阵风持续长久，风力强劲，使他们不能靠近岛屿，只好向西班牙疾驶而去。在靠近西班牙海岸直布罗陀海峡入口处，他们发现了三艘船，一大两小。里卡多的船只驶近旗舰，想请示将军是否要袭击那三艘他们发现的船只。可是在靠近旗舰前不久，只见桅楼上挂起一面黑色军旗，再驶近一点，就听见旗舰上奏起哀乐，显然表明，不是将军亡故，就是舰上另一位主要人物去世。由于这一突然变故，他们商妥，出港后不采取行动。旗舰那边传话让船长里卡多过去，因为昨晚将军中风病故。全体人员甚为悲哀，唯独里卡多高兴，当然不是因为将军病故，而是想到他可以自由地指挥两艘战舰。女王早就有令，一旦将军不在，由里卡多接替其职位。于是他迅即登上旗舰，一部分人正因将军去世在流泪，也有一部分人则因他的接任而高兴。最后大家都表示听从他的调度，他们举行了简短的葬礼，对将军做了一番赞扬，却没注意到他们发现的三艘船只中的两艘小的，现在已远离那艘大船向他们这两艘船只驶来。

接着，当他们从船上挂出的半月形旗帜认出是土耳其桨帆船时，里卡多十分高兴，他觉得这是老天的安排，而最最要紧的是，他可以得到这件天赐猎物，而不用得罪任何一个天主教徒。两艘土耳其船只驶近以后，才认出他们是英国船，因为他们没挂英国国旗，却挂了西班牙国旗，目的是为了欺骗驶近的船只，不让别人知道他们是劫掠船。土耳其人原以为这两艘船是西印度群岛的战败船，可以轻而易举地降服他们。

他们渐渐靠近。里卡多故意等他们驶到其炮火射程之内才下令开炮，炮弹打得非常及时，五发炮弹猛烈地击中一艘船的正中央,来个中心开花。该船立即向一侧倾斜,并且无可救药地开始下沉。另一艘看到事情不妙,急忙扔给那艘船一根绳索,把它拖到大船侧翼。然而,里卡多却有其特有的矫捷与灵巧,他的舰只犹似划桨舟进退自如,他命令重新上好炮弹,紧随他们一直追到那艘大船那里,同时向那两艘船发射了无数发炮弹。

那艘已无防御能力的桨帆船上的人,一等靠近大船,就急忙设法离开那艘船爬上大船避难。这一切里卡多都看在眼里,他还看到那艘完好的桨帆船正在掩护那艘被击溃的船只,于是他就命令自己的两艘战船袭击那艘桨帆船,不让它绕道而走,也不让它使用上船桨,逼得它无路可逃,因为土耳其人借掩护逃到大船上,不是为了抵抗,而是为了保命。

那两艘武装桨帆船上的基督徒们,挣脱枷锁、镣铐,砸碎锁链以后,与土耳其人混杂在一起,也逃到那艘大船上避难。但由于他们都是从船舷上爬上去的,所以英国船上开枪射击他们时,把他们当作靶子打;然而,里卡多曾下令只打土耳其人,对那些基督徒则一个也不射。这样,几乎绝大部分土耳其人都被打死,而那些逃进大船的,也被混在其中的基督徒用他们的武器打得稀烂。基督徒们前仆后继,勇者前面倒下,后面活着的弱者就接过武器继续上。他们盲目地以为那两艘英国军舰真是西班牙船只,这种想法大大鼓舞了他们的斗志,并为自身的自由创造了奇迹。最后,几乎所有的土耳其人全被打死。有几个西班牙人走到船舷,大声招呼他们以为的西班牙人,让他们来共享战利品。

里卡多用西班牙语问那是艘什么船。回答说是从葡萄牙的印度①回来的船只,载有香料和大量的珠宝钻石,价值逾百万两黄

---

① 十五世纪,葡萄牙人曾在印度建立了殖民制度。

金,因风暴关系而到了这个地方,船已完全损坏,大炮没有了,都被病人和几乎快渴死的人扔下了大海,并说那两艘桨帆船乃是阿尔诺特·玛米①的海盗船,头一天未遇抵抗就把他们俘虏了,听说是因为财物太多,他们那两艘船装不下,才用粗缆绳拖着它走,准备把它拖进附近的拉拉切河。

里卡多答复他们说,如果他们以为那两艘战船是西班牙船只,那就错了,那是英吉利女王陛下的战舰。听到这个消息以后,那些人都担心害怕起来。他们想——理所当然地会想——他们是从一个圈套掉进另一个圈套。然而,里卡多告诉他们不用害怕,只要他们不抵抗,是不会伤害他们的,而且肯定能获得自由。

他们回答说:

“我们根本不可能抵抗,因为,正如刚才所说,这艘船上没有大炮,我们也没有武器。因此我们只有感谢将军待人和气和慷慨。将我们从不可忍受地充当土耳其人俘虏的境遇中解救出来,又继续对我们施行这一巨大恩典和善行的人,当然是无可指责的好人,这一定会使您名扬四方,而您这次值得纪念的胜利和您的慷慨事迹也将到处传诵,这正是我们所盼望的而不是我们所担心的事。”

里卡多认为西班牙人的这番话讲得不错,他就召集舰上的人员征求意见,问他们该怎样把这些基督徒送回西班牙,又不至于冒那些人因人多势众可能发生暴乱的风险。

有人认为,就让他们一个一个上那艘战船,等他们一进入舱内就把他们统统杀掉,这样,就可以无忧无虑地把那艘大船带回伦敦。

---

① 有人说,阿尔诺特·玛米就是俘虏作者塞万提斯的船长,也有的说不是。但不管怎样,此人残酷虐待俘虏在当时是众所周知的。

里卡多听了回答道：

"既然上帝赐下宏恩，给了我们这么多财物，我不愿意用残忍和不义回报他们，能用温和的方法解决，就不用武力。因此，我认为不要杀死一个天主教徒，这倒不是我喜欢他们，而是因为我十分自爱，我希望今天这次业绩——在这场业绩中，我们是同舟共济的伙伴——对我，对你们大家，都不要在英勇的美名上掺有残忍的恶名，因为这两者决不能相提并论。现在务必做到：将那艘战船上的大炮统统搬到葡萄牙大船上，那艘战船上不可留下任何武器，除粮食外，其他东西也一概不留，而那艘大船，要在我们的人护卫下带回英国，那些西班牙人就回西班牙去。"

没有人敢反对里卡多的提议。有的人认为他勇敢、豪爽、明智；另一些人则在内心猜度他身上有更多天主教的成分。于是，里卡多就这样做决定了。他派五十名火枪手到葡萄牙海船，全副武装，带上引火绳。大船上有近三百人，其中有从那两艘桨帆船上逃过来的。接着就进行登记，还是那个第一次在船舷上与他讲话的人回答他说，船上的海盗已经将登记册拿走，册子与海盗一起葬身鱼腹了。接着他们立刻将船上绞盘调整好，让第二艘船横靠大船，以惊人的敏捷，依靠有力的绞盘的力量，把小船上的大炮搬上了大船。

接着，里卡多向基督徒们简短地说了几句，吩咐他们全部上那艘空船，上面的粮食足够他们甚至更多的人吃一个多月。在他们上船之际，又将从那艘大船上得到的钱分给每人四西班牙金埃斯库多，以解决他们上岸后的部分需要。陆地已经很近，从那里已经看得见高耸云霄的阿维拉山和卡尔佩山①。大家对里卡多的恩德

---

① 这两座山被称为"海格力斯之柱"，相传这两座山本是一座山，后被大力神海格力斯掰开。

千谢万谢,最后一个上船的人,就是为大家说话的那个人,对里卡多说:

"勇敢的骑士,不管有多大风险,请把我带去英吉利,而不要把我送回西班牙,尽管它是我的祖国,我离开它也只有六天,但是我在那块土地上能碰到的事情无非是悲哀与孤独。先生,你会知道,十五年前加的斯陷落的时候,我丢失了一个女儿,英国人大概把她带到英国去了。失去她,我的晚年就失去了安宁,双目就失去了光泽,从见不到她那天起就再也没见到令人高兴的事。女儿的丢失,加上对我也是必需的财产的丢失,给我带来的极度的不快,使得我不想做,也不能做任何买卖。我原来想通过做生意成为城里首富,事实也是这样,因为我讲信用,因而赚了成千上万,结果光是家门内的财产就超过五万杜卡多。后来我失去了一切财产,但是如果我的女儿没有丢失,也就意味着什么也没有失去。我在经历了这场特大浩劫以后,为生活所迫,只能干些辛苦活,直到我和老伴实在干不动了,愁得没法,只好到落魄者共同的避难所西印度群岛去了。我们在六天前登上一艘传令舰,但到加的斯出口处就碰上了那两艘海盗船,我们被俘了,又重新开始了不幸,确证了我们活该倒霉。若不是这帮海盗截住了那艘葡萄牙船——它使他们耽搁了行程,终于发生了后来碰到的事情——那么我们就会更加不幸。"

里卡多问他的女儿叫什么。他回答说叫伊莎贝拉。到此,里卡多最终证实了他所猜疑的事,就是说,这个向他讲述这一切的人就是他亲爱的伊莎贝拉的父亲。但他没有对他透露一点点关于她的消息,他说,他乐意把他及夫人带到伦敦,在那里他们也许会获得他们想念的人的音信。他马上让他们过到他的旗舰上来,一边派了足够多的水手和卫兵到那艘葡萄牙大船上去。当天夜里他们就扯起风帆,急急忙忙地离开西班牙海岸。因为那艘船上,在载有获得自由的俘虏中间,也有二十名土耳其俘虏,里卡多也给了他们自由。他表现得开明,与其说是表现他对天主教徒的爱,不如说是为了显示他高贵的身份和慷慨大方的气度。他要求西班牙人一有机会,就给土耳其人以完全的自由,对此,俘虏们也向他表示感谢。

本来一直刮着的顺风,开始平息下来了,这一来,引起英国人的一片惊慌,他们归咎于里卡多及其慷慨大方,他们说,那些自由人可以将他们的遭遇告诉西班牙当局,另外要是港口泊有大型武装船只,就可能出来追击他们,这会使他们濒临绝境。

里卡多完全知道他们说得在理,不过他还是善言说服他们,使他们安定下来,再加上风又刮了起来,他们才重新定下心来。他们无须进行调节,而是张满船帆疾驶。九天以后,伦敦已经在望,当他们胜利归来之际,他们的人却少了三十来个,由于将军去世,里卡多在进港之际不愿做出欢乐的表示,而是显出又喜又悲的样子。一阵子奏起欢快的乐曲,一阵子又奏起哀乐;一些人敲击乐鼓,另一些人却拿着表示悲哀的响器,吹奏起哀笛。

在一根桅杆上挂起一面半月形旗帜,在另一根桅杆上挂一面长长的黑绸军旗,旗的一头一直拖到水里。总之,在装饰得如此决然矛盾的情况下,这艘军舰驶入伦敦河。那艘大船由于吃水深,进不了河道,只好远远地泊在海面上。

岸上观看的无数百姓,见到这种截然相反的装饰与信号都惊讶不止。根据那面军旗,完全认得出来,那艘较小的应是兰萨克男爵的旗舰,但是又不明白为什么另一艘战船却换成那艘停在海上的大船。

但是,当全副披挂、富丽堂皇、英勇威武的里卡多跳进快艇后,疑窦顿时消散,他除了跟随他的无数平民百姓外,不带任何扈从,独自步行去王宫。女王早已派出几名报信人，等着他们给她带来那些船只的消息。伊莎贝拉穿一身英国服装，跟穿西班牙服装时一样美，她和女王及其余贵妇人在一起。在里卡多到达之前，就有人报告女王关于里卡多如何来到的消息。

一听到里卡多这个名字，伊莎贝拉就心忙意急，在那个时刻她是又担心又盼望听到里卡多到来的消息，是好是坏倒顾不得了。里卡多身材高大匀称，温文尔雅，一派绅士气度。进来时，前胸、后背、脖颈、手臂和腰部全身披挂，一身金雕十一景的米兰锁甲，谁见了都止不住啧啧称羡，他没戴头盔，只戴一顶狮黄色大檐帽，上有各色羽毛，散披到衣服大领上。身佩一把宽式宝剑，上系华丽穗带；穿一条瑞士式裤子。全身打扮，加上他那威武的步伐，有的人把他比作战神马尔特，另一些人则据他英俊的容貌而把他比作故意穿这身衣服来嘲笑战神的维纳斯女神。

他终于走到女王跟前，跪下说道：

"臣托陛下洪福，加上臣的报效陛下的意志，在兰萨克将军中风病故后，由于陛下的洪恩，臣接替了将军的职位，天赐我两艘土耳其桨帆船，它们正拖曳着那艘巨型海船，陛下士兵一如既往，勇猛出击，终将海盗船只击沉海底，并将那些逃脱土耳其人手掌的基督徒们，集中装在我们的另一艘船上，以陛下的名义，宣布给他们以自由。臣只带回一对西班牙男女，他们极想来瞻仰天颜。那艘大船是从葡属印度归来的船只，因为遇到风暴落入土耳其人魔掌，所以臣轻而易举，甚至可以说不费吹灰之力，就降伏了该船，据随船同来的几个葡萄牙人说，船上各色香料加上珍珠、钻石等其他货物，价值超过百万两黄金。船上一应物品没人碰过，连土耳其人也没上过该船。这一切都是上帝的意旨，令我守护该船以归陛下。陛下只要赐臣一件珍宝，就足使小臣欠下十船珍宝的债务；那件珍宝是陛下亲口许诺给小臣的，它就是我那娇美的伊莎贝拉。有了她，臣就会富足，陛下将她赐予臣，就是对臣的奖励。当然这样的奖赏决不仅是对臣这次为陛下效劳的犒赏，因为这次仅是臣为陛下赏给这一珍物自愿进行的众多效劳而献给陛下无数财富中的一部分。"

女王答道："起来，里卡多，你要相信我，如果就我行将赐予你的伊莎贝拉的价值而论，我认为，无论是你这次带回来的那艘船上的物品，还是留在西印度群岛的一切，都不足相抵。我将她赐予你，因为我曾经答应过你，也是因为她配得上你，你也配得上她。你本身的价值就配得上她。如果你曾为了我守护过船上的珍宝，那么我也曾为你守护了你的这件珍宝，尽管你会认为我仅将属于你的东西归还给你，并没有赐你多大恩典，但是我知道已经给了你很大的恩典。如愿买来而且心灵深处又珍惜十分的珍宝，这本身就价值连城。因为心灵中的珍宝才是世上的无价之宝。伊莎贝拉是你的，她就在那里。只有当你爱她时，你才能完全得到她，相信她也是乐意的，她聪明伶俐，懂得估量你对她的情谊，我不愿意称之为恩典，而称情谊，因为我想独占恩典这个名称，只有我才能赐予恩典。你去休息吧，明天再来见我，我还想专门听听你的英雄业绩，并将你说的两个人带来见我，我对他们愿来此朝见一事，谨表示感谢。"

里卡多对女王赐予的诸多恩典吻手致谢。

女王进入了一个大厅，贵妇们就围住里卡多，其中一个叫坦茜夫人的与伊莎贝拉十分要好，她是被认为最机敏、大方和风趣的人，对里卡多说：

"这是什么呀，里卡多先生？这些是什么武器啊？莫非想来这里和敌人厮杀？可是，我们这里全是你的女友，如果有人不是，那就是伊莎贝拉小姐,她是西班牙人,对你准没有好感。"

里卡多说道:"坦茜夫人,只要她心中还记得我,那么我就知道她对我的心意一定是好的,因为忘恩负义与她的珍贵、明晓事理和姣美容貌格格不入。"

伊莎贝拉听后答道:"里卡多先生,既然我迟早是你的人,为了报答你对我的种种赞扬及你想赐予我的恩惠,我将完全按照你的意志办事。"

里卡多与伊莎贝拉及其他贵妇人之间真诚地进行了交谈。其中有个少女,年纪很轻,站在那里两眼一直盯着里卡多。她掀起腰甲,想看看下面是什么,又摸摸宝剑,以少女的单纯心理希望那些铠甲能被她当镜子用,便走得很近去看那些铠甲。她走过去以后,就回过头招呼那些贵妇人,说道:

"夫人们,现在我想象战争一定是件最美不过的事了,因为就是在妇女中间,也都认为穿铠甲的男子了不起。"

"是的话,又怎么样呢?"坦茜夫人答道,"要说不是的话,请瞧里卡多,他穿上这身服装走上大街,活像下凡的太阳。"

大家听了那个少女的话和坦茜夫人讲的诸如此类的戏言,都哄然大笑起来,其中不乏背后中伤的人,认为里卡多全身戎装进宫有欠妥当,也有人替他说话,认为作为战士可以这样做,以显示他的英雄气概。

里卡多受到父母、亲朋熟人的热烈欢迎和亲切接待。当天晚上伦敦城因他的凯旋而沉浸在欢乐之中。

伊莎贝拉的父母就住在克洛塔尔多家,里卡多已经把他们的身份告诉了父母,但他不让父母透露伊莎贝拉的消息,他要在一定时候亲自告诉他们。这一点,他对母亲卡塔琳娜太太和家中男女仆人都打了招呼。同一天夜晚,许多船只、舢板、驳船开始从大船卸货,去看热闹的人更多。他们花了八天工夫尚未卸完船上所装的大量胡椒和其他贵重物品。

第二天,里卡多告诉伊莎贝拉的父母,女王想见他们,他们便重新穿上英国服装,在里卡多的带领下进了王宫。大家都到女王所在的宫殿,女王在贵妇人和宫女的簇拥下等着里卡多,女王让伊莎贝拉站在她身旁,穿着头一次穿的那身服装,风姿丝毫不减当初,这样做,女王是想使里卡多高兴一下,也表示对他的恩宠。伊莎贝拉的父母惊讶地看到了如此庄严、恢宏的宫殿。他们看见伊莎贝拉的时候,尽管预感到幸福已经来临,却没有认出她来。他们的心开始怦怦乱跳,但不是为碰到忧愁之事而跳,而是因着一种说不出,道不明,莫名其妙的欢乐而跳。

女王不让里卡多下跪,相反,让他平身并赐他一旁就座——她身旁放有唯一的一张凳子。这是女王至尊赐予的不寻常的恩典。有人对旁人说:

"里卡多今天不是坐在赐他的座位上,而是坐在他带回来的胡椒上面。"

另一个凑上来说:

"常言道,'厚礼能消灾',现在得到了证明。因此里卡多带来的厚礼软化了我们女王的铁石心肠。"

又一个走过来说:

"现在你看他坐得稳稳的,要不了多久就会有人迫害他的。"

事实上,女王赐予里卡多的这一新荣誉,在许多亲眼见到这种场面的人身上引起了妒忌,因为任何一次亲王加于宠臣的恩典,都会成为一枝穿透妒忌者心房的利箭。女王要里卡多上奏与海盗船进行战斗的详情。里卡多就又向女王讲了一遍,把这次胜利归功于上帝,归功于士兵的英勇搏斗,赞扬了全体人员,特别提了一下几件突出的事,为此奏请女王恩赏全体人员,对做出突出贡献的给予特殊赏赐。当说到他曾以女王陛下的名义给那些土耳其人和基督徒以自由时,他用手指着伊莎贝拉的父母说:

"那边那个女人和男人就是臣昨天奏明陛下的两个人。他们极力要臣带至此地瞻仰陛下天颜。据他们讲,他们乃加的斯城人。据臣看来,他们是该地的显贵人物。"

女王吩咐他们走近一点。伊莎贝拉听说那两个人不但是西班牙人,而且是加的斯人,就带着想知道他们是否认识她的父母亲的心情抬眼向他们望了过去。在伊莎贝拉抬眼看他们的时候,正好与她母亲的目光相遇,她母亲停下脚步,想再仔细看看她。伊莎贝拉开始在记忆中唤起某些模糊不清的印象,似乎在告诉她,她面前的那个女人过去曾经见过。

她父亲也被弄得迷惑不解,但又不敢相信自己眼睛所见是真。里卡多在注意观察这三个疑惑不解的心灵所表现出来的神情动作,他们在相认与不相认之间难以抉择,不知所从。女王觉察到那两人惊魂不定,伊莎贝拉坐立不安的神态,因为见到她微微渗出了汗珠,并多次用手梳弄头发。这时候,伊莎贝拉希望那个她认为是她母亲的人开口讲话,也许耳朵能弄清她眼睛解不开的疑窦。

女王叫伊莎贝拉用西班牙语问这一男一女,是什么原因使他们不愿享受里卡多给予他们的自由。因为自由不仅对于有理性的人类,就是对于缺少理性的动物而言,都是最可贵的。

伊莎贝拉将这一切问了她的母亲,她母亲没有回答她的问题,而是一言不发、不假思索、跌跌撞撞地走到伊莎贝拉跟前,顾不上考虑在宫廷中应有的礼节、严肃和敬畏,将手伸到伊莎贝拉的右耳朵,发现上面有一颗黑痣。这颗痣终于弄清了她的疑窦,显然这就是她的女儿伊莎贝拉,就抱着她大声叫喊了起来:

"啊,我的心肝宝贝啊!我心中最珍贵的宝贝啊!"她再也说不下去了,一下子就在伊莎贝拉的胳臂里晕过去。

她父亲,也遏制不住自己的感情,一言不发地流着眼泪,老泪纵横,洒得胡子上和脸上皆是。

伊莎贝拉的脸偎依着母亲的脸,一边回过头来看自己的父亲,她要通过眼神告诉父亲,她见到他们后内心深处悲喜交集的心情。

女王对这件事感到惊奇,对里卡多说:

"里卡多,我认为,这次会见是你精心安排的结果。谁也无法告诉你安排这次会见是否合适,可我们知道,意外的喜悦或悲伤常常会带来不良的后果。"

说完这些,女王转向伊莎贝拉,让她与她母亲分开。老泪纵横的母亲这时候清醒过来,恢复了一点理智,就跪在女王面前说道:

"望陛下宽恕我的大胆妄为,因为,找到这个宝贝使我高兴得昏了头,这也不算过分。"

女王回答说她讲得有理。伊莎贝拉替她做翻译,使她能听懂。在讲话过程中,伊莎贝拉认了自己的父母亲,他们也认了她。女王吩咐他们留在王宫,以便他们可以与女儿从容见面和谈话,可以高高兴兴地和她在一起。里卡多对此也很高兴,再次恳请女王履行诺言,说如果他配得上她,就请将伊莎贝拉赐予她,如果还配不上,就恳求女王马上派他去做那些使他足以达到自己愿望的事。

女王深知,里卡多是自信的,他也很相信自己的非凡胆略,因而没有必要再用新的考验证明这点,于是告诉他,四天后她就把伊莎贝拉交给他,并将她可能给予的荣誉授予他们二人。因此里卡多告别时非常满意,满怀即将得到伊莎贝拉的希望,这对情人的最大愿望就是不要再发生意外而使希望落空。

时光流逝,但流得不像他所盼望的那么快。盼望诺言早早实现的人总觉得时间跑得还不快,总觉得它就像懒人迈步那么迟缓。这一天终于来到了,但里卡多没想到他的愿望会落空,他只是想到,他将见到的伊莎贝拉会是一个更加妩媚、使他更加爱恋的新娘。然而,就在这短暂的时间里,他原以为他乘坐的美好命运之船,定会顺风驶往想望的港口,哪里知道厄运却在海上掀起暴风骤雨,使他千百次担心自己会被风浪淹没。

事情是这样的,负责照管伊莎贝拉的女王的侍从长,有一个儿子,年纪二十二岁,名叫阿尔内斯托伯爵。他那显赫的地位、高贵的血统以及女王对他母亲的无上恩宠,这一切使得他非常狂妄自大、刚愎自用和不可一世。这位阿尔内斯托炽热地爱着伊莎贝拉,一遇到她的目光,他就觉得灵魂在燃烧。里卡多不在的时候,他曾向她暗示过自己的心愿,但是伊莎贝拉从未加以理睬。

爱情开始时就表示的反感与轻视,往往会使这场恋爱终止。但是,伊莎贝拉对他做出的那么多而且那么明显的轻视,在他身上却产生相反的效果。因为她越是端庄自重,他越是欲火中烧,按捺不住。由于他看到,在女王眼里,里卡多堪配伊莎贝拉,而且不用多久,就会赐他完婚,为此他都想自杀。但是在不得已采取这样不名誉和卑怯的行动之前,他对他的母亲讲了,要她去求女王将伊莎贝拉赐予他为妻。不然,他就要让死神叩击他的生命之门。

侍从长听了儿子的话非常惊讶,她意识到前途坎坷不平,难以逆料,也知道她儿子的心愿十分执着,担心他们的这场爱情会带来不幸结局。然而,作为母亲,天性使她愿意,并且想方设法让自己的儿子得到幸福,于是答应她儿子,同意向女王讲一讲,但不是抱让女王食言的希望,这一点是不可能的,而是力图使局面不至于发展到最后不可挽救的地步。

那天早晨,遵从女王的旨意,伊莎贝拉穿着得如此华丽,使得这支秃笔都不敢加以描述。女王亲手将从海船带来的最好的一串珍珠挂在她的脖子上，据有人估价，这串珍珠值两万杜卡多；女王还给了她一只价值六千杜卡多的钻石戒指。为准备即将临近的喜庆佳日，宫廷贵妇、宫女都忙乱不已。这时候女侍从长进来朝见女王，跪求女王将伊莎贝拉的订婚日期延缓两日，她说只要女王陛下赐她这项恩典，她就心满意足了，并且认为这项恩典抵得过她为女王效劳后应得和盼望得到的一切恩典。

女王首先想了解她为什么如此迫切地要求暂止这次婚礼，而这是完全违背她曾许给里卡多的诺言的。可是侍从长一定要等女王答应她的要求后才肯说。女王非常想知道她为什么提出这一要求，就答应了她的请求。

侍从长达到了她的愿望之后，就向女王讲述了她儿子的爱情，说如果不答应将伊莎贝拉许给他为妻，她担心儿子会自杀，或者会干出什么丑事。她要求宽限两天，是想让女王陛下为她儿子想个万全之计。

女王答称，君王金口，决无中途反悔之理，不过她可以为这难解的迷宫找到一条出路，但是，为了普天下的利益，这样做决不能使里卡多的希望破灭，也不能辜负他的希望。

侍从长把女王的这一答复告诉了儿子，后者听后，出于爱与妒的煎熬，片刻不误地佩带各种武器，骑上一匹健壮骏马，来到克洛塔尔多家门前，大声叫里卡多到窗口答话。里卡多当时穿好了婚礼盛装，正要和这一盛礼所需的傧相一起去王宫。但是一听到叫喊之声，以及听说叫唤者是谁，一身怎样打扮的时候，略感惊奇地从窗口探头出去。阿尔内斯托一见到他就说：

"里卡多，你注意听着。女王陛下当时吩咐你为她效劳，并让你建立使你配得上伊莎贝拉的功绩。你奉命而去，归来时带回满载黄金的船只，你以为这就买得到和配得上伊莎贝拉。尽管女王陛下答应过你，那是以为满朝臣子，在为她效劳方面无人超过你，也没有人具有配得上伊莎贝拉的更高爵位，这一点完全可能是受你蒙蔽所致。为此，我确信，你所做的一切，既配不上伊莎贝拉，也没有哪一件事值得让人把你捧得那么高。现在说你配不上她，你要是敢说半个不字，我就要与你进行决斗，拼个你死我活。"

伯爵一说完话，里卡多就这样回答道：

"伯爵先生，你无论如何都不该找我挑战，因为我承认，不单是我配不上伊莎贝拉，当今世上也没有别人配得上她。所以我承认你说的一切，同时我再次告诉你，在这一点上，你不该找我挑战。不过，既然你胆敢向我挑战，我就接受你的挑战。"

说完，他离开窗口，叫人赶快拿武器来。他的亲属以及准备前来陪他进宫的那些人都乱作一团。看见阿尔内斯托伯爵全副武装，听到他的那番决斗的话的人很多，其中有人去报告了女王，女王就命令卫队长将伯爵抓起来。卫队长行动迅速，赶到那里时，正好碰上里卡多穿一身他下船上岸时的戎装，跨着一匹骏马，走出自己家门。

伯爵一见卫队长，就猜到他的来意，决定不加任何掩饰，大声地对里卡多说：

"里卡多，你看见了吧，我们遇到障碍了。你要是想惩罚我，就来找我；为了她，我一定要惩罚你，我也会来找你的。既然两人都想找对方，就很容易找到，让我们等到那时候再来履行我们的意愿吧。"

里卡多回答道："我很乐意这样做。"

这时候，卫队长带着全体卫队到来，对伯爵说，奉女王陛下之命逮捕他。

伯爵回答说请便，但除了被带到女王跟前，他是哪里也不去的。

卫队长满足了他的这个要求，把他夹在卫队中间带到王宫，来到女王跟前。女王已经听到女侍从长的哭诉，说她儿子非常爱伊莎贝拉，恳求女王饶恕伯爵，说他是由于年幼无知和热恋对方才犯下的弥天大罪。阿尔内斯托被带到女王面前，女王不容分说，就命令摘下他的佩剑，把他送往一个堡垒关押起来。伊莎贝拉和她的父母，看到平静的海洋骤起波澜，心里很痛苦。侍从长向女王进言，为安抚伊莎贝拉和里卡多的亲属中间可能产生的不安情绪，不如根除产生麻烦之根由，那就是把伊莎贝拉送回西班牙，这样就不会产生令人担心的后果。她还说，伊莎贝拉是天主教徒，而且是十足的天主教徒，因而不管她怎样劝说，都不能丝毫改变她笃信天主的意志。

女王听后回答说，正因为这样，才更看重伊莎贝拉，因为伊莎贝拉很知道该怎样遵循祖训。她不想送伊莎贝拉回西班牙，因为她非常喜欢伊莎贝拉的美丽、优雅及良好的品德，因此，毫无问题，就像她已经答应的那样，如果不在那一天，也会在另一天，准让她与里卡多成婚。

女王这一决定使女侍从长非常沮丧，她没有回嘴，觉得正在出现的情况，她早已想到，如不设法除掉伊莎贝拉，绝对找不出什么办法能使她暴躁成性的儿子与里卡多讲和。于是，她决定做一件最残忍的事，而这种事，像她那样的贵妇人本来连想都不该去想的。她决定用毒药害死伊莎贝拉；而且跟大部分女人一样，决心一下就有点迫不及待了。于是，当天下午，她将毒药放在一份给伊莎贝拉的蜜饯中，骗她说，吃完蜜饯，就能驱除心头的郁闷。

伊莎贝拉吃了蜜饯后不久，就开始感到舌头麻木，喉咙发哽，嘴唇变黑,嗓子哑不成声,两眼发花,胸口发闷。种种迹象均说明她中了毒。

贵妇人们跑到女王那里报告了所发生的事情,并证明这件坏事是女侍从长干的,无须多讲,女王就相信了,于是跑去看伊莎贝拉,当时她几乎只有出气没有进气了。

女王吩咐快去把御医召来,在此同时,给她服用了大量犀牛角粉,以及其他各种为那些显要亲王的同样需要而准备的解毒药。御医来后,全力进行抢救,并请女王设法让女侍从长说出来是什么毒药,因为毫无疑问就是她施放的毒药。她说出了真情。御医们知道后,想了各种办法,用了各种特效药,终于由于他们的努力和上帝的保佑,伊莎贝拉的命总算保住了,或者说至少有希望保住。

女王下令逮捕女侍从长,把她关在王宫的一个小房间里,准备对其罪行给予应得的惩处,因为她辩称杀死伊莎贝拉是为了祭天,为了在人间除掉一个女天主教徒,借以帮助她儿子解决悬而未决的问题。里卡多听到这一凶讯后,几乎失去理智:举动失常而且哀声怨叹。伊莎贝拉终于活下来了,造化留下她却把她变成一个眉毛、睫毛、头发全部脱落,脸部浮肿,毫无血色,皮肤上疙疙瘩瘩,双目总是眼泪汪汪的人。最后,她变得那么丑陋,如果说过去像个天仙美女,而今却变成了一个丑八怪。认识她的人都认为,她变成这副模样比被毒死更不幸。

尽管如此,里卡多还是向女王提出要伊莎贝拉,并恳求女王让他带回家去,因为他对她的爱是从肉体到心灵的爱,还说即使伊莎贝拉失去了外表的美,也不会失去她那无穷的美德。

女王听了说道:

"说得对,将她带走吧,里卡多,你就当作是带着一件盛在表面粗糙的木匣里的非常贵重的珠宝。上帝知道,我本希望能像你交托我时那样将她交还给你,但是现在已不可能,只好请你原谅我。对女侍从长的罪行加以惩罚,也许能部分满足你复仇的愿望。"

里卡多向女王讲了许多情,恳求女王饶恕女侍从长,赦免她,而有了女王的宽恕,就足以赦免她的凌辱之罪。最后,女王将伊莎贝拉及其父母交给了里卡多,他就把他们带回家——也就是他父母的家。女王在华丽的珍珠和钻石之外,还赏赐了其他首饰和服装,这充分体现了女王对伊莎贝拉莫大的爱。整整两个月,伊莎贝拉还是那样丑陋,毫无会恢复原有美貌的迹象;到两个月之后才开始脱皮,露出她那美丽的肤色。

在这期间,里卡多的父母认为伊莎贝拉不可能复原,决定派人去接苏格兰少女,即他们原先安排让里卡多迎娶的那位少女。这件事,他们没让里卡多知道,而且毫不怀疑现在新娘子的美丽容貌,会使自己的儿子忘掉伊莎贝拉过去的美貌。他们还想将伊莎贝拉及其父母送回西班牙,并给他们一大笔财物以补偿他们过去的损失。不到一个半月的时间,在里卡多不知情的情况下,新娘子已经进了门,并按她的身份跟来一批随从,除了过去的伊莎贝拉外,她是全伦敦独一无二的美女。

一次,里卡多与那位少女意外相遇,他感到吃惊,担心她的突然到来会断送伊莎贝拉的性命。为了解除这种担忧,他就走到伊莎贝拉的床前,见到她的父母正陪着她,就当着两位老人的面说道:

"我心中的伊莎贝拉,尽管我的父母非常爱我,却还是没有很好理解我对你的深切爱情。他们已经将一位苏格兰少女接到我家,他们在我认识你的高贵品质之前,曾安排要我娶她为妻。我认为他们这样做,是想以这个少女的非凡美色抹去我心里的你的倩影。伊莎贝拉,自从我爱上了你,就和另一种以满足情欲为终极目的的爱情诀别了。你那肉体的美曾俘虏了我的感官,但是,你那无穷无尽的内在美德却俘虏了我的心。因此,你美丽,我喜爱你,你丑,我也爱你,为了证实这个事实,请把手给我。"

伊莎贝拉把右手伸给他,他握住她的手继续说道:

"凭我笃信天主的父母教育我的天主教信仰——这一点按要求说可能还没达到完美无缺——凭我在心里承认、相信和确实存在的,由罗马教皇守护的这种信仰,我起誓;凭着一直在谛听我们讲话的真正上帝的名义,我答应你,伊莎贝拉,我的另一半心灵,我答应做你的丈夫,并且马上就定下来,如果你愿意俯就我的话。"

伊莎贝拉听了里卡多的话很为惊讶,她的父母更是惊愕万状。她不知道说什么好,也不知道做什么好,只知道一个劲儿吻里卡多的手,声泪俱下地说她同意嫁给他做妻子,做他的女奴。里卡多在她丑陋的——还是很美的时候,他从来不敢接近的——脸上亲吻了一下。伊莎贝拉的父母含着热泪为他们郑重地举行了订婚仪式。里卡多告诉他们,他将拖延与那个已经到他们家的苏格兰女子的婚礼,等将来再说。他又说,要是他父亲要送他们三人去西班牙,不要拒绝,就动身前往,在加的斯或塞维利亚等他两年,如果老天让他活那么长时间的话,他一定在这两年内给他们一个准信,与他们团聚,要是超过这个限期,一定是命乖运蹇遇到了重大障碍,确切地说,一定是死了。

伊莎贝拉回答他说,不仅等他两年,而是要等他一辈子,一直等到知道他不在人世为止,因为只要一听到他不在人世,她的末日也就到了。这番情意绵绵的话语,使得大家又一次流下了眼泪。里卡多出去告诉他父母,他先得去罗马,进行净心忏悔,否则他无论如何不会结婚,也不会保护他的妻子——那个苏格兰少女。他知道,对他们,对与克莉丝黛尔娜——这就是那位苏格兰少女的名字——同来的亲属讲这番话,很容易使他们相信,因为他们都是天主教徒。克莉丝黛尔娜很高兴留在公公家里,一直到里卡多回来为止。里卡多则要求一年的期限。

这件事就这样商量定了。克洛塔尔多告诉里卡多,如果女王恩准的话,他就决定将伊莎贝拉及其父母送回西班牙。也许祖国的空气能加速并有利于恢复她的健康。

里卡多为了不泄露自己的计划,顺从地答复他父亲说,他们认为怎么最好就怎么办,只不过恳求他不要剥夺女王赐给伊莎贝拉的任何财物。

克洛塔尔多答应了儿子的请求。当天,克洛塔尔多就去请求女王恩准他儿子与克莉丝黛尔娜结婚,同时允准他将伊莎贝拉及其父母送回西班牙。

女王对这两件事都很满意,认为克洛塔尔多的这一决定是正确的。同一天,她也不征求左右臣子的意见,就明确无误地判处侍从长永不录用,还赏赐一万埃斯库多给伊莎贝拉。阿尔内斯托伯爵因决斗而被判逐出英国六年。

没过几天,阿尔内斯托行将出发流放,给伊莎贝拉的钱也准备齐全。女王召来一位旅居伦敦的法国富商,这人在法国、意大利和西班牙均有贸易往来关系。女王交给他一万埃斯库多,要他开张单据,以便由别人在塞维利亚或者西班牙的其他地方,将这笔款子交付伊莎贝拉的父亲。

商人在扣除利息和盈利后,告诉女王说:他将开出可靠单据,持据即可到塞维利亚他的贸易往来关系——一个法国商人那里交割款子。办法如下:他将写信去巴黎,让那里他的另一个贸易往来关系开出凭单,这是因为要写上法国开票日期,而不是英国日期,原因是,英西两个王国之间的来往通讯是违禁的。所以随身只要带一封有编号但不注明日期的通知书就行,以便塞维利亚商人在得到巴黎方面通知后马上付款。

最后,女王采纳了商人这种安全可靠的办法,相信这样做,这笔款子万无一失。另外,女王还吩咐召来佛兰德商船船长,该船过一天就要动身去法国,目的仅仅是在法国某港口靠一下岸,得到一份证明,证明船只不是来自英国而是来自法国,有了这个证明,船只就可以进入西班牙国境。女王托该船长带上伊莎贝拉及其父母,要他好好加以款待,安全可靠地把他们送到他到达的第一个西班牙港口。

船主为了讨好女王,也就答应照办,并答应把他们送到里斯本、加的斯或者塞维利亚。

得到商人的担保后,女王派人去对克洛塔尔多说,请他不要剥夺她赐予伊莎贝拉的所有东西,不管是珍宝首饰还是衣服。第二天,伊莎贝拉及其父母亲来向女王辞行,女王十分爱怜地接见了他们。女王将商人的那封信件交给他们,并馈赠他们大量礼物,包括金钱与其他送行礼品。伊莎贝拉对此表示万分感激,并再次感谢女王赐予她的一贯恩典。

她向宫廷贵妇们告别,那些人因为她已经变丑,就不再像过去她具有美丽姿色时那么嫉妒她,并且很满意她温雅而端庄的举止行为,所以反而舍不得她离开。

女王拥抱了他们三位,祝他们幸福。女王还向船主致意,要伊莎贝拉报告安抵西班牙的消息,祝她乘坐法国商人船只一路平安,身体健康,并向她及其父母亲告了别。当天下午,他们三人上了船,克洛塔尔多、他的夫人以及全家老小,都为他们最喜欢的人洒下了热泪。送行时里卡多没有到场,为了不在那天露出他的绵绵情意,让几个朋友同他一起去打猎。卡塔琳娜太太赠给伊莎贝拉的临别礼物极为丰富。数不清的拥抱,泉涌般的泪水,无数要求来信的嘱咐声,与伊莎贝拉及其父母亲的答谢声汇成一片,尽管哭哭啼啼,他们心中却很满意。

当晚商船启航,一路顺风抵达法国,在法国取得了能进入西班牙的一切必要证件。接着由法国动身,经过三十天便抵达加的斯海滩。伊莎贝拉及其父母亲在加的斯上了岸。城里的人都认识他们,非常高兴地欢迎了他们。大家对两位老人找到伊莎贝拉,还从摩尔人手中获得自由——大家早已知道他们被俘,由慷慨的里卡多给予自由的事——表示祝贺,对他们从英国人手中获得自由也表示祝贺。

这时伊莎贝拉开始恢复她原有的美姿,看来希望极大。他们在加的斯逗留了一个多月,航行恢复后就动身去塞维利亚,要去看看他们带来给法国商人的汇票中那笔一万埃斯库多的款子有无确切消息。到塞维利亚后两天,他们去找那个法国商人,找到后他们将在伦敦的法国商人写的信交给他。对方确认了这封信,但说要到巴黎来信通知并寄来汇单以后才能付款,眼下他要等候通知。

伊莎贝拉的父母在圣保拉修道院对门租了一所房子,碰巧他们的侄女就在该修道院当修女,她的嗓子之好是独一无二的。这样,由于修道院那么近,伊莎贝拉写信时曾告诉里卡多,如果他要来找她,到塞维利亚就能找到她,并告诉他,来时只要打听圣保拉修道院的那个金嗓子修女——她的堂姐就行,她就会告诉他,他们的家在哪里,她这样写是因为上述特征不易忘记。

又过了四十天,巴黎的通知才到。法国商人来找他父女俩,将一万埃斯库多交付伊莎贝拉,她就把钱交给父母亲。她父亲用这笔款子,加上卖掉伊莎贝拉许多珠宝中的一部分所得的钱,重新做起生意来,这引起了那些知道他遭受过巨大损失的人们的惊奇。没过几个月,他就恢复了原有的信誉,伊莎贝拉也恢复了原有的美貌,以至于大家一谈到美人,都一致将这顶桂冠奉给英国的西班牙女人。无论她的名字,还是她那美丽的容貌,在全城可说是人人皆知。通过塞维利亚的法国商人,伊莎贝拉及其父母写信给英国女王,报告他们已平安抵达,鸣谢从那里所获的诸多恩典。他们也给克洛塔尔多及其夫人卡塔琳娜写了信,伊莎贝拉在信中称克洛塔尔多夫妇为父母,而她的父母则称之为主人。女王没有复信,但是克洛塔尔多夫妇回了信,信中祝贺他们平安抵达,并告诉他们,他们的儿子里卡多在他们乘船动身后的第二天,即动身前往法国,再由法国转到其他适合他去净心忏悔的地方,另外还讲了些充满爱怜的话,提出愿为他们效劳等等。对此他们又回了一封彬彬有礼、充满感情和谢意的信。

因此伊莎贝拉以为,里卡多离开英国是来西班牙找她。在这种希望的鼓舞下,她生活得比谁都快乐。她力求做到使里卡多到塞维利亚时,在找到她家以前,就先听到她的美德。于是,除修道院外,她很少,或者说从来不出家门;只有在修道院,她心里才获得宽慰。从她家和礼拜堂走出来,她总是边走边想,想的就是四旬节星期五,十二圣徒祠以及圣灵的七个继承人等事情。

她从不去看河流,也不到特里安娜①,也不看一下塔勃拉达乡村②的通常的欢乐情景,如果没有记错的话,就是在圣塞巴斯蒂安节,连庆祝会上人群熙熙攘攘,盛况经久不衰的赫雷斯门,也不去看一下。总之,她既不在公众的欢乐场合露面,也不参加塞维利亚

① 塞维利亚城西南郊区,位于瓜达尔基维尔河左岸。
② 在瓜达尔基维尔河右岸。

其他节日,她摆脱一切,深居闺阁,用她的祈祷词和良好祝愿,盼望着里卡多的到来。

这种彻底的与世隔绝的隐居生活,不仅使得当地的花花公子,而且使得所有见过她一面的人都满腔欲火,焦灼不安。于是这条街上,夜晚响起了音乐声,白天人来人往川流不息。就这样,你越不让看,别人越是想看,于是拉皮条者发了财,她们空口许愿,吹嘘只有她们有办法首先向伊莎贝拉转达别人的要求,也不乏想用一些骗人的把戏和谎言以期达到目的的人。但是对于这一切,伊莎贝拉犹如大海中的岩石,浪涛也好,疾风也好,虽能碰到她,却不能动摇她丝毫。

一年半过去了,随着里卡多约定的两年限期的临近,伊莎贝拉更加焦灼盼望的心,几乎到了疲惫不堪的地步。当她觉得丈夫已经来到她面前,问他什么障碍使他耽搁这么久的时候;当她听到丈夫的解释并表示她的原谅,甚至已经拥抱他的时候;当她已经把他作为自己的一半的灵魂来接受的时候,她收到了一封卡塔琳娜夫人的来信,信上日期说明是五十天以前寄自伦敦。信是用英语写的,可是她读出来时是西班牙语,上面这样写道:

> 我心中的女儿:你一定认识里卡多的随从吉利亚特。我在上一封信中曾告诉你,你动身后的第二天,里卡多就到法国及其他地方去了,途中相伴的就是这个吉利亚特。十六个月来,我们未获孩子的半点音讯,在这十六个月行将结束之时,也就是昨天,这个吉利亚特回家来了,带来消息说,阿尔内斯托伯爵在法国暗杀了里卡多。你可以想象得到,我的孩子,你父亲和我,还有他的妻子听到这噩耗后是个什么样子。尽管我这样说,但我们对这不幸的消息仍有怀疑。克洛塔尔多与我再次要求你,我心中的女儿,请你至诚恳求上帝保佑里卡

多,你知道,他是如此爱你,因而完全配得上得到这一恩泽。也请你祈求我们的上帝赐给我们耐心并得到善终,我们也恳求上帝赐你和你的父母健康长寿。

从笔迹和签名来看,伊莎贝拉无法怀疑她丈夫的死讯。她很熟悉那个随从吉利亚特,了解他是个老实人,他不愿也不会有什么理由去编造死亡消息,他母亲卡塔琳娜夫人更无理由这样做,因为送来这一噩耗对她毫无好处。终于,怎么推测,怎么想象,她都无法排除这一给她带来不幸的消息的真实性。

她读完信,既没有流眼泪,也没有表露痛苦的表情;她神情严肃,看起来似乎心里很平静;她从坐着的客厅起身走进一个小教堂,跪在她虔敬的耶稣受难像前许愿,要是丈夫真的死了,她就当修女。

她父母亲为了安慰伊莎贝拉心中的痛苦,就谨慎小心地将这一噩耗引起的悲痛心情掩饰起来。伊莎贝拉好像很满意自己的痛苦,以她具有的神圣基督徒的决心来克制这些痛苦,反而来安慰她的父母亲。他们发现她的意图后,就劝说她,在里卡多为她定下的两年时间满期以前切勿采取行动,只有两年到期,确认他的死讯时,她再改变现状才更稳妥。

伊莎贝拉就这样做了。再过六个半月才满两年,等过了这个时间,她就去当修女,已商量好要进她挑选好的她堂姐所在的圣保拉修道院。

两年到期了,到了她换穿修女服装的那一天。这个消息传遍全城。那些认得她、见过她一面的人,那些慕名而来的人,都云集到修道院和由她家到修道院的那段短短的路上。再加上她父亲邀请了朋友,朋友又辗转邀来别人,使得伊莎贝拉的这次出家成为塞维利亚曾经见过的这类活动中最体面的一次。参加这次活动的人里有市长，教区法官，代理大主教以及本城有爵位的老爷、太太们。他们的愿望是瞻仰多少月来消失不见的粲若丽日的伊莎贝拉。习惯上，即将穿上法衣的少女，由于从今以后要与过去的华丽绝缘，都要打扮得漂亮整洁，所以伊莎贝拉想穿得尽可能鲜艳。于是，她穿上朝见英国女王时穿的那身服装，那身服装有多么华丽，多么漂亮，前面已经作过介绍。只见珍珠、钻石在闪闪发光，连佩戴的项链与腰带也同样非常珍贵。经过这番打扮，加上她本人的优雅风度，使得所有的人都赞美上帝创造了她。伊莎贝拉步出家门——由于修道院相距太近，就没用车马。当时，全城百姓都挤在一起，动弹不得，纷纷抱怨自己为什么不坐车来，唯恐自己走不到修道院。只见人群中有人在向她的父母表示祝福，另一些人则赞美老天把她装扮得如此美丽。一些人踮起足尖看她，另一些人虽然曾经见过她一次，现在则跑到前面想再看她一次。这时，有一个人表现得最迫切，结果使得许多人都注目看他。他身穿一件赎身俘虏穿的衣服，胸前佩戴一枚特立尼达徽章，一种表示他们是靠救世主的救助才得以赎出来的标记。

　　这个俘虏，在伊莎贝拉的一脚已经踏进修道院大门，并且像惯常那样，里边修道院院长及佩带十字架的修女已经出来接迎她的时候，大声喊道：

　　"站住，伊莎贝拉，站住，我还活着，你可不能去当修女啊！"

　　听到这一喊声，伊莎贝拉和她的父母亲回过头来，只见那个俘虏排开众人，向他们这边挤过来，他头上戴的一顶圆边蓝色四角帽被挤掉在地，露出一头蓬松零乱的金色鬈发，一张白如雪、红如胭脂、白里透红的脸，大家一下子认出他是个与众不同的外国人。

　　果然，他是摔倒又爬起，跌跌绊绊地来到伊莎贝拉跟前，抓住她的手说道：

"伊莎贝拉,你认得出我吗?好好看一下,我是里卡多,你的丈夫。"

伊莎贝拉回答说:"是的,我认识的,如果你不是来搅乱我清静的鬼魂的话。"

她的双亲抓住他的手,仔细端详,终于认出这个俘虏就是里卡多。他眼含泪水,双膝跪在伊莎贝拉面前,恳求她不要因他的奇装异服妨碍她的善良的知觉,也不要因他的乖舛命运阻碍她答复他们两人之间曾经约定的话。尽管里卡多母亲的信中告诉她,里卡多已经不在人世,这已经深深刻在她的脑子里。然而伊莎贝拉更愿意相信她自己的眼睛和眼前的现实,于是她拥抱了这个俘虏,并对他说道:

"我的先生,你无疑就是那个唯一能够阻止我作出当修女的决定的人,先生,你无疑就是我的另一半灵魂,因为你是我的真正的丈夫。我把你深深印在自己的记忆里,保留在心坎上。我的女主人——你的母亲,写信告诉我你的死讯,虽然没有夺走我的生命,却使我选择了做修女的道路,在这一点上,我想寄身于宗教。但是既然上帝明确表示了他的意志,要我另做选择,那么,我是不能也不应该违背这一意志的。来吧,先生,到我父母家来吧,这也是你的家,到那里我将把我们神圣的天主教信仰允许的一切都奉献给你。"

周围的人,包括市长、教区法官、代理大主教等人,听到这番话后,又赞叹又惊讶。他们想马上知道是怎么回事,那个外国人是谁,他们所讲的婚姻又是怎么回事。

对于这一切问题,伊莎贝拉的父亲回答说,那段事情要另换一个地方和时间来讲,于是他就请那些想知道内情的人回到离此甚近的他们的家中,然后,向大家讲述这件事,让大家了解那件堪称伟大的、与众不同的、令人赞叹不已的事件的真相,直到大家满意为止。

这时只见在场有个人大声说道:

"先生们,我认识这个年轻人,他是英国的一位伟大的海军舰长,两年前就是他,在阿尔及尔截获海盗所劫掠的、来自西印度群岛的那艘葡萄牙海船。毫无疑问,他就是我认识的那个人,因为他不仅给了我,而且给了另外三百个俘虏以自由,还发钱给我们,让我们回西班牙。"

人们听了这番话情绪激动,大家都想知道并弄清这件如此错综复杂的事。最后,最显贵的人物和市长以及两位教会负责的先生都回过头来陪伴伊莎贝拉回家,留下那一班修女,因失去美丽的伊莎贝拉与她们做伴而在那里难过、困惑和哭泣。伊莎贝拉现在已经回到家里,她让那些先生们坐在客厅里,尽管里卡多想讲一下自己的事情,可是他还是相信伊莎贝拉讲起来比自己更好,在语言技巧及机敏程度上胜过自己。因为他讲西班牙语还不很娴熟。

在场的人都安静了下来,焦切地听伊莎贝拉讲述。她讲起了他们的事情,我将她讲的概述如下:她从克洛塔尔多把她从加的斯抢走,直讲到她重新回来为止这段时间内发生的一切;她也讲了里卡多与土耳其人作战的情况;还讲了他对基督徒施行的慷慨行为;他们两人私订终身的一番话;两年期限的诺言;他的死讯的传来,看来又确切无疑,从而使她决定两年期满时当修女;她又赞扬了女王的慷慨大方;里卡多及其双亲笃信基督。最后她让里卡多讲一下自他离开伦敦一直到大家见到他身穿俘虏服、佩带那只由别人救助而赎身的证章记号的始末。

里卡多说道:

"我将简短地概述我所经历的许多事情。由于我不可能与那位信仰天主教的苏格兰少女结婚（伊莎贝拉已经说过，我父母希望我与她成婚），就找借口离开了伦敦，带上随从吉利亚特——他就是我母亲信中提到的那个将我的死讯带到伦敦的人。我们经法国到了罗马，在那里我心情愉快，信念倍增。我吻了教皇的脚，向罗马宗教法庭庭长忏悔了自己的罪孽，他宽恕了我的罪孽，相信我的忏悔，相信我对我们的教会——世界之母的皈依，并给了我必要的证明。办完这件事，我参拜了那座圣城中的无数圣地，从我当时带去的两千埃斯库多中，拿出一千六百埃斯库多交给一个汇兑人，他开给我一张票据，到本城一个名叫罗基的佛罗伦萨人那里兑现。剩下的四百埃斯库多，我随身带着准备来西班牙。我动身到热那亚，在那儿获悉有两艘船要来西班牙。我和仆人吉利亚特来到一个叫阿瓜彭登特①的地方，这是从罗马到佛罗伦萨途中教皇的最后一个领地。在我下榻的一家客栈里，遇到了我的死敌阿尔内斯托伯爵，他带着四个乔装打扮的仆人，行动诡秘，我知道他要去罗马，但只是出于好奇，而不是因为信奉天主。毫无疑问，我以为他没有认出我。我和仆人关在房间里不出去，小心翼翼，决定天黑时换一家客栈。后来我发觉伯爵和他的仆人极其粗心大意，使我确信他们并未认出我，就没有搬走。我在自己住房用过晚餐，关上房门，准备好宝剑，祈求上帝保佑，当时我还不想睡。我的仆人睡着了，我靠在一把椅子上半睡半醒。半夜刚过，四声想让我长眠的枪响将我惊醒，事后我才知道，伯爵和他的仆人枪击我后，以为我已毙命，就扔下我，在他们上马即将动身之际，他们吩咐店主将我埋掉，因为我是个显贵人物，说完就走了。

　　"据店主后来说，我的仆人听到闹声醒来后，害怕得从窗口跳

---

　　① 意大利城市名，意为"瀑布"，属罗马省，当地有座大瀑布，故名。

下，摔在庭院里，一边说道：'我真不幸啊，我的主人死啦！'说完就离店而去。一定是出于害怕，他一路不停地赶回伦敦，也就是他，把我的死讯带回家中。随后，客店里的人纷纷上楼，发现我被四颗子弹击中，身上还有不少小铅弹，不过伤口全都不是致命部位。我要求做忏悔和作为一名天主教徒应举行的一切圣礼①。他们给我做了圣礼，还对我进行治疗，我卧床两个月不得动身，过了两个月我才回到热那亚，在那里没遇到其他要乘船的旅客，只有另外两个西班牙显贵与我同乘两条小船，两条船中，一条在前面探道，我们坐的另一条跟随在后。

"有这种保险，我们才上了船，沿海岸从一地驶往另一地，不敢深入大海洋。可是当我们到达法国沿海一个叫特雷斯玛丽亚②的地方时，我们的前哨船发现，有两条土耳其桨帆船正从海湾驶出。一条从靠海那边，一条从靠陆地那边向我们包围过来，当我们设法靠岸时，他们截断我们的去路，将我们俘虏上他们的船，剥得一丝不挂，把我们船上东西抢个干净，让两条小船靠岸，没有把它们沉入海底，他们说这样可以为他们引来别的利市——他们就这样称呼从基督徒那里掠来的东西。我为自己被俘，特别是为丢失那些罗马方面的证明，心里感到难过，我想我这么说你们一定会相信我的吧！那些证明是放在一只马口铁盒子里的，里面还有一张一千六百埃斯库多的汇票。幸亏这些东西落在一个西班牙俘虏手里，他是个基督徒，他将它们保存起来，因为如果落到土耳其人手里，那么在查出谁是物主时，我的赎金至少会与汇票上的数额相当。

---

① 天主教圣礼指洗礼、坚信、圣餐、忏悔、临终涂油、圣职、结婚等七圣典。但这里具体指忏悔，临终涂油。
② 位于马赛附近的一个小镇。

"我们被带到阿尔及尔,我在那里碰到圣特立尼达的神父在替人赎身。我随即向他们讲了自己的身份,使他们产生恻隐之心,尽管我是外国人,他们还是用下述方式赎我:答应为我付三百杜卡多,先付一百,另外二百等一艘施舍船回来再付,因为有一位神父为赎别人而将随身的钱统统花完,还亏欠四千杜卡多,结果被留在那里做人质,那艘船是要回来赎取那位神父的。由于这些神父慈悲为怀,乐善好施,别人才能获得自由,而他们普施仁慈,为替俘虏赎身,自己却当了俘虏。在我身获自由以后,造化又为我增添了一件福事:我找到了那只丢失的盒子及里面的证明文件和汇票。我当即把盒子送到为我赎身的神圣的神父面前,让他过目,在把我的赎身费给他以外,还给他五百杜卡多,以帮助他达到目的。

"那艘施舍船几乎过了一年才回来。要讲那一年里我的遭遇的话,就又是一部故事了。我只要提一下,在二十名土耳其人里面,我认识了一个人,他就是前面讲过的在那艘军舰上经我赐予而获自由的一批人——包括基督徒在内——中的一个,他对我感激不尽,是一个真正的好人。他不愿意暴露我,因为一旦土耳其人认出我就是那个击沉他们两艘船、从他们手中夺走从印度归来的那艘船的人,他们就会把我解到大土耳其,或者把我杀死。而把我弄到土耳其大君那里,那就意味着终生失去自由。

"最后,那位赎身神父与我一起来到西班牙,同来的还有另外五十名赎身基督徒。在巴伦西亚,参加了一次迎神赛会,随后,每一个人都动身去他想去的地方,身上则穿着这身标志自由的衣服。今天,我来到本城,怀着想见到我的妻子伊莎贝拉的迫切愿望,丝毫不敢耽搁地打听这座修道院,因为我已经得到有关我妻子的消息。在修道院发生的一切,在座的都已见到,剩下的事就是看一下这些证明,这可以为我的奇妙而真实的遭遇做证。"

说完他从一只马口铁盒里拿出这些证明,放在教区法官手里。法官与市长先生一起看了这些证明,对里卡多所讲的真实性找不出任何可疑之处。为了进一步证实这一点,上帝还安排了那个佛罗伦萨商人也在现场出现(价值一千六百杜卡多的汇票就是开给那个商人的),他要求给他看看那张汇票票据,看过之后,他一边确认这笔汇款一边马上收下这张单据,因为几个月以前他就接到这张汇单的通知。所有的人都为之惊叹不已。

里卡多说他要再拿出答应过的五百杜卡多。市长拥抱了里卡多、伊莎贝拉及她的父母亲,和他们寒暄了一阵。

那两位教士也和市长一样,请伊莎贝拉把这整个经历写下来好让大主教过目,她答应下来了。

原来都在凝神屏息地倾听这一曲折离奇故事的人,这时候爆发出一片对上帝的赞颂声,赞美上帝创造出这一伟大奇迹。老老少少,大人小孩纷纷向里卡多、伊莎贝拉及其父母亲表示祝贺。他们共同要求市长主持他们的婚礼,婚礼定于八天后举行。市长高兴地接受这个要求。八天后,他在本城显贵的陪同下,参加了他们的婚礼。

两位老人在几经周折之后,重新得到了女儿和财产。而伊莎贝拉,多亏老天的恩典和自己的美德,帮助她度过了种种难关,找到了像里卡多那样高贵的丈夫。据信她在丈夫的陪伴下,至今还住在当年他们租赁的,后来才从一位名叫埃尔南多·德·西夫恩特斯的布尔戈斯贵族那里买下来的圣保拉修道院对面的那座房子里。

本小说告诉我们,美德和美貌的力量可能有多大,两者合一,甚至其中之一就足以使敌对者相爱;小说还向我们指出苍天是怎样善于将我们从厄运中解脱出来,使我们得到最美满的结局。

玻 璃 硕 士

两位书生沿着托尔梅斯河岸散步时,看见一棵树下躺着个年纪不过十一二岁的孩子,穿一身庄稼人的衣服。他们让仆人叫醒他,等他醒来后,问他是哪里人,为什么一个人睡在如此荒僻的地方。孩子回答说,他已经忘记老家在哪里,他来萨拉曼卡是想找个主人当差,只求供他学习就行。他们问他是否知书识字,他回答说不但识字,还会写写弄弄。

其中一个书生说:

"这么说,你忘记自己的故乡,并不是因为记性不好啰。"

孩子回答道:

"不管怎么说,故乡也好,我的父母也好,不到我能为他们争光的时候,我都不能把他们的情况告诉别人。"

另一位书生问道:

"那么,你想用什么方式为他们争光呢?"

"用我的学问,"孩子答道,"要在学业上成名,因为我听说主教也是人当的。"

听了这句话,两位书生为之动容,就收下他,把他带走,让他在那所学校里专供仆人学习的地方学习。孩子告诉他们,他的名字叫托马斯·罗达哈。他主人从他的姓名及衣着推断,他一定是某个贫寒农民的孩子。没有几天,他们就让他穿上了黑色学生装。

几星期后,托马斯就显露出他那少有的才华,他在侍候主人方面是忠心耿耿,手脚勤快,办事可靠;看来全力以赴,无懈可击,却丝毫不耽误学习。由于他侍候得实在周到,他的主人大受感动,决定更好地待他,现在托马斯已经不被当作佣仆看待,而是成为他们的伴友了。终于,在与主人相处的八年时间里,他以其天才、杰出的才能,在学堂里已经颇享盛名,并受到各阶层人士的尊敬和喜爱。他的主修课程是法律,但他表现更为突出的是人文学。他的记忆力好得惊人,他的理解力也强得出奇,两者交相辉映,不相上下。

他主人现在已经毕业了,带上托马斯一起回到他们的家乡——安达卢西亚的最美好的城市之一。过了几天,由于他总是记挂着想回去学习,想回萨拉曼卡——对于那些喜欢有个安静住所的人来说,萨拉曼卡是那么令人神往地在吸引着他们——所以,他请求主人允许他回去。他的主人慷慨而有礼貌地同意了他的要求,为他准备好三年需用的物品。

他辞别主人时,感激之情溢于言表;他随即离开了马拉加——这是他主人的故乡。他走到往安特凯拉方向去的萨姆勃拉①某处的下坡路时,遇到一位有教养的绅士和他的两个仆人,三人都骑着马,主人身穿行路服装②,一副豪侠气派。托马斯与他一接触,知道是同路,便与他们搭伴同行,海阔天空地攀谈了起来。谈不多久,托马斯就显示出他那少有的才华。那位骑士却表现得英勇豪侠,彬彬有礼。他说自己是国王陛下的步兵上尉,而他的少尉旗手正在萨拉曼卡招兵买马。他对行伍生活十分称道,他还生动地描绘了那不勒斯城的美丽景色,巴勒莫的欢乐场面,米兰的富庶物

---

① 这是由马拉加至托莱多的古道。
② 因为是军人,行路服装通常都带有引人注目的色彩。

产,伦巴第①的歌舞盛宴,旅店里丰盛的菜肴,他娓娓动听而且详尽地描摹起他们当日说过的话来:"老板,来菜啊,伙计,过来,来一份肉丸子,一份鸡,一份通心粉。②"他把士兵的自在生活和意大利的自由吹得天花乱坠,但是他从未提到他们站岗时的寒冷,袭击时的危险,打仗时的可怖,被围困时的饥饿,地雷的破坏作用以及诸如此类的其他事情,这类事对某些人来说,是当作士兵生活的额外负担和主要负担来看待的。他说了那么一大堆话,说得又是那么好,终于使得机智、谨慎的托马斯·罗达哈开始动心,喜欢起那种距死神近在咫尺的生涯来了。

上尉——他的名字叫堂迭戈·德·巴尔迪维亚——对托马斯的堂堂仪表,出众的才智与不俗的谈吐等都喜欢至极,他表示只要托马斯愿意,他就邀请对方一同去意大利,哪怕只是出于好奇去看看也好,他说他可以供给膳食,如有必要,也可以列为正式编制,因为他的少尉旗手一定已经插好招兵的旗帜了③。托马斯没费对方多少唇舌就接受了邀请,他自言自语了一阵,觉得去见识一下意大利、佛兰德和其他地方也好,因为在外面游历多了,会使人变得机智聪明起来,而这种游历至多不会超过三四年时间,自己的年纪现在还不大,到时候不至于妨碍自己重新上学。他似乎觉得一切都会称心如意,便对上尉说很高兴随之去意大利,不过有一个条件,即不把他算作军队的正式编制人员,也不把他列入士兵名册,这样他就没有义务一定要跟着队伍走。尽管上尉对他说,在名册里列名不要紧,列了名他就可以享受上面发给连队的种种救助物资和

---

① 那不勒斯、巴勒莫、米兰和伦巴第均为意大利城镇。
② 原文为意大利语。
③ 招兵时少尉负责拿旗帜在街上宣传,等落脚到某一家住宿时,就把旗子插在那家门口,使那些想当兵的人知道在哪里报名。

拿到薪饷，再说，他也会答应托马斯提出的一切要求的。

托马斯说道：

"这样做违背我的良心，也违背上尉先生的良心。我去那里要自由自在，不要任何约束。"

堂迭戈说：

"这样顾虑重重的良心，是教徒的而不是兵士的良心，不过既然你喜欢这样，我们就这样说定了。"

他们当天晚上抵达安特凯拉，又经过几天的长途跋涉，来到刚刚建立的连队驻地，部队开始向卡塔赫纳开拔，并在到过的四五个地方驻扎。在那些地方，托马斯看到了委员们的权威，一些指挥官的烦恼，也看到了宿营事务官的辛劳，出纳员的收支账目及熟练技巧，老百姓怨声载道，收回宿营证的情况，新兵的蛮横无理，房东与房客间的争吵，申请超出需要的辎重，最后，还有他看到的、认为迫切需要解决的一些问题。

托马斯脱下学生服，穿上军装，像常说的那样"气宇轩昂"。他的那么多书被减少到只带一本圣母祈祷书，和一本未加评注的加尔西拉索①诗集，两本书都放在随身的腰袋里。

他们提前来到卡塔赫纳，因为宿营生活自在而多彩，每天都能遇到一些新鲜有趣的事。他们从那里登上去那不勒斯的四条船，托马斯·罗达哈在船上看到海上之家的奇异生活。在这段时间，经常遭到臭虫的骚扰，他还可以看到苦役偷东西，海员发脾气，老鼠捣乱破坏，以及海浪给他带来的苦恼。巨大的风浪使他感到恐惧，特别在狮子湾，遭遇到两次风浪：一次把他们吹到科西嘉②；另一次又把他们带回

---

① 十六世纪初西班牙托莱多抒情诗人，模仿意大利诗体，对西班牙诗坛影响巨大。

② 原意大利热那亚的一个小岛，一七六八年割让给法国。

法国的土伦①。经过几昼夜通宵不眠,眼圈发黑,浑身湿透的折磨之后,他们终于抵达景色宜人的美丽的热那亚城。他们从码头上了岸,等参观完一家教堂以后,上尉就让全体人员在一家饭店欢宴一餐,从而把遭遇暴风雨的事情忘得一干二净。

在饭店里,他们了解到各类酒的特色:意大利特雷维亚诺酒的柔和,蒙德弗拉斯孔酒的上佳品味,那不勒斯的阿斯佩里诺酒的辛辣,希腊的坎迪亚-索玛酒的醇厚,热那亚五葡萄园酒的浓烈,圣卢奇托的瓜阿纳恰夫人家酒的甘美平和,那不勒斯的钦托拉酒的乡村风味,不过这帮先生对罗马的罗马内斯科酒也不敢稍加贬低。饭店老板像检阅一样拿出这么许多不同风味不同特色的酒来,并不是施行什么魔法,更不是画饼充饥式的装装样子,而是真心诚意地拿出各地的名酒,诸如马德里加尔酒、科卡酒、阿拉埃霍斯酒,还有与其说是王城倒不如说是帝城的酒——笑神居住地的产品。他还拿出埃斯基维亚斯酒、阿拉尼斯酒、卡萨利亚酒、瓜达卡纳尔酒和门勃里亚酒,也没忘记里瓦达维亚酒和德斯卡加马里亚酒②。总之,这位饭店老板,列举和拿出来的酒,比酒神巴科地窖里的藏酒还要多。

于是,连托马斯也赞美起热那亚人的金发,慷慨优雅的风度,城市中叹为观止的如画风光,而城里的石山,犹似金光闪闪的金刚石错落在各建筑物间。第二天,整个队伍都登船准备去皮亚蒙特,但是托马斯不想跟他们一起去,他想由那里走陆路去罗马和那不勒斯,这样,需要经大威尼斯、洛雷托,然后再去米兰和皮亚蒙特。堂迭戈·德·巴尔迪维亚对他说,如果他们像听说的那样不去佛

① 法国良港。
② 从马德里加尔酒到德斯卡加马里亚酒,所列举的均是西班牙各地生产的名酒。

兰德,就会在皮亚蒙特与他会面。托马斯与上尉分手后两天动身,五天后抵达佛罗伦萨。他首先游览路卡城,该城面积不大,但建造得很好,比意大利其他地方强的是西班牙人在这里受到热情接待,过得很惬意。托马斯对佛罗伦萨满意到极点,不仅由于它的住房舒适干净,而且还由于它的豪华的建筑物,清清的流水和宁静的街道。他在那里待了四天,然后动身去罗马。罗马是城市中的女王,世界的主人。托马斯观赏了罗马的神殿,瞻仰了它的遗迹,赞叹它的壮丽伟大。就像从狮子的爪子可以判断它的身子有多雄伟、多凶猛,托马斯从罗马城的一些遗迹——大理石碎块,残缺不全的和完整的雕像,破裂或倒塌的拱门,毁坏殆尽的大浴室,庄严的柱廊和罗马圆形大剧场,以及水总是盈满的、并以埋葬于两岸的无数殉道者的遗骸来祝福的著名圣河——看到了罗马的伟大。托马斯还通过桥梁体会到罗马的伟大,那些桥梁似乎在面面相觑;他还通过街道得出“罗马伟大”的判断,如阿皮亚街,弗拉米尼亚街,胡利亚街以及其他诸如此类的街道,单凭它的街名即可压倒世界上所有城市的街道。他对城里突兀的山冈的赞赏程度,也决不亚于对其他事物的赞赏,这些山冈是塞利沃山、基里纳尔山和梵蒂冈以及另外四个以其名字显示了罗马伟大与庄严的山冈①。他也目睹了红衣主教团的权威、罗马教皇的赫赫威严和各国人民在此汇集的情景。他看了这一切,进行了观察,做了笔记。他还去了七个教堂,做了忏悔,吻了教皇的脚,因念够经文和数够念珠而获得内心的慰藉。最后他决定动身去那不勒斯。他进出罗马这些日子,正好碰上天气变化无常,道路又不好走,因而改由海路去那不勒斯。他怀

---

① 实际上七个主要山冈中并不包括梵蒂冈在内,那七个山冈是:卡皮托利诺、帕拉蒂诺、阿文蒂诺、埃斯基利诺、塞利沃、比米纳尔和基里纳尔。

着参观罗马以后所怀有的赞赏心情，又观赏了那不勒斯的景色，在他甚至在所有参观过该城的人看来，那不勒斯不仅是全欧洲，甚至是全世界最出色的城市。

从那里，他动身去西西里岛看了巴勒莫，然后又看了米西纳。他认为巴勒莫这个地方位置不错，景色优美，米西纳这个港口也很好，整个岛屿很富庶，难怪被人称为意大利的粮仓。他回转那不勒斯和罗马，从那里去瞻仰了洛雷托圣母，该圣母院的墙壁看不见，因为上面挂满了拐杖、寿衣、链条、脚镣手铐、假发、中等大小的蜜蜡包，还有许多表现黎民百姓通过圣母求情从上帝那里接受无数恩赐的图像，并以圣母的那幅圣像所显示出来的众多奇迹来扩大影响，增加威望，报答用华盖装饰墙壁的各家各户在自己家的圣像前进行的祈祷。他还看了最高级、最显赫的大使馆住宅，这些住宅，连诸天神道、各路天使和身居仙境的神仙见了也只好自认孤陋寡闻。

他从那儿动身，在安科纳上船去威尼斯，要是世上没有哥伦布，那世上就不会有另一个类似威尼斯的城市。多亏上帝和征服伟大墨西哥城的伟大的埃尔南·科尔特斯，才使伟大的威尼斯在某些方面有了竞争对手。这两个名城的街道很相似，都是水道纵横。欧洲的这座名城使旧大陆赞叹不已，美洲的那座却令新大陆为之惊愕。托马斯认为，威尼斯有无穷的财富，它的政府是精明能干的，它攻不破的领地，它富饶的物产，欢快的周围环境，总而言之，它的里里外外都当得起它在全球各地享有的声誉和得到的评价，而它的著名的造船厂的宏大规模则更加证明了这一点，该厂曾制造了大帆船和无数其他种类的船舶。

在威尼斯的旅行如此引人入胜，托马斯的注意力几乎全让水神卡吕普索所吸引，从而几乎忘却最初的目的。在威尼斯待了一个月以后,托马斯才途经费拉拉、帕尔马和皮亚琴察等地回转火神伏尔甘之家,法兰西王国的眼中钉米兰①,总之,到达了这个人们称之为"说到做到"的城市;宏大规模,里面的庙宇,以及拥有极其丰富的人类生活必需品使它成为极其出色的城市。托马斯从米兰动身去阿斯泰,他到得很及时,因为第二天步兵团就开拔去佛兰德。他受到他的上尉朋友的热情接待,接着,他就和他的朋友及部队一起经佛兰德到达安特卫普。这是个比起他游览过的意大利城市来毫不逊色的地方。他还看到了根特和布鲁塞尔②,看到了全国都处于战备状态,准备第二年夏天出征。他见识了那么多东西,实现了来此开开眼界的愿望,就决定回西班牙萨拉曼卡修完自己的学业。他一有这个想法,立即付诸行动,他的朋友知道他要离别,心里非常难过,要他随后来信告诉平安抵达的消息。他一一答应下来,接着就经法国返回西班牙,连巴黎都没有看上一眼,因为那里正处于戒备状态。他终于抵达萨拉曼卡,朋友们热烈欢迎他,替他把一切都安排得舒舒服服,他就继续学习,直到毕业获得法学硕士学位。

这时候,城里来了个机敏狡诈、阅历丰富、工于心计的女人。当地各色人等趋之若鹜,纷纷落入圈套,不曾登门拜访过她的学生寥若晨星。有人对托马斯说,那个女人曾谈起她到过意大利和佛兰德。于是,为了看看是否认识她,托马斯就去拜访她,他这一拜访不要紧,那位贵妇人对他竟是一见钟情。他对此毫无觉察,要不是别人硬拉他去,他都不想再踏进她的家门。最后,她向他表露了她的胸臆,主动答应将财产给他,然而,他的心思更多是放在书本

---

① 米兰以制造武器著称。

② 安特卫普、根特和布鲁塞尔均为比利时城市。

上，而不是放在寻欢作乐上，所以对于那位夫人所献的殷勤，没有给予任何回答。她觉得被人轻视和嫌弃，看到用寻常的办法无法征服托马斯的铁石心肠，决定找一些在她看来比较有效的办法来满足她的情欲。于是，在一个摩尔女人的指点下，在给托马斯吃的托莱多榲桲果里加上一点叫做迷药的东西，认为只要托马斯一吃，她就能逼他喜欢她，好像在这种药里有迷人之力，无须多费唇舌，就足以使人神夺志移，而给吃这种煽情饮料的人被称为"放毒药者"，因为，就像多次经验所证明的那样，这种人不是在做别的事，而是在给人服毒。

托马斯吃了这个榲桲果后，情况十分糟糕，手脚马上颤抖起来，好像得了羊角风一样，好几小时都昏迷不醒，最后总算醒了过来，人却像个傻子，说起话来含混不清，结结巴巴，他说一只榲桲果已经把他药死了，还说出是谁给他吃的。司法机关闻讯，即去找那罪犯；可是那女人看到闯下大祸，就逃之夭夭，再也不敢露面。

托马斯卧床六个月，在这段时间里人瘦得只剩一把骨头一张皮，所有的感觉一片紊乱。尽管别人想尽办法，只能治好他的身体，却不能医好他的头脑。他外表看起来很健康，其疯癫程度却超过迄今见过的任何奇怪的疯癫病人。这个不幸的人自认为是玻璃做的。因此，一有人靠近他，他就会害怕地喊叫起来，用商量的口气恳求别人不要靠近他，不然会把他打碎，他说他真的与众不同，他从头到脚都是玻璃做的。

为了帮助他从这种古怪想法中解脱出来，有许多人不理会他的喊叫和恳求，迎上前去把他抱住，要他注意和看到他并没有碎。然而，这样做却使我们这位可怜的人乱喊乱叫地摔倒在地，接着就昏死过去，好几个小时才苏醒过来。一醒过来，就又哀求别人不要靠近他。他说他是一个玻璃人，不是血肉之躯，所以让别人远远地和他讲话,问他一切他们想问的问题,他可以尽自己所知回答大家。他说玻璃是一种脆弱的材料,用这种材料做成的心灵,反应灵敏,效力显著,不像那些血肉之躯的心灵,既迟钝又俗气。有人想验证一下他说的是否属实,就问了他许多难题,他回答得却是自然机敏,才气横溢,使得大学里最有学问的人和那些医学、哲学教授们都为之叹服,他们看到,他一方面认为自己是个玻璃人,说明他疯得厉害,可是另一方面他身上却蕴藏着那么了不起的智慧,并能机敏而恰如其分地回答一切问题。

托马斯要求先给他一件套衣来护住他那易碎的躯体,这样他要再穿起什么较紧的衣服来,就不会碰碎身体了。于是别人给了他一件棕褐色衣服和一件非常宽大的衬衫,他小心翼翼地穿上,还在腰间束根布带。他说什么也不穿鞋。他要别人给他东西吃时,别靠近他,而是用一根棒,一端挂一个壶套,别人就在套里放一些时鲜水果,他不喜欢吃鱼和肉,喝水时就到泉眼或小河里用手捧着喝。他走在街上,要走街的中央,一边用眼睛望着屋顶,深怕上面掉下一块瓦片将他砸碎。夏天,他露宿野外;冬天,钻进某家旅馆堆草的地方,将草一直盖到自己的脖子,他说这是玻璃人最合适最安全的床铺。每逢打雷,身子就像汞中毒震颤病患者一样抖个不止,并且跑到野外,直到暴风雨过去才敢回村。他的那些朋友也曾把他关过一段时间,但是看到关着他更不好,也就听其自便,让他自由行动。他就在城里走动,认识他的人都同情他,又叹服他。

孩子们见到他,马上把他围起来,他就用棍子制止他们,要他们讲话时离他远远的,不要碰破他,说他是个玻璃人,非常脆弱,容易碰碎。孩子们是世界上最淘气的一代,不顾他的要求与喊叫,开始向他扔起破布,甚至石头来了。他们想看看,他是否真像他自己所说的那样,是玻璃做的。然而,他喊的声音那么大,又那么凄厉,

惊动了大人们,他们就出来叱责孩子们,不许他们向他扔东西。有一天,他被孩子们吵得烦透了,就回过头来对他们说:

"小瘪三,你们像苍蝇那样顽固不化,臭虫那样肮脏,跳蚤那样不要脸,你们要把我怎么样?我难道是罗马的特斯塔丘假山①,要你们扔给我那么多破烂石头吗?"

为了想听他骂人和回答别人的问题,总有许多人跟在他后面走,孩子们更是这样,与其说他们是想对他扔东西,不如说是想听他说话。

有一次,他经过萨拉曼卡的一家服装店,女店主对他说:

"硕士先生,我对你的不幸遭遇心里非常难过,可是我又哭不出来,怎么办呢?"

他就转过身来,斟字酌句地对她说:

"耶路撒冷的女子(不要为我哭),当为自己和自己的儿女哭。②"

她的丈夫懂得他说的骂人话③,就对他说:

"玻璃硕士老弟——他自称就叫这个名字——说你是个疯子,还不如说你是个坏蛋。"

他回敬道:

"收起你这句话吧,因为你自己蠢得什么也不懂。"

有一天,他走过一家妓院,看见门口站着许多妓女,他说她们是住宿在地狱旅社的撒旦大军的牲口。

有个人问他,如果他的朋友因妻子和别人私奔而非常难过,他该如何去劝说或安慰这位朋友呢?

---

① 罗马城五座假山之一,由碎砖烂瓦堆成。

② 参见《新约·路加福音》第二十三章第二十八节。

③ 据哈雷·西埃伯为本书加的注释:因为她的孩子不是她和丈夫生的。

他回答道：

"你就告诉他,感谢上帝派人把他的敌人从家中带走了。"

另一个说:"那么就不去找她吗?"

玻璃人回答道：

"绝不能去找她,因为你找到她,就等于找到一个你蒙受耻辱的终身活证人。"

还是那个人问：

"现在我的境遇就是这样,我该怎样同我女人平安相处呢?"

他答道：

"一切必要之物都可给她,让她去指挥家里所有成员,但绝不能让她指挥你。"

一个孩子对他说：

"玻璃硕士先生,我想离开我父亲,他老是用鞭子抽我。"

他回答道：

"孩子,你要知道,挨父母的鞭子是体面的,而挨鞭刑掌刑人的鞭子才是耻辱。"

在一家教堂门口,看到一个庄稼汉走进去,他是属于老爱夸耀旧教徒的那种人,跟在他后面的那个和他的意见不那么一致,于是硕士大声地对那个庄稼汉说：

"多明戈,你等一下,让萨瓦多先进去。"①

关于小学老师,他说他们都是幸运儿,因为他们总是和幸福的安琪儿——只要这些小天使不拖鼻涕就行——打交道。

---

① 作者在这里是做文字游戏,因为这两个词既可作人名,又分别意为"星期天"和"星期六"。

另一个人问他,他觉得拉皮条的是些什么人。他回答说,离你远的人不是,跟你挨近的人就是①。

关于他的疯病以及他和人们对答的情形,传遍了全卡斯蒂利亚,最后传到京城的一位亲王或者一位什么老爷那里,这个人想派人去接他,就委托他的一位朋友——一位在萨拉曼卡的绅士——代他去邀请。一天,那位绅士碰到了他,说道:

"玻璃硕士先生,你知道,有位京城要人想见你,想接你去他那里。"

他听了以后答道:

"阁下,敬请那位老爷原谅,鄙人不是去京城的料,鄙人怕羞,也不会阿谀奉承。"

尽管如此,那位绅士还是把他送往京城,为了把他带去,他们发明了这样的办法:将他放在堆满草的牲口驮筐的一边,就像里面要运的是玻璃,然后,将石头放在另一边与之平衡,在稻草里放上一些玻璃器皿,别人都以为装的是玻璃杯。于是他到了当时的京城巴利亚多利德②。夜晚,他们把他从草堆里弄出来,送进那位派人接他的老爷家,他受到了那位老爷的热烈欢迎。那位老爷说道:

"玻璃硕士先生,欢迎欢迎,一路上过得好吗?身体可好?"

他回答道:

"除掉那条走上绞刑架的道路外,没有比刚走过的路更糟的了。身体嘛,处于中立状态,因为我的脉搏在跟我的脑子闹对立。"

一天,他在许多架子上看见不少鹰隼和猎禽,他说用猛禽打猎

---

① "拉皮条者"也可作"搬弄是非者"讲,这里问的人是指前者,回答的人则指后者。

② 一六〇一至一六〇六年,京城设在巴利亚多利德。

是符合亲王及达官贵人的身份的,不过要注意,用这种方法狩猎花的力气大,收效小,几乎是两千与一之比。猎野兔是很愉快的事,不过要是用借来的猎犬去猎兔则更有意思。

这位老爷很喜欢他的疯疯癫癫,让他到城里玩的时候,派一个人保护和照料他,注意不让孩子们欺侮他。全京城的孩子,在六天内都认识他了。他每走一步路,走到每一条街和每一个角落,都要回答来自各方面的问题。其中有一名大学生,看到他具有各方面的才智,就问他是不是诗人。他听后回答道:

"迄今为止,我还没有那么傻,也没有那么幸运。"

学生问:"你说的这个傻和幸运是什么意思?"

硕士答道:

"我没有那么傻去当蹩脚诗人,也没有那么幸运会成为优秀诗人。"

另一个学生问他对诗人怎样评价。他答称,他对科学评价很高,对诗人却无可置评。别人紧接着问他为什么这样说呢,他回答说,诗人千千万万,好的太少,几乎没人够得上。因此,既然没有诗人,也就无从评价了。然而,他钦佩和尊重诗的科学,因为诗的内部包含着各门科学,它为各门科学服务,又替它们进行修饰打扮,从而产生自己杰出的作品,有了这些优秀作品,就能使全世界得益匪浅,充满欢乐与奇迹。他还说:

"我十分清楚,对好的诗人应予以高度评价,因为我记得奥维德①的诗是这样说的:

> 诗人,古代神道与君王的宠儿,

---

① 奥维德(公元前43—公元17),古罗马诗人,他的诗通俗易懂,优美,富于想象力。他对后世诗歌的影响,主要在技巧方面。本诗出自《爱的艺术》。

往昔,诗歌曾获得极大的嘉奖,

诗人,这一令人尊敬的名字与庄严相连,

曾多次有人为之慷慨解囊。[1]

"我一点也不忘记诗人的高贵品质,因此,柏拉图称诗人为神的意志的表达者,奥维德对于诗人就这样说过:

神在我们之中,我们受它怂恿而激动。[2]

"他还说:

然而,我们称诗人是预言家,是众神所喜爱的人。

"这是说的好诗人。对于蹩脚诗人,对于饶舌诗人,不说他们是世上的白痴和狂妄之徒,又能说些什么呢?"

接着,他又说道:

"当一个诗人想对周围的人读一首十四行诗为他们助兴时,他这样说:'请诸位听一首我在昨晚某时所作的十四行诗,尽管在我看来它是毫无价值的,不过,却有一种我说不出的美。'这时,你对这样的诗人的第一个印象又是什么呢?

"接着,他又撇撇嘴,眉毛蹙成弓形,抓抓口袋,然后,在成千张肮脏不堪、半破不烂的纸堆里——里面有上千首十四行诗——抽出一张他想朗诵的来,最后,他用甜蜜而又矫揉造作的声调念了这首诗。那些听他念诗的人,如果由于好嘲弄或出于无知而没有夸奖他时,他就会说:'是诸位没听懂这首十四行诗,还是我不会念呢?那么,最好还是由我再朗诵一遍。请诸位加倍注意地听,因为这首诗确实值得你们这样。'于是他像第一次那样又朗诵起来,还加上新的手势和新的停顿。

---

①② 原文为拉丁文。

"可是,看到那些诗人互相指责时又怎么办呢?看到稚嫩的新手攻讦强有力的老手,我能说些什么呢?有些人背地里说某些享有盛名的出色诗人的坏话,可正是这些诗人的作品对许多重大事情起到缓和、宽慰的作用,并表现出他们的天才的圣洁性和崇高的意境,从而发出诗的真正光辉。对于这样的人——他们愚昧无知,却对不懂的东西妄加断语,对尚不了解的东西无端厌恶——我能说些什么呢?对于十分看重并且高度评价那些坐在华盖下胡言乱语之徒,和身居宝座却愚昧无知之辈,我又能说些什么呢?"

有一次,有人问他,大部分诗人穷困的原因何在时,他回答说,因为他们愿意,如果他们会伺机勾搭贵妇人,他们致富就易如反掌。那些贵妇人都极其富有,她们有金头发,银额头,绿翡翠眼睛,象牙牙齿,珊瑚嘴唇,透明的水晶喉咙,哭起来泪水是珍珠,加之她们脚下的地基,不管是什么坚硬的不毛之地,只要她一踩,马上全长出茉莉和玫瑰,呼出的气是纯而又纯的琥珀、麝香和麝猫香,而所有这一切都是她们非常富有的标志。他举的这样那样的事情,说的都是那些蹩脚诗人,对于优秀的诗人,他说的全是好话,并把他们捧上了天。

一天,在圣弗朗西斯科街的人行道上,他见到几幅拙劣的画像,就说,好画家描摹自然,而那些拙劣的画手却在糟踏自然。

有一天,因为害怕被碰碎,他小心翼翼地靠近一家书店,对书商说:

"要不是有这么一点美中不足的话,我会十分喜欢这个职业的。"

书商问他哪一点美中不足,他回答道:

"你们买下一本书的版权后,仍然要弄虚作假,即使印书付酬,也要要弄作者,说是印一千五百册,实际上却印了三千册,弄得作者以为出售的是他版税内的书,实际上却是在卖版税外的书!"

同一天,广场上执行了六起鞭笞刑,当场有人宣布:"鞭打第一个①——偷窃犯。"

他对站在他面前的几个人大声喊道:

"弟兄们,你们走开点,别让这样的事挨上你们中间的任何一个!"

当宣告人说到"下一个"时,他说:

"那一定是打小孩儿的屁股。"②

一个孩子对他说:"玻璃大哥,明天要拉出一个拉皮条的女人来抽打。"

他回答道:"如果你说他们要拉出个拉皮条的男人来抽打,我就理解为他们要拉出一辆马车来抽打。"③

那边,一个抬轿子的问他:

"硕士,对于我们,你没有什么可说的吗?"

硕士回答道:

"没有,只不过你们每个人知道的罪孽比一个忏悔师还多。但是两者有这样的差别:忏悔师知道人们的罪孽是为了替他们掩盖起来,而你们则为了在酒楼茶肆予以张扬。"

一个骡夫——因为各类人都络绎不断地来听他讲话——听了这句话,就问他:

"关于我们,雷多马④先生很少或者没有什么可讲的,因为我

---

① ②　作者这里在搞文字游戏。"第一个",也可作"前面一个"讲;"下一个",也可作"后面的"或"臀部""屁股"讲。

③　通常拉皮条的是女人,所以他回答的意思是:你说的事是司空见惯的,如果拉出一个男的来打,就等于拉出一辆马车来抽打,才新鲜呢!

④　意为"狡猾的人"。

们是城里的好人,是必不可少的人。"

硕士听后答道:

"主贵仆荣嘛,根据这一点,要看你在为谁效劳,才能知道你有几分尊荣。年轻人,你们是活在地球上的最卑劣的小人。在我还不是玻璃人的时候,有一次,我骑一头租来的骡子赶路,一路上对骡夫讲了人类具有的一百二十一个致命的弱点。所有的骡夫都有不良习气,有偷东西、作弄人、骗人的毛病。如果他们的主人——他们就是这样称呼那些租他们骡子骑的人——是个容易受骗上当的人,那么,他们就想方设法敲雇主的竹杠;如果雇主是外国人,就偷他们的东西;如果是学生,就诽谤他们;如果是教士,就亵渎他们;如果是士兵,就使他们战栗发抖。这帮人,还有海员、车夫、脚夫,他们都有一套专门的与众不同的生活方式。车夫大部分时间是在车辕上和道路上过的,他们不得不成天和牲口与车辆打交道。他们有一半时间哼着歌,另一半时间骂骂咧咧,嘴里喊着'请向后靠',就这样度过很大一部分时间。如果车轮陷进泥沼,他们设法把车轮弄出来,这时两个比塞塔要比三头骡子更加管用。海员气度不凡,但不讲究礼貌。除航海用语外,其他任何语言都一窍不通。风平浪静时很勤快,暴风骤雨来时倒偷懒了;起风暴时指手画脚的多,听从命令的少。船和船舱就是他们的上帝,他们以看旅客晕船恶心为乐。脚夫是与床单无缘,却与驮鞍成亲的人。他们十分勤勉,忙忙碌碌;不误旅程换来的是头脑昏沉;臼的声音是他们的音乐;肚子饿了酱油充饥;喂草料就是他们的晨祷,他们做的弥撒谁也听不到。"

他说到这里,来到了一个药剂师的家门口,就转过身来对里面的主人说:

"阁下,你有一个有益于健康的职业,如果你不是与自己的油灯如此作对的话。"

药剂师问道：

"我怎么和油灯作对了呢？"

玻璃人答道：

"我这样说，是因为你不管哪盏灯缺油，你都一成不变地只为手头那盏灯添油。这门行业还存在另外一个问题，它足以使世界上最优秀的医生名誉扫地。"

药剂师问他这是为什么，他回答说，有的药剂师不说自己药房里缺少医生处方上开的药，却用别的药充数，在他看来两者效力一样，质量相同，其实不然。结果，由于配伍不善，效果就截然相反。

药剂师问他对医生是怎么看的，他的回答是：

> 医生得到尊敬是不由自主的，因为至高无上的神创造了他。一切医术来自神，恩赐来自君主。医术的灵气和光环围绕着他，有势力的人赞誉他。至高无上的神创造了人间的医学，真正的人都不能轻视它。①

他接着说道：

"次经中关于药和良医就是这样说的，而对于庸医，则恰恰相反②。这是因为对社会造成的损害，没有人超过他们。法官可以改变或拖延审判，律师可以为一己私利去维护我们提出的非正义要求，商人骗取我们的财富，总之，我们必须与之打交道的人都可能对我们造成伤害，但是，要我们的命又不用怕受惩罚的，却是一个也没有。而只有医生，他们可以轻而易举、肆无忌惮地杀人，他们杀人只要开一张药方而不必拔出刀剑，他们的罪行也不会被人

---

① 这段话引自《便西拉智训》第三十八章第一至四节。原文为拉丁文。

② 关于医生的辩论的至理名言请参阅佩德罗·迈克西亚所著《首次对话》一书。

发现,因为这些事很快就被人忘得一干二净。记得当我还是血肉之躯,不是现在这样的玻璃人的时候,有一个病人辞退了一个这类的蹩脚医生,而向另一位医生求医。几天后,第一位医生就走到为第二位医生的处方配药的药房,向药剂师打听那个医生给病人开的什么方子,有没有开泻药。药剂师回答说那里正好有一张第二天那个病人一定要来取的泻药处方。医生让他拿来看看,看到药方最后部分写有'清晨服用'的拉丁文字样,就说道:

'这帖泻药方上的药我都很满意,不过这个词嘛,太湿了一点。①'"

他讲的这样那样的事,因为涉及各行各业,所以大家都静静地跟在他后面,但没让他得到片刻安宁。可是,要是照顾他的人不好好保护他的话,就防备不了孩子们的骚扰。

有个人问他,为了不嫉妒别人,应该怎么办。

他回答道:

"睡觉,你永远睡下去,就完全可以取代嫉妒。"

另一个人问他,有什么办法得到他已谋求两年的一项委任。

他答道:

"你骑马动身,看看谁主管这件事,找到了跟他一起出城,你就得到委任了。"②

有一次,碰巧一位法官在他面前走过,这位法官是赶路去处理一件刑事案件的,随身带着两名警官及其他许多人。硕士问起他的身份,别人告诉他后,他就说道:

"我敢打赌,那个法官一定是心如蛇蝎,手段毒辣,对落在他

---

① 这里是对服泻药后所产生的效果的一句戏语,其原意为"擦洗座位"。

② 这是一句戏语,有两层意思:一是可以得到(职位)了;二是与他一起出城了。

手里的人是一个也不放过的。我还记得有一位朋友在审判一件刑事案时，做过一次十分过分的判决，大大超出犯人所犯罪行应得的惩罚。我问那位朋友为什么判得那么重，为什么做得如此不公道；他回答我说，他是想通过允许犯人上诉，为要显示慈悲心肠的最高法院的老爷们留一些余地，好让他们对重判的案子在量刑时酌情减轻到恰如其分的程度。我回答他说，最好在办完这件事后洗手别干了，这样他倒可以博得一个办事公道、断案正确的法官的美名。"

在围着他的人众中，也就是在那些听众中，有一位他认识的人，这个人穿一身学者的服装①，别人也称呼他硕士先生，而据玻璃硕士所知，那个人连个学士学位都还没有得到，于是对他说道：

"老乡，当心，去赎取俘虏的教士要是找不到你的学位，是会把你当作无主财产带走的。"

那个朋友听后答道：

"让我们好好相处吧，玻璃硕士先生，因为你也知道，我是个有高深学问的人。"

硕士回答道：

"我确实知道你在学问方面是个坦塔罗斯②，因为学问对你来说是那么高，又那么深，所以你总也达不到。"

一次，他来到一家成衣铺，看见裁缝正闲着无事，他就说：

"老师傅，毫无疑问，你已经快得救了。"

裁缝问道："你怎么看出来的呢？"

---

① 黑色的长袍。
② 希腊神话中的吕狄亚王，因泄露天机被罚永世站在上有果树的水中，水深及下巴，口渴想喝水时水即减退，腹饥想吃果子时树枝即升高。在文学上通常被喻作一个永远达不到目的的人。

"怎么看出来的?"玻璃硕士答道,"我看出这一点是因为你没事可做,你也就没有机会撒谎了。"

接着他又说:"裁缝的不幸在于节日期间没地方撒谎和没衣服做。令人惊讶的是,在这个行业中,几乎找不到一个人做衣服收费合理,不耍花招,他们中犯罪孽的人太多了。"

关于鞋匠,他说,据他看来,他们从来不做次鞋。因为,如果有人觉得鞋太紧太小,他们就会告诉这个人,这种鞋就是这样,是为了给潇洒男子汉穿的,还说,只要穿上两个小时,就会变得和麻鞋一样宽舒;假如有人觉得太松太大,他们就说,鞋就是要大一点,免得他紧得受罪。

一个在省法庭书记室做缮写工作的小伙子,看问题很敏锐,他觉得很有必要向硕士提出许多问题和要求,并将城里发生的新闻统统带来告诉他,对此,硕士都做了评论,并一一做了答复。有一回,他告诉硕士说:

"玻璃硕士,今天晚上,监狱里一个已经判处绞刑的大臣自杀了。"

硕士答道:

"他做得对,因为他宁愿趁早自尽,也不让刽子手加刑于他。"

有一群热那亚人从圣弗朗西斯科街的人行道走过,其中有个人对他说:

"硕士先生,请过这边来,给我们讲个故事。"

他答道:

"我不想讲,因为你们没有带我去过热那亚①。"

有一次,他碰到一个老板娘,手上抱着一个很丑的女儿,但满

---

① 在热那亚,故事和真人真事有成千上万。——原注

身珠光宝气,于是他就对她的母亲说道:

"你要是用这些珠宝铺路那就太好了,因为人们可以在上面散步。"

关于糕点师傅,他说,多年来他们一直在玩多勃拉迪亚①,但这没有给他们带来苦恼,因为他们所做的糕点,两分本钱的卖了四分,四分本钱的卖了八分,八分本钱的卖了半个雷阿尔,而这不过是出于他们的高兴和随心所欲。对于耍杂耍艺人,他说了成千句坏话。他说那是一些流浪汉,他们对待神圣的事情极不庄重,因为他们塑造的各种形象,往往使虔诚的事变得十分可笑。他们还将《旧约》《新约》中的所有人物,或者大多数人物的形象都装进一只口袋。他们就靠这只口袋在小酒店里吃吃喝喝。总之,他说妙就妙在操纵者是怎么能够操纵那么多木偶,一刻不停地表现得那么活龙活现,或者说,是怎么能使那么多木偶登场表演的。

一次,有个身穿王子服装的喜剧演员正好走过他那里,他一见到就说:

"我记得见过这个人,那时候走出剧院,脸上还涂着粉,反穿着劣质羊皮袄,尽管如此,每走一步都像是在台上以贵族身份对天盟誓。"

有人答道:

"可能是的,因为许多喜剧演员出身名门,是世家子弟。"

硕士接口说道:

"也许是这样,不过喜剧团最不需要的是出身好的人,他们需要漂亮的男子,因为要扮演绅士,说话则要求流畅。我还听说,他们为了赚一块面包,往往汗流满面,付出难以忍受的劳动,他们要

---

① 古代的一种纸牌游戏,赢家可以赢到加倍的钱。

不断地记忆东西，要像吉卜赛人那样从一地赶到另一地，从这家客店到那家客店，费尽心计地取悦他人，因为别人的喜悦里包含着他们自身的利益。另外，他们干这一切，不欺骗任何人，他们每时每刻把自己的货色拿到广场，让观众来观赏和评判。剧团负责人的工作是难以置信的，他们要特别小心才行，他们必须挣得很多，才能在年终的时候不负债，不受债权人的起诉。尽管如此，他们又是社会必要的部分，就像森林、白杨树和赏心悦目的景色一样，因为他们都是真正让人身心愉快的东西。"

他又说了对他的一位朋友的看法，他这个朋友在侍候一个喜剧女演员，但是侍候她一个人就等于侍候许多贵妇人，如女王、水神、女神、洗盘碟女人、女牧人。很多次，当这个女演员反串角色时，命运又安排他去侍候听差、仆人等等，而所有这些人物，甚至更多一些人物常常要由一个喜剧演员来扮演。

有人问他，谁是世界上最幸福的人。他回答说"没有一个"①；因为"谁要不了解其父，就不能完全了解其子，反之亦然。没有一个活着的人是无罪的。没有一个人对他自己的命运感到满足。没有人能进天堂"②。

关于击剑家，有一次他说，他们是科学或艺术大师，可是当需要科学或艺术时，他们又一窍不通。然而他们有点自负，想把对方暴躁的动作与思想简化成正确无误的数学论证。

他对那些胡子染色的人特别反感，一次有两个人在他面前吵架，其中一个是葡萄牙人，他一边抓住自己的染色胡子，一边对西班牙人说：

"凭脸上俺的胡子起誓……"

---

① ② 原文为拉丁文。

玻璃硕士走过去对他说：

"请注意,朋友,别说'俺'的(胡子),应该说'染'的(胡子)才对。"①

玻璃硕士对另一位蓄有碧绿多彩胡子——是由于劣质染料的过失所造成——的人说,他的胡子是马粪胡子。还有一位,由于不注意,染过的胡子与后长的胡子黑白相间成了花胡子,硕士见了就劝他设法别再和别人去争吵相骂了,因为凭他露馅的那一半胡子,人家就会指着他说,他是厚着脸皮在撒谎。

有一次,他讲了一个机敏、明白事理的姑娘的故事,说她出于顺从父母的意志,同意嫁给一个白胡子老头儿。在订婚的前夜,这个老头儿,不是像老年妇女讲的那样到约旦河②去,而是走到放一种化学药水的容器那里,想使自己的胡子改观,结果放进去时雪白,拿出来时成了黑色。到了订婚时刻,姑娘看出了他那张脸上染胡子的蛛丝马迹,就要她父母把她原先看中的那个丈夫还给她,说她可不要别人。他们对她说在她面前的那个人就是原先让她看过给她做丈夫的人。她反驳说他不是,证据就是,她父母许给她的那个是个须发灰白、神情严肃的人,而现在这个却没有灰白须发,因而不是,接着就大呼受骗上当。由于她的坚持,那个染须发的只好跑掉,婚礼也就告吹。

他对那些保姆,也像对染胡子的人一样反感。他说了许多奇奇怪怪的事情,都是关于她们充内行,裹着头巾,矫揉造作的样子,疑心病和出奇的小气等等;他还恼火她们易闹胃病,动不动就头晕,连她们说话的样子他也看不惯,说她们好转弯抹角,绕圈子,比

---

① 这是作者按西班牙语音拼写的葡萄牙文,是文字游戏。
② 传说在约旦河中洗过澡,人就变得年轻。

她们头巾上的折裥还要多,最后,他又说了一些她们衣服的抽结及她们是无用的人等话。

有人对他说:

"硕士先生,听你讲了许多行业的坏话,可在你讲的那么多话里面,从未听见你说过法庭书记员①的坏话,这是怎么回事?"

他听后答道:

"尽管我是玻璃做的,还不至于脆弱到会让自己随大流,几次三番地受骗上当。在我看来,学话时的语法入门和唱歌时的啦啦啦,就等于书记员。因为如果语法不入门,其他学科的大门也就进不去,就像音乐家首先要学会说话才能唱歌。骂人者也是这样,要以咒骂书记员、警官和法院的其他官员开头。法庭书记员是一种职业,没有这种职业,事实的真相就要被隐没,就要跑得无影无踪,就会被践踏,次经中说道:

  '人的权力在上帝手里,上帝却将他的荣誉放在法学家身上。'②

"书记员是为公众办事的人,法官这个职务要是没有书记员就难以顺利地开展工作。书记员必须是自由民,奴隶不能当,连奴隶的儿子也不能当。他们要合法生的,不能是私生子,也不能由劣等种族来担任。他们要宣誓保密,要忠实,不出高利贷证书,对朋友与敌人一视同仁,个人恩怨决不妨碍他凭着美好的基督徒良心执行公务。因此,如果这项工作需要那么多优秀的品质,为什么非要让魔鬼像攫取葡萄园里的葡萄那样从西班牙所有的两万名书记

---

① 当时的书记员的职能相当于今天书记员及公证人的总和。
② 原文为拉丁文。次经成书于公元前二世纪,当时尚未有书记员这一职务,作者引用这句次经是譬喻这一类有学问的职业应受人尊敬。

员身上夺取果实呢？我可不愿意这样认为,任何人有这样的想法
都不妥当,因为我最后要说,在这个周密安排的社会里,他们是最
必需的人了。诚然,如果他们权力过大,也会犯错误的,可以为这
两极端求取一个平衡,以使他们能警惕自己该做的事。"

关于警官,他说,既然他们逮捕人,抄别人的家,把他人看押起
来或者白吃人家的东西等等,就是他们本身的工作,那么他们有个
把敌人也算不了什么。

他指责那些包揽诉讼的诉讼代理人和代写状子人草率马虎,
不谙法律,将他们比作那些不管病人能否恢复健康,照样赚他们钱
的医生,而那些诉讼代理人和代写状子的人也一样,也不管他帮你
的那件案子能否成功。

有人问他,哪块土地最好。他回答说,早熟的、能给你报答的
土地最好。

那个人接口道:"我不是问这个,我是问哪个地方更好些:是
巴利亚多利德呢还是马德里?"

他答道:"马德里在两端,巴利亚多利德取乎其中。"

提问的人又说:"我不明白这是什么意思。"

他便说:"马德里是顶天立地,而巴利亚多利德则夹在中
间。"①

玻璃人听见一个汉子对另一个人说,他一到巴利亚多利德,他
的妻子就因为不服水土而得了重病。

硕士就对他说:

"要是她爱吃醋,最好她就吃那里的土。"

---

① 这是作者的隐喻,暗示马德里占有天时地利,而巴利亚多利德则又是泥泞,又
是浓雾。

关于乐师和步行邮递员,他说,他们的运气极有限,希望也不大,因为一部分让骑马邮递员捷足先登,而另一部分则归御前乐师所得。

对于那些被称为宫廷贵妇人者,他说,她们全部或者大部分人更多注意的是礼节而不是健康。

一天,他在教堂看到在为一个老人举行葬礼的同时又在为一个男孩子洗礼,为一个妇女举行蒙帕礼。他就说,庙堂乃战场,老头儿吃败仗,小孩子获胜,妇女则奏凯而归。

一次,一只黄蜂在他脖颈上叮了一下,由于怕打碎自己,他都不敢掸掉它,因此叫苦不已。人家问他,既然他是玻璃身子,怎么还会感觉黄蜂叮呢?他回答说,那只黄蜂准是一只背地说人坏话的家伙,而它们的舌头和嘴不仅能损坏玻璃身体,就连损坏铜做的身体也绰绰有余。

一天,有个体态臃肿的教士走过他那里,他的一名听众说道:"这位神父说什么也不会变瘦了。"

硕士有点生气地说:"谁也别忘记圣灵说过的话:'不可难为我受膏的人。'①"

他越说越生气,接着道:

"你们瞧瞧这个就会看到,用不了几年,教会就会在这个地方封出许多圣徒了,并把他们放进幸运者的号册里,那时候没有人再叫某某将军先生,某某秘书先生,也不叫某地的伯爵、侯爵或公爵,而是称呼迭戈教士,哈辛托教士,雷蒙多教士,统统都叫教士、修道士。因为宗教是天国里的花园,通常它的果实是放在上帝桌上的。"

---

① 原文为拉丁文。引自《旧约·历代志上》第十六章第二十二节。

他说,背地咒人的嘴就像秃鹰的羽毛,它们啮啮和损坏与它们相处一堂的所有禽鸟的羽毛。

说到赌场老板和赌徒,他认为是不可思议的。他说赌场老板是明目张胆的罪犯,因为,在向某赢家收头钱的同时却希望他输个精光,一面又继续发牌,因为对家一赢,他又可从中收取头钱。他十分赞赏某个赌徒的耐性,说那个夜里这个赌徒赌了整整一个晚上,但是也输了整整一个晚上,他入魔一样地发着火,尽管如此,只要对手不走,即使受到巴拉巴①那样的苦,他也不吭一声。他也赞扬了某些较厚道的赌场主人,他们不像别人想象的那样允许任何人进来,他们那里只让一些赌徒玩输赢很小的波亚和西恩托斯等牌局。这样他们可以慢慢地玩,也无须害怕和引起别人的妒忌,而到月末所得头钱比起那些允许玩大输大赢的埃斯托卡达、雷帕罗洛、西埃特依耶瓦尔和品塔恩拉德尔彭多等牌局②的赌场主还要多些。

总之,要不是由于别人一碰到他或者一走近他他就大声疾呼的话;要不是如前面讲过的那样,由于他穿的那身服装,他少得可怜的食量,他的喝水方式,他夏天只想睡露天,冬天则睡草堆等等如此明显的疯癫迹象,那么,从他上面说的那些事情看,谁也不能相信他会是疯子,而只会认为他是世界上最明智的人。

他的疯病持续了两年多一点。一个专治哑巴的圣赫罗尼莫骑

---

① 巴拉巴,《新约》记载的一名强盗。一天当耶稣与他同时被带到本丢·彼拉多面前,彼拉多要人民决定释放谁时,多数百姓宁可要他,结果使他幸免一死。文学上讲某人是巴拉巴时比喻老百姓无知;在日常生活中,巴拉巴是令人讨厌的残忍的人的同义词。

② 波亚是一种三人玩的牌戏,西恩托斯则是谁先打满一百点谁就赢。从埃斯托卡达到品塔恩拉德尔彭多等牌戏,今天已经失传,识者不多,只有个别人曾提到是很有趣的牌戏,但未见有详细的介绍。

士团的教士,有办法使哑巴开口,又会治疯癫症,于是,出家人慈悲为怀,主动担负起医治玻璃人的责任,并且把他医治好了。这样,他恢复了理智和思维能力。别人见他恢复了健康,就给他穿上学者服,让他重返法院工作,以便他能将疯癫时表现出来的智慧,通过他现在的工作,一举成名。他也就照此办理,去到法院上班;他改名叫鲁埃达硕士,不叫原先的罗达哈。但在他几乎要踏进法院大门时,却让那帮孩子认了出来,不过,孩子们见到他那身与往常截然不同的服装时,不敢大声喊叫,也不敢向他提问题,只是一边跟着他一边议论:

"这不就是那个疯癫的玻璃人吗?肯定是他,他现在好了。不过,衣服穿得像不像样,不一定说明问题,照样可以是个疯子,非得问他一些事情,才能解开这个疑团。"

这一切,硕士都听到了,他不声不响,但与神志不清时比起来,更觉惶惑不安,羞于见人。孩子们就把所见的一切告诉给大人,结果在他到达最高法院庭院以前,后面跟随的各种各样的人已超过二百,比跟随大学教授的人数还要多,等他一到庭院,人们就把他团团围住。他一看有那么多人围着他,就提高嗓门喊道:

"先生们,我是玻璃硕士,但已与往常的那个不同,现在我是鲁埃达硕士。在上天同意下曾被不幸夺走的我的理智,今天在上帝的怜悯下又归还于我。你们可以认为,我犯疯病时说的那些事,在恢复理智时也会照样说照样做的。我是萨拉曼卡法律专业毕业生,我上学时甚为贫穷,并在那里获第二名硕士学位①。我之所以获得这个学位不是由于别人的恩典,而是由于我的美德。我来这

---

① 当时第一名硕士学位往往为高官贵族子弟保留,所以第一名不是凭学习成绩取得的。

里这个法庭的海洋，是为了主持公道，为了谋生。然而，要是诸位不让我这样做，我就会淹死在这海洋里，看在上帝的分上，请不要把跟随我变作追逐我。我疯时受人供养，现在恢复了理智，这一切都成为过去。从前诸位常常在广场向我提问，现在就请到我家来询问，你们就会看到，过去即兴回答得不错的人——人们是这样说的，今后将因经过思考而答得更好。"

听完他上面的一番话后，有些人走开了。回家的路上跟他的人少了一点。

第二天，他出门时一切照旧。于是他又说教一番，但毫无作用。结果是耗费很大，一无进账，眼看这样下去会饿死，就决定放弃法院的工作，回佛兰德，他想既然靠他的才智挣钱已不可能，就在那里凭自己的双手去卖力气赚钱。他这样想也就这样做了，当他步出法院时，他这样说道：

"啊，法院，你增长了胆大妄为之徒的希望，却减少了有道德但胆小怕事的人的希望；你养活一大帮无耻的骗子手，却饿死那些羞怯的聪明人。"

话一说完，就动身上佛兰德。在那里，他开始从事文学生涯，最后，投笔从戎，与他的要好朋友巴尔迪维亚上尉在一起，终于在他去世后，留下了美名，被人称为：智勇双全的战士。

血 的 力 量

　　炎夏的一个夜晚,一位贵族老人偕同他的夫人,带着小儿子、年方二八的女儿和一名女仆,从托莱多城的河上游玩归来。夜色清朗,时间已是十一点;路上阒无一人,他们安步当车,因为不必为支付膳宿费烦心,比在托莱多河上或沃野享受的快乐,给他带来更大的乐趣。由于深信该城法制严明,民风淳厚,于是,这位善良的贵族带着诚实的一家前来,万没有想到竟会灾难临头。正如不测风云往往不期而至一样,一件不幸的事十分出乎意外地叫他们遇上了,扰乱了他们的欢乐心情,使他们为之哭泣了许多年。

　　该城有一位绅士,年纪二十二岁,家道殷实,出身高贵,秉性狡诈,为人放肆,终日与一帮浪荡朋友为伍,并在他们怂恿下做出一些有违身份的胆大妄为之举,因而被人叫作"胆包天"。

　　这位绅士——现为尊重起见,隐其真名实姓,姑且叫他为鲁道夫——当时和他的四个朋友一起,从那位贵族正往上走的斜坡下来。这几个小伙子嘻嘻哈哈,旁若无人。两队人马——一队绵羊和一队恶狼——狭路相逢了。鲁道夫及其伙伴,蒙着脸,肆无忌惮地盯着母亲、女儿和女仆的脸。老人很是气恼,呵斥了他们的越轨行为。他们以做鬼脸和嘲谑来回敬,倒也没过分放肆就走了。

　　可是,鲁道夫一见那位叫作莱奥卡迪亚的贵族女儿,就把她的花容月貌深深印在脑海里,马上动了心,起意要占有她,而不管这对他有多么不合适。鲁道夫立即把自己的想法告诉同伴，这帮人为了取悦他，马上决定回去把她抢走。有钱人只要舍得花钱，总能找到人来支持他们的不义行径，也总会有人把他们的歹意说成好心。就这样，从坏主意冒头、将坏主意告诉别人、同意并决定抢走莱奥卡迪亚，一直到动手抢人，所有这一切几乎同时发生。

这帮人用手帕蒙住脸，拔出宝剑，走了回去，没几步，就赶到了那家人面前，而他们还没来得及为摆脱这帮无法无天的家伙的魔掌而感谢上帝呢。

鲁道夫冲到莱奥卡迪亚跟前，一把拽住她的胳膊，拉着就跑。姑娘无力反抗，吓得喊都喊不出声来，两眼一黑，就昏了过去，人事不省，连是谁抢她，把她抢到哪里，她都一概不知。

她的父亲大声呼救，她的母亲哭天喊地，她的弟弟哭哭啼啼，女仆乱抓一气，然而他们的喊叫之声没有人听到，哭泣引不起同情，乱抓一气也无补于事，因为那个地方的荒僻和夜晚的寂静，遮盖了罪犯的暴行。

结果，一部分人欢天喜地而去，另一部分人则哀痛不已。鲁道夫一路无阻地回到了家里。莱奥卡迪亚的父母回到家里既伤心难过，又感到绝望。他们成了瞎子，因为他们见不到女儿的眼睛就等于失去了光明；他们感到孤独，因为莱奥卡迪亚是他们温柔愉快的伙伴；他们茫然不知所措，因为不知道将不幸遭遇报告法院是否合适；他们害怕，因为他们觉得不宜将这件丢脸的事公之于众。

他们是家境艰难的贵族，需要别人的援助。他们除了抱怨自己的厄运，不知该去抱怨谁。与此同时，机灵狡猾的鲁道夫已经将莱奥卡迪亚带回家里自己的房间，尽管知道她在路上已经昏了过去，他还是用手帕蒙住了她的眼睛，使她既看不见所经之街道，也看不见他的家和所在的房间，而在那间房里，谁也发现不了她，因为他有一间房是与他依然健在的父亲的住房隔开的,他又有住宅及各个房间的钥匙——这是他的两位想把自己的儿子幽禁在家的父母亲的疏忽。在莱奥卡迪亚从昏迷中醒来以前,鲁道夫已经满足了自己的欲望。年轻人的情欲冲动,极少可能或者根本不可能在激发起来后及时控制住。丧失理智的人暗地里夺走了莱奥卡迪亚最珍贵的东西。大部分犯奸污罪的人一旦达到目的,别的就不管不顾了,鲁道夫也是一样,事毕之后,一心要把莱奥卡迪亚弄走,想趁她昏迷不醒,就把她弃于街头。可是就在他动手这么干的时候,她醒过来了。她说道:

"我真命苦哟,我这是在哪儿啊?这儿怎么这样黑,四周怎么这样暗?我是清白无辜地站在天堂门口呢?还是罪孽深重地落到地狱里面了呢?耶稣啊!谁在碰我呢?我躺在床上吗?我在诉苦吗?我亲爱的妈妈,你在听我说话吗?我的爸爸,你听得见我说话吗?哎,我好苦命啊!我完全晓得,我的父母是听不见我说话的,我的敌人已经玷污了我。要是这样的黑暗永远持续下去,要是我的双目不再看见世上的光亮,要是我所在的不管是什么地方,能成为埋葬我的贞操的墓地,那该有多好啊!因为丧失贞操不被人知道,要比人家怀疑自己的贞洁好。我记得——我永远记不得才好——前不久,我是和父母亲在一起。我还想起来,有人抢了我。我已经想起来,我还看见那些人看我就不怀好意。噢,现在与我在一起的人,不论你是谁(这时候,她抓住了鲁道夫的手),如果你的心里还能容纳别人的一点请求的话,我求求你,既然你已经夺走了我的名誉,也把我的生命夺走吧!马上杀了我吧,没有贞操的生命是要不得的。你看看,你要是发善心杀了我,就能减轻你对待我的粗暴与残忍,这样一来,你就会在残忍之外兼有了善心。"

莱奥卡迪亚的这番话弄得鲁道夫不知所措,因为他还年轻,涉世不深,不知道该说什么和做什么才好,而他的沉默不语使莱奥卡迪亚更加惊讶。她用双手尽力要弄明白这个站在面前的是鬼魂还是幻影。但是当她碰到了对方的身子时,她清晰地记起她是在与父母一起走路时,被人用暴力抢走而身遭不幸的。想到这里,她接上因哭泣和悲叹而打断的话头,怒冲冲地说道:

"不要脸的东西,你年纪轻轻就干出这种该受审判的勾当来;但是我可以宽恕你对我的侮辱,只要你答应并且发誓不张扬这件丑事,永远都不对任何人提起。你对我的莫大伤害,我只要求这么一点点补偿,而对于我来说,这就是我要求你而你也许不想给我的最大补偿。我告诉你,我根本没看见你的脸,我也不想看见,因为那样会使我记起对我的侮辱,而我既不愿意想起侮辱我的人,也不想把伤害我的人的形象留在我的记忆里。我只想对天申诉,不想让这个世界听到,这个世界是审判不了这样的案子的,因为在这个世界,对人的评价因财富不同而异。我不知道怎样向你说明这些事,它们往往要靠丰富的经验才能积累,尽管我还没满十七岁,但我明白痛苦本身既可使受伤者缄口,也可以使之一吐为快,有时为了让人相信,就对这种痛苦带来的不幸夸张其词,有时却因无补于事而闭口不谈。不管怎样,不管我是保持缄默还是把它讲出来,我想,我一定得使你相信我,或者得让你设法为我补救。因为不相信我,乃是愚昧无知,而不设法帮助我,就不可能减轻我的痛苦。我不想自杀,因为这样就太便宜你了。事情就是这样:你要明白,你别指望也别认为,随着时间的推移我对你应有的正义的愤慨会缓和下来,你也休想再对我进行侮辱。你既已占有了我,你越少作孽,你的情欲也就越容易消失。你权当是无意中伤害了我,对于自己所干下的一切没有经过很好的考虑,我就譬如自己没有降生世上,或者生来就命定是个不幸的人。请你马上把我送到街上,或者至少送到靠近大教堂的地方去,因为从那里我就知道回家的路了。不过,你也必须发誓不跟踪我,不打听我的家,不问我父母的姓名,不问我和我亲属的名字,要是我们既高贵又富有的话,我也不会有这样的厄运临头了。你回答我的话吧,要是你担心我会根据你讲话的声音认出你来,我可以告诉你,我生来除了我父亲和我的忏悔神父外,还没有和别的男人说过话,只是由于听他们讲得多了,我才能凭说话的声音辨别他们。"

鲁道夫听了可怜的莱奥卡迪亚这一番考虑周到的话,一言不答,抱着她,只想再次求欢,而这对她来说却是莫大的耻辱。

莱奥卡迪亚看出了这一点,用比她的年纪所能有的大得多的气力来自卫。她用脚踢,用手抓,用牙齿咬,最后说道:

"你这狼心狗肺的坏蛋,你要明白,不管你是谁,你能把我抢来,是因为当时我已失去知觉,你就像抢一根没有知觉的树干或柱子一样,你的一时得逞只能使你遭人轻视,声名狼藉。可是,现在我就是死了,你也休想达到目的。在我昏迷中你糟蹋我,摧残我,可是现在我什么都不怕,宁可让你杀了,我也不会屈服。如果在我醒着的时候毫不反抗地任你满足兽欲,你就会认为,你大胆妄为地摧残我的时候,我是假装昏迷。"

最后,莱奥卡迪亚进行了如此勇敢顽强的抵抗,使鲁道夫力气不支,大为败兴。他对莱奥卡迪亚的非礼行为仅仅出于情欲的冲动,决不能产生持久的真正的爱情,因此,冲动一过,留下的倘若不是悔悟,至少也微微有点儿后悔之意。

鲁道夫又败兴又疲乏,一声不吭,把莱奥卡迪亚留在他家的床上,关上房门,去找自己的伙伴商量对策。

莱奥卡迪亚觉得只有她一人关在房里,就从床上起来,在房里走来走去,用手摸索墙壁,看看是否有门可出,或者有窗可跳。她找到门,可是锁得严严实实。她又找到一扇可以打开的窗户,月光从窗口透进来,莱奥卡迪亚在皎洁的月光下能够分辨出装饰房间的挂锦的颜色。她看到金碧辉煌的床是那么富丽,与其说像一个非凡的绅士的床,不如说像王子的床。房里有椅子和书桌;她看到门那边的墙上挂着几幅画,但看不清画的是什么。窗户很大,装有很粗的铁窗栏,放眼望去是一座花园,四周也围着高墙,想由房里到街上去真是难上加难,看到这个房间装饰得十分富丽堂皇,她明白主人决非等闲之辈,一定是个显贵和富家子弟。她在一张靠近窗户的书桌上看见一只小巧的银质耶稣受难像,就把它藏在衣袖里,这不是出于虔诚之心,也不是有心偷窃,而是出于一种机敏的打算。然后,她按原样关好窗户,回到床上,等待着以坏事开端的这一遭遇会有什么结局。

时间似乎还没超过半个钟头,她感觉到房门打开了,有个人走了进来,一句话没说就用手帕蒙住她的眼睛,拉住她的手臂,把她带出房间。她感到房门又被关上了。这个人就是鲁道夫,他虽然出去寻找同伴,但又不想碰到他们。他认为,他和这个姑娘之间发生的事情,都让他们参与知情是不妥的。他后悔自己的恶行,也为她的眼泪所感动,决定不将此事告诉同伴,而把她弃于半道了事。

他拿定这个主意,就急忙回家,想在天亮以前,照她的要求,将她放到大教堂附近,免得天亮做起来有所不便,又得把她留在屋里等到天黑,他可不愿在这段时间里再使用武力,也不愿让对方认出自己。于是,他把她一直带到市府广场。到了那里,他改变嗓音用掺杂葡萄牙语的西班牙语对她说,她可以自己回家了,因为没有人会跟踪她。在她揭掉手帕前,他已经到了她看不见的地方去了。

现在,那里只剩下莱奥卡迪亚一个人,她摘下蒙住眼睛的手帕,认出了她站的那块地方。她向四周一看,不见有人;但她怀疑有人在远处跟踪,每走一步都停一下,就这样向离那里不远的自己家走去。为了弄清是否有盯梢的人跟踪,她走进一家敞开大门的人家,在那儿待一会儿才回到自己家。她的父母当时尚未解衣休息,也根本没想到需要休息,一见到她,惊诧不已,就张开臂膀跑过来拥抱她,含着眼泪迎接了她。

莱奥卡迪亚惊恐不安地把双亲带到一边,将自己不幸遭遇的始末简单地向他们说了一下,但是她说,对那个夺走她贞操的拦路贼的情况她一无所知。她把自己在发生不幸悲剧的场所所见的情况,一一告诉了双亲:窗户、花园、窗栏、书桌、床铺、挂锦等等,最后,她拿出带回来的耶稣受难像。他们在这圣像前又流下了眼泪,做了祷告,恳求圣像为之报仇,希望上帝显灵施以神罚。莱奥卡迪亚还说,虽然她不想知道那个冒犯她的暴徒,但是,如果她父母觉得了解一下更好的话,他们可以通过这个圣像,让教堂司事在全城各教区传道的时候,顺便提一下,谁丢了这么一个圣像,可以到他们指定的教士那里领取,这样,等知道了圣像的主人是谁,就能知道他的家,甚至还能知道伤害她的是谁。

她父亲听后回答道:

"孩子,如果你的聪明推论没有狡诈之徒作梗的话,你说的可能有理。然而,清楚不过的是,今天那个人一定会发现你说的那间房里的圣像不见了,圣像主人也一定会知道是和他在一起的人拿走的,当他知道圣像在某教士手里,这只会有助于他了解到谁将这样一个圣像交给教士,却不会暴露失主,因为失主可以找别人去领取。要是这样,我们不但不能知道真情,反而茫无头绪,虽说我们也可以采取同样手段,通过第三者将圣像交给教士。孩子,你该做的事是把它保存起来,将自己交托给圣像庇护,因为它是你不幸遭遇的见证人,总有一天会有法官为你伸张正义。你要知道,孩子,一盎司公开的耻辱事会比一阿罗瓦①掩盖的丑行落到更加可悲的地步。因此,你可以开诚布公地与上帝一起过正直的生活,而不必私下为自己受侮辱而痛苦,真正可耻的是罪行,而真正的贞操在于美德;亵渎上帝包括说、想、做三个方面,而你在说、想、做三方面都没有亵渎过上帝。要努力做个正直的人,我也为你做到这一点而尽力,我要作为你名副其实的父亲而永远照看好你。"

莱奥卡迪亚的父亲用这一番深思熟虑的话安慰了她,她母亲又一次拥抱了她,并且也想方设法安慰她;她又怨叹和哭泣了起来,并且据说,只好忍气吞声,穿着简朴,在她父母亲的保护下深居简出打发日子。

与此同时,鲁道夫回家后发现耶稣受难像不翼而飞,他想可能是谁拿走了,但是他一点也想不起来。由于他很有钱,不再理会这件事,他的父母也没有向他要这件东西。三天以后,他动身去意大利,他那个房间就交给他母亲的侍女照看。

鲁道夫早就决定去意大利,而他那去过意大利的父亲也劝他去,对他说,那些仅仅待在自己祖国的人不算绅士,绅士必须周游各国。由于这样那样的理由,鲁道夫决定奉行他父亲的意愿。他父亲给了他许多钱,让他去巴塞罗那、热那亚、罗马和那不勒斯,他就马上与两个同伴一起动身。他听一些士兵谈起,意大利和法国有许多旅馆,西班牙人在那儿住宿很自由,因而他十分向往。"这儿有可口的鸡、鸽子、火腿和香肠"②以及诸如此类的名堂,他听来十分入耳;那些士兵从一地到另一地,住过西班牙那些窄小而不舒适的小客栈和旅店以后,对那些名堂更是津津乐道。总之,他走的

---

① 阿罗瓦,重量单位,等于二十五磅。
② 原文为意大利语。

时候,对于与莱奥卡迪亚发生过的事,好像从来没有那么回事似的,几乎忘得一干二净。

这时,莱奥卡迪亚住在父母家里,尽量深居简出,不让别人见到,因为她害怕别人从她脸上看出她的不幸遭遇。几个月以后,她更是被迫继续这样下去,她看到隐居生活对她很相宜,因为她发觉自己怀孕了,这么一来,她眼里久已不流的泪水重又涌了上来,又开始发出长吁短叹之声,她慈祥母亲的慰劝也毫无作用。

时光飞逝,转眼到了分娩时刻,为了保密,连接生婆他们都不敢相信。在她母亲亲自接生下,她生了一个男孩,可以料想得到,这是一个极漂亮的男孩。同样,他们又十分小心,秘密地把孩子送到一个村庄,在那里养了四年。四年后,他外婆把他领回家来抚养,名义上说是他们的侄儿。家里虽不很富有,但至少要把他教养成道德高尚的人。

这个孩子——他外公给他取名叫路易斯——相貌英俊,听话,才思敏捷,按他的年龄而论,行为是那么温顺,举止却像是出身高贵的人的儿子。他长得文质彬彬,英俊而且机智,深得他外祖父母的欢心。两位老人把不幸女儿生下的这个外孙看作是给予他们的一种幸福。当孩子走在街上时,赞美之声频起,有的夸他英俊,有的夸他的生身母亲,有的称赞他的亲生父亲,还有的称赞对他教养有方的人。孩子就在那些认识他和不认识他的人的一片赞扬声中长大到七岁。他已经会念拉丁文和西班牙文,写一手好字,因为他的外祖父母,既然不能使他富有,就有心使他成为道德高尚、学问渊博的人。他们无法使他富有,犹如智慧与道德对于那些无法无天的盗贼来说,不是财富,也不能称作幸福一样。

一天,他替外婆送一封信给亲戚,恰好经过一条正在赛马的街道,他就看起赛马来了,为了找一个更合适的位置,他从一个地方换到另一个地方。这时一匹奔马向他直冲过来，骑手勒不住狂奔的坐骑，他又无法躲开。奔马从他身上踩过，他昏倒在地，头上血流如注。这件事一发生，一位在看赛马的老绅士敏捷地翻身下马，立即跑到小孩跟前，劈手从别人手里将小孩夺过来，抱在自己怀里，毫不在乎自己的斑斑白发和诸多尊严，大踏步走回自己家，并吩咐家里的仆人马上去请一位外科医生来医治孩子。许多绅士跟在老绅士后面，对那么漂亮的孩子遭到不幸深表同情。立刻有人传出来说，被踩伤的人是小路易斯，是某某绅士——指的是他的外公——的侄子。这个消息传到了孩子的外祖父母和他那与外界隔绝的母亲的耳朵里，他们在这件事得到证实以后，惊慌失措，疯子似的跑出去寻找自己的亲人。把孩子带走的绅士赫赫有名，地位显要，所以许多碰到他们的人都告诉他们那位绅士的家，他们及时赶到那里，正碰上医生在给孩子治疗。那家的主人，即那位绅士和他的太太，要求那两位他们认为是孩子双亲的人不要哭泣，也不要大声抱怨，因为这对孩子没有任何好处。那位享有盛名的外科医生极其小心地用他的高超医术在为孩子治病。他说，伤势并不像他原先担心的那么严重。

治疗进行到一半时，一直昏迷不醒的路易斯恢复了知觉，见到自己的伯父母十分高兴。他们一边哭一边问他感觉怎样。他答道感觉良好，只是身子和头疼痛不堪。医生嘱咐不要和他讲话，让他好好休息。医生的话照办了，他的外祖父母则感谢那家主人对他们的侄儿的莫大恩典。

绅士听后回答说，不必感谢他，他告诉他们，当他看到被马踩倒在地的孩子时，像是看到了他爱子的脸，这就促使他去把孩子抱回自己的家。他说孩子可以住在他家治疗，直到痊愈为止，他们一定尽量使孩子生活得适。他的妻子是一位高贵的太太，向他们说了同样的话,并且许下更多的诺言。

外祖父母对他们如此崇高的基督精神深感惊奇;可是孩子的母亲则更感惊奇,因为她在听了外科医生的一番话,不安的情绪稍稍平静下来以后,就注意地看了一下她儿子待的房间。她根据许多印象,清楚地认出那间房间就是结束她贞操、开始她不幸的场所。当年就挂在那里的锦缎并未经过什么修饰,她认出了房间的布局,看到朝花园的那扇带栏杆的窗户。因窗栏已坏,窗户紧闭,她便问窗户是否朝花园,得到了肯定的回答。但是,她认得最清楚的还是那张她把它当作自己坟墓的床,还有放过她拿走的圣像的那张书桌,现在依旧放在原处。最后,她被蒙上眼睛带出去时数过的那些台阶使她的一切疑窦真相大白;就是说,从这里到街上的台阶,她是动了心机数过的。她回家的时候,又数了一下台阶,数字完全相符。经过一个个印象的对照以后,她完全证实了自己的想法,于是她把自己的想法详详细细告诉了母亲。出于谨慎,她母亲打听了外孙待过他家的那位绅士是否有过或者现在就有一个儿子。结果知道那位绅士有个儿子名叫鲁道夫,现在在意大利。屈指一算他离开西班牙的时间是七年,正好与她外孙的年纪相合。她把这一切告诉她丈夫,他们俩与女儿一起商量后,决定看看上帝怎样对待他们受伤的孩子再说。十五天后,孩子已经脱险,三十天后,他可以起床了。在整个这段时间里,他母亲和外婆一直看着他,那家的主人也非常喜爱他,好像他就是他们亲生的儿子。堂娜爱丝黛法尼亚——这就是那位绅士太太的名字——与莱奥卡迪亚谈过几次,她说那孩子的模样酷似他们在意大利的儿子,她每次见到他,都好像看见是自己的儿子在跟前。

听了这样的话,并得到自己父母亲的同意,莱奥卡迪亚在一次单独和那位太太在一起的时候,对她说出下面的一番话:

"那一天,夫人,我父母亲听说他们的侄儿受了重伤,都觉得天堂已经向他们关上了大门,地也倒塌压在他们身上。他们认为,失去了他,等于眼睛失去光泽,老人失去拐杖。他们爱他的程度,大大超过通常父母对子女的爱。然而,常言说,上帝让你长烂疮,上帝也赐药给你。这孩子在这个家里找到了药,我在这里也回忆起一些令我终生难忘的事情。夫人,我是贵族出身,因为我父母亲是贵族,我的列祖列宗都是贵族,他们不论住在哪里,都只靠一点微薄的家产,幸福地保持着他们那份尊荣。"

堂娜爱丝黛法尼亚听了莱奥卡迪亚的这番话,又钦佩又惊讶,尽管是亲眼所见,她也不能相信这么年纪轻轻的人竟然如此聪明伶俐,因为在她看来,对方只有二十岁左右。然而夫人既没有对她说什么,也没有回答她什么,只是等着对方说出想说的一切。莱奥卡迪亚原原本本地向夫人讲述了她儿子的恶行,自己如何失去贞操,如何被抢走,被蒙上眼睛,带到这个房间,还说出她猜测就是这个房间的她所记得的一些迹象。为了证实这一点,她从怀里拿出她带走的那个耶稣受难像,对它说道:

"上帝啊,你是对我施暴的见证,我知道公正的法官会对我做出正确的判断。我从那张书桌上特意拿走你,就是为了使你永远记得我所受的侮辱,我不求你向他复仇,我没有那么想过,而是求你给我安慰,使我能够忍受自己的不幸。夫人,你们对他表示出极端仁慈的这个孩子,就是你们的嫡亲孙子。老天爷让他给马踩伤,使他能够被带进你们的家。我就像我期待的那样,来到了这里。如果这不是对我的不幸遭遇的一种较适宜的补救,至少也可以减轻一点我的不幸。"

说完,她抱着耶稣受难像,晕倒在爱丝黛法尼亚的怀里。爱丝黛法尼亚这位高贵的女人,说到头总是很自然地富有同情恻隐之心,就像男人很自然总是冷酷无情一样,一见莱奥卡迪亚晕倒,就把自己的脸贴着她的脸,泪水扑簌簌地淌到她脸上,使得莱奥卡迪亚不需要另外洒上清水就苏醒过来了。

正当这两个人处于这种状态的时候,爱丝黛法尼亚的丈夫——那位绅士——牵着小路易斯走了进来,当他看到爱丝黛法尼亚在哭泣,莱奥卡迪亚又晕倒的时候,急忙问是怎么回事。小孩抱住他以为是堂姐的母亲,和被他当作恩人的祖母,也在问她们为什么哭泣。

"老爷,要告诉你的可是大事啊,"爱丝黛法尼亚回答她丈夫道,"你马上就会知道事情的真相。这个晕过去的就是你的儿媳妇,而这个孩子就是你的孙子。我说的这个事实是这个姑娘告诉我的,并且由这个孩子的脸得到了证实。我们俩在他脸上见到了我们儿子的脸。"

"如果你不做进一步说明,夫人,我可不明白你的意思。"绅士回答道。

这时候莱奥卡迪亚苏醒了,她抱着耶稣受难像,看起来已经成了泪人儿。所有这一切都使绅士大感不解,于是他夫人就把莱奥卡迪亚告诉她的话,一五一十地对他说了一遍,这才使他明白过来。他相信了这一切,因为只有老天爷圣明的安排,才会有那么许多真凭实据为证。接着,他安慰并拥抱了莱奥卡迪亚,吻了自己的孙子,当天就发一封信到那不勒斯,叫他儿子立即回来,说是因为他们已为他安排好和一个极其漂亮的女子成婚,并说这件婚事对他十分相宜。

他们不同意莱奥卡迪亚和她的孩子回娘家去住。她的父母对女儿得到这么好的归宿十分高兴,一个劲儿地感谢上帝。

信件到达那不勒斯,鲁道夫非常高兴能娶一个像他父亲所说的那么个美貌的妻子。接信后两天,正好有四艘船要起航前往西班牙,他就与两个一直未与他分开的同伴上了船。十二天后,他顺利到达巴塞罗那,又过七天,就抵达托莱多。他走进他父亲的家时是那么潇洒、英武,这两者在他身上融为一体。

他父母见到儿子平安抵达,十分高兴。依照堂娜爱丝黛法尼亚的计划和安排,莱奥卡迪亚没有出来,躲在一旁看见他时也惊讶不已。鲁道夫的同伴想马上回家,但是爱丝黛法尼亚出于自己计划的需要,不同意让他们回去。

天快黑的时候,晚餐已准备就绪,鲁道夫来了,爱丝黛法尼亚将她儿子的同伴叫到一边,她认为,他们准是莱奥卡迪亚所说那天晚上和鲁道夫一起抢她的三个人[①]中的两个,因此她恳求他们告诉她,是否还记得她儿子在那么一个晚上,抢过年龄大约是那么大小的一个女子,因为弄清这件事的真相与他们亲属的荣誉和安宁有重大关系。由于她再三恳求,并向他们保证,讲出这件抢人的事,绝不会对他们有任何损害,他们只好承认那年夏天的一个夜晚发生的事是真的。他们还说,他们两人和鲁道夫的另一个朋友,在她所说的那一天晚上抢了一位姑娘,鲁道夫带走了她,而他们则去拦住姑娘的一家人,因为他们一家人大呼大叫地想要把她夺回去。第二天,鲁道夫告诉他们,他已经把她送回家去了。这两个人能回答的也就是这些。

这两个人的承认消除了在这种情况下所能产生的任何疑团,于是爱丝黛法尼亚决定把她的好主意贯彻到底。在坐下吃晚餐前片刻,母亲单独和鲁道夫走进卧室,一边把一张肖像交给他,一边

---

① 这里是作者的笔误,据本文一开始所述,与鲁道夫一起抢人的是四个,而不是三个。

对他说：

"鲁道夫，我的孩子，我想在吃这顿美味可口的晚餐的时候，让你见一下你的妻子。这是她本人的画像。不过我要你看到，她缺少的美貌却有美德补足；她出身高贵，为人聪明，家道小康，因此你父亲和我替你选中了她，你可以相信她是你合适的妻室。"

鲁道夫仔细地看了一下画像就说：

"如果画家通常总是将所画的人像画得过分美丽的话，我相信他们对这幅画也是这样处理的。因此我敢相信，她本人一定跟画像一样丑陋。说真的，我亲爱的母亲，做儿子的服从父母之命是理所当然的好事；然而，做父母的要是能使自己的孩子更加喜悦，不也是合适的和更好的事吗？既然婚姻的缔结只有到死才能解除，所以这种关系要旗鼓相当，并且要用同样的线来联结才好。美德、高贵、聪明、财富可以取悦于那个命里注定要娶她为妻的人的理智，可是她那副丑陋容貌却不可能取悦于我做丈夫的眼睛。我虽然年轻，但是我很懂得，婚姻的圣礼与结婚者理所应当享受的欢乐应该是一致的。如果缺乏欢乐，这种婚姻将是不完美的，也与婚姻的第二目的不相符合①。因此请你设想一下，一张丑八怪的脸，每时每刻都要在大厅，在桌旁，在床上出现在你面前，这能令人愉快吗？我再说一遍，我觉得几乎是不可能愉快的。唉，我的妈妈，给我娶个能使我喜欢而不是令我讨厌的伴侣吧，用不着转弯抹角，我们双方都应按照上帝的安排走向正道。如果那位女士像你说的那样，是高贵、聪明而且富有的，她就不会缺少一个脾性与我不同的丈夫。有的人要找高贵的人，有的人要找聪明的人，有的要钱，有的要美貌；我就是属于最后的一种人。因为说到高贵，感谢老天

---

① 据西班牙人习俗认为，婚姻的第一目的是传宗接代，第二目的是增长爱情。

爷,感谢我的祖先和我的父母亲,他们让我继承了这一点;说到聪明,一个女人只要不是傻瓜、笨蛋和呆子就够了,不必机敏过人,当然也不要呆笨得一无用处;说到财富,我父母的财富已经使我不必担心受穷。我要寻找的是美貌,我要的是漂亮,不必有其他嫁妆,只要端庄、稳重就行。要是我的妻子是这样,我将十分高兴,甘愿供上帝驱使,还要为我的双亲提供一个欢乐的晚年。"

鲁道夫的母亲听了他的这番话极为满意,因为从他的话里,她已经看到,她的计划会得到圆满的结果。

母亲回答他说,她要设法按他的愿望为他完婚,叫他不要难过;她还说,要解除对刚才那位女士的婚约是很容易的。鲁道夫对此十分感激。由于晚餐时刻已到,他们就去入席了。等到鲁道夫的父亲、母亲、鲁道夫自己和他的两个同伴都已就座,爱丝黛法尼亚夫人用一种漫不经心的口气说:

"我这个人真是要命,瞧我是怎么对待我的客人啦!"她对一个仆人说,"快去告诉堂娜莱奥卡迪亚女士,请她屈尊光临就餐。还告诉她,这里就餐的都是我家子弟和她的仆人。"

这一切都是她计谋的一部分,也是她借机向莱奥卡迪亚通报信息的话。过了一会儿,莱奥卡迪亚出来了,打扮得连她自己都感到意外,显得比她过去任何时候无论是梳妆打扮还是听其自然的时候都要美。

因为是冬天,她出来时穿一身黑天鹅绒连衣裙,缀着黄金和珍珠做的纽扣,束着钻石腰带,戴着钻石项链。她那长长的淡黄色头发,正好充当她的配饰和头巾,新颖的发髻和发鬈与闪闪发亮的钻石交相辉映,使人看得眼花缭乱。

莱奥卡迪亚仪容典雅,神采奕奕。她牵着儿子,前面由两名侍女引路,她们拿着两个点了两支蜡烛的银烛台,给她照亮。大家都站起身来向她鞠躬致意,好像她是天上来客在此显示奇迹。在场的人都呆呆地看着她,看来都十分诧异,不知道讲什么才好。莱奥卡迪亚优雅、稳重地向大家微微屈身行礼,爱丝黛法尼亚拉着她的手,让她坐在自己身旁,面对着鲁道夫。男孩子被安排坐在他祖父身旁。

鲁道夫从更近的地方看到莱奥卡迪亚的绝伦美貌,自言自语道:"要是我母亲替我选的妻子有这个一半美,我就会是世界上最幸福的人了。我的上帝啊!我看见的是谁?我看见的兴许是人间天使吧!"这个时候,莱奥卡迪亚的美丽倩影已经通过眼帘印到了他的心坎上;而莱奥卡迪亚在晚餐时刻,看到自己坐得离鲁道夫那么近,使她也有好几次想悄悄地看他一眼,与他之间发生过的一切开始在脑海里翻腾,心中对实现鲁道夫母亲意欲玉成他们的愿望开始丧失信心,担心自己缺少这个福分来消受他母亲所答应的事。她考虑必须当机立断地为一辈子的幸福做出抉择。

她思绪纷繁,斗争激烈,心跳加快,开始出汗。只见她脸无血色,猝然晕了过去,身不由己地倒在堂娜爱丝黛法尼亚怀里。夫人见状,慌忙将她抱住。大家也都大吃一惊,纷纷离席过来救她。然而最感难过的还是鲁道夫,他急忙走过去,磕磕绊绊地摔倒了两次。无论是解开纽扣,还是在脸上洒水,她都醒不过来。听她的胸口,不跳,摸她的脉搏,也摸不到,这一切确确说明,她已经去世了。那些男女仆佣没有多加思索就大声传开她的死讯。

噩耗传到莱奥卡迪亚父母的耳朵里——这是堂娜爱丝黛法尼亚为了一个更欢乐的场面,将他们藏在家里的。他们俩,与他们在一起的教区神父,顾不得爱丝黛法尼亚的规定,走到大厅来了。神父急忙上前,看看是否有可能听取她对自己罪孽的忏悔,以便予以宽恕。然而,在他原以为只有一个人晕倒的地方,他遇到的却是两个人，因为鲁道夫也已经扑倒在莱奥卡迪亚的胸口上。

事情该由鲁道夫的母亲来收场了，因为这也该是她的事。但是当她见到儿子也人事不省，差一点连她也晕过去；若不是看到儿子已经醒过来，她准已晕倒了。鲁道夫醒来后，因为自己的过分举动被人看见，羞惭得要跑开。但是他的母亲大概已经猜到了他的想法，就对他说：

"孩子，不要因为这种过分举动跑开去，等你知道我不愿意你再隐瞒的事情以后，你就会因为没做的事而跑开了；这件事我本想留到最愉快的时刻才讲的。你现在应当知道，我的心肝宝贝，这个晕倒在我怀里的人就是你的真正妻子；我把她叫作你的真正妻子，是因为我和你父亲为你挑选的就是她，那幅画像中的女人是假的。"

鲁道夫听到这句话，心中燃烧起爱情的火焰，丈夫这个名义使他摒弃一切在这种场合下可能有的庄重和礼节，扑到莱奥卡迪亚身边，捧住她的脸，将自己的口对着她的口，希冀用自己的气息帮助她呼吸。就在大家痛哭流涕，并且因为悲痛而越哭越响的时候，就在莱奥卡迪亚的父母亲乱扯自己的胡子和头发，她的儿子哭声震天之时，莱奥卡迪亚却苏醒了过来。她这一醒来，使得那些参加晚宴正要走开的人重又高兴、欢笑了起来。

莱奥卡迪亚发现自己被鲁道夫抱在怀里，十分难为情，用力想挣脱他的胳臂；但是，他却说：

"不行，夫人，你不能这样，你现在要挣脱全心全意爱着你的人的胳臂是不相宜的。"

这几句话使莱奥卡迪亚百分之百地恢复了知觉。堂娜爱丝黛法尼亚决定不再继续她原定的计划，便请神父马上为她的儿子和莱奥卡迪亚举行婚礼。神父照做了，因为刚才发生的那件事说明婚约双方的意见一致,因而没再进行通常理应进行的神圣的婚礼程序和预告。婚礼举行时没有发生什么困难和阻碍。这件事一办完,就该让比我更细腻的笔和更具才华的人来描述当时在场者的皆大欢喜的情景。莱奥卡迪亚的父母亲拥抱了鲁道夫;他们对老天爷和对方父母表示感谢;双方互赠了礼物。鲁道夫的两个同伴感到十分惊讶,因为他们如此出乎意料地看到,在他们到达的当晚就举办了如此美满的婚礼,尤其是在堂娜爱丝黛法尼亚当众讲明,莱奥卡迪亚就是那个在他们陪同下被鲁道夫抢走的少女的时候,他们更为吃惊,对此鲁道夫本人也大吃一惊。为了进一步证明这件事,鲁道夫请莱奥卡迪亚讲几件毋庸置疑的事给他听,以便完全弄清楚看来已由他父母亲调查得相当透彻的事情。她答道:

"我记得在另一次晕倒后醒来时,先生,我发现我在你的怀抱里,并且已失去了贞操;然而,由于现在当我苏醒过来,又发现在你的怀抱中,却是十分体面的时候,那次丢人的事就算得到了补偿。如果说明这一点还不够,那么一个耶稣受难像就足够了,除我以外,这个像是谁也偷不走的,你在第二天早晨是否发现它已不见了呢? 它是否就是太太①现在拿着的这一个呢?"

"你就是我的心,亲爱的,在按上帝意旨而活着的年头里,你将永远是我的。"

于是,他又拥抱了她,大家又一次向他们进行祝贺和祝福。

晚宴开始,为此而请的乐师也来了。鲁道夫看到,他的儿子与他自己长得一模一样。四位老人高兴得流出了眼泪。家中到处洋溢着欢乐、满意和喜悦的气氛。尽管黑夜张开轻灵、黑色的翅膀在飞翔,但对鲁道夫来说,觉得黑夜不是张着翅膀在飞,而是挂着拐

---

① 指鲁道夫的母亲。

棍在走。他多想单独和他亲爱的妻子在一起共度这漫长的黑夜啊!

事情总有个结束的时候,他向往的时刻终于来到了。大家都去安寝,整座房子归于寂静,本篇故事也就在寂静中告一段落。以后就该听这对幸福的新婚夫妇在托莱多留下的、现在还活着的子子孙孙和高贵后裔的故事了。这对夫妇本身,他们的儿女、孙儿孙女也过了多年幸福的日子,而这一切都应归功于上帝的力量,归功于小路易斯勇敢而高贵的基督徒外祖父所见到的流在地上的"血的力量"。

妒忌成性的埃斯特雷马杜拉人

几年前,埃斯特雷马杜拉有个贵族,他出身高贵,挥金如土,像另一个浪子①那样,走遍了西班牙、意大利和佛兰德各地,既虚度了年华,又挥霍了家财。他在各地漫游时父母俱亡,靠遗产度日,最后落脚在大城市塞维利亚;他在那里又得机会把所剩无几的家产花得精光。眼看自己身无分文,又没有多少朋友,只好选择当地其他许多浪荡子弟采取的办法:去西印度群岛——西班牙走投无路者的避难所和保护地,破产者的教堂,杀人犯通行无阻的地方,赌棍(对那些精于此道者的称谓)的出没场所,不正经女子的收容所;那是个多数人上当受骗,少数人得意的地方。

终于,有一个船队就要起航到"陆地"②去。他跟船队队长谈妥,在船主准备好船上吃的粮食和细茎茅草③以后,他就在加的斯上船;他诀别了西班牙;船队起锚了,大家兴高采烈地顺风扬帆,风顺畅地吹送着。几小时后,陆地消失了,平静如镜的海洋一望无际。

我们的这位旅客陷入沉思,回忆起自己漫游各地那几年经历的种种危险,以及他坎坷一生的不济命运。经过思考与反省,他毅

---

① 指《新约·路加福音》第十五章第十一至三十二节中的浪子。
② 西班牙殖民时期对哥伦比亚和委内瑞拉沿岸地带的叫法。
③ 铺下等舱位或裹尸体之用的席子。

然决定痛改前非,改变生活方式和作风,来守住上帝可能赐予他的财富,更为谨慎地改变直至那时为止的对待妇女的态度。

　　船队在平静行驶之际,费利波·德·卡里萨莱斯——这就是为这篇小说提供素材者的名字——的内心却是思绪起伏。忽然刮起了大风,那几艘船给吹得颠簸不已,船上的人坐都坐不安稳。卡里萨莱斯无法再遐想下去,只想着旅途中要多加小心而已。一路上倒是非常顺当,没有遇到什么不幸和意外就到达了卡塔赫纳港①。闲话少提,且说费利波去西印度群岛时,年约四十八岁,他在那儿一住二十年,靠自己的本领和勤勉,挣得的财产超过十五万纯银比索。

　　他看到自己发了财,事业兴旺,自然而然动了人人都动过的返回祖国的念头,而把唾手可得的巨利撇在一旁。他把在秘鲁置的巨大财产换成金条银条带走,为了防止被没收,还进行了登记、报关和保险。他就这样离开秘鲁返回西班牙。他在圣卢卡尔上岸,来到塞维利亚,这时不但年事已高,而且也广有财富,这一次跑码头可谓毫无风险。他去寻访旧友,发现他们都已过世。他想回故乡去,尽管听说那里已经没有一个亲人在世。如果说,他去西印度群岛时穷得分文不名,使他在海洋风浪中思绪烦乱,不得安宁,那么,现在在这安静的大陆上还是有不少烦心的事,只是原因不同而已。如果说,过去是因为受穷而睡不着觉;如今却是因为富足而不得安宁;因为,如同一个一贯受穷的人一样,对于一个不习惯财富,也不知道怎样使用钱财的人来说,财富是个非常沉重的负担。他小心翼翼地搬运金子,唯恐把它丢失。有些人只要略有钱财就已满足,但另一些人则多多益善,永不餍足。

---

　　①　当时哥伦比亚的重要城市,属于秘鲁王国。

卡里萨莱斯盯着金条,倒不是出于吝啬:因为在当兵那几年他已经学得很慷慨了;他盯着金条,是因为他不知道该用它做些什么。金条本身虽是毫无用处的东西,要是把它放在家里,却会招来贪心汉和盗贼。

再去做提心吊胆的买卖,他已死了这份心,他觉得按他现有的年龄,靠这些钱安度有生之年是绰绰有余的了。他想将自己的钱花在他老家,安享他的晚年,在精神上,他将一切都交给上帝安排,因为他给予这个世界的东西已经超过他所欠的部分。另一方面,他考虑到家乡地瘠人穷,他住到那里,各种麻烦就会找上门来,因为那些穷人常向有钱邻居要钱,尤其是当地又没有别的人可以诉穷。他希望能有个人在他死后继承他的财产,一有这个想法,他就试了一下自己的精力,觉得还可以结婚。这个念头一冒出来,他自己也给吓了一大跳,感到心慌意乱,就像风吹雾散一般把它打消了。因为他秉性是个世上妒忌心最重的人,尽管还没有结婚,但是仅仅有了这种念头,妒忌心就开始向他进攻,猜疑心就搞得他疲惫不堪;那些想法的袭击是如此猛烈而奏效,使他完全不打算结婚了。

他在解决这件事的同时,仍然没有决定自己这一生究竟应该怎么办。一天,命运为他做了这样的安排:当他路过一条街的时候,抬头看见一个窗口站着一位少女,年约十三四岁,长着一张讨人喜欢而漂亮的脸,弄得老头儿卡里萨莱斯按捺不住自己。结果,这个瘦瘪老头儿给小小年纪的莱昂诺拉——这就是那位美丽少女的名字——降服了。于是他连忙对自己说了一大堆话:

"这个姑娘真漂亮,从这座房子的外表看来,不像是有钱人家。她是个孩子。她的年轻可以让我放心,如果我娶了她,把她关起来,让她掌握我的一套本领,这点只有我教她才行。我还不太老,不至于没有希望生个孩子来继承我的产业。她有没有嫁妆我可不管,因为老天已经给了我一切,有钱人成婚不是为了谋求财产,应该是为了享受欢乐;欢乐能使人长寿,而婚后的烦恼则会减寿。好了,就这样吧,命运已做了这样的安排,这就是老天要我娶的女人。"

这样的自言自语,他说了不只一次,而是上百次。几天后,他就去和莱昂诺拉的父母提这件事,他知道,他们虽然穷,却是贵族人家;于是他就把自己的意图、自己的为人和财产告诉了他们,要求他们将女儿许配他做妻子。他们要求给他们时间以便核实他所说的情况,并让他也了解一下他们的高贵身份是否属实。他们道别以后,各自对对方做了调查,了解到双方所说属实。莱昂诺拉终于成了卡里萨莱斯的未婚妻。他先给她两万杜卡多做彩礼。妒忌成性的老人的心里就这样充满了激情。他刚一订婚,一阵猛烈的妒火便向他袭来,他开始无缘无故地战栗起来,感到前所未有的担心。他的妒忌心理的第一个表现是,他想为他妻子做许多衣服,但又不愿意让任何一个裁缝为他妻子量身材;因此他到处物色与莱昂诺拉身材大致相同的妇女,等他找到了一个贫女,就让裁缝按她的身材做了一件衣服,然后让他妻子试穿,一试很合身,他就用这个办法,又做了其余的服装。这些服装又多又华丽,使得新娘的父母觉得能选中这么一个接济他们及女儿的好女婿真是幸运。

女孩子看见这么多服装又惊又喜,因为她有生以来穿过的衣服,最好的也不过是一条粗呢裙子和一件府绸上衣。费利波妒忌心理的第二个标志是,在另置一处房屋给妻子居住以前,他先不与她同居。对于房子他做了如下安排:他花了一万两千杜卡多在城内的主要街区买下一幢房子,带有泉水和花园,园内种有许多橘树。临街的窗户全都堵死,他把窗口朝天开,家里其他窗户也照此办理。他在塞维利亚叫作门厅的门廊里修了一个饲养一头母骡的牲口圈，圈上面是一间柴火房兼住房，一个年老的黑阉人住在里面看管牲口。他把平屋顶上的墙壁加高到这样的地步，使走进房子的人除了天空什么也看不见，即使看天空也得仰首直视才行，在与庭院相连的正门上安了一个转橱。他买了一套富丽堂皇的家具来陈设这幢房子，成套的花毡，全套客厅家具和富丽的华盖，充分显示出这家主人是阔绰的富翁。他还买了四个白人女奴，在她们脸上都打了烙印；还买了两个新运来的女黑奴。他雇了一个专管伙食的人，替他采购和运送食品，条件是不住在那幢房子里，也不准进房里去，只能把东西送到转橱。经过这样安排以后，他又将其一部分财产投资在一些有利可图的地方以获取利润，将另一部分财产存入银行，身边留一些以备不时之需。他还配了一把能开房子里所有房门的万能钥匙，并且成批而及时地将全年的粮食买好，放在家里。他把这一切准备和布置就绪以后，就到他岳父母家接他的妻子。他们将女儿交给他的时候，泪如雨下，因为他们觉得像是将女儿送进了坟墓。

然而娇嫩的莱昂诺拉却不知道究竟发生了什么，一边和父母一起落泪，一边请他们为她祝福。接着，她告别了父母，在女奴和女仆的簇拥下，拉着丈夫的手来到他的家。他们一进到屋里，卡里萨莱斯就对她们训诫一番，要她们看好莱昂诺拉，并且说，决不许任何人通过任何途径进入院内第二道门，连那个黑阉人也不许。他还将看管莱昂诺拉和陪她消遣的任务交托给一位办事十分谨慎、严肃的女管家，让她充当莱昂诺拉的家庭教师，总管家务，指挥女奴和莱昂诺拉的两名同龄侍女，而使用这两名侍女，就是为了使莱昂诺拉有同龄人做伴解闷。为使她们不觉得与世隔绝，他答应尽力让她们过得愉快，节日里还让她们一个不少地都去听弥撒，不过,要在一清早天不亮的时候,免得别人瞧见她们。

女仆和女奴都痛痛快快、心甘情愿地答应按他的吩咐办事。新娘耸耸肩膀,低着头说,她只以丈夫兼主人的意志为意志,她永远听从他。

这个善良的埃斯特雷马杜拉人做了这些预防工作以后,就深居在自己的寓所,开始尽情地享受婚姻带来的果实,这对毫无其他经验的莱昂诺拉来说,既不特别高兴,也不感到乏味。她就这样跟着她的女管家、侍女和女奴过日子。那些人为了让日子过得称心一些,总要想出成千种花样,她们几乎每天都用糖蜜来做好吃的东西。主人给她们的东西也多得不得了,他认为,只要她总有东西消遣,有事情好干,就没有时间去思考自己那种与世隔绝的处境了。莱昂诺拉平等对待她的女仆,和她们一起玩。她天真纯朴,有时还做些布娃娃,做些幼稚的动作,表现出她的谦和本性和她那个年龄的温柔。所有这一切使妒忌成性的丈夫深感满意,他觉得自己的选择很正确,这种生活比他原先想象的要好,人类的邪念与花招都无法搅乱他的安宁。于是他唯一要操心的,就是带礼物送给他的妻子,和一一照办她脑子里想到和提出的一切要求。

在去做弥撒的日子,就像前面说过的,她是天不亮时去的,这时候,她父母来了,他们就在教堂,当着她丈夫的面和女儿说上几句话。她丈夫就馈赠给他们许多礼物,尽管他们也为女儿生活得单调而流泪,但从慷慨大方的女婿馈赠他们的许多礼品中也获得些许安慰。

早晨起来后,他等着管伙食的人到来。他头天晚上放一张字条在转橱,通知第二天该送的东西。管伙食的人来了,卡里萨莱斯就要出去几次,把两道门——街门和中门关好,而那个黑人就待在两道门中间。他要出门办的事情不多,出去总是很快就回来,把自己关在家里,以赠送礼物给妻子,对女仆表示关怀为乐,所有的人都因他平易近人和讨人喜欢的性格,特别是由于他对大家都是如此慷慨而喜欢他。新婚生活就这样过了一年,他们对这样的生活感到满意,并决定这样过一辈子。如果不是人类中有那么一个机灵的捣乱鬼,像下面你们就要听到的那样来打扰的话,他们大概会这么生活下去。

自认为最谨慎小心的人,请你告诉我,老人费利波还要采取哪些预防措施才能万无一失呢?因为,他都不允许在自己家里有一只雄性动物存在。他家里从未见有一只雄猫捕捉过雄老鼠,也听不到一声公狗的吠声,一切都是雌性的。他本人白天思考,晚上不睡觉,他是家里的巡夜和岗哨,他但愿自己能成为百眼巨人。男人永远也不准从大门进入内院。他总是在街上与朋友做买卖。装饰在大厅和房间里的毯子上面画像都是女人、花卉和山水风景。整个家充满了端庄、深居简出和谨慎小心的气氛。甚至漫漫冬夜里女仆在壁炉旁当着他的面讲的神话故事,也没有任何污言秽语。在莱昂诺拉眼里,老头子的丝丝银发犹似纯金的头发,因为印在少女心灵里的初恋,就像刻在蜜蜡上的印记那么深。他的过分看管在她看来是老练的人的慎重。她想象并且认为,她身上发生的一切是所有新娘都经历过的。她从不胡思乱想要走出这幢房子的围墙,也不愿意去想那些不是她丈夫所喜欢的东西。只有在去做弥撒的那些日子,她才看得到街道,可又是大清早,要不是从教堂回来的时候已经天亮,她都看不清那些街道。没见过关得那么严的修道院,也没见过如此与世隔绝的修女和看守得那么严密的金苹果。尽管如此,仍然无法预防和避免别人对她的觊觎,至少已经勾起别人的一点非分之想。

在塞维利亚,有一种游荡成性的人,通常被人称为市井游民。

他们都是教区居民的孩子和富家子弟。他们不务正业,穿着考究,讲起话来油嘴滑舌。对于这些人,对于他们的服装和生活方式,对于他们的身份以及他们彼此间所遵循的法则,是有许多议论的,然而他们对这些逆耳良言置若罔闻。

话说这帮花花公子中,有一个在他们之间被叫作"公子哥儿"的单身汉(他们称新婚男子为"新郎"),正好看上了谨小慎微的卡里萨莱斯的家,见它总关着大门,就想了解一下是谁住在里面。他的热切心情和好奇心使他迅速地打听到想知道的一切。他了解到老头儿的情况,他的美貌妻室以及他看管妻子的方式。这一切激起他一种欲望,想看看有无可能用武力或用计谋,来占领这个防范如此森严的堡垒。于是他就和他的朋友——两个"公子哥儿"和一个"新郎"——商量,大家一致同意采取行动,而这样的行动永远不缺乏出谋划策者和声援者。

为了进行如此艰难的事业,他们把可能出现的困难摆了一下,多次聚在一起商量,最后同意这样做:洛艾萨——这就是那个"公子哥儿"的名字——假装出城几天,为了不和他的那些朋友照面,然后,他穿上一双干净的亚麻布鞋,一件干净的衬衣,外面罩上满是补丁的破衣,全城没有一个穷人会穿得如此破烂。他又刮掉一些胡子,一只眼睛上贴一张膏药,一条腿上紧紧裹上绷带,挂上两根拐杖,打扮成一个可怜的残疾人,连真正的残疾人都比不上他。他穿上这身服装,每晚做晚祷的时候都到卡里萨莱斯家大门口。大门关上了,那个叫路易斯的黑人待在两道门中间。洛艾萨到了那里,拿出一把油腻的缺了几根弦的吉他。因为他懂点音乐,就开始弹一些欢快曲调。为了不让别人认出他来,他把嗓音也变了。他立刻用这种嗓音热情地唱起了一支摩尔人情歌。他唱得那么优美,过路的人都停下来听,只要他一唱,周围总是围着一群年轻人。

那个黑人路易斯则把耳朵贴在门上听,他被"公子哥儿"的音乐所吸引,伸出一只手臂真想打开大门痛痛快快地听一下,因为黑人实在想当音乐家。正当大家听得入神时,洛艾萨的歌声戛然而止,径自收拾起吉他,挂起拐杖走了。

他的音乐有四五次打动了黑人(他就是为了打动他而来的),他认为要冲破这座建筑物,只有通过这个黑人。他的这份心思没有落空,因为,一天晚上,他像往常那样来到大门口,开始奏起他的吉他。当他感到黑人正全神贯注地听他弹唱时,他就走到门轴处,低声说道:

"路易斯,能不能给我一点水?我渴得唱不出歌了。"

"不行,"黑人道,"因为我没有大门钥匙,也没有洞口可以给你递水。"

"那么,谁有钥匙呢?"洛艾萨问。

"我的主人,"黑人答道,"他是世上妒忌心最重的男人。他要是知道现在我在跟别人说话,我就没命了。可是,来向我要水喝的,你是谁啊?"

"我,"洛艾萨答道,"是一个可怜的独腿残疾人,我以上帝的名义向好人行乞度日。此外,我也教黑人和穷人弹琴。我已经教会三个市议员家的三个黑奴,他们已经能够在任何酒店弹琴唱歌,为此已经付给我很多钱了。"

"你来教我,我可以给你更多钱。"路易斯说道,"不过这是不可能的,因为我主人早晨出去时就锁上临街大门,他回来时也锁门,把我关在两道门中间。"

"看在上帝分上,路易斯,"洛艾萨又说(他已经知道黑人的名字),"你如有办法让我在晚上进去教你几次,不用半个月,我就能教会你熟练地弹奏吉他,你去任何地方演奏都不会丢脸。因为我要让你知道,我在教学上很有办法,再说,我听说你很有才能,我从你的发声来判断,是高音,一定能唱得非常出色。"

"我唱得不赖。"黑人回答道,"可是,这管什么用? 别的歌我不会唱,只会唱《金星》和《在绿色草原上》,还有那首现在流行的歌,歌词是:

> 慌乱的手紧握的
>
> 可是栅门上的铁杆?"

"这些都是民歌,"洛艾萨说,"我能教会你,因为我会唱摩尔人阿宾达拉埃斯和他的夫人哈里法①的全部歌曲,所有歌唱伟大的泛神论神秘主义者托慕尼贝约的故事的歌曲,我还会弹奏葡萄牙人都会听得入迷的美妙的萨拉班达舞曲。我教歌的方法又好,学起来又是那么方便,即使你不急于学会,在你还没吃完三四摩约②盐的时候,你就会弹奏各种吉他,成为一个熟练、合格的音乐家了。"

黑人听后,叹了一口气道:

"我都不知道怎样让你进屋,说这些有什么用?"

"有好办法。"洛艾萨说,"你设法将你主人的钥匙拿到手,我给你一小块蜂蜡,你就把钥匙使劲压在蜡上,取下钥匙的模子。因为我对你有好感,我要让我的一位做锁匠的朋友配几把钥匙,这样我晚上就能进去,把你教成一个比教士国王约翰③还出色的人。因为像你那么好的嗓音没有吉他烘托而大为逊色,我觉得十分可

---

① 历史小说《阿本塞拉赫人和美女哈里法的故事》中的男女主人公,完整版最早出现于一五六五年,描绘了理想摩尔骑士形象。

② 摩约,容量单位,约为二百五十公升,三四摩约盐的容量之大,是黑奴一辈子也吃不完的。

③ 中世纪后期西方的传说人物,统领一个神秘国度的基督教教士兼国王。

惜。我想让你知道，路易斯兄弟，如果没有吉他或翼琴①、大风琴、竖琴等等乐器伴奏，世上最出色的嗓子也会逊色的。但是对你的嗓子最合适的乐器却是吉他，因为它是最容易弹奏又是最不费钱的乐器。"

"这样真是太好了。"黑人接口道，"但是这办不到，因为钥匙永远不会落到我手里，我的主人白天钥匙不离手，晚上睡觉的时候就把钥匙放在枕头下面。"

"路易斯，"洛艾萨说，"如果你想成为完美的音乐家，那你就要想别的办法。如果你没有这个愿望，我就用不着费神来劝你了。"

"即便我有这个愿望，又怎样呢？"路易斯接口说，"只要能成为音乐家，我什么都干，不管会产生什么后果。"

"既然是这样，"公子哥儿说，"你只要把门轴边上的土扒掉一点，我就从门缝里递东西给你；我是说我要给你一把钳子和锤子，晚上你就可以很便当地撬掉锁上的钉子，我们可以照样再安上，别人就看不出钉子给撬过了。我到了里面，就和你一起躲在麦秆仓里或者躲在你睡觉的地方，然后我就抓紧时间做我该做的事，到时候你会看到，这对我固然不错，而对你的好处则更大。至于我们吃的东西，你不用操心，我要带来足够两人八天的干粮，我的那些学生和朋友也不会让我过不去的。"

"吃饭的事，"黑人回答说，"你不必担心，我主人给我的一份，加上那些女奴给我的剩菜剩饭，再加两个人都够吃了。你把你说的锤子和钳子弄来，我设法从大门下面靠近门轴处把那些东西弄进来，然后再盖上一点土。起钉子的时候会有声响，但我的主人睡

---

① 钢琴的前身。

的地方离这扇门那么远，要是还能听见，那不是奇迹就是我们的运气太坏了！"

"听凭上帝安排吧！"洛艾萨说，"路易斯，过两天，我把实现你那纯洁目的所需要的东西全部拿来。你可要注意，别吃黏糊的东西，因为这只会弄坏嗓子，一点好处也没有。"

"什么东西都不会像酒那样弄哑我的嗓门，"黑人回答说，"但是即使我有一副天下最好的金嗓子，我也还是忍不住要喝酒的。"

"我不是这个意思，"洛艾萨说，"上帝也不会这样的。你喝吧，亲爱的路易斯，喝吧，对你是有好处的，喝酒适量决不会有什么害处。"

"我喝酒总是适可而止。"黑人接口道，"我这里有一只罐子，装了整整一阿松布雷①酒。这是那些女奴给我灌的，我的主人一点儿都不知道；那个伙食管理员还偷偷给我送来一个装了两阿松布雷酒的瓶子，这样，小罐的酒喝不够，就可以拿它来填补。"

"我说，"洛艾萨道，"我觉得酒也是我的命，因为喉咙发干就不能哼也不能唱了。"

"上帝和你同在。"黑人说，"不过你要注意，晚上来这里唱歌时，别忘了把你进来所需要的一切带来，我的手指已经发痒，要弹吉他了。"

"我会带来的。"洛艾萨接口道，"我还要带几首新歌来。"

"这正是我所要的。"路易斯说，"现在你给我唱一支歌再走，这样我就可以高高兴兴地上床睡觉了。在付学费方面，穷光蛋会比富翁付得更多的。"

"这个我可没有想过。"洛艾萨说，"你可以根据我教你的东西

---

① 相当于二点三公升。

付给报酬。现在请你听这支歌。等我到了里面,你会看到奇迹的。"

"这太妙了。"黑人回答说。

他们结束这次长谈后,洛艾萨唱了一支轻快的歌谣。黑人听了非常高兴和满意,恨不得马上就到开门的时候。

洛艾萨一离开那里,就以拄拐杖所能达到的最快速度走到他的谋士那里,以便告诉他们这一良好开端,预测他所期望的美好结局。他找到他们以后,就将与黑人商定的做法告诉他们,第二天他们找来了工具,这些工具可以用来撬起棍子那么粗的钉子。洛艾萨仍然回去弹唱给黑人听,不敢有丝毫大意。黑人也小心翼翼地凿洞,以便能把他老师给他的东西拿进来。这个洞盖上泥土,只要不那么仔细或有所怀疑地进行观察,是不可能被发现的。

翌日夜晚,洛艾萨将工具给了路易斯,后者拿来一试,几乎不费什么力气就把钉子撬了起来,将锁片拿在手里,打开大门,把他的俄耳甫斯和师父接了进去。当他看见师父拄着两根拐杖,穿得破破烂烂,腿上又缠着绷带时,大吃一惊。因为没有必要,洛艾萨眼睛上没有贴膏药。他一进里面,就拥抱他的好学生,吻他的脸,接着又递给他一大袋酒、一盒蜜饯果品和别的一些甜食,这些东西他都放在几只背囊里。然后,他扔下拐杖,好像他根本没瘸过腿,就开始轻快地跳了起来。对此,黑人就更觉惊奇了。洛艾萨对他说:

"你知道,路易斯兄弟,我的跛足和残疾不是生病造成,而是我的一种招数。我在上帝保佑下靠这种招数谋生,我就靠这个和我的音乐,过着人世间最美好的生活。在这个世界上,不要花招,不欺骗别人,就会饿死。这一点,你在与我交朋友的过程中,将看得很清楚。"

"将来会看到的。"黑人回答道,"让我们把这个锁片放回原处,不要让别人看出它被移动过。"

"行啊。"洛艾萨说。

他从背囊里取出钉子,将锁照原样重新安好,黑人看了非常高兴。洛艾萨走上黑人在麦秆仓里的住处,在那里舒舒服服地安顿下来。接着,路易斯点燃一根蜡绳,洛艾萨立即拿出吉他,轻轻地、柔和地弹奏起来,使可怜的黑人听得出了神。弹了一会儿,他又拿出点心给他的学生。尽管下酒的是甜食,黑人还是喝得津津有味,比起听音乐来更加忘乎所以了。然后,他就给路易斯上课。可怜的黑人由于灌了很多酒,弹得不成调子。尽管这样,洛艾萨还是让他相信他至少已经学会了两支歌。好在黑人真的相信了这些鬼话,所以整个晚上除了弹奏那把琴弦不全,奏起来不合调的吉他以外,什么也没有做。

最后,他们在快天亮前打了个盹。清晨六时许,卡里萨莱斯下来了,打开中门,也打开大门,等着伙食管理人。过了一会儿,伙食管理人来了,把饭食放进转橱后就回去了。主人叫黑人下去领取喂母骡的大麦和他自己的口粮。黑人领毕,卡里萨莱斯老头儿把两道门一一锁上就走了,大门上给做了什么手脚他连看都没有看,因此,师徒两人非常高兴。

房子的主人一出门,黑人就情不自禁地拿起吉他,开始弹起来,弄得女仆们都听见了琴声。她们通过转橱问他道:

"怎么回事,路易斯? 你什么时候弄来的吉他? 是谁给你的?"

"谁给我的?"路易斯答道,"是当今世上最好的音乐家。他要在不到六天的时间里,教我六千多支歌。"

"这位音乐家在哪里?"女管家问。

"离这儿不远。"黑人答道,"如果不是因为怕难为情,又害怕我们的主人,也许他就会教你们弹奏了,真的,你们见到他会喜欢的。"

"既然这幢房子除了我们的主人外,从来没有别的男人进来过,"女管家接口道,"他会在哪里呢? 我们要到哪里才能见到他呢?"

"可是,"黑人说,"我现在不想跟你们说什么,等你们看到我学会弹唱并且看到我说过的他在短短的时间里就教会我的时候再说。"

"的确,"女管家说,"如果教你的人不是魔鬼的话,我不知道谁能够在那么短的时间里把你变成音乐家。"

"走着瞧吧,"黑人说,"总有一天你会听见并且看到他的。"

"这可办不到,"另一个侍女说,"因为没有朝街的窗户,我们什么人都看不到也听不到。"

"得了。"黑人说道,"只要你们不怕死,一切都会有办法的;而且,你们还要不声张。"

"要是我们不声张又怎样呢,路易斯大哥?"一个女奴说,"我们会比哑巴更缄默的,这一点我答应你,朋友,因为自从把我们关进这堵墙以来,连鸟叫声都听不见,想听到好嗓子唱歌,都快把我想死了。"

洛艾萨听见这些谈话,心里非常高兴,他觉得事情都在按他的愿望进展,看起来一切都称心如意,只要引导得法,眼看就要走运了。女仆们告别时,黑人答应要在比她们想象的还要短的时间内,请她们来听一下好嗓子唱的歌。由于他怕主人回来,撞到他在和妇女们讲话,就离开她们,回到自己的卧室,独自关在里面。他想上课,却不敢在白天弹琴,因为他怕主人听见琴声。没过多久,主人回来了,老人把门关好后,按照惯例,又把自己关在家里。

在她们通过转橱将那天的食物递给路易斯时,他对送饭食的女人说,当天晚上,等主人睡着以后,请她们都下来到转橱跟前,听他答应过的那个好嗓子唱歌。叫她们一定要来。事实上,事先他已经恳求老师答应当天夜晚到转橱那里露一手,以帮助他履行自己的诺言:让女仆们听到非常动听的歌声。他还向老师保证,她们一定会非常喜欢听到他的弹唱的。这位老师为了能办到他最想办的事,故作姿态,没有马上答应学生的请求。不过他总算答应了好学生的要求,并说他这样做,仅仅是为了让他高兴,别无他求。黑人拥抱他,吻了一下他的脸颊,以表达因老师的恩典而使他产生的高兴心情。那天,洛艾萨就像在自己家那样吃得很好,甚至比在自己家吃得还要好,因为有的东西他家里没有。

晚上到了半夜时分,或者稍早一点,就有人在转橱那里喊喊喳喳了。路易斯马上明白这是那群人来了。他就去叫老师,他们俩带着配好弦、调好音的吉他,从麦秆仓下来。路易斯问来听的都是谁,有多少人。答复是都来了,不过夫人没有来,因为她和她丈夫正睡觉呢。洛艾萨听了深为惋惜。尽管如此,为了替他的计划开个头,并取悦他的学生,他就轻柔地弹起了吉他,他弹得如此动听,使黑人赞不绝口,那群听他弹奏的女子也听得发了呆。

她们听到弹奏佩萨梅德略,最后又听到当时刚刚风靡西班牙的萨拉班达①舞曲,她们感觉如何,我又怎能说得清呢?老年妇女一跳上这种舞蹈,就不再觉得老,年轻姑娘一跳起来,没有一个不跳得散架子的。大家当时都安静异常,她们还布下岗哨和探子,只要老头儿一醒,就会来通风报信。洛艾萨还唱了几首民歌,给听众

———————
① 两首曲子均为西班牙十六七世纪流行的舞曲。

留下愉快的印象。她们热切要求黑人告诉她们这位如此神奇的音乐家究竟是谁？黑人告诉她们说，是一个穷要饭的，是塞维利亚贫民窟里最漂亮、最温文尔雅的男子汉。她们要求设法让她们见一面，还请他留上十天半月再走，她们要好好地送些东西给他，他需要什么她们就给什么。她们问黑人是用什么办法把他弄进屋来的。对此她们没有得到答复，而对其余问题，他说，为了使她们能看见音乐家，请她们在转橱上钻一个小洞，看完后再用蜡封上。至于把洛艾萨留在这所房子里的事，他尽力想办法。

洛艾萨也和她们谈了话，他以如此得体的言辞向她们献了殷勤，她们看出来这个具有非凡才华的人并不是穷要饭的。她们请他第二天夜晚再到这里来，她们要同夫人一起下来听他唱歌，尽管她们的主人睡觉很惊醒——他睡觉惊醒并不是由于年纪大，而是由于他猜忌心重。洛艾萨听了以后说，要是她们喜欢听他唱歌而又能不惊醒老头儿，他可以给她们一些药粉，放在酒里，就可使他睡得死死的，睡的时间也比平常长。

"耶稣，保佑我吧！"一个侍女说道，"真能这样就好了，好运气不知不觉就从门缝里跑进来找我们了！这些药粉怕不是他的安眠药，倒是我们全体姐妹的救命药，也是我们可怜的莱昂诺拉夫人——他的妻子——的救命药。老头不让她晒太阳，不让她待在树荫下，他每时每刻都盯着她。唉，我亲爱的先生，把这样的药粉拿来吧，这样，上帝就会按自己的意愿降福于你。去吧，别耽搁了，快把药粉拿来，我的先生，我要把药粉投在酒里给他喝。让老头儿睡上三天三夜，上帝也会高兴的。要再睡上三天三夜，我们也会像到了极乐世界一样。"

"那么，我就去拿来。"洛艾萨说，"这玩意儿吃后对人不会有什么害处，只是让他沉睡而已。"

所有的人都要求他快去拿来，剩下的事就是第二天晚上用一只钻子在转橱上钻一个洞，带她们的夫人来看他并听他唱歌。接着她们都告别了。而那个黑人，尽管天都快亮了，他还想上课，洛艾萨就给他上了一课。洛艾萨告诉黑人，在他为数众多的学生中，没有哪一个的听觉比他强，说得黑人连画十字都不会了。

晚上，洛艾萨的那帮朋友小心地来到大门口探听动静，看看洛艾萨有什么要告诉他们，或者需要什么东西。他们打了事先约定的暗号，洛艾萨知道他们已到门口，就通过门轴上的小洞向他们简短地讲了一下事情的良好结果。他恳求他们找来能让卡里萨莱斯昏睡不醒的东西，因为他听说过有能起这种作用的药粉。朋友们告诉他，他们有个做医生的朋友，如果有这种药，他们一定能够弄到手。他们鼓励他继续干下去，还答应第二天晚上一定回来。说完，他们小心、迅速地离开了。

第二天晚上，那群温和善良的人聚集到诱人的吉他琴那里，单纯的莱昂诺拉和她们一起来了。她心里害怕，唯恐丈夫醒来。尽管她心惊胆战，不愿意来，但是她的女仆百般劝说，尤其是那个女管家对她讲到音乐多动听，还讲到那个可怜的音乐家多英俊（她虽未见到他，却对他赞扬备至，把他捧得比押沙龙①和俄耳甫斯还高），可怜的太太经她们这么一说，就听信了她们的话，不由地做了她从来没有做过也决不愿意做的事情。她们做的第一件事是，在转橱那里钻一个小孔来看一下这位音乐家。现在他已经脱去那身穷人服装，而是穿一条宽大的海员式棕黄色府绸裤，一件府绸紧身上衣，系一根金丝带子，戴一顶同样颜色的缎帽，镶边的尖领浆得很挺。这一切他早就准备在行囊里，在他认为是他换衣的合适

---

① 大卫王的儿子，是个美男子，但不守法度，刚愎自用。

时机才穿上的。现在,他宛如一名风度翩翩、仪表堂堂的美少年。她们长久以来看到的就是那个老头主人,所以,一见到他就以为是见到了天使。她们一个接着一个走到小孔那里看他。为了让她们看得更清楚,黑人用一根点燃的粗蜡绳从上到下来回照他的身子。等大家——包括那些非洲黑奴——都看过以后,洛艾萨就弹起吉他唱了起来,那天晚上他唱得非常出色,使得她们,不论老少,都如痴似呆。大家一致要求路易斯设法使那位先生,他的老师,能进到里面去,好让她们更靠近地看到他并且听他唱歌,而不必通过那么一个小孔来瞄着看,又不至于惊动远处的主人起来突然抓住他们,她们认为如能把他藏在里面,就万无一失了。她们的太太听后极力反对,她说不能这样做,也不要让他进来,否则她会内疚的,而现在这样,她们可以安全看到并听他唱歌,对她的名誉也没有危险。

"什么名誉?"女管家说,"国王有的是名誉。① 您就跟您的玛土撒拉②关在一起吧,我们可要尽情地乐一乐。何况这位先生看来那么正派,他爱我们所爱,对我们可是一无所求。"

"我的女士们,"洛艾萨接口道,"我来这里只不过是想全心全意供你们驱使,对你们因幽居深宅而与外界隔绝的情景,以及在这窄小的生活圈子中失去的时光略为表示同情而已。我以父亲的生命起誓,我是一个男子汉,单纯,温顺,有不错的社会地位,又是那么听话,我一定按你们的吩咐办事。要是你们中间任何一个人说:'老师,坐这里;老师,到那边去,到这里来,到那个地方去。'我一定照办,会像最驯服和训练有素的小狗那样在盲主人的'为了法兰西国王'这样的指令下进行各种表演。"

---

① 这句话的潜台词是:国王有的是名誉,因而天下人也就有了足够多的名誉。
② 《旧约》中亚当的后代,活到九百六十九岁,他的名字被用来比喻长寿老人,这里含讽刺男主人年老之意。

"果真这样就好，"无知的莱昂诺拉说，"那么，先生，你有什么办法进里面来呢？"

"好办。"洛艾萨说道，"请你们想办法取出这扇中门钥匙的蜡模，明天晚上我就能另配一把钥匙来，这样我们就可以用上了。"

"拿到那把钥匙，"一位侍女说，"就等于拿到全部钥匙，因为那是万能钥匙。"

"那更好。"洛艾萨回答说。

"这倒是真的，"莱昂诺拉道，"不过这位先生要先发誓，你进来后，除按照吩咐唱歌、弹琴外，不许做别的事，而且必须安静地待在我们叫你待的地方。"

"我发誓。"洛艾萨说。

"这样发誓不管用。"莱昂诺拉答道，"你应该以你父亲的生命起誓，你应该拿着十字架，当着我们的面，吻着它发誓。"

"以我父亲的生命，"洛艾萨道，"以这个我用自己肮脏的嘴巴吻着的十字架的名义，我发誓。"

他用两个手指拿着十字架，吻了三下。这件事毕，另一个侍女说：

"先生，可别忘记药粉，那才是最要紧的。"

那天夜晚的对话到此告一段落，大家对商定的事情都很满意。洛艾萨的事情进行得越来越顺利。这时候正是午夜两点，好运气把他的那些朋友带到街上来了，他们打了惯常的信号，即吹一下比林巴欧①。他向大家讲了他梦寐以求的那件事情的结果，并问他们是否带来使卡里萨莱斯熟睡的药粉，或者别的什么他所想要的东西。他还告诉他们配万能钥匙的事，他们说，药粉或药膏第二天

---

① 比林巴欧，一种定音器。

晚上可以拿来,还说,那种药膏只要涂在老头儿的手腕切脉处和太阳穴上,他就会睡得很死,涂药的地方要是不用醋擦洗,睡上两天也醒不来。关于钥匙,有了蜡模,他们去配也很方便。

说完,他们就走了,洛艾萨和他的学生当天晚上只有一小会好睡,他一心盼望着即将到来的那个夜晚,好看看配钥匙的话能否兑现。对于那些盼望什么的人来说,时间似乎过得很缓慢,但是到头来总是与思维齐头并进,到达它想达到的目的地。因为它本身从不停止不前。

夜晚降临,到了通常大家该来转橱前的时刻,家里全体女仆,老老少少,黑人白人,都来了,都想在自己的闺房里看看这位音乐家先生。可是莱昂诺拉没有来,洛艾萨问起她时,她们回答说,她与丈夫一起睡了,她丈夫用钥匙将卧室的门锁上,然后把钥匙放在枕头下面。她们说,太太告诉她们,等老头睡着以后,她就把万能钥匙拿出来,在一块已经准备好的软蜡上压出模子,过一会儿,她们就该到猫洞里去取。洛艾萨对老头的小心感到惊奇,但并不因此气馁。正在这时,他听见了比林巴欧声,赶忙走到约定的地方,正好碰上他的朋友给他带来一小瓶他们讲过的有那种性能的药膏。洛艾萨接了药,叫他们稍等一会儿,并说他马上就给他们钥匙模子。说完,他又回到转橱那里,告诉迫切希望他进去的女管家,叫她把药膏交给莱昂诺拉太太,并告诉她药物的性能,让她太太在给丈夫涂药膏时,要尽量小心,不要让他感觉出来,然后她就会见到奇迹。女管家照这些话做了。她走到猫洞那里,发现莱昂诺拉正贴身趴在地上,把脸凑到洞口等着她呢。女管家到后,也同样趴在地上,将嘴凑到她太太的耳边,小声告诉她药膏已经带来,可以试一下效力。莱昂诺拉拿了药膏,还告诉女管家,她无论如何都无法从她丈夫那里弄到钥匙,因为他不像往常那样把钥匙放在枕头下面,而是几乎就压在他身子下面的两个褥子中间。不过她让管家告诉老师,如果药膏真像他说的那么灵,能轻而易举地随时拿出钥匙来的话,就用不着拿钥匙来压模了。她让女管家马上去告诉他,然后再来看看药膏是否灵验,因为她马上就想去给丈夫涂药。女管家下来告诉了洛艾萨老师,他就让在那儿等钥匙的朋友们走了。

莱昂诺拉浑身战栗,迈着小步,大气都不敢出一声,走近她妒忌成性的丈夫,在他的手腕切脉处抹上药膏,在他的鼻孔上也涂了药,这时候她觉得他动了一下,就像偷东西时被人当场抓住一样吓得魂不附体。其实,她已圆满地在别人告诉她的必要部位都抹上了药膏,就像替一个要装进坟墓的木乃伊涂药一样。过了一会儿,那含鸦片的药膏显示了效力,因为老头儿马上就打起鼾来,声音大得连街上都听得见。他妻子听到这种音乐,比她的黑人听到老师的音乐声更觉悦耳。但她还不敢确信自己所见到的事实,就走过去摇了他几下,接着又摇了几下,看看是否能弄醒,一直到她大着胆子把他翻个身,他都醒不过来。看到这种情形,她就走到猫洞那里,用第一次那样小的声音招呼等在那里的女管家,对她说道:

"给我喜钱吧,姐姐,卡里萨莱斯睡得像个死人。"

"那么,你不拿钥匙还等什么呢,太太?"女管家说,"你看,那位音乐家等这把钥匙已经等一个多钟头了。"

"等一下,姐姐,我现在就去拿。"莱昂诺拉回答说。

她回到床边,将手伸到褥子中间,掏出那把钥匙,老头竟毫无知觉。钥匙一拿到手,她就高兴得跳起来,随即打开门,把钥匙递给女管家,对方接过钥匙,心里万分高兴。莱昂诺拉吩咐她去开门,把音乐家带到走廊里,因为她不敢马上离开那里,生怕一离开就会发生什么事。不过她说,在做这一切以前,要他再次确认他立下的誓言，即不做不是她们吩咐的事。如果他不愿确认自己的誓言，不愿重新起誓，就无论如何都不许给他开门。

"是得这样。"女管家说，"确实，要是他不先发誓，并将十字架吻上六次重新起誓的话，他就不该进来。"

"你别给他规定次数。"莱昂诺拉说，"让他吻十字架，随他吻多少次。但是要注意，他应以他父母亲的生命起誓，并且以所有他喜欢的人的名义起誓，只有这样我们才能放心，才能尽情地听他唱歌弹琴，这些事我在心里都仔细盘算过了。你去吧，别再耽搁了，我们不能整宿这样谈下去。"

女管家提起裙子，轻盈地来到转橱那里。家里所有的人都在等她。她将钥匙向大家一亮，大家都高兴得把她当作大学教授那样抬起来，一边喊道：

"万岁！万岁！"

当时她告诉大家，现在用不着配制钥匙了，因为根据老头涂药后睡着的情况看来，家里的那把钥匙可以随时使用，想用几次就用几次。

"哎，朋友，"一个侍女说，"那就把这扇门打开，让这位先生进来吧，他已经等很久了，让我们享受一下音乐吧，别再耽搁了。"

"不过，还是看一下情况再说。"女管家接口道，"我们要他像头天晚上那样发誓。"

"他那么好，"一个女奴说，"他不会不遵守誓言的。"

女管家这时把门打开一半，招呼正在转橱小孔那里倾听她们讲话的洛艾萨。他走近大门，想冷不防地走进去，可是女管家却用手挡住他，对他说道：

"我的先生，你将会明白，凭上帝的意志和我自己的良心说话，在这幢房子的大门里面，除了我们的女主人外，我们都还是姑娘,这一点就像'我们都是父母所生'那样明白。虽然我看来该有四十了,但我还没满三十,还差两个半月呢,我也是由于罪孽深重,才落到这般田地。如果我看起来显老,那是因为我自感羞愧、劳累和烦恼使年岁增长了十倍的关系,有时候一阵子劳累过度,还会增长一百倍。尽管如此,就像现在这样,只是为了听两支歌,或者三四支歌,就使我们失去幽居这里时所具有的贞洁,恐怕是不明智的。因为就是这个女黑奴——她的名字叫吉奥玛尔——也是姑娘。因此,亲爱的先生,在你进入我们这个王国以前,你一定要庄严起誓:只做我们让你做的事。要是你觉得对你的要求过分,你该考虑到这件事要冒极大的风险。如果你来是出于好心,那么发誓并不会给你带来多大痛苦,因为大买主对购买珍宝是不心疼花钱的。"

"马利亚隆索小姐说得好,说得太好了。"一个侍女说,"总而言之,作为慎重的人,这是应该做的事。如果先生不愿起誓,你就不能进里面来。"

对此,黑人吉奥玛尔用不太纯熟的西班牙语说道:

"在我看来,尽管他不发誓,也让他快快进来吧。因为就算他发了誓,只要一进来,也会忘个精光。"

洛艾萨非常安静地倾听了马利亚隆索小姐的宏论,极其平静庄严地回答道:

"的确,我的姐妹和朋友,我过去、现在和将来的唯一愿望就是尽力使你们欢乐和高兴。因此,你们要我发誓并不使我为难,但是我希望你们相信我说过的话,因为像我这样的人说过的话,就像执行合约所规定的义务一样可靠。我想让你们知道,粗呢底下有好货,穿破外套的人往往是好酒客。不过为了让大家相信我的好意,我决定要像一个天主教徒和干练的男人那样向你们起誓,而且以所具有的最神圣、最持久的无畏品格起誓,以圣黎巴嫩山的进出口起誓,以那个在序言里包括了巨人费埃拉布拉斯之死的查理大帝①的真实故事所说的一切起誓,我决不违背也决不超越自己的誓言,遵从这些女士中哪怕是年纪最小、地位最低微的人的吩咐,如果违反誓言想做或做了女士们规定以外的事,从今往后,从后往今,我将一事无成,不得好结果。"

好样的洛艾萨发誓到这个程度,两个一直在注意听他发誓的侍女之一就大声嚷开了:

"这样的誓言就是铁石心肠的人听了也会心软的! 如果再要你起誓,我就真该死了,因为单凭你发的誓言,你就可以进入卡勃拉山洞②。"

说完,她就拽着他的肥腿裤,拉他进屋里,大家马上把他团团围了起来。随即有人把情况禀告太太,她正看守着她那熟睡的丈夫,当报信人告诉她音乐家已经上来时,她是又喜又忧,问他是否发了誓。听到回答说他已经发了,而且是以一种她平生从未见过的新形式起的誓。

"他既然起了誓,"莱昂诺拉说道,"我们就能管住他了。噢,我要他发誓这一步做得多有远见啊!"

这时候,那群人都走了过来,音乐家走在他们中间,黑人和女黑奴吉奥玛尔给大家照着亮。洛艾萨一见到莱昂诺拉,就做出要跪下去吻她双手的姿态。她没有开口,而是做手势让他站起来,所有的人都像哑巴一样不敢说话,生怕她们的主人听见。洛艾萨考虑了一下就对她们说,她们完全可以大声说话,因为她们主人涂的

---

① 查理大帝(742—814),一译查理曼。法兰克王国加洛林王朝国王(768—814),公元八〇〇年由罗马教皇加冕称帝,国势颇盛。

② 卡勃拉山洞,位于西班牙科尔多瓦省卡勃拉市附近。

这种药极为有效，涂上药的人除了还有生命这一点外，就像死人一般。

"这一点我相信。"莱昂诺拉说，"要不是这样，根据他一向睡觉惊醒的毛病来看，他早就醒过二十遍了。而我给他涂上药膏以后，他便像牲口似的打鼾。"

"既然是这样，"女管家说，"我们到前厅去吧，我们可以在那里听这位先生唱歌，高兴高兴。"

"咱们走吧。"莱昂诺拉说，"可是，吉奥玛尔，你留在这里守着，要是卡里萨莱斯醒了，就来通知我们。"

吉奥玛尔听了答道：

"我这个黑女留下来；你们白人们去吧，愿上帝宽恕你们。"

于是黑女留了下来。别人都上了大厅，那里有一个非常豪华的女眷会客室，她们坐了下来，把先生围在中间。马利亚隆索拿着一支蜡烛，开始从头到脚地端详这个漂亮的音乐家。

一个说：

"哟，这额头上的头发多漂亮，多卷曲啊！"

另一个说：

"哟，多白的牙齿！遇上坏年景连去皮的松仁也没有这么白，这么漂亮！"

又一个说：

"嗳，他的眼睛又大又秀气，凭我妈妈的年代起誓，他的眼睛是碧绿的，简直像翡翠。"

这个夸他的嘴，那个夸他的脚，大家七嘴八舌对他全身都仔细评论了一番。只有莱昂诺拉一言不发，她扫了他一眼，只觉得他的身材长得比她丈夫匀称。这时候，女管家把黑人手上的吉他拿过来交给洛艾萨，请他弹琴，唱几首当时塞维利亚流行的民歌。洛艾

萨满足她的愿望,唱道:

> 妈妈呀,我的妈妈,
> 你看得我好紧……

　　大家都站了起来,开始分头跳起舞来。女管家会唱民歌,她的嗓子虽不怎么好,却唱得很开心,歌词是这样的:

> 妈妈呀,我的妈妈,
> 你看得我好紧;
> 假如我不看住自己,
> 你怎能看得住我。
>
> 俗话说得实在对:
> 压抑会引起欲望,
> 被紧锁的爱情
> 会越来越强烈;
> 所以你最好
> 别将我紧锁;
> 假如我不看住自己
> 你怎能看得住我……
>
> 假如一个人打心里
> 不想看住自己;
> 恐吓或地位
> 怎能拴得住人的心;
> 只有死亡本身
> 才能改变事实;

到了那个地步，

你会恍然大悟。

假如我不看住自己，

你怎能看得住我……

有了爱情的姑娘，

就像飞蛾要追逐火光，

尽管层层设防

将她紧紧守住，

尽管有再多的建议，

要你照着去干。

假如我不看住自己，

你怎能看得住我……

爱情的力量

原来是这等模样，

它能将最美的姑娘

变成神话里的喀迈拉①：

尽管她手脚

均长着茸茸的羊毛，

但那温柔的胸口，

却烧着欲望的火花，

假如我不看住自己，

---

① 希腊神话中狮头、羊身、龙尾的喷火怪。但作者在这里只是取其内心火热、温和柔顺之意。

你怎能看得住我,休想!

最后,女孩子们在女管家的带领下,一起翩翩起舞,放声歌唱,这时候只见吉奥玛尔满脸惊慌地走了下来,她手脚哆嗦,就像得了羊痫风一般,用又哑又低的嗓子说道:

"老爷醒来了,太太;太太,老爷醒来了,他起来了,来了。"

谁看见过一群无忧无虑地在别人种的田里吃食的鸽子,突然听见砰的一声枪响,受惊飞起,顾不上吃食,混乱、惊慌地在空中乱撞的情景,谁就想象得出,这群翩翩起舞的人听到吉奥玛尔带来这一出乎意料的消息时,是多么惊慌害怕了。每个人都在为开脱自己寻找理由,大家都在想办法。有的往这里,有的往那里,纷纷跑到家里各个顶楼和角落躲藏起来。只剩下那个扔下吉他、停止唱歌的音乐家,他心乱如麻,不知所措。

莱昂诺拉一个劲儿地扭自己美丽的手;马利亚隆索小姐自己在打自己的嘴巴,尽管打得不重。总而言之,一切都乱了套,大家是又惊又怕。然而,女管家到底比较机灵沉着,她叫洛艾萨进自己的卧房,她自己和太太两人留在客厅里,即使主人在大厅碰到她们,她也是能找到遁词来对付的。洛艾萨一躲起来,女管家就聚精会神地倾听主人是否来了,没有听到丝毫动静,这时她又打起精神,一步一步慢慢地走近主人的卧室,听见他鼾声如初,确信他睡得好好的,就提起裙子,飞跑回去将主人熟睡的消息告诉太太,并向她讨赏。太太心甘情愿地答应了她。女管家不愿意失去命运向她提供的首先能获得别人感谢的机会,她设想音乐家理应在这方面对她作出表示。于是,她一面让莱昂诺拉在客厅等她,一面去叫音乐家。她离开女主人,走进他待的房间,这时他正在百思不得其解地等待着那个涂过药的老头儿的消息。他咒骂药膏糊弄人,埋怨自己对朋友的轻信,抱怨自己没有想到事先在别人身上试过再用到卡里萨莱斯身上。这时候女管家进来了,她向他保证,老人睡得很香。他这才放下心来,注意听马利亚隆索对他讲的许多情意绵绵的话语,便动了歹念,打算通过她来勾引她的女主人。

他们两人正在谈话的时候,那些躲在各处的女仆,这个从一处,那个从另一处都走回来看看主人是否已经真的醒来。她们看到一切都平静无事,就回到原先撇下夫人的大厅里,从夫人那里得知主人仍在酣睡。她们向夫人问起音乐家和管家在哪里,她告诉了她们,她们就像回来时那样,悄没声地走过去,从门缝里听他们两个在谈些什么。黑女吉奥玛尔跟她们凑到一起,那个黑人也一样,因为他一听说主人已经醒来,就抱起吉他跑到麦秆仓躲了起来,用他可怜的床上的那条床单盖在身上,吓得浑身冒汗。尽管如此,他还是没有停止拨弄琴弦;他是那样喜欢音乐,好像已经将自己交托给撒旦一样。

姑娘们隐约听到女管家的绵绵情话,她们每个人就给她取极难听的名字,她们每一人在称她老太婆时,都加上一个形象的绰号,诸如骚货、满嘴毛、狐狸精等,以及其他出于尊敬而不宜出口的称谓。但是令人笑得最厉害的是黑女吉奥玛尔的话,由于她是葡萄牙人,西班牙语讲得不地道,她指责的话都有点异国的诙谐情调。其实,他们两人谈话的结果是:只要她能使她的女主人听他摆布,他就心甘情愿照她的意图办事。音乐家费了大劲才使女管家同意出力;然而为了满足已经占据了他整个心灵、骨头和骨髓的欲望,他答应了她所能想出来的那些办不到的事。女管家离开他,出去向太太游说;一见女仆都围在门口,她就叫她们回各自的寝室,等第二天晚上再玩,音乐家就不会再担惊受怕了,因为这场骚乱已使大家大为扫兴。大家明明知道,老太婆要一个人留在这里,但又不能不服从,因为大家都归她管。女仆们一走,她就回到大厅,用看来是经过好几天琢磨才想出来的长篇说辞，竭力说服莱昂诺拉依从洛艾萨的心意。她向太太夸他文雅、勇敢、聪明和彬彬有礼，向她描述依偎在年轻情人的怀抱里，要比依偎在老头丈夫的怀抱里有趣得多。女管家向莱昂诺拉保证严守秘密，肯定她会有长远的乐趣，还讲了一些诸如此类的话。她的舌头好像有魔鬼驱使，说得绘声绘色，天花乱坠，娓娓动听，不仅能说服和感动单纯、不慎的莱昂诺拉的一颗温柔而缺乏警惕的心，就连铁石心肠的人也会被说得心动。

　　啊，那些女管家啊，她们来到世上就是为了引诱千百端庄、善良的女人堕落！啊，那些披着长头巾、矫揉造作的女人们，你们被挑来是为了使显贵太太们的客厅增添好名声，而你们的所作所为却与你们不得不从事的职业多么背道而驰！经过女管家的左劝右说，莱昂诺拉终于听从了，莱昂诺拉受骗了，莱昂诺拉毁了自己，同时也使小心谨慎的卡里萨莱斯的种种防范全部落空，他这一睡把名声给毁了。马利亚隆索拉着她太太的手，把眼睛含着泪水的太太硬拉到洛艾萨待的地方，用魔鬼的假笑为他们祝贺；她离开那里时随手关上门，将他们关在一起，而她自己却睡在会客室里，或者不如说，在那里等待着他的满意的报答。但是，由于头几个晚上失眠，她在那里睡着了。

　　这时候，要是卡里萨莱斯没有睡着的话，我真想问他：他的那些谨慎小心，他的猜疑之心，他的警惕性，他的判断力，他家的高墙，他的连一个男人的影子都进不去的家；他以为自己为女人们备齐了她们所需要的可能想望的一切——那个窄小的转橱，厚厚的墙壁，不透光的窗户，引人注目的幽居，赠给莱昂诺拉的丰厚嫁妆，不断给予她的礼物，他对女仆、女奴的厚待，这一切都到哪里去了呢？不过，现在可不是向他提出这些问题的时候，因为他已经睡过头了。如果他能听见，或者能够回答的话，他的最好的回答也只不过是耸耸肩膀，皱皱眉头，然后这样说：

"这一切崩溃的根源，我认为，这些防范所以不起作用，全是由于一个沾有恶习的游手好闲的青年的狡猾心计，一个虚伪的女管家的罪恶念头，加上受人怂恿和轻信的女孩子的疏忽大意。"愿上帝让我们避开这些敌人吧，因为既没有谨慎之盾，也没有警惕之剑能够防范他们。

尽管如此，莱昂诺拉却表现得如此勇敢，在关键时刻表现得恰到好处，她对那个狡诈的骗子向她施加的暴行进行了顽强的反抗，使他没有足够的力量战胜她，徒然弄得筋疲力尽，而胜利却属于她，结果两个人都睡着了。

卡里萨莱斯虽然被涂过药膏，老天爷却在这个时候让他醒了过来。他醒来后照例在床上到处摸索，但没有找到他那可爱的妻子，他吓得愣在那里，接着，以他的高龄所难以具有的轻捷和勇气，从床上一下子跳了起来。当他发现妻子不在卧房，房门开着，放在两床褥子间的钥匙也不见了的时候，他觉得自己要发疯了。他稍为冷静下来时才来到走廊，一步一步悄没声地走到女管家睡觉的会客室，看见只有女管家而没有莱昂诺拉，就向女管家的卧室走去，轻轻打开房门，却看见了他从来不想见到的情景，看见了他宁愿自己不长眼睛，却又实在呈现在他眼前的那一幕。他看到莱昂诺拉在洛艾萨的胳臂里睡得那么香，好像药膏是在他们身上而不是在忌妒成性的老头身上起作用。卡里萨莱斯痛苦地见到这一切以后，脉搏停止跳动，声音哽在喉咙里，手臂耷拉了下来，站在那里像一尊冰冷的大理石像。尽管出自本能的愤怒使他濒于死亡的精神状态有所好转，但是他遭受的过度的痛苦却使他的愤怒无以表达。尽管如此，当时他如果能找到什么武器的话，他肯定会对那种恶行进行必要的报复。于是他决定回卧房取匕首,再回来用他的两个仇敌的鲜血,甚至还要这幢房子里所有人的鲜血,来洗刷沾在自己声誉上的污点。

他怀着这个事关名声和必须采取行动的决心,像他来时那样又安静又小心地返回自己的房间;一到房里,他内心所受的痛苦和烦恼使他无力再做别的事情,就猝然昏倒在床上。

天亮了,这对男女还搂抱在一起。马利亚隆索醒来了,她想去做那件她认为现在该轮到她做的事情。但她发现时间已经不早,决定留到第二天晚上再做。莱昂诺拉一见天色大亮,心中甚为不安,诅咒自己和那个该死的女管家的疏忽大意,她与女管家心惊胆战地走向她丈夫的房里,暗暗恳求上苍让她丈夫仍然昏睡不醒。她们看见他躺在床上一无声息,以为药膏的效力尚未过去,他还在睡觉。这时候,她们两人高兴得互相拥抱了起来。

莱昂诺拉走到她丈夫跟前,抓住他一只胳臂,把他翻个身,看看是否可以不用醋来擦洗就能使他醒过来,因为她听说必须这么办。然而,这么一折腾卡里萨莱斯从昏迷中苏醒过来了,长叹了一声,用一种可怜巴巴、昏昏沉沉的声音说道:

“我真不幸啊,我的命运把我弄到多么可悲的结局!”

莱昂诺拉不太明白她丈夫所说的话是什么意思。但是,她看到丈夫清醒过来并且说起话来,才吃惊地发现药膏的作用并不如所说的那么长久,于是她就走到他跟前,将自己的脸偎在他脸上,紧紧抱住他说:

“你怎么了,我的老爷?我觉得你是在抱怨什么。”

不幸的老人听见他那温柔的敌人的讲话声,就两眼圆睁,又惊讶又迷惘地看着她,使劲盯着她看了好一会儿,最后才对她说道:

“太太,请你马上替我把你的父母请来,因为我不知道心里是怎么回事,只觉得非常非常疲劳,我担心自己命在旦夕,希望临死前能见他们一面。"

莱昂诺拉当然相信她丈夫说的是真话,仍然认为这是药膏的力量,而没想到是他看到的一切使他落到这个地步。于是她答应照他的吩咐去办。她吩咐黑人立即去把她父母亲叫来。她抱着她丈夫,从来没有那么亲热地爱抚他,问他现在感觉怎样,话语带着柔情蜜意,就像他是世上最可爱的人一样。他迷迷糊糊地听着她说的话,觉得她说的每一句话,她的每一下爱抚,都像一把利箭穿透他的心。

女管家把主人生病的事告诉家里全体人员和洛艾萨,还一再对他们说,他大概病得不轻,因此,当黑人出去请太太的双亲时,她都忘记吩咐关上大门。大家对这件事很惊讶,因为那两位老人嫁了女儿以后,从没进过这个家。总之,大家都不声不响,惊讶不已,也不知道主人发病的起因。她们的主人不时痛苦地长叹,每叹一声,就像灵魂要出窍似的。莱昂诺拉见情就哭了起来,他却笑了,一个气疯了的人才那么笑,因为他认为她的眼泪是虚伪的。

这时候莱昂诺拉的双亲来了。他们见到大门和院门大开,里面一片沉寂,不由得大为吃惊。他们到了女婿的卧室,见到他像刚才提到的那样死死盯住他的妻子,一边抓住她的手,一边和她一起泪流如注。她只是因为看到丈夫流泪而哭泣;他却是由于看到她流泪太过虚假而落泪。

莱昂诺拉的父母一进来,卡里萨莱斯就说道:

"你们请坐这里,其余的人都退出去,就女管家马利亚隆索一个人留下。"

她们都退下后,留下的只有五个人。不等别人开口,卡里萨莱斯擦了擦眼睛,以平静的口气说道:

"我完全相信,我的岳父母大人,不需要给你们请来证人,你们就会相信我要告诉你们的一件事实。你们一定记得很清楚,你们当然不可能不记得距今一年一个月零五天又九小时以前,你们好心地、满怀疼爱地将女儿嫁给我做合法的妻子。你们也知道,我为她置办嫁妆是何等慷慨,妆奁比起跟富家女结婚所需的要好过三倍。同样,你们也该记得,为了能使她称心如意,我在她的服装与装饰方面所献的那份殷勤。先生,夫人,你们现在正好看到了我的身体情况,恐怕这病会送了我的命;凭我多年在世上的种种不寻常的经历,我本想尽可能谨慎小心地来守住既是我自己挑选的也是你们赐予我的这件珍宝。我加高了这幢房子的围墙,堵住临街的窗户,门上加双锁,像修道院那样装上转橱,永远把一切男人的影子和名字从这幢房子里排除出去。我让女仆和女奴侍候她,凡是她们或者她本人向我提出的要求,我从不拒绝。我平等对待她。我将自己最不便公开的想法告诉了她,把我的全部财产都给了她。细想起来,所有这一切,都是为了保证我能不担惊受怕地享受自己花了那么大代价才得到的东西,也是为了使她尽力不让任何妒意有机会闯进我的思想。然而,老天爷如果想惩罚不把欲望与希望全部托付给神明意志的人,那么人力是无法防避的。我对自己的失败并不十分难过,我自己就是即将夺走我生命的毒药的制造者。但是,因为我看到你们愣在那里,极想知道我要说些什么,我想用一句话将这件就是一千句话也说不清楚的事告诉你们,以结束我要说的这篇冗长的开场白。先生,太太,我说这些话和叫你们来,都是因为今天早晨,我发现这个生到世上就是为了破坏我的安宁和夺去我的生命的人(他一边用手指着他的妻子),躺在一个英俊的小伙子怀抱里,而那个小伙子现在还关在这个害人的女管家的房间里。"

卡里萨莱斯刚说完最后这句话，莱昂诺拉伤心已极，就昏倒在她丈夫的膝下。马利亚隆索脸色煞白，而莱昂诺拉的父母亲只觉得喉咙里有件东西梗住，一句话也说不出来。

但是，卡里萨莱斯继续说道：

"对这种侮辱，我想不能也不应该采取惯常所采用的报复办法，我想，由于我自己把事情做得太过分，如果要报复的话，应该报复我自己，因为我对这次罪行负有最大罪责。我本应该想到，一个十五岁的女孩子和一个年近八旬的人是不相配的。我这是自作自受。听信了坏话的孩子啊，我不怪罪你！"说这句话的时候，他低下头来吻了一下昏迷不醒的莱昂诺拉的脸，"我说，我不怪罪你，因为狡猾的老狐狸的劝说和年轻情人的花言巧语，很容易战胜年轻人所具有的微不足道的智慧。但是，为了使大家都能看到我原先是多么喜欢你，我愿在生命的最后时刻向你表明，我这个人，在这个世界上，举个例说，如果算不上好心人，至少也是个见所未见的憨厚人。所以我要你们马上请个法庭书记员来，以便我重立遗嘱，我要把双倍于嫁妆的财产遗赠莱昂诺拉，我要求她在我去世后——这用不了多久——按照她的意愿（这一点她不费事就能做到），跟那个小伙子结婚，我这个可怜的白发老人，从来也没得罪过那个小伙子。这样她就会看到，如果说我活着的时候没能使她称心如意，那么我的去世却能做到这一点。我愿她嫁一个她真正喜欢的人。我的其余财产，要送给其他慈善事业。而你们，我的先生和夫人，我要留下一份遗产使你们能够体面地度过余年。书记员就该来了吧，因为我痛苦极了，越是拖下去，我就越接近死亡。"

他说完这番话，又突然昏厥过去，倒在莱昂诺拉身边，两张脸正好贴在一起。这两位老人看到自己亲爱的女儿和女婿这种情景，感到又惊异又悲伤！那个坏透顶的女管家不想坐等她太太的父母亲必定会给她的申斥,就走出房间,将发生的事情告诉洛艾萨,劝他马上离开那里,并说她会留意让黑人向他通风报信,因为现在大门和锁都挡不住他进来了。洛艾萨听到这个消息大为吃惊,采纳了她的意见,重新穿上穷人服装,出去把他闻所未闻的奇异的爱情经历告诉他的那帮朋友。

这两个人昏倒的时候,莱昂诺拉的父亲派人去请他的一位当法庭书记员的朋友,这个朋友来到时,他的女儿和女婿正好醒过来。卡里萨莱斯按自己说过的那样立下遗嘱,里面没有提及莱昂诺拉的过错,只是关心备至地要求她,万一他死了,与他私下向她提到过的那个小伙子结婚。莱昂诺拉听了这些话,就跪在她丈夫脚下,恨不得将心掏给他看,说道:

"愿你长命百岁,我的主人,我的亲人!即使你不会相信我告诉你的任何一件事,但我还是要让你知道,我并未如你想象的那样,让你蒙受了耻辱。"她刚要开始详细辩白并且剖明事情真相,可是一句话没说出口就晕了过去。可怜的老头把晕倒在地的莱昂诺拉抱在怀里,她的父母也抱住了她,大家都哭得很伤心,连那位来立遗嘱的书记员也不得不陪着流泪。遗嘱里规定发给女仆们生活费,给女奴和黑人以自由,对虚伪的马利亚隆索,他只吩咐发给工钱。然而,不管怎样,他依然痛苦忧伤,到了第七天,终于与世长辞。

莱昂诺拉成了寡妇,虽很富有,却成天伤心流泪。洛艾萨期待她履行他已经知道的她丈夫的遗嘱,可是,一星期后,他却看到她到本城管束最严的修道院当修女去了。他绝望之余,几乎无地自容,就动身去西印度群岛。

莱昂诺拉的父母亲虽然因女婿在遗嘱里给他们留下一大笔财产而聊以自慰,但还是悲伤至极。那些女仆也由于同样原因而感到安慰。男女奴隶获得了自由，而险恶的女管家，却由于她一肚子坏水而一无所得和受穷。我怀着这样的心情来结束这篇文章，希望以此作为榜样和一面镜子，奉劝诸位，只要存在自由的意志，就切勿轻信什么钥匙、转橱、围墙；也别轻信那些豆蔻少女，如果有那种身穿平直黑色修女服，头披白长的修女巾的女管家成天在她们耳旁进言的话。

我只是不明白，是什么原因使得莱昂诺拉没有急切地剖白自己，让她妒忌成性的丈夫了解她在这场遭遇中是清白的。心乱如麻使她终于未能启齿，而她丈夫的匆匆弃世，也就没给她留下剖白的余地。

鼎鼎大名的洗盘子姑娘

　　不久前,在赫赫有名的布尔戈斯城里住着两位富有的杰出绅士,一位叫堂迭戈·德·卡里亚索,另一位叫堂胡安·德·阿文达尼奥。堂迭戈有个儿子,与他自己同名;而堂胡安也有个儿子,名叫堂托马斯·德·阿文达尼奥。为节省笔墨,对这两个将是本书主要人物的青年绅士,往后我们只称呼他们的姓氏:卡里亚索和阿文达尼奥。

　　卡里亚索在十三四岁时,喜好外出流浪,但并非因他父母亲责打虐待所致,仅仅出于自己的高兴和油然而生的念头。于是,他就像年轻人所说的那样,离开父母,走向世界。他对自己所过的自由自在的生活深感满意,即使这期间会遭遇不如意,生活会碰到困难,他也毫不留恋家里的富裕生活。他走路不觉疲劳,寒冷不能伤害他,炎热也不能使他不快;对他来说,一年四季都是温馨的春天。他在禾谷上睡觉,就像躺在褥子上一样舒坦;栖身于小客栈的柴房,犹如卧在荷兰被单里那么愉快。总而言之,他对流浪生活是如此在行,都可以在著名的阿尔法拉切①所办的学院里授课了。

　　过了三年光景,他回到家里。在这三年里,他在马德里学会了

---

　①　阿尔法拉切是十六世纪西班牙作家阿莱曼所著的流浪汉小说《古斯曼·德·阿尔法拉切》一书中的主人公。

玩抛骨游戏；在托莱多的小客栈，他学会打伦托依纸牌；在塞维利亚箭楼脚下，他学会了普雷沙依品塔牌戏。尽管他过的这种生活既穷又苦，卡里亚索却表现得像一个自得其乐的王子。在射击等许多方面，都显示出他高贵的出身。他生性慷慨豪爽，有东西就和同伴们共享。他不常光临酒神巴科的住所，虽也喝酒，但喝得甚少，绝对进不了被称作"讨厌鬼"的行列，那些"讨厌鬼"往往喝酒过量，脸上像涂了朱砂和红赭石。总之，在卡里亚索身上，人们看到的是一个具有良好品性、纯洁、有教养、智力超常的流浪汉，他适应各种各样的流浪生活，以至于成了流浪汉这一行中执牛耳的撒哈拉金枪鱼渔场里的行家里手。

啊！厨房帮工又脏又胖、油光贼亮，伪装的穷汉，假瘫痪病人，索科多贝尔和马德里广场上的扒手，装瞎行乞的祈祷者，塞维利亚的搬运夫，黑社会的跑腿，这帮人多得数不清，但都名之曰流浪汉。放下你的遮阳篷，收起你的翩翩风度，你若是没在金枪鱼渔场修习完两门功课，你就不配称作流浪汉。在那儿，在他们的学校里游手好闲就是工作！在那儿用不着分清肮脏还是干净，个个吃得肥头大耳，就是饿也饿得干脆，饱也饱得痛快，干坏事不加掩饰；赌博起来有股横劲；时有所见的吵嘴打架，时有发生的死亡，动不动口吐粗话；像举办婚礼般的狂欢，像印在画片上的民间舞蹈；踩上脚蹬时唱歌谣，抓住皮带上马时朗诵诗文；这儿在歌唱，那儿在咒骂；远处在吵架，近处在赌博，所有的人都会偷窃。他们享受充分自由，在活动中显露其才华。许多显贵的父母亲自己或派人来寻找孩子，并且找到了他们，然后要想将他们从那种生活中拉出来就像要杀掉他们一样困难。

然而，我所描绘的这一切甜美里却包含着令人伤心而难言的苦经。他们不能踏踏实实地睡安稳觉，因为担心会被人一下子从撒哈拉搬到巴巴利海岸,为此,他们在海岸塔楼留宿过夜时,有自己的巡逻和岗哨。出于对那些为他们张目瞭望者的信任,他们自己则闭目安心睡上一觉,即使如此,说不定还会发生这样的事:那些岗哨、巡逻、流浪汉以及他们的头儿挤成一堆在堆满渔网的船上宿夜,傍晚时还在西班牙,黎明时却已到了得土安①。但是,对这类事的恐惧并不妨碍我们的卡里亚索在那儿美美地度过三个夏天。在最后一个夏天,他的运气极佳,玩扑克牌时赢了近七百雷阿尔。他想用这笔钱买身衣服,返回布尔戈斯,探望曾经为他流了不少眼泪的母亲。他与众多好友道别时,说好除非生病或者死亡使他无法践约,否则第二年夏天他一定会回来与他们相聚。他的心灵有一半已经和他们连在一起,他的全部心愿已交给了那些干旱的沙地,在他看来,这些地方要比极乐净土更为翠绿清新。由于他已经习惯于步行,所以他决定走回去。他足穿一双麻鞋,从撒哈拉一直走到巴利亚多利德,嘴里还哼着《三只鸭子,妈咪》②的曲子。他在巴利亚多利德小住十五天,进行一番恢复与调整,使自己的脸色由黝黑变得稍为红润一点,再去掉一点流浪汉的流气,把自己打扮成一个干干净净的骑士。

他能顺利到达巴利亚多利德并在那里过得方便舒适,多亏了别人赠予他的几百雷阿尔。他用剩下的一百雷阿尔租了一头毛驴,雇了一名随从,以便在他双亲面前显得体面与得意。做父母的高高兴兴地接纳了他,他们的亲友纷纷前来向他们祝贺他们的儿子堂迭戈·德·卡里亚索的归来。顺便提一下,堂迭戈在流浪期间,改名叫乌迪亚莱斯而不叫卡里亚索,因此过去不认识他的人都

① 位于摩洛哥东北部滨海城市。
② 当时的西班牙歌谣。他哼此歌谣,表示走路对他是件轻松愉快的事。

叫他乌迪亚莱斯。在来看望这位刚刚到家的人中间,有堂胡安·德·阿文达尼奥及其儿子堂托马斯。托马斯与卡里亚索是同龄人,又是邻居,两人自然而然地成为莫逆之交。

卡里亚索把自己出门三年发生的事编织为成千上万个绝妙动听的长篇谎言,讲给他的双亲和其他人听,但从未触及,也不想触及在金枪鱼渔场经历的一切,尽管他也在经常不断的想念那些地方,特别是当他眼看已迫近他答应朋友要回去的日子时更是如此。而对于他父亲为他安排的狩猎,以及本城人士为博他欢心而举行的体面的众多接风场面都不感兴趣,一切娱乐消遣均使他厌烦,他觉得这一切活动,大都不如他在渔场里的经历有意思。

他朋友阿文达尼奥好几次发现他十分忧愁,而且心事重重。出于对友谊的忠诚,他大胆询问原因,并且说只要有可能和需要,他一定会用自己的鲜血来助他一臂之力。为了不损害他们之间存在的深厚友谊,卡里亚索不想再隐瞒他,便如实向他讲了渔船①上的生活,讲了他由于想回去而感到忧愁和心事重重。经过他一番描述,阿文达尼奥非但没有责备他,反而大加赞扬。

总之,卡里亚索这一席话,打动了阿文达尼奥的心,他决定和朋友一起去度过一个夏天,美美地享受一下卡里亚索所描述的那种非常幸福的生活。对此,卡里亚索感到特别高兴,因为他感到,他自己所做的受人轻视的决定有了一名可靠的追随者。于是他们尽量地将钱积攒起来,他们找到最好的办法是,两个月后,阿文达尼奥得去萨拉曼卡,他在那儿曾凭兴趣学过三年希腊文和拉丁文,他父亲希望他再去那儿学他喜欢的学科,而给他的钱将足够他们为所欲为。

---

① 暗语,意为"黑社会","渔船上的人"意为"小偷,窃贼"。

　　与此同时，卡里亚索却对他父亲说，他想和阿文达尼奥一同去萨拉曼卡学习。他父亲听后十分高兴，竟然跑去与阿文达尼奥的父亲商量，并派人去萨拉曼卡为他俩安排住宿，同时为他们孩子准备妥当一切可能需要的物件。

　　到了动身的日子，他们为孩子准备好钱，并且派了个品行端正、谨慎细心，能管束他们的管家与他们同行。双方父母对自己的儿子千叮万嘱，教他们该做些什么，该怎样使自己在品德和学识方面有所长进，取得成绩，这是所有的学生，特别是那些出身名门的学生，经数载寒窗攻读加多少不眠之夜想望获得的成果。两个孩子表现得极为谦恭听话，他们的母亲在伤心流泪。在接受了大家的祝福后，他们各自骑着骡子动身上路，身边带着两名家仆，一名管家，后者为了表示自己身负重任，已经蓄起胡须来了。

　　抵达巴利亚多利德城时，他们对管家说，他们想在那里住上两天，游览市容，因为过去从未来过，也从未参观过该城。管家对逗留的想法进行了严厉而激烈的训斥，还说凡是像他们那样急着去上学的人，哪怕停留一个钟点去看那些无关紧要的事，也是不应该的，更不用说逗留两天了，他这方面恐怕连一小会儿时间也不会给他们，他让他们俩即刻动身，否则，有他们瞧的。

　　到了此时此地，管家先生——或者用我们更喜欢称呼的总管先生这个名称——的本领才显露出来。可是两个年轻人早已成竹在胸，因为他们从管家所带的钱里面已经取走了四百埃斯库多。于是他们说只要逗留一天，因为他们想参观一下阿加莱斯泉水，这是人们用大引水渠道引入城市的。最后，管家尽管心里不乐意，还是答应了他们，因为他原想省掉当晚的住宿费用，准备到了巴尔德斯蒂利亚斯再住宿，这样从巴尔德斯蒂利亚斯到萨拉曼卡的十八里格的路程两天正好走完，而从巴利亚多利德到萨拉曼卡却有二

十二里格，这段距离两天是走不到的。但是，就像俗话所说的，
"各有各的打算"，因此，事情的发展和他的愿望完全背道而驰。

两个年轻人，单带一名仆人，骑着两头极驯良的家骡，出去观
看阿加莱斯泉水。该泉水以其悠久历史和优良水质闻名于世，还
有它的黄金渠道和受人尊敬的女修道院长亦负威望。泉水的名声
可与马德里最出色的泉水平起平坐，而拉曼查的科尔帕和皮萨拉
泉水与之相比则黯然失色。他们来到了阿加莱斯，当仆人以为阿
文达尼奥从坐垫包里取饮料时，却见他抽出的是一封封了口的信。
阿文达尼奥对仆人说，等他回到城里立刻将这封信交给管家，还要
他在坎波门等他们。

仆人遵命带信回城，他们就掉转了坐骑，当晚在莫哈多斯宿
夜，两天后到了马德里，又过四天，他们在集市上把骡子卖掉，当时
有人出价六埃斯库多，最后有人按合理价格用金币把它们买下。
他们穿上村夫服装，披上有两个衣兜的短披风，穿上套裤和灰呢
袜。这是他们上午从商人那里买的服装，晚上他们把服装改了一
下，改得连他们的亲娘都认不出他们了。

他们穿上这身合意的服装，就朝托莱多方向而去，由于他们所
带的宝剑也让那个商人——尽管他并不需要宝剑——买了去，他
们看起来更像平民百姓了。

他们兴高采烈地满意而去的事暂且不表，让我们回叙一下管
家的情形。他打开仆人带给他的信件时，只见里面这样写道：

> 佩德罗·阿隆索先生，请您耐心返回布尔戈斯，禀告我们
> 的父母，说明我们两人——他们的儿子，经过深思熟虑，认为
> 还是弃文就武，当两名骑士为宜，故此，我们决定不去萨拉曼
> 卡而去布鲁塞尔，不去西班牙而去佛兰德。我们带有四百埃
> 斯库多，还想卖掉骡子。我们高尚的主意及漫长的道路是以

宽恕我们的过错——如果不算是胆怯的话,尽管谁也不会如
此看待我们的做法。我们动身在即,回来与否全凭上帝的安
排,愿上帝与您同在,愿上帝也按我们的意愿与我们这些年幼
无知的信徒同在。我们一离开阿加莱斯泉水,即将踏上去佛
兰德的征途。

卡里亚索和阿文达尼奥

佩德罗·阿隆索读完信大吃一惊,急忙跑到箱子跟前,发现箱
内已空无一物,这才确信信内所写的事实。于是,立即骑上留下的
那头骡子,以最快的速度赶回布尔戈斯向主人报信,以便他们能及
时想出办法追上他们的孩子。然而,这方面的事,本书作者只字未
提,所以佩德罗·阿隆索骑骡赶路之事暂且不表,转而交代一下阿
文达尼奥和卡里亚索走进伊列斯卡斯城时发生的事。他们进城门
时,与两名骡夫相遇,他们像是安达卢西亚人,只见他们穿着肥大
的麻布裤,和一件开衩式粗麻布短袄,外披鹿皮夹克衫,身佩带钩
的匕首和不系佩带的宝剑。看来一个来自塞维利亚,另一个则是
去塞维利亚。后者对前者说:

“要不是我的主人已在前面走得太远,我真想多停留一会儿,
向你询问许多我想知道的事情,因为你说的有关伯爵不准阿隆
索·赫尼斯和里韦拉上诉就绞死他们的事,我听了非常吃惊。”

“啊,糟透了!”塞维利亚人说,“伯爵设了一个圈套,利用他属
下的士兵把他们偷偷地抓起来,使法庭方面无法从他们手中夺走。
朋友,你一定知道,这位普尼翁罗斯特罗伯爵身上有撒旦附身,可
以看透大家的心,他将塞维利亚治理得秩序井然,在十里格方圆地
面他可以夸耀:小偷在该城周围无法驻足,大家怕他就像怕火一
样。虽然传说他将辞去行政长官职务,但他没有,也不可能每一步
都去和法庭老爷们扯皮。”

"祝他们长命千岁,"那个去塞维利亚的人说,"他们都是穷苦人的父母,不幸者的保护人。有多少穷人,仅仅因为一个独断专行的法官,或一个偏听偏信、感情用事的市长的恼怒而丢掉性命。众人的眼睛总比一个人看得更清楚,邪恶的毒药想伤害众人也总比伤害孤身一人更难更慢。"

"你又来教训人了,"塞维利亚人说,"从你讲起来一套接着一套的情形看来,你的话不会很快就结束,我可不能再等你了。今晚你别去往常住的地方,还是去那个塞维利亚人开的旅店住宿吧,因为那里你将见到人人皆知的最美丽的洗盘子姑娘,特哈达旅店的玛里尼利亚与她一比就让人觉得恶心,这里我只需提一下市长的公子是如何渴望追求她这一众所周知的事实就行了。我的一位去那里的主人发誓说,在他回安达卢西亚时,一定要在托莱多盘桓两个月,住到那家旅店,目的就是为了饱餐秀色。我曾在她身上拧过一把,可她回敬我的却是一记响亮的耳光。她心肠硬得像大理石,难以相处得像萨亚戈的乡巴佬,尖刻得像荨麻,但是她长着一张像在过复活节的脸,像有好收成的脸。她脸颊的一边是太阳,另一边则是月亮;一边是玫瑰花做的,另一边是香石竹花做的,两者之间还有荷花和茉莉花。我不再和你说下去了,你还是亲自去看吧。关于她的花容月貌,就我的描述能力来看,你一定还会看到更多我根本无从描绘的东西。你知道,我有两头浅灰色骡子,要是我迷上了这个女人,我会非常乐意将它们送给她。然而,我也知道我不会迷上她,因为她是大祭司、伯爵这号人物的珍宝。好了,我再说一遍,你到了那里就会见到她。再见,我走了。"

两个骡夫说完就分手了,而他们的对话使两个听到对话的朋友做声不得,特别是阿文达尼奥,骡夫描述的洗盘女的花容月貌在他身上起了作用,使他产生一种想见到她的强烈愿望。卡里亚索也有这种想法,但还没强烈到不再想去渔场,不去看埃及金字塔或七大奇迹的程度。

他们重复两个骡夫说的话,模仿两个骡夫说话的姿势和语调,使他们在去托莱多的路上以此说笑消遣。接着,在来过该地的卡里亚索的引导下,从桑格雷德克里斯托街往下走,找到了塞维利亚人开的那家旅店,但由于当时穿的服装不合适,他们不敢去要求在那里投宿。

傍晚时分,尽管卡里亚索缠磨着阿文达尼奥要去另一家旅店求宿,也无法把他从这家旅店门口拉走,因为他盼望万一有幸一睹名闻遐迩的洗盘女的风采。天黑以后,洗盘女依然未见出来,卡里亚索已不抱希望,阿文达尼奥却镇静自若。他想出一个主意,借口要向去塞维利亚城的几位布尔戈斯骑士询问几个问题,就走进旅店的院子,他刚刚走进院子,看见一位姑娘从大厅走向院子。姑娘看起来年约十五,一身农家女打扮,手持一个烛台,上插一枝点燃的蜡烛。阿文达尼奥没去看姑娘的服装,两眼直盯着她的脸。他从这张脸上看到了只在画上出现过的天使的脸,看到了她的花容月貌,惊叹不已,不知问她什么才好。姑娘一见对方站在她面前,就问他道:

"你找什么啊,兄弟?你是哪个房间客人的仆人?"

"我不是谁的仆人,而是你的仆人。"阿文达尼奥慌乱地回答。

听到他这样的回答,姑娘说道:

"你走吧,兄弟,祝你好运,我们侍候人的人不需要仆人。"

说完就叫她的主人:

"先生,你来看看,这个小伙子要找谁?"

她的主人出来问他要找谁,他回答说要找去塞维利亚的几个布尔戈斯骑士,其中一位是他的主人,说其主人曾派他去阿尔卡拉德埃纳雷斯办一件对他们十分要紧的事，并让他来托莱多的塞维利亚人开的旅店等他，他主人是骑牲口来的，他认为今晚，最迟明晚就会到达。阿文达尼奥撒谎时说得有鼻子有眼，那个以顾客为衣食父母的主人信以为真，就对他说：

"朋友，你就在本店住下来吧，你可以一直等到你主人到来为止。"

"太感谢了，店主先生，"阿文达尼奥说，"请您给我和我的同伴开个房间，他就在门外，我们带的钱完全可以和别人一样照付房金。"

"太好了。"店主答道。转身对那个姑娘说："科斯坦西卡①，叫阿圭略带这两位到拐角上的那间房去，给他们铺上干净的床单。"

"是，我这就去办，先生。"科斯坦莎——这就是这位少女的名字——答道。

她向店主鞠个躬就走开了。姑娘一走，阿文达尼奥就像行路人常常碰到的太阳落山，夜幕骤然降临，眼前一片漆黑。尽管如此，他还是走出去，将他所见所闻以及他所安排的事都告诉了卡里亚索。后者从种种迹象看出他的朋友已经害上相思病，但当时他还不想说什么，他想等到看过科斯坦莎的姿容后再说，看看是否值得人们用异乎寻常的赞美和过分的夸张把她捧上天。

两人终于进了旅店。一个年过四十五、负责床位和整理房间的妇女阿圭略，把他们带到一间既不是供骑士住宿，也不是供仆人住宿，而是供两者之间的中等人住宿的房间。他们想吃晚饭，阿圭略回他们说该店不供饭菜，尽管他们也加工、烹调客人从外面买来

①　科斯坦西卡是科斯坦莎的昵称。

的食品。不过酒馆、饭店离旅店很近,无疑他们可以去那些地方吃,想吃什么就吃什么。两人采纳了她的劝告,走进一家酒店,在那里,卡里亚索吃了他们提供的饭菜,阿文达尼奥则吃自己带来的食品,心里却在胡思乱想。

看到阿文达尼奥吃得极少,甚至没吃什么,卡里亚索十分惊异。为了弄明白他朋友的全部想法,卡里亚索在回旅店时对他说:

"咱们明天最好起个大早,这样不到天热,我们就赶到奥尔加斯了。"

"我现在不去那里,"阿文达尼奥答道,"因为我想在离开本城前,去参观一下这里的名胜古迹,例如:萨格拉里奥礼拜堂,胡安奈洛的巧夺天工的作品,圣阿古斯丁观景点,国王和维加的果园等。"

"好吧,"卡里亚索道,"这些两天就可以看完了。"

"说真话,我得多待些时间,到了罗马就一点没空了。"

"行了,行了,"卡里亚索答道,"朋友,你若只想继续我们已经开始的朝圣活动,而不愿意待在托莱多,我倒会难过死了。"

"的确如此。"阿文达尼奥回答道,"要我不再见上她一面就动身是决不可能的,就像在自己还没取得成就,就让我上天国一样。"

"够气魄,"卡里亚索道,"只有像你这样胸襟慷慨的人才配做出这样的决定! 不愧为堂胡安·德·阿文达尼奥的儿子堂托马斯·德·阿文达尼奥,一位十足的骑士,家道富有、生性愉快的小伙子,具有人所赞佩的机智,现在热恋上塞维利亚人开的旅店里的一个洗盘子女仆,被她弄得神魂颠倒。"

阿文达尼奥答道:"在我看来,彼此彼此,想想你,阿尔坎特拉骑士团骑士堂迭戈·德·卡里亚索的儿子,几乎要按长子继承权继承其位的少爷,无论在体魄还是精神方面都不乏优雅、潇洒气质,然而具备这一切品质的人现在却在热恋着,可是,你猜猜,他恋上了谁?是日内瓦女王吗?当然不是,他是恋上了撒哈拉渔场,依我看来,这比怕见圣徒安东还要糟糕。"

"这真叫六月债,还得快啊,朋友!"卡里亚索答道,"我用剑刺伤你,你却一剑把我捅死。好吧,我们的争吵到此为止,咱们去睡吧,天是会亮的,一切也都会好起来的。"

"你瞧,卡里亚索,迄今为止,你还没见过科斯坦莎。等你见过她,我再请你说一说你要说的所有挑剔、不满之词。"

"我已经知道结局会是什么。"卡里亚索道。

"什么结局?"阿文达尼奥问。

"结局是:我去我的渔场,你就留在你的洗盘子姑娘身边。"卡里亚索道。

"我不会那么幸运的。"阿文达尼奥说。

"我也不会那么傻,"卡里亚索答道,"傻到为了追随你的庸俗趣味,而放弃我的高尚情操。"

他们边谈边回到房里,这次谈话又继续了半个晚上。他们觉得只睡了一个多小时,就让街上众多的笛子声闹醒。他们坐在床上注意倾听,卡里亚索说:

"我敢说天亮了,这想必是这儿附近的卡门圣母修道院举行庆祝活动,所以他们吹奏起这些笛子。"

"不是的,"阿文达尼奥答道,"因为我们不会睡那么久,会睡到天亮。"

这时候,他们感到有人在他们房门口叫门,便问是谁,外面答道:

"年轻人,要是你们想听动听的音乐,就起来吧,到正厅临街的窗栏边,那儿现在没有人。"

两人起床后开门一看,不见有人,也不知道通知他们的是谁。但是由于听到了竖琴声,他们相信音乐是真的,于是只穿衬衫就走到大厅,那儿已有三四个客人在窗栏边。他们找了个地方,没多久就听到竖琴和六弦琴声,和一个美妙动听的嗓音在吟诵这样一首十四行诗,阿文达尼奥将这首诗一字不漏地记了下来:

> 啊,谦卑的人儿,
> 你的美貌无与伦比,
> 大自然见你就退避,
> 天空也不敢与你争高低。

> 你的言谈、微笑、歌喉,
> 你的温柔,你的恼怒,
> (这都是你慷慨赐予的结果)
> 都有使人们心醉神迷的神力。

> 你的无比美丽,
> 你的纯朴无邪,
> 该为人所知,为人熟悉。

> 那些看到你的双手两鬓
> 闪烁着权杖和王位光辉的人们,
> 岂能让你侍候,都应供你驱策才行。

无须任何人告诉他俩,那首诗是为科斯坦莎做的,因为诗本身已清楚说明这一点。然而阿文达尼奥听后,反应之强烈达到振聋发聩的程度。他觉得自己生下来就是聋子,什么也听不见还好些,因为从今以后,他将每天受折磨,就像有一把妒忌的利箭插在他的心头,而更糟糕的是,他都不知道应该或能够妒忌谁。但是当一个站在窗栏旁的人说出下面一番话后,他就解除了忧虑:

"这位市长的公子有多傻,竟然走着给一个洗盘子姑娘弹唱!我见识过许多的漂亮姑娘,她确是我见过的最漂亮的姑娘,但也不至于要这样当众追求。"

另一个站在窗栏旁的人补充说道:

"的确,我听说她一定想到是他,而不是别人在唱,可我敢打赌,她现在正躺在她女主人的床后——据说她就睡在那儿——无动于衷地睡大觉,根本听不见什么歌和音乐。"

"这倒是事实,"另一个接着说,"因为她是众所周知的最正派的姑娘,了不起的是她身在这样买卖兴隆的旅店,每天都有新客人上门,她又要往来于各个房间,却没有听说她有丝毫越轨行为。"

听了这些,阿文达尼奥又活了过来,鼓起勇气去听歌手们在各种乐器伴奏下唱的许多歌。这些歌曲都是为科斯坦莎而唱的,然而她却像旅客所说的那样,在漠不关心地睡大觉。

天快亮时,歌手们走了,笛子声也随之而去。阿文达尼奥和卡里亚索回到他们住宿的房间,在那里可以一直睡到早晨。天亮后两人就起了床,都想见一下科斯坦莎;然而一个是出于好奇心,另一个则出于钟情。科斯坦莎满足了两人的愿望,她走出主人住房时是如此美丽,使得两人都认为,那个骡夫对她的全部赞美是远远不够的,根本算不上什么赞美。

她身穿一条裙子和一件绲边绿呢紧身短袄,里面是一件衬衣,上面是黑绸绣花翻领;在她雪花石膏圆柱般的脖子上戴一串闪闪发光的黑玉项链;腰里系一根圣弗朗西斯科饰带,一端下垂,右面挂了一大串钥匙;脚穿一双两层底红鞋,而不是拖鞋;穿什么袜子不得而知,不过从侧面露出的部分看来也是红色的。头发辫子上系了几根白色窄丝带,辫子从后背一直垂到腰部。略带金黄色的深褐色头发看起来是如此洁净、齐整,梳理得如此得体,使得任何颜色的——即使是金色的——头发也不能与之媲美。耳朵上戴两只珍珠般的玻璃耳坠。满头秀发无须再用发网头巾来修饰。

当她走出大厅时,她用手画十字,非常虔诚和安详地向悬挂在院墙上的一幅圣母像,深深地鞠躬敬礼。她抬起头来,见到有两个人在看她,就转身走进大厅,从那里喊阿圭略起床。

现在该来说一说卡里亚索见到科斯坦莎的花容月貌后的感受了;至于阿文达尼奥初见她时的想法,前面已然提过,这里只说卡里亚索的感觉。他觉得她非常美,这一点他与阿文达尼奥看法一致,然而他并不钟情于她,甚至都不想在旅店过夜,恨不得马上动身去渔场。

这时,阿圭略一听到科斯坦莎叫唤,就出来到走廊上,后面跟着另外两名女仆。据说,她们是加利西亚人。店里雇用那么多女仆,是因为来店投宿的旅客多,这家塞维利亚人开的旅店又是托莱多最好、生意最兴隆的一家旅店。随旅客来的几个骡夫前来索要大麦,店主出来把牲口料交给他们,同时责骂起他的女仆,说就是因为她们才气走了一个伙计,这个伙计喂料准时,而且据他看从不少喂一颗粮食。听到店主的话,阿文达尼奥对他说:

"别烦恼,老板,你把账本交给我吧,在我不得不住在这里的日子里,我会把供应大麦和稻草的活干得完美无缺,决不会比你说的那个走了的伙计差。"

"年轻人,我真谢谢你,"店主答道,"我在店外还有许多事要处理，顾不到这种事。请过来，这是账本。你要注意这些骡夫就是魔鬼，会昧着良心做手脚，把一塞雷敏①大麦掉包成稻草。"

阿文达尼奥下到院子，埋头按帐本行事，迅速地处理好那些麦子，安排得井井有条，使看着他干活的店主高兴非凡，对他说：

"你主人没来真该感谢上帝，我真想把你留在店里工作。俗话说'别人家的雄鸡会打鸣'。那个刚走的伙计八个月前来这里时，衣衫褴褛，瘦骨伶仃，走时穿两套上好衣服，人胖得像头水獭。亲爱的，我说这话是想让你知道，在这里工作除工钱外还有许多好处。"

"我要是留下来，"阿文达尼奥答道，"不会过多考虑赚不赚钱，只要能住在这个据说是西班牙最好的城市，叫我干什么我都满意。"

店主回答说："至少这是西班牙最好、最富庶的一个城市。不过现在我们还需做件事：找一个去河里汲水的人。另一个伙计也走了，过去是他用店里那头远近闻名的毛驴，先把水装满瓮罐，再倒到店里的大水池中。那些骡夫喜欢把他们的雇主带来本店投宿的原因之一，是这里供水充足，这样他们就不必带牲口去河边，只需在客店的瓦盆里饮水。"

卡里亚索一直在听他们说话，等看到阿文达尼奥已经安置妥帖，在店里找好了工作，他也不愿自己显得无能，而且考虑到如果附和阿文达尼奥会使他大为高兴，便对店主说：

"请把驴牵来吧，老板，我很会套驴驮东西，就像我的同伴擅长登记货物一样。"

"是的。"阿文达尼奥说，"我的伙伴阿斯图里亚斯人洛佩运水

---

① 容量单位，相当于四升半。

是最棒的,这一点我可以作保。"

阿圭略一直在走廊倾听他们的对话,听到阿文达尼奥说到为其同伴作保时,就说道:

"请告诉我,先生,是谁让你给他作保的? 说真的,我倒认为更有必要有人来为你作保,而不是你去当保人。"

"住口,阿圭略。"店主道,"别管闲事,我相信他们俩。我的天啊,你们不要和店里那些男伙计吵了,就因为你们,他们才一个个都走了。"

"这么说,"另一女仆道,"这俩伙计是要留在店里了? 我认为,我要是和他们一起走路,连帮我提鞋,我都信不过他们!"

"别开玩笑了,加利西亚小姐,"店主答道,"去忙你自己的事吧,别管男伙计的事,不然我用棍子揍你。"

"当然啦!"加利西亚女人回嘴道,"你看,你贪图的是什么珍珠宝贝! 我还真没见过我的老板和店里店外的伙计这么说说笑笑过。可是以我的小人之心忖度,他们可是一些无赖,就算我们不予他们以任何口实,他们还会心血来潮,说走就走。他们人确实长得不错,但这只能起到在主人清晨起来精神不振时提提神的作用罢了!"

"你讲得够多了,加利西亚小姐。"主人答道,"别作声,管你该管的事去吧!"

这时,卡里亚索已备好毛驴,他跃上驴背,向河边走去。看到卡里亚索的富有胆略的决定,阿文达尼奥十分高兴。

现在我们抽空来讲一下这两人的事:阿文达尼奥化名托马斯·佩德罗,当上了客店的伙计;卡里亚索则化名阿斯图里亚斯人洛佩,当运水人。他们这种改名,堪与那位大鼻子诗人①的改名比

---

① 指古罗马诗人奥维德。

美。阿圭略好不容易才弄明白他俩已经被留在店里,就想在阿斯图里亚斯人身上打主意,决心要把他弄到手,于是百般讨好他,尽管他性格内向,孤僻,她也要把他变得比手套还要服帖。

这个扭捏作态的加利西亚女人对阿文达尼奥也说了类似的话。这两个女人,由于共住一室,一起闲聊,已成了知心朋友。她们各自向对方吐露爱情方面的打算,决定从当晚起就着手征服她们的两个不动感情的情人。但是,本不该产生的妒意,不由自主地在她们心中冒出来。她们似乎看见自己的心上人,一会儿向外面的姑娘献殷勤,一会儿又讨好店内的其他女伙计。"兄弟,别作声,——她们说,似乎对方就在她们面前,并且已经成为她们的禁脔或姘夫一样——别作声,把眼睛蒙住,让懂得击鼓的去打鼓,让懂得跳舞的人去领舞吧,本城再没有比你们的美差更安逸更舒适的了,你们真是得天独厚啊!"

加利西亚女人和阿圭略两人讲着这一类的话,这时我们善良的阿斯图里亚斯人洛佩正从河边回来,走在卡门斜坡,心里还想着渔场以及自己突然变化的境况。也许是因为想得走了神,也许是因为命运的安排,他下坡时在一个窄道上,与一头驮水上坡的运水人的毛驴碰上了。他是下坡,他的毛驴长得健美,轻松自在,鬼使神差地撞上那头又乏又瘦、正在上坡的毛驴,把它撞倒在地,结果水坛撞破了,水也流了一地。老运水工碰到这样的倒霉事,火冒三丈,就向仍骑在驴背上的新运水工猛扑过去,没等他做任何解释也没等他跳下坐骑,已经用棍子狠揍了他十好几下,弄得阿斯图里亚斯人蒙头转向,不知所措。

新运水工终于跳下了毛驴,冲向对方,毫不手软地用两手掐住他的脖子,把他摔倒在地,他的头恰好撞在一块石头上,破了两处,血如泉涌,使得阿斯图里亚斯人以为把对方打死了。

从远处走来的其他许多运水工,见到自己的伙伴落到这般田地,都扑向洛佩,将他紧紧地抓住,一边大声喊道:

"来人啊,来人啊!这个运水工打死人了!"

除了喊叫以外,他们还用拳头、棍子痛打他一顿。有几个人走到那个摔倒的人跟前,见到他头破血流,快要咽气,这事就一个传一个,从坡地一直传到卡门广场的一位警官耳朵里。他带领两名法警飞也似的迅速跑向斗殴现场,这时受伤者已被横放在驴背上。洛佩的毛驴让人抓住,他本人受到二十多个运水工的围攻,连转身都不可能。他们挤压着他的肋骨,根据那些为受凌辱者进行报复的人不断加在他身上的拳脚、棍棒来看,更使人担心的是他的生命而不是那个受伤者的生命。

警官一到,人群自然分散,警官把阿斯图里亚斯人交给法警,赶着那头毛驴,把受伤的运水工驮在他自己的毛驴上,一起送往监狱,警官后面跟着的大人、孩子挤得大街水泄不通。

听到人声嘈杂,托马斯·佩德罗及其主人走出店门,了解一下究竟。他们看见洛佩被夹在两名法警之间,满嘴满脸是血,店主马上探头寻找他的那头驴,只见它由一个已经走近他们的法警牵着。他上前问他们为什么抓人,对方就把事情经过告诉了他。他为自己的那头毛驴难过,担心会因此失去,至少得花上比毛驴本身价值更多的代价才能要回来。

托马斯·佩德罗跟着伙伴走,却无法靠近去讲句话,这是因为人太多,把他挡在一边,还有带着他走的两名法警和那个警官防范严密。最后,直到把他同伴投入监狱的牢房,戴上手镣脚铐,都没让他接近。警方把受伤者送到诊疗所治疗,看来伤势不轻,有危险,外科医生也是这么说的。警官把两头驴,还把警察从洛佩身上拿走的五个当八的银雷阿尔,带回自己家里。

托马斯心慌意乱地回到旅店，心里十分悲伤。他找到已被他当作主人的、其难过程度不比他差的店主，将自己同伴的情况，将受伤者濒临死亡以及毛驴的情况，一一告知。他还说到，有件事可谓雪上加霜，使他增添烦恼。他说他原主人的一位要好朋友，刚才在路上遇到他时说，他主人为赶路和少走两里格路，从马德里动身去乘阿塞卡渡船，当天就在奥尔加斯过夜，当时交给这位朋友十二埃斯库多，托他转告托马斯到塞维利亚等候主人。

托马斯补充说："这怎么可以呢！我可没理由把自己的朋友和伙伴扔在监狱里，任由他处于危险境地，我主人准会因为现在的情况谅解我的，尤其是，他十分善良、正派，只要我的同伴能不受苦，要他做什么，他都会答应的。我的主人，请您收下这笔钱，烦你为这件事奔走一下。等这笔钱花完，我再写信给我原主人报告这儿发生的事，我知道他会寄来足够我们为摆脱任何危险所需要的钱的。"

店主看到自己丢失毛驴的损失得到部分的补偿，欢喜得眉开眼笑。他接过钱，安慰托马斯说，他在托莱多有几个有身份的熟人，他们对法院很有影响，特别是一位修女，是市长的亲戚，市长对她言听计从。他还说，这位修女所在的修道院里有个洗衣妇，她女儿是这位修女的忏悔师非常熟悉的、颇有名气的一位教士的妹妹的要好朋友。那个洗衣妇在家洗衣，如果她要求她女儿——她肯定会去要求的，她女儿就会向教士的妹妹讲，教士的妹妹又会向她哥哥讲，让他再向忏悔师讲，忏悔师再向修女讲，修女将乐于写一纸短信（这是轻而易举的事）给市长，恳求他关照一下洛佩①的事，毫无疑问这事就可能有好结果。当然，这一切必须以那个运水工

①　原文误写成托马斯，今据实予以纠正。

不死为前提,此外还需对法院上下的司法人员进行一番犒劳,要是有人没有贿赂到,他们就会叫嚷得比牛车的吱嘎声还响。

托马斯对他主人的帮助,以及为达到目的而提出的无数错综复杂的办法,都表示了深切的谢意。尽管他知道,与其说这个店主头脑简单,不如说他奸诈狡猾,不过,他还是感谢了他的好心,把钱交给他,并对他说,他相信自己原来的主人——就像他告诉过的那样——不久就会寄钱来。

阿圭略看到她的新的意中人被抓走,就立即去监狱替他送饭。可是人家不许她探监,她因而十分伤心,很不高兴地走回家去。不过,她并没有因此打消自己的如意算盘。

结果,过十五天受伤者脱离了危险,到二十天上医生宣称他已痊愈。这时,托马斯装出已经有人从塞维利亚给他捎来五十埃斯库多的样子,从胸口掏出这笔钱,把钱和假装是其主人的来信及单据一并交给店主。店主对信的真伪没多加调查就收下钱,因为是埃斯库多,心里乐得开了花。

他只花了六杜卡多就打发了那个受伤者;法院判阿斯图里亚斯人赔偿毛驴费及诉讼费共计十杜卡多。阿斯图里亚斯人出了狱,但不愿回到同伴那里去,借口在他被关押期间,阿圭略去探过监,曾向他求爱,这使他既烦恼又生气,宁可让人绞死,也不能迁就这样一个轻佻女子的心愿。他现在想做的事是:决定仍按原先的打算过下去,去买一头驴,在居住托莱多期间仍旧干运水工的活儿。有这种掩护,就不会因流浪街头而挨抓受审,他只要驮上水就可以整天在城里逍遥自在地边走边瞧那帮蠢女人。

"与其在城里看蠢女人,不如欣赏一下以出西班牙最机智女人闻名的本城美女,她们的美是与机智相伴相随的。你若不以为然,就看一下科斯坦莎吧!她那超凡脱俗的美,不仅为本城美人增色,也为全世界美人增色。"

"行了,托马斯先生。"洛佩回敬道,"如果你不愿意我把你看作'厚脸皮'(现在我已经把你看作疯子),我们还是慢慢地再来谈对洗盘女的赞扬话吧。"

"怎么,洛佩兄弟,你把科斯坦莎叫作洗盘女?"托马斯说道,"上帝会宽恕你,还会让你真正认识自己的错误。"

"难道她不是洗盘女?"阿斯图里亚斯人反驳道。

"到现在为止我还真想看见她洗第一只盘子的模样!"

洛佩道:"你如果见过她洗第二只,甚至第一百只盘子的话,没看见她洗第一只盘子又有什么关系!"

"我对你说,兄弟,"托马斯答道,"她不洗碗,也不打算做其他事,除了保管好旅店里为数众多的那些银器以外。"

"既然她不是洗盘女,"洛佩说,"那么,怎么全城都叫她为大名鼎鼎的洗盘子姑娘呢?不过,无疑她一定是洗银盘子,而不是瓷盘子,所以才给她取'尊贵的'①这个雅号,不过,我们先不谈这个,托马斯,请你告诉我,你期望的事现在进展如何?"

"情况不妙。"托马斯答道,"因为在你被抓走的那些日子里,我一直没能够和她说上一句话,而对许许多多想和她攀谈的客人,她也总是低着头从不开口。她是如此端庄和稳重,使得她的深居简出与她的美色一样令人爱恋不已。使我能够忍受的是,当我知道那位市长的公子——一个美俊、敢干的小伙子——爱得她要死,不断用歌声追求她,难得个把晚上不来纠缠她,而且做得如此露骨,唱歌时甚至指名道姓地对她赞美歌颂。然而她根本听不到这些,从天黑到清晨,她从不走出女主人的房间一步,因此这个房间

---

① "大名鼎鼎"又含尊贵、高贵之意,这里是作者玩文字游戏。

成为不让嫉妒的利箭穿透我心房的一块盾牌。"

"既然你面前是一个已被你神化为波尔西亚、密涅瓦和珀涅罗珀①的少女,一个你心爱的但又使你望之胆怯和心神不定的洗盘女,你想怎么办呢?"

"你要愿意,尽管取笑我好了,洛佩朋友。我可知道我爱上的人具有大自然能够塑造的最美的容貌,和世上能够享有的最无与伦比的端庄,她的名字叫科斯坦莎,而不叫波尔西亚,不叫密涅瓦或珀涅罗珀。我不否认,她是在一家旅店做工。但是,如果我认为是一种无形的力量支配下的命运使我这样想,是经过一番清晰思考后的抉择使我对她顶礼膜拜,我能怎么办呢?你看,朋友,我不知道怎么对你说才好?"托马斯继续说道,"我对你叫做洗盘女的这个下等人所具有的爱情,看得非常崇高伟大,值得赞扬,在她身上我看到了别人看不到的东西,认识到了别人还不认识的美德。尽管我想过,却不可能做到在极短时间内去考虑她的低微的身份,因为她的花容月貌,她的机智,她的宁静端庄及凝神贯注的神情很快使我打消上述念头,它们使人想到在粗糙表皮下可能保存和蕴藏有巨大价值的宝藏。总之,我无论如何都非常爱她,这一次不同于以往我喜欢别的女人时所经历的那种庸俗的情爱,而是十分纯洁的爱,从而除了想方设法使她爱我,使她以真诚的意愿来回报我的也应该是真诚的意愿之外,我没有别的要求。"

这时候,阿斯图里亚斯人大声喊了起来:

"啊,柏拉图式的恋爱!啊,尊贵的洗盘女!啊,在我们最幸福的时代,我们看到了对美女的毫无邪念的爱情,看到了热情而有

---

① 波尔西亚:罗马共和国时期著名将领之妻;密涅瓦:罗马神话中的智慧女神;珀涅罗珀:奥德修斯忠诚的妻子。

节制的端庄,让人愉快而不刺激的温文尔雅,看到了那微不足道的低贱地位必然会因时来运转而登上人人称道的幸运之路! 啊,我可怜的金枪鱼啊! 今年一年,这个如此热恋你们、喜欢你们的人,竟没去造访你们! 不过,明年我一定会弥补这个过错,一定让我最向往的渔场的头儿们,不再抱怨我!"

对此,托马斯说道:

"我明白了,阿斯图里亚斯人,你对我的嘲笑有多么露骨。你现在赶快到你的渔场去,我要留下来干我的事,你回来时还可以到这里来找我。如果你想带走你的钱,我马上就给你,你就好好走吧,各人都按命运安排的道路前进吧!"

"凭你的机智,"洛佩回答道,"竟然看不出我在和你开玩笑? 不过,我既然看出你讲的话是认真的,我也真心诚意地向你表示,我愿意在你所喜欢的任何地方为你效劳。在为你效劳的众多事情中,我只要求你一件事作为补偿:千万别使我处于让阿圭略追求献殷勤的地位,因为我宁可与你绝交,也不愿冒与她建立友情的危险。真见鬼,朋友,她比演讲者还会说;从一里格外的地方就闻得到她的脂粉气;她的上牙全是假的,看起来满头是假发;她为了弄虚作假,掩盖缺点,在向我表露其邪念之后,就用铅白修容,脸上涂脂抹粉,看起来活像一个用纯石膏做成的假面具。"

"这全是事实,"托马斯说,"不过,那个折磨我的加利西亚女人倒没有那么坏。现在只能这样:今晚你在旅店住一夜,明天你去买一头毛驴,找到你今后落脚的地方,这样你就可以逃避开去,不与阿圭略见面,留下我一人来面对那位加利西亚女人和我的那个不可抗拒的光芒科斯坦莎吧!"

两个朋友就这样达成了协议,一起回到住宿处,在那里阿斯图里亚斯人得到阿圭略对他的诸多情爱。当晚,旅店门口举行了一场舞会,参加者中有住本店及邻近客店的众多骡夫。弹奏吉他的是阿斯图里亚斯人,跳舞的除了两个加利西亚女人和阿圭略外,还有别家旅店的三名女仆。参加跳舞的人中间还有几个蒙面人,他们与其说是来跳舞,不如说是想来看科斯坦莎。可是她没露面,也没出来观看,这倒使那许多人大失所望。

洛佩弹的吉他,据说到了会说话的程度。姑娘们,尤其是阿圭略,殷切地要他唱一首抒情歌曲。他说,如果她们能像演喜剧时那样又唱又跳的话,他也唱一首,为确保她们的话兑现,她们必须完全按他的话做,不能讨价还价。

骡夫里不乏善舞者,姑娘中恰好也有几个。洛佩清清嗓子,咳嗽两声,同时敏捷、轻松、机灵地想了一下唱词,便出其不意地开始流畅地唱了起来:

> 美丽的姑娘阿圭略,
> 出场吧,只此一次,
> 往后退两步,
> 朝众人鞠躬行个礼。

> 安达卢西亚的骡夫,
> 年轻的牧师,
> 人称巴拉巴者,
> 请握住她的手。

> 在本店住宿的
> 两位加利西亚姑娘,
> 请其中面庞最胖者,
> 摘下围裙出来跳吧。

> 托罗特，紧握她的手，
>
> 四个人，请同时出场，
>
> 边扭，边跳，翩翩起舞，
>
> 跳起康特拉帕斯舞来吧！

男男女女都一字不差地照着阿斯图里亚斯人的唱词办事，但是当他说到"跳起康特拉帕斯舞"时，巴拉巴——别人就是这样称呼这位骡夫舞手的——这样说道：

"音乐家兄弟，你瞧你唱的是什么呀，请别对衣衫褴褛的人乱取绰号，因为这里并没有人穿破衣服，相反，每一个人都按上帝的吩咐穿着打扮。"

洛佩听到这个骡夫如此愚昧无知，就对他说道：

"兄弟，康特拉帕斯舞是一种外国舞蹈，我也没有给穿破衣服的人取什么绰号①。"

"要是这样，"那个骡夫答道，"那就没有什么出格事。请你们照习惯弹萨拉班达舞曲、查科纳舞曲和佛利亚斯舞曲吧，想弹什么就弹什么，这儿有人懂得怎样伴舞。"

阿斯图里亚斯人对此没有作答，却继续唱道：

> 进来吧，该进来的
>
> 俊男美女们，
>
> 跳起查科纳舞来，
>
> 它比大海还要宽广。

---

① 这是作者的文字游戏。洛佩说的是康特拉帕斯舞，而该青年认为是说"穿破衣服"。

拿起响板
往下走
用泥沙、脏土
擦擦你们的手。

大家完成得很出色，
本人无可指正，
请画十字，请向魔鬼
表示轻蔑。

请向婊子养的吐口水，
让他给我们以安静，
因为他总是
缠着查科纳舞会，不行。

圣洁的阿圭略，我要改变音乐，
这音乐比济贫院还要美好，
你是我新的缪斯，
请你赐予我恩惠。

查科纳舞啊！
你就是美好的生活。

跳一跳可以活络筋骨，
使人身心通泰，
也能使懒散的人

手舞足蹈。

跳舞的人,演奏的人,
观看的人,倾听的人,
狂舞高歌
胸中喷出阵阵笑声。

人们的双脚在跳动,
身体仿佛散了架,
鞋底在脱落,
主人却很开心。

精神抖擞,身轻如燕,
老人重新焕发出青春,
年轻人在相互赞美,
精力倍增。

查科纳舞啊!
你就是美好的生活。

那位高贵的太太,
你跳着欢快的萨拉班达舞,
跳着佩萨梅舞和佩拉摩拉舞,
有好几次
企图从门缝中
钻进教堂,

去破坏
神圣殿堂中的洁净诚实！

也有几次受到
崇拜者的谴责！
因为那是出于蠢人的异想天开，
好色之徒的痴心妄想！

查科纳舞啊！
你就是美好的生活。

这位仿佛混血女，来自美洲，
人们的宣扬，使之闻名遐迩，
可她却亵渎神明，出语伤人，
胜似长舌妇。

众洗盘女，
众仆人、马夫，
芸芸众生，比之于她
不过是涓涓细流。

她说话、发誓，乐此不疲，
尽管那人跳桑巴帕洛舞
舞姿翩翩，风度不凡，
她仍然是场上一朵不凡的鲜花。

查科纳舞啊！

只有你才是美好的生活。

在洛佩唱歌的时候，加入跳舞的骡夫和洗盘女已达十二人之多，他们跳得筋疲力尽。当洛佩正准备再唱一些更富情节，更具意义的歌曲时，许多蒙住脸的人之一这样说道（在他说话时仍然蒙住脸）：

"住口，醉鬼！住口，酒囊！住口，酒鬼、过时的诗人、虚伪的音乐家！"

随后又来一些人对洛佩又骂又做鬼脸，他觉得最好还是不吭声。可是骡夫们认为这样太不像话，若不是店主好言相劝，在马萨加托斯外面就会大打出手。然而尽管如此，仍免不了一场殴斗，如果此时此刻警方不来加以制止的话。

他们刚一退走，院子里的人就听见一个男子的歌声，这名男子此时正坐在塞维利亚人开的旅店对面的一块石头上。他唱得如此婉转美妙，使众人大吃一惊，不得不一直听到曲终。但是，最注意倾听的是托马斯·佩德罗，因为令他动心的是，他不仅仅听到了乐曲，还听懂了歌词，对他来说，这不是在听唱歌，而是看到一纸扰乱他心灵的革除教籍的凭书，因为歌手唱的是这样一首抒情诗：

你在何处，为何不露面，

美丽的天体，

人类生活中

美丽而神圣的组合？

九重天啊，

爱情在此久居不移，

爱情在此获得了
所有幸福的动力。

水晶般的地方啊，
在那里纯净透明的水，
冷却了爱情的火焰
再度增温烧旺，使之格外纯净。

美丽的新苍穹啊，
两颗星辰在一起运行，
不借用任何光芒，
却使天地熠熠生辉。

欢乐啊，
你抗拒父亲的昏惑与悲哀，
他要把孩子们
埋葬在腹中。

卑微啊，
你抗拒耶和华的崇高，
是你那无比的宽厚，
给了他深深的影响。

细而不见的网啊，
你牢牢捆住了
那通奸的武士，

尽管他从战斗中奏凯而归。

第四重天,第二个太阳啊,
第一个太阳尚未出现,
就使你们黯然失色,
能看到它就是幸福。

庄严的使者啊,
你讲话头脑冷静,
劝导别人时保持沉静,
更深沉的含义却隐在内心。

自第二重天上,
你获得的是美丽;
自第一重天上,
你获得的则是月亮的光辉。

你就是这天体,科斯坦莎,
由于时运欠佳,
你才不适当地被置于
正好遮掩你光亮的地方。

创造自己的好运吧,
允许自己
把正直公正变为习惯,
把落落寡合变为温柔体贴。

女士啊,你会看到,

高傲的女人

会嫉妒你幸运的出身,

显贵的太太则嫉妒你的美丽。

你如想缩短路程,

我会为你献上

最纯美的心愿——

在他人身上从未见过的爱心。

　　他刚唱完最后几句诗歌,只见飞过来两块完全一样的半截砖头。假设本欲砸歌手的双脚的砖头,却砸在他脑袋中央,乐曲和诗歌就能轻而易举地从他脑壳里出来。这个可怜的人大吃一惊,飞快地从坡道上跑去,连善跑的狗都赶不上他。歌手、蝙蝠和猫头鹰都是倒霉蛋,他们总是挨雨淋,遭打击,被弄得灰头土脸!然而,那些听到了挨砖砸的歌手歌唱的人,都认为他唱得不错。托马斯·佩德罗更是认为太好了,赞美他的歌声和抒情诗,但更希望科斯坦莎能在听到那么多歌曲后出来,他一直在注视着有没有姑娘出现。

　　姑娘没出来,出来的是骡夫巴拉巴。他也在听音乐,所以一见歌手逃跑就说:

　　“去你的吧,笨蛋,叛徒犹大,跳蚤会吃掉你的眼睛,什么魔鬼教你把个洗盘女唱成天仙美女,称她为星期一,星期二①,还有什么好命运?你这倒霉蛋,还有那帮认为你的情歌不错的人,你们应

---

① 这是骡夫把歌词中的月亮听成星期一所致。

把她说成:挺拔得像芦笙,柔软得像牛奶,高傲得像羽毛,诚实得像个新教徒,忸怩作态、倔强得像一头租来的母骡,死硬程度赛胶泥。如果你这样说她,她会听明白的,还会以此为乐。可是你却唱成使者、网、动力、高贵、出身卑微,这与其是在讲洗盘女,倒不如说是指一个被学校收养的孤儿。真的,世上有的诗人写的情诗连魔鬼都不懂,尽管我是巴拉巴,至少我就不懂,这个歌手唱的情歌;我可一点也不懂。你们说,科斯坦莎该做些什么!她最好是这样:躺在床上嘲笑那个教士国王胡安。这位歌手倒不是市长公子类的人,那样的人多的是,偶尔他们也有点知名度,可是这位,真他妈的叫人生气!"

所有听他讲话的都对他表示赞赏,认为他的见解和评论非常切中要害。

随后,大家都回房睡觉,等外面安静下来,洛佩就听见有人在房门口小声叫他。他问是谁叫他,有人低声回答说:

"我们是阿圭略和加利西亚人,请开门,我们快冻死了。"

"可实际上,"洛佩答道,"现在可是大伏天啊。"

"别啰唆了,洛佩。"加利西亚女人道,"起来开门啊,我们是来做大公夫人的。"

"在这种时候做大公夫人?"洛佩答道,"我可不信,相反,我知道你们是巫婆,或者是些大骗子。请马上走开,要不然,我起誓,如果等我起来,我会用带铁头的皮带,像抽虞美人那样抽你们的屁股。"

她们见他回答得那么冷酷无情,与她们原先想象的完全不一样,害怕阿斯图里亚斯人真的发火,希望又落了空,于是就打消了原来的打算,难过而灰溜溜地回转自己的空床。尽管如此,阿圭略从门口离开时,还将脸凑到钥匙洞口说了一句话:

"驴嘴不配吃蜂蜜。"

于是,她犹似说出了一句伟大的格言和进行了一次正义的复仇那样,回到刚才说过的她那令人难受的床铺。

洛佩听她们已经回去,便对被吵醒的托马斯·佩德罗说道:

"你瞧,托马斯,你要我跟两个巨人作战,这样,我不得不替你把那群母狮的腭骨弄脱臼,这种事我做起来比喝杯酒还容易。可是你必须帮我对付那个阿圭略,如果她们老来烦我,我可不答应。你看今晚已有多少丹麦洗盘女送上门来!现在好了,天快亮了,快时来运转了!"

"朋友,我早已对你说过,"托马斯答道,"你喜欢什么就做什么,随你便。你可以去朝圣,也可按你的决定办事:买头驴,当一名运水工。"

"我决定当运水工。"洛佩答道,"天亮前让我们再睡一会儿,我这颗脑袋比桶都大了,现在我可不和你争了。"

他们睡了一会儿,天一亮便起身。托马斯去给牲口喂料。洛佩则去附近的牲口市场买一头好毛驴。

事情发生在托马斯身上。他趁午睡时间,将心中所想的事作了几首情诗,写在登记大麦的账本上,准备另抽时间进行誊写,然后再把那几页纸撕去或擦掉。可是他还没来得及做这件事,在一次外出时把账本搁在大麦柜上,他主人拿起账本,想打开看看账目情况,却发现了那些情诗,读完感到十分惊讶和不安。

他拿这些诗到妻子那里,在向她读这些诗之前,还叫来了科斯坦莎,极为诚恳然而带点威胁地问她,那个管大麦的伙计托马斯·佩德罗是否曾对她说过什么调情的话,或者说过什么越轨的话,或对她作出过有好感的表示。科斯坦莎发誓说,写在这上面或者别的什么地方的他想向她倾诉的哪怕第一句话,她都没听说过,也没见过他用眉目来做过什么不好的表示。

鉴于在任何情况下问她问题,她都一贯讲真话,她的主人相信她。店主叫她离开房间,然后对妻子说:

"我不知道你对此有什么说法。太太,你必须知道,托马斯写在大麦账本上的是些情歌,这使我担心他爱上了科斯坦莎。"

"我们先看一下歌词,"妻子答道,"然后我再告诉你里面有些什么名堂。"

"当然得这么办。"丈夫回敬道,"你是诗人,回头你给讲一讲这些诗的含义。"

"我不是诗人。"妻子答道,"可是你知道,我的理解力不错,我甚至会用拉丁语做四句祈祷词。"

"你最好还是用西班牙语做祈祷词,你的教士叔叔告诉过你,你在用拉丁语做祈祷词时错误百出,等于什么也没祈祷。"

"这枝箭是从他甥女的箭筒里抽出来的,她见我手拿《时序女神传》①拉丁文版,看起来毫不费力,因而心存妒忌呢。"

"随你怎么说。"店主答道,"请注意听,这些情歌是这样的:

　　谁能从爱情中寻到幸福?

　　缄默不语。

　　谁能从爱情的坎坷中获得胜利?

　　坚定不移。

　　谁能达到爱情的欢乐?

　　锲而不舍。

　　我有可能

---

① 即荷赖,希腊神话中掌四时更迭和自然秩序的女神。《荷马史诗》说,她们是宙斯的女仆,负责启闭天门。

获得幸福的结局，
如果在这种乐事中
我的灵魂沉默、坚定、锲而不舍。

爱情以何物滋养？
给予。
爱情的狂涛为何减退？
咒骂。
爱情与其在轻蔑中成长，
不如死去。
看来很清楚，
我的爱情定当不朽，
因为我痛苦的原因是
既不咒骂，也不给予。

绝望者何所期？
完全死亡。
何种死亡不可能减轻痛苦？
半死不活。
死亡是好事？
受苦更好。
众口一声，
接受真理吧：
短暂的暴风雨过后，
接踵而至的是风平浪静。

我会发现自己的热情？

有时。

倘若我没有热情？

会制造。

死亡必将来临，

你纯洁的信仰和希望

将随之而至。

科斯坦莎，你既得知一切，

快把痛苦变为欢笑。"

"还有吗？"女店主说。

"没了。"丈夫答道，"可是，你觉得这些诗怎么样？"

"首先，"她说，"必须弄清是不是托马斯写的。"

"这一点不用怀疑，"丈夫答道，"因为记大麦帐的字迹与写情诗的字迹一模一样。这是无法否认的。"

"请注意，亲爱的。"女店主说，"依我所见，虽然情诗中提到科斯坦莎的名字，由此人们可以认为是为她写的，但我们不能因此完全肯定我们是亲眼看见他写这些诗，再说世上除了我们的那个外还有许多人都叫科斯坦莎，而且即使是为她写的，这里也没说丝毫败坏她声誉的话，也没要求她什么。我们先等一等再说，和姑娘打个招呼。要是他爱恋上她，肯定他还会写出更多情诗并设法将诗传递给她。"

丈夫说："把他赶出店去，我们不操这份心不是更好吗？"

"这个嘛，"女店主说，"由你来定。不过事实上，据你所说，那个年轻人干得不错，就因为这么点事就辞掉他也有点于心不忍。"

"好吧。"丈夫说道，"按你的意思，我们多留点儿神，时间会告诉我们该怎么办。"

如此说定后,店主把账本放回原处。托马斯回来时,急忙寻找账本,找到后,因未发生什么意外,就将情诗誊抄下来,把那几页账本撕掉,打算冒一次险,一有机会就把自己对科斯坦莎的想法向她披露。但由于她总是那么谨慎小心,深居简出,谁都见不到她,更谈不上和她搭话了;又由于店里通常人多眼杂,这就更增加与她说话的困难,因此,这位可怜的恋人深感绝望。

可是,有一天,科斯坦莎走了出来,脸上蒙一块头巾,当有人问她为什么蒙头巾时,她说臼齿疼痛非常,托马斯灵机一动,妙计在胸,随即说道:

"科斯坦莎小姐,我给你写上一句祈祷词,你只要念上两遍,疼痛就能马上消失。"

"太好了。"科斯坦莎答道,"我一定念祈祷词,因为我识字。"

"但有个条件,"托马斯说,"不能把祈祷词给任何人看,我非常虔敬祈祷词,而不信的人看多了,祈祷词就不灵了。"

"我答应你,"科斯坦莎道,"托马斯,不给任何人看,请你马上把祈祷词给我吧,因为我疼得非常难受。"

"我凭记忆帮你写下来,"托马斯答道,"马上就给你。"

托马斯在那家旅店整整二十四天,才第一次与科斯坦莎谈了这些话。托马斯回去写好祈祷词,在没人看见的情况下将它交给科斯坦莎。她独自一人愉快又虔诚地回到自己的房间,打开那张纸,看到上面这样写道:

"我心爱的小姐,我是出生于布尔戈斯的一名骑士,一旦家父去世,作为长子,我将继承一笔年收入为六千杜卡多的遗产。你的美貌众口称赞,遐迩闻名,令我远离家乡,乔装改扮,穿上现在这身服装,来给我们的主人帮工。你若愿俯就于我,望通过符合你的庄严的途径见告,并告知为了了解我的真实情况你要看什么样的证据。一旦你了解了真相并感到满意时，我将成为你的丈夫和世上最幸福的人。只是目前我恳求你，先别把我对你如此爱慕和纯洁的想法让人知道。倘若你主人知道此事，又不信我的想法，他就会把我从你身边赶走，这也就等于把我判处死刑。小姐，请你相信我，让我见上你一面吧。请考虑一下，一个除了崇拜你以外别无其他过错的人是经不起受到'免见尊颜'这样严厉惩罚的。你不妨悄悄用眼神来回答一直在用眼睛看着你的人。这双眼睛会因你的愤怒而死亡，也可由你的怜悯而复苏。"

在托马斯认为科斯坦莎已回去读他写的字条这段时间里，他的心一直怦怦乱跳，既害怕又期待对他的判决：是死刑，还是重获生命。这时科斯坦莎走了出来，她是如此美丽，尽管还蒙着脸，如果由于某种意外可使人增添姿色，那么可以说，骤然见到这张远远出乎她意料的字条，使她平添了几分美丽。她出来时，手里拿着撕成碎片的纸，对几乎站不稳的托马斯说：

"托马斯兄弟，你写的祈祷词与其说是神圣的祈祷词，不如说更像巫术和谎言。因此，我不愿意相信它，也不使用它，为了不让任何比我更轻信的人见到，我已经把它撕了。学几句更容易的祈祷词吧，因为你的这句东西不可能给你带来什么好处。"

说完，她就随女主人进房去。托马斯十分吃惊，但略感安慰的是，他心中的秘密只保存在科斯坦莎的心坎里，看来她并未把他的事告诉主人，至少他不会有被撵出旅店的危险。他觉得为求爱而迈出的第一步，已经碰到了重重障碍，但是凡大事难事，开头总是最艰难的。

旅店里发生这件事时，阿斯图里亚斯人到驴市买驴去了。驴市上毛驴成群，却没有一头合意的。这时过来一个吉卜赛人，热情地向他推荐一头正在市场上遛步的毛驴，向他耳语，说这头牲口非常灵敏。可是阿斯图里亚斯人只满意它的走步姿势,对它瘦小的身子和体形均不中意。于是吉卜赛人又替他找来一群驴,但不是过瘦,就是太肥。

这时候又过来一个年轻人,对他耳语道:

"大哥,要是你想物色一头适合运水的牲口,我在附近草地上放有一头驴,那是本城最大最好的一块草地。我劝你别买吉卜赛人的牲口,它们看似健壮,全是骗人的,浑身是病。你如果想买一头称心如意的牲口,请跟我来,别吱声。"

阿斯图里亚斯人信了他,让他带到被他吹得天花乱坠的那头毛驴那里。两人像人们说的那样亲热地来到王家果园,那里水车的阴影下有许多运水工在乘凉,他们的驴就在附近草地上吃草。卖驴者将自己的驴指给阿斯图里亚斯人看,只见它静立一边,睁大眼睛瞪着他。在现场所有的驴中,它堪称长得结实、健走、胃口好。他们双方在没有其他担保,也不了解对方的情况下,由别的运水工做经纪人和中间人,达成了协议,由阿斯图里亚斯人支付十六杜卡多买下毛驴,办妥了这一行业有关的一切必要手续。

他当场用埃斯库多付了这笔钱。大家祝贺他买下牲口,加入他们这一行,并向他保证,他买的是一头非常出色的毛驴,因为它原先的主人把牲口保护得完好无伤残,在不到一年的时间里,不但靠它体面地养活了自己和牲口,还赚了两套衣服外加十六杜卡多。有了这笔钱以后,他就想返回家乡,去和一个与他有点沾亲带故的人成亲。

除那个经纪人外,有四个运水工在一边赌"比大小",他们就地玩牌,将大地当桌子,外套当桌布。阿斯图里亚斯人开始看他们打牌,看出他们不像一般运水工那样赌钱,而像"副主教"①那样,

---

① 指在赌博中善做手脚的舞弊者。

因为他们每人的赌注都不下于一百个当四的雷阿尔。居然有人将所剩的钱都下了赌注，只要没人压过他，他就能统吃所有的人。赌博终于以有两人输光起身而告终。见到这一切，卖驴者说，如有四人玩，他也来一局，因为他不乐意三人玩。阿斯图里亚斯人本性平和柔顺，正像意大利人所说，从不耗尽口粮，即从不喜欢玩牌赌钱，这次却说他来参加一份。他马上坐下来，事情就顺利地开始了。他们的确是赌钱，不是来消磨时间的，没多久洛佩就输光了他所有的六埃斯库多。一见自己身无分文，他就说，如他们愿与他赌那头驴，他就再赌。他们同意了他的要求，他就下了四分之一头驴作赌注，并说他愿意四分之一、四分之一地下赌注。然而他的赌运十分不佳，连续四次下的赌注都输了，一气就把这头驴的四个四分之一都输光，赢家恰恰就是那个卖驴给他的人。当卖驴人起身牵驴抵债时，阿斯图里亚斯人提醒他们注意，他只赌了那头驴的四个四分之一，可是那条尾巴他们必须给他，这样才会给他们带来好运。

这一要求引起哄然大笑，也有自以为博学之辈认为他的要求缺乏依据，他们说，当卖羊或卖其他牲口时，人们并不拿走或去掉尾巴，而必须与四条腿一一起卖。对此洛佩反驳说，巴巴利海岸的肥羊通常分五部分，第五部分即尾巴。当切割这样的肥羊时，尾巴部分与其余任何一部分都同样值钱；此外，卖时的活牲口是带着那条与牲口浑然一体的尾巴的，而不是切开分成四份的，这一点大家也同意；而说到他那头驴，他不是卖掉，而是输掉的，他从未想过要赌那条尾巴，所以他要求别人立即将附属于尾巴的有关部分，连同尾巴一起全部还给他，即从头顶部开始，连同全部脊梁骨架，一直往下连同尾巴上的最后几根毛，都得还他。

"把驴给我，"一个说，"就算像你所说，他们按你要求那样给你,你也只能取得剩余的那部分。"

"要是这样,"洛佩反驳说,"先把我的尾巴给我!要不然,看在上帝分上,你们别想牵走我的驴,即使世界上所有运水工都来牵也不行。你们别以为这儿有那么多人就可以跟我玩花招,休想。我这个人擅长近身搏击,在对方尚未弄明白是谁、从哪里来和怎样来的时候,我就会将两拃①长的匕首捅进他的肠子。还有,我要的尾巴不是分开给的,而是要你们给我一条完整的,像我已经说过的从驴身上现割下来的尾巴。"

赢家和其余人都认为这件事不好武力解决,因为他们判断阿斯图里亚斯人属于勇猛善战一类,不会和他们善罢甘休。洛佩本人,由于在渔场上摔打过,见过世面,操习过种种技能,擅长特殊的誓言咒语,豪言壮语。他随即将帽子往空中一抛,从披风里抽出一把匕首,握在手中,摆出一副架势,使在场的那帮运水工又敬又怕。最后,运水工之一看来比较讲理,并且能说会道,和大家商量,同意他的那条尾巴与一条驴腿为相等值的赌注,并同意他用那条尾巴作赌注再玩一次"摸四张"②。对此大家均感满意。接着在"摸四张"牌戏中,洛佩赢了钱,那人一赌气,又和他赌了一条腿,最后他把另外三条腿也都输光。他还想赌钱,可洛佩不愿意;但大家都坚持要他来,他只好奉陪,于是他拿出浑身解数,结果把对方赌得分文不剩。这下子对方可输惨了,只见他躺倒在地,开始用头撞地。出身高贵的洛佩,生性慷慨,极富同情心。他一边把对方扶起,一边把全部赢来的钱如数归还,还把买驴钱十六杜卡多也还给他,甚至将自己的钱给在场众人均摊,他这一出奇的慷慨之举令大家目

---

① 长度单位,约等于二十一厘米。
② 摸四张,以集到四张同花色牌为赢家的牌戏。

瞠口呆。若是在帖木儿①时代，大家定会推举他当运水工之王。

　　洛佩在众人簇拥下返回城里，把一切经过告诉了托马斯，对方也将自己获得的成绩告诉了他。现在，没有一家酒店和饭馆，没有一个流浪汉集团不知道赌驴的事，用一条驴尾巴做赌资翻本以及阿斯图里亚斯人的敢作敢为，慷慨解囊的故事，已经人人皆知。然而，平民百姓天生的驴脾气，多数情况下他们表现极坏，甚至该诅咒，该骂，他们对伟大洛佩的慷慨为怀、敢作敢为及其他好处，忘得一干二净，而只记住那条尾巴的故事。于是，那两天只要他运水走过城里，就能见到许多人用手指指着他说："他就是那个尾巴运水工。"这引起孩子们的注意，等他们了解事实后，不管洛佩在哪条街口露面，他们就会在那里高喊："阿斯图里亚斯人，给一条尾巴，给一条尾巴，阿斯图里亚斯人！"听到七嘴八舌的吵闹声，洛佩不声不响，他认为保持沉默可以摆脱这些烦闹，可是事实不然，他越沉默，孩子们叫嚷得越凶，于是他试着改沉默为发火，他跳下驴背，拿着棍子追打孩子，这等于炸开了火药筒，点燃了火一样，又好像切下众多蛇头一样，结果是他阻止了一个，打跑了一个，几乎马上会有七个甚至七百个更为坚决的孩子拥上来，轮番地向他索要尾巴。最后，他只好躲进一家旅店里（他为躲避阿圭略才离开其同伴住进那家旅店），一直等到那件事的坏影响不再存在，索要尾巴的恶劣要求在孩子们的记忆中完全消失时为止。

　　他足不出户地在家过了六天，只是到了晚上才去看托马斯，问他现在的情况如何。托马斯告诉他，把那张字条交给科斯坦莎后，再没能与她讲上一句话，看来她行动比往常更为谨慎小心，因为有

---

①　帖木儿（1336—1405），帖木儿帝国的奠基人。十五世纪初西班牙卡斯蒂利亚使节克拉维约的作品《克拉维约东使记》中对帖木儿有详细记载。

一次,他走过去想和她讲话,可她一见是他,还没等他走近就对他说:"托马斯,请别烦我,我不要听你的话,也不要你的祈祷词。我没去宗教法庭告你,你就该满意了,你也别再烦人了!"不过在讲这些话时,她的眼睛里既没有生气的神色,也没有丝毫严厉不愉快的表示。洛佩向他讲述了那些孩子向他索要尾巴而造成的混乱局面,因为他曾经用那条索回的尾巴做了一次远近闻名的捞回赌本的壮举。托马斯劝他别走出旅店,至少别骑驴外出,真要出去也以走那些偏僻小巷为好。倘若这还不行,干脆放弃这一行当,这是结束如此不当要求的最后补救办法。洛佩问,加利西亚女人是否又去过他那儿,托马斯回答说没有去过,可是她继续不断用在厨房里从旅客那里偷来的东西作为礼品讨好他。说完,洛佩回到自己的住处,决定继续不外出六天,至少不骑驴出去。

当晚十一时许,人们突然见到一群人走进旅店,前面走的是手执警棍的警察,最后进来的是市长。店主,还有旅客心里惶惑不安,因为他们像扫帚星一样,一出现总有倒霉和不幸的事发生,而货真价实的执法人员一旦蜂拥进入某家,都会使心中明知毫无过错的人害怕不止。市长走进大厅,叫来旅店主人,后者战战兢兢地走了出来,想知道市长老爷的意图。市长一见他,声色俱厉地问他道:

"你就是店主?"

"是的,老爷,"他答道,"听候您的吩咐。"

市长吩咐在场的人统统出去,好让他与店主单独说话。大家按吩咐走了出去,留下他们两人时,市长对店主说:

"老板,你旅店里有些什么人在工作?"

"老爷,"他答道,"有两个加利西亚女仆,一个女管家,和一个管大麦和草料帐的伙计。"

"再没别人了?"市长追问道。

"没有了,老爷。"店主答。

"那么请告诉我,老板,"市长说,"盛传有个在本店工作的姑娘现在哪里? 说她是如此美丽,全城都叫她'鼎鼎大名的洗盘子姑娘',还有人告诉我,我的儿子佩里基托是她的情人,天天来这里为她弹琴唱歌。"

"老爷,"店主答道,"人们说起的那个'鼎鼎大名的洗盘子姑娘'确实在本店,但她既不是我的女仆,也不能说不是我的女仆。"

"老板,你说洗盘子姑娘是你的又不是你的女仆的话,我可听不懂。"

"我说得一点不错。"店主补充道,"您要是允许,我将把其中的原因告诉你,这件事我从未向别人说过。"

"我想先见一下这位洗盘子姑娘,然后再了解别的事,请把她叫来。"市长说。

店主从客厅门探出身子说:

"喂,太太,叫科斯坦莎进来。"

女店主听说市长传科斯坦莎,心里惶惶然,一边拧着手一边说:

"我真倒霉啊! 市长传科斯坦莎,还要单独与她见面,一定发生塌天大祸了。这个姑娘的姿色把那些男人都弄得神魂颠倒了。"

科斯坦莎听到后说:

"夫人,别难过,我去看看市长想干什么,如果有什么不幸发生的话,请您相信,过错决不在我。"

她不等别人再次传唤,手拿一盏插在银烛台上的蜡烛,怀着三分怕七分羞的心情往市长所在的地方走去。

市长一见她进来，就吩咐店主把客厅大门关上，店主照办。市长站起身子，接过科斯坦莎拿进来的烛台，将点着的蜡烛移近她的脸，从上至下将她打量一番。科斯坦莎由于受惊，脸涨得通红，更显得美丽端庄，在市长看来，简直是天仙下凡。经过一番审视，市长说道：

"老板，这是一件不宜放在小客栈这样低级的珠宝盒里的珍珠。为此我要说，我儿子是够聪明机智的，因为他已经会动脑子了。我说，姑娘，人们不仅能够并应该称你为'鼎鼎大名的'，而且能够并应该称你为'最鼎鼎大名'。不过这样的称号不应安放在'洗盘子姑娘'这一称呼上，而应安在一位公爵夫人身上。"

"她不是洗盘子姑娘，老爷，"店主说，"她在本店除了管银器柜钥匙外，不管别的事。感谢上帝的眷顾，她只以此为光顾本店的正直客人效劳。"

"尽管如此，"市长道，"我认为，老板，这位姑娘在客店干活不相称，也不合适。她是你家的亲戚？"

"她不是我的亲戚，也不是我的仆人，阁下如果想知道详情，当她不在场时，阁下就会听到那些不但使您高兴而且使您惊奇的事。"

"是的，我很想知道。"市长说，"科斯坦莎，请先出去一下，请信赖我，就像信赖你自己父亲一样。你的非凡的端庄，你的美貌会使所有见过你的人供你差遣。"

科斯坦莎没有答话，极有教养地向市长深深地鞠了一躬，就走出大厅，碰到在那里焦急等候她的女主人，后者向她打听市长的意图。她讲述了刚才发生的一切，以及她主人留下来准备向市长讲述一些她不知道的，也是他不想让她听到的事情。女店主听后仍安不下心，一直祈祷上帝，直到市长离去并见她丈夫平安地出来时为止。她丈夫与市长单独在一起时，告诉市长说：

"据我计算，距今正好是十五年一个月零四天，那天有一位夫人，身穿朝圣服，坐轿子来到本店，陪同前来的是四名骑马的仆从和坐车来的两名陪娘与一名侍女。随同前来的还有两头驮骡，骡身上盖着两块华丽的有贵族印证的帷幔，驮载一张华丽的床及炊事用具。总之，一切物品都很精美，表明朝圣者是位贵妇人。尽管她的年纪看来已四十左右，她的容貌却依然艳丽绝伦。她来时身染微恙，脸色苍白，显得十分疲惫，吩咐马上为她铺床，仆人们就在这个大厅里替她做好这一切。他们问我，谁是本城最有名望的医生，我告诉他们，拉富恩特那边的医生深孚众望。他们立即派人去请，医生很快就来了。夫人单独向他说明病情，而他们谈话后，医生吩咐将床铺搭在一个严格隔音的地方。于是他们立即将她搬进另一间房，地点就在这个房间上面，医生要求必须与其他房间隔开，并要求舒适方便。除了服侍她的两名陪娘和那个侍女外，其他人一概不准进夫人的房间。我和我太太问那些仆人，这位夫人是谁，姓甚名谁，由哪里来，往哪里去，结过婚没有，是寡妇还是处女，什么原因要穿那种朝圣服。对我们多次提出的诸多问题，众口一词地回答说，那位女朝圣者是老卡斯蒂利亚的一位富贵人家的太太，现在寡居在家，膝下无子，几个月来因身患水肿病，许愿去瓜达卢佩的圣母院进香，所以才穿上这身服装。至于她的称呼，上面吩咐只叫她朝圣夫人。当时我们知道的就是这些。可是三天后，朝圣夫人（她因患病待在家里）派一位陪娘把我和我的妻子叫到夫人那里，我们就过去看看她需要什么。只见她把门关好，当着她女仆的面，几乎是泪水汪汪地对我们讲了下面的一席话，我相信原话就是如此：'两位贤夫妇，老天爷能为我做证，并非因为我的过失，使我陷于现在就将告诉你俩的严峻的困境。我怀了孕，即将分娩，阵痛已在紧催。与我同来的任何一名男仆,都不知道我的危难与不幸。这些女仆,我不能也不愿意隐瞒她们。为了躲开我故乡一双双猜疑的眼睛,为了能在这种时刻离开家乡,我曾许愿要去瓜达卢佩的圣母院进香,想必是她保佑我到你们家来平安分娩。你们今天帮我渡过难关,为我保守秘密,我将自己的名誉和体面都托付你们,对你们施予我的恩德——我愿意这样称呼它——我一定报答,即使不能给你们带来如我所期望的巨大好处,至少也要表达我的衷心感激之情。这里我先用这一小袋二百埃斯库多,来表示我的一片心意。'说着她从枕底下抽出一只别有金绿色别针的口袋,放在我妻子手里。我妻子一方面由于惊讶,一方面由于她悬念着那位朝圣夫人,竟然简单地、不假思索地接受了这只口袋,连一句感谢和谦让的话都没说。我记得我曾对她说,我们什么都不需要,也不是那种重利轻义之辈,我们这样做完全出于恻隐之心。她继续说道:'朋友,你们务必找一个地方,把即将出世的孩子送去,撒个谎将孩子托人抚养,抚养人现在也许住在城里,但我希望今后她能把孩子带到乡村去住。至于以后该怎么办,你们将来会知道的,只要上帝保佑我平安生下孩子并让我还愿后从瓜达卢佩回来。只要时间许可,我定会想出和选择对我最合适最妥善的办法来。我这里不需要,也不愿用接生婆,因为这并非我过去几次较体面的分娩,我只要这几个女仆帮我安渡难关就行,也免得我的事又多一个目击者。'

"人见人怜的朝圣者把话讲完,就伤心痛哭起来,其间我那位定过神来的妻子,对她说了许多劝慰的话。最后,我立刻出去找地方安置随时都会降生的婴儿。当夜十二时至一时之间,客店上下均已进入梦乡,这时那位善良的夫人生下一个女孩,这是我到那时为止亲眼所见的最漂亮的一个孩子,她就是阁下刚才看到的那位。

母亲分娩时没有叫喊，孩子生世时也没哭声，一切都是出奇的安静、沉寂，这对这个意外事件的保密是再合适不过了。她在床上又静卧了六天，医生天天都来看她，但是她并不因此向他吐露真相，给她开的药她是从来不吃的，她只是以医生来访为掩护，来骗过她的仆人。所有这一切都是她在脱险后自己对我说的。到了第八天，她起床了，穿的就是原来那身或者是与原来那身极相似的衣服。

"她动身去朝圣进香，二十二天后由那里回来时几乎完全康复，因为她是逐步去掉在分娩后还用来表示有水肿病的伪装的。她回来时，女孩已作为我的侄女按吩咐让人抚养了起来，养在距此两里格路的一个村庄。洗礼时取名叫科斯坦莎，这也是按她母亲原先留下的意思取的。她对我所做的一切均感满意。临别时，她给了我一条金项链，至今我仍保存着，她拿走了其中六节，并说将来有人凭这六节金链来要回女孩。她把一张空白羊皮纸裁开，裁得弯弯曲曲，参差不齐，拼合起来像只手，她就在手指上写上一些字，当这些手指并合在一起时就能读出意思，手一分开，字母分了家，意思也就读不通了，如果重新将手指并合，对齐各个部分，就能读通字义。我觉得这张羊皮纸犹如附体的灵魂，合则可以读懂，分则猜不出另一半纸上写的东西，就无法读懂。金链差不多全都在我手里，并好好地保存着，迄今我一直在等着约定的联络记号，因为她当时对我说，两年内会派人来要回女儿，她委托我不要将孩子抚养成像她那样，而要像惯常抚养劳动者那样养她。她还交代，万一发生什么意外而不能很快派人来接女儿，即使她女儿已长大成人，明白事理，也不要把她的身世告诉她。她没有把自己的姓名、身份告诉我，对此她请我原谅，她要等待另外更重要的时机再说。最后，她又给我四百埃斯库多，动身时满含热泪，热情地拥抱了我的妻子，留下我们在这里由衷地赞叹她的机智、勇敢、美丽和谦逊等美德。科斯坦莎在乡村抚养了两年，我就把她接回身边，按她母亲的吩咐，一直让她穿着劳动者的衣服。我已经等了十五年一个月零四天，等着那个应该来要回她的人，这个人迟迟不来，使我们盼人来接的希望渐渐破灭。假如今年仍没人来，我决定收养她为义女，将我的财产全给她，天啊，这笔财产的总值超过六千杜卡多呢！

"现在我再给市长老爷阁下讲一下科斯坦莎的善良品德，这件事我不知道能不能讲得好。首先，也是最主要的，她是圣母最虔诚的信女。她每月做忏悔，受圣餐；她能读会写；在托莱多，数她最能织花边；她唱起歌来像天使；她为人正派，没人可比。而她的美貌，阁下早已见到。令公子堂佩里基托从未与她讲过话，诚然，他时不时来给她弹琴唱歌，但是她从来不听。许多老爷、爵爷曾在本店住宿，他们为一饱眼福，故意中止行程多日。但是我非常清楚，没人真敢夸口，说科斯坦莎已经与他说过一句话，或陪伴过他。老爷，这就是'鼎鼎大名的洗盘子姑娘'的真实情况，她不洗盘子，我讲的这些话没有半点虚假。"

店主讲完过了好久，市长才说，听了店主的一席话，他十分惊讶。最后叫店主取来那条金项链和那张羊皮纸，他想看看。店主把这两件东西拿来了，他见到一切都和店主所说的相符，项链是拆开的，做工奇特；羊皮纸上写了字，每一个字母之间都有间隔，应填上另一半字母，现在见到的字母是：E T E L S Ñ V D D R。由此看来，这些字母必须与另一张羊皮纸上的另一半字母拼合，才能明白是什么意思。从使用符号识别词义的方法来看，他觉得这位朝圣夫人聪颖非凡，而从她留给店主的那条金项链看，他断定她十分富有。他想和一家修道院商定，把这位美丽的姑娘从这家旅店带到那里去。

所以当时他仅仅带走那张羊皮纸，已经感到很满意了。他拜托店主，如有人来领科斯坦莎，请店主在给对方看那条留在自己手里的项链之前，先通知他一声，并告诉他来接她的是谁。市长说完就走了，心里对这个鼎鼎大名的洗盘子姑娘的身世及其无与伦比的美貌赞叹不已。

在店主与市长谈话，以及他们把科斯坦莎叫去的那段时间，托马斯心里真是思绪万千，不能自已，觉得一切都不称心如意。可是，等他看见市长离去，科斯坦莎依然留下时，他的精神轻松了，那几乎濒于消失的脉搏才恢复正常。他不敢向店主打听市长来此的目的，店主除了对自己老婆，也没将此事告诉任何人，他妻子听完他介绍以后，才谢天谢地，感谢上帝使她从这场巨大恐慌中解脱出来。

翌日，将近一点钟，有两位令人肃然起敬的老绅士，带着四个人骑马走向客店，与他们同来的还有两个步行而来的小伙子，其中一个先问这家是否就是塞维利亚人开的旅店。等到有了肯定的答复以后，他们才一起走进店来。四个骑马人下马后，帮助两位老人下马，看得出来这两位是那六个人的主子。科斯坦莎像往常一样彬彬有礼地出来照看新到的客人。两老人中的一位一见到她，就对另一位说：

"我相信，堂胡安先生，我们已经找到要找的人了。"

去给牲口喂料的托马斯，立即认出了他父亲的两名仆人，接着又认出了自己的父亲和卡里亚索的父亲，他们就是另外几个人所尊敬的两位老人。他对他们的到来感到很吃惊，认为他们是去渔场找他和卡里亚索的。总会有人告诉他们，可以在渔场而不是在弗兰德找到他们俩。然而，他现在穿着这身衣服，怕被他们认出来，于是他走过他们面前时用手掩面，提心吊胆地跑去寻找科斯坦

莎,他盼望自己有好运气,能与她单独见个面,可是一见到她,却语无伦次地说了一通,还担心她会不让他开口说话。他对她说道:

"科斯坦莎,刚到这里的两位老绅士,其中一位就是家父,就是你听见叫堂胡安·德·阿文达尼奥的那位。你向他仆人处就能打听到他是否有个儿子名叫堂托马斯·德·阿文达尼奥,那就是我。这样你就可以了解并知道我对你说的话全是真话,由此也就可见我的人品如何,而答应给你的我也一定说话算话。再见,在他们离店前,我不想再回这里来了。"

科斯坦莎没做声,他没等她回答,就像来时一样,遮遮掩掩地回去了。他去告知卡里亚索有关他们的父亲已在客店的事。这时店主叫托马斯来喂马,但他没出来,只好自己动手。老绅士之一把一名加利西亚女仆叫到一边,问她他们见到的那个漂亮姑娘叫什么名字,是店主夫妇的女儿还是亲戚,加利西亚女仆答道:

"那个姑娘名叫科斯坦莎,她既不是老板的也不是老板娘的亲戚,我不知道她是什么身份。我只能说,我把她看作毒瘤。我不知道她有什么了不起,竟压得这家旅店每个女仆都抬不起头来。说实在的,就像上帝安排的那样,我们也长有一张俏脸,可是进店的客人没人不问那个美人是谁,还说:'就是好看,很标致。是不错。好年头才能见到美人啊。我们的运气真不错。'对我们,他们却说:'谁在那里?是魔鬼,女人,还是别的什么?'"

"人家说这女孩,就让他们说去呗,"绅士反驳说,"你应该允许客人说话并赞美别人嘛!"

"行啊,"加利西亚女人道,"你就在她脚上钉马掌吧!漂亮女孩子图的就是这个。天哪,先生,她要是让人见到她,真会遍地流出黄金来呢!她可是个难相处的刺猬,是个天生苦命的圣母,整天除了干活就是做祈祷。我想除非老天爷真掉下黄金才会创造奇迹呢！我的女主人说，这叫心静如水。你要些什么，我的老爹！"

这位绅士听完加利西亚女人的一番话，感到十分满意，不介意她话中所带的刺。绅士叫来店主，和他一起单独退到一间大厅，对他说道：

"店主先生，我这次来是取走存放在你手里多年的我的一件珍宝。为取走这件珍宝，我给你带来了一千埃斯库多，这几节金链和这张羊皮纸。"

说完，他拿出随身带来的作为凭证的六节金链。店主也认出了羊皮纸，喜出望外地看到给他的一千埃斯库多，答道：

"老爷，您想取走的宝贝就在本店。然而，我相信您所说的那个作为凭证的金项链和羊皮纸，却不在这里，因此，恳请阁下稍候片刻，我马上回来。"

店主立即去市长那里报告事情的始末，以及这两位绅士如何为寻找科斯坦莎而住进他的旅店的情况。

市长才吃完饭，为了想看一下这件事的结局，他带上羊皮纸，立刻骑马直奔塞维利亚人开的旅店。他一见到这两位绅士，就张开胳膊，拥抱了其中一位，说道：

"老天爷，你来得正好，我亲爱的表兄堂胡安·德·阿文达尼奥先生。"

绅士也拥抱了他，对他说：

"没错，我的表弟，我来得正是时候，居然能看到你，而你总是那么健康，和我盼望的一模一样。表弟，拥抱这位绅士吧，他是我的朋友堂迭戈·德·卡里亚索先生。"

"久闻大名，堂迭戈先生，"市长答道，"十分愿意为您效劳。"

两人互相拥抱，经过互道仰慕之意和一番寒暄后，他们就步入大厅，在那里与店主单独交谈，这时店主已经取来了金项链，说道：

"市长先生已经知道了阁下的来意,堂迭戈·德·卡里亚索先生,请您把那条项链的短缺的几节拿出来,市长老爷将拿出在他身上带着的羊皮纸,让我们一起来做这件我多年来一直盼望做的事。"

"既然如此,"堂迭戈答道,"就没必要向市长先生重述我们的来意了,店主先生,你所说的验证一事,我们马上进行。"

"别人对我说过一些情况,但我仍有许多不明之处。羊皮纸在这里。"

堂迭戈取出另一张羊皮纸,两张一合就成一个整体。店主那一张的字母是 E T E L S Ñ V D D R,配上另一张上的字母 S A S A E A L E R A E A,合起来则为:ESTA ES LA SEÑAL VERDADERA①。随后,他们又核对金链子上的那些环节,证明是真凭实据。

"这件事已确证无疑。"市长说,"如果可能,应该弄清谁是这件最美丽的珍宝的双亲。"

堂迭戈答道:"父亲就是我,她母亲已不在人世。要知道,她是如此高贵,我只配当她的仆人,这就够了。因为虽然隐去了她的姓名,但却无法隐去她的名声。不要为在她身上也有看得见的过失而责怪她,要知道,这件珍宝的母亲是位显贵绅士的遗孀,她隐居在自己的家乡,她小心谨慎、洁身自好地和她的仆人及随从过着一种宁静、安详的生活。可是由于命运的安排,有一天,我上她住区范围打猎时,想登门拜访她一下,当我走近她宫殿——可以这样称呼她那非常巨大的府第——时,正是午休时分,我将马匹交给仆人照看,自己往上走去,一路上未遇一人,一直走到她在一个黑色

---

① 意即:这是真正的凭证。

卧榻上午睡的房间,她那无双的美丽,当时那宁静、空无一人的场景,使我产生一股胆大妄为的欲望,我没经过慎重的考虑,就随手把门关上,走到她身边,将她唤醒,一边紧紧地抓住她说:'我的夫人,请别喊叫,因为一出声你就将名誉扫地。谁都没见我进入这间卧室,算我交了好运,你的仆人都已进入梦乡,才使我能有这份艳福,即使他们听到你的叫声跑来,也只能夺去我的生命,那时我肯定会死在你的怀抱里,而他们却不会因为我的死亡而停止议论你的名声。'结果,我在违背她的愿望的情况下强行占有了她,她是那么疲惫、厌倦和惶惑,不能也不愿跟我说话,而我,在她仍处于茫然、惊愕之际离开了她,从进去的原路返回,去到距她住所两里格之遥的我另一位朋友所在的村庄。这位夫人从那里搬往别的地方,从此我再没见过她,我也不想再去那里。过了两年,我才得知她离开了人世。大约在二十天前,这位夫人的管家给我写来一封信,恳切地告诉我,有一件与我名誉有关并能令我高兴之事让我知道,派人来请我去,为了看个究竟,我应邀而去。远出乎我意料的是,我见到他时,他已处于弥留状态,简而言之,他非常简短地告诉我,他的女主人临终前对他说了与我之间发生的事情的经过,她如何因那次暴力而怀了孕,为遮掩隆起的身子,她怎样去瓜达卢佩朝见圣母,怎样在这家客店生下个女孩,名字该是科斯坦莎。管家把信物交给我,说凭这些就可找到孩子,而这就是你们见到的项链和羊皮纸。同时,他还给了我三万埃斯库多,是他女主人留下给她女儿置办妆奁的。他还跟我说,他之所以没有在女主人去世后立即把钱给我,也没有将女主人出于信任才托付他的秘密转告我,纯粹是出于他的贪心,是为了他自己能享用这笔款子。但是眼下马上要去见上帝了,为减轻良心上的负担,他把钱交还我,并告诉我上哪里以及如何才能找到我的女儿。我收下这笔钱和这些信物,还把这件事告诉了这位堂胡安·德·阿文达尼奥先生,我们就动身到这个城市来了。"

堂迭戈讲完这席话,听见大门口有人在大声喊道:

"告诉那个管大麦的伙计托马斯·佩德罗,有人把他的朋友阿斯图里亚斯人逮走了,让他快去监狱,他朋友在那儿等他。"

一听说什么"监狱""逮走",市长马上派人把犯人和逮人的警察叫来,别人传话告诉警察说,市长在里面吩咐他把犯人带进去,警察只好按吩咐办事。

被警察牢牢抓住的阿斯图里亚斯人走进来时,满嘴是血,十分狼狈。他一进大厅,就认出了自己的父亲和阿文达尼奥的父亲。他惊惶失色,为了不被认出,他用一块手帕,掩着脸,装着在擦净血迹。市长问,这个年轻人干了什么错事,他们将他弄得如此狼狈。警察回答说,年轻人是个运水工,人称为阿斯图里亚斯人,孩子们在街上都这样叫喊:"给我尾巴,阿斯图里亚斯人,给我尾巴。"然后,他又简要地讲了一下为什么别人向他索要尾巴,为什么大家要取笑他。警察又说:当他从阿尔坎特拉桥出去时,孩子们追着向他索要尾巴,他就跳下驴来追逐孩子,最后追上一个,用棍子将他打个半死,所以别人要求把他抓起来,可是他还拒捕,因此落到如此狼狈的地步。

市长命他把掩脸的手帕拿开,他不干,警察过去夺下他的手帕,他父亲立刻认出他来,生气地说道:

"堂迭戈,我的儿子,你怎么弄成这个样子?你穿的是什么衣服啊?你还没有忘掉你那流浪汉的习气吗?"

卡里亚索跪在他父亲脚下,含泪久久地抱住他的父亲。堂胡安·德·阿文达尼奥,由于知道他儿子堂托马斯是和堂迭戈一起出来的,就向他问起自己的儿子,他回答说,堂托马斯·德·阿文达尼奥就在这家旅店当喂草料的伙计。他这一说,在场的人都大吃一惊,市长吩咐店主把喂草料的伙计叫来。

"我相信他现在不在店里,"店主答道,"我这就去找。"

于是他出去寻找。

堂迭戈问卡里亚索怎么会穿这身衣服,是什么原因使他充当运水工,使堂托马斯当上旅店伙计的。对此卡里亚索答称,这些问题他不便在大庭广众之中回答,他将单独告诉他。

托马斯·佩德罗这时正躲在自己房里,以便在不被人知道的情况下了解到他的父亲和卡里亚索的父亲的一举一动。市长的到来以及整个客店的不安情景,使他不知所措。终于有人告诉店主,托马斯躲在自己房里,店主就上楼找他,他不肯下来,如果不是店主坚持,甚至如果不是市长亲自出马,走出院子叫他的名字,他还是不下来。市长说:

"请下来吧,我的亲戚,这里可没有狗熊和雄狮在等你。"

托马斯走下楼来,低着头,毕恭毕敬地跪在他父亲面前。他父亲非常高兴地拥抱了自己的回头浪子。

这时驶来了市长的专车,来接他回府,因为遇到盛大节日是不许可骑马回去的。他派人请来科斯坦莎,拉着她的手走到她父亲跟前,说道:

"堂迭戈先生,请收下这件珍宝吧,望善加珍惜,这比你想望的任何东西更来得珍贵。而你,美丽的姑娘,亲吻一下令尊的手,感谢上帝吧,是他使你从原先低微的地位上升、改善并登上今天如此尊贵、体面的台阶。"

科斯坦莎,不知道也无法想象所发生的一切,心里充满着不安和忧虑,只知道走上前去跪在她父亲面前,握住他双手,开始亲切地吻着,一边从她美丽无比的眼睛里不断地流出热泪。

等此事告一段落,市长就劝说表兄堂胡安与他一同回家,尽管堂胡安婉辞再三,可经不住市长一再敦请,只好从命。于是大家都坐进马车,当市长让科斯坦莎上车时,她不觉悲从中来,一面拉着女店主的手,一面号啕大哭起来,使听者都为之心碎。女店主说:

"这是怎么回事啊,我的心肝宝贝,你走了并把我扔下了吗?你怎么舍得扔下我这个妈妈呢?我是那么爱你并把你抚养成人的啊!"

科斯坦莎一面哭,一面用同样亲切的话回答她。市长为之动容,吩咐女店主一起上车,答应一直到离开托莱多时也不使她与女儿分离。女店主和大家上了车,来到市长家里,受到尊贵的市长夫人的接待。他们吃了一顿丰盛可口的便饭,饭后,卡里亚索向他父亲讲述了托马斯因为迷恋科斯坦莎而到这家旅店干活的经过,当时他并不知道她的高贵出身,也不知道是他的女儿,然而托马斯是如此深深地爱着她,早已把这个普通的洗盘女视作自己的妻子。市长夫人随后将与科斯坦莎年龄相同、身材相仿的她自己的女儿的衣服送给她穿。如果说她穿着劳动者服装时是美丽的话,那么穿上宫廷盛装时,简直就美若天仙,使人以为她生来就是贵妇人,以为她生来就是该穿最好衣服的人。

有人欢乐有人愁,那就是市长之子堂佩里基托,立即想到科斯坦莎事实上已没有可能成为他的人,因为市长与堂迭戈·德·卡里亚索和堂胡安·德·阿文达尼奥一起已商定,堂托马斯与科斯坦莎成亲,她父亲将她生母留给她的三万埃斯库多给了她。而运水工堂迭戈·德·卡里亚索则与市长之女成婚,市长之子堂佩里斯托则与堂胡安·德·阿文达尼奥的一个闺女结婚,他父亲这样的建议与安排使得这三家亲上加亲。

这就叫皆大欢喜,大家既高兴又满意。高贵的洗盘女交好运及她即将成婚的消息传遍全城。成千上万的人想一睹着新装的科斯坦莎的风采。如前所述,她穿上这身服装显得雍容华贵,俨然一个贵妇人。人们也看到那个喂草料的伙计托马斯·佩德罗摇身一变,成为堂托马斯·德·阿文达尼奥,他穿着一身颇有绅士气派的服装;人们也注意到阿斯图里亚斯人洛佩也换了一身衣服,后面没跟着那头驴和驮水袋,也是一副绅士派头,尽管还有人在他走在街上时向他讨要尾巴。

他们在托莱多停留了一个月以后,堂迭戈·德·卡里亚索及夫人,以及他父亲,科斯坦莎与其夫婿堂托马斯,还有想去看望一下亲戚和未婚妻的市长之子一同回到布尔戈斯。塞维利亚店主拥有了一千埃斯库多和科斯坦莎给他太太的许多珍宝而成了富翁。他依然用科斯坦莎这一名字来称呼他曾抚养过的人。

鼎鼎大名的洗盘子姑娘的故事为金色的塔霍阿流域生长的那些诗人舞弄他们的秃笔,颂扬、赞美那美貌绝伦的科斯坦莎提供了机会。科斯坦莎在那善良的"客店伙计"陪伴下迄今仍还健在。而卡里亚索则不多不少生了三个孩子;这些孩子既没有其父的风度,也不知道世上还存在过金枪渔场这样的地方,今天都在萨拉曼卡求学。孩子的父亲,只要一看见运水工的毛驴就会回忆起自己在托莱多曾有过的那头驴,并且担心稍不留神突然又会有人叫出几句嘲讽的话:"给我尾巴,阿斯图里亚斯人! 阿斯图里亚斯人,给我尾巴!"

两 姑 娘

距塞维利亚五里格一个叫卡斯蒂尔布兰科①的地方,有许多客店。傍晚时分,一位旅客骑着漂亮的小洋马,来到其中的一家客店。他没带仆从,也不等人过来侍候他下马,就十分轻捷地从鞍座上跳了下来。店主是个又殷勤又稳当的人,马上迎上前去;但未等他赶到,客人已经在门前的石凳上坐了下来,急忙解开胸前的纽扣;刚一解开,两臂就向两边耷拉了下去,看样子是晕过去了。

女店主心地善良,见情走上前去,在他脸上洒上冷水,使他醒过来。让人家看见自己这副模样,客人顿觉不好意思起来,连忙一边扣上纽扣,一边要他们马上租给他一个房间,还说如有可能,请给他一间单人房。

女店主告诉他,店里只有一间房,而且摆着两张床,要是再有客人来,也就只好安排他睡另一张床了。客人听了回答说,不管还来不来客,他都付两张床位的钱。说着就拿出一个金币交给女店主,条件是这张客床不再租给别人。

女店主对他出的价钱很满意,答应一定照办,还说哪怕当天晚上塞维利亚主教亲自来,她也不给住。她问他是否想吃晚饭,他说不想吃,但是希望好好照料他的牲口。他要了房间钥匙,提起几只

① 距塞维利亚北面三十五公里的一个镇。

大皮口袋走进房间，随手就在里面把门锁上，据后来了解，他还搬了两把椅子把门顶上。

　　他一关上门，店主、女店主、喂饲料的伙计和另外两个正好在那里的邻居，就聚在一起议论起来。大家都谈论这位新客人，说他模样长得英俊，风度翩翩，一致认为从来没见过这样的美男子。谈到他的年龄，他们断定他大约十六七岁。他们像常言所说的那样，思来想去地猜测他刚才为什么会昏厥过去，然而终因说不出一个所以然来，只好再赞叹他那潇洒的风度了。

　　邻居们回家去了，店主就去喂马，女店主去做些晚饭，以备再有什么过客进餐。不久，又来了一位客人，年纪比头一个稍大一点，风度却一点不比前者逊色。

　　女店主一看见那个客人，就说：

　　"上帝保佑，这是怎么回事！莫非今晚天使们都上我家来过夜了？"

　　那位骑士说："老板娘，你为什么说这种话呢？"

　　女店主答道："先生，我不是无缘无故这么说的。我只是请您别下马，因为我没有床位可以租给您了。这里原有的两个床位，都让那个房间里的一位骑士租用了。虽然他租一张就够，但为了不让别人进他的房间，他付了我两张床位的钱，谅必是他喜欢一个人清静。凭天地良心说，我可不明白这是为了什么，凭他的面貌和风度，大可不必躲躲藏藏，倒是应该让大家见识、赞赏才是。"

　　骑士问道："老板娘，他真有那么俊吗？"

　　她说："真俊极了！我看比俊还俊呢。"

　　这时骑士说道："过来，伙计，我就是睡地铺，也得见识一下这么受人赞美的人。"

　　他把脚镫伸给跟他来的骡夫，跳下骡背，吩咐马上给他开饭。

女店主照办了。他正吃着晚饭,走进来一名警官(这种情况在小地方是司空见惯的)。警官坐下来,和正在吃饭的骑士搭话攀谈,一边不忘记灌下三大杯酒,啃起骑士给他的一块松鸡胸脯肉和一只鸡腿。警官向骑士打听宫廷新闻,了解佛兰德战事,提出有关土耳其人衰落等问题,也没有忘掉提一下天主保佑的特兰西瓦尼亚人的事情①。他的这种攀谈,也算是他吃白食抵账的一种方式。

那位骑士埋头吃饭,一声不吭,因为他来的地方使他无法回答对方的提问。这时候,店主喂完了小马,坐下来和他们一起聊天,并且品尝自己的酒,喝得一点不比警官少。每喝一口,脑袋就往左肩歪一下,而且夸起酒来,差点儿没把酒捧上天去,虽然因为怕露出马脚,没敢捧得太过头。

他一次又一次赞美起那个把自己关在房间里的客人,谈到他昏厥和闭门不出,还谈到他连晚饭都不想吃的情形。他称赞那些大皮口袋上的装饰、驯良的小马以及他穿戴的华丽行装。唯一美中不足的是没有一个侍候他的仆人。这一番夸张之词更使人想见识他一下。于是骑士请店主设法让他进屋,睡在另一张床铺上。他答应给他一个金币。对金钱的贪婪终于使店主愿意答应他的要求,但是他发现,这件事还是无法办到,那房门是从里面锁上的。他不敢去吵醒里面睡觉的人,因为客人已经用重金租下了这两张床位。

于是,警官替他们出主意说:

“要做到这一点,只有让我来叫门,我就说是镇上派来的,镇长吩咐要将这位骑士安顿在这家客店,既然没有别的床位,就吩咐给他那个床位。这时候,老板可以出来反对,说这会使他不好办,

---

① 从“佛兰德战争”到“特兰西瓦尼亚人的事情”是当时人们经常谈论的话题。

因为床位既然已经租出就没有理由再往回要。这样，他就不会怪罪店主，而阁下您也就达到了目的。"

　　大家都觉得警官的办法妙，那位渴望如愿以偿的骑士特地给了他四个雷阿尔。于是马上就按计行事。总之，第一个客人给警官开门时显得极不乐意，而第二个客人则请对方原谅自己的冒昧，说完，就去睡在那张空床上。但是第一个既不回答，也不让别人看见他的脸。因为他一打开门，就跑回床上，脸朝着墙，假装睡着而不答理他。这一个也只好躺下，盼望早晨起身时能了却心愿。

　　那是腊月漫长的一个夜晚，寒冷和旅途劳顿本会使人想美美地睡他一觉。然而，第一个客人却办不到。半夜刚过，他就伤心地唉声叹气起来，每一声叹息就好像灵魂出了窍一样。尽管第二个客人已经睡着，这时候想必是被那悲哀的叹息吵醒，惊讶地听见传来的悲叹声中夹杂的啜泣声，便注意倾听起来，听他自言自语在说些什么，房里一片漆黑，两张床又离得很远，对方声音微弱，但并不因此一点也听不见，只听见那位可怜的客人在说：

　　"唉，真倒霉，没法与之抗争的命运要把我带到哪里去呢？闯进这个扑朔迷离的迷宫，我又该走哪条道？还期望有什么出路呢？唉，都怪我年幼无知，缺乏经验，不善思考和想办法！这次漫无目标的远行会有什么结局？唉，败坏的名声，得不到好报的痴情。唉，正直的父母和亲属名誉扫地！唉，可怜我自己为什么那样放纵情欲！啊，你那一派花言巧语使我信以为真，竟委身于你，作为对你的报答！可是，我能怪谁呢，苦命的人啊？难道不是我自愿上当的吗？难道不是我亲手拿着刀毁坏了自己的名声，使自己名誉扫地，辜负了年迈的双亲对自己的信任？啊，负心的马尔科·安东尼奥，在你对我说的甜言蜜语中，怎么可能杂有轻蔑粗暴的苦汁。忘恩负义的人，你在哪儿啊？背信弃义的人，你溜到哪里去了？回答我啊,我在和你讲话。等着我啊,我要跟你去。扶着我呀,我支持不住了。把你欠我的还我吧。救救我,你在各方面都负有责任。"

说到这里,他就停住不说了。显然,他一边在唉声叹气,一边还流着眼泪。第二个客人一直在屏息静听他讲话。他从听到的这些话推断,那暗自在哀叹的人一定是个女子,这就使他格外想认识她一下。他已经好几次打定主意,要到他认为是乔装打扮的那个女子的床边去,若不是在这个时候听到她已经起了床,打开房门,大声招呼店主给她备马,说她要动身的话,他一定已经走过去了。

过了好一会儿,店主才回答她,劝她安心休息,因为还没有到半夜,天那么黑,现在要上路是欠考虑的。听了这些话,她倒安静了一点,就重新关上房门,猛地一下子往床上一倒,重重地叹一口气。

在一旁听着的人觉得最好还是和她谈一谈,还可以向她表示他本人愿意尽可能帮助她,从而也可以使她讲出真情,说出她是谁和她的可怜的身世。于是,便对她说:

"的确,绅士先生,要是我听到你的叹息和说话以后还不感动,对你的怨诉心里还不感到难过的话,那就只能认为我是一个不近情理、铁石心肠的人了。如果我对你的这份同情,以及我要设法使你摆脱不幸(只要你的不幸还有办法消除)的愿望,还值得受你青睐的话,那么,我向你要求的报答只是请你以诚相见,把你悲伤的原因见告,不加隐瞒。"

那个叹息的人答道:"如果不是悲伤过度,我本应记得我不是独自一人在房里,这样就一定会节制自己的话语,抑制自己的悲叹。但是我在最该有记性的时候却失去了它,为了这一点,我也愿意按你的要求去做,因为我在重述自己不幸的辛酸往事的时候,也许由此引出的新恨会了结自己。但是,你如果要我按你的要求办,

我就请你,凭你刚才已经表示出的一片真心,凭你的人格,答应我
一件事(这一点,从你刚才的话来看,你已经答应很多了),即无论
你听我讲什么,都不能从你的床上起来,也不能到我的床上来,而
且,除我愿意告诉你的事以外,你不能问我别的事情,不然的话,只
要我听见你走动,我就用放在枕边的这把利剑,刺穿我的胸膛。”

那位骑士为了知道渴望知道的事情,就是上千件办不到的事
他也会答应的。他回答说,他决不越雷池一步,并发了成千上万个
誓言来保证。

第一个人说:“这样我就放心了。我就来讲讲我的身世,这
个,我是从来也没有对任何人讲过的。现在,请你听我说。

“先生,你该知道,我进这家客店时穿的是男人的服装,他们
一定告诉过你了,可我却是个不幸的姑娘,至少,不到八天前还是,
后来,由于自己糊涂,鬼迷心窍,去相信一个伪君子的花言巧语,我
就不是一个姑娘了。我的名字叫黛奥多西亚,我的家乡是安达卢
西亚的一个重镇,它的名字我就不说了(因为知不知道,对您没多
大关系,可要是传了出去,对我就关系重大了)。我的父母都是贵
族,家道殷实,生有一男一女,男的是他们的安慰,可为他们光宗耀
祖,女的却完全相反。他们把儿子送到萨拉曼卡求学,却把我留在
家里,他们按贤德与贵族身份的要求,谨慎地将我置于深闺,教养
成人。我对他们总是百依百顺,做到心甘情愿,分毫不差地将他们
的意志当作自己的意愿,直到后来,不知道是我可怜的命运作祟,
还是我的过分轻狂,使我遇见了一个身份与我父母一样高贵,但比
他们更为富有的邻家的儿子。初次见到他,我只觉得:见到他是件
非常令人高兴的事。这不足为奇,因为他的容貌,服饰,仪态,风
度,以及少有的机灵,对人彬彬有礼,都是大家交口称道和赞叹不
绝的。可是,如果不继续谈我不幸的遭遇,或者不如说,不继续谈

这件自开始就愚蠢的事，而只管称道这个害人精，又有什么用呢？还是让我言归正传吧。他的一扇窗子对着我的窗子，他多少次从那个窗口向我眺望，我感到他用传情的眉目向我送来了他的心灵，而我的眼神也露出比初次见面时更为高兴的情绪，而且从他打的手势和脸上的表情，也不由我不信都是出自他的至诚的心。眉目是彼此通话的媒介，交谈则表露了他的心愿，他的心愿又激起我的愿望，从而对他深信不疑。

"接着，他向我许诺，起誓，流泪，长吁短叹，凡是一个坚贞不渝的情人，为了让人了解他内心的用情专一和对爱情的坚定不移，在我看来，他做了所能做的一切。他的每一句话打在我这苦命人的身上，就像一发炮弹轰掉了我的贞操的堡垒的一角，我可从未见识过这种场面。他的每一滴泪水都是一团烈火，烧毁了我的廉耻之心；他的每一声叹息都是一股煽旺情火的狂风，吹垮了迄今没有被旁人染指过的贞操防线。最后，尽管他父母亲已为他另选佳人，他还是答应跟我成婚。这样，我置闺训于脑后，连自己也不知道是怎么回事，竟然背着父母委身于他。除了马尔科·安东尼奥——这就是搅乱我安宁的人的名字——的一个小厮外，谁也不知道我干的蠢事。他刚刚如愿以偿地占有我两天以后，就离乡外出，不知去向，他父母和其他任何人都不知道也猜不出他究竟去了哪里。

"我当时的处境，真是除了悲痛以外就什么也不知道了，不但当时说不清，连现在也道不明，谁说得清，就请谁去说吧。我就揪头发，拿它出气，好像我犯错误是它的过失；我打自己耳光，拿脸消气，因为我认为我的不幸就是它造成的；我诅咒自己的命运，责怪自己的轻率决定，流了无穷无尽的泪水，几乎淹没在自己的泪水中，憋死在受伤的胸口发出的悲叹中。我默默地向苍天诉冤，我思索着，探寻着能否找到什么弥补的办法和出路。最后，我找到的办法就是女扮男装,离开父母的家,去寻找这第二个埃涅阿斯骗子①,去寻找这个残忍的伪君子维雷诺②,寻找这个辜负我一片真心和合法合理的希望的人。于是,我没经深思熟虑,在有机会弄到我哥哥的一身行装和我父亲的一匹小马,配上马鞍后,就在一个黑沉沉的夜晚,离开家门,打算去萨拉曼卡。据别人说,马尔科·安东尼奥可能已经去那里了,因为他也是学生,而且是我和你说起的我哥哥的同学。为了应付在我那个贸然进行的旅行中可能遇到的一切,我还带了很多金钱。最令我烦恼的是,我父母一定会追上来,凭我这身衣服和骑的马匹,他们也一定会认出我。就算这些我都不怕,那么,我的在萨拉曼卡的哥哥,才真让人害怕。要是他认出我来,不言而喻,我就有生命之虞,因为即使他肯听我辩白,但是只要有一点点牵涉他的荣誉,就会看得比我所能给他的一切都重。

　　"尽管如此,我还是打定主意,哪怕丢掉性命,也要去找我这个没良心的丈夫,这一点,马尔科·安东尼奥是无法否认的。因为他留在我手上的饰物可以作证,那是一只钻石戒指,上面刻有'黛奥多西亚之夫马尔科·安东尼奥'字样。我要是找到他,我会让他知道,他这样一下子抛弃我意味着什么。总之,我一定要他履行诺言,否则,我就要他的命。我要让他看到,我虽然容易受骗,但报起仇来也一样利索,因为我父母给予我的高贵血统,激起我的勇气,使我在受侮辱以后,要不就设法补救,要不就报仇雪耻。骑士先生,这就是你想知道的我的真实而不幸的身世,这也许足以说清楚刚才吵醒你的叹息声和说话的原因。纵然你无法补救我的不

---

①　古罗马诗人维吉尔所著《埃涅阿斯记》中的主人公。希腊人围城时,他英勇善战,后来城池失陷,流亡意大利。但他在感情上曾欺骗过自己的爱人狄多。

②　维雷诺,意大利诗人阿里奥斯托所著《疯狂的奥兰多》中的人物,他因爱上弗里西亚国王之女,就把爱人奥林匹亚遗弃在一个荒岛上。

幸,但我恳求你,至少给我出点主意,帮我摆脱目前的危险,使我不必那么担惊受怕,怕人发现;帮我提供必要的办法与步骤,来达到我是那么向往和必须达到的目的。"

听了了多情的黛奥多西亚的身世以后骑士一言不发地沉默着。黛奥多西亚等了好久,还以为他已经睡着了,没听见她的话。为了证实她的猜疑,她说道:

"先生,你睡着了吗? 要是睡着了也没什么不好,因为断肠人把自己的不幸遭遇说给无动于衷的人听,自然只会让他发困,而不会引起他的同情。"

骑士回答道:"我没有睡,倒是很清醒,为你的不幸极感难过,甚至似乎可以说我跟你同样感到烦恼和痛苦。为此,你要求我给你出主意,我就不能停留在口头上,而要尽我全力来帮助你。从你讲述遭遇时的情况看来,你见识过人,不同凡响,因而你的受骗,应该归咎于你自己意志薄弱,而不能单怪马尔科·安东尼奥的甜言蜜语;不过,我还是愿意用你年幼无知来原谅你的过错,像你这样的年纪,对男人的各种欺骗伎俩是没有经验的。小姐,安下心来,要是可能的话,先睡一会儿,夜晚剩下的时间已经不多,等天一亮,我们一起商量一下,看能不能找到什么办法来补救。"

黛奥多西亚对他百般感谢。她想稍睡片刻,好让那位骑士睡上一觉。可是那位骑士却一会儿也安定不下来,反而在床上翻来覆去,唉声叹气,弄得黛奥多西亚只好问他有什么不好受,并说,如果他有什么痛苦,只要是她能设法帮忙的,她也要像他刚才那样帮他想办法。

骑士答道:"小姐,既然是你的痛苦引起了我的不安,你是补救不了的,你要是帮得了,我也不会有什么痛苦了。"

黛奥多西亚不明白这些含糊的话是指什么,不过她猜想是某种情欲使他烦恼,并且还是她引起的,这是可以猜得到的,既然房间这么舒适,房里只有他们两个,房间又黑,又知道她是个女人,难怪会产生某种邪念。想到这里,她害怕起来,就急忙不声不响地穿好衣服,佩上宝剑和匕首,坐在床上等天亮。不大一会儿,天亮了。光线从客栈、小铺子的那些房间的各个地方和缝隙透进来。骑士与黛奥多西亚一样,早就穿戴停当,一见房里透进亮光,就起床说道:

"起来吧,黛奥多西亚小姐,我愿意跟你结伴同行,不让你离开我,一直到马尔科·安东尼奥正式作为你的丈夫在你身边时为止,否则,我就同他拼个死活。你的不幸使我愿为你尽这样的义务,下这样的决心。"

他说着就把房门和窗户打开。

黛奥多西亚正想借着光亮把这位整宿与她交谈的人的身材与容貌看个清楚。可是,等一看见他并且认出他以后,她倒情愿天永远不会亮,永远是黑夜,眼睛一直闭着才好。因为那个骑士刚一回头来看她(他也想看看她),她就认出来,这个人就是她怕得要命的哥哥,她几乎什么都看不见了,她又惊又呆,哑口无言,脸无血色。但是她从恐惧中鼓起勇气,急中生智,抽出匕首,握住刀尖,跪在她哥哥面前,同时以含糊畏怯的声音说:

"我亲爱的哥哥,拿去吧,请你用这把匕首来惩罚我所犯的过错,来平息你的怒气吧。我的罪过深重,不该得到任何怜悯。我忏悔自己的罪孽,不指望因此得到宽恕。我只是恳求你,你对我的惩罚只是夺去我的生命,而不要夺去我的名誉,纵然我因为弃家私逃而使名誉遭到危险,但只要给我的惩罚是暗中进行,我的名誉看来还有望保全。"

她的哥哥看着她,尽管她的胆大妄为激起他报复的念头,但是她认错时说的话,是那么委婉动听,他动了恻隐之心。他和颜悦色地将她从地上扶起来,尽力安慰她说,由于对她的轻率行为还找不到合适的惩罚办法,只好等以后再说。在他看来命运之门尚未关闭,还有办法可想,他宁愿先采取各种可行办法来补救,而不忙于报复她的轻狂行为给他招来的耻辱。黛奥多西亚听了这些话,又从颓丧中振作起来,脸上也有了血色,重新燃起了几乎破灭的希望。堂拉法埃尔——这就是她哥哥的名字——不愿多谈她这件事,只是叫她将黛奥多西亚的名字改为特奥多罗,并说他们俩马上一起回萨拉曼卡去找马尔科·安东尼奥,尽管他料想安东尼奥不会在该地。此外,虽说马尔科·安东尼奥干下这件叫他丢脸的事,使他不想见到马尔科·安东尼奥,见了也无话可说,但毕竟是他的同学,见了面总还是要说话的。这个新的特奥多罗一切都依从她的哥哥。

这时,店主走进房来。他们吩咐他准备早餐,因为他们马上要动身。

骡夫在给骡子备鞍,早餐也送来了,这时候,一个赶路的贵族走进这家客店。堂拉法埃尔一眼就认出他。特奥多罗也认出了他,为了不让对方看见,她不敢走出房间。那两个人拥抱了起来,堂拉法埃尔问刚来的人,他的家乡有什么新闻。对方回答他说,他从圣马利亚港来,那里有四艘船要去那不勒斯,他看见堂莱奥纳尔多·阿多尔诺的儿子马尔科·安东尼奥·阿多尔诺上了船。堂拉法埃尔听到这个消息非常高兴,万万没有想到现在就听到对他来说是这么要紧的消息,这个兆头表明他们的事情一定会有好结果。他请求用他父亲的小马交换那位朋友骑来的骡子(他的朋友对他父亲也很熟悉),但没有告诉他从哪里来,只告诉他要去萨拉曼卡,而且不愿意骑这么好的牲口走那么长的道。那个人为人谦和,又是他的朋友,表示乐意与他交换牲口,并负责将马交还给他父亲。他们一起吃了早饭,特奥多罗则单独一个人吃。到了动身的时候,那位朋友走通往卡萨利亚的那条道,在那儿他拥有一个出产丰富的田庄。堂拉法埃尔没跟他一起动身,为了甩开他,推说当天还要赶回塞维利亚。见他走远了,这时牲口也准备好了,他跟店主结好账,付了钱,道声再见就离开客店。客店的人对他的英俊潇洒都啧啧称赞,说作为男人,堂拉法埃尔的风度、神采和服饰,一点也不亚于他的美貌、文雅的妹妹。

出了客店,堂拉法埃尔就对他妹妹讲起别人告诉他的关于马尔科·安东尼奥的消息,他认为如果尽快转回巴塞罗那,无疑能找到马尔科·安东尼奥,那里通常有往返于意大利和西班牙的船只停泊。如果船没有到,他们可以等候。

他妹妹对他说,他认为怎么好就怎么办,她不会有别的意愿。堂拉法埃尔叫跟随的骡夫尽管放心,说他们要去巴塞罗那,他跟着走的这段时间的报酬包他满意。

骡夫很乐意干这份工作,也知道堂拉法埃尔很慷慨,回答说就是要他去天边,也一定陪到底,并且为之效劳。

堂拉法埃尔问他妹妹带了多少钱,她回答没有数过,就知道伸手到父亲的书桌里抓了七八把,全是金币。堂拉法埃尔根据她的话猜测,带的钱可能多达五百金币,加上他带的两百和一条金项链,他认为不至于太拮据了。于是更加拿定主意,一定要在巴塞罗那找到马尔科·安东尼奥。

他们马不停蹄地急忙赶路,路上没有耽搁,也没发生任何意外和障碍,再有两里格就要到达伊瓜拉达了,那里离巴塞罗那还有九里格路程。他们在路上得知,一位要去罗马担任大使的绅士正在巴塞罗那等船,船还没到。这一消息使他们都很高兴。就在他们高高兴兴赶路,要走进路上的一片小树林时,只见有一个男人从那里出来,一边跑一边神色惊慌地回头张望。堂拉法埃尔走到他面前,对他说:

"好人啊,你为什么要逃? 出了什么事使你那么害怕,跑得又那么匆忙?"

那人回答道:"你觉得我不该跑得快,不该害怕吗? 真多亏出了奇迹,我才从一伙出没在树林中的强盗手里逃了出来。"

骡夫说:"糟糕,糟糕,上帝保佑! 这个时候会有强盗? 凭我的十字架起誓,他们也会来抢我们的。"

树林里跑出来的那个人说:"别发愁,兄弟。强盗已经走了,他们将三十几人绑在树林里,只给他们留下穿的衬衫,只留下一个人他们没有绑,让他等他们翻过那边的山头,向他打手势后,再给其余的人松绑。"

卡尔韦特——这就是骡夫的名字——说道:"要是这样,我们就能安全通过了,因为凡是抢劫过的地方,强盗好些日子都不会再来,我就像碰到过两次强盗的人那样,对这一点是有把握的,他们的出没规律我了如指掌。"

那个人说:"是这样。"

堂拉法埃尔听了这些话,决定往前赶路。没走多远,就见到那些绑在树上的人,人数有三十多个,那个没被绑的人正在替他们松绑。

这真是一幅稀奇古怪的景象:有的全身被剥光,有的穿着强盗的破烂衣衫;一些人因遭抢劫而哭哭啼啼,另一些人见到别人的古怪衣着而发笑;这个在仔细清点被抢走的东西,那个说在抢走的无数东西中最叫他伤心的是一盒从罗马带回来的有羔羊图像的圣牌。总之,那里只听到悲惨的遭劫者的一片哭泣声和悲叹声。兄妹二人看到这一切非常难过,感谢上苍使他们躲开了一场近在咫尺的浩劫。但是,最令他们——尤其使特奥多罗——同情的,是看到一个给绑在一棵橡树上的少年,年约十六岁,只穿着一件衬衣和麻布裤子,但是脸长得那么漂亮,谁见了都会动心。

　　特奥多罗跳下牲口,替他松了绑。少年彬彬有礼地感谢了她的好意。为了帮忙帮个彻底,她要骡夫卡尔韦特将斗篷借给那少年,一到前面的村镇就给这位温文尔雅的少年另买一件。卡尔韦特将斗篷给了她,特奥多罗给少年披上,问他是哪里人,从哪里来,到哪里去。

　　他们谈话的时候,堂拉法埃尔也在场。那个少年回答说,他是安达卢西亚人,那里距他们家不到两里格路程,那个地方他一说出来,他们就知道了。他还说是从塞维利亚来,就像其他许多西班牙人常常做的那样,他想去意大利,到军队里去碰碰运气。但是时运不济,一出来就遭遇那帮强盗,抢走了一大笔钱,还抢走了好些衣服,就是花三百金币也买不来。然而,尽管如此,他还要继续上路,因为他的本性使他不会一遇到挫折,火一般的热情就冷下来。

　　少年这番句句在理的话,而且又听到他家离他们家那么近,特别是他俊美的容貌,使得两兄妹都乐意尽力帮助他。兄妹俩把一点钱分给他们认为最需要帮助的人,特别是其中的八九个教士、修道士。然后,他们让那个少年骑上卡尔韦特的骡子,一路上不再耽搁,不久就到了伊瓜拉达。在那里,听说头一天那些船已经到达巴塞罗那,只要极不安全的海滩不出事,再过两天就将开船。这个消息使他们第二天一早太阳出来前就起床,尽管那天夜里大家都没有睡好。在饭桌上,两兄妹意外地大吃一惊,因为他们解救的那个少年和他们同桌吃饭时,特奥多罗一直注视着他的脸,有点奇怪地发现他穿过耳眼,加上他看人时的羞涩样子,使她猜想他大概是个女子。特奥多罗想一吃完饭,就单独来证实自己的猜疑。吃饭时,堂拉法埃尔问少年是谁的儿子,因为他认识自己家乡所有的显贵人物,看看少年说的人他是否认识。少年回答说,他是鼎鼎大名的骑士堂恩里克·德·卡德纳斯的儿子。

堂拉法埃尔说,他与堂恩里克·德·卡德纳斯很熟,不过他知道并且完全可以肯定,这位骑士一个儿子都没有。但是,如果他这样做是为了不说出自己的父母,那也没关系,他就不再多问了。

少年回答说:"的确,堂恩里克没有儿子,但他的一个名叫堂桑乔的兄弟有儿子。"

堂拉法埃尔又说道:"他也没有儿子,只有一个独生女儿,听说还是安达卢西亚姑娘中最漂亮的一个,这一点我只闻其名,尽管多次去过她家,却是从未见过一面。"

少年回答道:"先生,你说的全是实情,堂桑乔只有一个女儿,但是并不像所传的那么美。我之所以说是堂恩里克的儿子,是想让你们看重我一点而已。先生们,我只不过是堂桑乔的管家的儿子,我父亲侍候过他多年,我就生在他家。由于我惹父亲生了气,就拿了他一大笔钱,打算去意大利,这一点我已经告诉过你们,想去从军打仗,因为据我看来,这对出身低微的人,倒是一条发迹的捷径。"

特奥多罗一直都非常注意他说的话和他说话时的样子,越来越证实了自己的猜疑。吃过晚饭,他们离开餐桌,在堂拉法埃尔宽衣时,她把自己对少年的猜疑告诉了他,经与他商量并取得同意以后,她与少年到临街一个大窗外的阳台上,倚着栏杆,特奥多罗就开始对少年说:

"弗兰西斯科先生(少年自称这是他的名字),我已经为你做了那么多好事,想必你不会拒绝我可能和想要提出的任何要求。

然而,我认识你不久,还没有机会提出我的要求。也许将来你会理解我的要求是正当的,如果现在我的要求不能得到满足,我也不会因此就不为你效劳了。事实上,在我向你道破以前,我一直是这样做的。我还想让你知道,尽管我跟你一样年轻,但我对于人世沧桑的经验却有着比我这个年龄所能有的更为丰富。凭这个经验,我早已猜出你不是一个如你现在乔装那样的男子汉,而是个女子,你那漂亮的容貌也说明这一点,不过谁也不会为了什么好事而乔装打扮的。如果我猜对了,你就该把实情相告,我以我骑士的忠诚向你起誓,我要尽全力帮助你并为你效劳。你是女子这一点,你对我是无法否认的,因为从你的耳坠孔就可以看得清清楚楚,而你却疏忽大意地到处乱走,没有用肉色的蜡来封死和遮盖住那些针孔。万一另外有一个像我一样好奇,但不像我一样正直的人发现这一点的话,就会将你掩饰不周的秘密公之于众。我说,你就告诉我你是谁吧,别再犹豫不决了,既然我要帮助你,我保证按你的要求替你保密。”

少年聚精会神地听着特奥多罗对他说的话,等到她不讲了,在回答之前先抓住特奥多罗的手,放到嘴边,使劲地吻,他那秀丽的眼睛里泪如泉涌,打湿了特奥多罗的手,这种奇特的感情引得特奥多罗也忍不住陪着他落泪(对别人的事容易感动、心软是高贵女人特有的自然本能)。她好不容易从少年的嘴边抽回自己的手,一直等着他回答。少年深深地呻吟了一声,就长吁短叹地说道:

“先生,我不愿意也不能说你的猜疑不是事实。我是个女子,是生在世上的最不幸的女子,你对我所做的好事,还答应帮助我,使我不得不依从你的吩咐,如果别人的不幸遭遇你听了不厌烦的话,那就请听,我就告诉你我是谁。”

特奥多罗说:“我想听,不过听了你的不幸遭遇,我也会痛苦的,我一定会把这些痛苦当作我自己的痛苦,若不是这样,就让我一辈子不幸吧。"

说着,就转身抱住那个少年,再次真诚地答应帮助她。少年平静一下以后,开始讲了下面的话:

"关于我的家乡,我说过的都是实话。但是关于我的父母,我没有说实话,因为堂恩里克不是我的父亲,而是我的伯父,他的弟弟堂桑乔才是我的父亲,我就是他不幸的女儿。你哥哥说,她是出名的美人,你只要看一下我这副并不美的容貌,就知道他是否上当了。我名叫莱奥卡迪亚。现在请听我讲改装的原因吧。

"离我家两里格路程,有一个地方——这是安达卢西亚另一个既富庶又高贵的地方,那里住着一位尊贵的骑士,他是热那亚古老的贵族阿多尔诺家族的后裔。他有一个儿子——要不是像对我一样对他的吹捧过了头——倒可以算是一位有绅士风度的人。这个人由于与我们是邻居,又和我父亲一样爱好狩猎,所以来过我们家好几次,一住就是五六天。白天,有时还在晚上,与我父亲一起在乡下度过。因此,命运、爱情,或者是我自己缺乏警惕,使我被人从一个具有崇高思想的高峰上推了下来,推到我现在的这种卑贱地位;我没有严守一个规矩姑娘的本分,看了几眼风度优雅、聪明机智的马尔科·安东尼奥,想到他出身高贵,他父亲又有万贯家财,觉得如果他能成为自己的丈夫,那真是莫大的幸福。有了这种想法,我就更加注意他,一定也更不当心地注视他。因为他发觉了我在看他,这个负心人不想也不必再做什么试探就可以看出我内心的秘密,夺走我心灵中最珍贵的宝物。

"可是,先生,我不知道为什么要将自己恋爱过程的细微末节一点不漏地讲给你听,而这些都是些无关紧要的事。现在我直接告诉你,在他百般恳求下,他赢得了我,并向我做了保证,许下诺言,立下了我认为可靠的基督徒的誓言,答应娶我为妻,我也就答应听其摆布;不过,光有他的誓言和允诺,我还是不十分满意,为了更加牢靠,不至于告吹,我让他把誓言写在纸上并署上他的名字,字据写得详细可靠,我这才满意。我收下字据后,就设法让他在一个夜晚来我的住处,让他翻过花园的墙头,进到我的房间,他在我房间就不会受任何干扰,享受注定只给他一人的果实,我终于盼来了如此向往的一夜……"

直到这时,特奥多罗都没有开口讲话,莱奥卡迪亚的话使她的心悬在半空,每一句话都刺透她的心,尤其当她听到马尔科·安东尼奥的名字,看到莱奥卡迪亚的绝世美貌,想到她在讲述自己身份时充分表现出来的少有的才智和了不起的胆略时,更是这样。

可是当她听到"我终于盼来了如此向往的一夜……"时,几乎失去了自制力,只得打断她的话,说道:

"妙极了,最幸福的一夜终于来到了,他来做什么?他是为幸福而来,是吗?你得到了他?他又一次确认了那张字据?他获得了据你说是属于他的东西,他满意吗?你父亲知道这件事吗?如此诚实、明智的开端结果又怎样?"

莱奥卡迪亚说道:"结果就是你现在见到的境地,因为我没有得到他,他也没有得到我,他根本就没有来赴约。"

听到这些话,特奥多罗才舒了一口气。刚才由于妒火中烧,情绪恶劣,并渐渐蔓延,使妒火一直渗透骨髓,几乎叫她不能忍耐,现在才稳定一点,但是还没有完全摆脱,因为听到莱奥卡迪亚要继续讲下去,她还是受不了。莱奥卡迪亚说道:

"他不仅没有来,而且八天以后,根据确切消息,我知道他已经离开自己的家乡,并从他父母家带走了当地一位高贵的骑士之女,名叫黛奥多西亚的少女,那位姑娘长得天姿国色,聪明绝顶。

由于她的父母那么高贵,连我们镇上都知道了这起诱拐事件,后来就传到我的耳朵里,就像一枝冷酷、可怕的妒忌之箭穿透我的心,我的灵魂在受煎熬,我的尊荣被烧成灰烬,我的名誉扫地,我的耐心荡然无存,我完全失去了自持的能力。唉,我真苦命啊!以后我一直在想象那个黛奥多西亚,她比太阳还美,比机灵本身还机灵,特别是比我这个不幸的人要幸福。后来,我又去看那张字据上的话,写得那么坚定可靠,令人无法怀疑上面许下的诺言。字据就像圣物,里面寄托着自己的希望,尽管如此,一想到马尔科·安东尼奥带走的那个令人疑虑重重的伴侣,上面写的那些话就毫无意义了。我打自己的耳光,扯自己的头发,诅咒自己的命运,最难过的是,由于不得不和父亲在一起,因而不能随时这样糟踏自己。

"总之,为了结束这无法抑制的悲哀,或者说得更确切些,为了结束生命,我决定离开父亲的家。有个邪念在作祟,使我觉得时机有利,而且排除了一切不利因素,于是我就毫不畏惧地偷了父亲随从的衣服和父亲的许多钱。在一个夜晚,我趁着漆黑的天色离家,步行了几里格路,来到一个叫奥苏纳的地方,在那里乘上马车,两天后就到了塞维利亚。总算到了一个安全的地方,就是有人来找,也找不到我了。我在那里又买了一些衣服和一头骡,和一些来巴塞罗那的骑士一起,为了不错过那几艘去意大利的船只,我急急赶路一直到昨天,后来发生的事你们已经知道,强盗抢走我的一切,里面还包括那件维持着我的健康和减轻我痛苦的珍宝,即那张马尔科·安东尼奥的字据。我原想带着它到意大利,找到马尔科·安东尼奥后给他看,作为他失信的凭据,也作为我坚贞不渝的明证,还要他对我履行诺言。但是就算有这个,我也考虑过,一个否认理应铭刻在心的义务的人,也一定会轻易否认写在白纸上的黑字。很清楚,他身边已有了无双的黛奥多西亚,自然就不愿意再看一眼这个不幸的莱奥卡迪亚了。尽管如此，我还是想死，不然就走到他俩面前，用我的出现来搅乱他们的安宁。我的那个情敌休想那么轻巧就夺走我的人，我决不罢休，我要去找她，找到她，如果可能的话，我还要她的命。”

特奥多罗说：“可是黛奥多西亚有什么罪？如果她也像你莱奥卡迪亚小姐一样，是受了马尔科·安东尼奥欺骗的话。”

莱奥卡迪亚说：“要是他带她在身边，还可能那样吗？相爱的人待在一起，还说受骗，可能吗？当然不可能，他们很满足，因为在一起，就像人们常说的，不管在遥远的灼热的利比亚沙漠，还是地处偏远，与世隔绝，常年冰封的西徐亚①。不管是在哪里，明摆着她已经得到了他，而我在找到他以前，却在受苦，这笔账我一定要找她一个人算。”

特奥多罗说：“很可能你弄错了。你说的那个情敌，我非常熟悉，我知道她的品性和德行，她决不敢贸然离开她父母的家。也不会听凭马尔科·安东尼奥的摆布，就是她离了家，她既不认识你，而对你与他的事也一无所知，又没得罪你，既然没有得罪你，也就谈不上什么雪耻复仇。”

莱奥卡迪亚说：“关于德行，就不必跟我说，我的德行与正直可以跟任何女子相比，就算这样，我还不是做出了你刚才听到的那种事了。关于他将她带走，这是没有疑问的。至于说，她没得罪我，平心而论，我也承认这点，但是妒火引起的痛苦对我来说，就像在肚内横着一把利剑，使我深受其苦，我要设法把它从脏腑中拔掉，把它砸碎，这也不算过分。何况，将祸害我们的东西除掉，甩得远远的，也是明智的，憎恨那些给我们带来不幸和妨碍我们幸福的

---

① 里海北岸古国，在今欧洲东北部与亚洲西北部地区。

东西也是非常自然的。"

特奥多罗说:"也许就像你所说的,莱奥卡迪亚小姐,你身受的痛苦使你不能讲出更得体的话。我看到你现在处于不易接受忠告的时候。我这方面要说的,还是那些我已经说过的话,只要公平合理与可能,我一定帮助你,为你效劳,我也替我哥哥这样答应你,他的天赋禀性和高贵身世不容许有别的选择。我们是到意大利去,如果你愿意和我们同路而行,你对我们这样做伴者的人品就会有一些了解。我想请求你的是,允许我把我知道的有关你的情况告诉我哥哥,好让他能按你的身份有礼貌、尊敬地对待你,恰如其分地照料你。再有,我认为你最好还是不要再改换服装,如果这个镇上有适合你的衣服,早晨我就去替你买一身更适合你穿的上好衣服。关于你的其他要求,那就由时间来说话吧,对于最无望的事,时间是找到弥补这些创伤的大师。"

莱奥卡迪亚对于她以为是特奥多罗的黛奥多西亚答应给她的许多帮助表示感谢,并同意她去告诉哥哥,随便她愿意告诉什么都行,一面恳请她不要抛开她不管,因为她明白要是被人识破是女子,会有多么危险。

于是,她们告别后就去睡觉了。黛奥多西亚回到她哥哥的房间,莱奥卡迪亚回到隔壁一间。堂拉法埃尔还没有睡,他一直等着他妹妹,想知道那个他猜测是女子的人与他妹妹讲话的情况。所以她进来时他还没躺下,就向她提问。他妹妹将莱奥卡迪亚告诉她的话一五一十讲给他听,讲了她是谁的女儿,她的恋爱的情况,马尔科·安东尼奥的字据及她的打算。堂拉法埃尔听后大吃一惊,对他妹妹说:

"如果她就是她所说的那个人,妹妹,我可以告诉你,那么,她就是她家乡最显贵的人家的女儿,也是安达卢西亚最高贵的小姐之一。我们的父亲很熟悉她父亲,她那美貌的名声,今天看来,果然名不虚传,对这件事,我认为我们应该谨慎小心,要做到不能让她在我们之前先和马尔科·安东尼奥讲话,尽管她说,写给她的那张字据已经丢失,但我总有点担心。不过你要沉住气,妹妹,先安心睡觉,一切总会有办法的。"

黛奥多西亚听从她哥哥的话,上床睡觉,但是要做到沉住气,安下心,却不容易办到,因为她的心灵,已经充满妒意。啊,莱奥卡迪亚的美丽姿色和马尔科·安东尼奥的不忠实,在她的想象中要比实际扩大了多少!又有多少次她读到了,或者不如说,她假想读到了马尔科·安东尼奥给莱奥卡迪亚的字据!为使字据变得更确切有效,她又增添上多少字句啊!多少次她都不信字据已经丢失,又有多少次在想象,没有她,马尔科·安东尼奥不会不履行自己的诺言,不会不记得对她承担的义务?大半夜她都因为胡思乱想这件事而无法入睡。她哥哥堂拉法埃尔这一夜休息得也不比她强,因为一听到那少年就是莱奥卡迪亚,他的心就受到爱情的煎熬,好像很久以前就已经爱上她一样。美色有这种力量,使见她和认识她的人,会一下子在自己身上激起一种欲望,而等到发现或者希望通过某种途径满足和占有她时,看着她的人的心灵就会燃烧起强烈的欲火,犹如干燥的火药,碰上一星星火花,就会立即燃烧起来。

他没有再去想她被绑在树上、穿着褴褛男装的情景,他现在想的是她穿着女装,待在门第与他们家一样的既有钱又尊贵的父母家里的情景。他没有去想、也不愿花时间去想是怎样认识她的。他盼望天亮,可以继续赶路,去寻找马尔科·安东尼奥,这倒不是因为要使他成为他妹夫,而是为了去阻止他成为莱奥卡迪亚的丈夫,他已被爱情与嫉妒所控制,他宁愿看到自己的妹妹找不到补救办法,宁愿看到马尔科·安东尼奥死去,只要自己还有希望获得莱奥卡迪亚就行,而希望本身就使他的愿望可能获得幸福的结果。这或者通过暴力手段,或者通过馈赠、献殷勤的方法,而要做这一切,他都有的是时间和机会。他使自己怀这样的期望以后,才稍为宽下心来。不久,天亮了,他们翻身起床,堂拉法埃尔叫来店主,问他镇上有没有地方可以给一个仆人买身衣服,因为他的衣服被强盗剥光了。

店主说,他有一身衣服要卖掉,价钱公道。他把衣服取来,莱奥卡迪亚一试很合身。堂拉法埃尔付了钱,她把衣服穿上,佩上一把剑和一把匕首,显得神采奕奕,把堂拉法埃尔弄得心神不定,魂不守舍,而黛奥多西亚则妒意倍增。

卡尔韦特上好鞍座,当日八点钟,他们动身前往巴塞罗那,当时已经没有心思上著名的蒙特塞拉特修道院去,只好留待将来上帝保佑他们回国时再说,到时候可以更安心地前往了。

说不清两兄妹当时是什么心思,也道不明他们两个看着莱奥卡迪亚时的想法有多么不同。黛奥多西亚希望她死,堂拉法埃尔希望她活;两个人一是嫉妒,一是爱慕;黛奥多西亚在挑她的毛病,为的是要自己的希望不至于落空;堂拉法埃尔却觉得她越看越美,越美就越爱她。尽管这样,他们并没有忘了急急赶路,因此太阳还未下山,他们就到了巴塞罗那。该城的优美环境使他们赞赏不已,他们誉之为世界丽都之花,赞它是西班牙的荣誉,远近敌人闻风丧胆之地,居民的欢乐享受的场所,外国人的避难所,骑士的学校,忠诚的典范,凡是对建设一个伟大、著名、富有、像样的城市抱有稀奇古怪要求的人,他们的愿望在这里都能得到满足。

进城时,他们听到极大的喧闹声,看见一大群人乱哄哄地奔路,他们打听混乱骚动的原因,别人回答他们说,停泊在海滨那些船上的人与城里人发生了冲突。听到这消息后,堂拉法埃尔想去看个究竟,尽管卡尔韦特劝他别去,因为卷入这种明显的危险中去是不明智的,还说他很清楚卷入这种械斗会有什么坏结果,他说当船只抵达该城时,这类械斗是极平常的事。卡尔韦特的忠告拦不住堂拉法埃尔,于是大家都跟着去了。当他们来到海边,只见许多人手持出鞘的宝剑在无情地厮杀。尽管如此,他们并没有跳下坐骑,而是一直走到近得都可以看清械斗者的面容时才停下,那时候太阳还没有落山。人们从城里源源而来,船上也有许多人上了岸。那些船只的负责人是一位巴伦西亚的骑士,名叫佩德罗·比克,他从旗舰船尾威胁那些已经登上小艇去救援伙伴的人,但看到他的叫喊和威胁都无济于事,就将所有的船头转向城市,放了一发空炮,表示如果双方再不分开,下一发就不是空炮了。

这时候,堂拉法埃尔一直注视着那场凶猛、残酷的械斗。在看起来更像是船上的那一批人中间,他注意到有一个小伙子打得很勇敢,年纪大约二十二三岁。他身穿绿色衣服,头戴一顶颜色相同的帽子,帽上缀着华丽饰带,看上去镶有钻石。他战斗时身手矫捷,他的服装衬托出豪放情态,使在场所有看械斗的人禁不住都转过头望着他。而黛奥多西亚和莱奥卡迪亚一看见他都异口同声地喊了起来:

"上帝保佑,除非我的眼睛瞎了,那个穿绿衣服的准是马尔科·安东尼奥。"

说着,她们极其敏捷地跳下骡来,手握匕首和宝剑,毫不畏惧地走进混战的人群中间,两人一边一个站在马尔科·安东尼奥身旁,他就是刚才说过的那个身穿绿衣的年轻人。

莱奥卡迪亚一走到就说:"别怕,马尔科·安东尼奥先生,你身旁的人将用自己的生命来捍卫你的生命,做你的后盾。"

黛奥多西亚说:"有我在这里,谁会怀疑这点?"

堂拉法埃尔看到和听到这一切，也跟着她们走了过去，和她们站到一起。

马尔科·安东尼奥忙于进攻与防御，没注意那两个女子对他说的话。相反，他专心致志地进行着战斗，做出了一些看上去令人难以置信的事情。

然而由于城里来的人迅速增加，船上的人被迫退到水中，马尔科·安东尼奥无奈只好后退，两位勇敢的新的勃拉达曼特和马尔菲莎①，或者希波吕忒和彭忒西勒亚②也跟在他身旁一起后退。这时候，来了一位出身卡多纳望族③的加泰罗尼亚骑士。他骑着骏马，走到械斗双方中间，让城里来的人往后撤退，那些人认出是他，就十分恭敬地依从了，但是还有几个人从远处向退入水中的人掷石头。也许是命该如此，一块石头不偏不倚，猛地击中马尔科·安东尼奥的太阳穴，把他打倒在水里，这时，水已没膝，莱奥卡迪亚见他倒下去，就一把抱住他，用手臂把他托住，黛奥多西亚也这样做了。

堂拉法埃尔稍为离得远一点，在抵挡雨点般向他掷来的石头，他还想去救助一下他的心上人、他的妹妹和妹夫，这时加泰罗尼亚骑士来到他面前，对他说道：

"镇静些，先生，一个好战士要镇静，请到我身边来，我来帮你摆脱这些无法无天的百姓过分无礼的攻击。"

堂拉法埃尔答道："啊，先生，你让我过去，因为我看到我一生

---

① 两人是《疯狂的奥兰多》中的女英雄，以勇敢著称。

② 希腊神话中的阿玛宗女王，以勇敢著称。

③ 从十五世纪初起，卡多纳公爵的领地就包括卡多纳村镇索尔索那城，另外还拥有三十个村，二十五个古堡，四个海港，二百七十二个地方，两千三百户人家；在朝廷里，加泰罗尼亚人有建立军队的自主权。

中最心爱的人正遭遇极大的危险。"

　　骑士让他走了过去，但是他还没来得及赶到，人家已把马尔科·安东尼奥和一直搂着他的莱奥卡迪亚扶上旗舰上放下的小艇。黛奥多西亚也想与他们一起上船，但是，也许是由于疲劳，也许是由于看到马尔科·安东尼奥受伤而痛苦，也许是由于看到她最大的情敌跟他在一起，她已经没有力气爬上小艇，要不是她哥哥及时赶来救她，她一定已经昏倒在水中了。她哥哥看到马尔科·安东尼奥跟莱奥卡迪亚一起去了，心里的痛苦也不下于他妹妹。

　　加泰罗尼亚骑士喜欢堂拉法埃尔和他妹妹（他以为她是男的）的潇洒风度，他从岸上叫唤他们，请他们跟他一起回去。他们迫于无奈，害怕至今尚未平息的那群人会伤害他们，接受了骑士向他们提出的邀请。骑士下马以后，将他们拉到自己身边，拔剑出鞘，穿过混乱的人群，要求大家让路，大家照办了。

　　堂拉法埃尔环顾四周，看看是否能找到卡尔韦特和那几头骡子。他找不到，因为当时他们一下牲口，他就牵着骡子到一家他往常投宿的客店去了。

　　骑士回到家里——这是该城的著名府第之一——就问堂拉法埃尔是乘哪条船来的，堂拉法埃尔回答没有乘船，而是到达城里的时候正好遇上械斗，又说因为他认识那个在小艇上被石头击伤的骑士，自己才遭到这场危险。他恳求骑士下个命令，将那个受伤的人送上岸来，因为这件事关系到他的生命与幸福。

　　骑士说："这件事我很乐意去办。将军是一位著名的骑士，又是我的亲戚，我知道他一定会将受伤的人交给我。"

　　于是，他立刻来到船上，看见他们正在治疗马尔科·安东尼奥，因为伤在左边的太阳穴，伤势很重，外科医生说有危险。将军同意骑士将人带到岸上进行治疗。骑士小心翼翼地把马尔科·安东尼奥送上小艇,莱奥卡迪亚不愿意离开他,跟他一起上了船,就像跟着她希望中的北极星。

到岸时,骑士让人从他家抬来一顶轿子,把受伤的人抬走。在此同时,堂拉法埃尔派人去找卡尔韦特,他也在客店留心打听他主人的情况,等知道他们都平安无事,就极为高兴地来到堂拉法埃尔这里。

这时候,那家的主人、马尔科和莱奥卡迪亚都到了。主人又热情又大方,请他们都留宿在他家里,还马上吩咐去请一位城里的名医来给马尔科重新治疗。外科医生来了,但是他要等到第二天才给他治疗。他说,军队和舰队的外科医生经验丰富,因为他们每走一步都要医治许多伤员,所以不便当天给他治疗,要治就要等第二天。他嘱咐把受伤的人安置在一个僻静的房间里,让他安静休养。就在这时候,船上的外科医生来了,将病人的伤势、所作的治疗处置以及在他看来受伤的人有生命危险等情况都向该城的医生作了解释,城里医生听了以后知道病人已经得到很好的治疗,同时(根据对他所讲的那番话),他也夸大了马尔科·安东尼奥的危险。莱奥卡迪亚和黛奥多西亚听到他们的话以后,犹如听到宣判死刑那么难过,但是为了不露出痛苦的表情,就克制着没有做声。

莱奥卡迪亚决定去做一件她认为对维护自己的声誉相宜的事。等外科医生一走,她就走进马尔科·安东尼奥的房间,当着那家的主人、堂拉法埃尔、黛奥多西亚和别人的面,走到受伤的人的床头,抓住他的手,对他说出这样的话:

"马尔科·安东尼奥·阿多尔诺先生,你现在正处在别人既不能也不该和你多说话的时候,因此我只想请你听我讲几句话。这些话虽说不会对你的健康有益,对你心灵的健康却会有好处。为此请先允许我说,并请你告诉我你是否愿意听我说。从我认识你开始，我就想尽办法使你快乐，而现在，到了我认为是你最后弥留之际，却反而来使你痛苦，这有点不合情理。”

马尔科·安东尼奥听了这些话后，睁开眼睛，凝视着莱奥卡迪亚，几乎已经认出她来了，但不是从其容貌，而是从其声音才认出的，他用虚弱而痛苦的声音对她说：

“先生，你想说什么，你就说吧，我还没有病到不能听你说话的地步，而你的声音也不会令人不快到厌恶去听的程度。”

黛奥多西亚全神贯注地听了他们两人的对话，莱奥卡迪亚说的一字一句，都像一枝枝利箭穿透了她的心，甚至也穿透了同样在听她说话的堂拉法埃尔的心。

莱奥卡迪亚继续说道：“马尔科·安东尼奥先生，如果你头部受的那一击，或者说得更好一点，我心灵受到的那一击，没让你从记忆中抹掉不久前你还把她称作你的光荣、你的天堂的那个女人的形象，你一定会记起来莱奥卡迪亚是谁。你一定也会记起来你亲笔在一张字据上写下的话。你也不会忘掉她父母亲的高贵地位，她的完美的品德和忠贞端庄，以及因为在你所要求她做的事情上她都顺从了你的意愿而使你承担的义务。如果这一切你都没有忘记，那么尽管你见我穿着这样一身完全不同的衣服，你也会很容易认出我就是莱奥卡迪亚。我害怕再发生什么意外，再出什么事情，夺去理应归我的东西，所以一听说你离乡他走，我就不顾会遭遇到的种种不便，毅然换上这身打扮跟着你，打算找遍天涯海角，也要把你找到。对此你不应感到惊奇，要是你体会过真正的爱情有多大力量，受骗的女子有多大愤怒的话。为了达到这个目的，我经受了苦难，但我只视之等闲，因为只要想到能够看见你这件事本身就减轻了我的痛苦。既然你已经处于目前这种境地，如果上帝要把你从人间带到一个更幸福的世界，那么你在离开之前，做一件像你这样身份的人理应做的事,我也将认为是自己最大的幸福,我就会答应你,就像我现在答应你那样,在你死后我也结束自己的生命,马上跟着你走完这最后一段必不可免的旅程。因此我请求你,首先看在上帝分上(我的愿望与打算总是向上帝倾诉),其次看在你的分上(像你这样一个人,承担有很大义务),最后,看在我的分上(你对我比对世上任何人都承担有更大的义务),就在这里,马上娶我做你的合法妻子,按我劝说的如此诚挚、如此仁至义尽的话办,不要让法律来迫使你这样做。"

莱奥卡迪亚不再说什么,房间里所有的人在她讲述的时候都保持出奇的安静,并且还照样安静地等待着马尔科·安东尼奥的答复。他这样回答道:

"小姐,我不能否认我认识你,你的声音容貌不容许我否认这一点。我也不能否认我对你负有的许多义务,也不能否认你父母的高贵地位以及你的无比的忠贞和闺德。对于你穿上与过去完全不同的服装来找我这件事,我今天不会,将来也不会对你有丝毫轻视之意,恰恰相反,我现在和将来都因此对你怀有最大的敬意。然而,正像你所说,我那乖蹇的命运已经将我带到尽头,我相信这将是我生命的最后时刻,人到了这种时刻是会吐真言的;我想对你说句真话,如果你现在听了不高兴,将来对你可能会有好处。美丽的莱奥卡迪亚,我承认我曾经喜欢你,你也喜欢我,另外,我也承认,我给你立下的字据,与其说是我自愿,不如说是按照你的愿望才写的,因为我在立那个字据以前好些日子,已经将自己的心愿和灵魂都给了家乡的另一个少女。这个人你完全认得,她的名字叫黛奥多西亚,她的父母和你的父母一样高贵。如果我给你的是亲笔立下的字据,那么,我给她的是我签字证明我爱她的手。这使我不能将自己的自由交给世上的其他女子。我与你之间的爱情只不过是逢场作戏，如你所知，只是昙花一现而已，既没有伤害你，也不能伤害任何东西。我和黛奥多西亚发生的一切，却是她已经将可能给我而我也希望得到的爱情之果给了我，我已经立誓做她丈夫了，现在也已经是她的丈夫了。如果说，我同时扔下她也扔下了你，是让你担心和受骗，而让她——在她看来——是失去贞操，忧心忡忡，我这样做是因为年轻无知、意气用事和考虑不周，就像我现在一样。我本以为所有这些事都无关紧要，可以毫无顾忌地为所欲为，当时我还产生过许多想法，都想付诸实现，其中之一就是想去意大利，在那里度过我的青春岁月，然后回来，看看上帝对你和对我的真正妻子是怎样安排的。但是，我认为无疑是老天爷可怜我，让我落到你现在见到的这种地步，使我忏悔地说出这些由于我的许多罪过造成的事实，趁我还在人世，把欠下的账一起付清。你了解了真情，你自由了，你觉得怎么做好就怎么做吧。有朝一日，黛奥多西亚知道我已经不在人世，她将从你和在场诸位那里了解到我临终时怎样履行了我生前许下的诺言。莱奥卡迪亚小姐，尽管我活的时间已经不多，我还能为你做些什么，就请告诉我，除了接受你做我的妻子这点办不到外，任何可能使你高兴的事情，我一定尽力去做。”

马尔科·安东尼奥在说这些话的时候将头支在肘上，话一讲完，手臂就耷拉下来，显然已经昏了过去。

堂拉法埃尔连忙上前紧紧抱住他，说道：

“醒醒，我的先生，拥抱一下你的朋友和哥哥吧，因为你愿意我成为你的哥哥。你认认你的同学堂拉法埃尔，承你愿接受他的妹妹做你的妻子，他将是你的愿望和爱情的真正见证人。”

马尔科·安东尼奥醒过来，一下子就认出了堂拉法埃尔，紧紧地拥抱了他，吻他的脸，对他说道：

"现在我对你说,我亲爱的哥哥,我因见到你而感到的巨大愉快,不能不给我带来最大的悲哀,因为,常言道,乐极生悲。然而,不管有什么灾祸临头,只要能见到你,从中得到乐趣,我都觉得很值得了。"

堂拉法埃尔回答道:"那么我愿意献给你一件珍宝,让你更加满意,这件珍宝就是你亲爱的妻子。"

他寻找黛奥多西亚,发现她躲在众人后面哭泣。她看到眼前的一切,听到刚才说的那些话,真是悲喜交集,惊诧不已。她哥哥拉着她的手,她顺从地被带到马尔科·安东尼奥面前,他一认出是她,就拥抱了她,两个人都流下了温情、爱恋之泪。

房间里所有的人看到如此不寻常的事情,都感到惊奇,不言不语地互递眼色,等待着事情的结局。失望、不幸的莱奥卡迪亚亲眼看到了马尔科·安东尼奥所做的一切,看到了她以为是堂拉法埃尔的兄弟的那个人,已经投入在她认作丈夫的那个人的怀抱里,看到自己的心愿受到嘲弄,自己的希望已经破灭,就趁大家的注意力都集中在那个病人怎样对待他怀抱里的仆人①的时机,躲开了众人的眼睛,溜出了叫作客厅的房间,转眼就到了街头,怀着绝望的心情,打算漂泊世界,或者去到谁也见不到她的地方。可是她刚到街头,堂拉法埃尔发现她不见了,就像掉魂似的打听她的去向,可是谁也说不上来。于是,他不再等下去,失望地出去找她。他打听到卡尔韦特住的地方,还以为她会去那里套一头牲口上路。他在那里没找到她,就像疯子一样在街上从一个地方找到另一个地方。他想也许她已经回到船上,便来到海边。快到那里时,听到有人从

---

① 这里是作者的笔误,前文曾提及,打扮成仆人的不是黛奥多西亚,而是莱奥卡迪亚。

岸上大声呼叫旗舰上的小艇,他听出这就是美丽的莱奥卡迪亚的声音。莱奥卡迪亚听见后面有脚步声,害怕遭到不测,就握住宝剑,警惕地等着。堂拉法埃尔一走近,她马上认出是他,为被他找到,而且是在眼下孑然一身的情况下被他找到,心里痛苦万分。但是从堂拉法埃尔所作的表示看来,明白他不怀恶意,却对她抱有好感,也跟马尔科·安东尼奥一样地爱她。

现在我还能用什么话语来表达堂拉法埃尔对莱奥卡迪亚说的话呢?他向她表白了自己的心意,讲了如此这般的话语,这些话我是不敢写出来的。但是既然不得不说上几句,那么在他说过的那些话中,有几句是这样的:

"啊,美丽的莱奥卡迪亚,如果我没交上好运,如果我现在缺乏胆量向你吐露我心灵中的秘密,那么,一个情人心中有的和可能有的最热情忠贞的意愿,将永远被锁在胸中和被遗忘掉。但是,为了不辜负我的正当的心愿,我可不管会遭到什么,小姐,要是你在盛怒下尚能观察事物的话,我就请你留意一下,马尔科·安东尼奥可没有什么地方比我强,只有一点,那就是有幸受过你的眷爱。我的家世与他的一样高贵,被人们称为家产的财物,他也不比我多多少,至于性格脾气,我不便自夸,更何况,在你眼中又是毫无可取之处。我说这一切,我心爱的小姐,是想请你接受这个在你的不幸到达顶峰的时刻,命运之神为你提供的补救办法。你已经看到,马尔科·安东尼奥不可能做你的丈夫,因为老天爷已经让他做了我的妹夫。但是,今天将马尔科·安东尼奥从你身边夺走的同一个老天爷,却要你在我这里得到补偿。我这一生,没有别的奢望,只指望成为你的丈夫。你看,这以前你还一直身遭不幸,而现在却好事临门,吉星高照。你不要以为,你寻找马尔科·安东尼奥的大胆举动会使我对你不敬重,会使你得不到如果不那么贸然行事一定会得到的尊重。在我愿意并决定与你结合,选择你做我的终身伴侣的时候,我早把这一切忘得一干二净。我连知道的和见到的一切也都忘个精光。我很清楚,就是那股迫使我那么突然,不由自主而迅速地决定爱上你,要做你丈夫的力量,将你带到了这里,落到现在这种地步。因此没有必要进行辩白,因为根本就不存在什么过错。"

在堂拉法埃尔对她说话的时候,莱奥卡迪亚一直没吭声,不时地自内心深处发出深沉的叹息。

堂拉法埃尔鼓足勇气,大胆地握住她一只手,见她没加拒绝,就一个劲儿地吻她那只手,同时对她说:

"我的心上人啊,当着我们头顶繁星闪耀的苍天,当着正在倾听我们的宁静的大海和我们脚下海水冲刷过的沙滩,请答应我吧。你要是答应我,说声行,无疑既有利于你的名誉,也能给我带来快乐。我再告诉你一次,我是一个骑士,很富有,这个你已经知道了。我十分爱你,这是最应该看重的;你也不必再孤单一人,穿着这身与你的名誉很不相称的衣服,远离家乡,远离父母和亲属,在你需要时没有人来关心,你想找的东西又没有希望找到。你可以回到家乡,穿着自己体面的女人服装,由一个体面的丈夫陪着回去,这个丈夫比得上你自己选中的那个人,你将会富有、愉快、受人尊敬、有人侍候,并受到所有听到你的身世的人的赞美。事情就是这样,我不知道你还犹疑什么,我对你再说一遍,请结束我的苦难吧,把我从悲哀的大地抬举到配得上你的天堂,这一切也是为你自己打算,这样你既遵循礼节,又按照良知办事;一方面表示你知道感恩戴德,同时又显示出你的谨慎庄重。"

这时候,犹豫不决的莱奥卡迪亚说道:"既然老天爷这样安排,既然他决定的事情,无论是我还是任何活着的人都无法违抗,

我的先生,那就按老天爷和你的愿望办吧。老天爷知道,我现在羞
惭地服从你的意愿,并非因为我不明白顺从了你,我能获得多少好
处,而是因为我担心,一旦你称心如愿,你会以另一种眼光看我,也
许会以为过去你看错了人。不过,不管怎样,最终成为堂拉法埃
尔·德·比利亚维森西奥的合法妻子,这个名分我是不会失掉了,
只要有了这个身份,我也就能过得心满意足了。如果在我做你的
妻子后,你在我身上看到的端良品行能使你对我稍有敬意,我将感
谢苍天,在我走过如此离奇曲折的弯路,身遭诸多不幸之后,终于
成为你的妻子,得到了幸福。堂拉法埃尔先生,将你的手给我,答
应做我的丈夫,你看,我的手已经给了你,答应做你的妻子了。让
你说的那些苍天、海洋、沙滩和仅仅被我的叹息和你的请求打断过
的静寂,来为我们做证吧。”

　　她说完就投入他的怀抱,把手伸给他。堂拉法埃尔也把自己
的手伸给她,欢庆他们在黑夜中举行的新婚礼,尽管也曾有过悲
伤,但是现在他们的眼里流出的全是欢乐的泪水。然后,他们回到
那位骑士的家。骑士因为不见了他们正感到十分难过,马尔
科·安东尼奥和黛奥多西亚也一样。他们俩已经由神父给他们主
持了婚礼,因为黛奥多西亚担心会发生打搅她已经获得的幸福的
意外,提出了这个要求,骑士立即请来神父为他们主持了婚礼。因
此在堂拉法埃尔和莱奥卡迪亚进来,堂拉法埃尔向他们讲述了与
莱奥卡迪亚之间发生的事情以后,他和大家都格外高兴,好像他们
就是他的至亲一样,这就是加泰罗尼亚贵族的特色,他们善于交
友,对外乡人提出的任何要求均有求必应。

　　当时在场的神父就让莱奥卡迪亚更换衣服,穿上女装,骑士立
即送来衣服,让她们两个穿上他夫人的两件华丽的衣服,他夫人是
个贵妇人,是该王国古老有名的格拉诺列克家族的后裔。骑士还

请来医生,医生是菩萨心肠,因见病人讲话太多,他们又没让病人单独静养,很同情病人,所以他一进来,首先就叫大家让病人安静。但是,安排这一切的上帝,用他特有的,就连大自然本身都做不到的办法和手段(这在我们的肉眼凡胎看来就是上帝想要创造某种奇迹),将马尔科·安东尼奥的欢乐和短暂的安静,变成使他疾病痊愈的两个组成部分。于是当医生第二天来给他医疗时,发现他已经脱离了危险,两星期后康复起床,还能毫不担心地自己走路了。

大家知道,马尔科·安东尼奥卧床时,曾许下愿,如果上帝让他恢复健康,他要步行到加利西亚的圣地亚哥朝圣。陪同他去还愿的有堂拉法埃尔、莱奥卡迪亚和黛奥多西亚,连骡夫卡尔韦特也去,这在干他这一行的人里倒很少见,是堂拉法埃尔的待人仁慈、平易近人使他不愿离开,一直要等他回到家乡再分手。当他看到他们必须像香客那样步行,就托人(这样的人不难找到)将骡子与堂拉法埃尔的那头骡子一起送到萨拉曼卡。

到了动身的那天,他们准备好进香穿的披肩和一应必需物品,告别了为他们提供那么多方便,殷勤款待他们的那位慷慨的骑士。他的名字叫堂桑乔·德·卡多纳,一位血统高贵、远近闻名的人物。他们向他表示,即使他们无法亲身报答他的恩情,他们以及他们的后代都将永远铭记他赐予的洪恩,以表达感激之忱。

堂桑乔和大家一一拥抱,对他们说,他生性乐意为他认识的卡斯蒂利亚贵族或者他认为是卡斯蒂利亚贵族做这样那样的好事。他们又互相拥抱了两次,并在悲喜交集的心情中告别。新加入的两位女香客体质纤弱,因而在路上他们歇歇停停,从容不迫。三天后到了蒙特塞拉特,在那里住了几天,做了天主教善男信女所应做的一切,又从从容容地继续上路。一路上没发生任何意外或遭遇任何不幸,他们来到了圣地亚哥,十分虔诚地还了愿以后,还一直不愿意换掉香客的衣服,他们想等回到家里以后再换。于是,他们高高兴兴、从从容容、慢慢悠悠地走回家去。在他们到家以前,莱奥卡迪亚的家乡先展现在他们面前——前文已曾交待,那里距黛奥多西亚的家只有一里格路程①。他们从一个能同时看到这两处的山坡上,看到了自己的家乡,高兴得不禁流下眼泪,至少是那两个新娘流下了眼泪。看见这情景使她们重新回忆起过去曾发生的一切。

　　前面是作为那个村镇的分界的大山谷,他们看见山谷里一棵橄榄树荫下,有一位身材匀称的骑士,骑着一匹骏马,左手握一面雪白的盾牌,右手斜执一条粗大的长矛,再仔细一看,只见从橄榄树丛里,又出来两位骑士,手上拿着同样的武器,有着同样的身材,摆出同样的架式。过了一会儿,三个骑士走到一起,不久,又分散开来。后来的两个骑士之一与先在橄榄树下的那个分开后,用马刺踢一下坐骑,互相冲向对方,就像两个誓不两立的仇敌,开始勇敢、熟练地舞起了长矛,他们有攻有守,一看就知道是精于此道的行家,而第三个人一动不动地看着他们厮杀。堂拉法埃尔看着这场如此激烈而不寻常的决斗,觉得离他们太远,就飞一般地跑下坡去,后面跟着他的妹妹和妻子。俄顷,就来到两个厮杀的人那里,那两位骑士当时都已经受了点伤,其中一个帽子和钢盔都打落在地了,当他回过头来,堂拉法埃尔就认出这是他的父亲,而马尔科·安东尼奥也认出另一个是他的父亲。莱奥卡迪亚一直注意地看那个没参加决斗的人,认出就是自己的生身之父。一见此情此景,四个人都十分惊诧,弄得目瞪口呆,不知所从,但惊讶之余,终

---

　　①　这里是作者的笔误。前面提到两家相距是两里格,而不是一里格路程。

于能开口讲话,郎舅两个毫不迟疑地站在两个决斗者中间,喊道:

"别再打了,骑士们,别再打了,现在是你们的亲生儿子在请求和恳求你们别再打了。"

马尔科·安东尼奥说道:"我是马尔科·安东尼奥,我亲爱的父亲大人,据我猜想,我就是你们几位尊敬的白发老人诉诸武力的祸根。请息怒,请放下长矛吧,要不就请掉转矛头,去进攻别的敌人,而您面前的那个人,现在该是您的亲家了。"

堂拉法埃尔对他父亲几乎说了相同的话。听了这些话以后,两位骑士停止厮杀,注意地看着向他们说话的人,然后,他们回过头去,只见莱奥卡迪亚的父亲堂桑乔①已经跳下马,拥抱着他们原以为是香客的那个人,她就是莱奥卡迪亚,她已经走到她父亲跟前,与她父亲相认,然后,恳求父亲给两位决斗的人讲和,并且简单地告诉他说,堂拉法埃尔已成了她的丈夫,而马尔科·安东尼奥也成了黛奥多西亚的丈夫。

她父亲听了以后就跳下马来,如刚才已经提到的那样,拥抱了她。随即,他离开她,走到两个打斗的人那里,劝他们重归于好,尽管当时已经没有这个必要了,因为那两个人已经认出了自己的儿子,也都跳下马来,拥抱了他们,流下了慈爱和高兴的眼泪。大家聚在一起,再一次看看自己的儿子,不知该说什么才好。他们摸摸他们的身体,看看他们是不是幻影,因为他们的意外来临使他们产生了这样那样的猜疑。但是过一会儿明白过来了,又流起了眼泪,拥抱着儿子。

这时候,山谷里出现了大队人马。他们手执武器,有的骑马,

---

① 原文是堂恩里克,但据前面作者所述,莱奥卡迪亚的父亲应是堂桑乔,其伯父才是堂恩里克。故在这里及下面提到的类似地方予以改正。

有的步行,他们是来保护自己家乡骑士的。但当他们到跟前看见
几位骑士拥抱着那些香客,眼里含着泪水时,便跳下马来,惊诧不
已,直到堂桑乔简短地向他们讲述了他女儿莱奥卡迪亚告诉他的
一切时,他们才恍然大悟,所有的人都过去拥抱那些香客,高兴得
难以形容。堂拉法埃尔又一次向大家讲了他们的恋爱经过,他怎
样与莱奥卡迪亚结婚,他妹妹黛奥多西亚怎样和马尔科·安东尼
奥结婚,由于时间关系,说得很简略。这消息又引起大家的喜悦。
然后,他们从那些前来支援者的坐骑中间,给五位香客挑选了几匹
马,并同意去马尔科·安东尼奥的家。马尔科·安东尼奥的父亲
提议在他那里给大家办结婚宴席,于是他们就动身前往,有的人当
场就向新婚夫妇的亲友索要喜礼。

　　在路上,堂拉法埃尔和马尔科·安东尼奥知道了这场决斗的
起因,那是因为黛奥多西亚和莱奥卡迪亚的父亲认为,马尔科·安
东尼奥的父亲一定知道自己儿子的欺骗行为,因而要与他决斗。
他们两人到场时,看见他只身一人,他们不想在决斗中以多胜少,
宁愿像骑士那样一对一地决斗。要不是他们赶来,这场决斗的结
局一定会有一方死亡,或者两败俱伤。

　　四个香客为这幸福的结局感谢上帝。他们到家后的第二天,
马尔科·安东尼奥的父亲,为自己的儿子和黛奥多西亚、堂拉法埃
尔和莱奥卡迪亚操办婚事,办得盛大豪华,极尽奢靡。两对夫妇过
着幸福的日子,白首偕老,共享天年。那两个地方,至今还有他们
的高贵的后裔。这些地方都是安达卢西亚最出色的地方,如果我
没有提及它们的名字,是为了维护那两位少女的尊严。那些诽谤
中伤的人,愚蠢而吹毛求疵的人,说不定会说,她们也应为自己的
轻浮、乔装打扮等等负责。我奉劝这些人,还是不要发出这种责难
为好,最好还是先看看自己,是否也曾被称作具有不可抗拒之力的

丘比特之箭射中过。

　　骡夫卡尔韦特得到了当初堂拉法埃尔托人送到萨拉曼卡的那头骡,再加上两对新婚夫妇另外赠给他的许多礼物。而当时的一些诗人,也就乘机拿起他们的羽笔,对这篇离奇故事的主要题材,也就是这两位既大胆又真诚的姑娘的美貌和奇遇极为夸张地描述了一番。

科尔奈丽亚小姐

堂安东尼奥·德·依松萨和堂胡安·德·甘博亚两位年龄相仿的尊贵骑士,生来机智,是一对莫逆之交,在萨拉曼卡学习期间,决定辍学到佛兰德去,像常说的那样,怀着青年人的满腔热血与愿望出去观察世界。他们还认为,虽说军队是所有男儿效劳的合适去处,对于出身好、血统高贵的人却更为合适。

他们来到佛兰德,可正好碰上恢复了和平,或者马上就要签订和约恢复和平。他们到达安特卫普时接到父母的来信,对他们事先没有禀告而擅自放弃学业来到此地表现自己的行为十分生气。最后,他们体念父母的难过心情,决定返回西班牙,因为他们在佛兰德也确实无事可做;不过,他们想在回去前游历一下意大利的名城。他们遍访那些名城后,在博洛尼亚逗留,十分赞赏该城一所名牌大学的学习情况,想在那所学校继续他们的学业。他们把自己的想法禀告父母,他们的父母对此非常高兴,表示将全力供他们上学,要他们在举止行为上不辱没自己和父母亲的身份。

从到校的第一天起,他们就以骑士的风度、潇洒、稳重和有教养而出名。堂安东尼奥年已二十四,堂胡安还不到二十六,他们风华正茂,气度不凡,通音乐,晓诗文,智勇双全,这一切使得凡是与他们打过交道的人,都觉得他们和蔼可亲,非常喜欢他们。很快他们就交了许多朋友,其中有在本校和本城求学的西班牙学生,也有外国学生。他们慷慨大方,待人谦恭有礼,毫无人们所说西班牙人①常有的那种傲慢自大。又由于他们年轻,性格开朗,所以对于有关该城美女的新闻也乐于知道。当时尽管有许多已婚或未婚的女子都具有端庄美丽的声誉,但是压过众人的却是科尔奈丽亚·本提波利小姐,她出身于一度当过博洛尼亚领主的古老而慷慨的本提波利家族。

科尔奈丽亚是个绝色美人,她的哥哥骑士洛伦索·本提波利十分正直勇敢,是她的保护人。兄妹俩父母早亡,但给他们留下了一大笔遗产,这对他们的孤儿境况却是个很大的安慰。科尔奈丽亚本人是那么稳重,她哥哥对她看护得又是那么严密,真正做到了她自己不让人见面,她哥哥也不允许旁人见到她的地步。这倒使堂胡安和堂安东尼奥产生了一睹其风采的愿望,哪怕是在教堂见她一面也好。可是,他们在这方面的努力都徒劳无功,他们的愿望达不到,他们的希望也很渺茫。于是他们只好专心学业,有时和一些正派的青年一起游乐消遣,过着一种愉快诚实的生活。他们晚上很少出门,就是出去,也总是一道出去,还带上武器。

一天晚上,他们准备到外面去散步,堂安东尼奥对堂胡安说,他想先做一下祈祷,让堂胡安先走,他随后就去。

"不必了,"堂胡安说道,"我等你,今天晚上就是不出去,也没什么关系。"

"不用,谢谢,"堂安东尼奥回答说,"你先出去透透空气,如果你是到我们往常去的地方,我马上就会追上你的。"

"随你的便,"堂胡安说道,"祝你好运气;如果你出去的话,今天晚上我还是去老地方。"

---

① 作者主要是指当时驻意大利的西班牙士兵。

　　堂胡安走了,堂安东尼奥留了下来。

　　夜晚一片漆黑,时间是十一点钟。堂胡安走了两三条街,由于孤身一人,又没有人和他讲话,就决定回家。不料,在他通过一条有大理石门楼的大街时,听见有人从一扇门里向他打招呼。夜色阴暗,门楼处一片漆黑,听不出是谁在跟他说话。于是,他停了下来,注意地看了一下周围,看见有一扇门半开半掩,就走上前去,听到有人在低声说:

　　"你大概是法维奥吧?"

　　堂胡安不管三七二十一,就回答说是。

　　"那你就拿着,"里面的人说,"把它放到安全地方,马上再回来,千万记住。"

　　堂胡安伸手过去,碰到一只包,他想接过来,可是发现一只手接不住,要用两只手才行,里边的人把那包东西一放到他手里,就把门关上了。他抱着那包东西在街上,却不知道里面包的是什么。就在这个时候,他听见一声婴儿的啼哭声,似乎是初生儿的声音,弄得他惊慌失措,不知道这种事情该怎么处理,因为要是回去敲门,看来对婴儿的妈妈,对把婴儿丢弃的人以及对婴儿本身都会有某种危险。要是把婴儿带回家,又没有人照看,而且在全城他也找不到带孩子的人。可是人家叫他把孩子送到安全地方后马上还要回来,他只好决定先把婴儿带回去交给他们的女管家,然后马上回来看看还要他帮什么忙,因为他一目了然,他们一定是把他当作另一个人,才把婴儿错交给了他。最后,他没再多想就把孩子抱回家里,这时堂安东尼奥已经出去了。他走进房间,把女管家叫来,揭开一看,只见是个生平从未见到过的最漂亮的孩子。从包在他身上的布料看来,父母是有钱人。女管家打开襁褓一看,发现还是个男孩子。

堂胡安说道：

"要给孩子喂奶，管家，你必须把这些华丽的襁褓换成差一点的，但不要说是我带回来交给你的，你得把孩子送到接生婆家里，这种人家对这类为难的事情总是有办法给予帮助的。你带上一点钱，让接生婆感到满意，你再随便说一下谁是孩子的父母，只要把我抱孩子回来这件事遮掩过去就行。"

女管家说她一定照办。堂胡安就以最快的速度跑回去，看看是否还有人找他。但是当他快走到那家人家时，听见刀剑拼刺声，好像有许多人在那里厮杀。他注意倾听，却听不见一点说话声，只听见厮杀时的兵器碰撞声；在刀光剑影下，勉强看得见有许多人在袭击一个人，并且听到有人说道：

"啊，该死的，你们那么多人对付我一个。但是，你们以多胜少的做法，也没什么了不起！"

目睹此情此景，耳闻这些话语，激起了堂胡安的侠义心肠，他三脚两步就跑到那人身边，一手拿剑，一手持盾，为了不让别人认出他是西班牙人，他用意大利语对那个自卫者说：

"别害怕，我来助你一臂之力，我誓死和你一起战斗。好好干，奸徒们人虽多，但顶用的没有几个。"

听到这些话，对方有人回敬他说：

"胡说，这里可没有什么奸徒。一个来向他索取失去的名誉的人，就是做得再过分也是允许的。"

由于对方已经展开急攻，堂胡安顾不上再回敬几句，他估计对手大概有六人。他们进逼他的同伴，几乎同时有两剑刺伤了他同伴的胸口，使之猝然倒在地上。堂胡安以为他已被刺杀，就以矫捷的身手，出奇的勇敢迎上前去，舞动手中的剑，雨点般向他们刺去，迫使他们节节后退。本来他的本领不足以攻守兼顾，幸好街坊邻里及时掌灯推窗,大声招呼官府来人帮了他的大忙,对手们见状只好收剑离街而去。

这时候,倒在地上的那个人已经爬起来,因为刺中的剑正好碰上他的钻石护胸。堂胡安在厮杀时被打落了帽子,他找了一下,找到了另一顶帽子,顾不上看一下是不是他的就戴上了。

倒地的人走过来对他说道:

"骑士先生,不管你是谁,蒙你搭救我的性命,我将永世感恩不尽。请问尊姓大名,好让我知道应该报答谁。"

堂胡安听后答道:

"我不过是路见不平,并不想冒犯别人。先生,既然你问到我,为了不至于使你扫兴,我愿自我介绍一下。我是西班牙骑士,在本城上学,如果你觉得有必要知道我的名和姓,我愿奉告阁下,不过我这样做,无非是为了在其他方面你或许有用得着我的地方。我名叫堂胡安·德·甘博亚。"

"你对我的恩德比山还高。"倒地的人回答道,"然而我呢,堂胡安·德·甘博亚先生,却不愿意将姓名奉告,也不告诉你我是谁,因为我更愿意你从别人那里而不是从我这里知道我的名字,到时候我会让人告诉你的。"

堂胡安首先问了他是否受伤,因为他看见他曾重重地挨了两剑。对方回答说亏得上帝保佑,他穿了一副出色的护胸;不过尽管如此,若不是堂胡安在他身边,他早就被敌人杀死了。

这时候,只见一群人向他们走来,堂胡安说道:

"先生,如果来的人是你的敌人,请准备好,按你的身份干吧。"

"我相信来的不是敌人,而是朋友。"

事实确是如此,因为来的八个人站在倒地的人周围,和他低声又机密地讲了几句话，这些话，堂胡安可是听不见。

那个自卫者随即走到堂胡安跟前，对他说：

"堂胡安先生，刚才因为这些朋友还没有来，所以我请你无论如何也要等我脱险时再走；可是，现在我坚决恳求你离开此地，这对我来说又是至关紧要的。"

说完，他摸摸脑袋，发现帽子没在头上，就走到来的那些人跟前，要他们给他一顶帽子，因为他的帽子掉了。他的话刚说完，堂胡安就把在街上拾起的那顶帽子给他，对方摸了一下帽子，又还给了堂胡安，说道：

"这顶帽子不是我的，我的堂胡安先生，你就拿去当战利品留着吧，我相信这是顶出色的帽子。"

别人又给了自卫者一顶帽子。堂胡安尊重对方的要求，尽管与他寒暄了几句，离别时却不知道对方是谁，回家路上，也不想走近给他婴儿的那扇大门，因为他觉得，经过这场厮杀，这一带的居民都已经被吵醒，感到惶惶不安了。

于是，他返回寓所，半路上碰到了他的同学堂安东尼奥·德·依松萨；两人一见面，堂安东尼奥就说：

"跟我来，堂胡安，从这里向前走，路上我再向你说一件我遇到的奇事，也许是你这一生都没听说过的。"

"我也可以对你讲个类似的事情。"堂胡安答称，"不过咱们先上你说的地方去，讲一讲你遇到的事。"

堂安东尼奥一边带着路，一边说：

"你谅必知道，在你离家一小时以后，我就出来找你，没走上三十步路，只见一个黑影，急急忙忙地向我迎面走来，走近一看，却是个穿着长袍的女人，她边哭边唉声叹气地对我说：

"'先生，你是外国人还是本地人？'

"'我是外国人,是西班牙人。'我回答。

"她就说:

"'感谢苍天,他不愿意我不做圣礼就死。'

"'你受伤了吗? 小姐,'我问道,'还是你得了什么重病?'

"'如果我不能迅速得到治疗,这个病完全有可能致命。鉴于贵国固有的礼貌,我恳请你,西班牙先生,带我离开街道,尽快带到你住的地方,到了那里,要是你愿意,你就会知道我得的什么病,我是什么人,尽管我这样做,要以自己的名誉作代价。'

"我听了这些话,觉得有必要按她的要求去做,就不再说什么。我拉着她的手,穿过僻静的街道,把她带到我们的寓所,小厮桑蒂斯特万给我开了门,为了不让他看见那女子,我关照他走开。接着,我将她带到我自己的房间,她一走进房间,就扑倒在我的床上,昏了过去。我走过去,见她脸上盖着披风,我揭开一看,看见的是一位人世间见不到的绝色美人;看起来她年纪不到十八岁。她那倾国倾城的容貌,惊得我发呆。我在她脸上洒了一些水,她苏醒了过来,低声哭泣着。她对我说的第一句话是:

"'你认识我吗? 先生?'

"'不,'我答道,'我无福认识你这样的美人。'

"'那才是她的不幸呢,'她回答道,'那是老天赐给她的最大的不幸;不过,先生,现在不是赞扬美的时候,而是设法帮助这个不幸的人的时候;我不管你是谁,请把我锁在这里,不要让别人看见我,你再马上回到遇见我的地方,看看是不是有人在厮杀,对厮杀双方,你可不要帮任何一方,而要劝他们讲和,因为任何一方如有伤亡,都会增添我的痛苦。'

"于是我就把她锁在屋里,跑来调解这场械斗。"

"你还有什么要说的吗,堂安东尼奥?"堂胡安问道。

堂安东尼奥反问道:"是否因为我说过在我房间里锁着一位人世间见不到的绝色美人,你在怪我言过其实呢?"

"事情确是离奇。"堂胡安道,"不过,请听一下我的故事再说。"

于是他就讲了他所碰到的事,讲了他如何把一个别人家给他的婴儿放在女管家那里,让她把华丽的襁褓换成穷人家用的,如何吩咐把婴儿送到托养的地方,或者至少能救燃眉之急的地方。他还告诉对方,那场械斗已经结束,恢复了平静,他就是刚从那里来的,据他看来,械斗双方都是一些贵人,是些有身份的人。

他们两人对各自经历的事感到惊讶,就急忙回到寓所,去看看锁在屋里的女子需要些什么。在路上,堂安东尼奥告诉堂胡安说,他答应过那个女子,除非她同意,不让任何人见到她,并且除他以外,不让别人走进那间房间。

"没问题,"堂胡安答道,"她会同意我见她的。经过你这番称赞,我非常想见识一下这样的美女。"

说话间,他们已经到家,借着他们的一个随从——他们共有三个随从——打的灯,堂安东尼奥抬头看见了堂胡安戴的那顶帽子,上面的钻石在闪闪发光,摘下帽子一看,才知道,闪光是从装饰在一条饰带上的许多钻石上发出来的。两人仔细看后断定,如果这些东西全是真货,其价值将超过一万两千杜卡多。

至此,他们才知道,参加械斗的那些人都是显贵要人,尤其是堂胡安所救的那个,他记起来就是那个人让他戴上并留下这顶帽子的,说因为它是非常出色的。他们让随从退下,堂安东尼奥就打开房门,看见那位小姐坐在床上,一手支颐,眼泪扑簌簌地流下来。堂胡安由于非常想看她,就在门口探头进去,结果钻石的闪光映入了那位正在哭泣的女子的眼帘,她就抬起头来说道:

"请进来,公爵先生,请进来,为什么你不愿意让我看见你呢?"

堂安东尼奥听后说道:

"小姐,这位被允许来看你的不是公爵。"

"怎么不是呢?"她反驳说,"那边探身进来的就是费拉拉公爵,他那顶富丽的帽子暴露了他的身份。"

"真的,小姐,你见到戴那顶帽子的人并不是公爵,倘若你愿意看清楚戴那顶帽子的人是谁,请允许他进来。"

"请进来吧,"她说,"虽然说,如果进来的不是公爵,那么我将更加不幸。"

这些话,堂胡安都听到了,一听到允许他进去,他就把帽子拿在手上,走进房间,走到她的面前。这时,她认出他并不是她说的戴那顶华丽帽子的公爵,就慌乱不安,急忙说道:

"哎,我这个苦命人啊! 我亲爱的先生,别再让我担惊受怕了,请快告诉我,你认识这顶帽子的主人吗? 你在哪里和他分手的? 帽子又怎么会到你的手里? 他还活着吗? 你是来为我送来他的噩耗? 哎,我的天啊! 这是怎么回事啊! 我在这里竟然看到了你的珍宝,而你却丢下我一个人在这里,尽管我知道这两位是西班牙有教养的人,但是我还是成天担心会失去贞操,这简直会要了我的命!"

"冷静点,小姐,"堂胡安说,"这顶帽子的主人没有死,你也并没有落在要对你施行非礼的人之手,你是和那些正尽力为你效劳,甚至愿以生命来保卫和庇护你的人在一起。你对西班牙人的善良不应丧失信心;因为,我们是西班牙人,是尊贵的(这些似乎有点显得傲慢的话用在这里是那么贴切),所以,请你相信,你一定会得到应得的尊荣。"

"我也这样认为。"她答道,"但是,尽管如此,先生,请你告诉我,这顶富丽的帽子的主人费拉拉的公爵阿方索·德·埃斯特到哪里去了呢?"

于是,堂胡安为了不再使她担惊受怕,就向她讲述了他是如何在一次厮杀的场合遇到公爵的,说了他在那场战斗中帮了一个骑士,而根据她讲的话来看,那个人无疑就是费拉拉公爵。他说他自己在战斗中被打落了帽子,后来拣起了这顶帽子,是那位骑士说这顶帽子很出色,并叫他留下的。他还说,战斗结束时,那位骑士和他都没有受伤,后来又来人了,看来是公爵的仆人或朋友,于是,公爵就要求他离开那里,同时十分感谢他的救命之恩。

"因此,我的小姐,这顶华丽的帽子就这样到了我这里,而它的主人,如果像你所说,就是公爵的话,在我一小时前离开他时还是安全无恙的。如果你知道公爵平安无事后就会宽心,但愿我所说的这些事实会给你带来安慰。"

"先生们,为使你们知道我打听他的情况是否有道理,请注意听一下我都不知道是否该讲的我的不幸遭遇。"

在这期间,女管家在给婴儿喂蜜,并将华丽的襁褓换成穷人家的东西,等到一切准备就绪,就按堂胡安的吩咐,要把孩子送到接生婆家。当她抱着孩子走近那间房间时,孩子哭了起来,里面那位小姐正要开始叙讲自己的遭遇,一听见孩子的哭声,心里很难过,便站了起来,注意倾听,听到婴儿哭声有点特别,就问道:

"先生们,在哭的好像是初生婴儿,这是怎么回事啊?"

堂胡安答道:

"是今晚别人扔在我们家门口的一个男孩儿在哭,女管家正准备出去找人喂养。"

"看在上帝分上,请抱来给我。"小姐说,"既然老天爷不愿意让我喂养自己的孩子,我就为别人家的孩子做一件好事吧。"

堂胡安叫住了女管家,抱过孩子,走到那位小姐那里,把孩子交到她手里,同时对她说:

"小姐,这就是今晚别人给我们送来的礼物,这不是第一个了,几个月前,我们在靠近门枢附近也碰到类似的情形。"

她抱起孩子,仔细端详他的小脸蛋和他那块干净却有点寒酸的褓裸,眼里止不住流下了泪水;她用头巾遮住前胸,好给孩子喂奶。她将婴儿贴着自己胸口,两张脸偎依在一起,一边喂着奶,一边眼泪扑簌簌地掉在孩子的脸上。这样过了好大一会儿工夫,直到孩子不愿意紧贴在胸口她才抬起头来。当时,四个人都没有出声。孩子想吃奶,可是不成,因为刚分娩的产妇没有奶,等她明白过来以后,就转身对堂胡安说:

"我本想做件好事,看来无能为力,这方面我毕竟没经验。先生,你先让人喂他点蜜;这个时候也不要把他抱到街上去,天亮后,在抱出去以前,再抱来给我,因为我一见到他心里就好受一些。"

堂胡安把孩子交给女管家,吩咐她带到白天,并让她再用来时的褓裸把他包好,在抱走前告诉他一声。

等他重新走进屋子,只剩下三个人的时候,这位美人说道:

"假如你们要我讲,请先给我吃点东西,有好几次,我都要晕过去了。"

堂安东尼奥赶忙走到书桌跟前,拿出许多蜜饯,要晕倒的人吃了一些蜜饯,喝了一杯凉水,人就恢复过来了,等稍为平静以后,就说道:

"先生们,请坐下来听我讲。"

他们照着做了,她系好胸口,穿好衣裙,将头上的纱巾取下搭在肩上,露出了一张脸,看起来犹似天上明月,或者不如说,就像天上显得最美,最明亮时刻的太阳。双目泪花晶莹,如珠光闪闪;她用雪白的手帕揩泪时,手帕在她手中,与她白玉般的手一比,出乎意外的是,手帕一点也不显出白来。最后,经过一阵长吁短叹,呼吸平静下来以后,就用她悲痛、不平静的声调开始说了起来:

"先生们,我就是那个你们在这里无疑已经多次听说过的女人,因为我的美貌的声名不胫而走。我就是洛伦索·本提波利的妹妹科尔奈丽亚·本提波利,我这样一说,也许已经说明两件事实:一是我的贵族身份,一是我的姿色。我从小父母双亡,由哥哥抚养,受他的细心保护,他相信我的诚实的品格,超过他作为保护人所能对我提出的要求。总之,我独居深闺,身边只有几个女仆做伴。到我长大以后,我的娴雅的名声,通过那些男仆和曾经偷看过我的人的饶舌,还有我哥哥托一位名画家为我画下的一幅肖像,传了出去。照我哥哥说,这是因为,既然老天已经赋予我最完美的生命,那么这个世界就不能缺我而存在。

"但是,在我的一位表姐婚礼中,若不是碰巧来了个费拉拉公爵当男傧相的话,在加速我的堕落方面,上述这一切也就算不了什么。我哥哥出于好意并且也是为了我亲戚的体面把我带了去,在那儿,我出头露面,见了世面。我相信,在那里我的心活了,我的意志被征服了。当我受人赞扬,哪怕有些赞扬是出于谄媚者之口,我也觉得舒服。最后,我在那里见到了公爵,他也见到了我。他对我这一看,就导致我落到现在这个地步。先生们,我不愿讲那些细节,因为讲起来没完没了。公爵和我通过各种办法,总之,两年以后,实现了在那次婚礼中就萌生的愿望。因为无论是看守、谨慎、贞洁的训诫或其他人类的努力,都不足以阻挡我们接近,总之,他向我提出要成为我的丈夫,因为没有这句话,他不可能征服我那高贵傲慢的坚定意志。我曾与他说过上千次,叫他公开地到我哥哥那里求亲,而我哥哥是不可能加以拒绝的,因为他不能用出身平民阶层做借口而说我们的婚事不是门当户对,本提波利的高贵家世与埃斯特的家世也完全相配。可是,他答复我时用了种种托辞,而我却把他讲的那些理由看作是必要的,有道理的。终于,由于信任他,同时我相信也是出于爱他而被他征服。他让我的一个女仆从中说合——公爵的馈赠和诺言比起我哥哥对她的忠实品质的信任更为见效——使我将自己的一切都献给了他。

"过不多久,我发觉怀了身孕,于是,在还不显怀的时候,我就装病,假装心情不好,我哥哥就把我送到公爵为之作为男傧相的那个表姐家里。到了那里,我把事情的结果,威胁自己的危险处境以及自己生命岌岌可危的情况一一告诉了我的表姐,因为我预感到我哥哥对我已经起了疑心。于是我们两人商量好,等到临产的那个月去通知公爵,叫他带几个朋友一起来把我带到费拉拉,到了那里,让他选好日子与我公开举行婚礼。

"今晚就是我们约定他来的日子,我正在等他的时候,却发觉我哥哥带着一大帮人来了,根据听到的武器撞击声来看,似乎他们是带了武器来的。经这意外一惊,我突然要临盆生产了,不久就生下个俊秀的男孩儿。我那个女仆,即我们的中间人,知道我的详细情况,并为此预先做了准备,她用一些不同于弃在你家门口那个孩子身上的布把婴儿包好,抱出门外,据她说,交给了公爵的一个仆人;我根据当时的情形,尽可能收拾一下,过了一会儿,等我以为公爵已在街上时,就走出家门。本来在他未到我家门口以前,我是不该这样做的,但是与我哥哥一起来的那帮全副武装的人把我吓得要死,我都以为剑已经搁在我的脖子上了,哪里还能容我好好思考呢。于是,我就惊慌失措了,失魂落魄地走出家门,其结果你们都已经看见了。尽管我现在丢了儿子,不见了丈夫,并担心会有更坏

416　·　塞万提斯全集　第五卷

的事情发生，但是，我还是要感谢老天把我带来你们这里，我希望在你们这里得到西班牙礼节所能给的一切，甚至还超过这一程度，而你们的表现是如此高尚，所以你们会按礼办事的。"

她说完话，就猝然倒在床上，两个骑士急忙跑过去看是否晕了，见她并没有晕过去而是在伤心地流泪。

于是堂胡安对她说道：

"如果说，到目前为止，美丽的小姐，我和我的同学堂安东尼奥因为你是个女人表示过同情和怜悯，那么如今，在我们知道了你的品德以后，这种同情与怜悯已经转化成为你效劳的义务，请振作起精神，不要丧失勇气，尽管你还不习惯这种情况，但是你越是显示出你的本色，你就越知道怎样耐心地处理这些事情。小姐，请你相信，我认为这样的奇遇一定会得到美满的结局，老天爷决不会允许这样的好事变坏，也不会允许如此真诚的感情得不到预期的结果。请躺下，小姐，先养好你的身子，这对你很要紧。我们这儿有个女仆会来侍候你，你对她可以像对我们一样信赖，她会为你的不幸遭遇守口如瓶，在你需要她帮忙的地方，她也会不辞辛劳。"

"我相信这一点，而在困难的逆境中，我更不得不这样相信。"她答道，"先生，既然你们推荐，我也有这种需要，那就按你们的意见让她进来吧，我不会亏待她的，但是，我恳求你不要再让旁人见到我了。"

"一定照办。"堂安东尼奥回答。

于是，他们就走出房间，留下她一人在屋里。堂胡安叫女管家进去，吩咐她说，如果那个华丽襁褓已经换好，就把婴儿抱进去。女管家说换好了，孩子已经和他抱来时一模一样了。

女管家进去前，主人已经关照过，要是里面的小姐问她有关婴儿的事，她该回答些什么。

科尔奈丽亚一见她就说：

"你来得正好，我的朋友，把孩子给我，请把那支蜡烛拿过来。"

女管家按吩咐做了，科尔奈丽亚把孩子抱了过去，但感到迷惑不解，她急切地看看那孩子，随后就对女管家说：

"夫人，请告诉我，这孩子与你刚才抱给我的孩子是同一个人吗？"

"是的，小姐。"女管家回答。

"那么，襁褓怎么换了呢？"科尔奈丽亚反驳她说，"说真的，朋友，我总觉得，要么这是别人的襁褓，要么就不是同一个孩子。"

"一切都是可能的。"女管家回答道。

"真不明白，"科尔奈丽亚说，"怎么一切都是可能的？怎么回事呢，我的朋友？我要是弄不清这是怎么换的，我的心都要碎了。朋友，请看在你最喜欢的东西的分上，告诉我吧；我是说，请你告诉我，这么华丽的襁褓你是哪里弄来的？我想让你知道，要是我没有看错或者记错的话，这些就是我的东西。我用这些东西或者类似这样的东西包起我的心头肉，把它交给了我的侍女；是谁把这些襁褓拿掉的呢？哎，多么不幸啊！又是谁把这些东西送到这里来的呢？哎，我真不幸啊！"

堂胡安和堂安东尼奥听到她的全部诉怨，不想让事情再这样继续下去，也不忍心让这件掉包事再增加她的痛苦，便又走了进去，堂胡安对她说道：

"这些襁褓和这个孩子都是你的，科尔奈丽亚小姐。"

接着，他就一五一十地向她讲述了侍女怎样将孩子交给他，他又怎样把孩子抱回家，吩咐女管家换下襁褓，以及他为什么要这样做。尽管在她讲了分娩的事以后，他已经确信孩子是她的，但是一直没有告诉她,那是因为想在她不敢认孩子之后,突然给她带来爱子失而复得的意外喜悦。

于是,科尔奈丽亚流下了无尽的喜悦之泪,无数次亲吻自己的儿子,对恩人千恩万谢,把他们称作庇护她的人间天使,在感谢时毫不含糊地把各种头衔赠给他们。他们留下她与女管家在一起,托付女管家好好照看和侍候她,对她所处的境况也做了交代,好让她随机应变,因为作为女人,在这方面她比他们更知道需要什么。他们一夜未曾休息,便准备去歇一会儿,除非她去叫他们或者实有必要,他们不想走进科尔奈丽亚的卧房。第二天,女管家悄悄给孩子穿好衣服,又不声不响地给他喂了奶,他们俩问起了科尔奈丽亚,女管家说她休息了一小会儿。说完他们到学校去,路过发生械斗的那条街道和科尔奈丽亚出来的那户人家时,他们想了解一下她的失踪是否已经传开,是否已派人去追踪她。然而,无论是械斗还是科尔奈丽亚失踪的事,他们都一无所闻,也打听不出半点消息。于是,上完课他们就回到寓所。

科尔奈丽亚让女管家来叫他们,他们答称,他们已决定不到她的房间去,为了她应得的清名还是谨慎为好。而她却含泪恳求他们进去看她,认为这样做一点没越轨,这样做即使对她没什么帮助,至少也是一种宽慰。于是他们进去了,她见到他们时满脸笑容,彬彬有礼。她要他们进城去打听一下,有没有关于她大胆离家出走的消息。他们回答说,出于好奇,他们已经去过了,可是没听见别人说什么。

这时候,他们的三个随从之一走到房门口,在门外说道:

"大门口来了一位骑士,带了两名仆从,骑士说,他名叫洛伦索·本提波利,要找我们的堂胡安·德·甘博亚先生。"

科尔奈丽亚听到这话,不由地握紧双拳,放到嘴边,恐惧地低声吐出下面一些话：

"是我的哥哥，先生们，这是我的哥哥，毫无疑问，他已经知道我在这里，是来要我的命来了，救救我，先生，请保护我！"

"放心吧，小姐，"堂安东尼奥对她说，"在我们这里，决不会让你受到丝毫伤害，堂胡安先生，你去一下，看看那位骑士想要什么，如有需要，我就在这里保护科尔奈丽亚。"

堂胡安面不改色地走了下去，堂安东尼奥随即让人拿来两支子弹上膛的手枪，并叫随从拿剑做好准备。女管家见这种情势，吓得索索发抖。科尔奈丽亚也很害怕，她担心会发生什么不测之事。惟有堂安东尼奥和堂胡安镇定自若，做好一切准备。

堂胡安在大门口遇到洛伦索，后者一见到他，就对他说道：

"恳请阁下——这是意大利称呼法——赐我恩惠，随我去一下前面的教堂，本人有一件和生命、荣誉相关的要事与阁下相商。"

"非常愿意，"堂胡安答道，"先生，咱们就去那儿吧。"

说完，两人手拉手走到教堂那边，坐在一张别人听不见他们谈话的长靠背椅上。

洛伦索首先开口说话：

"西班牙先生，我叫洛伦索·本提波利，不说是本城首富，也是最尊贵的人之一，由于这是人人皆知的事实，因此，我这样自吹自擂多少还可以得到别人的原谅。几年前我父母双亡，妹妹就在我的看护下生活，她长得非常美丽——尽管我没有太注意——想必已经有人向你夸耀过她，但是我认为所有这些称赞都不足以真正说明她本身具有的美。我是一个体面的人，而她年轻貌美，这就要求我尽心尽力保护；然而我的一切防范及努力，碰到我妹妹科尔奈丽亚——这就是她的名字——的大胆而又执拗的性格，全都落了空。

"为了说得简短一点，为了让你不至于因为说得太长感到厌烦，我这就言归正传：那个费拉拉公爵阿方索·德·埃斯特，以猞猁般的眼睛，战胜了阿耳戈斯的眼睛，使我的辛勤努力付之东流，他征服了我的妹妹，并于昨晚将她从我的一位亲戚家劫走，还听说她刚刚生了孩子。我一知道就出来找他，终于找到了他，并且我认为已经刺伤了他，可是他却被一个天使救走，因为天使不同意用他的鲜血来洗刷我所受的侮辱。我的那位亲戚告诉我——也就是她将一切都告诉了我，公爵骗我妹妹说要娶她为妻。我可不信他的话，因为这场婚姻在财产方面是不相配的，而在门第方面，大家都知道博洛尼亚的本提波利家族的情况。我认为他是依仗权势来践踏一个胆小怕事，遇事腼腆的姑娘，将做她丈夫这一甜蜜的名义放在她面前，使她相信，之所以不立即举行婚礼是出于某种原因，结果把谎言装扮成事实，骨子里则虚假而不怀好意。不管怎样，我已经失去了妹妹，丧失了荣誉，尽管如此，我对这些事还是保持缄默，不愿意把受到的侮辱告诉任何人，我想看看是否能找到某种令人满意的补救办法，在这以前，对这件丑事的态度，最好就让人自己去推测与猜疑，不让别人知道确切的情况，那样，这种猜疑就会形成这样那样的意见，每个人都会有自己的想当然的看法，而每种看法都会有支持者。我决定去费拉拉，要那个公爵向我赔礼道歉，如果他拒绝这样做，我就向他提出决斗。这件事我认为不必劳师动众，因为我无力组织和供养他们，我想一对一地予以解决，所以我希望得到阁下的帮助，请你陪我走这一趟，我相信，你一定乐意这样做，因为我听说，你是位西班牙骑士。这件事，我也不让任何亲友知道，因为从他们那里我能期待得到的无非是劝解，而从阁下这里，则能期待得到尽管可能使人担点风险，却是得体的忠告。先生,请开恩随我走一趟,有你这样一位西班牙人在我身边,对我来说,就等于带了一支薛西斯①部队做我的卫队,我对你的要求那么多,然而,一提起传播四海的贵国声誉,想必会使阁下义不容辞地接受这一要求。"

"不用再说了,洛伦索先生,"一直在倾听他说话而没有插嘴的堂胡安,这时候开口了,"不用再说了,我从现在起充当你的卫士和顾问,负责为你蒙受的侮辱要对方赔礼,或者向对方复仇。这不仅因为我是西班牙人,而且还因为我是骑士,而且正如你刚才说过的,也是我和所有的人都知道的那样,你是个如此尊贵的骑士。你看你愿意什么时候动身,最好还是立即动身,因为打铁要趁热,愤怒会增添勇气,刚受的凌辱能激起复仇的意志。"

洛伦索站起来紧紧拥抱堂胡安,并且说道:

"堂胡安先生,你的胸怀如此慷慨,我想无须赠你其他东西,只需赠你在这件事上必定会得到的荣誉就够了,这个荣誉我现在就给你。如果我们这次诸事顺利,我还将现在有的、能够有的一切有价值的东西呈献给你。我想在明天动身,今天可做些必要的准备。"

"我看很好,"堂胡安说,"洛伦索先生,请允许我将此事告诉一位骑士,我的同学,他胆略过人,守口如瓶,这一点我自叹不如,因此你可以百分之百地信赖他。"

"堂胡安先生,根据你刚才所说,我的荣誉已经交给你了,那么,请按你的意见办吧,你愿意怎么说,想对谁说,都由你自己决定,何况你的同学要不是个大好人,又能是什么人呢?"

说完,他们两人拥抱了一下就告别了,单等第二天早晨派人请

---

① 薛西斯一世(约公元前519—前465),波斯帝国国王(公元前485—前465在位)。即位后不久镇压了一次埃及暴乱,死于宫廷政变。薛西斯部队比喻一支精良的部队。

堂胡安上马出城,乔装赶路。

堂胡安回去后,把和洛伦索谈的事情和商定要做的事一一告诉了堂安东尼奥和科尔奈丽亚。

"上帝保佑!"科尔奈丽亚说道,"先生,你的所谓的礼貌和信任真了不起!怎么,你就那么急于投身到一件如此不合时宜的事情中去吗?先生,你怎么知道我哥哥是要把你带到费拉拉,还是要带到别的地方去呢?但是,不管他把你带去哪里,你完全能够设想,我将始终如一地站在你一边,尽管我这个不幸的人,就是连看到太阳的一点影子都怕得要命。然而,如果我的生死与公爵的答复息息相关,你以为我能不担心吗?再说,我可不知道公爵是否会回答得非常得体,使我的哥哥就是有满腔怒火也不便发作。万一我哥哥控制不住自己,你认为他的对手是好惹的吗?难道你不知道这些日子里我担惊受怕、提心吊胆地等待的就是这件事的或苦或甜的最后消息吗?我难道对公爵或我哥哥的眷爱之情竟淡薄到如此程度,连他们俩的命运都漠不关心,对他们的安危不加理睬,对他们的不幸无动于衷吗?"

"你太过虑了,科尔奈丽亚小姐。"堂胡安说,"请别担心,要看到希望,要相信上帝,要相信我的努力和良好愿望,你必定会幸福地看到你的心愿得到实现。费拉拉之行我无法推辞,而对你哥哥的帮助也决不会停止。到现在为止,我们还不知道公爵的打算是什么,也不知道他是否已得知你失踪的消息,这一切必须问他本人才能知道,然而要问他这件事只有我最合适。你要明白,科尔奈丽亚小姐,对你哥哥和公爵的安全及愿望我都十分关注,我将像当心自己的眼珠一样来关注他们。"

"堂胡安先生,如果在我的这些事情上,"科尔奈丽亚回答道,"老天授权你去设法补救,赐你恩典去宽慰别人,从而使我能指望获得幸福。我就祝你快去快回，尽管你不在的时候我还会担惊受怕，深怕希望落空。"

堂安东尼奥赞成堂胡安的决定，夸他在与洛伦索·本提波利的友好交往中获得他的信任。他还告诉堂胡安，为了预防万一，他愿意陪他同行。

"这不好，"堂胡安说，"因为科尔奈丽亚一个人待在这里不合适，再说也不能让洛伦索先生认为我需要别人的力量来壮胆。"

"我也是这么想。"堂安东尼奥说道，"不过，尽管别人不认识我，我还是得远远地跟着你走，我知道科尔奈丽亚小姐会赞成这一点的，她不会孤单到没有人来侍候、保护和陪她的地步。"

科尔奈丽亚听后说道：

"先生们，如果我知道你们能一起去，或者至少在情况需要时能互相照应，这对我说来将是极大的安慰。你们去他那里，在我看来也同样冒着危险，所以先生们，请你们带上这些圣物。"

说完，她从胸口拿出一个上面镶有价值连城的钻石的十字架，和一块与十字架同样贵重的，有羔羊图像的金质圣牌。

两个人看了一下这两件华丽的珍宝，觉得比那条帽边饰带还要珍贵，但是他们还是归还了她，说什么都不愿意要，他们说他们自己带有圣物，虽然装饰没有那么华丽，但是至少质量也不差。科尔奈丽亚由于他们没接受她的圣物而难过，但是最后不得不按照他们的意见办。女管家小心周到地侍候科尔奈丽亚，她的主人告诉她，他们有事要外出，但是没有告诉她去干什么和去哪里，让她负责照顾小姐（她并不知道其名字），并说这样做将来自有她的好处。

第二天一清早，洛伦索就已经来到他们门口，堂胡安在路上戴那顶配有饰带的帽子，插上黑、黄两色羽毛，但是饰带外面却用一块黑头巾裹上。他们与科尔奈丽亚告别时，她因为想到哥哥就离她那么近而感到十分害怕,吓得在他们向她道别时连一句话都不敢说。堂胡安先生和堂洛伦索一起出了城,到了道旁的菜园里,找到了等在那里的两匹骏马,旁边是牵着缰绳的两个马夫。接着,他们上了马,马夫在前面牵着马沿荒芜的小道向费拉拉走去。堂安东尼奥骑上自己的儿马,乔装改扮后跟在他们后面;但是看来他们——特别是洛伦索在故意地避开他,于是,他就决定走费拉拉大道,相信到了费拉拉一定会与他们相遇。

他们刚一出城,科尔奈丽亚就把她的一切遭遇全部告诉了女管家,说这个孩子是她与公爵的骨血,并把直到那时为止的事情都讲了一遍,还毫不隐瞒地告诉她,她主人去的地方是费拉拉,并且是陪着她哥哥去找公爵决斗的。

女管家听她这一说,就像是魔鬼派她来干扰、阻挠和拖延实现科尔奈丽亚的计划一样,对她说道:

"啊,我亲爱的小姐,这些事都发生在你的身上吗?你被撂在这里无人照顾和关心而能安然自得吗?要不就是你没有心计,要不就是由于心情大乱而感觉不灵,你怎么会认为你哥哥是去费拉拉呢?可别这么认为,你应该想到并相信,他是想把我的主人从这里引走,等他们一离开,就回来要你的命,这样的事他做起来就像喝壶水那么容易。请看下面是什么样的人在守护着我们,只不过三个随从,他们满身的疥疮够他们抓挠的了,还会管这种闲事吗?至少我自己晓得,我可没有勇气等着别人来毁灭我们。洛伦索先生,一个意大利人会相信西班牙人,还求他们施恩、帮忙!我才不信呢(她自己做了个表示轻蔑的手势①)。我的孩子,要是你愿意

---

① 做手势的人握拳,将大拇指放在中指与食指之间,用来侮辱对方或表示轻视、嘲笑对方的意思。

采纳我的意见,我就告诉你该怎么办。"

科尔奈丽亚听了女管家的话,吓得呆若木鸡,恐慌万分,不知所从。女管家讲话神情如此逼真,又是怕到那种程度,使她觉得她说的均是实情,也许堂胡安和堂安东尼奥已经被杀,而她的哥哥正从屋门走进来,一剑刺在她身上。于是,她对女管家说道:

"朋友,你有什么好主意可使我摆脱迫在眉睫的灾祸呢?"

"我的主意可以说是好到不能再好的程度了。"女管家说道,"小姐,我侍候过一位好心肠的神父,家住离费拉拉两里①地的一个村庄,他是个圣徒般的好人,他对我是有求必应,因为他对我承担了不仅仅是一个主人对仆人承担的义务。咱们就上那儿去吧,我去找人把我们马上送去那里,而喂孩子的奶妈是个穷人,我们就是在去天涯海角她也会跟去的。小姐,既然我们预料你一定会被找到,那么在一个做弥撒的老成持重的教士家里找到你,也要比在两个年轻的西班牙学生的手里强一些。他们两人,我敢做证,就是那种好打听别人隐私的人。小姐,现在你的身体不行,他们对你保持着尊敬,可是,等你在他们手里渐渐复元,恢复了健康——上帝会使你痊愈的——以后,就难说了,说真的,若不是我本人瞧不起他们,自己又是洁身自好的话,他们早就使我的名誉扫地了。因为闪闪发亮的东西不一定都是金子;有的会说话,有的却会动脑筋。他们想引我上钩,我可不是傻瓜,我知道我的鞋该紧在哪里,尤其是我的出身好——我出身于米兰克里贝洛斯家族,我的好声誉就是在九霄云外也能听到,我的小姐,可是后来遭到了一场浩劫,才来到此地当西班牙人的女管家②,成了现在这个样子,尽管说实在的,我也没有可抱怨我主人的地方,因为他们脾气好,从不生气,这

---

① 这里是指当时通行的"罗马里",约合一点五公里。
② 原文为意大利文。

一点他们像比斯开人①，他们自己也说是那里人，不过要是与你在一起时，他们也许就成为加利西亚人，这是另一种民族，据传，那里的人以较难捉摸但又比比斯开人漂亮而闻名。"

经过她讲了这番话，可怜的科尔奈丽亚决定照她的意见办理。于是，在不到四个小时里，女管家将一切准备就绪，向她禀告后，她们两人带上奶妈，坐上一辆华丽的四轮大马车，瞒过了那几个随从，动身到那位神父住的村庄去。她们这次出走，主意是女管家出的，钱也是用她的，因为前不久，她主人已付给一年的工资，这样就毋须去典当科尔奈丽亚送给她的首饰了。由于听堂胡安说过，他和她的哥哥不一定走费拉拉大道，而走僻静的小道，她们便决定走大道，并且慢慢走，为的是不与他们相遇。马车主当然听她们的吩咐，因为她们已经按他的要求付了钱。

她们大胆出走，顺利起程奔向目的地一事暂且不表，我们先来看看堂胡安·德·甘博亚和洛伦索·本提波利先生所经历的事。

他们俩在途中听说公爵不在费拉拉，而在博洛民亚，就弃小道而上了大道，也就是当地人们说的通衢要道，因为他们认为这条道是公爵从博洛民亚回来的必由之路。当他们进入大道不久，极目向博洛民亚方向眺望，想看看是否有人过来时，只见有一群人骑马而来，于是堂胡安叫洛伦索先离开大道，因为万一在这群人里面有公爵在场，他想在公爵进入离此很近的费拉拉以前，先和他讲几句。洛伦索同意堂胡安的意见，就暂时离开了大道。

等洛伦索一走开，堂胡安就将盖住华丽帽饰带的头巾除去，这一点，就如他后来说起这件事来时认为的那样，是不乏机智的。

就在这时候，那群赶路人过来了，只见里面有个女人，骑着一

---

① 西班牙西北部濒大西洋海湾地区。

匹青骢马,身穿行路服,脸上戴着面罩,这也许是为了更好地将脸遮住,也许是怕风吹日晒。堂胡安在路中间驻马而待,对走过来的那群人露出了自己的脸。他的身材,奕奕的神采,健壮的坐骑,一身豪侠打扮的服装,还有钻石的夺目光彩,吸引住所有的人,特别吸引了费拉拉公爵,当他在人群中看到了帽子上的饰带时,立即明白此人就是在械斗时救他性命的堂胡安·德·甘博亚。

他进一步确证以后,二话不说,就纵马驰向堂胡安,对他说道:

"我相信我不会弄错,骑士先生,你就是堂胡安·德·甘博亚。这是你的翩翩风度和这顶帽子上的饰物告诉我的。"

"你说得对,"堂胡安答道,"因为我从来不会也不想隐瞒自己的姓名。不过,先生,请告诉我你是谁,以免我有失礼之处。"

"不会的,"公爵答道,"对于我来说,你无论如何也决不会失礼的。不过我还是告诉你,堂胡安先生,我就是费拉拉公爵,一个在一生中任何时候都有义务为你效劳的人,仅仅四天以前的那个夜晚,是你救了我的性命。"

他的话音刚落,堂胡安就敏捷非凡地跳下马来,要去吻公爵的脚。可是他动作虽然迅速,等他到达跟前时,公爵已经离鞍跳下马来,一把抱住了堂胡安。

洛伦索先生远远地看见这一情景,并没有想到他们是在互相致礼,还以为他们双方已经动了火,所以他就纵马向前,可是刚跑到一半,他又停了下来,因为他看见公爵与堂胡安两个人是那么紧紧地拥抱着(他已经认出那个人是公爵了);而公爵从堂胡安的肩膀上面看过去,也看到并认出是洛伦索,因此他大吃一惊。于是他一边拥抱,一边就问堂胡安,站在那边的洛伦索·本提波利是不是和他一起来的。

堂胡安答道:

"我们往那边走一点,有件大事想告诉阁下。"

公爵就随他走了过去,堂胡安对他说:

"先生,你看见站在那边的洛伦索·本提波利正在埋怨你,而且十分恼火,他说四天前,你把他的妹妹科尔奈丽亚小姐从他表姐家劫了出来,他说你欺骗了她,毁坏了她的名誉,他想知道你准备怎样来补救这件事,看看能不能使他满意。他要我帮忙并让我做他的中人,我同意为他做这个中人,因为据他对我叙述的厮杀情形进行推断,我知道,你就是这件饰物的主人,当时你出于慷慨和礼貌,把这顶帽子赠给了我,所以我认为,再也没有人比我更能为你做好这件事了,因此我就答应助他一臂之力。先生,现在我希望你能把有关那件事的情况一一告诉我,让我看看洛伦索讲的是否都是真话。"

"哎,朋友,"公爵答道,"都是事实,尽管我想否认,也决不敢这样做。然而我却没有欺骗科尔奈丽亚,也没有将她带出来,虽然我听说她已经不在家中。我并未欺骗她,因为我是把她当作妻子的;我没将她带出来,因为我并不知道她在哪里。如果说我没有公开举行婚礼,那是因为我在等待我的母亲——她已经处于弥留阶段——百年以后再办,因为她希望我娶曼图亚公爵之女利维亚小姐为妻;另外还有一些比起提到过的更能说明问题但目前不宜提到的原因。事情就发生在你救我的那天晚上,我本应该去接她到费拉拉,因为老天安排的那个在她身上的宝贝要在当月出世;不知道是由于那场厮杀,还是由于我的疏忽大意,当我去到她家时,碰到了那个做说合人的侍女,我向她问起科尔奈丽亚,她却告诉我科尔奈丽亚已经出去了,并说那天晚上她还生了个世上最漂亮的男孩,已经交给了我的仆人法维奥。从那边过来的那个女人就是那名侍女,而法维奥现在也在这里,但是我的孩子和科尔奈丽亚却没见到。这两天，我一直在博洛民亚等待和打听她的消息，可是至今一无所获。"

"先生，"堂胡安说道，"如果科尔奈丽亚和你的儿子都在，你会不会否认她是你的妻子，而他是你的儿子呢？"

"当然不会，因为虽然我珍视骑士的身份，但我更珍视自己的基督徒身份。再说，科尔奈丽亚是个配当国王妻子的人。只要她在，不管我的母亲是否还活着，我也要让全世界知道，如果我过去愿意当她的情人，那么我一定会公开自己一直保持的秘密。"

"那么，"堂胡安说道，"你能不能把你刚才和我说的话也和你的舅兄洛伦索先生说呢？"

"怎么不能，"公爵答道，"我正为这件事拖到今天才让他知道而难过呢！"

于是，堂胡安马上对洛伦索打了个手势，让他下马后走到他们这里来。他走过来了，但是他万万没有想到会有大好消息在等着他。

公爵伸开胳膊迎了上去，张口对他说的第一句话是叫他哥哥。对这样亲切的问候，如此彬彬有礼的接待，洛伦索几乎不知道该怎样答礼才好。

他还在惊讶不已，顾不上讲话的时候，堂胡安就对他说：

"洛伦索先生，公爵承认了他与你那位美丽的科尔奈丽亚小姐私订终身，还承认她为他的合法妻子，他既然在这里说了，他也必将在一定的场合公开宣布这一点。他也承认四天前的那个夜晚，他是去你表姐家想把科尔奈丽亚带到费拉拉，等待时机举行婚礼，他也把他推迟婚礼的正当理由告诉了我。他还讲了与你决斗的情况，而当他去找科尔奈丽亚时遇到了她的侍女苏尔皮西亚，也就是那边走过来的女人，可是从她那里他知道科尔奈丽亚已于一小时前分娩,是她将婴儿交给了公爵的一个仆人;后来,科尔奈丽亚以为公爵已经来接她,就离开了那个令她十分害怕的地方,因为她以为你,洛伦索先生,已经知道了她的秘密。然而,苏尔皮西亚并没有将孩子交到公爵的仆人手里,而是交给了另外一个人。科尔奈丽亚不见了,公爵责怪自己不好,表示只要一找到科尔奈丽亚,他就接受她做真正的妻子。因此洛伦索先生,如果还有什么要补充的话,那就是要想办法找到那两个如此贵重却又是不幸的珍宝。"

洛伦索一下子扑到公爵脚下,公爵一定让他站起身来。洛伦索说道:

"对于你的忠于基督教规及你的崇高精神,尊贵的先生,我亲爱的兄弟,对于你为了我们俩做下的好事,也就是使我妹妹与你平起平坐,使我成为你的亲人,我的妹妹和我本人都已心满意足,再也不能提出什么要求了。"

说到这里,他已经热泪盈眶,公爵也被感动得泪水纵横:一个是因为妻子尚未找到,另一个则由于找到了一个这样好的妹夫。然而,考虑到流泪是脆弱的表现,他们都克制住感情,收起了泪水。堂胡安为自己已经替他们找到了科尔奈丽亚和她的儿子——因为他把他们留在家里——高兴得差一点都要向他们讨赏钱了。

这时候,堂安东尼奥·德·依松萨来了,他在马上远远地认出了堂胡安,但当他再走近一点的时候,就停了下来,他看见了堂胡安与堂洛伦索的两匹马,两个马夫牵着缰绳站在路旁,他认出了堂胡安和堂洛伦索,但是他不认识公爵,他不知道该怎么办,也不知道是否该走到堂胡安跟前,于是他走到公爵的仆人那里,一边用手指指公爵,一边问他们是否认识与那两位骑士讲话的骑士。他们回答说是费拉拉公爵,这使他更加迷惑不解,简直不知道该怎么办。幸好堂胡安在叫他,才使他摆脱这一茫然不知所措的状态。堂安东尼奥见到他们都站在那里,就下马向他们走去。公爵迎接他时礼貌周到,因为堂胡安对他说过这是他的同学。最后,堂胡安就把碰到公爵以后,到堂安东尼奥刚才过来以前所发生的事情向他讲了一遍。

堂安东尼奥极为高兴,他对堂胡安说:

"堂胡安先生,为什么不让这两位先生更高兴高兴呢?为什么不把已经找到科尔奈丽亚小姐及其孩子的事告诉他们,来讨一点赏钱呢?"

"堂安东尼奥先生,你要是不来的话,我就来讨这个赏钱;现在你来讨吧,相信他们会乐意给你的。"

公爵和洛伦索听说已经找到了科尔奈丽亚和听到要向他们讨赏钱的话,就问他们是怎么回事。

堂安东尼奥回答道:

"除了我想做个变悲剧为喜剧的角色外,还会是什么事呢?我一定要得到这笔赏钱,因为我们找到了科尔奈丽亚小姐和她的孩子,他们现在就在我的家。"

接着,他就从头到尾地给他们讲了一遍,公爵和洛伦索先生听了以后高兴到极点,堂洛伦索拥抱了堂胡安,公爵拥抱了堂安东尼奥。公爵答应用他整个公国作赏钱,而洛伦索则以他的财产、生命和心灵作赏钱。他们把那个将婴儿交给堂胡安的侍女叫了过来,她由于认出了洛伦索在场,一直战栗不已。他们问她是否认得出那个接受婴儿的人;她回答说认不出,因为她只不过问了一下是不是法维奥,而对方回答说是,于是,她就信以为真地把孩子交给了他。

"是这样的,"堂胡安答道,"而你,小姐,就马上将门关上了,并要我把孩子放在安全地方,马上再回去。"

"是的,是的,先生。"侍女哭着回答。

公爵说:

"现在不必再流眼泪了,现在需要的是欢乐和庆祝。情况既然如此,我也就不必去费拉拉,而是应该马上折回博洛民亚,因为所有这些欢乐,在没有真正见到科尔奈丽亚以前,也还只是水月镜花。"

大家二话不说,一致同意转回博洛民亚。

堂安东尼奥先行一步,以便关照一下科尔奈丽亚,免得她因为公爵及她哥哥的突然到来而受惊,谁知道他回去却发现科尔奈丽亚踪影全无,而那几个随从也说不出一个所以然来,这一下子,他就成了世界上最悲哀、最狼狈不堪的人了。接着,他发现那个女管家也不在,就猜想科尔奈丽亚的不见是受女管家的蛊惑所致。后来随从告诉他,他们一走,当天女管家也不见了。至于说到他问起的科尔奈丽亚,他们说,从来没见过这样一个人。安东尼奥被这个意外打击弄得失魂落魄,他担心公爵会把他们当作骗子来看待,甚至会想到其他更糟的方面去,导致有损他们的荣誉和科尔奈丽亚的良好名声的恶果。当他还在胡思乱想的时候,公爵、堂胡安和洛伦索三人将其他人留在城外,自己则穿过那些荒僻隐蔽的街巷走到了堂胡安的家。他们一走进屋,只见堂安东尼奥坐在一把椅子上,一只手托着面颊,脸色灰白,像个死人,堂胡安问他哪里不舒服,科尔奈丽亚又在哪里。

堂安东尼奥答道:

"你想我还会不生病吗?科尔奈丽亚不见了,我们离开这里的那一天,我们留下的女管家就和她一起离开这里了。"

一听见这个消息,公爵差一点停止了呼吸,洛伦索几乎想自杀

了事。结果,大家都困惑不解,惊讶万分和胡思乱想起来。这时候,一个随从走到堂安东尼奥跟前,对他耳语道:

"先生,堂胡安先生的随从桑蒂斯特万在你们走后,把一个非常漂亮的女人关在他的房里,我相信她的名字就叫科尔奈丽亚,因为我听到他这样叫过她。"

堂安东尼奥重新不安起来,他更希望那个人不是科尔奈丽亚(他毫不怀疑地认为那个随从藏起来的就是她),也不希望在那种地方找到她。尽管如此,他一句话也没有说,而是不声不响地走到那个随从住的房间那里,发现房门上了锁,随从却不在家。他走近房门,低声说道:

"科尔奈丽亚小姐,请开门,出来接你的哥哥和你的公爵丈夫吧,他们来找你了。"

里面回答他道:

"你们在取笑我吗?说真的,我当然还不至于丑到公爵或伯爵不愿意找我,不至于落到只配和随从打交道的地步。"

听了这些话,堂安东尼奥马上明白答话的人不是科尔奈丽亚。这时,桑蒂斯特万回来了,他来到自己的房间,在那里碰到了堂安东尼奥,后者让他把屋子的钥匙拿来,想看看里面是不是有人,随从一听就跪了下来,手里拿着钥匙说道:

"您不在的时候,我干了件坏事,我带来了一个女人在这里过了三夜;堂安东尼奥·德·依松萨先生愿您早日听到西班牙的好消息,如果我的老爷堂胡安·德·甘博亚不知道这件事,就请您别再告诉他了,我马上去把那个女人撵走。"

"那个女人叫什么名字?"堂安东尼奥问道。

"叫科尔奈丽亚。"随从答道。

揭发隐私的那个随从,平时与桑蒂斯特万很不对眼,现在不知

道是由于处事简单还是心怀叵测,就跑下来到公爵、堂胡安和洛伦索那里报告说:

"快跟我去抓那个随从,看在上帝分上,向他要科尔奈丽亚小姐,是他把人藏起来的,我敢说,为了可以再欢度三四天,他并不希望诸位老爷来这里。"

洛伦索听他说完,就问他:

"你说什么,先生,科尔奈丽亚在哪里?"

"在上面。"随从回答道。

公爵一听这话,就迅如闪电,登梯上去找科尔奈丽亚,他以为人已经找到了,就马上找到堂安东尼奥所在的房间,走进去说道:

"科尔奈丽亚在哪里? 我的命根子在哪里?"

"科尔奈丽亚在这里。"一个身上裹着床单的女人回答。然后她掩着脸继续说道:"上帝保佑我们! 怎么,这又不是偷什么水牛! 一个女人和随从一起睡觉有什么新鲜,值得那么大惊小怪吗?"

洛伦索见情,又恼又怒,将床单一揭,露出个模样不丑的年轻女子来;这个女人出于害羞,一边遮着脸,一边伸手去拿那些被她充当枕头——因为床上没有枕头——的衣服。等她穿上衣服,一看就知道是个烟花巷里的娼妓。

公爵问她是否真叫科尔奈丽亚,她回答说是叫这个名字,并说她在城里有很体面的亲戚,而且谁也不敢说就一定不会干出这种事来。公爵一时被她弄得又羞又愧,几乎以为这一切都是那两个西班牙人在嘲弄他。不过他不想把事态扩大,也不想把这件事弄个水落石出,于是他转过身来,一言不发地与洛伦索两人骑上马就走,扔下堂胡安和堂安东尼奥两人在那里,比他们更加难为情。胡安与安东尼奥决定尽一切可能去寻找科尔奈丽亚,一定不让公爵的一片真心与良好愿望落空。他们辞退了胆大妄为的桑蒂斯特万，赶走了妓女科尔奈丽亚，这时他们才想起忘记告诉公爵关于科尔奈丽亚曾经要给他们钻石十字架和有羔羊图像的金质圣牌两件珍宝的事。因为，如果他们讲出这两件东西，公爵就会相信科尔奈丽亚曾经在他们那里，可就是并非在他们手里不见了。于是他们出去找他讲清此事，可是在洛伦索家没找到公爵——他们原以为他在那里。他们碰到了洛伦索，后者告诉他们，公爵一刻都没有停留就回费拉拉去了，要他也去寻找妹妹。他们把刚才想到的那件事向洛伦索讲了一下。洛伦索说公爵对他们的所作所为极其满意，只是当时双方都在为找不到科尔奈丽亚而担心，并说上帝会帮忙找到她，因为大地不可能将孩子、女管家和她本人都吞下去。这么一说，他们才感到宽慰。他们不愿成群结队去寻访，只想暗中进行，因此除洛伦索的表姐外，没让任何人知道科尔奈丽亚的失踪。在那些不了解公爵打算的人中间，他妹妹的声誉是担着极大的风险的，一旦走漏了消息，就要费很大力气才能平息对这件事情怀有的强烈猜疑。

　　公爵继续在赶路。他总算福星高照，来到了神父住的村庄。科尔奈丽亚、孩子、女管家兼顾问等人都在那里；她们已将身世遭遇告诉了神父，向他请教她们该怎么办。

　　神父是公爵的莫逆之交，家里有许多珍奇、华丽的玩物，公爵常常从费拉拉先到这里，然后再出去打猎，因为他非常喜爱神父家里的那些奇珍异宝，再加上神父说起话来妙语连珠，趣味横生，做起事来敏捷能干。他看见公爵来到他家并不感到意外，因为就像刚才已经说过，这已不是第一次；然而，当他看到公爵满脸愁容，心事重重心里也不好受。科尔奈丽亚隐隐约约听到公爵来了，心里不安到极点，因为她不知他来干什么；她搓弄双手，从这头走到那头，就像个魂灵出窍的人一般。科尔奈丽亚想对神父讲这件事，可是他和公爵正谈得起劲，她根本无法与他讲话。

公爵对神父说：

"我的神父，我来这里，心里十分难过，今天不想去费拉拉了，而要在你这里做客。请你告诉跟我一起来的人，叫他们回费拉拉去，只把法维奥留下。"

神父照他的话办了，立即吩咐好好款待公爵，科尔奈丽亚抓住这个时机握住他的手说道：

"哎，我的神父！公爵想要做什么？看在上帝的分上，先生，帮我去试探一下他有什么打算，也就是按你认为最好的办法指引他，以你的智慧去开导他。"

神父听了以后答道：

"公爵来时愁容满面，至今没有对我说起是什么原因。现在该做的事是，一会儿把这个孩子好好打扮一下，小姐，把你所有的首饰都给他戴上，最最要紧的，要把公爵赠你的饰物给他戴上。这件事由我来安排，我相信老天爷，我们今天一定会交好运的。"

科尔奈丽亚拥抱了他，吻了他的手，接着就去给孩子梳妆打扮了。吃饭时，神父出来款待公爵，交谈中间问公爵，是否可以让他知道忧愁的原因，因为毫无疑问，他满面愁容，别人是一目了然的。

公爵回答道：

"神父，心里愁闷肯定会表露出来，眼睛是心灵的窗户，然而最糟糕的是，我现在还不能向任何人吐露自己的悲哀。"

"这倒也是，"神父答道，"如果你还有心情看几件有趣的东西，我想给你看一件专为你弄来的很大的东西。"

公爵回答道：

"不接受别人为了减轻他的不幸而表示愿意提供的帮助，那个人准是傻瓜。看在我的分上，神父，请将你说的那件东西拿来给我看看，想必是什么稀世奇珍吧，我想我一定会十分喜欢的。"

神父起身到科尔奈丽亚那里，她已经将自己的儿子打扮停当，给他佩带好都是公爵赠她的饰物：钻石十字架与有羔羊图像的金质圣牌以及另外三件极为贵重的饰物。神父抱起孩子，走到公爵那里，让公爵起来一同走到一扇明亮的窗户前面，把孩子放在公爵的胳臂上。公爵一见就认出那些饰物是他以前赠给科尔奈丽亚的，心里十分诧异。他迫不及待地看那个孩子，在他身上好像看到了自己的脸，于是满腹惊疑地问神父这个婴儿是谁的，还说孩子身上的打扮与装饰像是某个亲王的孩子。

"我不知道。"神父答道，"我就知道，记不清是哪一天夜晚，是一位博洛尼亚的骑士送来给我的，他托我代为照顾和抚养这个孩子，他说孩子的父亲显贵而勇敢，母亲则高贵而美丽。骑士还带来个给孩子喂奶的女人，我问她是否知道一点婴儿父母的事，她回答说她说不准。如果孩子的母亲真的像那位乳母那么美丽，她一定是全意大利最美的女人了。"

"我们能不能见见她呢？"公爵问。

"当然可以。"神父答道，"先生，请跟我来吧，要是婴儿的装饰与俊美的模样使你吃惊的话——我认为你是吃了一惊的；那么我相信，当你见到那个乳母的时候，你同样会大吃一惊的。"

神父想从公爵那里将孩子抱过来，但公爵不给，反而将婴儿紧紧地搂住，吻了他好多次。神父先走一步，去告诉科尔奈丽亚，要她沉住气出来迎接公爵。科尔奈丽亚照他的话做了，因为紧张，她脸一下子变得绯红，却因此显得格外美丽。公爵一见就目瞪口呆，她却扑倒在他脚下，想要吻他的脚，公爵默默地将孩子递给了神父，转身飞步跑出房间。

科尔奈丽亚见此情景,就回过身来对神父说:

"哎,我的主啊!是不是公爵让我吓跑了,是不是他讨厌我?嫌我丑?是他忘掉了对我所承担的义务?难道他连一句话都不对我讲了吗?他把孩子扔掉,他已经那么讨厌他的儿子了吗?"

神父对这一切没作答复,他吃惊的是公爵的逃走——他以为他是逃走,而不是其他。然而公爵并不是逃走,而是出去叫法维奥,他说:

"快跑,法维奥,朋友,尽快跑回博洛尼亚,马上去告诉洛伦索·本提波利及两位西班牙骑士堂胡安·德·甘博亚和堂安东尼奥·德·依松萨,让他们无论如何立即来这个村;朋友,要注意,一定要和他们一起回来,对我来说,能否见到他们是性命攸关的事。"

法维奥不是个偷懒的人,他马上不折不扣地按照主人的吩咐去办。

公爵马上回到科尔奈丽亚那里,只见她正淌着晶莹的泪水,公爵把她抱在怀里,泪珠扑簌簌地滚落下来,同时上千次地吻她,高兴得连话也说不出来。这一对幸福的情人,真正的夫妻,就这样默默地享受着真诚的爱情的欢乐。

孩子的保姆,至少还有一个如她本人所说,名字叫克里维拉的,从另一间屋子的门缝里一直张望着公爵和科尔奈丽亚的动静,她们都高兴得用头撞墙,就像已经失去了理智一般。神父上千次地吻那个他抱着的孩子,并且,用他空着的右手,不厌其烦地为这对拥抱在一起的夫妇祝福。神父的女管家因为忙于准备饭食,没有碰上刚才那个场面,饭菜一准备完毕,她就进去叫他们入席。到那时,两个紧紧拥抱着的人才分开来,公爵从神父那里把孩子抱到自己的怀里,一直抱到这餐清洁、丰盛、美味可口的饭结束为止。

席间，科尔奈丽亚将事情的始末，从一开始直到在那两位西班牙骑士的女管家的劝说下来到神父家为止讲了一遍。她说那两位西班牙骑士曾以人们可能想象的最真诚而正直的品质对她进行了帮助，为她提供了庇护与保护。公爵也对她讲了一下到那时为止他所遭遇的事情。这时候女管家与乳母也都来了，公爵答应要重重地赏赐她们。大家都因为事情得到幸福美满的结局高兴了一阵，现在他们就等洛伦索、堂胡安和堂安东尼奥的到来，为他们喜上加喜了。那三位直到三天后才到，他们迫切想知道公爵那里有没有科尔奈丽亚的消息。法维奥去叫他们的时候，对这一切也一无所知，因此不可能告诉他们有关他俩重逢的任何情况。

公爵出来把他们接到原先科尔奈丽亚待过的大厅，脸上毫无笑意，弄得刚到的三位忧心忡忡。公爵让他们坐下，自己也陪他们坐下，然后开始对洛伦索说：

"洛伦索·本提波利先生，你一定非常了解，我从来未曾欺骗过你的妹妹，这一点，老天和我的良心都可做证。你也知道，我曾想方设法去找她，想等找到她以后，就像我答应过你的那样与她结婚。现在她不见了，我的话也不可能是永恒不变的。我是个年轻人，对世事还不够练达，所以事情还不能做到每一步都令人满意。那就是，使我答应做科尔奈丽亚丈夫的那股热情，最初也曾促使我答应与本地的一位村姑结婚，但是我怕人笑话，于是追求起科尔奈丽亚这一瑰丽的珍宝，尽管我这样做，良心上有点过意不去，因为我对她也是一往情深。但是，谁也不会与一个失踪的女人结婚，同样，谁也不会找一个并不爱他的女人，因为这不合情理。我说，洛伦索先生，你已经看到，我自己虽然并未冒犯你——因为我从未想要侮辱伤害你——但还是愿意尽量地向你赔礼道歉；然后我想请你允准我去履行最初的诺言，即与那位少女结婚，她现在就在这里。"

公爵说这些话的时候,洛伦索的脸色变了总有千百次,连椅子都坐不安稳了,清楚表明他现在正是满腔怒火。堂胡安和堂安东尼奥也是这样,他们随即建议公爵无论如何也不要有这种打算。

公爵从他们的脸色就看出他们的打算,他说:

"平静一点,洛伦索先生,在你答复前,我希望你能看一下我准备接受做我妻子的人的美丽容貌,它会使你允准我向你提出的请求,因为她的确美丽非凡,足以使一个人所犯下的最大错误得到原谅。"

说完这番话,他就起身走进科尔奈丽亚的房间,她已经打扮得富丽华贵,戴上圣婴所能戴的甚至更多的全部饰物。

当公爵转过身去的时候,堂胡安站起来,两手扶在洛伦索所坐的椅背上,对他耳语道:

"看在加利西亚的圣地亚哥①分上,洛伦索先生,我以一个基督徒和骑士的身份起誓,就像我决不会变成摩尔人那样,我也决不让他实现自己的打算;除非他履行他对你妹妹科尔奈丽亚小姐许下的诺言,或者至少要给我们时间去找她,直到确切知道她已去世,他才能结婚,否则他必须把命留在我手里。"

"我的看法也是这样。"洛伦索答道。

"我的同学堂安东尼奥也会这样做的。"堂胡安说道。

这时候,科尔奈丽亚步入大厅,两边是神父和公爵,后者搀着她的手,后面跟着科尔奈丽亚的侍女苏尔皮西亚,她是公爵派人从费拉拉接来的,另外还跟着两个妇女,一个是乳母,一个是两位骑士的女管家。洛伦索看见他妹妹,终于认出她来,一开始他认为这

---

① 加利西亚的守护神。

不可能，也不相信这是真的，后来就磕磕绊绊地扑倒在公爵脚下。公爵把他扶了起来，并将他放在他妹妹的胳膊里，我是想说，是他的妹妹极为高兴地与他拥抱了起来。堂胡安和堂安东尼奥对公爵说，他开了一个世界上最机智最惬意的玩笑。

公爵从苏尔皮西亚那里抱过孩子，交给洛伦索说：

"亲爱的哥哥，请接受你的外甥和我的儿子吧，你看看你是否答应我与这位村姑结婚，她就是我最初说过要与之结婚的女子。"

要将洛伦索的回答，堂胡安的问话，堂安东尼奥的感受，神父的欢乐，苏尔皮西亚的喜悦，女顾问兼管家的高兴，法维奥的啧啧称羡，总之，要将所有这些人的皆大欢喜的场面一一加以讲述，是永远也讲不完的。

随后，神父为他们举行婚礼，堂胡安·德·甘博亚做他们的傧相；然而，他们计划婚礼就在他们中间秘密地举行，因为想看看老公爵夫人的病情如何再说，而他母亲已处于弥留阶段，在此期间，科尔奈丽亚跟他哥哥一起回博洛尼亚，一切就照这样办了。

老公爵夫人去世后，科尔奈丽亚就去费拉拉，当她进入公国时，见到她的人都为之雀跃，丧服换成了节日的盛装，那个女管家和乳母也富了起来，苏尔皮西亚成为法维奥的妻子，堂胡安与堂安东尼奥为自己替公爵做了一点事而十分高兴，后者向他们提出让自己的两个表妹嫁给他们，配上一份丰厚的妆奁。他们说，大部分比斯开的骑士都与本地人通婚，这不是由于轻视（这不可能），而是为了履行他们值得称道的习俗和他们父母的意志，而他们的父母亲一定在各方面已经为他们安排妥善，因而他们无法接受公爵如此崇高的情意。公爵同意他们的说法，便通过真诚但有礼貌的方式，找些合适的机会，将许多礼物送到博洛民亚，所送的礼物中，有些如此华丽，而送去的时机又是如此恰到好处，使你尽管可以认为,但又容不得你认为是一种报答,礼物送到的时间总是那么相宜,特别的几次,诸如在他们动身回西班牙的时候,他们去费拉拉向公爵辞行的时候,他们碰上科尔奈丽亚生另外两个孩子的时候,和遇上公爵处于空前热恋的时候。公爵夫人将钻石十字架赠给了堂胡安,将有羔羊图像的金质圣牌赠给了堂安东尼奥,而他们不得不全都接受下来。

他们俩回到了西班牙,回到了他们的老家。在那里,他们与富有、尊贵而且美丽的女子结了婚,此后与公爵、公爵夫人和洛伦索·本提波利先生一直极为愉快地保持着书信往来。

骗 婚 记

　　一个当兵的从巴利亚多利德的坎波门外的康复医院走出来，以宝剑当手杖，从他那瘦弱无力的双腿和蜡黄的脸色清楚地表明，是他出汗过多所致——天气虽不太热，可是他一天的出汗量超过别人二十天的出汗量。他因大病初愈，走起路来步履蹒跚。当他走进城门时，只见迎面走来一位朋友，他们已有半年多没见面了。那位朋友见到他，像见到什么妖魔鬼怪似的，一边手画十字，一边走过来和他打招呼说：

　　"坎普萨诺少尉先生，怎么回事呢？您怎么到这个地方来了呢？我还以为您在佛兰德呢！在那里拿着长矛可比在这里拖着把宝剑强。瞧您的气色，瞧您有多瘦啊！"

　　坎普萨诺听后答道：

　　"说到我是不是已经到了这里，佩拉尔塔硕士先生，我站在这里本身就已经作了答复。至于其他问题，我只须告诉您一件事：只因我选人不当，娶了个不该娶的女人做老婆，使我长了一身毒疮，躺在病床上，到今天才出的院。"

　　"这么说，您已经结婚了？"佩拉尔塔接着道。

　　"是的，先生。"坎普萨诺答道。

　　"兴许是为了爱情，"佩拉尔塔说，"而这种婚姻往往会给自己带来后悔的苦果。"

"我可说不清是否为了情与爱,"少尉答道,"不过我敢肯定,我得到的是痛苦。因为我的那场婚姻,或者说,那件令人讨厌的事,无论对我的肉体还是心灵,都产生了巨大的痛苦。在肉体上,为了满足情欲,结果是长了满身的毒疮;在心灵上,更是找不到一点儿减轻痛苦的办法。不过,我不愿意在大街上长谈此事,请原谅,改天我再痛痛快快地给您讲自己的全部遭遇,这可是阁下一生中所能听到的最新鲜、最离奇的事了。"

硕士答道:"用不着改天了,现在我就想请您光临舍下,吃顿便饭,菜是不太像样,要是不够两人吃的话,我的仆人还可以做点馅饼。如果您目前还不能吃这些,那就请您品尝鲁特火腿肉片的滋味。我特别要说明的是,我请您去舍下不仅指这一次,以后只要您愿意,随时都欢迎。"

坎普萨诺对他的盛情表示感谢,接受了他的提议和邀请。两人来到圣略伦特①,听了弥撒,佩拉尔塔把他带回家里,端出东西,再次邀请他进餐,并且请他在饭后讲一讲他如此夸耀的那些事。坎普萨诺没等他再要求,就讲了起来:

"佩拉尔塔硕士先生,您想必还记得那个原先住在本城,现在已去佛兰德的我的亲密战友佩德罗·德·埃雷拉上尉吧。"

"记得很清楚。"佩拉尔塔回答说。

坎普萨诺继续道:"有一天,我们在索拉纳宿营地刚吃完饭,只见进来了两个风度娴雅的女人,身边带着两名女仆。一个开始和靠窗站着的上尉攀谈,另一个坐在我旁边的椅子上,罩的面纱直拖到下颌,她的脸您只能透过面纱模模糊糊、若隐若现地看到。尽管我有礼地求她取下面纱,却终未如愿,这就更燃烧起我一睹芳容

_____

① 巴利亚多利德的一个小镇。

的欲望。为撩拨我的欲火,或者是故设圈套,这位女士伸出一只白嫩的手,手上戴着几只贵重的戒指。当时的我,长得英武轩昂,挂着那根您谅必见过的粗项链,头上戴一顶带翅镶边帽,穿一身士兵彩色服①,狂妄、愚蠢到自以为英俊潇洒,认为猎物可以手到擒来。于是,我又请她揭开面纱,而她却这样答复我说:'别着急。我是个有家的人。请先派个听差随我回去,我说话是算数的,不过,我还是想看看您的机敏程度是否与您的英俊潇洒的外表相一致。我将很高兴能再见到您。'

"感谢她施于我的巨大恩惠,我亲吻了她的双手,为了报答她,我还答应给她大量金子。上尉也结束了谈话。女士们走了,我派了一个仆人跟随她们去。上尉告诉我,那个女人要他带几封信到佛兰德,交给另一个上尉,据说是她的表兄,尽管他知道不是她的表兄而是她的情人。我的心还在为所见到的那双纤纤玉手而激动,要是能见一下她的庐山真面目,哪怕要我死也心甘情愿。于是,有一天,在我仆人的带引下,顺利地走进她的家。我到了那个布置精美的住所,我见过其纤纤玉手的那个女子年近三十,长得并不特别美,然而只要与她一说上话,您就会爱上她,因为她讲话的声音如此温柔,沁人心脾。我与她做了长时间的亲切交谈。谈话时我夸耀自己,介绍自己,进行了自我吹嘘,表示愿为她效劳,向她许下诺言,并且做了我认为能使她垂青自己的一切必要表示。但是,由于类似的话,甚至比这更大的宏愿和诺言听得多了,看来她对我讲的话是注意听了,却一点也不相信。后来,我又连续拜访了她四天,双方尽管谈得天花乱坠,十分热火,却未取得向往的实质性结果。

---

① 当时朝臣穿黑色或深色服装,允许士兵穿彩色服装。

"在我登门拜访时,发现她家里总是空无一人,无论是假亲戚还是真朋友都见不到一个。侍候她的一名女仆很狡猾,并不单纯。最后,我在处理这场爱情时,像个调防前夕的士兵,迫不及待地催促我的那位堂娜埃丝黛法尼亚·德·凯塞多夫人(这就是我那位的名字),她的回答是:'坎普萨诺少尉先生,如果我可以像圣徒一样以自己清白的身子奉献给你,那倒简单了;然而,我曾经是,现在也还是个罪孽深重的女人,当然还不至于达到让远近街坊讲闲话的地步。我从父母和别的亲戚那里没有继承任何产业,尽管如此,我家里的这份家具还相当值钱,可值两千五百杜卡多。这些东西要是拍卖的话,虽然要费些周折或时间,总可以变卖成钱的。我就要用这份财产找个可以委托终身的丈夫,对他百依百顺。和他在一起,我要改变生活,用一种难以置信的努力博取他欢心,供他驱使。因为即使最善做美味佳肴的头号厨师都不如我善于烹调,掌握火候,我愿像个家庭主妇那样做好这一切。我在家可当管家,在厨房充当厨娘,在客厅就当夫人。说真的,我善于理家,并善于使别人按自己的吩咐办事。我从不挥霍浪费,积攒不少;我的雷阿尔的价值决不比人家的少,相反,如按我的吩咐使用,它的价值就会大得多。我拥有的白色衣服又多又好,但不是从商店或布商处买来的,是我和女仆用双手纺织而成;能够在家织布,我就在家织。我之所以对自己说了这番赞美之词,是为了有朝一日不得不说时,不致招来非难。最后,我想说,我寻找的是一个能保护我,驱使支配我和尊重我的丈夫,而不是找个侍候我和非难责备我的美男子。倘若阁下乐意接受我所奉献给你的这份珍宝,那么,我这个极为普通的女子就在这里听从阁下的一切吩咐,不需要像媒人嘴里说的那样进行讨价还价,也没有谁能比结婚的双方自己安排这一切更为合适。'

"当时,我的理智不是长在脑子里,而是长在脚后跟,使得我对她描绘的空中楼阁般的东西极为满意,她的那番描绘使我似乎已经看到了这笔可观的财产,并且开始欣赏起这笔会变成钱的财产来了,而这些可以理解为给我的镣铐,我却沾沾自喜,高兴得二话不说就接受下来,我对她说,有她这样的伴侣来做我的意志和财产的女主人,简直是奇迹,是老天爷赋予我的幸福和运气。而我的财产也不是少到一文不值的程度,加上我脖子上挂的那条项链,家里的其他饰物,以及一些可变卖的华丽的士兵服饰,总起来价值超过两千杜卡多,加上她的两千五,足可供我们在我老家过隐居生活,在村里我还有些家底和一些田产,收获季节时可以把农作物卖掉贴补家用,这样我们就可以过一个愉快、安逸的生活了。总之,那一次我们商定了婚礼事宜,看来双方也都了解对方单身时的情况。我们庆祝了三天,正又逢上复活节,我们做了教堂预告,到第四天,举行了婚礼。我的两位朋友和一个她说是她表弟的青年参加了我们的婚礼,对其表弟,作为亲戚,我也讲了一番有分寸的客套话,说话时的委婉程度以及我对她说过的一些话是无可挑剔的。我说的是真话,但还不是那种不得不说的忏悔词那样的真话。

"我的仆人从我的寓所把箱子搬到我妻子家;当着她的面,我将自己的那条顶呱呱的项链锁进箱子。另外我还给她看了三四条就算没有那么粗,做工却更精致的项链。我还给她看了三四枚式样不一的宝石戒指。我答应她可以全权使用我的饰物,为了家用花销,我还给了她四百雷阿尔。整整六天我尽情享受了新婚带来的欢乐,我像穷女婿躺在富丈人家里那样坐享其成。我脚踩华丽地毯,身卧荷兰床单,拿着银烛台照明,躺在床上进膳,十一点起床,十二点就吃午饭,下午两点在客厅午休。堂娜埃丝黛法尼亚及其侍女对我是百般奉承,体贴服侍。我的仆人本来就又懒又笨,现在变得像狍子那么勤快。堂娜埃丝黛法尼亚只要不在我跟前,一定能在厨房里找到她正在殷勤地关照如何烹调才能使我高兴,提起我的食欲。我的衬衫、衣领和手帕,由于被泡在香水中,和浸在撒满各色香花的水里,闻起来就像又到了一座花香四溢的花城阿兰胡埃斯①。

"似水流年,时光飞逝。在这段日子里,看到自己日子过得那么舒适,被人侍候得又那么好,我对这桩交易一开始就打的坏主意有了改变。可是,欢庆的日子一过,一天早晨(当时我与堂娜埃丝黛法尼亚都未起床),只听见有人在猛敲大门。女仆探身窗外后,马上退回身来说道:

"'哦,是她来了!太好了!你们瞧,头一天才写来信,怎么就回来得这么快呢?'

"'姑娘,来的是谁啊?'我问她。

"'是谁?'她答道,'是我的太太堂娜克莱门塔·布埃索,与她同来的是堂洛佩·梅伦德斯·德·阿尔门达雷斯先生,还有两名仆人和随身女管家奥尔蒂戈莎。'

"'快去,姑娘,我这就来,去给他们开门。'这时候堂娜埃丝黛法尼亚说道:'先生,你千万看在我的爱情的分上,不要激动,也不要回答,哪怕你听到了什么不利于我的话。'

"'可是,谁敢骂你,特别是当着我的面?告诉我,这些人是什么人,似乎他们的到来引起了你的不安?!'

"'我现在没时间回答你。'堂娜埃丝黛法尼亚道,'你只要知道,这里所发生的一切都是假的,是预先经过策划的就行了,回头

---

① 西班牙皇城名,始建于费利佩二世,建成于卡洛斯三世,以围绕宫殿的花园和泉水闻名。

你会明白的。'

　　"尽管我还想说什么,堂娜克莱门塔·布埃索已经走进大厅,没让我说出来。她身穿翠绿色丝光绸衣,上有许多金色流苏,外面披一件同样颜色的、有同样流苏的斗篷,头戴一顶插有绿、白、红三色羽毛的帽子,帽上有一条华丽的金饰带,一块薄纱遮住半个脸。与她一起进来的堂洛佩·梅伦德斯·德·阿尔门达雷斯先生穿一身华贵的旅行装,显得英俊威武。女管家奥尔蒂戈莎首先开腔:

　　"'天啊!这是怎么回事?我的夫人堂娜克莱门塔的床被人占用了,还是被臭男人占用的!我看这个家今天真是出了怪事!说真的,我的夫人信赖的埃丝黛法尼亚夫人干得也真不赖啊!'

　　"'我早就对你说过这事,奥尔蒂戈莎,'堂娜克莱门塔接上去说,'不过我也有错。是我交友不慎,错信别人,但又从不吸取教训!'

　　"堂娜埃丝黛法尼亚听后回答道:'别难过,我的堂娜克莱门塔·布埃索太太,您要明白,您在家里见到的事,其中自有奥妙,我相信,您一旦了解就会原谅我,也就不会有什么抱怨了。'

　　"这时,我已经穿好衣裤,堂娜埃丝黛法尼亚拉着我的手,把我带到另一间房间,对我说,她那位女友想和那个与她同来的并想与她结婚的堂洛佩开个玩笑,让他以为那座房子及屋里的全部家具物品都是她的,并想把这一切列在妆奁单上,等结婚后,再慢慢向他说明真相,她对堂洛佩对她的爱恋之情是深信不疑的。

　　"然后,她再将我的东西全部归还,这对任何一个想找个忠厚老实的丈夫的女人还是对她,都没有什么不好,尽管这是通过某种欺骗手段得到的。

　　"我回答她说,她这样做当然表明她极了不起的友谊,可是这件事要三思而后行,因为闹不好,有可能要诉诸法律才能收回她的财产。但是她对我讲了一大堆理由，说什么她在许多更重要的事情上对堂娜克莱门塔负有那么多义务，我虽极不乐意，极不痛快，也不得不依从堂娜埃丝黛法尼亚的意思而勉强同意了。她向我保证，这场骗局只持续八天，在此期间，我们将住到她另一位朋友家里。我与她刚穿好衣服，她就进去和堂娜克莱门塔·布埃索夫人和堂洛佩·梅伦德斯·德·阿尔门达雷斯先生告别，她让我的仆人扛着箱子跟她走，我没和任何人道别，也就随着她走了。

"堂娜埃丝黛法尼亚来到她的一位女友家，在我们进门前，她与女友在里面长谈了一阵，谈过之后，出来一名侍女叫我和我的仆人进去。她把我们带到一间窄小的房间，里面摆着两张床，靠得非常近，中间连条缝都没有，所以看起来就像一张床，铺在上面的两床床单也都紧紧地连在一起。我们在那里住了六天，六天里没有一天不吵架，我说她这样离开家并扔下财物的做法极其愚蠢，即使那个女人是她的亲生母亲也不行。

"一天，堂娜埃丝黛法尼亚说要去看一下她那桩事的究竟就走开了，我在房里来回踱步思考问题，这时，女房东进来向我了解，是什么原因使我和她吵得那么凶，她做了什么事我要如此责备她，说她不是出于纯洁的友谊而是干的蠢事。我就把一切都告诉她，当我讲到我已和堂娜埃丝黛法尼亚成婚，讲到她带来的嫁妆，以及她天真地将自己的家和财物交给堂娜克莱门塔代管——尽管她满怀好意，帮对方获得了堂洛佩这样尊贵的丈夫等等的话时，女房东一个劲儿地急速画起十字来，还念叨着'耶稣啊，耶稣，这个坏女人'。她的话使我惶惑不安，最后她对我说：

"'少尉先生，我不知道向你揭露这件事是否违背自己的良心，可是我认为，就是保持沉默，我心里也会感到不安。但是，去见上帝也好，冒一次险也好，说真话总比撒谎好万倍！事实是，堂娜

克莱门塔·布埃索才是将房子和财物给你们充嫁妆的真正主人，
而堂娜埃丝黛法尼亚对你说的那些话都是谎言。她既没有房子，
也没有财产，除了身上穿的也没有别的衣服。堂娜克莱门塔到普
拉森西亚城探亲使她有了地点和时间来设下这场骗局。那位夫人
又从该城出发去礼拜瓜达卢佩圣母，在此期间，她将房子托堂娜埃
丝黛法尼亚照看，因为她们毕竟是要好朋友。尽管她也很好地照
看着房子，对此，可怜的她也无可指责，但她却懂得利用这一点引
来您这么个少尉做她的丈夫。'

　　"她的话一讲完，我一开头就想自杀，如果我的守护神稍不注
意保护我，我肯定会自杀。这时候，我的守护神赶来悄悄提醒我，
要我注意自己是基督徒，告诉我男子汉最大的罪过是自杀，因为这
是魔鬼作祟所致。这种想法或者美好的灵感使我振作起来。不过
我还是披上斗篷，拿起宝剑，去寻找堂娜埃丝黛法尼亚，打算惩戒
她一下。命运的安排是，我本以为找得到她的那些地方都找不到
她，这一点究竟是好事还是坏事，我也说不准。我后来去圣略伦特
教堂，恳求圣母保佑，然后就坐在一张靠背椅上，痛苦的遭遇使我
昏然入睡，睡得那么香，若不是有人把我叫醒，我还不会那么快就
醒过来。

　　"我满怀痛苦地来到堂娜克莱门塔家里，只见她神情安然地
在那里，俨然是个家庭女主人。我不敢对她说什么话，因为那个堂
洛佩先生在场。我又回到女房东家里，她对我说，她已经告诉堂娜
埃丝黛法尼亚，我已知道了她的谎言与骗局，她问房东我知情后的
脸色如何，女房东回答说脸色非常难看，并说在她看来我去时是
'来者不善'，不肯善罢甘休的。女房东最后还告诉我，堂娜埃丝
黛法尼亚把箱子里的东西统统拿走了，只给我留了一件路上穿的
衣服。

"这就是那只箱子！上帝再次在向我招手！当时我走过去看看我那只箱子，只见它打开在那儿，就像等待着安放尸体的坟墓。要是我真正懂得去感受和权衡这次遭遇的不幸有多么重大，就完全有理由认为这就是我自己的坟墓。"

这时，佩拉尔塔硕士说道："堂娜埃丝黛法尼亚拿走那么多项链和戒指，确实太过分了，不过正像俗话所说，想开一点，伤心事总会过去的。"

"损失这些东西我一点也不难过，"少尉答道，"因为我也可以说：'堂西木埃克想用独眼女来骗我，我则以半边风瘫来回敬。'"

"我不明白您这样说是什么意思。"佩拉尔塔说。

"意思是说，"少尉答道，"那一大堆项链、宝石、戒指和小宝石，总共只值十一二埃斯库多。"

"这不可能。"硕士接口道，"少尉先生戴在脖子上的项链，看起来足值二百多杜卡多。"

"如果表里一致，"少尉答道，"是要值这么多。不过，闪光的并不都是金子；那些项链、戒指、首饰与宝石只不过是些悦人眼目的赝品，但做工精良，只有通过试金石检验或放到火里才能发现问题。"

"这么说来，"硕士道，"您与堂娜埃丝黛法尼亚之间可谓强盗遇窃贼——旗鼓相当！"

"非常相当，"少尉答道，"我们还可以重整旗鼓，另起炉灶。可是，硕士先生，损失还在于她可以拿我的项链出气，而我却无法当面戳穿她的西洋镜，事实上，最让人难过的是我还喜欢她。"

"您得感谢上帝才好，坎普萨诺先生，"佩拉尔塔道，"他让人长了脚，会走路，她现在离您走了，您也就不必去找了。"

"是这样。"少尉答道，"但是尽管如此，就是不去找她，我还老在想着她，无论我上哪里，我都忘不了这件丢脸的事。"

"我不知道回答您什么才好，"佩拉尔塔说，"只是想让您回忆一下彼特拉克的两行诗，这两行诗就是：惯于和乐于骗人者，受骗时切莫抱怨①。"

"我没有抱怨，"少尉答道，"只不过可怜自己。有罪者不会因为自己有罪而感觉不到受惩罚的痛苦，我完全清楚，自己是骗人反受骗，自己被自己的刀刃所伤，但是我不能将自己的感情控制到连自己都不抱怨的程度。最后，再来讲讲后来的一些情况（也可将我自身的经历称之为故事）。我想说明，我后来才知道，就是那个我们举行婚礼时见过一面的表弟把堂娜埃丝黛法尼亚带走的，他在后来好长的一段时间里，一直是她的姘夫。我不想找她，因为我不想再找倒霉。我搬了家，没过多久，我的毛发也起了变化，因为我的眉毛、眼睫毛先开始脱落，慢慢地头发也掉了，我年纪不大，毛发却全部脱光，这种病叫秃发症，或者干脆叫秃头。我发现自己真的一无所有了，因为我既没有可梳弄的须发，也没有可花的钱。就在我穷极潦倒之时，疾病又一次光临。人穷志短嘛，有些人因此被送上绞刑架，有些人被送进医院，另一些人则甘心情愿、俯首帖耳地投入敌人怀抱，这是一个不幸者所能遭遇到的最大不幸。我当时舍不得花钱治病，平时为保持体面不得不穿得衣冠整齐。一直到浑身长满脓疮时才住进康复医院，那时我的脓疮已多达四十个。他们告诉我，如能好好护理是能治好的，反正我有剑当拐杖，其余的事就由上帝安排了。"

硕士再次向他表示盛意，对他所讲的事情惊叹不已。

"您不必大惊小怪，佩拉尔塔先生。"少尉道，"我想告诉您另

---

① 　原文为意大利语。诗歌是彼特拉克的作品《爱情的凯歌》中的两句。

一些想象不到的事,那些事简直超乎自然法则。至于我所讲的我本人不幸的事仅供他人借鉴而已,这方面我也没有更多的东西可说了。下面我要讲一点我住院时的部分见闻,这可是阁下决不会相信而且也是世上无人能信的事情。"

少尉在讲述他见闻之前所讲的一番渲染之词,激起了佩拉尔塔要了解这一切的强烈欲望,他极力要求少尉马上对他讲述那些奇异的事。

少尉道:"您想必见过与卡帕恰兄弟俩相依为命的那两条狗吧,它们在夜晚打着灯笼,为兄弟俩乞讨时照明开路。"

"是的,我见过。"佩拉尔塔回答。

少尉说道:"您大概也见过或听说过有关它们的叙述:如有人从窗口扔下施舍物,落到地上时,它们马上打着灯笼走过去寻找,它们在窗户前停住,因为它们知道这里是惯常施舍东西的地方。它们到那里去时驯顺得更像羔羊而不像狗,可是当它们在医院警卫时,却像雄狮,十分警惕地守卫着房子。"

"我听说过,"佩拉尔塔说,"事情就是这样,可是这并不能也不应当令我惊奇。"

"那么,现在我来告诉您那些令人吃惊的事吧,您听后千万别大惊小怪,也别说不可能,难以置信等话,还是将就地信它一回吧,因为这是我亲耳听到,并且几乎是亲眼所见的事。那两条狗,一条叫西皮翁,另一条叫贝尔甘萨。一天晚上,也就是我脓疮痊愈的前一天晚上,它们躺在我床后的几张旧席子上。到了半夜时分,外面天色漆黑,我又辗转难眠,想着我过去的遭遇与今天的不幸时,却听见附近有人讲话,我侧耳细听,想知道是否认识讲话的人,是否能听清讲话的内容。过了一会儿,从所讲的内容,我才弄明白讲话的是那两条狗:西皮翁和贝尔甘萨。"

坎普萨诺话声一落，硕士就站起来说：

"就到此为止吧，坎普萨诺先生，直到现在，我一直在迟疑不决是否该相信您讲的有关您结婚的那桩事，而您现在却说，您听到了狗讲人话，由此我可以断言，我不再相信您的任何话了。少尉先生，看在上帝分上，请别再给别人讲这些乌七八糟的事了，如果那个人不是像我那样要好的朋友的话。"

"请阁下不要以为我是那么愚昧无知，"坎普萨诺接着说，"您别以为我不知道，如果不是出了奇迹，动物是不会说话的。我也很清楚，画眉、喜鹊和鹦鹉会说话，也只是讲几句学会记住的话，而且是由于它们具有适于发音的舌头，而不是像那两条狗那样能有条理地讲话和应对。因此，有好几次听到它们讲话后，连我自己都不相信自己，我宁愿将自己在真正清醒时靠我主赐予的五官了解到的东西，看作一种幻觉。我在倾听、注意听之后加以记录，最后把它们的谈话一字不漏地写了下来，这些就足以作为表记，让人信服我讲话的真实性。它们谈论的是些大事，又各不相同，而这些话也不像是从狗嘴里说出来的，倒更像是具有聪明才智的人讲的。所以，我不可能编造出这些事来，也就不得不略带惋惜地相信自己并没有在做梦，而实实在在是狗在讲话。"

"真见鬼！"硕士说，"我们这不是回到马利卡斯塔尼亚①时代了吗?! 讲话的人都是些白痴。不然就是回到了伊索的年代，那时候，公鸡与狐狸，一些动物与另一些动物之间都可以交谈。"

少尉接着说道："要是有人相信已经回到那种时代的话，本人

---

① 传说中的人物，远古时代的象征。马利卡斯塔尼亚时代，意同"玛土撒拉时代"，即遥远的过去。塞万提斯之后此用法被固定下来。

可能就是其中之一，甚至是第一个人。即使别人对我的所见所闻，对我敢于发誓让别人甚至一定要别人相信的这件难以置信的事表示不信，我还是相信此事。但是，如果我是受了骗，我的真实见闻只是一场梦，我坚持的都是胡说八道，那么，佩拉尔塔先生，您要是看一下我笔录下来的这两条狗的对话，或者随便什么人的对话，不也是一种消遣吗？"

硕士说："既然阁下不厌其烦地劝我听那两条狗的对话，我将十分乐意听一听这场对话，我也相信，少尉先生用生花妙笔记录下来的对话，一定非常精彩。"

"不过，还有一件事需要说明。"少尉道，"我听的时候非常专心，加上我的头脑敏锐，我的记忆是那么细致周到，滴水不漏（因为我自己曾经备尝人生的酸甜苦辣），因此，我将全文都背了下来，第二天我差不多是按原话写成文字，没做任何润色，也没有为了让别人高兴而稍加增减。但是有一点说明，对话的时间不是一个晚上，而是连续两个晚上，我却是按一个晚上谈话的格式记录的。讲的是贝尔甘萨和它的同伴西皮翁的生平（后者的事是第二个夜晚才讲的）。希望别人看时能相信，至少不为人忽视就行。这份对话录我随身带来，为节约篇幅，我已把通常要拖长篇幅的那种'西皮翁说道，贝尔甘萨答道'的形式改成对话的格式。"

他一边说这句话，一边从胸口抽出一本记事簿，把它放在硕士手中。后者笑着拿起本子，似乎在嘲笑他所听到的事和想看的东西。

"我靠在这把椅子上，"少尉道，"您呢，如果愿意，就请翻阅一下这些梦话或者胡说八道吧，它可以在您生气时帮您消气，这是它的唯一可取之处。"

"您就请便吧,"佩拉尔塔说,"我将尽快看完它。"

少尉斜靠着椅子休息,硕士则打开记事簿,第一眼就看见下面的标题。

双狗对话录*

录自巴利亚多利德城坎波门外康复医院的两条狗——西皮翁和贝尔甘萨（通常被人称为马乌德斯狗）——的对话。

西皮翁　贝尔甘萨朋友，今晚我们让医院自己给自己守门吧，让我们躲到这里僻静处的一张席子上去，也多亏老天爷在这个时刻赐予我们俩这点恩惠，使我们可以神不知鬼不觉地尽情享受一番。

贝尔甘萨　西皮翁兄弟，我听见你在说话，也知道我在和你说话，可是我无法相信这一事实，因为我觉得我们会说话是不符合自然规律的。

西皮翁　是这样，贝尔甘萨。更奇怪的是，我们不仅会说话，而且还会发表议论，就像我们还会说理似的，兽类与人类之间的差异就在于人是理性的动物，而兽类是不讲理的。

贝尔甘萨　西皮翁，你讲的话我都明白。然而，你的讲话和我听懂你的讲话本身又使我赞叹不已。说真的，我在自己的一生中曾多次听人讲起我们与众不同的神奇之处，神奇到看来已有

＊　本文似应与上文相接，但作者使之独立成篇，译文遵其旨。

人觉得,我们有一种对许多事的反应如此鲜明与敏锐的与众不同的本能,有些迹象和征兆几乎表明我们具有一种我都说不明白的会讲话的能力。

西皮翁　我听到人们赞叹和夸奖我们,说我们具有非凡的记忆力,我们晓得报恩,对主人忠心耿耿,常被人描绘成友谊的象征。因此,你想必见过(如果你看过的话)那些用大理石做的坟墓,如果里面埋的是一对夫妻,墓碑上常刻有埋在坟墓里的人的图像,并在两人中间脚旁刻有狗的图像,以表示他们俩终生不渝的友谊和忠实。

贝尔甘萨　我非常清楚有些狗非常懂得报恩,在主人入葬时,它们竟然跳进坟墓为主人殉葬。另一些守在埋葬主人的墓地上,寸步不离,不吃不喝,直到生命结束。我还知道,在被认为通灵的动物中,除大象以外,狗是最灵的,其次是马,最后才轮到猴。

西皮翁　是的。不过你得承认,你还从未见过或听说过有哪只大象、哪条狗、哪匹马或哪只猴会说话。因此据我了解,我们这次意外地讲起话来,要算是一种超常怪异现象,这种现象的出现,根据以往的经验,就会有什么大灾难降临人间。

贝尔甘萨　据我日前听到一位路过阿尔卡拉德埃纳雷斯的大学生讲的话来看,我还不太认为这算什么怪异现象。

西皮翁　你听到他说什么了?

贝尔甘萨　他说那年上大学的五千名学生中,有两千名学医。

西皮翁　那么,你从中能推断出什么来呢?

贝尔甘萨　我的推断是:除非这两千名医生有那么多病人上门求医(说不定会时运不佳,疾病猖獗),他们准会饿死。

西皮翁　不过,无论如何,我们现在讲话了,管它是不是怪异现象。

老天安排的事，非人力与智慧所能防止。因此，我们不必去争论怎么会或者为什么会讲话。最好不要辜负这大好的白天或美妙的夜晚，因为我们总算有了这些草席充当安乐窝，我们不知道这一好运能持续多久，我们要乘此机会，好好地谈上一夜，可别让睡意来干扰我们取得我长期以来一直向往的乐趣。

贝尔甘萨 我也一样，从我有力气啃肉骨头时起，就一直盼着能说话，说出藏在我心里的那些事，往事何其多，有些已经发霉，有些也已淡忘了。可是现在却如此意外地因获得这个神圣的讲话才能而变得富有充实起来，我要尽量地享受和利用这一才能，将自己所记得的事尽快讲出来，尽管这样做显得匆忙和杂乱，因为我不知道这一暂时获得的才能，什么时候又会被收回去。

西皮翁 贝尔甘萨朋友，我看就这样安排：今晚你给我讲你的身世、生平和到现在为止的重要经历；如果明晚我们还能说话，我就给你讲我的身世。各人讲自己的事，要比想方设法打听别人的事更能节省时间，效果更好。

贝尔甘萨 西皮翁，我一直认为你机灵，把你看作朋友，现在就更加如此了。作为朋友，你想告诉我你的经历，同时也想了解我的情况。由于你的聪明，你把我们俩可能倾吐心里话的时间也加以分配。不过，请你先注意一下是否有人在偷听我们讲话。

西皮翁 我相信不会有人偷听，尽管这附近有个长脓疮的士兵。这个时候他一定更想睡觉，不会去听别人讲话。

贝尔甘萨 既是那么保险，你就听我先讲，如果你听厌了我讲的东西，请指出来，或者干脆叫我闭嘴。

西皮翁 你就一直讲到天亮或者讲到我们被人发觉时为止；除非

有必要，我将一定会很乐意听你讲话，不会打断你的。

贝尔甘萨　我记得，我头一次见到太阳是在塞维利亚肉门外的屠宰场，我猜想（如果不包括我在后面要告诉你的一切）我的父母亲一定是人们称之为屠户的那种人所喂养的猛犬。我认识的第一个主人名叫尼古拉斯·罗莫，个子不高，但极为粗壮有力，脾气暴躁，和所有干屠夫这一行的人一样。就是这样一个尼古拉斯训练了我和另外几只小狗，教我们跟着老猛犬扑向公牛，紧紧咬住它的耳朵。这方面我轻而易举地成为佼佼者。

西皮翁　我并不感到惊奇，贝尔甘萨。再说，失败是成功之母，这种事是很容易学会的。

贝尔甘萨　西皮翁兄弟，在屠宰场看到的和在那儿发生的超乎寻常的事里，我将告诉你些什么呢？首先，你一定会猜到，在那个场所工作的人，无论大人小孩，都是些不讲良心、冷酷无情的人，不怕国王，也不怕王法。他们中许多人是非法同居者，是食肉猛禽；他们及其姘头均靠偷窃为生，每天早晨是他们的不忌肉日，天还没亮，许多男孩子和女孩子带着口袋蜂拥而来，来时口袋空空，回去时都装满杂碎。女仆们装上睾丸和差不多是完整的腰子。没有哪次屠宰牲口，这帮人不拿走其中最可口、最好的部分。在塞维利亚，屠宰牲口是不受限制的，每人都可把想杀的牲口牵来。第一头宰杀的牲口不是最好的，就是最差的，通常都这样规定。牲畜主人所以要委托我说过的那种好人屠宰，不是因为那种人不偷肉（这是不可能的），而是为了他们在切割所宰的牲口以及做手脚时，能有所节制。在切肉剔骨时，他们驾轻就熟，如同修剪树枝和葡萄藤。然而，更令我惊讶的是看见这些屠夫杀人就像宰一头牛那么容易，这当然是十分糟糕的事。他们可以为一件琐碎小事,就毫不犹疑和毫无顾忌地一下子就将一把黄柄尖刀刺进一个人的肚子,就像从后颈将一头牛刺死一样简单。如果哪天没人打架,没人受伤或者没人死亡,就算是奇迹。每个人都吹嘘自己是勇士,却又脱不开几分流氓无赖气。在圣弗朗西斯科广场,每个人都有自己的保护神①,这些保护神也可获得一份牛腰子和牛舌头。最后,我听到一个聪明人说,国王在塞维利亚靠三个地方赚钱:野味街、斜坡街和屠宰场。

西皮翁　贝尔甘萨朋友,要是像你这样讲你的主人及其工作的事,就得祈求老天爷允许我们再讲上一年。我还担心,照你这样慢条斯理地讲下去,你的故事连一半都讲不完。我想提醒你一件事,从中你将了解我会如何讲我的一生经历。在讲述的事情中,有些事的本身就包含并具有优美感,另一些则有赖于讲述的方式。我的意思是,有些事尽管没有序言,也没有华丽词藻,却使听者高兴;另一些则需要给讲的话穿上漂亮的外衣,或讲时辅以脸部表情与手势,并且稍稍改变一下声调,从有气无力、缺乏魄力转成高亢有力和欢快悦耳。在你接着讲下半部分时,请别忘记我的这番忠告。

贝尔甘萨　尽管我觉得要控制住自己极为困难,但只要有可能,或者到时候能想到必须这样做的话,我一定照办。

西皮翁　你就注意点儿讲吧,管住自己的舌头,要不然会伤人的,对人的生活也会造成巨大的伤害。

贝尔甘萨　告诉你,我主人教会我用嘴叼篮子,还教我如果有人想夺我的篮子,我该怎样自卫。他还告诉我,他的姘妇住在哪里,这样也就免得她的女仆借口来屠宰场要东西,因为我在天

---

① 指负责巡逻的警察。

亮前已经把主人夜里偷得的东西给她送去了。一天黎明时分，我正快步给她送去一份肉，听见有人从一扇窗户那里叫我的名字，我抬头一看，只见是个美丽绝伦的少女。我停了一会儿，她走到门口，又叫我。我跟着进去，看看她要我做什么。她只是要夺走装在篮子里的东西，在篮里换上一只旧女鞋。于是，我自言自语说：这块肉喂了别人的嘴了。那少女夺走我送的那块肉时对我说道：走吧，加维兰或者不管你叫什么名字，去告诉你主人尼古拉斯·埃尔·罗莫，不要相信畜生，既然从狼身上只能拔根毫毛①，那么从这只篮子里我先拿走这块肉吧。当时，我完全可以重新夺回那块肉，可是我不愿意，因为我不想用自己那张脏嘴去碰她那双洁白的手。

西皮翁　你做得对，美人的威力无比，对美人就该尊敬。

贝尔甘萨　我是这样做了。因此，我回到主人那里，没有了那份肉，却带回一只鞋。他觉得我回转得太快了，一见那只鞋，就认为我在嘲弄他，他拿起一把快刀扔了过来，要不是我躲闪得快，你绝对听不见现在这个故事，也听不见我想讲给你听的其他许多故事了。于是我就开溜，撒腿飞奔在道上，很快就把圣贝尔纳多区抛在后面，前往命运想把我带去的上帝的领地。当晚我在露天地里过夜，第二天命运为我提供了一群绵羊。一见到这群绵羊，我相信自己已经找到了安身之处，连我自己都觉得天生就是当牧羊狗的，这是一件包含高尚品德的工作，因为要守护那群弱小无力的羊，使它们免遭那些强大凶猛动物的袭击。看护羊群的三个牧羊人中的一个一看见我就"嘟

---

① "从狼身上只能拔根毫毛"是一句谚语。意思是，从吝啬鬼手里，你别想讨得重赏，他给你什么，哪怕是不值钱的东西，你也先拿了再说。

嘟"地呼叫,我则一心一意地走到他身边,低着头,摇摇尾巴。他摸摸我的腰身,掰开我的嘴,吐一口唾沫到我的嘴里,看看我的牙口,搞清我的年龄,然后对另外两个牧羊人说我具备纯种狗的各种特征。这时候,牧主骑着一匹灰马来到,手持长矛和盾牌,看起来与其说是牧主,不如说是个海防卫士。他问那个牧羊人道:"这是什么狗,是良种狗吗?""这个您可以完全放心,"牧羊人答道,"我仔细检查了它,一切特征都表明它一定是一头了不起的狗。它刚到这里,我还不知道是哪家的狗,不过我知道它不是附近的牧羊狗。""要是这样,"牧主说,"回头你将那头死狗莱昂西略的颈圈给它套上,再给它一份跟别的狗相同的口粮。要好好喂养它,让它和羊群守在一起,亲密无间。"他一说完话就走了。随后牧羊人就将一只周围长满钢刺的犬颈圈套在我的脖颈上,先让我在饲料桶里饱餐一顿奶汤,给我取了个名字,叫巴尔西诺。我对这第二位主人及新差事极其满意和高兴。我守护羊群勤勤恳恳,除午休外寸步不离羊群。我睡午觉有时在树荫下,有时在山冈下,岩洞里,或在灌木丛中,或在流经当地的众多小溪中的某条溪水旁。即使在这安静时刻,我过得也不清闲,因为我总是回忆起种种往事,特别是我在屠宰场与我主人一起度过的那段生活,我想起那些像他一样的人,那时活着就是为了满足他们的姘妇们的不正当欲望。啊,从我主人的脏女人处我学到多少东西,要都能跟你讲一讲该有多好!可是我该打住了,因为你是不会允许我没完没了地絮叨的。

西皮翁　听说古代有位大诗人说过,写讽刺诗文是难事。因此我允许你稍作议论,但须温和不过火。我的意思是说,你可以指出问题,但不许出口伤人,也不准就你指出的问题去奚落任何人。背后议论别人且将人置于死地，虽然可以令人发笑，却不是好事。要是能做到既不背后议论别人，又能让人高兴，我就会认为你做得十分得体。

贝尔甘萨　我完全接受你的忠告，十分盼望你给我讲遭遇的时间马上到来，因为你那么善于看到并改正我讲话中的不足之处，因此完全可以期望在你讲述遭遇时定能做到寓教于乐。然而，我接上刚才的话头往下讲，在我独自安静地午睡时，我认为，我听到的关于牧羊人生活的事以及其他一些事，不一定都是真的，至少在我去主人家时听到我主人的太太在书中读到的关于男女牧人的事，不一定是真的。书中说牧羊人的一生是在唱歌、吹风笛、吹十孔木管、弹三弦琴及其他稀奇古怪的乐器中度过的。我留下来听她朗读，她念到，牧人安弗里索①是何等美妙出色地唱歌赞美举世无双的贝利萨尔达，而在阿尔卡迪亚②所有山冈的每一棵树上，从太阳由奥罗拉③怀抱中升起直至太阳落到黛蒂丝④的怀抱中为止，都有人坐着唱歌。甚至当黑夜展开它漆黑的翅膀在近地面处翱翔时，牧人也不停止他那动听的歌声和如诉如泣的哀怨。在所念的文章里，自然也念到了牧人埃利西奥⑤，他不仅大胆，尤其多情，据说有一次他没管好自己的羊群和情人，却闯入别人看管的羊群里。她也提到伟大牧人菲利达⑥，一个自负但并不令人

①　安弗里索与贝利萨尔达均为西班牙大剧作家洛佩·德·维加笔下田园牧歌小说《阿尔卡迪亚》中的人物。
②　传说中的牧人国，一个理想中的乐园。
③　司晨女神，负责打开东门让太阳出来。
④　海神名。
⑤　是本书作者另一部作品《伽拉苔亚》中的人物。
⑥　蒙塔尔沃(1549—1591)的田园牧歌小说《菲利达的牧人》(1582)中的人物。

讨厌的人,一个生平只画过一幅肖像画的画家。关于西雷诺的不省人事和狄安娜的忏悔,她说应该感谢上帝和感谢睿智的菲利西亚①,狄安娜的忏悔,这个菲利西亚以其圣水融化了那架错综复杂的装置,理清楚那座难以找到出路的迷宫。此外,我记得她还念过其他许多书,但是都不值得一记了。

西皮翁　贝尔甘萨,你倒挺善于利用我的讲话。你背后议论人,你刺人伤人,你明明做了,还遮掩什么,话说回来,尽管你讲的话难听,但你的心是好的。

贝尔甘萨　在这些事情上,我的本心一直是善意的,因此我说的话也不会有差错。万一由于自己的疏忽而遭到非议或中伤,我对非难者将作出与模仿学院的诙谐院士和憨诗人毛雷翁相同的回答——有人问他 Deum de Deo 是什么意思时,他总是以 d'e donde diere② 作答。

西皮翁　这倒是一种老老实实的回答;不过,你如果是个机灵的人,或者想成为机灵的人,就永远别说那些必须进行辩白的事。现在请讲下去吧。

贝尔甘萨　告诉你,我讲过的所有想法,还有别的许多想法,使我看清楚那些和我相处的牧人及牧地的其他人,在待人接物和行为举止方面与那些听别人在书本上念到的牧人不同。因为,我的那些牧人如果唱歌,就不会唱那些和谐动听的歌曲,而是一首《小胡安娜,注意狼去哪儿》之类的东西。这种歌不

---

① 上述三个人都是豪尔赫·德·蒙特马约尔所写的《狄安娜的七部书》(1559)中的人物。

② Deum de Deo 是拉丁文,字面意思为"上帝的上帝",问话人的目的是故意取笑人和非难人。d'e donde diere 意思是"言行莽撞",其深层意思是"言行虽然莽撞,对我却无妨"。

用笛子或琴伴奏，而是用木槌或者用夹在手指间的瓦片的敲击声伴奏；他们的嗓门听起来不柔和，不响亮，也不美妙，而是扯着破锣嗓子喊；听起来没有和声只有单声，不是在唱，而是在吼叫。他们白天大多捉虱子或者修理鞋子；他们之间没有称呼阿马里利，菲利达，伽拉苔亚和狄安娜的；也没有叫利萨尔多，劳索，哈辛托和里塞洛①的；他们都叫安东，多明戈，巴勃罗或略伦特。我从而明白"应当相信书本"的想法的幼稚，因为所有那些书本上的事物全是如梦似幻，完全是为有闲人物消遣而写的，毫无真实性可言。如果真像书上说的那样，那么在牧民中间就会有那些最美好的幸福生活，那些景色秀丽的草原，广袤的森林，神圣的山岭，美丽的花园，清澈见底的溪流和泉水，以及那些互表忠贞，倾吐着绵绵情话和斜躺着的男女牧人和从这儿那儿传来的笛子声。

西皮翁　行了，贝尔甘萨，回到你讲的本题吧。

贝尔甘萨　谢谢你，西皮翁朋友，要不是你提醒，我会越说越来劲，甚至会把那本书里骗人的东西全部说给你听，可是时间不允许，现在只好有条理地挑那些精彩部分讲。

西皮翁　看看你自己的脚，多点自知之明，别那么沾沾自喜了。我的意思是说，你得看到你只不过是一只缺少理性的畜生，要是你现在真的表明有一点理性的话，我们就早已弄清楚这件超乎自然，从未见过的事情本质了。

贝尔甘萨　假如我还是早先那么愚昧无知，事情是会这样的，可是现在我已经记起了我们一开始讲话时本该讲的事情，我不仅对自己讲过的事不感到惊讶，而且对自己还没讲到的事也感

---

① 田园牧歌人小说中常见的姓名。

到吃惊呢。

西皮翁　那么,你能讲讲你已经记起来的事吗?

贝尔甘萨　这是一件我亲身经历的关于卡马恰·德·蒙蒂利亚的弟子,一位大女巫师的真实故事。

西皮翁　我说,你在讲这以前,先讲你自己的事吧。

贝尔甘萨　当然,这件事我到时候再讲,请耐心点,听我按次序讲下去,会让你满意的,只要你不是厌烦到不想从头听起,光想听中间部分的话就行。

西皮翁　只要简短一点,你想讲什么就讲什么吧!

贝尔甘萨　那我就讲了。我感到牧羊这个活儿很好,我认为这是我用汗水换来的面包,而万恶之源的懒惰却与我无缘。我们白天休息,晚上不睡觉,原因是狼常在夜间袭击我们,使我们必须常备不懈。当牧人向我喊出"巴尔西诺,快追狼"时,我总是率先跑到狼出没的地方,接着跑过山谷,搜索于山岭密林间,跳过深沟,穿越道路,直到早晨返回羊群时,仍没找到狼,就连狼的影子都没见到。我那时已气喘吁吁,筋疲力尽,全身散了架子,于是像树杈一样迈开四腿走到羊群中间,却发现死了一头羊,或者发现被狼吃掉一半的无头羊羔。我深感绝望,绝望地看到自己的诸多小心和努力作用甚微。牧主来时,牧民们拿着死羊皮去迎接他。牧主责怪牧人的疏忽大意,吩咐严惩偷懒的狗,于是棍棒雨点般打在我身上,而对牧人则严斥了一顿。于是,有一天,我看到自己无故受罚,看到自己的小心照看、敏捷、勇敢都难以逮住恶狼,就决定改变方式。我不再像惯常那样远离羊群去找寻恶狼,而是与羊群在一起,这样只要狼在哪里出现,都可以更有把握地就地逮住。他们每周都向我们发出警报,有一次在漆黑的夜晚时分,我在警戒着羊群无力抵御的狼群,蹲伏在树丛后面,我的那些狗伴在前面走,我在树丛后面警视着,看见两个牧人从羊栏里抓起一只最好的羔羊,把它宰杀,第二天让人看起来真像是被狼吃掉一样。等我明白,原来牧人就是恶狼,将牲口撕成碎片的就是那些理应守护它们的牧人,这时我是又惊又怕。他们俩马上又将狼吃羊的事告诉了牧主,同时还递给他一袋酒和一份肉,他们就美美地大吃一顿。牧主又责备了他们,同时也惩罚了那些狗。没有狼,羊却是减少,我想揭发却苦于不会讲话。这一切使我满怀惊讶和苦恼。我心想:"我的天啊,谁能制止这种卑劣行径呢?谁又能知道监守自盗的行径,谁能知道哨兵在睡大觉,受信任的却在盗窃,守卫你的人正是杀你的人呢?"

西皮翁　你说得太好了,贝尔甘萨,因为最精明的盗贼也比不上家贼,不少人并非死于谨慎小心,而死于他们所信任的人之手。然而,世上的人如不互相信赖和信任,伤痛也就无从痊愈平息。这事就到此为止吧,因为我并不想煞有介事地当预言家。请继续往下说。

贝尔甘萨　我接着往下说。尽管这项工作似乎不错,我还是决定不干了,另外去选可以好好干一番的事,就算得不到报酬,我也不受那份罪。于是我回到塞维利亚,开始为一个大富商工作。

西皮翁　你是用什么办法又找到主人的?因为,根据一般情况来说,眼下要找一个让人侍候的好主人是很困难的。人世间的主人与天主大不相同。人世间的主人想雇佣人,首先要细察其家世,考究其能力,注意其仪表,此外,他还要了解他有些什么衣服;但是供上帝差遣,就不论贫富,不讲出身家世的贵贱,只要他们准备好一颗纯洁的心去供上帝差遣就行,然后他会被要求在献金簿上写上一笔捐款,还向他指出,捐赠有多少好处,其好处之多、之大远远超出捐赠者的想象。

贝尔甘萨　这都是传道说教,西皮翁朋友。

西皮翁　我也这么看。因此,我不说了。

贝尔甘萨　关于你问我用什么办法找到好主人的,我告诉你,谦恭礼让是一切美德的基础和根本,没有它,什么都不成。它能排除障碍,战胜困难,是引导我们通向光荣目标的手段;它可以化敌为友,平息怒气,减少妄自尊大者的傲气;它是谦逊之母,温和的姐妹。总之,有了它,恶习就无法畅通无阻,因为罪恶之箭在柔和和温顺面前变得极不锋利。因此,当我想到某家落脚时,就用这种办法。当然,首先得考虑及看好一个能养得起我,并且能接纳一只猛犬的人家。然后,我就把身子向大门上一靠,等觉得是来了陌生人时,就朝着他吠;当来的是主人时,我就耷拉着脑袋,摇摇尾巴迎上前去,用舌头舐净他的鞋子。如他用棍子打我,我就让他打,并照样驯顺地去讨好他,没有人在看到我一再表示出的端良品行后会再打我的。像这样,我坚持两次就被留了下来。我干得出色,他们马上就喜欢上我了,这时,要不是自己辞退自己,或者说得透些,要不是自己想走,是不会有人撵走我的了。如果不是背时的命运总缠着我,也许我早已找到主人了。

西皮翁　我也是用你所说的办法找到主人的,看来我们真是英雄所见略同。

贝尔甘萨　如果我没记错,在那些事情上我们总是意见一致的,我现在答应你,这方面的事我将在适当时候讲给你听。现在请先听我讲述我把羊群留交那些不可救药的家伙以后的事吧。我回到了塞维利亚,如我所说,这里是穷人的庇护所,遭人鄙弃者的避难所；它气势恢宏，宏大到不仅能容纳下小人物，连大人物到了里面也不会让人发现。我走近一个商人的一座大房子门口，像惯常一样做得很卖力，没多久我就留在那家了。大白天他们将我系在门后，晚上就将我放开。我干得十分小心，十分卖力，一见陌生人和不太熟悉的人就吠。晚上我不睡觉，巡视畜栏，登上平屋顶，对自己的和别人的家进行总体放哨。主人对我的出色工作极为满意，吩咐好好待我，要把厨房剩余下来的、收起来的或扔在桌上的面包和骨头给我吃。对此我感激万分，当我见到主人，特别是他从外面回来时，我就跳个没完。见到我是那么欢乐，跳得那么起劲，他就吩咐将我解开，让我白天黑夜均可随意走动。我一见自己被松开皮带，就跑到他跟前，围着他不停地转圈，却不敢用脚碰着他，因为我记起了伊索寓言中的一篇写道，那头驴愚蠢到想和它主人心爱的小狗一样向主人表示亲昵的程度，结果挨了一顿棍子。我认为通过这则寓言，我们应该明白，风趣和插科打诨对有些人可以，而对另一些人就不合适；给小丑起绰号，变戏法，杂耍演员翻筋斗，调皮孩子学驴叫，模仿鸟叫以及侏儒擅长的学人和动物的各种姿态与动作，所有这些事情，那些主角是不愿意做的，因为所有这些技巧中，没有哪一项会给他带来声誉和名望。

西皮翁　行了。往下说吧，贝尔甘萨，你已说得够明白了。

贝尔甘萨　但愿我讲到的那些人也能像你一样明白我的意思。我不知道我有什么样的善良本性，当我看到一个绅士耍花招骗人，自诩会变戏法，能把意大利柏树果变得无影无踪，听他说没有谁能像他那样跳查科纳舞时，心里就不好受。我认识一个绅士，吹嘘自己应一位教士的请求，剪了三十二朵纸花，放在罩有黑布的祭台上;他十分看重这些纸花,以至于他带一帮朋友看纸花,就像带他们去参观从他的列祖列宗坟墓里挖出来的敌人的战旗和战利品。

我的新主人有两个孩子,一个十二岁,另一个十四岁。他们在教会学校里学习语法,他们上学时气派十足,身边还带着家庭教师和随从,帮他们拿书和那个人称书包的东西。看到他们如此讲究排场——晴天坐轿,雨天乘车——不禁使我想起他们的父亲去交易所做生意时十分简朴的情景,因为他除了带一名黑人外,不带别的佣人,有时候他就随随便便骑一头没有精美装饰的骡子去。

西皮翁　你必须知道,贝尔甘萨,这是塞维利亚,甚至也是其他城市商人的习惯与特点:他们不在自己身上,而是在子女身上显示他们的威势与富有。因为商人投下的影子要大于他们自身。由于他们除了做买卖、订合同,也很有节制地从事一些别的事情,也由于渴望通过其子女炫示一下自己的欲望和财富,于是就将其子女打扮得威风凛凛,似乎他们就是某亲王的子女。有的人将他们为子女谋到的学位证书别在他们胸前,以显示他们与平民百姓不同的显贵身份。

贝尔甘萨　欲望,正当的欲望,应该是那种无损他人的但却能改善自己地位的想法。

西皮翁　满足欲望而不损及第三者的情况是少有甚至没有的。

贝尔甘萨　我们曾约定不背后评论。

西皮翁　是啊,我并没议论任何人啊。

贝尔甘萨　现在我才真的证实了我多次听说过的事。一个人在背后恶意中伤,败坏了十个世家的名声,诽谤中伤了二十个好人,要是有人责问他讲过的话,他就回答说,他没说什么,即使说了两句,也没到那种程度;他还说,如果有人认为他说得有点过分严重,那以后不说就是了。西皮翁,你得留神,在你想维持两小时的这场谈话里,必须步步小心,不要触犯这条背后议论的界线,因为我从自己身上看到了这一点:作为一条狗,我有许多理由把看到的所有背后议论者和坏人,能够痛快地、像蚊子见到酒那样勇敢地加以贬斥。然而我还得说一下上次讲过的话,那就是,做坏事和说坏话是我们从老祖宗那里继承下来的东西,是我们吃奶时就养成了。你清楚地看到,当婴儿觉得被人触犯时,就会立即从襁褓里伸出手,举起来表示要进行报复。而他在牙牙学语时讲出的第一个字就是称他的乳母或母亲为婊子①。

西皮翁　你说得对,我承认自己的错误,希望你原谅,因为我也多次原谅过你。让我们像孩子们所说的那样,重归于好吧。从此以后,我们不再背后议论人,请继续讲你的故事,你讲到你那位做商人的主人,他的孩子威势十足地去教会学校学习。

贝尔甘萨　我将一切都托耶稣庇护。尽管不让我背后议论是十分困难的,我还是想了个补救办法,听说这是一位杰出的起誓专家常用的办法,他由于后悔自己的恶习,每次发誓痛悔之余,就狠掐一下自己的胳膊,不然就亲吻一下大地,来痛恨自己的过失。但是他还是照样起誓追悔。所以每当我违背了你不让背后议论的规定,违背了自己的不背后议论别人的初衷时,就咬一下自己的舌尖让自己痛一下,就会记得自己的过错,不再重犯。

西皮翁　这个办法真不错,你要是用这个办法,我倒希望你能多咬

---

① 幼儿学话时常发"pu-ta"的音,连起来意为娼妓、婊子。

几次,直到把舌头咬掉,这样,你就不可能再嚼舌头了。

贝尔甘萨 至少我将尽力而为,其余的就听天由命吧。告诉你,有一天,我主人的孩子把书包丢在我当时待的院子里,由于我那个屠夫主人曾教会我用嘴叼着小篮子走路,于是我叼起书包,注意不让松口,跟着他们,一直把书包送到学校。一切都像我所希望的那样在进行,我的小主人见我叼着系带的书包,就吩咐一个随从取下我叼着的书包。我不让他取,也不松口,一直叼着它走进教室,结果引起全体学生的哄堂大笑。我走到大少爷那里,我觉得自己很有教养地将书包放到他手里,然后蹲坐在教室门口,目不转睛地盯着讲台上讲课的老师。我不知道他上的课有什么效果,他讲的东西我懂的极少,或者可以说根本不懂;后来令我高兴的是,看到那些神父和教师教育孩子时体现出来的爱心、热情、关怀与努力,他们纠正年轻人共有的脆弱特点,恰如其分地辅以说词,引导孩子们不入歧途,不走邪路走正道。他们认为责备要轻,处罚要带慈爱,鼓励需用榜样,激励靠奖赏,为他们掩饰要理智。最后,他们向孩子们描绘了恶习的丑陋与可怕,描述了美德的美,使他们弃恶爱美,达到培养教育的目的。

西皮翁 你说得太好了,贝尔甘萨。我听说过有这样的圣人,世上再没有比他们更能掌握分寸的荣誉公民,在天国之路上,也极少像他们那样的引路带头人。他们是镜子,从中可以照出幸福大厦得以建立的基础:正派、天主教教义、少有的谨慎和虚怀若谷的胸襟。

贝尔甘萨 一切正像你所说的那样。现在我接着讲我的故事。告诉你,我主人喜欢我总是替他们拿书包,这种事我很乐意干。干起这种事来,生活赛国王,甚至比国王还强。因为这是一种休息。学生们因为想和我逗着玩,他们就训练我,使我驯顺到他们可以把手放到我嘴里,最小的孩子可以骑在我身上。他们扔帽子,我就高高兴兴地将帽子干净利索地送还到他们手上。他们呢,也尽可能地想着给我东西吃,看到我像猴子那样把他们给我的坚果或榛子咬开,吃去里面的果仁而将硬壳留下时,他们都非常高兴。有一次为检验我的能力,他们带给我用一块手帕包的一大包沙拉,我就像人那样美餐了一顿。冬天,当塞维利亚面包和黄油上市,又殷勤招徕顾客时,学生们就会典卖几本安东尼奥编写的语法书,供我饱餐一顿午饭。总之,我过的是一种不知饥饿,不生疥疮的学生生活,是值得夸耀的好时光;因为如果不是疥疮与饥饿与学生有如此密切的关系,那么再也没有比学生的生活更愉快、更舒服的了;他们既具美德,生活又充满乐趣,他们的青少年时期就是在学习和嬉戏中度过的。可是好景不常,月有盈亏,事有盛衰,取悦了一方必然令另一方讨厌。这时发生了一件事,使我终于离开了这片安静的乐土。事情是这样的:那些老师认为学生们没有好好利用课间半小时复习功课,而是在和我玩耍。于是他们命令我的小主人不准再带我上学校。他们从命了,让我回家去照旧守门。老爷忘记了从前白天黑夜让我随便走动的恩典,又在我脖子上套上颈圈,系上锁链,让我待在大门背后的一块席子上。啊,西皮翁朋友,要是你知道从一个幸福的环境,一下子掉到不幸的泥淖时有多么难过就好了!你瞧,当悲惨与不幸如河水长流不绝时,除非生命能迅速了结,它们才能很快地相随而去,否则它们将继续存在,你却要习惯和忍受它们,你常常要把严斥当作家常便饭。然而当你突然出乎意料地从不幸和灾难性的命运中解脱出来,沉浸在一个令你高兴的前程似锦的好运中时,又很快地让你重新经受原先的不幸命运,从事最初的那份工作,蒙受苦难,这才是一种令人难以忍受的痛苦;这时,你如果不自己了结生命,就得活受折磨。我终于又回去拣那份狗食,啃家里的女黑人扔给我的骨头,甚至就那么一点东西,两只罗马猫还要分去一部分,因为它们身上没有束缚,又很轻灵,所以那些落在我的锁链够不到的地方的东西,它们极易抢走。西皮翁兄弟,老天爷就是这样赐给你想获得的财物的。你别生气,就让我现在稍稍发一番议论吧,因为你要是不让我把此时此刻记起的事情倾吐出来,我会觉得我讲的事情不完整,也没什么意思了。

西皮翁　请注意,贝尔甘萨,别中魔鬼的圈套,想发表什么议论;不要因为背后议论别人找不到更好的口实来开脱、掩饰其堕落的卑劣行径,就想方设法让别人以为他说的一切都是哲人的格言,即他说的坏话只是一种训斥之词,揭短只是善意的妒忌。诚然,不被人背后议论的生活是不存在的。你如果尊重生活,细致观察生活,就会发现生活并不都是充满堕落和骄横无礼的,懂得这一点以后,你才可以随心所欲地发议论。

贝尔甘萨　西皮翁,你可以肯定我还会背后议论,这一点我是坚持要做的。因为,我现在整天闲着没事,而这就使我想入非非。我还在脑子里复习了一下拉丁语,其中许多是我随小主人上学时听到记在脑子里的,在我看来,有的地方我理解得更透彻了,因此就像我现在会讲话一样,我决定趁此机会要好好利用这些知识,诚然这与常常利用一些无知东西的方式截然不同。有些西班牙语作家,在他们与人交谈中间,时不时插上几句简短的拉丁语,以帮助一些不懂其讲话内容的拉丁语巨匠明白他们的意思,然而他们自己连名词变格和动词变位也一窍不通。

西皮翁　我认为如对真懂拉丁文的人讲点拉丁语倒也无伤大雅，然而有些人却非常轻率，他们像泼水一般地与鞋匠或裁缝讲拉丁语。

贝尔甘萨　由此我们可以推论，无论是在不懂拉丁语的人面前讲拉丁语，还是不懂装懂地讲拉丁语，都同样不足取。

西皮翁　另一件事你可能已注意到，有些人虽说是拉丁人，却无法避免像头蠢驴。

贝尔甘萨　谁说不是呢！理由是一目了然的，在罗马时期的人都讲拉丁语，这在当时是他们的母语，然而他们中间的蠢货，尽管讲的是拉丁语，仍然无法避免不是蠢货。

西皮翁　要学会何时不用西班牙语，而用拉丁语讲话需要谨慎从事，贝尔甘萨兄弟。

贝尔甘萨　是这样的，因为无论用拉丁语还是用西班牙语讲话，都会讲出蠢话来。我见过一些愚蠢的文人，讨厌的语法学家和那些写拉丁文诗时掺杂一些西班牙文的抒情诗人就极容易不止一次，而是多次地开罪别人。

西皮翁　我们不谈这个，请开始发表高见吧。

贝尔甘萨　我已经告诉过你，我刚才讲的那些就是我的议论。

西皮翁　哪些？

贝尔甘萨　那些关于拉丁语和西班牙语的事，我开的头，你收的尾。

西皮翁　你把背后议论叫做发表议论？要是这样，贝尔甘萨，你倒可以抬举自己背后议论别人的坏毛病，给它取一个你喜欢的名称，可别人会叫我们为犬儒主义者，意思是好背后议论人的狗。我的天，就别再吱声了，继续讲你的故事吧。

贝尔甘萨　如果不吱声，我又怎么继续往下讲呢？

西皮翁　我的意思是,你一口气说下去,不要把故事变成一条墨
　　鱼,随心所欲地增添尾巴。

贝尔甘萨　说得准确些,这可不叫墨鱼尾巴。

西皮翁　这可是持下述观点者的错。他们认为:"既然人必须对
　　事物取个名称,用委婉曲折,转弯抹角的方式称呼那些事物来
　　冲淡听到原有名称时不堪入耳的成分,那么,给事物取个专有
　　名称(似乎这个主意更好一些)就不算是笨拙无能了。"正直
　　的语词能显示出讲话人和写文章者的端庄与正派。

贝尔甘萨　我愿意相信你。告诉你,命运并不满足于剥夺了我的
　　学习机会,以及剥夺了我在学校度过的如此开心的、安排得那
　　么好的生活,而且用皮带将我拴在门背后,使我从慷慨的学生
　　那里落到吝啬的女黑人手中。她总是在我已经安静休息时突
　　然吩咐我做这做那。你瞧,西皮翁,你想必像我一样,已经弄
　　明白,倒霉的人即使躲到最角落的地方,倒霉事也会找上门来
　　的。我这样说,是因为那家的女黑人爱上了这一家的男黑人。
　　这个黑人睡在大门和中门间的门厅里,我就住在门背后,他们
　　两人只有到晚上才能相聚,为此,他们偷了或者仿造了一把门
　　钥匙,女黑人深更半夜走下楼来,用一块肉或者奶酪封住我的
　　嘴后,替男黑人打开门,与他共度良宵。我的沉默为他们的幽
　　会提供了方便,换得了女黑人偷来的许多东西。有一段时间,
　　女黑人的赠物腐蚀了我的良知,不吃点东西就觉得肚子瘪得
　　慌。我由一头猛犬蜕变成一头猎兔犬。然而,出于我的善良
　　本性,我很想报答一下欠主人的一份情。既然拿了他工资吃了
　　他的饭,就得报答他,这不但是忠实的狗(这是人们为了感谢它们
　　而取的外号),也是所有侍候主人的狗都应该这样做的。

西皮翁　是这样,贝尔甘萨,我希望你暂停讲什么哲理了。因为讲

道理需要符合真理，又要有大智慧才行。你还是继续往下讲吧，不过在讲的中间，不要为炫耀自己的聪明才智，再说什么尾巴之类的话了。

贝尔甘萨　如果你知道，首先我想求你告诉我什么叫哲理，我虽然这样称呼它，但并不知道它是什么，只知道是件好东西。

西皮翁　我简短地和你解释一下。这个名词由希腊语两个词组成，即 filos 和 sofía 两个词。filos 的意思是"爱"，sofía 的意思是"科学"，因此，filosofía（哲学，哲理）意思是"对科学的爱"，而 filósofo（哲学家，哲人）则是"爱科学的人"。

贝尔甘萨　西皮翁，你知道的真多，究竟是谁教会你希腊名称的？

西皮翁　贝尔甘萨，你的确是个头脑简单的东西，连这个都大惊小怪，因为这是连小学生都知道的事。当然也有不会希腊语却自以为会的人，就像有的不懂拉丁语却装懂的人一样。

贝尔甘萨　这正是我要说的。我真想把这类事登在报刊上，几次以后，人们就会从中吸取有用成分，这样，他们就不能像葡萄牙人对几内亚黑人做过的那样，靠穿上一条破烂的肥腿裤和讲几句冒牌的拉丁语来欺世盗名。

西皮翁　现在好了，贝尔甘萨，你可以咬一下你的舌头，我咬一下我自己的舌头，因为我们说的那些话都是背后议论别人。

贝尔甘萨　是的，我没有必要像那个据说是名叫科隆达斯的希腊公民那样作法自毙。他制定的法律规定，任何人不得携带武器进入市政府，犯者将处死刑。一天，他一时疏忽，竟然腰佩宝剑走进市政府，经别人提醒，他才记起自己定下的刑律，于是当即拔出佩剑，刺入自己的胸腔，成为违犯法律并付出代价的第一人。我说过的话不是订法律，只不过许诺当我背后议论时要咬一下自己的舌头而已。可是现在办起事来不像过去那样严格了,甚至完全不一样了。今天订下的法律往往朝令夕改;一个人刚答应要改正错误,可过一会儿却犯下更大的错误;一面在赞扬纪律,一面又在违犯纪律。总之,说到的不一定就做到。让魔鬼去咬舌头吧,我可不愿意咬,在席子后面也犯不着那么卖力,因为谁也见不到我呀。我真可为这个体面的决定好好颂扬一番。

西皮翁　贝尔甘萨,根据这一点,如果你是人的话,一定是个伪君子,你的所作所为与一切伪君子一样,都是表面的、伪装的、虚假的,在外面罩上一件美德的外衣,目的就是为了让别人颂扬你。

贝尔甘萨　我不知道我做了人会干什么,但我知道我现在想干什么,也就是决不咬自己的舌头。我现在有那么多事要讲,我都不知道如何和什么时候才能讲完,同时还担心一旦太阳出来,又不得不躲到黑暗的地方,无法结束这场讲话。

西皮翁　老天爷自有安排。继续讲你的故事,但不要不适当地偏离正路,离题万里,那么,即使长一点,很快也能讲完。

贝尔甘萨　告诉你,由于我看到那两个黑人的厚颜无耻、偷窃、下流的行径,就决定做个好仆人,尽可能用最妥善的办法对他们设置障碍。我做得极为妥善,终于能如愿以偿。这个女黑人,如你所知,下来与男黑人幽会,相信我吃了她扔给我的几块肉、面包和干酪就会保持沉默……西皮翁,所谓钱能通神,有钱能办许多事啊!

西皮翁　是能办许多事。可是请别岔开,往下讲吧!

贝尔甘萨　记得我在学习时听那位拉丁语语法教师说过一句他们称为格言的拉丁成语,叫"有头水牛堵了他的嘴"①。

----

① 这是一句流行甚广的谚语,意思是"被钱堵了他的嘴"。

西皮翁 啊,这时候你抛出这句拉丁语不合适,你怎么健忘得那么
　　快?我们刚刚说过,讲西班牙语时不准插上拉丁语。

贝尔甘萨 这句拉丁语在这里用得非常合适,谅必你也知道,雅典
　　人使用的货币中,有一种印有水牛图像,因此当某法官因接受
　　贿赂不按法律说话和办事时,别人就可说他"有头水牛堵了
　　他的嘴"。

西皮翁 这句话在这里怎讲?

贝尔甘萨 还不明白吗?女黑人给我礼物,是要我长时间保持沉
　　默,我自己既不愿意也不敢在她下来与男黑人幽会时吠叫,因
　　此我还是要说,有钱能办许多事啊。

西皮翁 我早已回答过你,钱是能办许多事的。要不是怕离题太
　　久,我可以用上千个例子来证明,有了钱就可以办很多事。不
　　过,如果老天爷给我时间和地方来讲讲我的生平,我或许也会
　　说几句的。

贝尔甘萨 上帝会满足你的要求的。先请听我的。我的善良本性
　　终于冲破了那女黑人不怀好意的礼物对我的笼络。于是,在
　　一个漆黑的夜晚,她像往常那样下来幽会,为了不惊扰屋里其
　　他人,我一声没叫就窜到她跟前,一下子就把她的衣服撕成碎
　　片,还咬下她一块肉。这个玩笑让她足足在床上躺了八九天,
　　她对主人假装不知得的什么病。她痊愈后,在一个夜晚又走
　　了下来,我又向她寻衅,这次我没咬她,只是像梳理一块毛毯
　　似的抓她全身。我们的战斗是悄没声的,而我总是胜者。女
　　黑人受了伤害后更加恼火,但是看来只好在我的毛皮和健康
　　上做文章。于是她就克扣我的口粮和骨头,我却慢慢地露出
　　了脊梁骨。然而,尽管他们克扣了我的口粮,却制止不了我的
　　吠叫。于是,为了一下子将我结果,女黑人给我拿来一份黄油

炸海绵。她的诡计被我识破了,我明白吃这个东西比吃老鼠
药更糟,吃后肚子会发胀,直到把命送掉为止。我觉得在这
些将我恨之入骨的敌人设的圈套下,不可能再待下去了,我
就采取避而远之的方法,尽量不与他们照面。一天,趁皮带
没拴上之机,我和他家谁都没道声再见就走上街头。约莫
走了不到一百步路,命运使我走到那个我在故事开头就提
到过的警官面前。他是我主人尼古拉斯·埃尔·罗莫的至
交。警官一见我,就认出我来,他叫了我的名字。我也认出
了他,等他一叫我,我就像惯常那样,又亲切又彬彬有礼地
走了过去。他抓住我的脖颈,对他手下的两名警察说:"这
是我好朋友的一条有名的救护犬,我们把它带回家去吧。"
两名警察极为高兴,他们说,要是能当大家的助手,就太有
用了。他们想抓着我,把我带回家,我主人说不必抓着我,
说我自己会走,因为我认识他。我忘记告诉你了,当我伤心
地离开羊群时带出来的那只带钢刺颈圈,在一家小客栈早
被一个吉卜赛人拿走了,所以在塞维利亚街上走时,我就没
戴颈圈,但是警官则给我套上一只布满摩尔人黄铜钉的颈
圈。西皮翁,请记住这只改变我命运的颈圈:昨日我还是个
书生,今日却成为警察了。

西皮翁　世界就是这样的,现在你对命运的变迁也没必要多说
　　什么了。听你的口气,似乎从屠夫手下的仆役变成警察手
　　下的仆役有多大的不同。我无法忍受,也没有这份耐心去
　　听一些人对命运所发出的怨言,然而这些人充其量也不过
　　有望当一名跟班而已!可是他们却口吐一些什么脏话啊!
　　他们辱骂人的恶言恶语又有多少!这一切无非是为了让听
　　到他咒骂的人,以为他是从一个前途光辉的好命运,从一个

至高点,降落到人们现在见到他们时那种不幸、低下的处境
而已。

贝尔甘萨　　你说得对。你谅必知道,这名警官与一位和他一起的
书记官是要好朋友。他们俩与两个妓女姘居,这两个小娘儿
们可是彻头彻尾的要不得的女人。说真的,她们也算稍有姿
色,但更多的却是娼妓特有的放肆和狡黠。她们就凭这些布
网下钩,以便在陆地上钓大鱼。她们按自己的身材涂脂抹粉,
梳妆打扮起来,让人一眼就看出是那种过放荡生涯的女人。
她们常去追逐外国人,当外国商船抵达加的斯和塞维利亚时,
就有她们挣钱的踪迹。她们一见到外国人就趋之若鹜。当某
个阔佬被某个"干净"女人搭上后,就有人去告诉那位警官和
书记官。他们就去宿娼地点,进行一次突袭,说他们非法姘居
把他们捉住;但是从不把他们送去监狱,因为那些外国人总会
用金钱来使自己免遭折磨。

　　于是,科林德雷斯(这就是警官姘妇的名字)钓上了一个
脑满肠肥的外国佬,和他约好在她住所用晚餐和宿夜,同时向
她情夫报信。他们刚刚脱光衣服的时候,警官、书记官、两名
警察和我就一起找上门去。这对男女惊慌失措,警官夸大他
们的罪行,命令他们马上穿上衣服,好把他们送进监狱。外国
佬感到难过,书记官做好做歹地从中调解,经过一番请求,罚
款数减到一百雷阿尔。他请求将放在床脚边的一把椅子上的
羊皮裤给他,里面有笔钱,他要用来赎回他的自由。可是那条
裤子不见了,他们也不可能找到它,因为我一进房间,鼻子就
嗅到了可以大快朵颐的腌肉味道,并发现这股味道发自长裤
的一只口袋。我是说,我在口袋里找到了一块上好火腿。为
了得到这块火腿,又不闹出一点声音,我把裤子拖到街上,称

心如意地吃起火腿来。等我回到房间，正碰上那个外国佬在用私生子和奸夫的语言讲话，他的话倒还听得懂，他让别人将裤子还给他，说裤子里他放有五十枚金币。书记官认为，不是科林德雷斯就是那两个警察，将钱偷走了，警官也这么认为。于是他将这些人分别叫出去，可是没有人承认，大家都骂起街来。我看到这一切以后，就跑回街上，走到我扔掉裤子的地方，准备把它弄回去，因为对我来说，钱是毫无用处的。我没找到裤子，因为已经有个走运的人路过那里时顺手把它拿走了，警官看到外国佬没钱行贿，非常恼火，就想从鸨母那里得到外国佬所没有的东西。于是，他把鸨母叫出来，她半裸着身子走来，听到外国佬的抱怨声，看到赤身裸体的科林德雷斯在哭泣，警官在大发雷霆，书记官在生气，两个警察把房中的东西洗劫一空，心里不是滋味。警官命令她穿好衣服，跟他一起到监狱去，理由是她在自己家中容许男女奸宿。此时情况异常混乱，大家的嗓门越来越大，乱成一团，只听见鸨母说道："警官老爷，书记官老爷，你们别跟我耍花招，我什么都看得清，你们骗不了我。你们给我闭嘴，快滚蛋，否则，凭从这扇窗户扔出去的画像起誓，我要把事情全抖搂出来。我非常了解科林德雷斯女士，我也知道这几个月来警官老爷成了她的保护人；你们最好别让我说得太清楚了，还是把钱还给这位先生，这样对大家都好。我是个体面女人，我丈夫持有贵族证书，证书上印有'为了永记在心'①字样，还有铅的印记。赞美上帝，我干这一行干干净净，既不损害他人，也不触犯法律，我按时纳税是众所周知的。看在上帝分上，别给我添麻烦，我的

---

① 原文为拉丁文，这是当时各类文件、证书的开头语。

事情我自己会处理好,至于她们,就因为我人不错,她们愿按我的吩咐接待客人,她们各人有自己的房门钥匙,至于她们在七重墙壁后面在干什么,我又不是林狼,能看透墙壁后面的一切。"

我的主人们听到鸨母的一席话,看到她如数家珍似的讲家史时,都惊得目瞪口呆。然而由于看到如从她身上捞不到钱,从别人那里更掏不到钱,就坚持要把她送进监狱,她就抱怨老天爷不讲理,抱怨对她所作的处置,说她丈夫正好不在,而他又是个十分尊贵的贵族。外国佬为他自己的五十枚金币在吼叫;两名警察坚称他们没见过那条长裤,上帝也不会允许这样的事发生;书记官悄悄让警察检查一下科林德雷斯的衣服,他怀疑她有可能拿走这五十枚金币,因为她们惯常会去掏摸嫖客的腰包和其他隐蔽之处。她说外国佬喝醉了酒,因而他说的钱一定是在信口胡说。于是,一切都乱了套,只听见一片叫喊声和赌咒声,要不是副市长正好到那里视察,听见里面的喊叫声而走进来的话,这些声音是无法也不会平息下来的。他问这是什么原因,鸨母就将详情一一告知,她还告诉他谁是神女科林德雷斯——此时她已穿好衣服——公开她与别人的包括与警官的交情,把他们的诡计与窃钱方式一一揭露。同时她又为自己作了辩护,说从来没有什么可疑的女人经她允许进入她的店里;说她被人奉为圣徒,她丈夫被看作圣人;她一边叫侍女速速从箱子里将她丈夫的贵族证书取来,让市长老爷过目,一边对市长说,从证书中他将发现,一个有这样体面丈夫的妻子是不会干坏事的。至于说她租床铺让人干这种生意也是出于无奈,上帝知道,她为此是多么地难过,她只不过想得到一点租金,买一些日常所需的面包聊以糊口而已。

市长听到她对贵族证书如此絮叨,赞不绝口,感到十分恼火,他说:"店主大姐,我愿意相信你丈夫有贵族证书,以及你所说的他是个有贵族身份的店主。""十分荣幸,"女店主答道,"可是世界上有哪个贵族世系(不管它有多高贵)不被人评头论足的呢?""大姐,我要告诉你的是,你要再遮掩下去,就得去坐牢。"她一听到这句话,就跌倒在地,猛抓自己的脸,大声喊叫,但是尽管如此,十分严厉的市长,还是把所有的人都押往监狱,其中有外国佬、科林德雷斯和鸨母。后来我知道,那个外国佬丢了五十枚金币,另又判他支付赔偿费十枚金币,判鸨母也支付同样数目的赔偿费,科林德雷斯无罪释放。当天她又勾引上一名海员,用同样的告密手法,让他代替那个外国佬支付那笔款子。西皮翁,由此你已经看到,我说的那些像模像样的家伙,是多么地不堪一提啊!

西皮翁　最好还是讲讲你主人的无赖行径。

贝尔甘萨　那么你听着,这个我只能尽力而为,因为讲警官和书记官的坏话,我是很难过的。

西皮翁　是的,然而,说一个人坏不等于说所有人都坏;确实有许多书记官都很不错,他们忠实守法,是不伤害第三者的使人欢乐的朋友;他们决不拖延案件,对诉讼双方不偏不倚,决不做超越自己权力的事;他们对别人的私生活既不刻意追索打听,也不无端怀疑;他们也不与法官串通一气,狼狈为奸;并不是所有的警官都与游民、骗子手有勾结,也不都像你主人和姘妇那样撒谎骗人。很多人本性高贵,品格高尚,决不胆大妄为,惹是生非,也不骄横无礼,他们有不坏的教养,他们不像那些往来于客店,向外国人挥舞宝剑的人那么卑劣,他们使的剑比通常的要长,闹不好,剑的主人会伤及自己。的确,并非所有的人想抓就抓，想放就放的，也并非所有的人想当法官和律师就可以当上。

贝尔甘萨　我主人自命不凡，卓尔不群。他自诩勇敢，认为把人关进监狱干得漂亮；可是他维持这种勇敢用不着冒人身危险，却须以金钱为代价。一天，他在赫雷斯门独斗六名臭名昭彰的流氓。当时我没能帮他一点忙，因为大白天我的嘴上戴有口套，要到晚上才摘掉。看到他奋不顾身的勇猛精神，我很惊讶。他在流氓的六把剑中间进退自如，那些剑犹如柳条一般柔软，他进攻时轻灵的身手令人叹为观止，他使剑刺进的动作毫发不差；他的目光还时刻警惕着可能来自背后的剑击。最后，他在我眼里，以及在目击和知道这场决战的人看来，是又一个罗达蒙特①。他将对手从赫雷斯门带到了百步之遥的罗德里戈预科学院，把他们关好后，回来取作为战利品的三把剑鞘，然后将它们呈献给该市市长，如果我没记错的话，他就是萨尔米恩托·德·巴利亚达雷斯硕士，他以捣毁绍塞达匪巢而闻名。人们看见我主人走在街上，用手对他指指点点，似乎在说："他就是敢于独力和安达卢西亚第一号勇士搏斗的勇士。"白天，他在城里转悠，目的就是让人瞻仰；到了晚上，我们来到粉坊附近的特里亚纳街上，我主人（就像故事中说的那样）东张西望地探视一下是否有人看见他，然后，溜进莫尼波迪奥的帮派所在地，我紧跟在后，我们在院子里见到那些角斗的大力士们，他们身上没披外套，也不佩剑，而是敞着怀。内中一个想必是主人，他一只手拿个大酒罐，另一只手拿着一只酒店里的大酒杯，杯里斟满冒泡的酒，在向全体祝酒。他们

---

① 阿里奥斯托作品《疯狂的奥兰多》中的人物，象征勇敢。

一见到我主人，都张开双臂迎上前来。大家都向他祝酒，他也祝酒答谢，向大家一个不漏地一一致意。他的态度是那么和蔼可亲，充满友情，他可不想在小事上得罪任何人。现在我想给你讲讲他在那里做什么。他们边吃晚饭，边谈他们打架斗殴和偷窃的事，他们谈与他们打交道的女人，对她们评头论足，他们相互吹嘘对方，谈到那些不在场的勇士以及他们精湛的剑术。晚饭刚过一半，就离席练起他们提及的剑术，他们以手代剑，出招精妙绝伦，最后，那位被众人尊为老爷和家长的主人，露了一手繁复的剑招，只要他高兴，这种剑术可以随时随地将我带进迷宫而不得出。终于我总算弄明白，那家的主人、人称莫尼波迪奥的是窃贼的窝主，是流氓、地痞、盗匪的掩护人，而我主人的那场械斗是与他们预先商量好，让他们届时撤退，留下剑鞘的。为此我主人要负责开销一顿晚餐，让莫尼波迪奥邀请众人吃上一顿，此事，他们早在早餐时就已皆大欢喜地达成了协议。在吃饭后甜食时，有人进来密告我主人，城里来了个外地流氓，看来比他们更厉害、更勇敢，讲话时流露出的几分羡慕的口气。于是我主人在第二天夜晚就把他抓了起来，当时他光身躺在床上，如果他是穿好了衣服，按其身材而论，要抓住他就不那么容易了。通过这次抓人入狱和那场突如其来的格斗，使我那个胆小如兔的主人，顿饭之间成了勇士，然后，他用请客喝酒，外加他的聪明、才智及其工作的便利，将这名声继续保持和流传下去。

但是先请耐心听本人讲一则故事，故事内容，我既不删节分毫，也不添油加醋。有两个盗马贼在安特凯拉盗了一匹骏马，把它牵到塞维利亚以便安全脱手，他们使用的计谋，我觉得颇具匠心，他们俩分别住宿在两个地方，一个向法院递上状

纸,状告佩德罗·德·洛萨达欠他四百雷阿尔,随状纸一起递
上去的还有一张签了字的借据。市长吩咐传那个洛萨达来辨
认借据,如果属实,就要他交一笔抵押,否则将把他送进牢房。
这件事由我主人及其朋友书记官负责办理。那个盗马贼把他
们带至另一人的住所,对方当场认出是自己的签名,承认了这
笔债务,决定将马拍卖抵债。我主人一见这匹马,眼睛就瞪得
大大的,说如果拍卖,他想买下来。盗马贼依法律条文卖马,
出售时通过一个中间人与我主人在袖筒里成交,最后定价为
五百雷阿尔。这匹马应值卖价的一倍以上,然而卖者急于脱
手,所以一开价就定了下来。盗马贼收回了别人并未欠他的
债款,他的伙伴收回了那张他并不需要的付款收据,我主人则
留下了那匹马,而这对他却塞扬努斯①在其主子面前的遭遇
更惨。两个盗马贼清理一番就走了。过了两天,我主人在检
查过马具及其他必需品后,就骑着那匹马来到圣弗朗西斯科
广场,比穿着过节服装的乡下人还要得意洋洋。别人祝贺他
买了件便宜货,都说那匹马值一百五十杜卡多,所以他等于花
一分钱就买回一只鸡蛋,于是他骑着马来回折腾,他的悲剧也
就在这个广场上演了。在他来回遛马时,来了两个身材匀称、
衣着讲究的人,一个说:"上帝有眼,这不是不久前在安特克
拉被人偷走的我的马'铁蹄'吗?"跟他同来的四名仆人异口
同声说千真万确,就是那匹被人盗走的"铁蹄"。我主人一
听,惊得目瞪口呆。马主上告法院,他有证据,而且十分齐备,
结果法院判他胜诉,我主人的马被收回了。大家得知这是盗
马贼设下的圈套,借法院之手销赃,几乎所有的人都为我主人

---

① 塞扬努斯(公元前20—公元31),古罗马帝国的大臣,因觊觎最高权力而被处死。

因贪心反而赔钱而拍手称快。

真是福无双至，祸不单行，就在那天夜晚，还是同一位市长出来巡夜，因为据说在圣胡利安区有窃贼出没，当他走过一个十字路口时，看见有个人在奔跑，市长就抓住我的颈脖，嗾使我道："去追小偷，加维兰，哎，加维兰，我的孩子，去追小偷，追小偷！"当时我已很讨厌我主人的卑劣行径，为执行市长下达的命令，我毫不迟疑地冲向自己的主人，他还没来得及还手，我就将他扑倒在地，若不是别人把我拉开，我准会咬上几口。别人费了不少劲才把我们分开。那几个警察想惩罚我一下，甚至想用棍子将我打死，要不是这时候市长出面干涉，他们是会这样做的，市长说："谁也不准碰它，它是执行我的命令。"他们才知道这是一场恶作剧。我呢，没向任何人道别，从城墙的一个洞口钻了出去，到了野外，天不亮就来到距塞维利亚四里格的迈雷纳。运气还算不错，我在那里遇到了一连士兵，我听说他们要乘船去卡塔赫纳。连队里有我主人的四个狐朋狗友，那个鼓手当过一阵子警察，与大多数鼓手一样，是个喜讲下流笑话的人。他们都认识我，都和我讲话，问起我主人，好像我会回答他们似的。然而其中最喜欢我的还是那名鼓手，因此我决定顺着他，只要他愿意，哪怕他要将我带到意大利或者佛兰德，我也跟他去。因为我认为，甚至你也同样会认为，有句成语说得好："在小镇，在卡斯蒂利亚时是蠢人，一旦游历了各地，与各种人打过交道，就会变成聪明人。"

西皮翁　千真万确。我记得曾听一位天分极高的主人说过，有个大名鼎鼎的叫尤利西斯的希腊人，别人给他取外号叫"智者"，就因为他走过许多地方，和各种人及不同国家都有交往。所以，我赞赏你跟随他们周游各地的打算。

贝尔甘萨　于是，鼓手为了更好地表现其善于戏谑的才能，就开始教我跟着他的节拍跳舞，做一些别的滑稽动作。这些动作是那么与众不同，我跟你说实话，如果不是我，别的狗是万万学不会的。他们结束了在该地区的任务，就慢慢向前推进。没有委员限制我们的行动，连长是个小伙子，却是个出色的骑士、杰出的基督徒；旗手不久前才离开宫廷和膳房；军士为人精明能干，负责连队从拔营到登船所需的辎重运输，这方面他做得非常出色。行进中的连队的成员良莠不齐，其中不乏逃兵和无赖，他们在军队经过的地方横行霸道，动辄骂人，根本不管是否该骂。于是，倒霉的却是因臣属的过错而受大臣们指责的善良的王子，而一些人杀了另一些，也并非主子的过错。因此，尽管主人想方设法力图补救，但已无法弥补造成的损失，因为在相互争斗中发生的全部或大部事情本身就会带来非议、指责与不和。总之，在不到十五天的时间里，由于我的聪明勤快，在我所选择的主人的努力下，我学会以下要求：他一说"为了法兰西国王"，我就跳一下；他一说"糟糕的老板娘"，我就不跳。他还教我像那不勒斯马那样直立，像拉磨的骡那样打转，要不是我注意不过分表现自己，不过多地做那些动作，别人准会怀疑我这条狗是否有魔鬼附身，才会做这些动作。于是，他给我取了个名字叫"神犬"，我们还没有到达宿营地，他就敲起鼓，边走边宣传说，凡是想观看"神犬"的神奇表演才能者，都可到某家或某医院观看，收费根据人数多少而定：每人收八个或四个马拉维迪。经这一宣扬，当地人没有不来看我的，看后无不交口称奇和满意。我主人成功了，赚了很多钱，他的六个伙伴都由他供养，生活过得像国王。妒忌和羡慕使那些无赖汉产生了偷我的坏主意,他们在等待和寻找机会。这些游手好闲之徒贪图的是吃喝玩乐。因此在西班牙会有那么多杂耍演员,有那么多人表演宗教剧,那么多人售卖胸针和民歌小曲,然而尽管他们卖掉所有的东西,所挣的钱还不足一天的生计。因此,有些人就一年到头都泡在饭馆酒店,而且我还明白,他们除了工作,就是去那里买得一醉。所有这些人都是些流浪汉,是一群一无是处、无所事事之辈,是一群酒囊饭袋。

西皮翁　别再说了,贝尔甘萨,别再犯老毛病。继续讲吧,夜晚快结束了,一想到太阳出来时我们又不能讲话了,心里实在不乐意。

贝尔甘萨　请注意听着。在已经创造出来的事物上进行加工,是件容易的事,这一点我是从我主人惟妙惟肖地模仿那不勒斯骏马的动作上悟到的。他为我做了几张有装饰图案的鞣制皮革,披在我身上,又在我背上安了一把小椅子,椅子上坐了一个轻型塑像,塑像人手持长矛,表演穿环马术;他教我笔直地向安置在两个木桩间的圈跑去。到了演出套圈的那天,他对人宣传说"神犬"将进行钻圈,并且还将做一些从未上演过的新的优秀节目,而我呢,正如有人说的那样,由于自己的灵活的头脑,做了一些即兴的动作,不让人觉得我主人是在撒谎。接着,我们就动身去蒙蒂利亚,这是阿吉拉尔及蒙蒂利亚领地,享有盛名的伟大基督徒普列戈侯爵居住的地方。他们按照我主人的要求,将他安置在一家医院里。接着,他照例出告示,由于"神犬"名声在外,所以不到一个小时,院子里就挤满了人。我主人看到收获上佳,极为高兴,那天表演的滑稽节目太多了。第一个节目是让我在一个像桶似的笋圈中跳来跳去,他嘴里却念念有词地说一些普通的话语。他手中的楹梓树条才是动作的信号,往下按是要我跳,往上举是让我不动。那天他念念有词的第一句话(是我终生难忘的话)是这样说的:"哎,加维兰朋友,为那位你认识的穿绿色衣服的染胡子老人跳一个吧,你如果不愿意,就为那位在巴尔德亚斯蒂利亚斯工作的加利西亚侍女的女友平皮内拉·德·普拉法戈尼亚太太的风采与仪态跳一个吧,不合你心意吗,加维兰孩子? 那么,你就为那位签名为硕士但未获任何学位的中学毕业生帕西利亚跳一个吧! 噢,你这个懒鬼,为什么不跳呢? 可是我已经明白你的鬼心眼了;现在为与京城、圣马丁和里瓦达维亚出产的烧酒齐名的埃斯基维亚斯烧酒跳一个。"他将树条往下一按,我就跳了一下,并觉察到他的满肚子坏主意和狡猾之处。接着,他又大声地对观众说:"尊贵的观众,请别以为这只狗知道这一切只是开开玩笑而已。它学会了我教给它的二十四个节目,为了看其中最简单的节目,鹞鹰都会远道飞来,也就是说为看这个节目,人们可以走三十里格路赶来看。它会跳萨拉班达舞和查科纳舞,跳得比这些舞蹈的发明者本人还要好。它能把一阿孙勃雷①酒喝得一滴不剩。它弹嗦、法、咪、咪,可以弹得和教堂司事一样好。这些节目以及别的许多我准备告诉大家的节目,在我们连队在本地逗留期间,都将为诸位表演,以饱大家的眼福。现在就让我们的'神犬'跳一个,然后再表演最精彩的节目。"这一席话使得被他称为观众的人们大为惊讶,心中燃烧起一股强烈的愿望,决不放弃看我会表演的所有节目。这时候,我主人转身对我说:"加维兰孩

① 容量单位,相当于二升。

子,快去把你垒起来的跳圈拆掉,不过要听从据说住在本地的
那位著名女巫的吩咐。"他的话刚说完,就看见一位年过七旬
的老妪——一家医院的负责人——走出来说道:"无赖,多嘴
多舌的人,骗子,婊子生的,这儿根本没有什么女巫。你如果
说的是卡马恰,她已经为自己的罪行付出了代价,而且已经到
上帝才知道的地方去了;你如果说的是我,下流坯,我这一生,
无论过去还是现在都不是什么女巫。如果说我有过当巫婆的
名声,那是由于那些作伪证者,由于法官不按法律条文,凭空
臆断,偏听偏信作出判决所致。众所周知,我的一生,该忏悔
的不是我未行使过的巫术,而是其他许多罪孽,其他作为罪人
所造下的罪孽。因此,奸诈的鼓手,快从医院滚出去,不然的
话,凭我的十字架起誓,我将马上赶你出去。"接着,她就大喊
大叫,对我的主人讲了一大堆辱骂的话,令我主人惶惑不安,
惊恐失色。她说什么也不让我主人继续演出节目。我主人倒
没有因为这阵骚乱而难过,他是为钱而难过。他决定改期到
别家医院演出,上演那些没在这里演过的节目。人们咒骂起
那个老太婆来,在巫婆名字上添油加醋地称她为丑巫婆,大胡
子巫婆。尽管如此,当晚我们还是在这家医院过夜。这个老
太婆在牲口栏里见我孤身一个时,对我说道:"孩子,你是蒙
铁尔吗? 老天保佑,孩子,你就是吧?"我抬起头,悄悄地看着
她;她见我看着她,就含泪走过来,伸开双手抱我的脖子,要是
我让她抱着的话,她还会亲我的嘴,但是我讨厌亲吻,因而没
让她抱住。

西皮翁　你做得对,因为无论是吻老太婆还是让老太婆吻你,都不
　　是什么福气,而是受罪。

贝尔甘萨　这件事,我本该在开始讲故事时就告诉你,这样就免得

我们对她在见面时讲的这番话感到惊讶了。因为你迟早会知道她对我讲的话，她告诉我："蒙铁尔孩子，跟我来，你就会认识我的房间了，今晚我们可以单独在那里见面，到时候，我把门开着。你知道，关于你的身世，我有许多许多话要对你讲，这全是为了你好。"我低下脑袋表示听从她的话。根据她后来告诉我的话看来，她却据此认为我就是她所寻找的那条狗蒙铁尔。我当时既惊诧又困惑，等着夜晚的降临，想看看老太婆究竟要对我讲些什么神秘怪异之事，别人为什么要叫她巫婆。我盼望与她见面，听她谈重大事情。终于等到了在她房间与她见面的时候。这是一间灯光昏暗，又窄又矮的房间，里面只有一盏陶制油灯在发出微弱的光，老妪把油灯拨亮一点后，坐在一只小箱子上，把我拉近她身边，一言不发地将我抱了起来。我又注意不让她亲吻我。下面就是她告诉我的第一件事：

"在我做完最后一场梦闭上自己的眼睛进入天国前，我多么盼望能够见到你啊，我的孩子。既然我已经见到了你，就让死神降临吧，带我脱离这人生的苦海吧。你一定知道，孩子，本城住过当今世界最负盛名的女巫师，名叫卡马恰·德·蒙蒂利亚，她的法术独步天下，因此，连我听说过的历史上的拉斯·埃里托斯，拉斯·西尔塞斯和拉斯·梅德亚斯都无法与她相比。只要她愿意，她可以聚云成冰，移云蔽日；心血来潮时，她又能拨开乌云见晴天；她可在刹那间把人从远方搬来；对那些由于一时不慎而没守住自己贞操的少女，她可以奇迹般地为之设法补救；能体面地为不贞的寡妇遮掩；她能使已婚的女子离婚，也能使怀春女子喜结良缘，如愿以偿；在她的花园里，十二月玫瑰盛开，正月里却在收割小麦。至于说，在木盆里长水田芥更是微不足道,对人们要求她在镜子里或在婴儿指甲中显示生者或死者的情形也不在话下。盛传她能把人变成动物,有人曾被变成驴,为一个教堂司事服役六年,这可是千真万确的事,我可一直无法弄明白这是怎么一回事。因为人们谈起的那些变人为牲口的古代魔法师,据深知内情者说是没什么稀奇的,只不过是那些女魔法师以其如花美貌和恭维人的甜言蜜语勾引住那些喜爱她们的男人,征服了他们,从而使他们心甘情愿地像牲口一样供她们驱使。但是你,我的孩子,经验告诉我,情况正相反。我知道,你是个有理性的人,只不过外表长得像狗而已,与那种因施加魔法而使东西似乎起了这样那样的变化的情形不同。不管怎样,我现在难过的是,作为'可怜'的卡马恰的弟子,你母亲和我,都没有达到她的水平;这倒不是由于我们缺少智慧、才能或胆略,这方面我们绰绰有余,而是由于她的心术不正,她为自己留一手,从来不愿把关键的东西教授我们。

　　"孩子,你母亲名叫蒙铁拉,她的名气仅次于卡马恰。我的名字叫卡尼萨雷斯,如果说我没有她们俩博学多才,至少我的心肠和她们一样好。你母亲确实胆略过人,她敢于施展魔法孤身与一群魔鬼斗法,对此,就连卡马恰本人也自愧不如。我总是有点胆小,我要能用魔法对付其中一半魔鬼,就心满意足了。不过,斗法结果双方都相安无事。可是,在调制我们巫婆专用的膏油方面,她们俩都不比我强,即使今天,如仍按老规矩办事的话,我也决不输给她们。你应该知道,孩子,鉴于我曾经看到,现在依然看到,驾着时代的轻盈翅膀翱翔的生活已经结束,我已经摈弃多年来全身心迷恋的和使用的魔法,我现在只保留着一分做巫婆的好奇心。当然,要摈弃这一切是

非常困难的，你母亲也是如此，她与许多积习决裂，一生中也
做了不少好事，但她终于死了，不是死于任何疾病，而是死于
悲痛。她知道，她师父卡马恰对她心怀妒忌，也许是怕她知道
的东西与自己一样多，会不尊敬师父，也许是另一种我一直没
打听出的原因而产生的妒忌，总之她们间产生过一场争吵。
于是，在你母亲怀孕后临近分娩时，你的教母卡马恰把你母亲
生下的胎儿接在手里，给你母亲一看说，她生下的是两只小
狗。你母亲见此情景就说：'这里有鬼，这里有人捣鬼！''可
是蒙铁拉妹妹，我是你的朋友。你生下狗胎，我会为你掩盖，
你可要保重身体啊，想开一点，忘掉这个不幸吧。这种事不会
给你留下任何痛苦，你知道我对这种事知道得很清楚，多少日
子来，你除了跟你的朋友脚夫罗德里格斯外，没跟别人有任何
来往，那么说，这个狗胎是来自别人的了，这倒有点不可思
议。'我和你母亲都十分惊讶，因为这桩怪事发生时，我一直
在场。卡马恰走了，抱走了小狗。我留下来侍候你母亲，为她
分忧解闷，你母亲无法相信所发生的一切。卡马恰的末日终
于来到了，在她临终时刻，她把你母亲叫去，告诉你母亲出于
对她的恼恨，如何将她生下的孩子变成小狗。但是，她叫你母
亲别难过，说他们会在别人意想不到的时候重新变人，可是有
个条件，即下面这些事不能由他们首先亲眼见到：

> 当别人机敏地见到
> 一只强健有力的手
> 推倒宏伟的建筑，
> 倒塌的陋屋重新盖起之日，
> 即他们恢复本来面目之时。

"卡马恰对你母亲说完这件事之后就死了,这个我已告诉过你了。你母亲将这些话做了笔录并且记在心里,我也将它牢记在心,以便有机会时将此事告诉你们中的任何一个。为了能辨认出你们来,我就用你妈妈的名字叫所有你这种颜色的狗,我不是想到那些狗会知道你妈的名字,只不过想看看它们在听到叫你母亲的名字时与叫其他狗名时的反应有多大差异。今天下午,由于见到你做了那么多事,别人又称你为'神犬',而我在牲口栏里叫你时,你又昂头看我,我相信你就是蒙铁拉的儿子。我非常高兴能把你的经历告诉你,非常关心用什么方法才能使你恢复本来面目。我希望恢复的方法十分容易,就像阿普列尤斯①的《金驴记》一书中写的那样,只要吃一朵玫瑰花就行。可是你的情况却不一样,你只好依靠别人的行动,而无法靠自己的努力。你现在必须做的事是,在心中求上帝保佑,盼望那几句我不想称之为预言而只能称之为哑谜的话,早日顺利应验,因为可怜的卡马恰说过的话无疑会应验,而你和你兄弟——如果他还活着——一定会如愿重逢的。

"令我深感难过的是我已行将就木,已来不及看到这个结局了。我多次想问附身的巫神,你的事情究竟会怎样?可是我不敢,因为他对我们问他的事,从不直接回答,总是拐弯抹角,用有许多含义的词作答。因此,对我的主神,不要问他什么问题,他的答话总是在一句真话里掺上成千上万句谎话。而根据他的回答,我可以说,他对未来的事确实一无所知,仅

---

① 公元二世纪的古罗马作家,出生于北非,写的作品以题材新奇著称,代表作《金驴记》,讽刺罗马帝国的社会生活。

仅是推测。因此,受尽他欺骗和愚弄的我们这些巫婆,再也不能受他欺骗了。我们要是想见他,需要到一个离这里很远的地方去,那儿聚集着无数男女巫师,给我们吃的是些乏味的食品。那里发生的事,说真的,在上帝和我自己的良心面前,我都不敢启齿,那些事卑鄙而且肮脏,我不愿意讲,怕弄脏你的耳朵。有人认为参加集会的并非我们本人,仅仅是我们的幻觉而已,附身巫神向我们展示的无非是事物的幻象,事后我们对别人说起这些事来却津津乐道,若有其事。也有人说,参与集会的并非幻觉,确是我们真正的灵与肉。真真假假,其说不一,连我们自己也分不清什么时候是真,什么时候是假。因而我认为这两种看法都对,因为实际上,我们幻觉经历的事是那么强烈,与真实情况极难区分。因此,有几次宗教裁判所的老爷们把我们中间有些人抓去关起来,我想,这也说明那些传闻是实有其事的。

"孩子,我多么想与错误的东西决裂,为此我也尽了努力:我避身来这里担任院长,为穷人治病,我通过为他们办事,减轻他们病痛而感到欣慰,为了照顾他们,有时我还不得不替他们消灭衣服上的虱子。我在公开场合做祷告,而满腹的牢骚却在人后发泄。所以,看来伪善者要比公开认罪的罪人更得人心:我做的表面上的好事,正在渐渐洗刷掉留在熟知我过去做过坏事者的记忆。事实上,虚假的好事,除了对自己有害处,对其他任何人都没有伤害。注意,蒙铁尔,我现在对你提出如下忠告:尽量做个好人,如果万不得已做了坏人,也尽量别让人看出来。我是个女巫,这个我不否认,你母亲是巫婆和魔法师,我也不能对你否认,然而我们两人的善良外表却使我们取信于别人。在她去世前三天,我们两人还在比利牛斯山的一个山村参加一次盛大郊宴，因此当她去世时，表现得如此宁静安详，要不是在灵魂安息前的一刻钟她的某些古怪的表情，真会给人一种她当时是躺在花床上的感觉。她两个孩子的事一直是她心中的疙瘩，因此，她从未原谅过卡马恰，哪怕在她临终前也一样，这表示她对自己的事是多么地执著、坚决。我为她闭上眼睛，送她到墓地落葬。我把她留在那里，从此与她人鬼殊途，尽管我尚未丧失在我死前再见她的希望，因为听说有人见到她幻化成各种形象，在墓地和交叉路口出没。也许有朝一日我会碰上她，到时我将问她是否还有事要托付我，以减轻她良心上的负担。"

老太婆对我说的赞美我母亲（据她说是我的母亲）的每一件事，都像一枝穿透我心的利箭。我真想朝她猛扑过去，用利齿将她撕成碎片。我没有这样做，是不想让她这样惨死。最后她对我说，那天晚上她想抹上油膏后去参加一次例会，想在会上向她的附身神问一些我的未来。我真想问她，她抹的是什么油膏，她似乎看出我的想法，就像我已经向她提过问题那样回答我说：

"我们女巫抹的这种油膏是由极寒天气中生长的草汁配制而成，可不像老百姓所说，是用被我们掐死的孩子的血制成的。这方面你也许会问我，巫神叫我们扼杀幼嫩的新生儿有什么好处，有什么可高兴的，因为他知道，经过洗礼的、清白无辜和没有罪孽的人会升入天国，而每个从他手中逃脱的基督徒灵魂都会令他感到特别难受，对此我只能用下面的谚语作答：'与其一目受伤，不如双目失明。'有的父母亲自己身受凌辱，竟把亲生儿女也杀了。所以对于巫神、魔鬼来说，更重要的是要我们逐步犯下如此残酷、狠毒的罪行。我们所干的罪行都是经上帝许可的，因为据我经验所知，没有上帝的允许，这个魔鬼是连一只蚂蚁也不敢得罪的。这一点是千真万确的，记得有一次，我请求他将我一个敌人的葡萄园毁掉，他却回答说，就是碰一下叶子也不行，因为上帝不愿意。因此，等你长大成人，你就会明白，降临人间、王国、城市、村镇的一切灾祸，还有暴卒、灾难、堕落等坏事，都出自上帝之手，都是经他许可的。而所有因过错而造成的伤害和坏事的起因还在于我们本身，上帝是无可指责的。由此可以推断，我们就是罪恶的渊源，这些罪恶是通过我们的意图、讲话和行动形成的，可是，诚如我已说过那样，这些都是得到上帝允准的。孩子，你要是听得懂我的话，你会问是谁使我成为神学家的，甚至你会在心里说：'这个老婊子，为什么非当巫婆不可！ 既然她知道上帝允许她干这些罪行，也就会很快原谅她的罪过的，为什么还不去见上帝呢？' 对此，就像你已经问过我这个问题那样，我可以回答你，恶习已成自然，当巫婆已成为自己的血和肉，躯体中蕴藏的大量的热与被它带来的心灵中的冷相融合，使她变得冷静，在信仰上却变得木然，从而产生一种忘我的境界，既记不起上帝威吓她时曾有的恐惧，也忘却了那诱惑她时感到的荣耀。事实上，人的七情六欲正由于肉欲和纵情欢乐而得到调节，它让人陶醉，着迷，起到应有的作用。于是，剩下的就是乏力、无用、大伤元气的灵魂，连一些美好的想法都不再存在，无法进行思考，只能听任自己陷入痛苦的深渊，连上帝出于慈悲向你伸出手来扶你一把时，都不想抬手给上帝。我本人就具有我向你描绘的那种灵魂，这一点我看到了，心里也很明白，然而纵情欢乐束缚住我的意志，使我无论过去、现在还是将来都是个坏女人。

"不过，让我们先别说这些，回到涂油膏的事上来吧。我说到油膏是那么冷，涂上后就失去一切知觉，我们赤身裸体地躺在地上，这时候人们说，我们所经历的全是幻觉，而我们看来一切都是如此真实。另外有几次，我们刚涂上油膏，就觉得自己面目全变了样，我们变成公鸡、猫头鹰或乌鸦，我们走到了巫神等我们的地方，一到那里，我们又恢复了本来面目，于是我们又尽情欢乐一番；这方面我就不想对你讲了，因为一想起这种事，心里就恼火，而且也羞于启齿。尽管如此，我还是巫婆，我披上这身伪善的外衣，掩盖自己的许多错误。的确，如果有人因为我做过好事而敬重我，倒也有不少人当众指着鼻子辱骂我。给我留下较深印象的是，有一个与我及你母亲都有关系的法官，因贿赂一个刽子手不遂，竟恼羞成怒，迁怒于我们，利用他的全部权力，对我们施加压力。然而，这种事毕竟已经过去，一切往事都如过眼云烟，记忆已经终结，生命不会倒流，话也讲厌了，一切都已事过境迁。现在我是院长，我的行为产生了良好的效果；我的油膏给过我美好的时光，尽管我现已七十有五，但还没到老得活不了一年的程度。由于年龄关系，我已不能斋戒；由于有头晕病，已不能祈祷；由于腿脚无力，已不能去朝圣；由于自身贫困，也不能救济他人；由于自己好背后议论别人，也就别指望好事登门；但是为了想获得好处就非去想它不可，所以我想的往往是一些不好的念头。尽管如此，我知道上帝是好的，是慈悲为怀的，他知道我是什么人，这就够了。这次谈话先谈到这里吧，谈这些事真叫我伤心。孩子，过来吧，你就会看到我涂膏油的情况了；有了面包就会使你忘却痛苦；晴天你就待在家里；该笑时就别哭；我的意思是，尽管魔鬼给予我们的欢乐是虚假的，我们还是觉得有过欢乐,而更大更多的纵情欢乐,至少我们在想象中是得到过的,尽管在实际生活中根本没有欢乐可言。"

她长篇大论地讲了这番话,就站起身来,拿起油灯走进一个更窄小的房间,我跟随她进去,心里思绪万千,对听到的以及盼望见到的一切惊讶不已。卡尼萨雷斯把油灯挂到墙上,以极快的速度脱光衣服,只剩一件内衣蔽体,接着,从墙角取出一只上釉的陶罐,将手伸进去,一边口中念念有词,一边将膏油从头涂到脚,当时她头上连头巾都没系。在涂油结束前,她对我说,她那失去知觉的躯体一会儿可能仍留在房内,一会儿也可能不见了,让我别惊慌,一定要留在那里,守到天亮,因为她是去打听有关我重新变人的确切消息。我低下脑袋,表示我会照办,她涂完油膏,就像死人一样躺倒在地。我把嘴靠近她的嘴,发现她呼吸不疾不缓,很是匀称。

西皮翁朋友,有件事我愿向你承认:我非常害怕被关在这间窄小的房间里,面前还躺着这么个人。为使你更好地了解,我将为你描述一番。她身长超过六英尺①,全身像个盖着一张鞣制过的多毛的黑皮的骷髅架子,熟羊皮一般的肚皮遮盖了阴部,还有一部分耷拉到大腿的一半处。两只乳房像母牛又皱又干瘪的两只膀胱,加上黑黑的嘴唇,紧闭的牙齿,弯弯的鼻子,两只距离很开的眼睛,披头散发,瘦削的脸颊,窄小的咽喉和凹陷的胸部,总之,一切都显得干瘦而且令人讨厌。我静悄悄地看着她,想到她那难看的身躯以及她更为丑陋的灵魂,马上产生一种恐惧感。我想咬她一下,看看她是否会醒过来(她还没有令人恶心到妨碍我咬她的程度),然而我却找不

---

① 西班牙通用的英尺长度相当于零点二八米。

到下口的部位。最后，我咬住她脚后跟，将她拖往院子，即使这样，也没迹象表明她还有知觉。到了院子，看见天空，环境宽敞，原先害怕的感觉也就消失了，至少已经镇定下来，有勇气等着瞧那个坏女人停止走动的结果，以及她对我讲的有关我的情况究竟如何。对此，我问自己："是谁使这坏老太婆这样聪明，又这样坏的呢？她是怎么知道哪些是损人的坏事，哪些又是罪过呢？她，一个如此了解上帝，出口不离上帝的人，怎么干的却是魔鬼的勾当？她怎么如此愚昧无知，居然毫不掩饰地干坏事呢？"

夜晚就在我思考问题中消逝，代之而来的又是白天。我们就待在院子中央，她仍然未醒。我就在她身边蹲下来，注视着她那可怕的丑陋嘴脸。医院的人走来，见此情景，有的说："神圣的卡尼萨雷斯过世了，你瞧，她忏悔时人变得多厉害，有多瘦啊。"另一些人想了一下，走过去摸摸她的脉搏，发现还在跳动，没有死，从而认为是神志昏迷，没事儿。也有人说："这个老婊子无疑是个女巫，准是抹了膏油；圣徒们决不会做这种寡廉鲜耻而又灵魂出窍的事，到现在为止，在我们这些认识她的人中间，都知道她是个巫婆，而不是什么女圣人。"出于好奇，一些人走过来用别针扎她身上的肉，即使这样，也未能唤醒这昏睡的女人。一直到早晨七时许她才醒过来。由于身上有针扎感，脚后跟也被咬过，以及被从房间里拖出来时碰伤的感觉，看到有那么多只眼睛在看她，她相信这一事实：我是让她出丑的罪魁祸首。于是，她向我猛扑过来，用双手掐住我的脖子，想掐死我，同时说道："啊，坏蛋，忘恩负义、愚昧无知、存心不良的家伙！这就是你对我为你母亲做的好事，以及准备为你做的好事的报答吗？"我看到自己在这个凶残怪物的魔爪下有丧生的危险,就挣扎反抗,抓住她身上的长裙,拼命撕咬,还拖着她在满院子跑,她就大声喊叫,让大家把她从恶魔利齿下救出来。

老恶婆这么一叫,一些人以为我一定是个继续与善良的基督徒为敌的魔鬼,于是,有的向我泼圣水,有的不敢过来惹我,有的对我念驱邪咒。老太婆嘟囔着,我紧咬牙齿不放,场地上一片混乱;这时,我的主人来到喧闹现场,听人说我是魔鬼后感到绝望。另一些不会念驱邪咒的人,从别的地方拿来三四根木棒,开始向我的腰背部打来,使我疼痛难禁,我就放开老太婆,很快窜逃到街上,后来就逃离这个城镇,背后跟着无数孩子,他们大声喊道:"躲开,神犬疯了!"另一些人说:"他没有疯,只不过是个长着狗模样的魔鬼。"经过这番折磨,我飞逃出小镇,跟在我后面的不少人,他们根据亲眼所见和根据老妖婆从该死的梦中醒来时说的话,无疑相信我就是魔鬼。我跑得如此之快,一眨眼就从他们眼前消失,更使他们相信我消失得就像个魔鬼。六个小时我共走了十二里格路,一直走到临近格拉纳达郊外的一个吉卜赛人宿营地。我在那儿停留片刻,因为有几个吉卜赛人认出我是神犬,他们十分高兴地把我收留下来,藏到一个山洞里,即使有人来找也找不到。事后我才知道,他们的目的与我那个当鼓手的主人一样,要我为他们挣钱。我在他们那里待了二十天,在此期间我了解和注意了他们的生活习惯,由于值得一提,我必须给你讲一讲。

西皮翁　贝尔甘萨,在你讲以前,我们最好仔细想想那个巫婆对你讲的事,弄清楚你如此相信的那个人所讲的弥天大谎是否真有其事。贝尔甘萨,你瞧,要是相信卡马恰能将人变成牲口,将教堂司事变成多年来替她干活的驴,那才是天大的笑话。

所有这一切和诸如此类的事都是骗人的玩意，都是谎话或者魔鬼的障眼法；尽管我们现在觉得我们有了才智和理性，我们还会讲话，但认真说来我们还是狗，或者具有狗的外形，这是千真万确的。我们曾说这是了不起的事，是前所未有的事，尽管这一点我们可用手触摸得到，但我们还不能完全相信自己所经历的事（虽然那些事曾向我表明我们还是相信它为好）。你是否愿意将这件事弄得更清楚些？请考虑一下，卡马恰提到的包括我们将重新变人的前提是多么空虚与愚蠢；而那些你以为是预言的东西仅仅是一些神话或者老太婆讲的故事而已，就像传说中的无头马、魔杖一样，人们只能以此在漫长的冬夜作炉边消遣而已，要不然，事情也就解决了。而她那些听起来有点像是寓言的话，与字面上的含义有所不同，它们另具深意；不过尽管不同，却也有类似之处，它是这样说的：

> 当别人机敏地见到
> 一只强健有力的手，
> 推倒宏伟的建筑，
> 倒塌的陋屋重新盖起之日，
> 即他们恢复本来面目之时。

按我说过的那层意思，看来它的意思是说，当我们看到那些人昨天还是福星高照，今天却被命运唾弃，遭受不幸，并被那些过去最敬重他们的人轻视之时，同样当我们看到，另外一些人在两小时前，在这个人口不断增多的世界上还没有用武之地，现在却到处有人称颂他们所交的、也是我们失之交臂的好运之时，我们将恢复本来面目。而一开始，如果他们不显得弱小、胆怯，现在我们也就不能把他们看作强大勇敢。如果这构成了你说的我们恢复本来面目的因素,那么,我们确实已经看到而且在不断地看到这个因素。对此,我认为,这不是寓言的意思,而是卡马恰的诗的字面上的意思。诗里也不含有对我们有所裨益的办法,因为我们已经多次见过诗里说的情景,我们还是像你现在所见到的十足的狗。因此,卡马恰是个虚伪的骗子手,卡尼萨雷斯是个撒谎的女人,蒙铁拉是个傻瓜、居心不良的无赖,请你原谅我说的话,如果后者是我们俩的母亲,或者是你的母亲的话;然而,我可不想把她当作母亲。因此我说,这首诗的真正含义只是一场九柱游戏,人们玩时,机灵迅捷地将竖立在那里的柱子撞倒,回过来又把倒下的柱子竖起,而这一切经过人的手都能办到。因此,你瞧,在我们一生中是否见过人们玩九柱游戏,而我们见到人玩这种游戏是否就变成人了呢?是否我们现在已经是人了呢?

贝尔甘萨　我说,你讲得有理,西皮翁兄弟,你比我想象的还要聪明;从你所讲的一切,我将认为并相信,到现在为止我们所经历的和正在经历的事是一场梦,我们是狗。但是我们不必因此就放弃享受一下我们会讲话的幸福,以及在这个阶段我们能讲人话这件如此伟大和了不起的事所能带来的乐趣,因此请你听我讲述吉卜赛人把我藏在山洞里的经历,不要感到厌倦。

西皮翁　非常乐意听你的讲述,到时候如果老天爷允许,我给你讲述我的生活经历时,也可以强迫你听我讲了。

贝尔甘萨　我与吉卜赛人相处时,值得一提的是当时他们的许多恶意和诓骗行为,是他们不论男女,几乎从生下来学会走路时起就干的偷窃行为。你见到遍布西班牙的众多吉卜赛人吗?他们互相认识,互通消息,连他们偷来的东西也会时而从这些人这里转移到那些人那里,时而又从那些人那里转到这些人这里。他们服从一个叫伯爵的头儿胜过服从他们的国王,他们也服从伯爵的所有的继承人,这些人的外号叫马尔多纳多。这不是由于这些人具有这个高贵家族的姓,而是由于一个同名的骑士随从与一个吉卜赛姑娘恋爱,姑娘表示,除非他成为吉卜赛人并娶她为妻,否则她将不接受他的爱。这个随从依了她的意见,做到了这一点,这使其他吉卜赛人高兴得把他推举为头人,服从他的指挥,为表示对他的臣服,他们将偷窃来的部分贵重物品敬奉给他。为了给闲居的生活增添一些生气,他们加工一些铁器,以及做一些为偷窃提供便利的工具。这样,你总能见到男人们带着钳子、钻头和锤子到街上出售,而女人们则出售三腿炉架和铁铲。她们都是接生婆,这方面她们比我们的女人强,她们可以不用花钱也不用费力就生下孩子,用冷水将初生儿一洗了事。从出生到死亡,他们经历风吹日晒、寒暑激变等老天的磨练,这样你会看到一个个都长得生气勃勃,经得起摔打,能跑善舞。他们只在吉卜赛人之间通婚,做到坏习惯不让外人知道。她们在丈夫面前举止得体,难得有人会在非吉卜赛人面前得罪自己的丈夫。她们讨施舍时,不是以虔诚恭敬的态度去索取,而是用杜撰的故事或开几句玩笑来获得;她们不干活,坚持做游手好闲的人,却借口没有人信任她们;如果我没记错,我是很少看见,甚至从未看见过吉卜赛女人去祭坛领圣餐,尽管我曾多次去教堂。她们成天想的是怎样骗人,到哪里去偷窃,商量偷窃活动及方式;于是有一天,一个吉卜赛人在我面前讲了一件他如何欺骗并偷了农夫东西的事。这个吉卜赛人有一头秃尾巴驴,他在那截秃尾巴上接上一根带毛的尾巴,看起来就像原来的尾巴一样。

他把驴牵到市场，被一个农夫花十杜卡多买了下来。在卖定并收了钱后，他就说，如果对方想再买一头与这头极相似又与它一般好的驴，他的卖价可以更便宜一点。农夫的回答是，让他回去将驴牵来，他想再买一头，在此同时，农夫将买下的驴牵回自己的住地。可是就在农夫回家时，吉卜赛人设法尾随，把卖掉的驴从农民那里偷到手，将那根假尾巴去掉，露出原来的那根秃尾巴，将鞍子和笼头一换，竟然去找那个农夫，让他买下这头驴。在农夫还没发现第一头驴失踪时，吉卜赛人找到了他，很快他买下这第二头驴。农夫回到住所取钱时，发现许多牲口中少了那头驴，他怀疑是吉卜赛人偷的，拒付这笔款。吉卜赛人去找证人，把第一头驴的征税人员找了来，他们发誓说吉卜赛人卖的那条驴的尾巴非常长，与这一条极不相同。当时在场的一名警察也站在吉卜赛人一边，证明这件事，因此这个农夫只好付给他第二次买驴的钱。他们还讲了别的许多事，差不多全是或大部分是关于牲口的事。他们是这方面的行家，干这些事是驾轻就熟。总之，他们是些坏人，虽然有不少有头脑的法官挺身作出不利于他们的判断，他们并不因此就改弦更张。

过了二十天，他们想把我带往穆尔西亚。由于吉卜赛人了解上尉在格拉纳达，他手下的鼓手是我的旧主人，经过那里时他们将我关在他们住宿的旅馆的一个房间里。我听到他们说的这个原因，觉得他们的这次转移不是什么好事，于是我决定逃走，并付诸行动。我跑出格拉纳达，走进一个摩尔人的菜园子里。摩尔人很乐意接纳我，我觉得留在那里更是得其所哉，在我看来，他留下我无非是让我替他看菜园子，工作比照看羊群要轻松。由于在那里工作，根本没有关于工资的争论,摩尔人想找个听他吩咐的仆人,而我则想找个为之效力的主人,双方一拍即合,各得其所。我和我主人一起过了一个多月,并非由于喜欢他的生活,而是由于通过他的生活我得以了解他的情况,从而也就了解了所有生活在西班牙的摩尔人的情况。啊,西皮翁朋友,关于这个无耻的摩尔人的事,能讲的真是太多了,要不是我怕即使用上两周时间也讲不完的话,我将一一告知。如果想稍为讲得具体一点,没有两个月时间休想讲完。不过实际上,我又不得不讲一点儿,这样,你可以听到我所见到的、特别是注意到的有关这类"好人"的概况。

人们难得会遇到一个毫不隐讳地信奉神圣的基督教的摩尔人,这种人的全部意图是铸造和保存假币。为此,他可以只工作不吃饭。他用假币去换取真的银雷阿尔,结果被判处终身监禁,永不见天日。由于他们的钱只进不出,从而积聚了西班牙最大数量的钱币。他们是守财奴,是害人虫,是夜蛾、喜鹊和鼬鼠。他们为钱而来,将钱搜刮一空,藏而不用。请想一想,他们为数众多,每天或多或少都能赚些钱,然后又藏起来,就像斑疹伤寒患者发高烧那样,会持续上升直到死亡;经验表明,他们赚钱,藏钱,而且人数越增越多,一直增到无数。在他们中间没有贞洁可言,他们无论男女都不参加任何宗教团体。他们男婚女嫁,生儿育女,因为有节制的生活是增加繁殖的因素。战争消灭不了他们,频繁的活动也起不了太大的作用。他们悄悄地盗窃我们的财物,我们的财产经他们一转卖,他们就成了富人。他们不雇仆人,因为他们自己就是。他们不为自己子女上学花钱,因为他们的学问就是窃取我们的财富。我听说在摩西把他们从奴役中解救出来后,进入埃及的雅各十二个儿子已繁衍出六十万男人,不包括其妻儿。由此可以得出结论,由这些人再繁殖的后人,无可比拟地该是一个极大的数字。

西皮翁　已经有人在寻找你隐约提及和概述的各种损失的弥补办法。我知道,你没说出来的比已经讲的要多得多,但到现在为止还没找到合适的办法。可是我们的国家有最精明能干的看护人,他们正在考虑对付滋生并生活在西班牙这块土地上的毒如蛇蝎的摩尔人的办法,尽管造成那么多的损失,可是在上帝护助下,他们定会找到一条又快又可靠的出路。请继续讲吧。

贝尔甘萨　跟他那类人一样,我主人也是个吝啬鬼。他喂我的东西是他日常的口粮:小米面包和一些剩粥。但是这样贫苦的生活却帮助我通过一种你马上就会听到的奇特方式,交上好运。每天清晨,天蒙蒙亮时,有一个身穿褐色短毛粗呢服的学生模样的年轻人,坐在种有许多石榴树的果园中的一棵石榴树下,不停手地在笔记本上写东西,不时用手拍前额,咬咬手指,一面抬头望着天。有时候,他是十分全神贯注,手脚一动不动,连眼睛也不眨一下,真可谓如痴似醉。一次我走近他,他根本没发觉我,只听见他在牙缝中喃喃低语,过了好一阵子,突然听见他大声喊道:"上帝可怜我,这可是我平生所作的最好的一首八行诗!"说完在本子上纵笔疾书,脸上掩不住得意的神色。这一切却使我明白,这个不幸的人是个诗人。我向他做了些惯常表示亲热的动作,使他相信我的驯顺;我走过去躺在他脚旁,他因此放心地继续他的思索,重新开始抓耳挠腮,如痴似醉,又写下他思考所得的东西。此时,又有一位英俊潇洒、衣着讲究的青年走进果园,手里拿着几张纸片,时不时地念上几句。他走到第一个青年所在的地方,就对他说道："第一场诗剧完成了没有？"诗人答道："现在刚完成，我写得很好，人们想也想不到。"前者说："用什么服饰？"后者答："是这样的：教皇出场穿教皇法衣，同时出场的十二个红衣主教，都穿深紫色服装，因为我写的喜剧故事发生在一个变革的时代，当时红衣主教不穿红色服装，而穿深紫色服装。因此，为了更加逼真，我这些红衣主教出场时无论如何要穿深紫色服装。这是喜剧所必需的，对此我确信无疑。这样，他们出场后每走一步都伴有成千上万个矫揉造作的动作和一大堆胡言乱语。这是绝对不会错的，因为仅仅为了核实服装问题，我读遍了全部罗马礼仪典籍。"对方说："可是你要我的喜剧团老板从哪里去弄十二个红衣主教的深紫色服装？"诗人答道："只要少一套服装，我告诉你，我这个剧本就告吹。你瞧，是什么场面。如此宏伟的布景道具怎能不要？在剧中出现罗马教皇，偕同十二名庄严宝相的红衣主教以及一些不得不也一起出场的其他一些教廷廷臣，你想想这是什么阵势。这是所见过的喜剧中最为壮观的场面，哪怕是喜剧《达拉哈的故事荟萃》①也没有这样的场面，可以说是只有在天上才能出现的场面！"

到这时我才弄明白，原来一个是诗人，另一个是喜剧演员。喜剧演员劝诗人删掉一点有关红衣主教的情节，免得老板在排演这出喜剧时为难。诗人却说，在这场值得追忆的戏里，他并没有因想勾起人们对这最出色的喜剧的回忆而将应该出场选举教皇会议的全体人员写进去，就这一点，人们还真该感谢他呢。喜剧演员听后哈哈一笑，听任诗人按其想法行

---

① 一部已散失的讲述摩尔人故事的著名喜剧。

事，自己则继续自己的事，对着新的一页剧本研究台词。诗人
在为其出色的喜剧写下几首诗歌后，从容安详、慢条斯理地从
口袋里掏出几块硬面包，上面点缀着二十来颗葡萄干，看来他
是数过的，然而我仍然怀疑是否有那么多颗，因为上面还夹有
好些面包屑呢。他把面包屑吹在一边，把葡萄干连同它的蒂
梗一颗颗地吃干净（因为我没见他扔掉过一根蒂梗），接着开
始吃那些硬面包块，这些面包在口袋里沾上尘埃后变成深紫
色，就像发了霉一样。面包是这么硬，尽管他把面包一次又一
次地放进嘴里设法让它软化，却丝毫无济于事；结果大大对我
有利，因为他把硬面包都扔给我吃了，还说道："狗啊狗，你吃
吧，便宜你了！"我自言自语道："你们瞧，这位诗人给了我什
么美酒佳肴啊！据说天国的阿波罗神及众神都是靠这些东西
养活的啊！"总之，大部分诗人都很贫困，然而他们又是我十
分需要的，因为我得吃他丢弃的食物。只要他继续写剧本，就
不会不来果园，我也就不会缺硬面包啃，再说他非常慷慨大
方，总是与我共享面包，吃完面包我们就到戽水车那儿，我趴
着喝水，他用水罐喝水，我们俩以此解渴，心里满意得像当了
君王一般。一旦诗人不在，我就饥饿非常，于是决定离开那个
摩尔人，进城碰运气。因为搬家生好运嘛。我进城时看见我
的诗人从著名的圣赫罗尼莫修道院出来，他见了我，就张开胳
臂向我迎来，我也由于与他重逢显得极为高兴。我走到他跟
前，他马上开始掏出几块比往常带到果园去的略为松软一点
的面包，放到我的嘴里，他自己一块也不吃，我则美美地饱餐
了一顿。松软的面包和目睹诗人从修道院出来，不免令我怀
疑他也与别人一样有了羞于启齿的缪斯女神。他举步入城，
我跟随他去，心里决定，只要他愿意我就把他当主人，想象着

他城堡里的残羹剩饭足以让我填饱肚子,因为没有比乐善好施更大更好的钱包,慷慨的人出手必然大方。因此,我不赞成那句谚语:"吝啬鬼给的东西总比穷光蛋给的多。"这句话似乎是说,穷光蛋尽管慷慨,实际上除了能给你一个良好的愿望外什么也没有,而吝啬鬼还能给你点什么。有一次,我们住在一个喜剧团老板家里,我记得他名叫安古洛·埃尔·马洛,这可不是那个当演员的安古洛,那个安古洛可是古往今来喜剧界出现的最出色的演员。全剧团成员都聚在一起听我主人写的喜剧,一边则进行排练,念到第一场中间时,除老板和我还在充当听众外,其余的人一个个离场而去。这样的喜剧,尽管我对诗一窍不通,都觉得它是撒旦本人所作,目的就是为了让诗人彻底完蛋和毁灭。诗人看到听众丢下他孤零零一人,只得忍气吞声。哎,要是我心灵深处能预示他不幸即将临头,那就好了。全体演员——总数超过十二人——都回来了,他们一声不响地抓住诗人,若不是剧团老板的威望,从中说好说歹,加上诗人一再恳求,他们是会将他抛掷起来取乐的。当时我被吓得目瞪口呆,老板脾气暴躁,演员高高兴兴,而诗人则十分气恼;他的脸虽然有所扭曲,却依然从容不迫地拿起自己的剧本,塞进胸口,嘟囔着抱怨道:"不要把你们的珍珠丢在猪前。"说完话就平静地走了。我不能也不愿意像惯常那样跟他走。我正确地选定了老板做主人,他是如此地爱抚我,使我决定留下与他在一起。不到一个月的时间,我就成为独幕滑稽剧大演员和喜剧中的哑巴演员。他们给我套上一个布笼头,教我在剧中去扑击他们想扑击的人。因此,由于独幕剧往往以我主人用棒击喉使我去打败并撞倒所有的人收场,引得那些不知内情者哄堂大笑,而我的主人则因此进项可观。啊,西皮翁，要是有谁能将我在这个剧团和另外两个喜剧剧团的所见所闻讲给你听，该有多好！可是由于不可能简略讲述，我改天再讲吧，如果改天我们还能交谈的话。你瞧我的话有多长！经历又是那么多！你觉得我走的路是否太长，主人是否太多？可是，你听到的这一切都无法和我马上可以向你讲的那些事相比。我要讲的是，我从这些人身上注意到、打听到和见到的无数事情，其中包括他们的举止、生活、习惯、活动、工作、消遣、愚昧无知和机智应变等等。这些事中，有些是说出来以广听闻，有些是为了公开赞美，所有这一切都值得一记，它们能唤醒许多崇拜虚伪人物和崇拜矫揉造作、扭曲美的那些人。

西皮翁　贝尔甘萨，你对我讲那么宏大的场面显然是为了拉长你的讲话，而我却认为，你就专讲一件事，不要横生枝节，也切莫大惊小怪。

贝尔甘萨　就这么办，请听我讲。我随一个剧团来到巴利亚多利德市，可是在一出幕间剧中我受了伤，差点儿要了我的命。当时我因被套上笼嘴而无法报仇，后来冷静下来我又不想报仇了。因为思考后的复仇恰恰证明了其残酷性和本意不善。再说，我已经厌倦了那种表演，这倒不是厌倦工作，而是从中悟出一些道理，这种事会得到奖励但伴随而来的也会得到惩罚。就以我为例，得到的补偿远不如使自己感到难过，我决定不再干了，于是，我就像那些不得不放弃干坏事的人那样，躲进了一个神圣的避难所，虽然这不过是"亡羊补牢"的意思。接着，有一晚，我看见你提着灯和善良的基督徒马乌德斯在一起，我觉得你当时喜气洋洋，内心满怀正义和神圣的感觉；我对你十分羡慕，愿意与你做伴同行，于是我带着这个值得一夸的想法,走到马乌德斯面前,他当即挑我当你的伴侣,把我带到这家医院。在医院里,我碰到的事不是少到毫无必要提及的地步,特别是我听到的有关四个病人不得不住进医院的命运和四个人睡在四张拼成的两张床上的事。请原谅,我的故事不长,不会拖很久,现在讲正合适。

西皮翁　我原谅你,你把故事讲完吧,不过,我认为天马上就要亮了。

贝尔甘萨　告诉你,在这家医院的后面病房里,有四张床:一张躺的是个炼金术士,一张躺的是个诗人,一张躺的是个数学家,另一张躺的是个被称为谋士的人。

西皮翁　我记得见过这些人。

贝尔甘萨　告诉你,去年夏天的某天中午,室内窗户紧闭,我在某张床下乘凉,那个诗人令人同情地抱怨起自己的命运。数学家问他抱怨什么,他回答说时运欠佳。接着他说:"怎么,这难道不是我抱怨的理由吗?我继承保持了贺拉斯①在他那本写后十多年才得以问世的作品《诗艺》中提出的一切要求,花了二十年的心血,见习了十二年才写成的一部作品,它的主题恢宏,有惊人的创新,内容严肃,情节引人入胜,布局得体,不落俗套,其起头、中间与结尾部分互相呼应,诗句写得精妙脱俗,声调铿锵,气势磅礴,赏心悦目,内容充实,然而,尽管万事俱备,却找不到一位可将作品奉献的亲王。我是说,要找个聪明、慷慨、宽宏大度的亲王。我们这个不幸的时代和堕落的世纪啊!"炼金术士问他:"那本书是讲什么的?"诗人答道:"那是讲英国亚瑟王时期的特平大主教未写完的故事,还增补一

―――――――――

①　贺拉斯(公元前65—前8),古罗马著名诗人。

些圣徒布赖尔的募捐故事，全部是史诗体，有的部分是八行诗，有的部分是自由体诗，重音都落在倒数第三音节，也就是说，那个重音在倒数第三个音节的词应是名词，不允许用动词。"炼金术士道："诗我懂得很有限，所以你抱怨的命运不佳的事我不知道该怎样正确评价，因为，你的不幸再大，也不能与我的相提并论，要不是因为缺乏设备，缺少一个支持我并为我提供炼金术所要求的各项必需品的亲王，我现在就有办法让金水流淌，成为一个财富超过弥达斯、克拉苏①、克罗伊斯②的人。"这时候，数学家讲道："炼金术士先生，阁下是否已从其他金属中提炼出银子了呢？"炼金术士答道："至今还没炼成，但我是真正懂得炼金的人，不出两个月我就可以炼成点金石了，用这种点金石我能要金得金，要银得银。"这时候，数学家说道："你们都过分夸大了自己所遭受的不幸。可是，你们终于一个有一本可以奉献的书，另一个有能力炼成点金石，从而像所有走这条路的人那样变得如此富有，可是我呢，我对自己的命运又该说些什么？我的不幸十分特别，使我求告无门。整整二十年时间，我一直在探索'不动点原理'的答案，但它总是忽远忽近，若即若离，有时觉得已经找到，而且它无论如何也逃不了时，却意外地发现离答案还很远。同样，我在求圆的面积上也碰上同样的问题。感觉答案快找到时，我却不知道也无法想象，为什么到手的东西会忽然消失！我的痛苦就

---

① 克拉苏（约公元前115—前53），罗马将军、政治家。与恺撒、庞培一起主导罗马的政治制度。他还是成功的黑心奴隶商人，又加上投机不动产，成为罗马历史上最富裕的人。

② 克罗伊斯（公元前595—前546），小亚细亚吕底亚国王，以其巨大财富出名。

像坦塔罗斯的痛苦一样,果实就在附近,却饿得要死;离水很近,却渴得要命。我忽而觉得机会已伸手可及,忽而又发现机会已离我远去。我就像另一个西西弗斯①,刚刚干完活下山,又得推巨石上山。"

到这时为止一直保持沉默的那个谋士,便打破沉默说道:"四个人如此牢骚满腹,好像土耳其苏丹将爱发牢骚的人都集中到这家医院来了。我本人可不愿意做那种既不能令主人开怀,又不能给主人提供食物的工作。先生们,本人是个谋士,曾经在不同时期向陛下陈述过不少内容各异、对王国有益无损的措施;现在我又呈递了一份报告,恳请国王指派人员与我共同商讨我新近拟定的措施方案,这个方案一旦施行,定能全面施展君王的宏图大略。然而鉴于前此呈递的其他报告的遭遇,我知道这次也必定会石沉大海。不过,由于你们没有把我当傻瓜看待,尽管我这次的方案成败未卜,我还是想让你们先知为快。我的报告要求陛下的从十四岁到六十岁的全体臣民,每月必须节食一次,届时只吃面包加水,日子需经选择确定,而那一天本该消费的一切东西,如水果、肉、鱼、酒、蛋及蔬菜等食用品,都要折算成货币 ,分文不缺地呈交陛下,不按规定办事者受罚。这样,二十年后,就能消灭欺诈,偿清债务。因为,如果像我早先那样算一笔账,就知在西班牙符合这个年龄段的人数超过三百万(病人、老人与小孩不计在内),他们不可能不消费食品,算下来每天至少一个半雷阿尔,我只算它一雷阿尔——少于这数字绝不可能,哪怕他只吃带有臭味的

---

① 希腊神话中的暴君,死后入地狱,被罚推巨石上山,但他将巨石推到山顶时,巨石又滚落山下,他又得重推,永无休止。

葫芦巴豆。所以,难道你们认为每月可得的三百万雷阿尔,是一件可以随便舍弃的无用之物吗?相反,这样做,对节食者不但无损,只会有利,因为节食既可取悦于老天爷,又可效劳于国王,节制饮食对健康也很相宜。这是个不费力获大益的方案,它可按教区收集钱款,无须让那些挥霍国家资财的委员们自己掏腰包。"听完谋士的这个办法后,大家不禁捧腹大笑,连他对自己的胡说八道也高兴得笑了起来,而我听到这些胡说八道,看到大部分讲这类幽默话的人都要在医院里死去,感到诧异不已。

西皮翁　你说得对,贝尔甘萨,你看,你还有什么要说的。

贝尔甘萨　再有两件事,说完就可以结束我的话了,而且我觉得天也快亮了。一天晚上,我主人去本市市长家募捐。市长是个出色的骑士,了不起的基督徒。我发现只有他一个人在那儿,我认为这是我向他进言的好时机。这是我听到这家医院里一位老病号说的,是讲如何才能够采取措施,以挽救街头女神招摇过市的堕落行径种下的恶果。在整整两个夏天里,医院住满了那些追在她们后面的浪荡子。他们身患恶疾,痛苦不堪,他们要求给予迅速有效的治疗。我是说,我想把这一切告诉他,于是我提高嗓门,当时我还以为自己在说人话,其实我根本没吐出一句有条理的话,只是在那里急急地吠叫,调门叫得又是那么高,弄得市长极为恼火,他发话叫仆役用棍棒将我从客厅赶出去。一名仆役听到他主人的吩咐后——如果当时他是个聋子才好呢!——就手抓起一把铜壶,向我扔来,砸在我的肋骨上,到现在我还有被击伤的后遗症。

西皮翁　贝尔甘萨,你还要抱怨这件事吗?

贝尔甘萨　难道我不该抱怨吗?我告诉过你,至今我还痛得很呢,而我认为我的好心不该遭到这样的惩罚。

西皮翁 请注意,贝尔甘萨,万不该去管闲事,更不该去做不该做的事。你必须认识到,穷人的建议不论有多好,都不会被人接受;卑贱的穷汉也不该不自量到向大人物和那些自以为无所不晓的人提什么建议。穷人身上的智慧被蒙上了阴影,饥饿与贫困就是使其智慧变得黯淡的影子与云雾,一旦有所显露,就会被人看作蠢物,遭人轻视。

贝尔甘萨 你说得有理,我要引以为戒。从今以后我一定按你的意见办事。后来有一天晚上,我走进一位贵妇人的家,只见她手里抱着一只叫做叭儿狗的小狗,它是那么小,都可以藏在胸口里。它一见到我,就从那位夫人怀里跳出来,吠着向我扑来,一直吠到勇气十足地咬住我的大腿才停止。我气冲冲但又不失礼地看着它,自言自语道:"坏家伙,要是我在街上碰到你,我或者不理睬你,或者就用牙齿将你撕成碎片。"因此我认为:连胆小如鼠的懦夫一旦得势,也敢欺侮比他们更勇敢的人。

西皮翁 你说的这个事实向我们表明,一些小人,在主人的荫庇下就会仗势欺人,目中无人;一旦死亡或命运中的其他意外事故推倒了他们所依靠的大树,人们马上就发现他们那个小得可怜的胆量,因为,事实上这些装饰物所含的克拉,决不会超过他们主人和保护人所赐予他们的分量。内在的美德是一码事,协调的表现又是一码事,就像裸身与衣冠楚楚,孤身一人与结伴而行一样,是有区别的。事实是,人们的评价,不是实事求是的评价令人十分苦恼。我们就讲到这里吧,由门缝里透进的光线表明天早已亮了,今晚,如我们仍蒙恩宠,还能讲话的话,该轮到我来给你讲我的生平了。

贝尔甘萨　如果是这样,那就请记住,还到这个地方来。相信老天
　　爷还会让我们保留这个能力,让我们讲一讲许多眼下因时间
　　关系没法讲的事。

　　硕士看完这本《对话录》,正好少尉也及时醒来,于是硕士说
道:

　　"尽管这些对话可能是虚构的,也许是无中生有,但本人认为
写得甚好,阁下完全可以接着写第二部。"

　　"尊驾的意见,"少尉答道,"对本人是个鼓励,我准备写第二
部,我也不再与阁下争辩狗是否会讲话的事了。"

　　对此硕士说道:

　　"少尉先生,我们别再争论了,你编造这篇《对话录》用心良
苦,我能理解,这就够了。既然我们已经舒展了身心,那就让我们
去埃斯波隆广场一饱眼福吧。"

　　"我们走吧。"少尉说。

　　说完,两人就走了。

附录

假 姑 妈

拉曼查的两名年轻学生，一对意气相投的莫逆之交在萨拉曼卡的某条街上漫步，见到一家妓院窗户上安上了百叶窗，感到很新奇，因为这种场所的人不自我炫示一番，又怎能出卖自身呢，于是想找个人了解情况，正好遇到住在隔壁的一名小吏过来献殷勤，他对他们说：

"先生，八天来，这儿住着一位外来的夫人，她虔诚、朴素，同来的是一位神采奕奕、出落非凡的姑娘，据说是她的侄女。她出门时总是带着一名男随从和两名伴姬。据我判断，这些人是深居简出的高雅之辈，到现在为止，我还没见有本城内外的任何人登门拜访，也不知她们由哪儿搬来萨拉曼卡，但是我知道那位姑娘确实俏丽可人，看来也很规矩正派，而从那姑妈的豪华气派来看，不会是穷人。"

邻居小吏对两个学生的一番介绍，勾起他们两人进行一次冒险的强烈欲望。由于那些专爱打听这类新闻、传播闲言碎语之徒的推波助澜，弄得城里到处沸沸扬扬。然而，全城居民，不论是寄宿在大学的求学之士，还是那些居住本街或其他出售质量不算上品的墨水等文具用品的闹市街道的学生，对这样一位姑妈和侄女的情况仍然一无所知。无论在萨拉曼卡还是在其他城市的这类街道上，作为一种特色，总有一些地方或房子里住有一些高等妓女，或者别称"职业女性"或"多情女"的女人。

白天近中午十二时，从外面看去，上述那家大门紧闭，由此推断，这家人或者是不食烟火，或者是他们很快就将回来。果然不出所料，没等多久，他们见到来了一位令人肃然起敬的妇女，头戴雪白的头巾，其长度超过葡萄牙教士的法衣，形成皱褶紧贴前额；脖子上挂着一串窸窣作响的念珠，颗颗念珠大如巨珠，直垂至腰部，身披缎面羊皮斗篷，戴一副无翻口白手套，拿着一根西印度群岛出产的银头手杖。一名似费尔南·冈萨雷斯时代的随从搀着她的左手。随从穿一件绒毛已经脱落的长毛绒无扣长褂，下身穿一条鲜红色武士短裤和一双贝哈尔人穿的长筒皮靴，外罩一件系带斗篷，头戴一顶附有饰针的米兰四角帽（因为他患有头晕病），手上是一副长毛手套，身佩一副挂剑的肩带和一柄纳瓦拉宝剑。走在她前面的是她的侄女，一个看来年方十八的少女，矜持而严肃，脸不圆，略呈瘦长，长着一双细长的、流露出似睡非睡、漫不经心神气的黑眼睛，还有一对匀称的浓眉，长长的眼睫毛，脸色白里透红。从露出的鬓发看来，她的头发是金色的，而且是人工卷成的鬈发。上身穿一件合体的拉绒服，下身是做工精致的暗红色裙子；脚上一双黑天鹅绒鞋面软木厚底鞋，饰有闪光的银钉和流苏。她的手套香气四溢，是一种琥珀香而非脂粉香。她神态严肃，顾盼端庄；迈着苍鹭般潇洒的步子。她的模样，从各个部分看来十分姣好，从整体看时显得更胜一筹。

尽管这两位拉曼查人的禀性和爱好犹如新出世的乌鸦，见肉就扑，可是现在见到从天而降的苍鹭肉，却全身心地拜伏在她面前，面对她那优雅美丽的容貌，他们真是又惊又爱，而她身上的那身呢制服装,更是挡不住她身上透出的秀丽妩媚。

姑娘后面走的是两名端庄的伴妪,穿着一身下人的服装。那位女善人就在这种排场下来到自家门口,随从打开大门后,他们迈步走了进去。

就在他们进门的时候,说来难信,这两个学生将自己的四角帽往地下一扔,以他们特有的热情,彬彬有礼、谦恭备至地屈膝跪在地下,双目垂视,似乎他们乃是人世间最幸福、最知礼的男儿。

女士们走了进去,留在街上的两位先生痴情地思索着,扼要地商讨了一下他们该做的事。毫无疑问,他们相信那些人是来自外地,她们来萨拉曼卡当然不是学法律,而是来破坏法律的。两人商定第二天晚上来给她们唱上一曲,这可是穷学生为自己追求的女人做的初次效劳。然后,他们从腰包里掏出一些钱出去饱餐一顿,饭毕,找了一帮朋友,备齐吉他琴和其他乐器,约请好歌手,来到一个诗人那里(这类诗人城里多的是),请他为他们的心上人埃斯佩兰莎①(他们已经打听到她名叫埃斯佩兰莎)编几句歌词,好让他们在那晚放声一唱,为心上人效劳,他们要求无论如何要把埃斯佩兰莎的名字编进乐曲。诗人受委托后,咬咬嘴唇和指甲,抓搔几下太阳穴和前额,像梳羊毛工人一般没过多久就编出一首十四行诗来。他将诗交给那两个痴情人,他们俩一见十分满意,同意请诗人本人直接找歌手商量,因为他们已经没有时间把诗背下来了。

夜幕降临,正是隆重举行晚会的大好时光。他们聚集了九个拉曼恰的蹩脚丑角,四名兼弹吉他的歌手,还凑齐了一架萨尔特里欧琴、一架竖琴、一把十二弦琴、十二只响铃、一支萨莫拉风笛、三十只小木鼓和三十只猪皮鼓,他们将这些乐器分发给一队随行人

---

① 埃斯佩兰莎,意为"希望"。

员，或者说得好听一点，分给一队助手。于是，这队人马，熙熙攘攘、浩浩荡荡地来到这位夫人所在的街道住地。走进那条街时已过半夜，那讨人嫌的响铃声如此吵闹，使那些本已像蚕那样进入二眠的邻里居民，再也无法睡好觉了，整条街上没有人不被吵醒，于是他们都探头窗外一看究竟。

接着，只听见萨莫拉风笛奏起了甘贝特舞曲，终了时改奏起埃斯图迪翁舞曲，这时大队人马已走到夫人家窗下。接着，诗人在竖琴的伴奏下朗诵了自己的大作，一名歌手自告奋勇，上前用他那和谐、柔和的嗓音唱起这首十四行诗，诗歌大意如下：

> 这座府第藏着我的埃斯佩兰莎，
> 我全身心地爱慕她；
> 埃斯佩兰莎是我的生命，是我的宝贝，
> 只有赶上的人才能得到她。
>
> 我如能赶上，那准是因为碰上了幸运之神，
> 因而不必羡慕法国人、印度人和摩尔人，
> 我只是恳求你，丘比特，甜蜜温馨之神，
> 求你赐我以高雅的礼物。
>
> 埃斯佩兰莎身材娇小，
> 芳龄刚及十九，
> 只有巨人才能赶上。
>
> 干柴投入烈火，大火燃得更旺，
> 啊，娴雅的埃斯佩兰莎，
> 谁敢不拜倒在你的脚下！

他刚唱完这首会被逐出天主教会的十四行诗，围观人群中的一个风流少年，一个民法、教规法学双科毕业生大声响亮地对他身边的人说道：

"我发誓，我从来没听到过比这更好的诗了！您看到没有，那些诗句结构严谨。他用那位女士的名字做文字游戏。那段祈求丘比特的词句里，'高雅'一词用得非常贴切，姑娘的年龄插在诗句里是那么好；'娇小'与'巨人'的对比十分强烈，但又恰如其分。诚然，有人在我面前咒骂那个绝妙、响亮的词'烈火'，对此，我发誓，如果我有幸结识那位作十四行诗的诗人，明天，我一定会把今晨从我家乡捎来的礼物——半打腊肠送给他。就凭他写的一个词，听众就为之倾倒，并要赠他腊肠，这说明对他的赞扬无疑已达顶峰，这是不会错的。因为人们以后会知道，这是个与哈赖塞霍毗邻的厄斯特列马杜拉地区的一个风水宝地，今后人们就会知道那里的人，个个精通诗歌艺术。这一点，凭你刚才如此认真倾听这首不同凡响的十四行诗就足以说明问题。"

可是，面对这一切声响，那家窗户犹如母亲临盆时那样关得密不透风，这使两位拉曼查的望眼欲穿的人至感失望。然而，尽管如此，在吉他的伴奏下，他们快速地唱起下面的一首抒情诗，而且特意以三重唱来演唱：

> 出来吧，我的埃斯佩兰莎，
> 请出来安慰这颗灵魂，
> 没有你，它会奄奄一息，
> 孤独地倒下。
>
> 令人战栗的冷云，
> 挡不住你那灿烂的光辉，

谁不拜倒在你的太阳下，
都有损于你的光辉。

我的忧郁犹如大海，
请你使海水平静，
如果你不愿看到
愿望使希望破灭。

在死亡来临之际，
为了你，我期待着生命，
期待着地狱中的荣誉，
期待着失恋的潇洒。

正当歌手们唱着那首抒情诗歌时，只见有人把那扇窗子打开，那天见到的一个伴妪探出头来，用她那副美妙的细嗓子对他们说道：

"先生们，我的太太堂娜克劳迪娅·德·阿斯图迪略–基尼奥内斯感谢诸位对她如此特殊的欢迎，但恳求你们去其他地方弹唱，免得在邻里中间出乖露丑，留下坏的印象，请注意她家里还住有她的侄女，也就是我的堂娜埃斯佩兰莎·德·托拉尔瓦·梅内塞斯–帕切科夫人。你们在这个时刻，在她门口如此行事，是与你们的身份和职业均不相宜的，如果换一种方式，不是那么胡闹，也许她会接待你们。"

对此，两个追求者之一答道：

"夫人，劳您大驾，请堂娜埃斯佩兰莎·德·托拉尔瓦·梅内塞斯–帕切科夫人到窗口来，我只想告诉她两句对她显然有利并有所裨益的话。"

"哎哟,哎哟!"伴妪道,"我的夫人堂娜埃斯佩兰莎肯定会出来的,不过,我的先生,你该知道她可不是你想象的那种人。我的夫人是个极尊贵的规矩人,她深居简出,为人谨慎,能读会写。即使你用珍珠盖满她的身子,她也不会按你要求办。"

那个装模作样的伴妪正在和他胡扯什么"哎哟""珍珠"之类的话时,街上来了一群人。歌手和伴奏者相信来的是城里的司法人员,他们便让人围成圈,把歌手的伴奏器具收拾好,等司法人员一到,他们就开始有节奏地敲击木鼓和皮鼓,使之索索作响。司法人员不喜欢在这种声音伴奏下跳那种在塞维利亚圣体节上园丁跳的剑舞而走了过去,因为在法官、法警、捕吏看来,这里不是一种赢利性集会。胆大的人洋洋得意,他们想继续刚才已开始的音乐,但是有一名乐器主人却认为,在堂娜埃斯佩兰莎不到窗口露面的情况下,他可不想继续演奏下去,然而,无论是堂娜埃斯佩兰莎,还是那位伴妪都没有露面,尽管他们又一次叫唤了她们。因此,群情激怒,他们想向住宅扔石块,砸百叶窗,他们想乘机嘲弄或起哄,而这一切正是在类似场合下小伙子们的英雄本色。可是,生气归生气,他们还是补充演奏一些民歌曲调,并重新响起了风笛声和恼人的响铃声,从而结束了他们的夜曲。

大队人马在黎明将临时散去,两个拉曼查人并不因此气恼,只不过感到他们所用的音乐收效甚微。于是他们来到一个朋友家,这个朋友是被称为萨拉曼卡慷慨的豪绅之一,是个银行界巨子。他年轻,富有,挥金如土,喜好声色,多情,特别喜交勇武的朋友。他们俩向他详述遇见美人的经过,说那个少女婀娜多姿,神采奕奕,娇媚宜人;还讲了她姑妈的严肃和华丽,因而要想得到她是极少办法,甚至毫无办法的。因为他们无论在一开始,还是在最后所使用的方法——即以乐声打动人心的方法不但不起作用,反而惹她生气,遭到邻里的咒骂。于是,这位对任何问题均能应付自如的绅士,极其痛快地答应他们,不管要花什么代价,由他来替他们征服她。接着,就在当天,他给堂娜克劳迪娅太太写了一封谦恭有礼的长信,信中提到,他个人、生命与财产都可供她驱使,并表示愿向她提供任何帮助。

诡计多端的克劳迪娅,像真的要招女婿一样,向他的仆役打听主人的家世、身份、收入、爱好、消遣和工作。仆人告诉她真实情况,描述生动,她因而较为满意。她派遣那个"哎哟"伴妪随他回去,带去一封回信,信的长度和表达的谦恭决不比来函逊色。

伴妪一到,绅士彬彬有礼地接待了她,因为她路上辛苦,让她在身旁的一张椅子上坐下,还递给她一方花边手帕拭汗。没等她开口讲有关复信的事,他就叫人取出一盒果脯,将其中最可口的几块给她吃,还让她喝几口圣酒润润口,这种酒还配有虞美人的成分,她似乎比拿到薪俸还要高兴几分。接着,她以惯用的转弯抹角、矫揉造作的语调说了复信的大意,结束时又胡编了一通谎言,说什么她的堂娜埃斯佩兰莎·德·托拉尔瓦·梅内塞斯-帕切科夫人是守身如玉、贞洁得像刚被她母亲生下时一样。但是尽管如此,夫人对他是不会关上大门的。

绅士回答说,她讲给他听的那些有关价值、美貌、深居简出、高贵品质等赞美之词,根据她讲话时的方式来看,他相信她是在讲她的女主人,不过说她守身如玉,说得有点生硬,所以他要求她就此事把她所知道的真实情况说清楚,他以绅士的名誉起誓,等她讲明白后,他将送她一件上等质量的绸披风。有了这个许诺,就不需要再转弯抹角地提要求了,也不需要在绞具上加油滑润,来促使这位矫揉造作的伴妪坦陈实情了。于是,在这最后关头,她终于吐露真情,说了实话。她的堂娜埃斯佩兰莎·德·托拉瓦·梅内塞斯-

帕切科夫人已经三上肉市，或者不如说，已经被卖过三次。此外，她又讲了她是怎样被卖身，卖多少钱，卖给谁，在哪里卖及其他种种情况。堂菲利克斯（这就是这位绅士的名字）听后十分满意，最后商定，当天晚上，让这位女士独自一人留在屋里，他想和埃斯佩兰莎单独谈谈，但不可让她姑妈知道这件事。临别时，他讲了一大堆好话，托她给她的女主人带去一些礼品，同时，将黑披风按价折款送给伴妪。她欣喜若狂，便去为他当晚进屋进行安排。他思考着自己的计划，等待夜幕降临。从他那切望与那些粉黛见面的情形看来，真有点度日如年之感。

到了约定时间，堂菲利克斯，既不叫朋友也不带仆人，独自一个当一次圣豪尔赫，来到伴妪等他的地方，她打开门，小心翼翼悄没声儿地放他进屋，把他带到埃斯佩兰莎夫人房间的床帐后面，提醒他别出声，因为堂娜埃斯佩兰莎已经知道他在那里，但她不想让她姑妈知道，她还坚信一切都会令他满意的，对此，伴妪紧紧握了握他的手，表示万事如愿。

伴妪走了，堂菲利克斯留在埃斯佩兰莎床后，静候那些谎言及纠缠不清的事情如何了结。

堂菲利克斯进来藏身的时候大约是晚上九点钟，紧挨着居室的是客厅，那个姑妈就坐在一把矮背椅上，她侄女坐在她对面，两人中间放着一只熊熊燃烧的火盆。屋里一片寂静，男仆们都已睡下，另一名伴妪已下去安寝；只剩下那个知道这场交易的伴妪站在那里，在敦促老太太就寝时断定时钟打的是十点而不是九点。她热切盼望她的计划能按她年轻的夫人和她自己的安排付诸实施，也就是，瞒着克劳迪娅，仅她们两人分享堂费利克斯所赠之物，不给老太婆一点东西，因为她是个既吝啬又贪得无厌的老家伙，她是那么蛮横霸道，竟将其侄女所赚的和所得的东西占为己有，连买必需品的钱也分文不给，同时还算计着如何从这棵摇钱树上赚更多的钱，以及随着时间的推移，盼望从以后的许多卖身女子身上赚更多的钱。

埃斯佩兰莎虽然知道堂菲利克斯在屋里，但并不知道他躲在什么隐蔽之处。夜深人静，正是谈话的好时光，克劳迪娅太太很想聊天，使用不大不小的声音开始对侄女讲了起来：

"我多次对你说过，我的埃斯佩兰莎，别把我的忠告、劝说及告诫当作耳边风，这些话要是你能够记住——你本应该记住，并且也曾答应要记住——的话，对你将有莫大的用处与好处，就像经验与时间这个万物之师一样，会让你明白事理。你别以为我们是在你的老家普拉森西亚；我们也不是在萨莫拉，在那里，你开始了解世界是怎么回事；我们也不是在你第三个收获发迹地托罗；那些地方住的都是些好人，朴实的人，他们不存坏心，不猜疑别人，也不像这儿的人那样耍赖和胡闹，那样精明难缠。你该注意，我的孩子，你现在是在萨拉曼卡，一个被全世界称作科学发祥地的地方，一个通常都有成万学生来此求学、住宿之地，这些学生都是些年轻人，他们任性、胆大妄为、无拘无束、喜好文艺、讲求挥霍、机智、狡猾和幽默。这是总的情况，但是从各自的特点来说，由于大部分人来自各地，来自各省，情况则各个不同。因为，比斯开人，人数虽然不多，却是一帮不讲理的人，但是一旦喜欢上一个女人，却舍得花钱。那些由耶稣基督替我引来的拉曼查人，爱说大话，他们对爱情的信条是：打是亲，骂是爱。这里还有一帮阿拉贡人、巴伦西亚人和加泰罗尼亚人，他们是一群出身教养都好，但喜欢打扮、讲究衣着的纨绔子弟；可是你别再要求他们什么，你若想了解一点的话，孩子，你就记住，他们不会开玩笑，因为一旦他们对女人发火，他们是很残忍的，毫不手软。那些卡斯蒂利亚新手被认为是思想高尚的人，至少，只要他们有，就会给你，如果他们不给，就别伸手要。埃斯特雷马杜拉人里，就像药剂师、炼金术士一样，各种人都有：他如果炼出银子，他就是银子，他如果炼出铜，他就是铜了。对付安达卢西亚人，孩子，必须具备十五种感觉而不是五种感觉，因为他们才思敏捷、锐利、狡黠、精明又有一点小气。加利西亚人还未加以归类，因为他们哪一类都不是。阿斯图里亚斯人星期六是好人，因为他们总是不论好坏地将下水和油污一起带回家。说到葡萄牙人的情况与特点，更需好好描绘一番才行，因为他们没头脑，每个人都偏执得要命，你可以认为，他们每个人似乎都生活和沉浸在自己所编织的恋爱花环中。因此，埃斯佩兰莎，你瞧，你要与之打交道的人是如此千差万别，而在一个有如此众多的急流险滩的海洋上行船，有无必要让我来为你指点一二，为你指明航行的方向；为了我们这艘心愿和希望之船不至于触礁，我们不得不将我这艘船上的货物，也就是你那娴雅、俊美的身子投入大海。它长得如此优美，文雅，娇媚，使多少人为之倾倒，羡慕。注意，我的孩子，在整个大学里，没有一个老师对自己系里的事的了解，能与我对我们从事的这种欢乐生涯的了解并且能给你的指导相比。多少年来，我以此为生并且为此而活，历经了人间沧桑，现在我可以功成身退了。尽管现在我想和你讲的事情不过是我过去多少次对你讲过的一小部分，然而我还是希望你能加以注意并且能听进去，因为水手张帆行船不会每次都碰到好天气，也不会都一帆风顺，因此要看风使舵、见机行事才好。"

　　年轻幼稚的埃斯佩兰莎听她讲这番话时一直低着头，用小刀拨弄火盆。看上去她对讲话听得很有滋味，百依百顺，可是克劳迪娅却并不以此为满足，又对她说道：

　　"孩子，抬起头来，别拨弄火了，眼睛看着我，别睡着了，为了学到和领会我要和你说的一切，你还必须再有五个感觉才行。"

对此，埃斯佩兰莎答道：

"姑妈大人，您那不厌其烦和令人不胜其烦的一而再再而三的长篇大论，您那多次劝导我并提醒我怎么做才合适以及该做什么的话，使我烦透了。我现在可不想再听了。请问，萨拉曼卡的男人究竟比其他地方的男人多了些什么？不都是由骨肉铸成的吗？不都是有灵魂、有三种能力①五种感觉吗？那么，一些人比另一些人多认几个字，多读一点书又有何用？相反，我认为那些书读得多的人要比别人眼睛瞎得快，摔倒得快，因为他们更懂得识别和评估美的价值。他们激起无动于衷者的热情，挑逗洁身自好者，禁止肉欲，激励懦夫，鼓动羞怯者，遏制自命不凡者，唤醒熟睡者，敦请粗心大意者，给缺席者写信，赞扬蠢人，为守口如瓶者叫好，宠爱富人，唤醒穷人，当马路天使、教堂圣女、窗台美女、家中淑女和床上的魔鬼，除此之外他们还有什么事要做呢？姑妈大人，上述种种，我早已背得烂熟。请给我来点新的规劝，把那些说过的话留到以后有机会时再说，我告诉您我已经要睡了，不准备再听您讲了。不过，为使您确切了解，我想告诉您并向您保证的一件事，那就是：我自己赚来的钱不能再容忍您盘剥。我已经献出了青春年华，并让您卖了三次，我经历了三次难以忍受的牺牲和折磨。难道我是铜做的？我的肉体就没有感觉吗？难道能像缝衣服那样，用针在肉体上穿来穿去吗？凭我从未谋面的亲生母亲的年代起誓，我不应该再同意这样做。姑妈大人，让我自己在葡萄园里翻找吧，有时候，残余的葡萄要比收获来的葡萄更为美味可口。如果您还想用您的老一套方式从我身上赚钱，而我一点实惠都没有，那么以后休

---

① 指智力、记忆和意志三种能力。

想再碰我的身子,除非您另有高招。那种穿针引线的办法是不行的了。"

"嘻,傻瓜,"老太婆克劳迪娅驳她说,"你对这种事知道得太少了!满足这方面需要没有比这'穿针引线'更好的办法了。其余的都是些微不足道的东西。靠麻醉药奏效甚微,甚至根本不起作用。现在的人都不是乡巴佬了,他们都是自愿上钩来干这种事的,所以我靠自己的'穿针引线'来钓鱼,来养活自己,也靠你的宽容和忍耐而生活,让各色人等找上门来,让他们受骗上当,而你却保住自己的声誉,我则从中赚到更多的钱。"

埃斯佩兰莎答道:"我承认,太太,你说的情况属实。但尽管如此,我还是坚持自己的决定,虽然这样做我会减少收益,特别是耽误了从开业后立即可得的利益。还有,如您所说,我们该去塞维利亚等候船队的到达,更没有理由白白坐失良机,去等候第四次卖我这朵已经凋谢发黑的蔫花。太太,您去睡吧,看在我的分上,您就考虑一下吧。明天您定会作出您认为更合适的决定,因为到头来,我定会按您的意见办事,我是将您当作母亲,甚至胜过亲娘看待的。"

姑侄二人的全部讲话,被堂菲利克斯一字不漏地听在耳里,这令他惊异不已;可是恰恰就在此时此刻,他却猝不及防地打了个喷嚏,力量之大,声音之响,连大街上都能听见。堂娜克劳迪娅听见这声音后,惶惑不解地站了起来,拿起蜡烛,走进埃斯佩兰莎的卧室,就像有人告诉过她似的,径直走向床铺,掀起帷幔,发现了那位绅士先生。只见他手握宝剑,帽子一直拉到额前,满脸怒气,准备一战的神态。

老太婆见情就开始画十字说道:

"耶稣,保佑我吧!这是多大的不幸与灾难啊!男人居然跑到我家里,在这种时刻跑到这种地方! 灾难啊,我太不幸了! 别人知道了会说些什么呢?"

"请安心,我的堂娜克劳迪娅太太,"菲利克斯说道,"我决不是来败坏和诋毁您名誉的,而是为您的声誉,为您好而来的。我是个绅士,富有而善于缄默,特别是我爱慕上我的堂娜埃斯佩兰莎小姐;为了实现自己的愿望与热忱追求,我通过您总有一天会知道的某种秘密商谈,来到这里,目的只是想亲身看看那位即使远远一看就使我销魂的可心人。如果这个过错该当受罚,那么我这方面随时随地都听凭发落,只要是通过您的手给予我的惩罚,我都会感到无上荣光,您的惩罚的严厉程度,也决不会超过我想象的程度。"

"唉,我真倒霉啊!"克劳迪娅又说道,"我们这些没有丈夫,也没有男人撑腰保护的女人会遭受多大的危险啊! 我现在多么想念你啊,你那么早就离我而去,堂胡安·德·布拉卡蒙特,我不幸的老伴啊! 你要是还活着,我不会到这个城市来,也不会碰到如此狼狈丢脸的事了。您,我的先生,请马上从进来的地方回去,您如要我侄女和我为您办事,您可以在外面,慢慢地、体面地商量着办,使双方都更相宜,更愉快和满意。"

菲利克斯答道:

"我的太太,为了得到我想要的,也就是这宅子里有的最出色的东西,我才来到这儿来的;声誉、体面不会因为我而丢失;而有用的钱却能赚到手,至于说做事要愉快满意,我知道这是决不会有所欠缺的。为表明我不光是口头说说而已,我的话是算数的,请收下我这根金链作为我讲话的信物。"

他说着从颈脖上取下一条价值一百杜卡多的上好金链,放在她手中。这时候,为他安排这次约会的伴妪,见到他给了如此重礼,就抢在其女主人伸手拿项链和回答对方之前说道:

"在这个地方,有哪位亲王、教皇、皇帝、商人、秘鲁发财而归的阔佬或受俸牧师像他那么慷慨大方？克劳迪娅太太,请看我的面子,别再谈这件事,忘了它算了,您现在就按照这位先生的要求办事吧。"

"你头脑是否清醒,格里哈尔瓦(这就是那伴妪的名字)？你是清醒,是疯了,还是糊涂了?"堂娜克劳迪娅道,"埃斯佩兰莎的清白,她那洁白的青春之花,她的纯洁,她的未被触及过的童贞,难道为了这条金链就无缘无故地冒风险和进行出卖吗？我还不至于一见闪闪发光的东西就丧失理智,弄得目瞪口呆,连抓住金链,用来打扮自己都不会？但是,在这烦恼的时代,我可不能这样做！请您把这条金链拿回去,绅士先生,您可别看轻我们;您明白,尽管我们只是妇道人家,可我们是有身份的,这个女孩仍然保持她母亲生她时的贞洁,世上没有人可以说三道四,如果有人用谎言攻击这个事实,那么他们都弄错了,我敢作证,时间和实践会说话的。"

这时,格里哈尔瓦插进来说:

"太太,您别说了,我知道的不多,但如果这位先生不知道您对我的女主人所做的真情实况,那就让我天诛地灭。"

"他知道什么？不要脸的东西,他知道什么?"克劳迪娅驳斥道,"你难道不知道我侄女的清白无瑕吗?"

"是的,我是洁白无瑕的,"一直待在房间中央的埃斯佩兰莎,由于看到一场有关她身子的讲话而感到迷惑不解和吃惊,这时说道,"是如此洁白干净,以至于在一小时前,尽管天那么寒冷,我还是只穿一件干净的衬衫。"

堂菲利克斯道:

"你丝毫没变,我一旦看见你这样的呢绒样品,决不会不买下这整块料子就离开店铺的。克劳迪娅太太,您别对我装腔作势,把我当傻瓜了；刚才您对这位姑娘说的一席话，或者说是一番开导的话，我都听到了。我就想成为这个新葡萄园的第一个采摘人，即使在刚才那条金链之外，还要加上几对金耳环和一些钻石饰物，也不在乎。我对内情已了解在先，又肯拿出这么好的首饰，纵然您不把我的礼物和我本人放在眼里，也请好好利用我们之间的良好关系，这将是非常合适的。在这个世界，除我之外，没有谁知道这堵墙内的秘密，只有我才是她正直善良的知情人。"

此时，格里哈尔瓦说道：

"嘿，祝您走运，但愿这对您有好处，我永远和你们站在一起，为你们祝福。"

接着，她拉着姑娘的手，将它与堂菲利克斯的手握在一起。老太婆见了火冒三丈，脱下一只厚底鞋，像真的打敌人那样揍起格里哈尔瓦来。伴妪见自己挨了打，一把抓起克劳迪娅的头巾，使这位太太比僧侣的脑袋还要光亮的秃头露了出来，一绺假发耷拉在一边，这副模样使她成为世界上最丑陋、最令人作呕的人。她看到自己被女仆弄成这样，便大声嚷嚷起来，高叫司法人员；她刚一叫，像有人施魔法一般，本市市长就从大厅走了进来。随行的有随员、警察等二十多人。市长是有人密告这家住户后才决定当晚进行查访的；他叫过门，可是屋里正谈得起劲，没有听见。于是警察用两根撬棍（他们夜晚常备的撬棍），取下门上的铰链，神不知鬼不觉地悄悄走上来。从那个姑妈一开始的劝告，到与格里哈尔瓦吵架，市长听得一字不漏。因此，他一进来就说道：

"这位夫人，你这样对待自己的主人，太过分了吧。"

克劳迪娅道：

"市长先生，这个坏蛋的所作所为，哪里是什么过分的问题，她竟敢伸手打在我那自上帝把我投入人世后还没有人碰过的地方。"

"投入这个词说得好,"市长道,"因为你本来不是好东西,所以只好被投入人世。穿上衣服,还有你们,都穿好衣服,到监狱里去。"

"上监狱! 先生,为什么?"克劳迪娅说道,"像我这样身份的人,你们这里就这么对待吗?"

"别多说了,太太,即使你不乐意,也得进监狱。这位使你得不到这笔财产、通晓三国语言的年轻夫人也一起去。"

格里哈尔瓦道:

"连埃斯佩兰莎说到的会讲三国语言的话他都知道了,那么,市长先生肯定是听到全部讲话了。"

此时,堂菲利克斯走过来,在一旁与市长讲了起来,恳求市长别带走她们,他可以做保人。但是无论他的请求还是担保,都无济于事。

然而,命运让那两个拉曼查学生跟随陪同市长的人进来。他们身临其境,见到了发生的一切。眼看着包括埃斯佩兰莎、克劳迪娅和格里哈尔瓦在内所有的人,说什么都得进监狱,他们转眼间就商妥下一步做法。趁人没有注意,他们走出那幢房子,如愿以偿地找来六位朋友,躲在被捕人必经的某条街的拐角处。他们要朋友们帮他们做一件反对当地司法当局的事,于是那帮朋友就像要去参加一次盛宴那样,迅速利落地做好一切准备。

不久,警察带着犯人走来,没等他们走到,学生们就迫不及待地动起手来,他们是如此骁勇善战,虽然只救出一个埃斯佩兰莎,警察们却因为在街上遭到狙击,带着克劳迪娅及格里哈尔瓦改道走,把她们投入监狱。

市长又羞又愧地返回家中。堂菲利克斯和那帮学生也各自回到住处。从警察手里夺回埃斯佩兰莎的那名学生，当晚就想与她成其好事；另一名学生不同意他这样做，威胁说如果他一意孤行，就要他的命。

啊，奇妙的爱情！啊，情欲的强大力量！我之所以这样说，是因为夺得埃斯佩兰莎的那位学生，看见他的同伴是真正并且坚决要阻止他的好事，根本不管对方想干什么，直截了当地对他这样说道：

"现在你既不同意我与我花了那么大代价才得到的人成就好事，又不愿意我将她当做情人，那么你至少不能拒绝我要娶她做合法妻子的要求，不能拒绝你不曾、不能也不该从我手里夺去的这个人做我的妻子。"

说毕，转身向那个他一直未曾松手的姑娘说道：

"这只手，这只一直握住你的手是你的保护神，我心中的夫人，今天，你如愿意，我将作为你合法的丈夫和男人把这只手给你——向你求婚。"

内心一直感到满意的埃斯佩兰莎，见到对方向她求婚，就一口答应，说她愿意，而且重复多次说她愿意，接着拥抱起自己的丈夫和男人。他的伙伴，看见如此出乎意料的结局，惊异之余一言不发地离开了他们，返回自己的住地。新郎担心他的朋友和熟人会从中作梗，阻碍他们这场因未准备妥善，至今尚未举行的婚礼，连夜赶到他家乡的骡夫居住的客店。也是埃斯佩兰莎福星高照，骡夫正好第二天一早就动身，他们便搭伴同行。据说，他回家后告诉老父，他带来的那位女士是一位尊贵绅士的千金，是他将她从家里带出来，保证与她成亲。老父年事已高，对儿子的话深信不疑，看到儿媳的如花容貌，心里更为满意，盛赞自己儿子的正确决定。

克劳迪娅的情况就不同了。因为据她供认所做的调查得知，埃斯佩兰莎不是她的侄女,也不是她的亲戚,而是她在一所教堂门口拣回的一个女孩,她将这个孩子以及另外一些落在她手中的女孩,多次卖给人家当侍女。她以此为业,并以此营生。此外,她还会施巫术。根据以上罪行,市长判她四百下鞭刑,并罚她站在一把梯子上,头上戴顶高帽子,外加一个囚笼,放在广场中央示众。这一天成为萨拉曼卡孩子们一年中最快乐的日子。

还听说那个学生很快结了婚,尽管也有人写信给他父亲,将他儿媳的身世及真实情况告诉老人家,儿媳却凭借自己的机智、聪慧取悦于公公,把他侍奉得舒舒服服。尽管有许多关于她的坏话传来,也没能动摇老人把她当作自己孩子的心,这当然归功于她的机灵与美貌。而克劳迪娅·德·阿斯图迪略-基尼奥内斯的结局和下场,也无非是她平生所作所为的必然结果罢了。